茅盾文学奖
获奖作品全集
典藏版
The Mao Dun Literature Prize

白门柳

叁 鸡鸣风雨

刘斯奋 著

人民文学出版社

风雨凄凄,鸡鸣喈喈。
既见君子,云胡不夷!
风雨潇潇,鸡鸣胶胶。
既见君子,云胡不瘳!
风雨如晦,鸡鸣不已。
既见君子,云胡不喜!

——《诗·郑风·风雨》

主要人物表

黄宗羲	字太冲,明末诸生,复社成员,后官授明鲁王政权职方郎中兼监察御史
黄宗会	字泽望,明末诸生,黄宗羲之三弟
孙嘉绩	字硕肤,明九江兵备佥事,后官至明鲁王政权兵部尚书兼东阁大学士,余姚义军督师
冒　襄	字辟疆,明末副贡生,复社四公子之一
董小宛	原秦淮名妓,冒襄之妾
冒起宗	明去职官员,冒襄之父
钱谦益	字受之,号牧斋,原明弘光政权礼部尚书,后一度官授清礼部右侍郎管秘书院事,兼《明史》副总裁
柳如是	原盛泽名妓,钱谦益之宠妾
钱孙爱	钱谦益之子
陈在竹	钱谦益妻弟
陈夫人	钱谦益之妻
钱　曾	字遵王,钱谦益侄孙
顾　杲	字子方,明末诸生,复社成员
吴应箕	字次尾,明末诸生,复社成员
余　怀	字淡心,明末诸生,复社成员
沈士柱	字昆铜,明末诸生,复社成员
柳敬亭	说书艺人,外号柳麻子
张维赤	字罗浮,明末诸生,冒襄之密友

张　岱	字宗子,明末诸生,官授鲁王政权职方主事
查继佐	字伊璜,明末举人,官授鲁王政权职方主事
查继坤	明末诸生,查继佐之兄
洪承畴	字亨九,降清明臣,官授兵部尚书兼都察右副都御史、内院大学士,总督江南军务
黄　澍	字仲霖,降清明臣,洪承畴幕僚
龚鼎孳	字孝升,降清明臣,官授吏科给事中
顾　眉	原秦淮名妓,龚鼎孳宠妾
陈名夏	字百史,降清明臣,官授吏部左侍郎兼翰林院侍读学士
王　铎	字觉斯,降清明臣,原明弘光政权东阁大学士
惠　香	盛泽名妓,柳如是之密友
李十娘	秦淮名妓
李媚姐	秦淮名妓,李十娘之妹
马士英	字瑶草,原明弘光政权内阁首辅
阮大铖	字集之,号圆海,原明弘光政权兵部尚书
谭　泰	清正黄旗都统,一等公
黄　安	黄宗羲之仆人
冒　成	冒襄之仆人
李　宝	钱谦益之仆人

第 一 章

一

　　正阳门、崇文门和宣武门,是横贯在北京半腰当中的三座城门。从这三座门往北,属于"内城"范围;往南,则属于"外城"了。"内"与"外"虽然只是一字之差,但两爿城区,却因此被划分出了两个不同的天地。内城,是成祖皇帝迁都北京时改建的。当时大明王朝的国势如日方东,光华灿烂。内城的建筑也因之显出一派泱泱溶溶、博大雄强的气象。红墙黄瓦、画栋雕梁的紫禁城不必说,就连遍布城中的坊巷胡同,也全都被收拾得纵横笔直,井井有条。虽然两百多年下来,人祸天灾,风吹雨打,许多建筑已日见破败,无复当年的旧观,但那种"笙歌归院落,灯火下楼台"的奢华架子还在;内城居住,也依然是上流社会人们无可争议的一份特权。

　　至于外城,情形就全然不同。毗连于内城南端的这爿外郭城,比内城要晚竣工一百多年。当年的嘉靖皇帝,被不断越过长城南下侵扰的鞑靼骑兵弄得焦头烂额,寝食难安,终于下决心在京城外围再修筑一道城墙,使之成为阻挡强敌进攻的缓冲地带。修城的初衷本是如此,也就不难想见事情的进行是何等草率匆忙。事实上,这道外城墙只修完南端一段,就停顿了下来,而且整个布局从一开始就没有认真规划过,以致旁逸斜出的街巷,寒碜低矮的简陋平房,以及肮脏杂乱的墟场市集,就成了这一带历久不变的景观。

无疑也因为这个缘故,除了在紧靠城门边上,偶然还会有个把"淡泊之士"赁屋而居之外,一般来说,所谓"外城",在北京上流人家心目中,压根儿就属于令人望而生厌的贫民窟。

不过,自从一年多前,由大清国摄政王多尔衮统率的八旗大军进驻北京以来,情形就发生了根本的变化。这些来自山海关外的进入者,衣冠之奇异自不待言,脑后还怵人地拖着一根长辫子。在入城之后的第二天,他们就下达了一道措辞强硬的命令,宣布自即日起,内城全部划归军队驻扎。原有的居民,不论是官员还是百姓,一律搬出外城去居住。敢有违抗者,以军法论处。

对于这样一道命令,在前朝崇祯乃至更早的那些皇帝在位时,或许还会有人敢于争谏,但是,自从经历了李自成攻陷北京的奇祸巨变,即便是过去最有头脸的那些人物,也因为大明王朝无可挽回的覆灭,变得终日惶惶然如丧家之犬。面对俨然以新主子自居的进入者,他们可是一点儿勇气也鼓不起来了。结果,经过十来天鸡飞狗走的混乱,原来居住在内城的人家,便像猛然刮来一阵狂风似的,一古脑儿搬到了外城,在穷街陋巷中挨挨挤挤地安顿下来。其中宣武门外一带,大约街巷房舍与别处相比,要稍为像样一点,于是又不约而同成了上流人家的汇聚之所……

眼下,已经到了清朝顺治二年的六月,距当初那场大搬迁,已经过去了一年多。这天中午,曾经是明朝的兵科给事中、如今又成了清朝吏科给事中的龚鼎孳,刚刚到内城去拜会过一位满族的贵官,正骑着马往回走,打算赶在午饭前回到他在宣武门外的住处去。

"嗯,看起来,往后即使再有什么变动,大局也只能是如此了!"沿着曾经是店铺云集,顾客往来,但如今已经变得空旷冷清的宣武门内大街,龚鼎孳一边往前走,一边默默盘算着,"大兵已经攻下江南,留都已经开门迎降,就连史道邻、马瑶草拥立的那个弘光皇帝,听说也在芜湖被擒,正在押解来京。大明所剩下的一点气数,看来算是彻底穷尽。虽说平定四海,也还要一些时日,但这一统天下,恐怕已经非大清莫属了!"

由于局势的演变,同自己先前的估计完全一致,甚至推进得更快,龚鼎孳此刻,不觉暗暗感到庆幸,有一种远离劫难的轻松。的确,像他这样在农民军攻入北京之后,曾经接受过"伪职"的明朝旧臣,如果当初像方以智等人那样,迫不及待地逃往江南的话,那么,纵使弘光朝廷宽大为怀,不予追究,到了这次清兵南下,也势必在劫难逃,吉凶未卜。现在由于自己坚决留下来不走,结果不但安安稳稳活着,而且还能照旧当京官。

"虽说在满洲鞑子手下做事,恐怕不会怎么痛快,但在前明时难道就痛快了?哼,不是一样如临深渊、如履薄冰地过日子!如今再怎么着,也总比以往焦头烂额地硬撑着那个破摊子强。况且,他满人以化外夷狄之邦,要入主中国,只怕到底还得依靠我们汉官才成!"

这么暗自掂量一番之后,龚鼎孳就愈加心安理得。他从马上直起身子,开始怀着一种彻底解脱的心情,打量起沿途的景物来。他发现,清朝大军进入北京这一年多,除了发生过强迫搬迁那件事之外,别的方面倒还算是相当克制。不但如此,当权者还采取了一些颇得人心的措施,譬如以隆重的礼仪改葬崇祯皇帝;对于明朝的旧官,只要愿意归顺,一律以原职录用;以及宣布革除前朝的苛政等等,因此北京的局面一直比较稳定。虽然在内城,由于到处驻扎着重兵,市面不免比较冷落,出入城门时盘查也颇为严格,但一旦到了外城,就依旧行人熙攘,车水马龙。在六月耀眼的阳光下,各行各业的人们显出一派随遇而安的"顺民"模样,照旧在为衣食而各自奔忙。"不错,时至今日,仍旧允许我汉家官民保留前朝衣冠,不必像他们那样剃发留辫,改穿马褂和开衩袍,这一层,无疑也是新朝善体民心之处！"望着满街上那些同自己一样,依旧把发髻藏在头巾或纱帽之下,身上的衣着也一如往日的行人,龚鼎孳于从容自在之余,又一次宽心地想,并且生出一种期望,觉得新朝果真能够心胸阔大,兼容并蓄,那么,以自己的精明干练,今后恐怕还大有施展的机会……

现在,他已经回到自己的家门前。位于宣武门外东侧一条胡同深处的这个新住处,是一年前大搬迁那阵子,他同爱妾顾眉一起选定的。房子虽然小了一点,难得的是环境颇为清静。当时好几户急着找房子的人家都看上了这里,争着要买。末了,龚鼎孳看见顾眉特别中意,狠狠心拿出高一倍的价钱,才把房子买到手。为这事,顾眉反而埋怨丈夫,认为前一阵子因为逃难,几乎弄得倾家荡产,手头已是相当拮据,实在没有必要花这种冤枉钱。不过埋怨归埋怨,对于丈夫的宠爱和体贴,顾眉其实还是十分喜欢。明显的证据是,一搬进来,她就指挥仆人,里里外外的忙得额头见汗。为着把这幢只有前后两进的小小四合院,收拾得整齐雅洁,不失身份,这个聪明能干的女人着实花了不少心思。"嘿,要是摸不透你的脾性儿,我龚某人也枉在风月场中混这么些年了!"当时龚鼎孳在一旁瞧着,苦笑地想。此刻,他在门前下了马,把缰绳交给承差之后,忽然想起这件事,嘴角不由得再度现出无奈的微笑。

"啊,老爷回来啦!"当他怀着轻松的心情,穿过前院,匆匆往里走的时候,丫环小凤迎上来,行着礼说。

"嗯,太太呢?"龚鼎孳顺口问道,没有停住脚步。

"回老爷的话,太太在西间屋里。王妈妈来了,太太正陪着说话呢!"

"王妈妈?哪个王妈妈?"

"就是熊老爷家的王妈妈,去年逃难时同我家做一路的。"

龚鼎孳"哦"的一声,也就想起来了——去年四月底,正当李自成的农民军在山海关被吴三桂引进清军击败,决定放弃北京,向西撤退那阵子,满城的居民人心惶惶,谣言四起。龚鼎孳见势头不妙,害怕"王师"一旦打回来,会对他们这些"失节事贼"的旧官严加追究,串联几位同病相怜的朋友,举家逃出城去躲风头。当时结伴同行的,就有吏部郎中熊文举一家。这个王妈妈,是熊府的一位有头脸的女管家。本来彼此也不相熟,只因路上种种劳苦波折,常需互相照应,一来二往,也就近乎起来。回城后,这王妈妈也常会找个空儿,过来串串门,却一向都是由顾眉接待。"噢,是她来了。那就别惊动太太,你来服侍我就得了。"由于心情颇好,龚鼎孳宽宏大量地摆摆手,然后径直走进上房的起居室里。

二

龚鼎孳由小凤服侍着,刚刚换上家居的便服,顾眉就走进来了。曾经是秦淮河上风头最健的这位昔年名妓,自从两年前嫁给了龚鼎孳之后,就跟着丈夫住到北京来。虽然已经年近三十,但是岁月并没有在她身上留下任何痕迹。看上去,她仍旧那样风姿绰约,娇艳迷人。因为天气炎热,她只穿着一件薄薄的桃红女衣,下衬月白罗裙,脑后松松地绾了一个倭坠髻,益发显得珠圆玉润。自必得知丈夫已经回来,她才匆匆把客人送走的。一踏进起居室,她就放下怀里那只乌云覆雪波斯猫,走近来,从小凤手中接过绸子腰带,一边给丈夫系上,一边吩咐丫环说:

"这儿用不着你了,张罗开饭去吧!"

随后,又悄悄亲了一下丈夫,巧笑盈盈地问:"相公今日出门拜客,可还顺利?"

龚鼎孳"嗯"了一声:"没有什么不顺利的,不就是同满人打交道么,小菜一碟,顶好对付!"

"咦,不是说,这个叫济——济什么的贝勒凶霸得很,谁都怕去见他么?"

"叫济尔哈朗。哼,别人怕,我却不怕!你别瞧满洲鞑子一个个十二片篷扯足,傲气得很,其实也是欺软怕硬。只要你不怯他,他便颠倒过来礼敬你了。"

"哦,是吗,那——"

"待会儿再跟你说。先吃饭吧,我都快饿坏了!"这么把手一摆之后,龚鼎孳就径自走向饭桌,在椅子上坐了下来。

龚鼎孳不再谈下去,是因为他虽然说得挺硬气,实际上却并没有什么可夸耀的。那位济尔哈朗亲王的确没有为难他,但是让他在门房足足候了一个多时辰,到头来同他总共还谈不上五句话,就按照官场的礼仪端茶送客。如果不是在等候接见的当儿,从别的候见者口中,得知南京已经开门迎降的重要消息,他今天简直可以算是白出了一趟门。不过,这一类情况,龚鼎孳照例不会告诉侍妾。"横竖她知道了也没用,反倒生出许多啰嗦!"他想。

现在,午饭已经摆到桌上。北京不比江南,加上眼下还是大乱初定、百物奇缺的时节,即便是龚鼎孳这样的人家,在吃喝上也只能从简。如今,饭桌上摆着的,无非是咸菜、小米粥就馒头,还有一小碟豆芽菜炒肉丝,已经算是难得的奢侈品。不过,龚鼎孳实在是饿了,也顾不上挑剔,抓过馒头就吃起来。正吃得香,忽然听见侍妾"噗哧"一笑。

龚鼎孳抬了一下眼睛:"嗯,你笑什么?"

"没什么,"顾眉摇摇头,腮边的笑涡忽闪着,"妾只是想起,刚才老是等不着相公回来,还只道那位什么贝勒留相公吃饭呢!"

龚鼎孳怔了一下,随即眼珠子一转,点点头,说:"嗯,他是要留饭,可我嫌那满洲菜,老大一股膻味儿,便坚辞了出来。"停了停,发现侍妾没吱声,他又皱起眉毛问:"怎么,你不信?"

"哦,信,信!"顾眉忙不迭回答,随即用筷子夹了一箸豆芽菜炒肉丝,一边送进丈夫碗里,一边笑着说:"既是这等,王妈妈来说的那个事,没准儿就好办了!"

龚鼎孳顿时停止了咀嚼。"王妈妈说的事?又有什么事?"他警惕地问。因为为着显示自己能耐,这个不甘寂寞的女人老爱招揽一些乱七八糟的事儿,堆给丈夫干,早已弄得龚鼎孳不胜其烦。

"是这么回事——"顾眉蹙起又弯又细的眉毛,叹了一口气,说,"刚才,熊老爷家的王妈妈来过,说起去年夏天在西城外逃难时,我们曾住过一阵子的那个金员外家,前些天让旗人把地给圈了去,还限令他们全家迁往三百里外的牧马堡去安置。若不去时,便连那边的地也一并勾销,让他们全家当叫化子去!你想那金员外七老八十的人,怎生受得了这晴天霹雳?急得当场中了风。他的家人走投无路,昨日便进城来寻熊府相帮说情。熊老爷本是个胆小的人,哪里敢出头?熊太太寻思无计,才又派王妈妈过来转托我们。相公,你瞧这事……"

"你是说西城外那个老金头?他的地不是明明自家在种着嘛!怎么会给圈去了?"

"真是给圈去了呀!王妈妈刚才说,昨儿他家一下子来了好几个金家的人,都在前院里,哀哀地哭得好不伤心!"

龚鼎孳"唔"了一声,不说话了。关于圈地的事,他是知道的。早在去年十二月,朝廷鉴于从关外不断涌来的大批旗人无法安置,曾下令将北京附近各州县因战乱被丢荒的无主农田,以及明朝的皇亲、驸马、贵族、太监过去所拥有的田产,全部没收,分配给本朝属下的王公、贵胄以及八旗兵丁使用。办法就是由主管的衙门按预先拟定的分配额度,发给长短不一的绳索,让旗人们到实地去丈量圈占,所以叫做"圈地"。不过,当时所颁布的命令说得很清楚,只是圈占那些无主之田。现在怎么连金员外家种着的田也给圈去了呢？看来，要么是执事衙门弄错了，要么就是下面的旗人不遵法度，趁势胡来。

"原来他家的地给圈去了。那——你可知道，是怎样给圈去的？"由于发现事情并非那么好办，龚鼎孳的口气已经明显透着迟疑。

顾眉却似乎没有觉察，只管把她从王妈妈那里听到的一五一十地倒出来。不过，其实也没有太多新东西，无非是那些圈地的旗人如何凶横，金员外一家如何苦苦哀求，又怎样挨了打；末了，田地、房屋给圈了去不算，连牲口、农具，还有两名模样长得周正点儿的女仆，也让对方一齐霸占了，如此等等。龚鼎孳默默听着，心中越来越不起劲。不错，去年在西城外逃难时，自己一家确曾得到过金员外的照拂；但是眼下他碰到的这门子官司，却不是一件单个的事，而是关涉到旗人们进关后的生计，是朝廷一项重大决策。虽说像这样胡乱圈占，未必符合朝廷的初衷；但是，这朝廷毕竟是满人坐的天下，自己作为一名汉官，如果贸然出头说话，势必得罪旗人们不说，闹不好，还会落得个干扰朝廷大计的罪名。这可是万万不能干的！不过，他也知道，这位如夫人可不是那么好打发的。她会撒娇撒痴，会发怒放泼，还会……"哎，也罢，姑且敷衍着她好了，也省得她再啰嗦！"这么打定主意，龚鼎孳就抬起头，一本正经地说："这件事，你也招揽得太快了些，只怕十分难办。不过，在满人中我好歹还有几个说得来的，赶明儿去访访他们，看有办法没有——无论如何，让你有个交待就是了！"

"我也知道这事挺难，"看见丈夫应允出面，顾眉顿时眉开眼笑，"可金员外好歹同我们相与一场，如今有难来求，多少总得给他一个面子呀！"说着，看见丈夫已经站起来，向寝室走去，她也就跟过来，并且赶先一步，走到床边，一边亲自动手替丈夫拂床安枕，一边又讨好地回头说:"告诉相公一件新鲜事儿——也是王妈妈刚才来说的,相公向常顶讨厌的那个孙之獬孙老爷,有人看见他这两日已经学满人的样儿,剃了发,留起了辫子,全家男女也都改作满人装扮,变得怪模怪样的,都快叫人认不出来了!"

这么一件新闻,在顾眉无非当个笑话儿说说,龚鼎孳起初也没有怎么在意。然而,他忽然心中一动。

"你说什么?孙之獬——剃发改服了?"由于意外,也由于吃惊,他的眼睛一下子睁得老大。

"是王妈妈说的,她家同孙家大门对着大门。她还亲眼看见了!"顾眉说,因为正顾着整理床铺,并没有发觉丈夫的神情变化。

龚鼎孳却"啊"的一声,不由得呆住了。孙之獬,现任礼部右侍郎。此人在明朝天启年间卖身投靠阉党头子魏忠贤,因此,到了崇祯皇帝即位,便被列入"逆案",落得个削职还乡;直到清兵入关后,他才赶来投诚,因为善于钻营,很快就爬上高位。龚鼎孳本是复社成员,彼此也就照例成了政敌;加上他对孙之獬的迅速升迁又颇为嫉妒,因此平日提起此人,总是没有什么好话。不过,龚鼎孳仍旧没有料到,在新朝已经允许汉族官民保留前朝的衣冠之后,孙之獬竟然还要自行剃发改装!

"妈的,这阉党狗贼!真不要脸!"由于被对方的卑鄙行径所激怒,龚鼎孳不禁破口骂了出来。的确,保留前朝的衣冠,这可是满城官民经过竭力抗拒,才争得的一种"权利",也是人们在受了吴三桂的愚弄,被迫臣服于满洲"鞑子"的武力和强权之后,所剩下的最后一点"自慰"。也许是基于自幼秉承的某种根深蒂固的观念,就连对前朝并无太多留恋的龚鼎孳,内心也是这么认为的。如今孙之獬身为汉官,为着讨好满人,竟然做出如此卑劣的举动,这使龚鼎孳一听之下,确实不禁大为光火。

"相公,你这是——"转过身来的顾眉,发现丈夫正倒背着手,气急败坏地在屋子里走来走去,不禁一怔。

"这一次,总之都得被他弄死就是,都得被他弄死就是!"龚鼎孳管自咬牙切齿,并没有理会侍妾。

"弄死?谁被弄死了?"顾眉愈加莫名其妙。

"我是说姓孙的!是姓孙的要把我们都弄死!"

"姓孙的?哦,相公是说的刚才那个事呀!"顾眉这才恍然,随即撇着嘴儿,不在意地说:"他这么弄,也无非是想拍满人的马屁罢了,又何必……"

"你知道什么!"龚鼎孳烦躁地一挥手,"姓孙的这么一弄,朝廷自然就会认为他是死心塌地效忠满人,愈加对他另眼看待了!可剩下我们呢,怎么办?也跟着学他的样?但那么一来,我堂堂华夏之区,亿兆官民,岂非从此尽数沦为化外夷狄?这如何面对列祖列宗?又如何向子孙后世交代?但要是不跟他学,说不定就会被新朝看做不是真心归顺,甚至怀有二志,轻则受到猜忌,断送前程;重者还会招致不测之祸——哎,总而言之,这回全都被他弄死就是!"

有着瘦长身材和一张青白脸的龚鼎孳,本是一个精明强干的人,平日遇事颇沉得住气。因此,看见他这样子,顾眉也跟着紧张起来。

"那,那可怎么办?"

"不行!"龚鼎孳忽然站住脚,断然说道,"这姓孙的乃是阉党余孽,奸险小人,若然容他如此得逞,我辈正人君子在朝中哪里还有立足之地!"

"啊,那么……"

"总得想个法子治治他!"这么说完之后,龚鼎孳又重新在屋子里走动起来。

也就是到了这时,顾眉大约才真正弄明白了。她眯缝起眼睛,出了会子神,随即款款地走向方几,从上面拿起一盏茶,举在嘴边慢慢喝着。只见她神色变得愈来愈安闲,甚至还有几分自得。末了,她把茶盅往方几上"笃"地一放。

龚鼎孳不由得站住了,回头望着她。

顾眉回身在椅子上坐下,顺手拿起一柄绿纱团扇,扇了两下,这才似笑非笑地说:"若是想不让那姓孙的得意么,妾倒有个法儿,就不知相公敢不敢?"

"啊?你说,你说!"

"依我的性儿么——"顾眉瞅着丈夫,目光炯炯地说,"他孙家会剃发改装,莫非我龚家就不会剃发改装?"

"你说什么?我家也剃、剃发?"龚鼎孳不禁吃了一惊。

"嗯,"顾眉点点头,"有道是,毒蛇螫手,壮士断腕。不这样,又怎生斗得掉姓孙的风头?"

"可是……"

"听我说啊——相公试想,一旦姓孙的带了头,即使相公不肯学样,只怕也难保别人不跟着干。与其白让他们赶着趟儿,赚了好处去,倒不如由我们来拔个头筹!"

龚鼎孳起先还感到吃惊与气恼,这会儿心中又一动,顿时把待要出口的责备又收回来。的确,刚才他光顾着对孙之獬的"叛卖"行径光火,却忘记了另外一个危险,这就是在向上爬的官场竞争中,由于未能及时抢占有利位置,结果被无情地挤到后面去的危险。对于至今还指望飞黄腾达的他来说,这无疑是要防备的……于是,他沉吟着转过身,坐到另一张椅子上,开始默默地抚起胡子来。

海棠树的绿影映在窗纱上。有片刻工夫,屋子里变得很静,只听见铜壶滴漏传来滴答的声响。现在,龚鼎孳多少觉得,侍妾的这个建议,确实给他指出了出奇制胜的一着棋。在目前的情况下,这也许还是惟一可行的一着。但是,这么一来,就等于将自己摆到与孙之獬同样的位置上,势必会招致汉族官民的强烈反感。结果,也许在讨好新朝这一点上,能同孙之獬之流打个平手;但是,却会在朝廷内外,被绝大多数汉官所蔑视,并且失去他们的信任。在目前满人当权,自己惟有同汉官们抱成一团,才能免受欺负的情况下,这无疑是划不来的。"不,这个风头可不能出!"他苦笑地想。

大约看见丈夫不说话,顾眉又开腔了:"不错,"她抚摸着团扇的边沿,慢悠悠地说,"当初你是跟我说过,若然新朝迫令剃发改服,你纵然舍不得我,当不了和尚,也必定要拖到无法再拖再说,总不能辱没了祖宗。可瞧眼下这情形,新朝到底容我们再拖多久,其实也难说得很。况且,这些日子我也想通了,不就是换个打扮么!以往我们在留都,光是这头头发,一年到头,就不知想着法儿变换多少回!"

这么说了之后,发现龚鼎孳管自抚着胡子,仍旧没有什么表示,她就眨眨眼睛,用忽然变得兴奋起来的声调说:"相公瞧着旗人的装束不顺眼么?妾倒觉得款式儿挺不错哩!"说着,她就丢下扇子,站起身,快步走向衣箱,先把身上的衣裳脱下,又从箱里拿出一套衣服,管自穿着起来。

龚鼎孳呆呆地望着,不明白她要干什么。直到顾眉穿戴停当,重新把脸朝向他,龚鼎孳才看清楚了。原来,那是一袭满族式的高领白缎子长袍,外面罩了一件宝蓝色的琵琶襟马甲。那有着五颗大衣扣的马甲,镶着回波形的宽大衬边,上面还绣着花草图案。据说旗人的女衣历来尚窄,加上顾眉的身材本来就十分苗条,两相映衬,益发显得俏丽轻盈。倒把龚鼎孳看得张大了嘴巴,一句话也说不出来。

"这是前些日子我央人到内城去,请旗人裁缝做的,昨儿才送来。"顾眉得意地说,"如今是头发还不对。要是连发髻也学她们那样梳起来,才真好看呢!"说着,又上下打量丈夫,点着头儿说:"像相公这等身材,若穿起长袍马褂,只怕也蛮精神!"

龚鼎孳正目瞪口呆地瞧着像换了一个人似的侍妾,被她冷不丁这么一说,倒错愕了一下。他不自然地干咳了一声,站起身,又开始在室内绕起圈子来。不过说也奇怪,经顾眉这么一起哄,他的心情已经不像先前那样激愤和紧张了。"是的,到底怎么办,眼下也不必忙于决定,且看一看情形再说不迟……"

"哎,相公,拿定主意了么?"顾眉的声音在耳边响起。

龚鼎孳抬起头,发现侍妾拿着一面镜子,还在那里左照右照地摆弄个没完。他打了个哈哈,摆摆手说:"真是妇人之见!天下的事,哪有如此简单容易?"停了停,又走过去,在侍妾的身上摸了一把,叮嘱说:"你这身衣裳,在屋子里穿穿无妨,可别走到外面去,让左邻右舍瞧见了笑话!记住了?"

说完,他就转过身,把被教训得一怔一怔的顾眉撂在屋子里,径自向外走去。

三

龚鼎孳刚刚走出起居室,就看见应门的小厮阿承——一个十五岁的矮胖少年,双手捧着一张拜帖,跌跌撞撞地飞跑进来。

这个阿承,同丫环小凤一样,也是龚鼎孳的家生孩儿,为人老实可靠,侍候主人也算忠心尽职,只有一样:做事有点冒失毛躁。龚鼎孳也曾训诫过他多次,可总不见大改。眼下看见他又是这个样子,龚鼎孳就不由得皱起眉毛,呵斥道:

"咄!跑什么?好好儿走着不成么!"

"哎,老、老爷,是陈老、老爷呢!"吓了一跳的阿承立即站住,结结巴巴地回答。

"什么'老老爷'！就是'老老老爷'也用不着这等亡魂丧胆的——没长进的东西！"龚鼎孳板着脸继续训斥，并朝劈手接过的拜帖瞥了一眼，忽然，心中一动，把帖子又举到眼前。

　　眷社弟陈名夏顿首拜

"怎么，是他来了？"他意外地想，不由自主停止了责骂，"哎，这么巧！我正打算去访他呢！如今正好——啊哈！"心里这么惊喜着，他就兴奋起来，连忙吩咐："快请！"看见阿承还站着发呆，他又使劲一跺脚，喝道："快呀！"

说完，他就转过身，返回屋里，一边吩咐顾眉赶快把满族衣裳脱掉，以免不留神给人瞧见，招来闲话；一边自己换上见客的礼服，然后三步并作两步，兴冲冲地迎出大门去。

确实，也难怪龚鼎孳如此着忙，因为这个陈名夏，并非寻常客人，而是他的一位交情顶深的密友。二人早年同为复社成员，明朝崇祯年间又一起在北京做官，而且都是在兵科；李自成攻陷北京时，两人都曾经降"贼"，并接受"伪"职；后来又一道投靠清朝。凭着这种同"病"相怜的经历，加上两人平日来往密切，关系可就确实不同一般。不过，陈名夏当年是以殿试一甲第三名的高名次考中进士的，官位一直比龚鼎孳高，眼下已经官至清朝的吏部左侍郎兼翰林院的侍读学士，位居正二品。而陈名夏本人也确实精明强干，勇于任事。因此，龚鼎孳对于这位老朋友一向十分敬服，遇到疑难的事总要同他商量，听取他的意见⋯⋯

现在，龚鼎孳已经迎出大门口，陈名夏那张眉目耸拔、鼻翼两旁有着两道刚愎沟纹的尖长脸，以及胸前飘拂着的三绺髭须也映入了眼帘。

"啊哈，怎地如此之巧！弟正欲去访兄，兄却先见顾了！"龚鼎孳拱着手大声招呼着，兴冲冲地迎上前去。

陈名夏却没有什么表情，虽然也照例回了一礼，但是随即就把手一摆,说:"弟眼下尚有他事,没有工夫坐谈,且借一步,说几句话就走!"

"兄是说——不坐谈?"看见客人已经径自往里走,龚鼎孳连忙跟上去,惊讶地问。

"我这就要去面见谭泰——嗯,就在这儿说好了!"由于两人已经进了二门,来到前院的倒座前,陈名夏随即站停下来。

谭泰是满洲正黄旗人。早自清朝天聪年间起,他就追随皇太极东征西讨,由于战功卓著,一再被擢拔,成为全权掌管本旗的都统,后来又受封为一等公。目前此人与护军统领图赖、启心郎索尼一道,都是摄政王多尔衮的心腹亲信,在朝中可以说是炙手可热,权重一时。因此龚鼎孳一听,顾不上再往屋里让客,连忙站住脚,紧瞅着对方,压低声音问:

"谭泰?兄因何事要访他?"

这当儿,倒是陈名夏大约觉得站着谈话,确实不甚相宜。他是常来常往的,对龚鼎孳这屋子的情形很熟悉。朝倒座望了望,发现里面没人,他便做了个手势,于是两人又走进屋里,分宾主坐下。陈名夏这才哼了一声,说道:

"弟去见他,是意欲谋个差事干干!"

虽然他这么表白了,但是龚鼎孳仍旧听不懂。不过他也不想在这位才高气傲的朋友面前显得像个蠢虫,于是便沉默着,不去追问。

果然,片刻之后,等不到反应的陈名夏终于自己又说下去:

"眼下,南都已经归命,各府县望风归降,看来江南一带,不必再加重兵,即可平定。据弟近日所得消息,朝廷之举措将有重大变更——欲行以'抚'代'剿'之策。届时,要将豫王召回京来,另外派员前往接任……"

所谓"剿",就是凭借军事手段取胜,自然要靠武将主持;至于以劝降为主的"抚",就必须起用文官了。不过,清朝一向崇尚武力,这大规模的变"剿"为"抚",倒是前所未有的新鲜事。因此龚鼎孳迷惑了小片刻,脑子才转过弯来,试探地问:

"噢,兄是意欲取多铎而代之?"

"如何?"

"这个——召回多铎,以抚代剿,消息是否真确?"

"自然真确。日前摄政王已授意内院会议,参详可否。"

"……那么,兄以为此事有几分成算?"

"谋事在人,成事在天。若是可谋而不谋,成算何从谈起?"

"所以——"

"所以弟这就去见谭泰!"

龚鼎孳眨眨眼睛,不说话了。得知雄心勃勃的老朋友原来是在觊觎豫王多铎的位置,他多少觉得,对方的胃口似乎大了一点。因为江南与别处不同,乃是除北京之外,全国最为重要的一个地区。数百年来,那里都是朝廷赋税的最大来源,是国家财政的主要支柱,也是眼下新朝志在必得的一块宝地。不管抚也罢,剿也罢,要想出任江南地区的封疆大吏,能力和才干固然十分重要,但更重要的是得到满人朝廷的绝对信任才成。以陈名夏的身份和资历,能做得了么?如果明明做不到,却贸然去活动,闹不好,就会招致当权各方的反感和猜忌,岂非弄巧反拙?这样一想,龚鼎孳就觉得有点不妥。他打算说出自己的看法,但是陈名夏已经站了起来。

"好,时辰不早,谭泰现住在内城,去迟了,怕出不了城。弟这就告辞!"

"那么,先去探探口风也好!"由于发现拦不住对方,龚鼎孳只好一边往外送客,一边这样说。走出几步之后,他忽然想起一件事,连忙问:"不知兄可知道,闻得孙之獬为着献媚满人,竟然全家率先剃发改服,招摇过市。这事弄不好……"

陈名夏"嗯"了一声："这事我早知道了！"

"那么？"

"他要剃，就让他剃去！谅他也翻不起大浪！"

"可是，万一朝廷……"

陈名夏把手一摆，成算在胸地说："这一层，无须担心！哼，剃发改服，谈何容易！闹急了，是要出大乱子的，朝廷又岂会不知！"

龚鼎孳心中一懔，关注地问："兄是说，出——出大乱子？"

陈名夏没有回答，似乎有意让朋友自己去琢磨。不过，当走出几步之后，龚鼎孳仍旧没有醒悟的表示，他就哼了一声，教训地说："我朝这番入主中国，自是应天顺人，故此兵锋所到，势如破竹。惟是前明享国三百载，在缙绅百姓中之根基实在不可小觑。彼虽格于时势，暂且归顺于我，心中未必帖伏。所以隐而未发者，非不欲发也，是未得其便而已！若我朝挟雷霆之势，恩威并用，震慑之，怀柔之，或可将彼敌意渐渐消弭于无形；如操之过急，必定激出大变！何况冠裳发髻，传自祖宗，譬如人之头脸体肤，骤然夺之剥之，而欲其不怒不反，又何可得乎？"

"这——我兄所言，自然极是，但不知朝廷也省识此理否？"

"摄政王英睿明敏，自应省识。纵然他一时想不到，范宪斗、洪亨九他们也会提醒于他！"

这么说着，两人已经来到大门之外。龚鼎孳虽然意犹未尽，也只好拱一拱手，站停下来，目送着老朋友由一班承差服侍着，骑上那匹口外枣骝马，径自朝内城的方向行去……

在龚鼎孳看来，陈名夏的这一次来访，未免过于短暂而且匆忙；但是，对于此刻正骑着马急于前往内城去的陈名夏来说，却认为这样已经足够了。事实上，像谋求出任江南招抚这样的事，在没有办出眉目之前，应该尽可能少声张，以免招来意外的阻力。如果不是冲着彼此的交情非比寻常，他甚至也不会特地上龚鼎孳的家去。刚才,龚鼎孳虽然没有说更多的话,但陈名夏看得出来:老朋友对这件事是心存疑虑的。正因如此,他才不再同对方谈下去,省得空费口舌和时间。说实在话,眼前这个机会,陈名夏可是认准了,决不会放过的!而且,他已经把事情的成败得失反反复复揣摩过。无疑,要办成这件事确实不容易;但倘若办成了,他在朝野中的地位和名望,就会空前地跃升。作为对自己的才略颇为自负、因而野心勃勃的一个人,这些年来,陈名夏一直在暗暗纵观天下大势。他早就断定明朝的覆亡已经不可避免,所以在农民军攻入北京时,便迅速投降了李自成,希望能开创一番功业。谁知李自成太过脓包,转眼工夫就垮了台。他乘乱逃回南方后,经过长达一年的观察和考虑,最后又辗转北上,毅然投向清朝。他是这样估计的:在明朝和农民军相继崩败,并且显然缺乏回天之力的情况下,昔日的"东虏"——清朝入主中国已经不可避免。在这种"天命难违"的"大势"面前,试图以武力抗拒固然是徒劳的,一死了之和隐遁深山也未免过于消极;称得上大智大勇的做法应该是设法参与到新政权当中去,通过取得权势和地位,去影响乃至左右国家的未来大政,这样来达到施展抱负和拯救天下苍生的目的。无疑,这是一种并不舒服而且困难重重的选择。但他看准了一点,就是清朝从关外带来的人马有限,其中官吏尤其严重短缺,要想统治中国,必须大量起用和依靠汉官,特别是有才干、有经验的汉官。而这,就是他认为有把握取得成功的依据,也是眼下他敢于谋求取代多铎的原因——"哼,若是行剿,你们自然用不着我;可是行抚,像我陈某这样熟悉江南的情形,与那边广有关系的二品大员,你又哪里找去!"当行近棋盘街东侧的谭泰府第时,陈名夏的内心甚至变得更加强横和自信了……

现在,陈名夏已经在谭泰的府前下了马,看见赶在头里的承差已经把拜帖递了进去,主人却还没有露面,他就转动着身子,四下里张望了一下。坐落在正阳门和大清门（过去叫大明门）之间的这条棋盘街，是东西城来往的要冲，街的北面、大清门的两侧，就是六部衙门的所在地。在前明时代，这一带属于有名的"前朝市"，平日商贾云集，百货荟萃，热闹非凡。不过，随着八旗大军进驻，居民被迁走，时至今日，那种光景已经完全消失不见了。无疑，眼下街道上倒也并不冷清，各种各样的马匹啦，骆驼啦，自然还有许多满族打扮的八旗男女，在那里来来往往。由于朝廷一直在鼓励关外的旗民向关内迁移，近日举家迁来的正愈来愈多。大约一时来不及安置，于是大街两旁又公然冒出了不少大大小小的帐篷，有的还连带着牛羊和猪狗。帐篷与帐篷之间，大人在忙碌，小孩在捣乱，临时搭起的炉灶上烟火弥漫，使这个庄严的帝皇之都，平添了几许令人哭笑不得的"塞外风情"……这一带，陈名夏虽然算得上是常来常往，但是每当面对这种情景，他的心中仍旧止不住涌起一种别扭、反感，以至羞耻的情绪。"我堂堂中国，文明礼仪之邦，莫非今后就是奉这样的人为主子么？"惘然若失之余，他不止一次苦笑地想。

不过这一次他没能长久地想下去，因为谭府的门公已经重新走出来，正同承差在说什么，于是他本能地整一整衣冠，等待进门。

承差却仍旧在那里同门公说着。这使陈名夏颇不耐烦，觉得这个奴才办事实在啰嗦。所以，当承差终于转身走回来时，他就照例沉下了脸。

"启禀大老爷，谭泰大人说、说不见……"承差跪地打着"千"，结结巴巴地说，一张滚圆脸也现出惶恐的样子。

陈名夏不由得一怔："不见？莫非——主人不在？"

"回老爷：他在。"

"那么——"

"听门公说，"承差低着头禀告，"他家大人闻得大老爷相访，原本是欢喜要见的,谁知后来又问门公:大老爷剃了头发不曾?门公回说不曾,他就改口说不见了!"停了停,大约因为陈名夏没有做声,他就小心地朝主人一瞥,补充说:"听门公说,他家主人今儿一早就招了好些客人,正在花厅吃酒,都吃醉了,故此……"

陈名夏仍旧不说话。说起这个谭泰,陈名夏与他原本也谈不上有什么深交,无非是瞧着这位贵为正黄旗都统的满大爷也有难得之处,为人颇重交情,讲义气,加上颇受摄政王宠信,因此才设法交结。倒是谭泰不知为什么,对陈名夏一直另眼相看,有意亲近。这么一来二往,彼此的关系才热乎起来。可是今天,对方竟然凭借这种蛮不讲理的"理由",对自己来个闭门不纳,虽然也许是由于喝酒喝昏了头,也使陈名夏觉得像给扇了一记耳光似的,不由得羞恼难忍。

"听门公说,礼部右堂的孙侍郎孙老爷,已经合家剃发改装,所以……"承差的声音在耳边再度响起。

陈名夏正灰溜溜地想象着作为满洲主子的谭泰及其伙伴,在酒后所显露出的狂傲本相,冷不防听见这话,像被针扎了一下似的,不禁勃然大怒。他瞪起眼睛,厉声呵斥说:"混账!少给我提孙之獬!"

说完,把袖子一甩,气急败坏地向枣骝马走去。

四

同陈名夏见面的第二天,龚鼎孳循例到朝中去轮值。在北京正式成为清朝的京城之后,朝廷的一应设置制度,大体上仍沿袭明朝的一套,因此龚鼎孳日常办公的处所,也仍旧是老地方——午门外的朝房。那是靠墙而筑的两排长长的平房,分左右连接在午门和端门之间。礼、兵、刑、吏、户、工等六科的给事中们,就在这里分门别户地办理日常的公事。

虽然对于爱妾的建议,龚鼎孳一度颇为动心,但陈名夏的那一番分析,又使他打消了立即剃发改装的念头。说心里话,对于"鞑子"们那种发式穿戴,龚鼎孳实在没有丝毫好感。能够保持现在这身衣冠,他绝不会另作他想。不过,正如顾眉所指出的,在孙之獬带了头之后,这还做得到么?虽然陈名夏说得那么有把握,但毕竟只是他个人的估计,包括摄政王在内的满族大臣们未必就是这样想。要是反正到头来都得剃的话,那就确实不如抢在头里。然而,当想到真的要走上那一步,他内心仍旧有一种本能的抗拒……

现在,龚鼎孳已经来到皇城之内,并且习惯地向着朝房走去。位于端门与午门之间的这片空地,方圆虽然并不小,但四面都是高峻的宫墙,两座门的顶上还耸立着巨大的门楼,因此不但不显得空旷,相反还有一种深谷般的感觉。龚鼎孳每逢走在这里,都会不由自主地觉得自己其实是何等卑微,而高踞于万民头上的那位神圣的主宰者又是多么威严、可畏。此刻,他从剃发留辫、一个个像凶神恶煞似的满族卫士身旁经过,默默地仰望着天幕下那座巨兽似的五凤楼,心中不由得又一次悚然而动:"哎,但愿摄政王能明察人心,谨慎从事,这便不只是我辈之福,也是天下百姓之福!"这么暗暗祝祷了两遍,他才定一定神,加快脚步,走进日常当值的那间朝房里。

眼下,全国的政局还十分动荡,许多地方都还在打仗,因此朝里的公事其实相当繁忙。龚鼎孳在值房中稍事歇息,就上内院的红本房去领回来一摞子"题本"。其中有两件还有"朱笔"所加的记号,表示比较重要:一件是吏部关于一批地方官员的委任名单。由于前方的军事正在顺利推进,急需大批官员充实各州县的大小衙门,所以这件公事批得很快,只一天工夫,就下来了。这在前明时是不可想象的。至于另一件,则是来自江南的豫王多铎的奏章,内容是请示如何处置南京那批弘光政权的投降官员,所附的名单里赫然就有钱谦益、王铎等人的名字。如今题本的正面用满汉两种文字批着"着即来京陛见,量才擢用"的朱红色字样。"啊,原来连钱牧斋也投降了!还要来京陛见。嗯,他来了倒好,我正愁着东林方面在京里势单力薄,若得他带上一帮子人来助阵,就不怕孙之獬嚣张了!"正这么想着,门外忽然响起了脚步声,龚鼎孳抬头一看,发现有个矮胖的人影在门外张望了一下,随即一步跨了进来。

"孝升兄,"他称呼着龚鼎孳的字,"就你一个人在么?"

对方这样问,是因为按照新朝满汉对等的规定,每班轮值,除了一名汉官之外,还必须有一位满官在场。

"哦,还没见人呢!看样子,今日八成又不来了!"当认出来人是兵科的给事中许作梅之后,龚鼎孳摆了一下手,不在意地回答。

"哼,偏生老兄好运气!不像敝科,天天被人像防贼似的盯着,连大气儿也不能透,真倒霉!"

这个河南人许作梅,是个有名的炮筒子。虽然一样是当降官,偏他的牢骚特别多,而且动不动就发泄出来。总算朝廷相当优容,至今没有见罪,不过仍旧常常让人替他捏上一把汗。因此,发现他又来了,龚鼎孳就不搭腔,也不停下手中的公事。

被冷落在一旁,许作梅分明有点尴尬,但仍旧不愿意离开。他凑近来,瞄着案上的公文,半讥讽半搭讪地说:"大热天的,什么了不得的事儿,值得你大才子不要命地干?"

"是江南来的奏本,钱牧斋、王觉斯都要来京陛见。"龚鼎孳不得已敷衍他一句。

"是么?"许作梅顿时来了精神,"啊哈,原来又来了一帮子入伙的!这下可更加热闹了!"

停了一下,看见龚鼎孳没再搭茬儿,他就管自说下去。"钱牧斋么,倒是旧识,不过也已经多年不见。闻得他在乡下窝了许多年,好不容易才挣回一顶乌纱。谁知一年工夫,就又玩完,也真够倒运的了!"停了停,又转着眼睛,嬉笑地说:"不知他们剃发改服了不曾?若然已经'满汉一体',孙之獬倒不怕孤单了!"

龚鼎孳本来已经不打算搭理他,忽然听他提到孙之獬,心中一动,忍不住抬起头,问:"孙某人的事——许兄也知道了?"

许作梅眨眨眼睛,对他的追问似乎感到意外,不过,随即就呵呵笑起来,把手一摆,说:"老兄何其闭塞!有道是,恶事传千里。那猢狲崽子的丑态,这满朝汉官中,不知道的,恐怕没有几个了!"

在朝房这种庄严肃穆之地,许作梅居然高声笑出来,未免过于放肆。因此龚鼎孳吃了一惊,连忙站起身,匆匆走向门口,向外张望了一会,直到证实并未惊动其他朝房,才又走回来,告诫说:"兄且低声些儿!"随即做了个相让的手势,"嗯,兄且坐!"

待许作梅在一张椅子上坐下,他才压低声音问:"那么,不知兄等打算怎么办?"

"什么怎么办?"

"自然是对姓孙的事。"

"哼,他得意不了,到时有他好瞧的!"

"噢?"龚鼎孳顿时精神一振,"原来有此快事!不知可以见告一二否?"

"这个么……"许作梅眼珠子一转,忽然变得小心起来,"眼下还不到说的时候,总之,兄等着瞧好戏就是了!"

看见那矮胖子说完,就站起身,打算离开,龚鼎孳反倒着了忙。他一边竭力挽留着,一边张开双臂,想拦住对方。谁知许作梅是个拗相公,刚才想挤他走,他硬是不走,这会儿想请他多待一会儿,他却死活也不肯干,相持急了,竟跺着脚直嚷嚷:"这是怎么说?敝科可不比老兄这里,一天到晚有坐探盯着,哪有工夫闲讲!"龚鼎孳眼看留不住,只得让他去了。

"嗯,他说有好戏瞧,不知到底是什么好戏?"龚鼎孳一边走回书案,一边满腹狐疑地想,"孙之獬拼命讨好满人,满人自然是满意的。只要朝廷给姓孙的撑腰,许作梅那伙人,又能拿姓孙的怎么样?莫非还敢把他揍一顿不成?不过,话又说回来,这许呆子虽呆,要是没有几分成算,只怕他也不敢吹这等大气。那么,除非就是他得着什么消息……嗯,莫非果真正如老陈所说的,摄政王深知此事闹不好,会激出变故,因此并不赞许孙之獬的所为,甚至认为他是卖乖取宠,不由正道?"

这么猜测着,龚鼎孳顿时宽心了许多。"只不过,许呆子为何死活不肯把实情告诉我?我自问同大伙儿一向抱得蛮紧的……啊,莫非阿眉私下里做满族衣装那件事,已经传了出去?刚才许呆子颠颠儿地跑进来,其实是在警告于我?哎,这可真是冤哉枉也……"

正自暗暗苦笑着,忽然,门外传来了喧闹声,其中还夹杂着怒骂。龚鼎孳怔了一下,不知道发生了什么事情,连忙走到门口,向外一看,这才发现:一位长着一部大胡子的汉族官员——龚鼎孳认得那是工科的给事中杜立德,正苦着脸,狼狈不堪地站在过道里,几个脑后拖着长辫子的满族官员气势汹汹地围着他,其中一个正在指手画脚地用女真话叽里呱啦地说着,像在向他的同伴指控杜立德的不是。稍远处,还站着好几个汉族的官员,却只是交头接耳,都不敢走近去。龚鼎孳因为听不懂女真话,始终闹不清出了什么事。正好有一个通事从门前经过,他便连忙叫住,问:

"那边到底……"

那通事眨眨眼睛,用手半掩住嘴巴,悄声说:"满大爷发个脾气是常事儿,大人您就甭管了!"说罢,摇摇头,一溜烟走掉了。

自从大清朝定鼎北京之后,朝廷为着笼络汉族的降官,虽然定下了各衙门中满汉官员名额各半,遇事共同协商的大准则,但是不少满族官员或多或少地都难免以征服者自居,每每不大把汉员放在眼里,甚至呼来喝去,颐指气使。加上彼此语言又不通,误会和摩擦更是时有发生。眼下杜立德遇上的麻烦,大约也属于这一类。

"妈拉巴子!"一声凶暴的叱骂传来,龚鼎孳竦然回过头去,发现其中一个满官已经举起拳头,向杜立德作势要打。倒是他的同伴把他拦住了。但是杜立德已经吓得面无人色,竟"噗通"一下,给对方跪了下去。

"糟糕!他这一跪,可是把咱汉员的脸面给丢尽了!"龚鼎孳听见背后有人低声说。凭着那河南口音,他知道正是矮胖子许作梅。

"哎,得想个法儿,把他解救下来才成!"另一个人焦急地说。

又一个呻吟般的声音接上来:"救?老兄敢过去么?小弟可没这个胆子!"

要是换了别的时候,或者不是发现许作梅就在身后,这种事龚鼎孳是绝不会去管的。可是,觉得自己正被汉官们视为异己分子,因而急于有所表白的心理,却使他仿佛受了鬼使神差似的,竟不由自主跨了出去。

"哼,阿眉不就是一时贪玩,扯了身满装么!你们这伙'乌鸦'就大惊小怪的,支派许胖子鬼头鬼脑地来给我下药!原来全是见不得真章的'银样镴枪头'!现在看我把老杜解救下来,也让你们活活愧死!"他一边向前走,一边悻悻地、示威地想,同时,感觉得出站在旁边的那些汉族官员也在跟着他向前移动。

然而,这种勇气也只维持了几步路。因为龚鼎孳忽然发现,有几道利剑似的目光正霍霍地直刺过来,使他不由得打了个寒战。而当看清那几个满官已经有意无意地挡在杜立德的身前,正对他虎视眈眈,龚鼎孳的一颗心就开始"怦怦"地乱跳起来,"糟糕,怎么会这样子?我可不是想同他们打架,我也不会打架,他们难道看不出来？我不过是想好言相劝,请他们放过老杜罢了,怎么……"

从龚鼎孳原先站立的地方,到发生纠纷的处所,只不过相隔几个朝房。随着双方的距离愈来愈近,龚鼎孳的脚步也变得愈来愈慢,连眼睛也不知道该往哪里瞧。"哎,怎么办？怎么办？是过去,还是不过去？"他心忙意乱地想,感到最后一点勇气都消失殆尽。但是,来自身后的汉官们的声息又使他难以退却。

"不,傻瓜,别去触这个霉头！"一声发自心底的叱喝使他猛然止步。如今,龚鼎孳已经多少清醒过来:"是的,我真糊涂,什么事儿不好逞能,偏来找满人干仗！"不过,已经到了这当口,返身折回反而会露出马脚。忙乱中他左右一瞧,发现紧靠左边就是一间朝房的门口,"对,躲进去！就像我根本不是冲着他们来似的！"他想,于是,立即装出没事儿的样子,朝满官们讨好地微微一笑。

然而,就在他打算转过身去的时候,一个熟悉的声音忽然从满官们的身后传来：

"哎,起来,快起来！你跪在这儿做什么？"

龚鼎孳错愕了一下,连忙循声望去,这才发现:不知什么时候,许作梅已经绕到前头,此刻正出现在杜立德身边,打算把后者搀扶起来。

那几个满官显然也没提防这一手,"忽啦"一下,全都回过身去。

"嗯,这回只怕胖子要倒霉了！"由于意识到,即将发生的冲突已经转移到许作梅身上,龚鼎孳也就不忙着往屋子里躲了。不过,出于对事情的关切,他仍旧缩着脖子,心情紧张地望着,等待着那可怕的爆发。

然而,使他——恐怕也包括全场人大感意外的是,许作梅扶起杜立德之后,固然明智地没有再多嘴,而那几个满官似乎也觉得不便做得太过分,只斜着眼睛瞧着,竟然没有阻止。

看起来颇为险恶的一场风波,就这样结束了,没有演变成更大的冲突。在一旁紧张围观的人们,分明大大松了一口气。等脸色苍白的杜立德跟随着许作梅迅速离开之后,大家也互相交换着眼色,各怀心事地默默散去。

最后,变得空旷起来的场子上只剩下龚鼎孳。"哎,其实就差那么一步,早知如此,我就走到底了!"他茫然若失地站着,兀自呆呆地想。

五

虽然三天前,在谭泰那里吃了闭门羹,但是陈名夏并没有放弃谋求到江南去接替豫亲王多铎的计划。当然,他也就暂时不再找谭泰,而是改走内院大学士洪承畴的门道。这位洪承畴,本是明朝的太子太保、挂兵部尚书衔的蓟辽总督,曾经以擅长对农民军作战、劳绩显著而名扬朝野,深受崇祯皇帝的倚重。三年前,他在山海关外的松(山)锦(州)一线对清朝作战,结果失败被俘。当时,人们纷纷料定他必定会一死殉国,谁知他却最终选择了变节投降。这一远近哄传的事变,曾经对明朝造成很大冲击。也许因为这个缘故,自然也由于他的名望与才干,洪承畴在清廷同样很受礼遇和器重,经常参与军机大事的决策,并成为一个在摄政王多尔衮跟前颇能说话的人物。很显然,如果得到此人的支持和推荐,陈名夏的图谋同样也有实现的希望。不过,陈名夏之所以决定改走洪承畴的门道,还有另外的原因,这就是对于孙之獬擅自剃发改装一事,尽管他在龚鼎孳面前曾经嗤之以鼻,不以为意,但到了后来求见谭泰,主人拒绝接见他的所谓"理由",竟然不是别的,恰恰就是认为他没有学孙之獬的样,也来个剃发改装!这就使陈名夏错愕之余,不得不反过来琢磨一下是否上头真有这种意思。不过,即便如此,他仍旧坚持认为:彻底抛开"华夷之辨"的成见,光是为大清王朝着想,这件事也是万万实行不得的。因此,他今天来谒见洪承畴,还存着一个向这位权势人物进言的打算……

现在,随着一阵沉稳的脚步声从花厅外的过道传来,洪承畴那熟悉的身影终于映入了陈名夏的眼帘。

以干练持重著称的这位高官,是一个五十开外、身材瘦削的人。他有着南方人特有的高颧骨和凹陷的眼眶。整张脸称不上俊美,却自有一股儒雅睿智之气。搭配得最奇特的是眼睛和眉毛:他的眉毛又粗又黑,像扫帚似的横拖着,一双眼睛却又细又小,而且老像睁不开来的样子。这就使人一方面觉得他应该是一个秉权敢杀、颇有机谋的人;另一方面,又常常会暗自怀疑这种判断的准确性。当然,这也许只是因为赫赫有名的前封疆大吏正害着很重的眼疾之故。洪承畴是清朝入关前就归降的,因此已经剃去头发,蓄起辫子,衣冠穿戴也一如满官的式样。

"老先生枉顾,不知有何见教?"

当结束了照例的行礼客套,彼此分宾主坐下来之后,洪承畴一边从俗称为"马蹄袖"的窄袖筒里掏出一条手帕,一边探询地望着客人,用闽南口音颇重的官话问。

"哦,不敢!"陈名夏连忙拱着手,恭敬地说,随即注意到对方已经举起手帕去揩那双发红的眼睛,便关切地问:"大人这贵恙,不知……"

"哦,不妨事!"洪承畴把手一摆,"疥癣小疾,已经延医诊视,过些日子就会好的!"这么回答了之后,他就闭上了嘴巴,显然不想为这个问题多费口舌。

陈名夏觉察到对方的忌讳,但仍旧说了一句:"还望多多保重!"随即微低了头,不去看对方的眼睛,说:"学生深知大人百事纷拿,若无要紧之事,实不敢遽尔登门——只因目今有一事,关乎国家大计,学生已思之数日,虽有肤见,却未敢自信,且因事涉机密,不便商诸他人。踌躇再三,惟有来见大人讨教,尚祈详加指引为幸!"

"噢?"大约陈名夏这几句话说得颇为郑重,洪承畴的神情变得专注起来,"不知老先生欲以见教者,是何等之事?"

陈名夏再度拱一拱手,说了声"不敢",然后才前倾着身子,说:"近日学生所苦思焦虑者,乃是这江南局面,今后该如何收拾,方为上策。盖自我朝定鼎北京之后,兵威所至,流贼崩败散亡于西陲,已是鬼火萤光,难成气候;南京抗命年余,亦终于投降归顺。天下归一,短则半载,长则一年,必定可成。日后便该偃武修文,筹谋兴复重建之举,以开圣朝万世之伟业。惟是国家久经战乱,残破殊甚,虽有宏图大计,其奈国库空虚,民不堪命,只怕也难望早奏肤功!"

说了这几句之后,他故意停顿了一下。发现洪承畴低垂着眼睛听着,没有什么表示,他才清一清喉咙,接着说下去:

"如今江南地广千里,得天独厚,市井繁华,物产丰盛,以往天下赋税三之一,俱由此出。且十余年来,未遭流贼蹂躏,元气尚得以保存。纵因前朝之'三饷',困役多年,景况已大不如前,但较之别处,又强似多多。此一方之地,实乃财政之源泉,繁华之渊薮,处置得法与否,于国家未来得失甚大,不可不慎重斟酌!"

陈名夏明知以摄政王多尔衮为首的决策圈子当中,已经在酝酿对江南变剿为抚,但是他的这番陈述却是从今后复兴经济、重建国家的长远需要着眼,而不是只局限于眼前一时一地的战局变化消长,确实显得目光远大,见识不凡,而且避免了事先已经知情的嫌疑。这经过深思熟虑的一着,看来颇为奏效。因为洪承畴本来又开始用帕子去拭擦眼睛,听了这番话,他那浑浊无神的目光居然

闪动了一下,随即发出询问:

"嗯,依老先生之见?"

陈名夏始终保持着庄重的神色,但看见对方分明已经动了心,他心中却不免暗暗得意。为着使事情更加水到渠成,他决定干脆卖一个关子,于是再度拱手当胸,微低着头,用深沉而又谦恭的口吻说:

"如何处置,事关至巨,学生人微言轻,实未敢妄作建言!"

洪承畴"唔"了一声,随即摇摇头,不以为然地说:"老先生这就过虑了!有道是,食君之禄,忠君之事。但凡是出自公心,有利国家,又有何言不可直陈!而况如今天子圣明,摄政王虚怀若谷,正是我臣子竭诚报国之时!老先生既有良谟在胸,自当不吝赐教才是!"

这几句话说得剀切明正,倒使陈名夏不便再耍小花招。不过他仍旧挨延了一下,才捋着胡子,慢吞吞地说:"以学生愚陋之见,江南之于国家,譬如仓廪库藏之于人家,纵有二三强徒鼠窃窜踞其中,若非迫不得已,必先尽力设法抚而出之,诱而缚之,而无遽尔举火焚仓,纵兵毁库,自败其财之理!如今南都归命,江南可谓大局已定,正应变'剿'为'抚',力避焚杀破毁,保此库藏,以利国家振兴富强之大计!"

他绕了半天弯子之后,终于直接点出"变剿为抚"。可以说,陈名夏已经把试探的触角,伸进了决策圈子目前还不打算公开的机密当中。这确实多少要冒一点风险。因为他既有意毛遂自荐,又想装作对此毫不知情,而希望主人主动提出,这满腹的心机只要有一着的火候拿捏得不准,就有可能弄巧反拙——特别是在彼此没有太深交情的人之间,风险更大……

果然,这一次洪承畴没有立即作出反应。只见他微低着泛着油光的头,拈着花白胡子,老半天没有吱声。

看见这样子,陈名夏有一点着急,也有一点心虚。因为他知道洪承畴是个机警敏锐的人,要加以糊弄并不容易。何况深受摄政王宠信的这位权臣,为人虽说还算通达随和,而且颇为尊重爱惜人才,但如果一旦把谁憎恶上了,也会变得铁面无情。因此,在等候对方说话的片刻工夫里,陈名夏竟被弄得心情紧张,目不转睛地盯着,连大气也不敢透。

终于,洪承畴抬起头来:

"江南乃前明发祥之地,更兼历三百年之经营培植,其势力可谓树大根深。如今纵然主干已倒,但枝蔓尚在,而且盘根错节。虽欲行'抚',只怕亦非易事吧?"

他这样说,只是就事论事,对于高层中的决策依然守口如瓶,但是,起码没有对客人的用心表露出怀疑,而且显然愿意探讨下去。因此陈名夏一听,顿时大大松了一口气,于是挺直身子,颇为自信地说:

"大人所虑,自是不差。惟是前明自天启、崇祯以来,天下大乱,兵饷之费,大半倚靠江南,几至竭泽而渔,民众厌恨已久。更兼福藩僭号一载,朝政浊乱又远过启、祯,直是天怒人怨,千夫所指。到如今,民心实已丧失无余。这番豫王南下,各府县望风归降,便是一大明证。自然,其间还会有若干冥顽之徒,心怀不轨,意欲煽惑民众,造叛生事。不过我大清天与人归,大势已成,只须抚之得法,指日敉平当非难事!"

"噢,不知这'抚之得法',何所指而云然?"

"不敢!以学生浅见:欲得天下,必须先得民心,此乃千古不易之理。这行抚之法,自当以应顺民心为第一要义。譬如闻得豫王入驻南京之后,严饬部伍,不扰民众,又亲赴孝陵致祭,并于扬州梅花岭为史道邻立祠。其尤可道者,乃是与民约法,不剃发,不改服,令民众十分感悦,踊跃归附,俱是显例!况且……"

陈名夏得意之余，只顾顺着自己的思路侃侃而谈，却忘了主人是剃了发的，直到目光无意中落到对方的光头上，心中才蓦然一动，顿住了。

倒是洪承畴似乎不以为忤，依旧拈着胡须："嗯，说下去！"

陈名夏定一定神，心中有一点犹豫。不过，就孙之獬剃发一事，向这位得宠的汉官头儿进言，本来就是他此来的目的之一。因此，片刻之后，他终于把心一横，继续说下去：

"况且事有大有小，有缓有急。我朝入主中土，至大至急之事，实无过于抚定四海，浑一天下，开创万世皇基。凡有利于此事者，俱应顺之从之；凡不利于此事者，俱应缓之止之。若论剃发改服，关乎齐一国俗，亦属大事，惟是与抚定四海相较，则实非当务之急。况且沿袭已久之俗，骤然改易之，必致民心惊怖，甚或萌生离异之心。此实为乱臣贼子所求之不得而闻之窃喜者也！若因此不急之务，授彼以柄，为彼所乘，酿成祸变，则学生诚恐百姓万民，又要再遭无限涂炭，天下太平，不知又会迟却几多年矣！"

陈名夏越说越激昂，声音也不自觉地高了起来。因为他坚信，这是出于对新朝的一片耿耿忠心，而且事实必将证明他的判断是正确的，因此即使触犯一点时忌也在所不惜。不过，洪承畴的脸色却分明变得有点阴沉，等客人的话音一落，他的目光就尖锐地一闪，问：

"朝廷意欲剃发改服——老先生此言所据何来？"

"这个——学生并无根据，只是忧心国是，故发此言。"陈名夏坦然表白说，"不过，也并非全无缘故——"于是，他把孙之獬行径，以及去见谭泰被拒之门外的事说了一遍，末了，又说："今上天聪明敏，摄政王英睿远瞩，必定早已俯察此理。那么学生不过是杞人忧天而已。"

洪承畴不做声了。他又开始用帕子去拭眼睛。直到陈名夏忍耐不住,打算开口追问时,他才停住手,漫不经心地说:"倘若学生所记不差,老先生的贵乡像是溧阳?"

陈名夏怔了一下:"哦,是,是的。"

"那里距洮湖——像是不远了吧?"

陈名夏眨眨眼睛,对主人忽然改变话题,感到迷惑不解,但仍旧只好回答:"大人所记不差。敝乡正当洮湖之南,也就数里之遥。"

"如此正巧,学生有一疑问,存之胸中已经多年,都未能解。老先生的贵乡恰在洮湖之南,必能明以教我。"这样说了之后,洪承畴也不等客人回答,径自说下去:"学生于髫龄入塾之年,即已闻知太湖三万八千顷,其名别称'五湖'。惟是这'五湖'何所指,诸书说法却各不相同。譬如《义兴记》说太湖、射湖、贵湖、阳湖,以及贵乡的洮湖为五湖;韦昭则称洮湖、胥湖、蠡湖、滆湖、太湖为五湖;《水经》又以长荡、太湖、射湖、贵湖、滆湖为五湖。此外还有《图经》和《史记》,说法均各不相同,令人如坠五里雾中,茫然无所适从。老先生世居该地,必有明见,以解学生之惑。"

由询问陈名夏的故乡,引申到考证五湖名称的来历,可以说是越扯越远了。显然,无论出于什么原因,洪承畴也是在有意回避早先那个话题。这使陈名夏感到颇为失望,也有点不满,但是实现目的的强烈愿望,又迫使他只能尽量控制自己的情绪,回答说:

"大人饱学卓识,于书无所不窥,令人心折。说到五湖,确实历来众说纷纭,莫衷一是。其实敝乡一带湖泊甚多,何者为五湖,实难一一确指。倒不如依了张勃《吴录》所说:因其周行五百里,故名五湖。反可省却考证争执之烦!"用这么一个笼而统之的说法敷衍了对方之后,他就立即把话题一转,重新回到江南的局势和对策上去:

"不过,以学生所见,目今之难,尚不在考证五湖之名,而在于对此一方之民如何安抚得法,令彼知朝廷之深恩厚德,感戴归心,永不生异想,然后……"

他本想继续说下去,以便把自己的一套施政设想向这位位高权重的内院大学士摆出来,争取对方的理解和支持。然而,洪承畴甚至不让他有这样的机会,竟毫不在意地打断说:"老先生所言差矣!岂有周行五百里便称五湖?须知五百与五,乃是百倍之差——可谓不通之极!以学生揣测,五湖者,莫非以其派通五道之故?譬如三国时虞翻就曾说:太湖东通长洲松江,南通安吉霅溪,西通宜兴荆溪,北通晋陵滆湖,西南通嘉兴韭溪——不多不少,恰成五字之数!啊哈,如何?纵观诸说,此说当为确解无疑!"

洪承畴兴致勃勃地说着,有一阵子,甚至连眼睛也忘了拭擦。但是,被堵在椅子上成为听众的陈名夏,心中却越来越不是滋味。事实上,他本是一个相当强傲自负的人,今天因为有求而来,才不得不对洪承畴低三下四地一再赔小心。可是对方竟然根本不把他的建议当回事,一味地装傻卖痴,陈名夏可就忍不住心头火起;到后来,这种怒火又由于发现对方分明是在愚弄自己,而变得无法自制了。

"中堂大人!"等洪承畴的话音一落,他就一挺身站起来,气哼哼地说:"学生今日来此,是欲与大人共商国家大计,而并非探究方舆之学。如若大人以为学生不足以共语,尽可明言,也省得虚耗时间!"

看见他这样子,洪承畴也就停止了说话,但是似乎并不生气,只是静静地看着他,随后,就伸出手去,端起了方几上的一盏茶。

"送——客——喽——!"站在门外的仆役曼声吆喝起来。

陈名夏倒是已经多少料到了这一着,不过仍旧觉得脸孔变得热辣辣的。他怒火中烧地瞪大眼睛,打算狠狠指责对方一顿。只是临时想到对方职位比自己高,权势比自己大,好歹还得给日后相见留点余地,他才只好咬咬牙,把一口恶气强自咽了回去;到末了,双手一拱,说声:"告辞!"然后转过身,怀着既恼恨,又沮丧的心情,咚咚咚咚地大步向外走去。

六

发生在朝房的那场风波,虽然并不算大,但由于惊动了朝廷,使那几个骄横跋扈得过了分的满官,事后受到"严旨切责",所以仍旧在积怨已久的汉官中引起了轰动和兴奋。

龚鼎孳在当时是首先站出来的,这一点,使他受到人们的交口称赞。至于许作梅凭着其果敢沉着,使满官们目瞪口呆,铩羽而退的"业绩",更被加油添醋,传为一时的美谈。而由此激励起来的那股子盛气,又使得孙之獬主动剃发的行径,愈加受到猛烈的攻击,被认为是诡诈取宠,无耻之尤。加上随后从龚鼎孳口中传出消息,说前两天陈名夏曾经为这事去谒见过洪承畴,力陈其严重后果,谁知洪承畴却顾左右而言他,不置可否。于是大家又进而怀疑:由于孙之獬的缘故,已在决策圈子当中触发了类似考虑,只是由于尚未最后作出决定,洪承畴才不便过早表明态度。这可就使汉官们气愤之余,又多了一份紧张不安。因为他们当中的绝大多数人,也如同陈名夏一样,深知这件事非同小可,闹不好,势必会出大乱子。在天下尚未平定、清朝的统治远未巩固的当儿,这样做实在是十分愚蠢的。虽说他们都是汉官,但既然投降了清朝,就一心希望新朝能迅速一统天下,皇基永固,他们也因此荣华共享,世泽绵延;而绝不愿意局面再出现无谓的反复,甚至发生明朝的势力卷土重来那种事。因此,为了阻止可能出现的错误决策,防患于未然,汉官中的一些中坚分子经过反复商议,最后决定把孙之獬拿到大庭广众之中,狠狠惩戒一番,一来是以儆效尤,二来也是含蓄地向摄政王和满族王公们表达汉官们的态度。至于负责具体实施的官员,也已经确定,他们是刑科给事中庄宪祖、御史王守履、罗国士、邓孚槐,此外还有许作梅和龚鼎孳。

说到龚鼎孳,近两天来可以说特别兴奋和活跃,这自然是由于他出乎意料地受到了舆论的赞扬。事实上,后来他又反复想了一下,终于觉得还是同汉官们这边靠得紧些,更加合算。因为一来,彼此的关系渊源比满人要深密得多;二来,从那几个满官受到"严旨切责"可以看出,如今虽说是满人坐天下,但是朝廷想长治久安,就不能过于得罪汉官,而要尽可能加以笼络。因此,与其做满人的尾巴,还不如做汉官的头儿,更能在朝中显出自己的分量。正是基于这种盘算,当终于从许作梅的口中,探知部分汉官们惩治孙之獬的计划之后,他便立即参加进去,并且成为其中的中坚分子。"姓孙的又不是满人,我何惧之有!"这一回,他信心十足地想。

眼下,他们已经拟定了一个计划,这就是在今天上朝时,趁着百官齐集,先在午门外对孙之獬发起围攻,使他大出其丑;接下来,到了进抵皇极门排班时,则由他们带头发起抵制,不许孙之獬进入汉班。由于姓孙的不是满人,估计也不能进入满班。这样就弄得他无班可入,狼狈万分。最后,由负责监纠朝仪的御史王守履弹劾他乱班失仪,请皇帝降旨论罪。对于这么个计划,他们自认为是巧妙之极,估计即使不能把孙之獬置于死地,起码也会跌他个鼻青脸肿,有几年翻不了身。不过,为着保险起见,同时也考虑到一旦到了朝房,人多眼杂,不便凑在一块商量,因此又决定大家先到龚鼎孳家里聚齐,然后一道上朝去。

现在,几位同谋者都已经陆续来到。龚鼎孳看看眼下才是四更天气,时间尚早,便在前院西侧的倒座里点起一盏斗色晶灯,又命仆人沏上一壶酽茶,端来几样早点,却无非是烧饼、馒头,让大家边吃边谈。

"哎,诸位听说了么?"有着一张惊鸟般脸孔的罗国士一坐下,就急急地说,"近日朝廷因江南已经归顺,流贼巨魁李自成、刘宗敏亦于湖广一带相继败死,其余各省,再不必多费刀兵,因此决意变'剿'为'抚'。不过这江南一地,为国家钱粮所系,责任至重,非极精明干练之员,难以担当。闻得有人举荐陈百史,诸王、内院中也颇有认可的,如今就等摄政王酌定了!"

陈百史,就是陈名夏。由于他不止精明能干,而且敢于直言强谏,不畏权势,是汉官中的台柱子之一,因此,听说有可能派他出抚江南,生就一副浓眉大眼的庄宪祖首先点点头,说:"陈百史么,自然是相宜之选。他嘴上又来得,手段也使得,更兼是溧阳人,江南那边的关系多得很!这行'抚'嘛,可不比打仗,靠的是不战而屈人之兵,没有交往和情分又怎能承当!"

"还有,他尚未剃发改装,这也是顶要紧的!"正在忙于吃点心的邓孚槐附和了一句。

谁知许作梅却摇摇头,皱着粗短的眉毛说:"就因为尚未剃发改装之故,弟只怕他到底去不成!"

"噢?"

"诚如罗兄所言,江南为国家钱粮所系,责任至重。惟其如此,能当此选之人,精明干练固属要紧,而尤其要紧者,乃是必须深得朝廷信赖。老陈至今尚未剃发,已是输却一筹;闻得日前他还去面谒洪亨九,公然亟论剃发之不可,尤属失策——嗯,以弟观之,此事只怕悬乎!"

"不错,"王守履从旁接口说,"变剿为抚之议,弟也听说了。不过,这内定出任之人,闻得不是别人,倒正是洪亨九!"

清朝入关前就已经投降的洪承畴,不用说是早就剃发改装了的。与陈名夏一样,他也是南方人;但论资历、论经验、论在官场中的关系和影响,却比陈名夏强出不止一头。尤其重要的是他还深得摄政王多尔衮的信任。因此听王守履这么一说,大家顿时哑口无言。不过尽管如此,庄宪祖似乎心有不甘,片刻之后,仍旧摇头说:

"洪亨九自然无人能比。不过可惜他是剃了发的,将来与江南父老相见,恐怕毕竟隔着一层!"

许作梅哼了一声:"与江南父老隔着一层有什么?要紧的是不要与朝廷隔着一层!"

"咦,话可不能这等说。不剃发,也不就是与朝廷隔着一层呀!"

"你瞧着好了,到头来,只怕连那狗贼猢狲都能捞到外放的肥缺;至于你我嘛,这事却想也休想!"

"可是……"

庄、许二人言来语去地争执起来。龚鼎孳在旁边听着,心中却有点不是滋味。事实上,关于朝廷打算对江南变剿为抚的消息,他早就听陈名夏说过了。而且作为密友,他还知道陈名夏在洪承畴那里碰了钉子之后,并没有就此罢休,还在积极活动。刚才罗国士说到陈名夏也在被举荐之列,就是近几天努力的结果。龚鼎孳自然希望老朋友能够出掌江南的抚政,以便日后提挈自己。不过,许作梅所说的与朝廷隔一层不隔一层的话,却触动了他的心思。的确,坚持不剃发改服,无论从国家大计还是个人感情来说,固然都有十足的理由,但是如果从陈名夏——当然也包括自己的前程来掂量,这样做是否算得上明智呢?正是曾经被顾眉提醒过、此刻又重新冒出来的这个疑问,扰乱了龚鼎孳的心思,以致有片刻工夫,连同僚们的争论,在他感觉中也变得模模糊糊的了。

"哎,时候不早了,还是回到正题吧!今日之事,诸位瞧瞧还有什么疏漏不足,须得及早补救之处?"罗国士那尖尖的嗓音刺进耳鼓。

龚鼎孳怔忡了一下，回过神来，发现大家已经静下来，正在你瞧我，我瞧你。不过，像再也想不出有什么要谈似的，谁也不开口。

终于，许作梅做了个断然的手势："不必再谈了！总而言之，今日这事，已是有进无退。是成是败，都计较不了许多了！"

"对！"王守履也愤然而起，"狗贼猢狲之所为，实属祸国殃民！我辈即使冒着个得罪议处，也要并力阻遏之！"

"对，对！""不错！"好几个声音哄然附和。

"不过，弟瞧此事，也未必真如许兄所虑那等凶险。"庄宪祖淡淡地说，随即停顿了一下，等大家的目光都转向他，才又接着说下去："列位试想，豫王在江南明令禁止臣民剃发，此事必定先经奏明，摄政王认可，才敢实行之。那么孙之獬之所为，其实乃是公然违旨！说不定经我们这么一弄，朝廷当真来个杀一儆百也未可知哩！"

邓孚槐一拍桌子，冷笑说："他何止一人违旨，他是全家违旨，该当满门论罪才是！"

"对，对！满门论罪！满门论罪！"大家交口应和。于是气氛顿时又热烈起来。

龚鼎孳转动着脑袋瞧瞧这个，又瞧瞧那个。作为一名后来才加入的同谋者，如果说，他的心情更像是入股下注，因而也更加关心行情涨落的话，那么，刚才庄宪祖提到豫王在江南的做法，使他品味之余，又转而觉得这件事还是颇有把握。他不由得也兴奋起来，"哗啦"一下推开椅子，站起来，说："好，既然如此，那么就不如早点上朝去，先把那狗贼猢狲盯住，免得让他躲过了。"

大家都没有异议，纷纷站起身，打算出门。

就在这时，一个纤小的人影出现在门口，"老爷，老爷！"她连声叫唤。

龚鼎孳回头一看,发现是丫环小凤,就"嗯"了一声:"什么事?"

"太太请老爷进去,说有话同老爷说。"小凤走近来,行着礼禀告道。

"都要出门了,还有什么要说?"龚鼎孳皱起眉毛,不耐烦地问,眼睛注视着已经络绎走出的客人们。

小凤摇摇头:"婢子不知道。"

龚鼎孳沉吟了一下,记起昨儿夜里他一时高兴,曾经向顾眉谈及今天的计划。当时顾眉颇不以为然,还啰啰嗦嗦说了许多。眼下她要说的,想来无非仍旧是那些话。于是他摆摆手说:"眼下哪里还有工夫进去!你回去告诉太太,就说她要说的我都知道了,请她在家里安心等着,静候我的好音!"说完,便转过身,大步跟上客人,匆匆向外走去。

小凤自然不敢阻拦。她怔怔地靠在门旁,睁大眼睛,瞅着主人的背影。直到那橐橐的官靴声消失在垂花门的拐角处,接着,院墙外传来了人马起动的声响,她才转过身,慢慢走回上房去。

"噢,他是这样说的么?"听了小凤的回禀之后,顾眉扬了一下眉毛,说。这当儿,她已在寝室里梳洗完毕,正把最后一支凤钗,簪在发髻上。

"禀夫人,老爷是这么说的。"小凤胆怯地回答,显然惟恐女主人责怪她办事不力。

"嗯,把扇子给我。"顾眉说着,不由自主打了个呵欠,随即用手掩住嘴巴。

小凤赶紧把扇子捧到她的面前,赔着小心说:"眼下,天才放亮呢!要不,太太就再睡会儿?"

昨天夜里,由于得知丈夫及其同党们那个惩治孙之獬的计划,顾眉确实一宿没有睡好,总觉得事情不大对劲,在枕上翻来覆去地净想着,直到三更过后才蒙眬睡去,所以这会儿脑袋还真有点发沉。不过她仍旧摇摇头,强打精神说:"你去,瞧瞧他们都起来了不曾?叫他们该干什么的都干起来。老爷都上朝了,还睡懒觉可不成!"

等丫环答应着出去了之后,她就依旧坐在床边,一边抚弄着那只乌云覆雪波斯猫,一边瞅着妆台上的灯焰,默默地想起心事来……

作为经历了小半辈子卖笑生涯,并且曾经大红大紫过的名妓,顾眉从来都是一个讲求实际的女人。正因为如此,她才在身价还处在顶峰的当儿,毅然决定嫁给龚鼎孳,从而使她在这次国破家亡的巨变中,总算还得到一个依靠;也正因为如此,她才不在意丈夫把当初没有自尽殉国的责任,一古脑儿推到她的身上。多年来与各种人物打交道的经验告诉她,要活下去,而且要活得比别人好,就得顺应时势,及时变换立脚点。就拿眼下来说,既然北京是由满族人占着,而且看样子还会长久占下去,那么,丈夫和他的同僚们作为已经归顺大清朝的臣子,就该安分守己地暂且过下去,至少表面上要尽可能装得忠顺一点,把新主子哄得高高兴兴的。这样对双方都有好处。

"新朝认识我们才几天工夫?彼此熟悉还没熟悉过来呢!就是要闹别扭,也不该挑的这时候呀!"昨天晚上,她也曾这样劝说丈夫。可是丈夫一个劲儿说她是妇人之见,还说今天这事是件大事儿,可不能拿当年她在秦淮河混的那一套来对付。"谁晓得呢,也许是他对吧?毕竟……他们是当大老爷的……嗯,见多……识广……"这么想着,渐渐地,顾眉开始觉得思路模糊起来,眼皮儿也愈来愈沉,终于一歪身,靠在枕上沉沉睡去……

这一觉不知睡了多久,她只觉得忽然被惊醒了,睁开眼睛一看,白晃晃的阳光照得满屋子亮堂堂的。与此同时,外面的院子里传来了异样的响动,有人声,也有急促的脚步声。她一翻身坐了起来,正在怔忡之间,就见小凤跌跌撞撞奔进来,面无人色地指着门外说:

"太、太、太太,不、不好了,老、老爷他、他他他……"

顾眉起初还有点发呆,不明白丫环为何如此惊惶,随即蓦地想起丈夫今早上朝的事,连忙跳起来问:"老爷,老爷怎么啦?"

可是小凤却像给吓得说不出来似的,只指着门外,结结巴巴地说:"也、也没什么,就是,就是……"

顾眉火了。她瞪起眼睛,正想厉声呵斥,就听见急促的脚步声已经来到门外,忽然,门帘一掀,竟猛地钻进来一个剃发留辫的满人!

顾眉这一惊非同一般,她本能地往后一躲,迅速扯起被子,掩住几乎袒露的胸脯,同时发出一声恐惧的尖叫。

那满人倒是没有迫近来。只见他"噔噔噔"走向椅子,一屁股坐下,低着头,沉声说道:"慌什么,是我!"

顾眉定一定神,才发觉对方十分眼熟,眨眨眼睛,仔细再瞧,忽然心中一亮,止不住仰起脖子,哈哈大笑起来。

"相……嗳哟,相公!"她倒在床上,一边指着对方,一边笑出了泪水,"你、你,嗳哟!怎么会变成这个样子?"

确实,进来的这个人正是龚鼎孳。只不过,如今他的脑壳四周被剃得光光的,后面则梳起了一条老鼠尾巴似的长辫子。那模样,同满人已经没有什么两样了!

在最初的惊笑过去之后,顾眉才弄清楚:原来今天上朝之后,龚鼎孳等人的计划一直进行得很顺利,孙之獬确实被弄得无班可立,愧惧欲死。谁知后来事情却发生了剧变。

当摄政王听了纠仪官的弹劾之后,不但没有责备孙之獬,反而代皇帝宣布了一道措辞严厉的圣旨,说是过去之所以不强令汉族官民剃发,是因为天下未定。现在南京已经归顺,江南不日便可平定,汉、满若再不归一,就成了两国之人。因此决定:自即日起,全体官民一律剃发改服。京城内外,直隶各省,限十天之内,尽行剃完。敢有规避,巧词争辩,决不轻贷!龚鼎孳及其同党们看见这种势头,哪里还敢强项?只得同百官一道下跪叩头,齐呼遵旨。而且,到了散朝之后,他们越想越觉得心慌,为了表示知错即改,还赶紧相率到就近的剃头店去,即时把头发剃掉了才回家……

事情的经过就是如此——果然给顾眉说中了,汉官们空自意气昂昂地鼓噪了一场,所落得的,就是这么一个结果。

"我们横竖已经走到这一步,"龚鼎孳最后摊开双手,无可奈何地说,"这头发剃与不剃,其实倒没有什么。只怕江南从此可就多灾多难了!将来这出任督抚的,不管是谁,面对一局乱棋,也是够他挠头的!"

第 二 章

一

　　清王朝的决策者在兵不血刃地占领南京后，被江南各府县出乎意料的迅速归顺所鼓舞，终于一反入关之初的容忍态度，悍然决定在势力所及的范围内严厉推行剃发改服的诏令。但是，正如陈名夏等人所忧心忡忡地预言的那样，这道蛮横无理的命令，果然成了引发大规模反抗的导火索。事实上，恰恰就是在清朝打算变剿为抚的江南地区，被弘光政权突如其来的崩溃弄得蒙头转向、不知所措的士民们，已经从最初的沉重打击中逐渐清醒过来，并在那些不甘屈服的前明缙绅暗中策划下，酝酿着反抗的行动。正当剃发风暴呼啸着向南推进的当儿，在浙江省的余姚县，一场杀官起义的事变也猝然爆发了……

　　黄宗羲是在通德乡黄竹浦的家中，得知县城已经起事的。一个多月前，他同陈贞慧、顾杲一道从南京的监狱逃出来，半路上，顾、陈二人先后分手而去，剩下他和黄宗会兄弟俩，还有书童黄安，狼狈回到家乡。看见他死里逃生，平安回来，一家人自然十分高兴；但是，他们带回来有关清兵正在南下的消息，又使乡人们感到惊恐不安。大家几经商议，觉得结果将会怎样虽然还不清楚，但是起码也要做好准备，以防万一。于是立即清点全村的丁壮，从中挑选出三百人，由黄宗羲自任头领，每天一早一晚，认认真真地操练起来。

过了大半个月,外面的风声愈来愈紧,忽而传说潞王已经投降,杭州已经失守;忽而又传说清兵正在沿钱塘江和大运河东下,浙东各府县望风归降,闹得人心震恐,开始设法躲的躲,逃的逃。黄宗羲虽然没有动,但是心中的那份混乱和恐惧,也是不可名状。"啊,完了!终于彻底地完了!这是注定了的,是我早就预料到的!"他一次又一次紧攥双拳,痛苦而又激动地想。虽然为了防备盗贼乘机捣乱,他仍然坚持操练乡勇,但对于大局的那一份绝望和阴冷,却变得越来越深重了。

这样一直挨到三天前,派往外间去打探消息的人忽然回来报告,说县城里发生了一件大事——在闰六月的初九日,曾任明朝九江兵备金事的孙嘉绩和吏科给事中熊汝霖,已经把"鞑子"任命的知县王元如抓起来杀掉,并且重新打出了大明的旗号,如今正在招兵买马,修整城池,准备大干一场。四乡前去投军的人很多,把县城挤得水泄不通,热闹极了!黄宗羲乍听之下,虽然也本能地冲动了一下,但随后就阴郁地觉得,孙、熊二人的勇气固然可嘉,但事情到了这一步,可以说大势已去,很难有什么真的作为。更何况,经历了这些年目睹耳闻的种种奇祸巨变,他越来越痛切地感到:为了一家一姓的王朝私利,去白白葬送无数民众的身家性命,是根本没有道理的,而且是愚蠢的。"不错,既然这些朱姓藩王一个个都是扶不起来的天子,那又何必非得死死捧着他们,为他们效忠卖命不可!"他憎恶地、决绝地想。尽管如此,几天下来之后,他却发觉,要对县城发生的事根本不闻不问,还真的不那么容易;强自压抑的结果,反而使自己变得越来越烦躁不安。因此,在村中的父老们一再催促下,加上母亲姚太夫人也主张不妨先去瞧一瞧情形,他终于还是带上三弟黄宗会,还有书童黄安,乘坐小船,前往县城去……

隶属于绍兴府的余姚,是个历史悠久的县份,它的得名甚至可以追溯到上古时代。近世由于人口繁衍,货殖日增,位于姚江北岸的老县城已经容纳不下,又在南岸新筑起半爿城池。久而久之,南城的居民比北城反而多出一倍有余。不过,县衙和多数公署仍旧集中在北城。眼下,大约县城起事的消息已经传开,从四乡赶去投军的、看热闹的人,很是不少。他们有的背着小包袱,有的手中拿着刀枪棍棒,有的有头儿领着,也有的只是临时搭伙,空手而来。瞧着河道里穿梭往来的船只,以及堤岸上络绎不绝的行人,黄宗羲多少有点意外,也有点心动。"嗯,看来民气像是还可一用。况且听说宁波、绍兴、金华、台州也都起事响应了,那么,或许还能与鞑子一拼?"他沉吟地想。但只是一会儿,他又把这种冀望否定了:"哼,要同鞑子相抗,不是光有人、有兵就成的,说到底,还得有一个新的朝政格局!否则,必定还会再蹈崇祯、弘光的覆辙!可是眼下,这做得到么?做得到么?"由于痛切地感到一切都已经太晚,以致任何试图挽回大局的努力,都只能是徒劳的挣扎,黄宗羲的心情甚至变得更加灰暗和绝望。如果不是担着一重弄清情形的嘱托,而且已经走到半路上,他很可能就会吩咐转船回去了。

将近晌午时分,他们终于来到县城,并且在横跨南北两城之间的通济桥附近上了岸。这一带正当水陆交通的要冲,平日往来进出的人本来就不少,眼下更是摩肩接踵,熙熙攘攘。在隔桥相望的齐政门和北固门的城头上,插满了各式各样的大小旗帜,那一个个锦绣的、墨写的"明"字在风中夺目地舒卷着。齐政门的雉堞上,还垂挂着一团累累赘赘的东西,那是几颗血淋淋的人头。人头的头发被捆扎在一起,其中有龇牙咧嘴的,有愁眉苦脸的,依旧各自保持着被砍下时的神情。不过,也许这些人都是罪有应得的缘故,人头丝毫没有影响两岸城墙下的热烈气氛。那一片黑压压、闹哄哄的人群中不光有大人,而且有小孩;不光有男人,还有妇女,其中有的还穿着新衣裳,梳起油角髻,脸上涂得红红白白,在那里招摇过市。堤岸两边的路口上,分别用桌子和凳子垒起了几个台子,一伙扎缚得精干的汉子在上面各自"喤——喤"地敲着锣,扯着喉咙吼叫:

"保大明啰——来投军啰——杀鞑子啰——"

喊声中,那些卖小吃、卖杂货的纷纷出动,起劲地向人们兜揽生意。更有那一干耍枪棒卖草药的江湖客,也乘机摆开场子,在那里翻跟头,舞钢叉,引来围观者的阵阵喝彩……

由于对时局越来越不抱期望,眼前的一切,并没能使黄宗羲变得兴奋起来。有好一阵子,他站在码头边上,尽自冷淡地,甚至反感地环顾着。倒是站在旁边的黄宗会,分明被周遭的热烈气氛所感染,大睁着眼睛,苍白敏感的脸上现出既惊奇又快活的神情,嘴巴还不停地喃喃着:"嚄,好呀,必定是四乡的人都来了!哎,竟有这么多,真想不到,会有这么多……"直到发现兄长已经移动脚步,走向设在城门边上的一个兵站,他才猛一慌神,忙不迭跟了上去。

那是一个露天而设的兵站,格局相当简陋,只是临时并排起几张方桌,上面摆着些笔墨簿册之类。不过几个执事人十分卖劲,一唱一和地接待着投军者。当得知眼前站着的就是黄宗羲兄弟,那些人顿时显出肃然起敬的神情,又是行礼,又是让座。黄宗羲无心周旋,摆一摆手,只接过一瓢水,随口问道:"你们在这里立站几日了?投军的人可多?"

"好教相公得知,小可等在此立站已经三日了!"一个头儿模样的小老头仰起多皱的脸,神气地回答,"投军的人可真不少,一起一起的,几乎不曾断过!"

黄宗羲抹了抹胡子上的水珠,放下茶碗:"总共收了多少人?"

"哎,不少不少!"老头儿翻动簿册,指点着说:"喏,到这会儿为止,已入册二千一百九十八人!"

黄宗羲心中核计了一下,不禁摇头,觉得招了三天的兵,才只

这个数目,实在未免太少。不过,尚未来得及开口,旁边一个商贩模样的人已经吃惊地插了进来:

"怎么?才只这么一点子人!怎么打得过鞑子?"停了停,看见没有人接口,他又伸长胳臂比画着:"闻得、闻得那鞑子一个个身高丈二,腰粗十围,行军走路时飞沙走石,唉,厉害得很哩!"

"你胡说什么!"人丛中传来一个冷冷的声音,那是一个矮小结实的青年儒生,"身高丈二,腰粗十围,谁又见过这样的人了?莫非你见过不成?嗯?要没见过,就别来这儿乱放屁!"把那个商贩噎得不敢应嘴之后,他又转向众人,眯缝着眼睛:"其实,那鞑子么,也就是长相古怪点儿,别的倒也稀松平常得很!"

"长相古怪?怎么个怪法?"有人好奇地问。

"哼,他有一条老鼠尾巴!"

"老鼠尾巴?"

"还有两只猪蹄子!"

"啊,猪蹄子?"

"自然,也不是真的老鼠尾巴。皆因好端端的一头头发,他偏要整个儿全砍掉,却在光顶上留下一绺儿,编成一根又细又长的辫子。看上去,活脱就像一条老鼠尾巴!"

"这……那么、那么猪蹄子又是怎么回事?"

"他那两只袖管,又长又窄,还要在袖口上这么斜砍一刀,不妨想想,这像什么?"

听他这么一形容,人们都不禁张大嘴巴发了呆,显然都在想象着如此这般的"鞑子",该是怎样一副鹘突难看的模样。

"娘希匹!竟有这样的打扮!"有人骂了一句。

"一条老鼠尾巴,外加两只猪蹄子,这岂不成了畜生!"

"这等打扮,真亏他们想得出!"

"咦,咦,"一个响亮的声音说,"这有什么奇怪,那鞑子本来就不是人嘛！"

这话无疑颇能满足天朝臣民们的优越感,大家先是一怔,随即就快意地哄笑起来:

"哈哈,不错,他们果然不是人！是畜生,是畜生！哈哈！"

不过,这种快意也只维持了一会儿。因为接着就有人惴惴不安地问:"听说、听说鞑子近日在杭城贴出告示,着令全体百姓剃发改装,不知是真是假？"

"嗯,是有这话。"那个矮小结实的儒生回答。

"娘希匹！我们又不是鞑子,谁会鸟他？"一个粗犷的大嗓门震得人们的耳鼓嗡嗡作响。那是一个身材魁梧的大汉。他紧挨着桌子旁边站着,满脸鄙夷不屑的样子。

"那就砍你的头！闻得为这事杭城里已经杀了好些人。鞑子还在告示里写着:'留头不留发,留发不留头'！"

"什么？留……留什么？"有人没有听清。

"'留头不留发,留发不留头！'就是你想要脑袋,就得把头发剃掉;你若不肯剃掉头发,脑袋就得搬家！"

"啊！"这消息是如此凶暴、骇人,以致人们叫出一声之后,有片刻工夫,又变得鸦雀无声,一张张脸孔全都失了颜色。

在他们对答的当儿,黄宗羲一直自顾着喝水,没有参与。但当这话进入耳朵,他心中也是猛然一震,不由得抬起头来,惊疑参半地望着。

"哎,请问先生,"黄宗会在旁边很着急地插嘴说,"这话可是真的？不剃掉头发就要砍头——这、这是什么道理？我们又不是鞑子,怎么能同他们一样装扮！哎,这、这是什么道理嘛！"

"是呀,"那个小商贩模样的人从旁附和,"前些日子不是听说鞑子的那个什么贝勒,在杭城贴出告示,不许我汉人百姓剃发么？"

矮小结实的儒生冷笑一声:"不许剃发？那是什么时候的事

了!不错,他刚进城时是假惺惺地这等说,可如今全不认账了!老实告知列位,我汪某两日前才从杭城东门外经过,看见鞑子派出无数剃头担子,每副担子都有兵跟着,城里城外的到处捉人剃头。稍有违抗不肯的,便即时拿下砍了。那颗头还滴滴答答地淌血呢,他就拿来挂在担头的竹竿上示众!我遇上的那副剃头担,就挂着两颗!若不是我脚快,立时飞奔走脱,只怕也活不到今日了!"

这消息无疑更加令人毛骨悚然。大家不由得你看我,我看你。一种压抑的、不安的私语,开始在人丛中嗡嗡地回荡着,越来越急切,越来越嘈杂。小半天前那种嬉笑欢腾的情景,不知不觉间全变了。有的人甚至开始悄悄移动脚步,打算退出。兵站前的报名入册也停顿下来……

看见人们这样子,黄宗羲不由得愤急起来。因为事情很清楚,征服者这样做,就是要汉家民众一个个像骡马一样,全都打上他们清朝的标记,从此彻底忘掉自己的祖宗,放弃自己的习俗,俯首帖耳地永生永世当顺民。"啊,这是连当初蒙古元朝也没敢做的!他们真是好大的胆子,好蛮横的气焰,这些可恶的鞑子!而眼前这些人,竟然如此孱头,被他一吓,即时就像丢了魂似的!这副样子,还起什么义,打什么仗!"这么想着,黄宗羲的胸膛就止不住剧烈起伏,呼吸也变得越来越急促。突然,他把茶碗往身旁的桌子"砰"地一放,声色俱厉地呵斥说:

"混账!你们这是怎么回事?啊!不就是鞑子手里有刀,要逼我们剃头么!难道就值得怕成这样了!须知这儿是余姚,不是杭城!鞑子要剃我们的头,我们就乖乖给他剃么?我们如今手中也拿着刀,就不会先把他们的狗头剃下来么?啊!"

"说得好!"身材魁梧的汉子把醋钵大小的拳头使劲一挥,大吼说,"他狗杂种敢要老子剃发,老子就先把他的头给剃下来!"

"哼,还有他那对猪蹄子,也要割下来喂狗!"一直没有做声的黄安也跳起来,恶狠狠地从旁帮腔。

人们起初还在发呆,听他们这么一叫骂,才纷纷动弹着身子,回过神来,并且显然醒悟到:那场可怕的灾难既然已经逼到眼前,如果想避免,惟一的办法只有拿起手中的刀枪,与征服者拼命。而眼前这场起义,就是一个最现成的机会。于是,他们的表情开始改变。一股重新迸发的仇恨和愤怒像无形的波浪,在全场迅速扩展开来,汹涌起来。

"娘希匹,这狗鞑子占我地方,杀我人民不算,还要逼我们剃什么鸟头,老子非同他拼到底不可!"有人直着脖子大叫。

"这头一剃,我们还成什么样子?"

"两只猪蹄子,再加一条老鼠尾巴,岂不也同他们一样,成了畜生!"

"对,对!这头绝不能剃,死也不能剃!"

人们你一句我一句地大声议论着,不停地吼叫着。忽然,那个身材魁梧的汉子大叫一声:"你们都给我让开!"说着,"嗖"地从腰间拔出钢刀,等错愕的人们向两旁退去,他就使足全力,直砍下去,"咔嚓"一声,把身旁那张桌子的一角,当场剁了下来。

"哎哟,你、你这是……"兵站的老头儿吃了一惊,心疼地说。

那汉子却毫不理会,径自转过身,举起钢刀,环视着四周,恶狠狠地大叫说:"众人都听好了,我茅瀚有言在先:我们这头头发,这身衣裳,可是祖宗传下来的东西,是万万改变不得的!若然改变了,就是叛祖灭宗,必遭天诛地灭!如今鞑子想逼我们背叛祖宗,我们惟有同他拼了!今后若有哪个昧心的软骨头、鼻涕虫,敢背叛祖宗,向狗鞑子学样,那就莫怪我茅瀚无情,眼前这张桌子,就是他的榜样!"

"这位茅大哥说得好!"那个矮小结实的儒生把拳头一挥,首先响应,"我汪涵虽然不才,但却知天地间第一逃不过的,便是忠孝二字！我汪某生为大明人,死也要做大明鬼。决不向鞑子低头,决不做辱没祖宗的事!"

"是呀,决不做辱没祖宗的事!决不做辱没祖宗的事!决不做辱没祖宗的事!"狂怒的人们一齐放开喉咙,使出全身的力气吼叫起来。这一声高似一声的呐喊声沿着河道远远传送开去,在耸出于两岸的城墙之间来回翻滚、激荡,有好一阵子,听上去,就像奔涌着一股经久不息的怒涛。

"哼,剃发改装!竟敢要我们剃发改装!"当领着弟弟和黄安从人丛中走出来的时候,黄宗羲一边听着身后传来的闹哄哄声响,一边余恨未消地想,"真亏他们想得出!须知再怎么着,我们也是上国臣民,不是他们虎狼禽兽!竟然要我们变成他们那个样子,哼,真是狂悖得可恶!既然到了这一步,确实惟有一死相拼……只是,话又说回来,将来的朝政如果没有一个新格局,拼得过鞑子么?拼得过么?"

这么暗自思忖着,黄宗羲就不由得沉吟起来,并且重新感到了一种犹豫,一种选择的为难。这时候,那两位汉子——汪涵和茅瀚从后面赶上来,着实说了好些感慕的话,但黄宗羲已经无心周旋,只问明对方的住处,约定前去拜访,便领着弟弟和黄安,继续往城里走去。

二

坐落在姚江北岸的这半爿县城,由于是县衙和府署所在地的缘故,同作为商业区的南城不同,一向颇为宁静悠闲。不过,眼下也同城门外一样,整个气氛已经大为变样。一眼望去,家家的大门洞开着,神色紧张的居民们进进出出,有的在七手八脚地搬砖运石,忙着在巷口垒筑石墙;有的错杂地排站在井台前,一递一接地用木桶贮存救火的用水。满载滚木和灰瓶的大车在街上隆隆而过,穿着号衣的士兵在来回奔走。呼叫声、争执声、狗吠声响成一片,到处都是一派紧张忙碌的备战景象。

当黄氏兄弟来到已经成为义军临时指挥所的县衙前,把名帖递了进去之后,这次事变的首脑人物孙嘉绩很快就迎了出来。

"啊哈,太冲、泽望,弟就知道贤昆仲必定会来的。如今果不其然!"他兴冲冲地拱着手说,狭长的脸上现出黄宗羲所熟悉的笑容。

因为是同乡,孙、黄两家彼此早就认识,平日也有交往。不过,在黄宗羲的印象中,无非觉得对方出身于高官显宦之家,加上少年得志,很早就进入官场,但是待人接物却颇为谦和正派,也有学问,如此而已。因此,这一次孙嘉绩竟然敢于在浙东首先起义,倒是出乎黄宗羲意料之外。此刻,他发现对方眉宇间虽然多了一股勃勃英气,但比起上一次见面时却分明消瘦而且憔悴了。

"太冲兄……"大约看见客人在发呆,孙嘉绩再度拱着手说。

"啊!"黄宗羲猛然回过神来,连忙回礼:"弟等僻处乡里,久疏拜望,不意仁兄做出如此壮举,着实可敬可佩!"

"岂敢!"孙嘉绩立即摇摇手,"弟也是一时气盛,铤而走险——哦,还是先入内奉茶,再与兄细谈。请!"

这么说了之后,他就当先引路,领着黄宗羲向内走去。

这个县衙,黄宗羲过去也曾来过。当时尚属"太平"时世,门堂静肃,人影寥寥。如今大抵由于事变初定,要处置的事情还很多,所以骤然多了不少办事的人。尽管如此,大家仍旧显得各有所职,紧张而不忙乱,也没有人高声说话。"嗯,孙硕肤果然不凡,光瞧这从容沉着的气度,就不是一般浮躁之徒所能做到的。"黄宗羲一边向前走,一边默默地想,对比自己年长七八岁的这位朋友,不由得增加了几分折服之情。

"此间之事,想来二位兄台已经知道了?"宾主三人来到签事房,重新行礼、坐下之后,孙嘉绩一边向客人让着茶,一边微笑地说。瞧他的意思,如果客人不再追问,他就不打算在这方面多费唇舌。

可是黄氏兄弟表示并不完全清楚。于是,孙嘉绩便把起义的经过大略介绍了一下。原来,杭州陷落之后不久,余姚的县令也弃官而逃,大权落到一个名叫王元如的教习手里。此人立即与杭州方面联络投降,并督率民夫日夜抢修道路,准备迎接清军。民夫们不堪奴役,鼓噪起来,把他揍了一顿。孙嘉绩和熊汝霖知道民心可用,于是率领一伙壮士,于闰六月初九日夜里攻入县衙,把王元如捉住,斩首示众,就此扯起了反清大旗。"当时,弟也是铤而走险,生怕闹不好,反而乱将起来,使百姓先受其害,那么弟便成了乡里罪人了!"孙嘉绩感叹地说,结束了介绍。

"这一层倒无须过虑,"黄宗羲断然一挥手,"终不成为了保住区区身家性命,就连华夷之防的大义也不顾了,俯首帖耳地任由鞑子宰割作践!"

"而且,"黄宗会也兴冲冲地插口说,"弟等方才一路行来,但见四乡从军者甚为踊跃,城中居民也在齐心备战。足见吾兄此举,乃是深得人心哩!"

孙嘉绩摇摇头,严肃地说:"这岂是弟一人之能?实因大明三百年恩泽,尽在人心之故!"停了停,又微微一笑,说:"弟这番能行此险局,得熊雨殷助力甚多。只是不巧,他前往台州迎接鲁王去了。不然,正好请他也来与二位相见——待过几天吧!"

熊雨殷,就是与孙嘉绩一同起事的吏科给事中熊汝霖,以往大家都是认识的。"啊,兄是说,夫……夫迎接鲁王?"黄宗羲疑惑地问,没想到事情进行得这样快。

孙嘉绩点点头:"如今浙东各府都已经起兵响应,须得有一位宗室之亲的王者出来，才能名正言顺地号令四方。恰好鲁藩现在台州暂住，可谓天假其便！因此已同各方商定，恭迎鲁藩到绍兴行监国之权。因此，兄等来得正好，届时一道前往便了！"

听说已经着手成立新政权，而且新主子照例又是朱姓王室的后裔，黄宗羲意外之余，心中本能地冒起一种反感与厌恶。他冲动了一下，想说出自己的想法，但话到嘴边，临时又变成了：

"那，不知王驾何时可达？"

"台州方面尚未有确信，总之不出这几日之内吧。再拖，只怕就难免生变。这一层，熊雨殷不会不知。"

"可是，"黄宗羲犹豫了一下，终于还是断然抬起眼睛，"这新君一立，便名分俱定，难以改变了！"

孙嘉绩微微一怔："兄是说——"

"去岁留都迎立之事，兄想亦知晓。若非东林诸君子心志不坚，屈从小人之议，误立庸而贪之福藩，以江南之人心物力，又何至于一岁而亡！"

"那么，以兄之见？"由于黄宗羲所指出的，确实是一个极其惨痛的教训，孙嘉绩不由得专注起来。

黄宗羲没有立即回答。无疑，就内心深处而言，他已经认定以往那种君权至上，以皇帝一家一姓的利害，代替万民百姓的利害的政权格局，是导致天下大乱、民众涂炭的罪恶之源，不从根本上加以改变，就没有治世可言。然而，若是要他明白说出怎么改变，所谓新的格局应该是怎么一个样子，他又不禁有点茫然。所以，沉默到后来，他只得退一步说：

"立君以贤，这是第一要紧的。如若急切之际，难以明察，则不妨暂缓。另外，以往朝政之所以流弊丛生，皆因君权太重之故。若要防止弊政，君权必须有制。譬如前代丞相之设，用意亦在此。如能恢复，或许不失为一法。"

孙嘉绩拈着胡子,沉吟说:"丞相之设,是我朝太祖皇帝明旨废除的,遽尔恢复,只怕有骇观听,不易实行。而于暂缓称帝嘛……嗯,这个待与会盟诸公商议后,再相机而定吧!"

这么表示之后,他看来还想说下去,可是有两个手下人走进来,说有要事禀报,把话头打断了。

那两个人,一个是来请示如何安置愈来愈多的投军民众;另一个则是因为购置军火武器,开支很大,无法应付,前来讨钱的。这两件事都不是三言两语能打发,以致两位客人着实干坐了好一阵子。不过,黄宗羲对主人刚才那个表示,多少有点失望,因此也就沉默着。倒是黄宗会大约对于眼前的一切都觉得很新鲜,他颇感兴趣地注视着孙嘉绩的一举一动,待对方把那两个人打发走了之后,他就急急地问:

"哎,闻得我兄此番举义,四方响应者甚众。只不知尚有些什么知名人物?"

孙嘉绩大约已经说得唇干舌燥。他先端起茶杯,凑在嘴边喝了两口,这才抹一抹胡子,回答说:"知名的人物么,倒有几个——"他扳着指头,数出一连串名字来。其中包括兵部尚书张国维、刑部员外郎钱肃乐、绍宁台道按察副使于颖、总兵官方国安、王之仁等等。黄宗会睁大眼睛听着,不住地点着头。每逢听到他所知道的名字,就点得更加起劲,还发出"噢、噢"的惊叹。黄宗羲虽然没有做声,但也在心中默默地合计着。他发现这些人虽然不全是东林派,但也都不属于阉党余孽。"嗯,照此看来,将来这新朝,若是诸君子合力护持,展布得法,说不定还有点希望!"他想,心情稍稍开朗了一点,于是抬起头,问:

"有将,有帅,还得有兵。这募兵之事,不知可还顺利?"

孙嘉绩望了他一眼,没有立即回答,却皱起了眉头,半晌,才闷闷不乐地说:"我浙东举义的消息,眼下已是传播远近,不日便会有大战。惟是这卫所之兵,大半俱属老弱不堪用。方、王二帅虽然号称拥兵十万,充其量不过五六万之众,实未足以抵建虏虎狼之师。不得已,弟才出此募兵之策。其奈小民乐生而畏死,行之甚难。兄别看城门外人山人海,其实是瞧热闹的多,真正投军的少。几天下来,才募到那么区区二千人——哎,总而言之,难哪!"

黄宗羲点点头:"弟却有个计较在此,保管不出三日,便可将十万之兵置于麾下!"

"噢?"孙嘉绩半信半疑地望着他。

"兄且听弟说——"黄宗羲做了一个手势,开始把今天他如何受乡人所托,前来打听消息,如何在城门外听到关于清军强令剃发的议论,人们如何感到吃惊、恐惧和愤怒,并且发誓要同鞑子拼个死活等等,一五一十说了一遍。末了,他捏起拳头,把握十足地说:"民心本来就深愤虏势之披猖,只因受祸未深,难免尚存希冀。如今这剃发令一出,恰如投烈火于干柴。我辈如今只须顺势给它煽上一煽,又何愁百姓于我,不赢粮而影从!"

孙嘉绩专注地听完之后,并没有立即作出表示。他紧抿着嘴唇,一下一下地抚着胡子,渐渐地,微眯着的眼睛开始闪出亮光,面容也变得开朗起来。终于,他把椅子的扶手一拍,果断地说:"此议甚好!事不宜迟,我这就让他们派出差役,到四乡去宣说这事,务使人人皆知剃发之可丑,建虏之可恨!"说着,站了起来。

"……嗯,方才小弟打算说什么来着?"当他走近门边,向外叫了一声"来人"之后,重新转过身来,瞅着黄宗羲,思索地说,"哦,是了,兄此番既然决意出山,共赴国难,便不可无职无权。弟方才已经想过,打算向监国举荐,起码也应授个实职。只不知兄属意何种职事?"

直到目前为止,由于在科举场中屡次落第,黄宗羲还从来没有担任过任何官职,忽然听对方这么煞有介事地一问,意外之余,他反而不禁红了脸。

黄宗会却顿时喜形于色,他结结巴巴地插嘴说:"倘能如此,自然最好。只不知……"临时发现兄长严厉的眼色,又咽住了。

"依弟之意,"黄宗羲抬起头,平静地说,"是打算仿效当年李泌的故事,以布衣之身,尽忠家国。"

他说的李泌,是唐朝时的一位奇士,智慧早成,曾受到唐玄宗的赏识。安史之乱爆发后,李泌投奔唐肃宗,出谋划策,屡建奇功,但是始终不肯做官,坚持以朋友和客人的身份同皇帝交往,最后功成身退。他的事迹,史书传为美谈。但那毕竟是好几个朝代以前的古事,与今时今日的情形根本不能类比。因此,孙嘉绩的目光在眼皮内闪动了一下,分明觉得黄宗羲的念头未免过于古怪。

"这可不成!"他摇摇头,断然说道,"若无一官半职,有许多事,兄就无法参与。其实,以我兄的大才,早就该卓立朝班,为国分忧了,又何须迟至今日——"说到这里,门外已经有人闻声来到,他于是把手一摆:"哎,这事兄也不必理会了,待弟替兄处置就是!"

"可是,弟之意,仍以布衣之身效力为宜!"黄宗羲坚持说,也跟着站了起来。

孙嘉绩本来已经转过身去,听了这话,不由得一怔,随即转了回来,疑惑地看着黄宗羲,末了,终于点点头:"既是如此,那就从长计议吧。"

这么表示之后,他略一停顿,又补充说:"哦,弟几乎忘了,弟等今番决计举义,实因念台先生严命督促之故。闻得念台先生已为此绝食多日,性命可忧。如今虽已举义,惟弟与熊雨殷俱因万事纷集,一时无法抽身走报念台先生。不知兄能否代劳往绍兴一趟,也免得他老人家挂念。"

念台先生,就是黄宗羲的老师刘宗周。自从得知潞王在杭州献城投降之后,刘宗周就开始绝食,打算一死殉国。这件事黄宗羲是知道的,还曾经不顾兵荒马乱,特地赶到绍兴去探望过。当时经过苦苦劝说,刘宗周已经有点回心转意。黄宗羲返回黄竹浦后,一直记挂着老师的安危,却苦于再没有消息。现在忽然听见孙嘉绩提起这件事,他心中不由得一懔,眼睛也随之睁大了:

"什么?兄是说老师?他、他老人家怎么了?"

孙嘉绩苦笑了一下,说:"前些日子熊雨殷到绍兴探视念台先生时,先生曾说:'若要我进食,除非尔等举义反清。'熊雨殷当即慨然应允。惟是回来之后,因一直未得时机,因此又拖了好几日。不知念台先生如今贵体如何,着实令人挂念!"

黄宗羲"啊"了一声,顿时急跳起来:"既是这等,弟这便前往绍兴,将兄等在此间之事,面禀家师便了!"

说完,也不待对方回答,便匆匆一揖,大步向外走去。倒是黄宗会似乎没有反应过来,还不知所措地站着。直到哥哥已经跨出门槛,他才"啊"的一声,连忙向主人拱拱手,慌里慌张地跟了上去。

三

"……想不到余姚今番起义,还是老师促成的!哎,要早知道是这样,再怎么着,我也必定会尽快赶到县城来瞧瞧,不至于拖到今日!"黄宗羲一边加快脚步向城外走去,一边心忙意乱地想,"只是,又过了这些天,不知老师的情形怎样了?据孙硕肤说,他后来又依然不肯进食。那么,与上一次我见到他时相比,想必更要虚弱了。不过,既然眼下熊雨殷已经如约起义,而且听说绍兴也举兵响应了,那么老师想必也会回心转意,重新进食吧?无疑,经历了半个来月的折腾,元气固然免不了大受损伤,但大约还不至于有性命之忧。如今,怕就怕老师年事已高,万一……哎,上苍保佑,千万别要有什么不测才好!"

心中这么叨念着,等来到码头,他就当即决定:由黄宗会负责回村去向母亲和父老们报告县城的情形,他自己则带着黄安登上了一只乌篷船,立即启程,赶往绍兴去。

余姚虽说是绍兴府的属县,但距离府城也还有百余里的水程。黄宗羲自然十分焦急。有好一阵子,他坐在船头,尽自睁大眼睛,不断向着日落的方向眺望,并且一再催促船家使劲摇橹。无奈时日已晚,船经上虞县城时已是初更时分,只得就近胡乱泊了,翌晨再行赶路。结果,直到第二天的下午,乌篷船才抵达绍兴府城外。

作为浙东地区的大府,绍兴城正坐落于两个县份之间。西城,属于山阴县;东城,属于会稽县。刘宗周的府第,就在城东北的蕺山脚下。不过,自从绍兴通判张愫跟着杭州的潞王向清军递了降表,并被任命为知府之后,刘宗周为着表示决不做"鞑子"的顺民,早在大半个月前就拜辞了祖庙,搬到东郊外的水心庵去居住。因此,这一次黄宗羲本来也打算先不进城,但是临时被黄安提醒:如今绍兴也已经起义,老师会不会又搬回城里去?于是,当船抵东门外码头时,主仆二人便决定先上城门去打听一下。

绍兴的城门自然要比余姚的城门高得多,而且因为已经扯起义旗,门前的防卫也颇为森严。与余姚一样,城门边上也立了一个兵站。不过,也许因为交通要道是在城南,这里的热闹程度却远不如余姚。黄宗羲主仆二人迎着西坠的夕阳,来到城门口,向把门的军士说明身份和来意之后,一个门监模样的瘦脸汉子走了过来,把他们上下打量了一下,说:

"刘总宪么,嗯,已经迁回城里了。"

主仆二人对望了一眼,嘴上不说,心中都在想:幸亏多了这一问,要不可就要走上许多冤枉路了!于是谢过门监,打算转身进城,谁知却被叫住了。

"看样子,先生像是尚未得知,"那门监皱起眉头,表情变得十分沉重,"总宪大人——已于本月初八日殉国了!"

也许他说这话时声调低沉,起初,黄宗羲还听不大明白。然后,他全身突然猛烈一震,失态地一把揪住对方的衣袖:"你说什么?老师、老师他……"

那门监紧抿着嘴唇,无言地点一点头。

黄宗羲"啊"的一声,身不由己倒退了两步,像遭了晴天霹雳似的一下子呆住了。但是,只一会儿,他又猛地回过神来。

"你胡说!这不是真的!不是!"他哑着嗓子说,恐惧地瞪着对方;与此同时,感到有一个无形的、可怕的东西,正在慢慢地膨胀,把他的脑子挤迫得仿佛要炸裂似的,只觉得眼前发黑,太阳穴也轰轰作响。

"不,这不是真的!你们说,快说啊!"他愤怒地、厉声地质问,为的是摆脱那种横暴的、可怕的压迫。

然而,除了阴郁的沉默之外,没有人接腔。

像被无情地掐住脖子似的,黄宗羲再度呆住了。"啊,怎、怎么会这样子?怎么会!"他茫然地、迟钝地想。现在,他只觉得脑子里被炸开了一个大洞,变得一片混沌,又一片空白。虽然模模糊糊觉得一些人开始围拢来,并且七嘴八舌地说话,但是他却根本不明白他们在说什么。"啊,不!我得马上到老师那里去,是的,到他那里去!"这么想着,他就慌忙转过身,也忘记了还可以继续坐船前往,径自迈开大步,朝刘宗周府第的方向,跌跌撞撞地奔去。

绍兴府地处水乡,城内河道纵横,桥梁众多。黄宗羲失魂落魄地时而沿着河东、时而沿着河西走着。他走得那样匆忙,那样慌乱,以至不止一次地碰在迎面而来的路人身上,但他却一点也没有觉察。直到走出了好远一段路,眼前的街道变得愈来愈熟悉,身上的衣服也全被汗水湿透之后,他才渐渐清醒过来。

对于眼前这个噩耗的真实性,黄宗羲已经不再怀疑。而且,经历了这些日子,他如今对于老师毅然绝食,打算一死以殉的心情,毋宁说还有了更深一层的理解。不错,老师不仅是久食明朝俸禄的高官,有责任尽忠保节,而且他还是一代大儒,一贯把坚守和维护圣人传下来的"道",使之发扬光大视为自己的天职,并且为此倾注了毕生的心血。可以说,在老师看来,这就是他的性命,是他活在这个世上的最大目的!但是,清兵的南下,却彻底打碎了这一切。这些来自关外的夷人,世世代代生活在荒原上,居无定所,不事耕种,只会放羊牧马,向来崇尚的是好勇斗狠,杀戮攻伐,根本不知道文明教化为何物。一旦由他们做了主子,中国将会变成一个什么样的野蛮世界,确实可想而知。与其眼睁睁看着被自己视为比性命还宝贵的东西毁于一旦,确实不如两眼一闭,以逃避那无法忍受的痛苦!其实,不要说老师,就是自己,如果那一天当真要到来,也是会一死以殉的。"不过话又说回来,如今总算已经起义了!而且,由于鞑子强迫人们剃发,势必会激起更大的反抗。只要我们华夏民众同心戮力,人人拿起刀枪同鞑子拼命,未必就不能杀出一条生路来!怎么老师连这么几天都等不及呢?为什么他非得这么快就去了?"黄宗羲惊痛之余,在心里反复地、不解地问,愈问,愈觉得冤苦和惨伤。

现在,他已经从那道走熟了的里弄中通过,来到一个临河的场子跟前。当他习惯地朝刘宗周的府第走去时,忽然又站住了。他发现,映入眼帘的那座略显老旧、他已经来过不知多少次的府第,此刻竟变得如此异样和陌生——一对告示丧事的蓝字灯笼,悬挂在门楼下;两扇黑漆兽面衔环大门,则被糊上了白纸,上面写着"礼门"两个空心大字。大约吊唁的日子已过,夕阳映照的石阶前冷清清的,看不见一个人影,只有一根灵幡在晚风中来回晃动着。

黄宗羲睁大眼睛望着,一颗心顿时又抽紧了。"啊,老师!老师!"他从心底里发出刺痛的、悲怆的呼唤,同时觉得血液直冲脑门。突然,像受到一股无形推力似的,他跳起来,不顾一切地向前奔去。他奔跑得那样匆遽、慌忙,以至分明有人迎着他招呼,脚下还绊了一下,几乎跌倒,他都全不理会。直到越过门厅、轿厅,穿过天井,来到刘宗周的灵堂前,他才猛然停了下来。

这是平日用来接待宾客的那间正堂。眼下,它已经完全变了样:那些方几和扶手椅之类的家具陈设固然全都被暂时搬走,而且整个大堂都被一片素白围裹起来——白色的孝帏,白色的灵幡,白色的蜡烛,再加上守孝者身上的白衣白裤,以及头上缠着的白布,使整个厅堂乃至大宅,都呈现出一派庄严而又哀伤的气氛。由于天气炎热,刘宗周去世后第三天就"择单"入殓。如今,盛放遗体的那副楠木棺材,就停放在正当中的八仙桌前;桌上摆着几色"供饭",后面的长几上,立着一个牌位,上面用工楷书写着"显考大明都察院左都御史刘公讳宗周之位"的字样。一盏长明灯,在棺材下面发出荧荧的幽光……

黄宗羲目不转睛地瞧着,热泪不由自主地涌上了眼眶,只是用了极大的忍耐力,才没有让它流下来。

"亲家翁……"一声关切的呼唤从身后响起。

黄宗羲回顾了一下,发现不知什么时候,老师的长子刘汋已经来到身后,旁边还跟着从外面尾随而至的黄安和其他一些人。

"哎,大爷,还不曾备得白布呢,要不要……"黄安急巴巴地问,大约生怕主人就这样行礼,有失礼数。

黄宗羲没有搭理。过了半晌,他才强忍着悲痛,哑着嗓子问:

"老师去世——兄等为何不通知弟?"

"哦,家大人是初八辞世的,已经着人四出报丧。想是亲家翁这几日正在路途中,没能遇上。"刘汋哭丧着脸回答。

这么解释自然也有道理。不过,就黄宗羲来说,他惟一衷心敬爱、暗地里视之为慈父的老师,竟这么绝食而死,却使他震惊痛惜之余,多少认为家人们,包括刚刚闻声赶来的陈刚和王毓芝这些女婿兼弟子,并没有尽到劝说和挽留之责。"否则,又何至于此!"他悲伤地、不胜怨恨地想。

"那么,"他悻悻然问,"老师是怎样落到这一步的?"

"落到这一步?兄是说——"大约他的目光落到了大女婿王毓芝那张瘦脸上,所以后者眨眨眼睛,迟疑地问。

"我是说,让他活活饿死,也没人理会!"

王毓芝微微一怔,对这种语气分明感觉到意外。但也只是一会儿,他的脸色就平和下来,解释说:"自从潞王不听谏阻,向建虏投降之后,老师殉国之意便决。他自临终前二十日便粒米不进,七日后更滴水不饮。从杭州归来途中,他还曾自沉于西洋港,幸被船家救起。弥留之际,他身子虽然已经十分衰弱,但神气甚为平静,说是终得归所,可以见先帝于地下而无愧了!"

站在旁边的二女婿陈刚,大约看见黄宗羲低着头不做声,也叹了一口气,插进来说:"本来,老师若是不死,留下来未必没有可为。当初也不是全无挽回余地,只是王玄趾在杭城柳桥自沉之前,曾上书请老师自裁,并有'无为王炎午所吊'的话,老师之意便不可挽回了。"

王玄趾,就是王毓芝的弟弟王毓蓍。此人虽然也同哥哥一道,拜刘宗周为师,但是平日却放荡不羁,纵情声色,素来为同学们所侧目非议;关于他首先从容赴死一事,黄宗羲也已经听说,并于意外之余,深感痛惜。不过,惟其如此,却更激起他对其余那些既不能像王毓蓍那样去死,又眼睁睁地任凭老师绝食死去的同窗的不满。

"王玄趾又怎么样!"他蓦地抬起头,忿忿地说,"王玄趾再大不了也就是一个人,可其他的人呢,不是比他多得多么?莫非就当真没有说服老师的办法?还不如一个王玄趾!"

　　这样的质问未免太过凌厉,而且有把责任加在对方头上的意思。因此刘汋和陈刚固然为之愕然;至于王毓芝,则已经竖起粗短的眉毛。

　　"太冲!"他忿忿地说,"老师是众人的,可不是你一个人的!不要以为只有你一个人才懂得伤痛,别人全不伤痛!这二十日我们在老师跟前是怎么过的,你知道不知道?我们想了多少办法,又是怎么苦苦哀求的,你知道不知道?"

　　他停了停,似乎是等待回答,但也许只是为着压抑内心的气愤。终于,他把手一摆,冷笑着说:"要是兄还不知道,那就先打听清楚,再来指责不迟。"

　　在对方反驳的这一阵子,黄宗羲一直低着头,紧皱着眉毛不说话,一张小脸却愈来愈憋得通红。突然,他抬起头,使劲地擦了一把涌出眼眶的泪水,吵架似的大声说:"不知道!我都不知道!我只知道老师不在了! 就是这样,就是这样……"他本来还想说下去,可是不知怎么一来,他的声音开始颤抖。他想站稳身子,可是两条腿也忽然变得软软的,全无力气。终于,他一下子跪倒在灵牌前,放声痛哭起来……

四

　　在经过长时间的哭临,把内心的悲痛尽情宣泄了一通之后,为着补偿未能给老师送终的终身遗憾,黄宗羲决定:要在老师的灵前守上一夜。这个要求自然是合理的,因此刘府的家人稍作安排,并留下长孙刘茂林——也就是黄宗羲的未来女婿作陪之后,便陆续走散,各自为亟待张罗的事奔忙去了。

现在,短暂的黄昏已经过去。刘汋过来陪亲家翁用过晚饭,带上刘茂林去支应一些急事。灵堂里,终于只剩下黄宗羲一个人。

不过,这正是他所希望的,因为经历了刚才的一番震惊与悲痛之后,他确实需要独自静静地坐上一会,以便把这件事的含义,仔细思考一番了。

只是,要真正进入思考也不容易,眼下他的精神是既亢奋又疲劳。因此,当他呆呆地望着老师的牌位时,最初跃动于脑际的,只是一些过去的生活片断。他一会儿记起当年父亲被阉党迫害致死,自己还是一个十七岁的少年时,刘宗周怎样冒着被株连的风险,把他收入门下,并且从此成为他的保护人;一会儿,他又记起,在后来的那些岁月里,老师怎样怀着特殊的偏爱,对他的学业加以悉心指导,使他在众多的同学当中迅速崭露头角,成为蕺山学派的重要传人。随后他又记起,也就是在这座宅子里,当北京陷落、崇祯皇帝殉国的消息刚刚传来,老师也是痛不欲生,是自己以大义苦苦劝谏,使老师重新振作起来;接下来,他又记起,那一次,在丹阳的佛寺里,因为得知有刺客来行刺,为着保护老师,他曾经绞尽了多少脑汁,经历了多少紧张和惊恐,而老师又是多么的不当一回事,还扯着他谈阳明心学。结果也怪,那伙刺客竟然到底没有露面……末了,他忽然想到钱谦益。论交谊和学业,钱谦益本来也算是黄宗羲的一位老师,可是直到刚才吃晚饭时,黄宗羲才从刘汋的口中得知:这一次清兵进军如此迅速,是因为拥有重兵坚城的南京,到头来竟然不战而降!而当时策划拱手献城的大臣当中,钱谦益是属于领头的角色。听说此公如今已经剃发改服,公然奔走效命于"虏酋"多铎的麾下了。"哼,想不到钱牧斋,竟然做出这种自败名节的千古丑事!还亏他是个东林元老,真是没的把人羞死!无疑,这些年他对于阉党小人一直首鼠两端,心志不坚,可以说端倪已露;但怎么也想不到,末了他放着多少路不走,偏要去学洪承畴、吴三桂,做那背祖欺宗、卖国求荣的贼!我算是完完全全地错看了他,错识了他!"想到局面本来未必没有可为,却仅仅由于错立了弘光皇帝那样一个昏君,就使朝中的正人君子不只回天乏术,还饱受打击、斥逐,甚至杀害;而让攸关国家生死的大权,不是被马士英、阮大铖之流的奸党所把持,就是落到钱谦益这样的叛卖者手上,结果弄到一坏再坏,终至不可收拾,带累全体民众,包括自己这些人的性命、财产、事业乃至理想,也无辜地被硬拖着一块完蛋,黄宗羲就感到无比的冤枉、痛苦和愤恨,以至捏紧了双拳,牙齿也咬得格格作响。

"岳父大人,岳父大人!"连声的轻唤从耳畔传来,黄宗羲猛地抬起头,定一定神,这才看清了,原来刘茂林已经来到身边。

"岳父大人,家严命小婿来陪岳父大人守灵,尚祈准允!"刘茂林行着礼,毕恭毕敬地说。

"唔,是你父亲让你来的么?"

"禀大人,小婿原有此意,适才禀知家严,已蒙家严允可。"

黄宗羲做了个手势:"嗯,那么,坐下吧!"

刘茂林却没有立即坐下,他先向岳父表示感谢,然后弯下腰,把地上的蒲团移到下首的位置,这才坐下,但立即又拱着手,一双稚气未脱的小圆眼睛专注地瞅着岳父,现出毕恭毕敬的神情。

这个刘茂林,今年才只有十四岁,因为自幼秉承家训,又是家中惟一男孙的缘故,却已磨练得举止言谈都恪守规范,一副少年老成的样子。这种印象,在黄宗羲初次见到他时,曾经感到暗暗好笑,但表面上也只有一本正经地同他应酬。后来彼此来往多了,才渐渐习以为常,不再觉得什么。然而,此时此刻,面对着女婿那恭谨的、彬彬有礼的姿态,黄宗羲却忽然感到一种强烈的触动。

"是的,如果就这样,任凭鞑子入踞了中国,那么即使他们这一辈的人还能记得祖宗之俗,圣人之教,到了再下一辈、几辈,只怕不只是头发衣冠,就连吃饭、说话、识字,乃至出入起居、婚丧嫁娶,全都会变得跟鞑子一个样!这么一来,我赤县神州,无限的田园锦绣、城市繁华岂非从此要沦为穹庐牧马的蛮荒之地;我汉家亿兆民众,岂非全都要变成茹毛饮血、不知仁义礼教为何物的畜生禽兽么!这么活着,同死掉又有什么两样?啊,同死掉又有什么两样!"

这么想着,黄宗羲就发觉,尽管仅仅在刚才,他还对以往那种君权至上的朝政格局感到切齿痛恨,对于是否投身到目前这场起义中去,始终十分犹豫,但是,如果不想让被自己视若性命的华夏文明就此彻底毁掉,他除了奋起一拼,其实是没有别的路可选择的。这使他又一次感到痛苦———种明明看不见事情有什么成功的可能,但仍旧不得不投身进去的痛苦。有片刻工夫,他感到既绝望又茫然,虽然觉察到黄安鬼头鬼脑地踅了进来,并且正在同刘茂林说话,却什么也听不见……

然而,他终于回过神来,并且听见黄安惴惴不安的声音在说:"……可是兵太少,就怕打不过鞑子!"

"什么兵太少?"黄宗羲转过脸去,问。

"哦,禀大爷——"黄安连忙回答,"南门外来了好些兵马,说是从上虞来迎鲁王爷的,还听说余姚、宁波的兵也快到了!"

黄宗羲微微一怔:"我昨天才从余姚来,怎么余姚的兵也快到了?"他想。不过,随后也就记起:孙嘉绩曾经说过,另一位起义头领熊汝霖早在几日前就到台州去迎接鲁王。那么看来必定是自己离开之后,孙嘉绩跟着就接到消息,也立即启程赶来了。

"嗯,那么'打不过鞑子'又是怎么一回事?"他皱着眉毛又问。

"这个,这个,小人也是听外间的人说,只来了十船八船兵,太少,只怕……"

停了停,看见黄宗羲没有吭声,他的胆子就大起来,开始指手画脚地说:"哎,上虞那些兵,乱糟糟的,一下船就满码头地跑,还吵架、干仗,做头儿的喝叫也不听。小人瞧他们连号衣也没有,刀枪也是破破烂烂的。唉,这算什么兵!又怎么同鞑子打仗?"

黄安说的也许是实情。要同清军对抗,光靠临时招募的乡勇,的确不够,因此孙嘉绩他们已经派人联络驻扎在附近的方国安、王之仁两位明朝的总兵官加盟,并且听说已经答复同意,到时义军的实力就会大为增强。不过,黄安在说到乡勇时那种鄙薄轻蔑的口吻,却刺痛了黄宗羲。

"胡说!"他瞪起眼睛,发怒地呵斥说,"怎么不算兵?他们是来迎接鲁王爷的,又不来打仗,带许多兵做什么!说到号衣、刀枪,那是一时备办不及,有什么可笑的?告诉你,这鞑子今番是打定了!打得过打不过,都得打!滚!给我滚出去!滚!"

黄安刚才急巴巴地走进来,本是为着向主人报信,还满心以为会得到主人的嘉许,做梦也没有料到这马屁会拍到马腿上。他被这断喝吓得浑身一抖,脸上顿时失了色。待到第二声断喝下来,他就"呼啦"一下转过身,像兔子似的蹿过门槛,转眼就消失在庭院的暗夜里。

黄宗羲仍旧余怒未息,尽自咬着牙,皱着眉毛,一声不响。直到刘茂林从旁再三劝解,他才渐渐消了气。

"非是老夫爱使气发火,"他悻悻地解释说,"只是这狗才被惯坏了,故而如此大胆放肆,出言无状。不加训诫,如何了得!"

"大人说得甚是,"刘茂林连忙附和说,"圣人有云:惟女子与小人为难养也!这驾驭之法,自应以恩威并施为宜。"

停了停,看见黄宗羲没有别的话,他又小心地问:"快交二更了,大人劳累了一日,要不,就靠着这柱子假寐片时,如何?"

黄宗羲摇摇头,说:"我今夜不睡,你先睡好了。"

"小婿今夜也不打算睡,那么就陪着大人便了。"刘茂林马上表示说。

不过,这种翁婿默然相对的局面也只是维持了小半个时辰,渐渐地,坐在对面的刘茂林的脑袋就一次一次地往下沉,身子也开始东摇西倒地坐不住。终于,他往柱子上一靠,轻轻地打起鼻鼾来。

黄宗羲却仍旧没有睡意。他时而望望长几上老师的牌位,时而望望棺材底下那盏长明灯,也许是终于拿定了主意的缘故,现在他慢慢又觉得:尽管继续沿袭过去那种腐败已极的朝政格局是很难有所作为的,但既然决定投入到起义中去,就总得设法促使当政者弃旧图新。那么,在未来的朝廷中,也许还是能够担任一官半职为好?因为正如孙嘉绩说的:若没有官职,有许多事情就无法参与。"可是,我已经一再表示,要仿效当年李泌的榜样,以布衣之身报效社稷,那么,怎好又改口?况且传出去,也会招人笑话!"这么一想,黄宗羲就不禁后悔起来,觉得自己又犯了意气用事的老毛病。无疑,也还存在着一种挽回的可能,那就是孙嘉绩坚执前议,再度提出来。但是由于当时自己把话说得太死,说不定对方觉得不好再勉强,就此作罢……这么心神不定地思忖着,渐渐地,黄宗羲感到了一种不知打哪儿来的瑟瑟寒意。开始,他还竭力抵御着。可是那股寒意却愈来愈凛冽,简直砭人肌骨。黄宗羲感到再也禁受不住,打算站立起来,却意外地发现,全身像给禁住了似的,一动也不能动。"啊,这是怎么一回事?"他想。正打算再努力一下,就在这时,灵堂里的灯烛一下子全都变得昏暗无光,只有安放在棺材下的那盏长明灯还在荧荧地亮着。与此同时,在亮光的周围出现了许多稀奇古怪的影子,像人,又像鬼魅,正在那里飞快地奔跑着,愈奔愈快,也愈变愈大,转眼之间,就占满了整个灵堂,并且发出凄厉的、震耳欲聋的尖叫!

"啊,莫非我今夜遇上鬼了?"黄宗羲想,同时极力睁大眼睛,想看个清楚。但是,不管他怎样努力,眼前的狰狞影像始终只是忽隐忽现,仿佛有意在作弄他。与此同时,身上那股寒气却把他愈缠愈紧,并且一直朝咽喉迫上来。他一再奋力挣扎,都毫无用处。渐渐地,他感到呼吸困难,神志也变得有点模糊不清。"不……不能!我不能这样就去……"他绝望地、断断续续地想。就在即将丧失知觉之际,忽然,白光一闪,先前的景象和感觉全都消失了。一位须发皓白、道貌岸然的老者站在他的面前。黄宗羲喘过一口气,定神一看,发现竟然是他的老师刘宗周。"啊,老师不是入殓了么?怎么……"他来不及细想,连忙双膝跪倒,哽咽地说:"弟子来迟一步,不想老师已经撒手尘寰!今夕又蒙老师显灵相救,足见覆载情殷,令弟子永生难报!方今沧海横流,社屋为墟,天下之事,尚须老师复起,鼎力扶持,方能有济。如若神明有鉴,弟子誓愿以此微末之躯相赎!"

他说这几句话时,心情激动,全身发抖,当真出自至性。可是刘宗周却不说话,只是神情悲苦地摇着头。摇着摇着,不知怎么一来,他的脸就变了。黄宗羲仔细一看,发现眼前站着的原来不是刘宗周,而是身材高瘦,长着一部花白胡子的钱谦益!黄宗羲正惊疑不定,钱谦益忽然把头一抬,嘿嘿嘿嘿地怪笑起来。更奇怪的是,随着笑声,他头上的方巾开始像纸片似的,一片一片地掉落下来,接着是前额的头发,然后是身上的道袍,竟同样纷纷断裂、脱落,并且连同方巾的碎片一道,雪花似的旋转着,向四面八方迸射、飞散。黄宗羲不胜惊愕地瞧着眼前的怪异情景,忽然发觉那团"雪花"越旋越急,钱谦益身子也变得越来越小,眼看就要消失在白光之中。他不由自主地跳起来,打算追过去,却不提防脚下绊了一跤,整个身子直跌下去。他"啊呀"地叫了一声,猛地翻身坐起来,睁眼一看,才发现自己仍旧坐在蒲团上,灵台上那对白蜡烛已经烧剩下一小截,四壁白色孝帷正被晨风吹得微微晃动。透过仍旧浓黑如墨的庭院,声声更鼓正从大门外的巷子里传来,"咚、咚、咚、咚、咚"一共响了五下。

"啊,莫非我做了一场梦不成?"他想,同时清清楚楚地记得刚才的情景,"嗯,那是怎么一回事?影子、鬼怪、喘不过气来——预兆着什么?而且救我的明明是老师,怎么变成了可恶的钱牧斋?"正这么满腹狐疑地发怔,忽然,又听见云板声响,接着是开门声、人声、脚步声,有人一路走进来。

黄宗羲回过头去——只这小片刻,朦胧的曙色已经开始显现,他依稀辨认出,由门公领着走进来的,是个头戴瓦楞帽的承差。"怎么大清早的,公差就来上门?"黄宗羲愈加疑惑,几乎有点闹不清是否还在梦中。却见那承差一直走进灵堂来,对他行了一个礼,说:"黄先生,余姚孙老爷已经到了绍兴,各位前来会盟的老爷也都到了。孙老爷命小人请先生即速到府衙去,商议迎接监国的事宜!"

起初,黄宗羲还在梦境与现实之间迷惘着,然后,终于一下子清醒过来,"请我到府衙去商议?"他意外地想,随后,觉得心中一动,夜来困扰着他的那种后悔和担心,忽然松弛了,消散了。他顿时兴奋起来,从蒲团上一跃而起,精神抖擞地说:"好的,请上复孙公,我这就前往!"

五

正当浙东的举义士民为鲁王政权的建立而全力奔走的时候,在位于钱塘江出海口北岸、与绍兴隔水相望的海宁县,冒襄及其一家,却由于城中的混乱状况,陷于惶惶不可终日之中。

冒襄是在今年四月初,扬州陷落的前夕,偕同董小宛匆匆赶回如皋县家中,收拾行装,然后带着母亲和家人仓皇南来,同正在海宁监督漕运的父亲会合的。由于很快就传来了留都迎降的消息,结果全家便滞留了下来。起初,他们也曾考虑过是否继续往南逃难,但由于颇得众望的潞王近在杭州,估计凭借士民的拥戴,还能坚守一时;加上胆小体弱的母亲对于再度逃难奔波,又惧怕得很,便决定等待一下,看看情形再说。谁知过不了几天,潞王已经开门迎降,杭州宣告陷落。紧接着,海宁县知县弃官而逃,城里就乱了起来。

按理说,县城里也不该这么快就乱。因为清兵正打算全力南进,暂时还顾不上僻处一隅的海宁;而城中的明朝官兵又一致决心坚守,加上有进士俞元良为首的一批乡绅全力支持,应该能够稳住局面,再不成,也起码还能维持一些日子。可是,那几位统兵的卫所千户却急于扩充兵员、筹集粮饷——本来,就备战御敌而言,这也没有错,但仓促决定、一哄而起的结果,事情就乱了套。那些官兵的纪律本来就不怎么样,新募的义兵又难免良莠不齐。于是沿门索饷、胡乱摊派的做法便大行其道。而且这些人还蛮横得很,对出不起钱,或钱出得不够的人家轻则臭骂毒打,重则拆房子抄家。至于乘机拉帮结党、一心报私仇、发横财的,就更别说了。上一个月,乡绅葛征奇在南门内的那座富丽堂皇的府第,就因为一点小争执,被一把大火烧个精光,也抢个精光。随后,西城门和衙前大街又在二十天内接连起火,烧毁数以千计的民房。这么一来,城中的殷实人家便大大恐慌起来,开始纷纷逃往乡下避难。冒襄一家自然也急得像热锅上的蚂蚁,仅仅由于冒襄本人反对,认为清兵近在杭州,随时都会来犯,到了乡下,安全更无保障,才又勉强拖延下来。

不过,挨到闰六月底,面对全家上下人心惶惶,一日数惊的困境,就连冒襄也开始有点动摇。所以这一天,他终于匆匆地赶到城南去访他的一位本地朋友——在学秀才张维赤,同对方商量能否在城外找一个偏僻安全些的处所,暂时把全家搬出去避一避风头。

张维赤正在家中接待俞元良、查继佐等一班起义的缙绅,听了冒襄的想法,他满口答应,说他家在城西有一处取名"大白居"的别墅,有十几间房子,完全可以安顿得下冒襄一家人。不过,在座的那班缙绅却劝冒襄最好先别忙着出城,因为眼下城中虽然比较混乱,但他们正在商议设法整顿秩序,估计过几天情形就会好起来。大家还兴高采烈地告诉他一个令人振奋的消息,就是与海宁一江之隔的浙东各府县,近日全都树起了抗清义旗,并且已经把正在台州避难的鲁王,迎接到绍兴去监国。不仅如此,他们还接到通知,说绍兴方面准备派出原吏科给事中熊汝霖为使者,专程到海宁来联络,商谈合力抗清的事宜。看来,一番新局面就要出现,像冒襄这样大名鼎鼎的人才,今后必定还会大有作为。

听了大家的介绍和劝说,冒襄顿时又感到有点心动。因为就他本人而言,其实是很不愿意走上举家逃难那一步的。且别说一年前,他们为着躲避高杰在扬州的乱兵,也曾举家从如皋出逃,结果证明不仅毫无必要,而且还白白地备尝艰辛,迭遇凶险,损失惨重。就拿眼下来说,国家亡破到这种地步,清兵的铁蹄已经踩到头上,如果不想被来自关外的这些野蛮人征服、奴役,惟一的办法,确实只有奋起抗争,同对方拼个你死我活!如果说,前些日子,凭着区区一个海宁,未免过于势单力弱,近乎螳臂当车,以卵击石的话,那么眼下,整个浙东已经全都动起来,情势就大不相同了,实在可以与敌人拼一拼!而且只要上下齐心,运筹得当,复兴明朝未必就没有希望!既然如此,自己也就确实不妨暂时留下来不走。当然,冒襄也知道,这件事还得向父亲禀告,征得他老人家的同意才行。他担心光凭自己一个,说话不够有力,于是等聚会一散,便邀请张维赤同他一道回家,好把这些最新的情况向父亲当面再说一说……

现在,两位朋友由冒成等几个跟班护送着,正沿着几天前才遭过火灾的衙前大街匆匆往北走。在浙西地区,海宁虽然算不上是顶富庶的县份,但是正如它的名字所夸示的那样,一向是个既平静又安宁的地方。据说远自元代起,三四百年下来,这里的居民都没有遭过战祸的侵扰。就连本朝的太祖皇帝打天下,江南一带乱得一塌糊涂那阵子,海宁也奇迹般地躲过了劫难,因此一直被人们美称为"乐土"。然而,这一片"乐土",如今已经完全失去了以往那种固有的宁静和安闲。大街上,车载肩挑,乱哄哄地往外逃难的人群不必说,而且街道两旁,那些不论门面大小,也不论经营什么生意,一律都拾掇得十分整洁雅致的店铺,也已经被这十来天的动乱破坏得荡然无存。代替它们的,是被烟火熏得焦黑的颓墙断壁,被烧成乌炭似的梁架和立柱,以及凌乱地抛散着的、毁坏得一塌糊涂的家具和杂物。那些一向与世无争、做梦也想不到会祸从天降的人们,如今已是无家可归。一家老少就在废墟中临时架起一些木板和草席之类,在里面权且栖身。虽说时值仲夏,还不至于忍寒受冻,但瞧那景况也真够狼狈可怜……尽管前一阵子经过时,冒襄已经为这种情景而感到大为吃惊和痛心,眼下再度默默注视着,他仍旧不禁暗暗叹息不已。"是的,覆巢之下,安有完卵?鞑子还没有真正打过来呢,那些不逞之徒就已经闹得如此无法无天。若是鞑子真的来了,只怕更要乱上十倍、百倍!到其时,到底又哪里会有逃秦的乐土?的确,逃难并非上策。男儿生当斯世,有本事的,还是应当登车揽辔,以澄清天下为己任!只有把鞑子彻底打跑,再造大明的中兴,百姓才有安乐可言,我辈才有安乐可言!"这么一想,冒襄的决心顿时变得更加坚定,脚步也迈得更快,尽管这当儿,街道上的景物已经变了一个样,耳畔又传来了官兵沿门索饷的粗暴呼喝声,他都没有心思理会了。

回到他们家赁住的宅子,踏入那道供平常出入的侧门时,冒襄发现里面的气氛有点异常。一群男女仆人,正神色惊慌地聚在仪门内,喊喊喳喳地交头接耳。看见少主人回来了,他们就像老鼠见了猫儿似的,一齐住了口,低下头,匆匆走散。这种情形,显然引起张维赤的注意,只见他皱起眉毛,疑惑地打量着;倒是冒襄已经司空见惯,不以为怪。他只问明父亲正在书房里,便摆一摆手,挥退跟在后面的冒成等人,领着张维赤,快步向内宅走去。

西斜的太阳已经落到了屋脊的后面,庭院里分明地暗了下来。两个朋友穿过一道又一道门,来到东偏院冒起宗的书房,忽然意外地看见,冒襄的母亲马夫人在奶奶苏氏和董小宛的搀扶下,从里面走出来。老太太眼睛红红的,像是刚刚哭过的样子。冒襄怔了一下,连忙走过去,还来不及开口询问,就听见书房里发出呼唤。冒襄应了一声,只得停止询问,回头先请张维赤在门外稍待,又伸出手去,轻轻搀扶着马夫人,同女眷们一道转过身,朝里走去。

冒起宗已经从书案后面站起来,等待着了。

"嗯,怎么样?"他用目光迎着儿子,问。同时皱起眉毛,瞥了一眼迟迟疑疑地又跟进来的女人们。

"哦,启禀父亲,孩儿已经找着张罗浮,同他谈过了。"冒襄拱着手,毕恭毕敬地回答,"他说不碍事,他在城外有一处别业,名唤'大白居',房子虽说老旧了些,却还可以住得。我们若要时,随时都可以搬去……"

"闻得建虏要打过来了!你可听说这事?"冒起宗打断儿子的话,迫不及待地追问。

"建虏——要打过来?孩儿没、没听说呀!"冒襄愕然说,"这是……"

"哼,你还蒙在鼓里哩!闻得鞑子的前锋都过了赭山了!"

冒襄眨眨眼睛,分明被这个突如其来的消息弄糊涂了。不过,随后他就摇摇头,断然说道:"没有的事!孩儿刚刚还在张罗浮的家里,遇见了俞元良、查继佐那帮子人,还说了半天的话,怎么没见他们提起？"

"他们没提起？可是外间……"

"谣言，"冒襄再一次摇着头，口气更加肯定，"不用说，又是谣言！若真有此事，俞元良他们又安有不知之理！"

这么解释了之后，看见父亲仍旧有点半信半疑，他就侧转身子，朝门帘外做着手势说："对了，刚才孩儿来不及禀告，张罗浮——也同孩儿一道来了！"

守在门外的张维赤，听着从书房里传出的对答，大约总算明白刚才经过门厅时，冒家的仆人们为什么那样惊恐不安。这当儿，看见门帘已经被冒襄掀开，他就连忙跨过门槛，一躬到地，朗声说："晚生张维赤，特来向老伯请安！"

冒起宗正用眼睛示意女眷们避入里间，这时他"哦"的一声，用了一个匆忙的动作，离开书案。

"适才只顾打问外间消息，不意竟让贤契守候。真是失礼之至！失礼之至！"他回着礼，抱歉地连声说。

"罗浮兄还带来了消息，"等冒起宗同客人略作应酬，分宾主坐下之后，冒襄继续禀告，"说是浙东已经大举起事抗虏，还奉鲁王到绍兴监国哩！"随即转向客人，示意地点点头。张维赤自然会意，于是把他曾经向冒襄说到的消息，一五一十地又转述了一遍。末了，他说："眼下情势如此，贵府到底走是不走，还请老伯参详决断！"

大约是浙东起义的消息使冒起宗心定了一点，不过，他也只是"唔"了一声，没有表示态度，却倒背着手，在堂内踱起步来。

看见冒起宗这样子，侍立在一旁的冒襄多少有点心急，但是却不敢打扰父亲的思考。至于张维赤，作为客人，在这种情况下更是只能静静地等着，不便贸然发表意见。

终于，冒起宗站住了。他转过脸来，轻轻地摇了摇头，说："嗯，这城中，只怕久留不得！"

"……?"

"不只不可久留,而且须得快点离开,愈快愈好!"停了停,大约看见儿子失望地低下了头,而张维赤则睁大了眼睛,像是尚未明白,他就做了个手势,略显烦躁地说:"唉,这是明摆着的!时至今日,建虏之所以迟迟不来进犯本县,并非畏我坚守,实因彼急欲南进,未暇东顾而已!如今浙东一旦举义,便是于建虏侧腹,陡然树一劲敌,令彼无法长驱南下。如此,他便势必转旗回师,先来对付浙东。海宁与绍兴历来互为犄角,攻绍兴必先攻海宁。若然此料不差,那么不出十天半月,虏骑便会兵临城下。到时再想走——哼,恐怕就走不脱了!"

担心浙东起义之后必然招致清兵来犯,这自然是不错的。事实上,起义就是为了抗清,理所当然要准备开战,不管是清兵打过来,还是自己这一方打过去,总之都得打。在这种情况下,留在城里当然会有危险,甚至牺牲。不过,到了城外,同样很难说就没有危险,就不会牺牲。既然这样,那么,冒襄就认为还是应该留下来,而不必在敌我胜负未分之时,急于逃命。

"父亲所虑,自是不差。"他终于忍不住,微低着头,字斟句酌地说:"惟是天下糜烂,已到了这一步。与其束手待毙,任凭鞑子前来杀戮蹂躏,倒不如拼死相搏,或许尚有一线生机!"

"辟疆兄所言不错,"张维赤也从旁帮腔,"况且,建虏虽称善战,终究是蕞尔小邦,兵力有限,彼以区区数万之众,深入我江南,虽然来势汹汹,其实占地愈广,则其势愈分,必难持久。如今两浙义师一起,四方云合响应,虽百万之兵,亦唾手可得。如此,便是以二十——哎,就算以十制一吧,也足以置彼虏于死地了!"

大约冲着张维赤是客人,冒起宗起初还颇为留神地听着,但随后就摇起头来。末了,他苦笑了一声,说:"天下事,若是如此轻易,大明也不至于落到今日的地步了!如今两浙义师并举,在你们瞧着像是势大得很。但老夫却料定,只要还是这些官,还是这些将、这些兵,用了不了多久,一样要落得个水尽鹅飞的收场!与其空教亿兆生灵再遭屠戮,还把自己也白搭上去,倒不如设法苟全性命于乱世,或许将来还能做点有益之事!"

"可是,要苟存性命,也惟有奋起一争,才能有望。我辈生为华夏之民,世受圣人教化,终不成也学钱牧斋的样,剃发留辫,认虏做父,向鞑子摇尾乞怜!"由于觉得父亲的意态未免过于消沉,冒襄的语气不觉有一点急促。

冒起宗微微一怔:"钱牧斋——他已经投降了建虏?这消息可确实?"

"此事已无可疑。"张维赤又一次接上来,"听留都逃来的人说,当时城中兵民本来打算同鞑虏决一死战,是钱牧斋,还有赵忻城、王觉斯执意开门迎降,才让建虏兵不血刃,得了留都!"

冒起宗默默听着,却不再吭声,甚至没有任何表情,也不知道是因为这件事其实已经在他的意料之中,还是一向以正人君子自居的本派中人,竟然出了这样的败类,使他感到无话可说。只是,他又一次捋着胡子,在室内踱起步来。

"…………"

"那么,依贤契之见?"终于,冒起宗重新站住,抬起头来问。

"依晚生之见,不如暂且留下来,瞧瞧情形再说!"也许因为重新生出希望,张维赤那双小眼睛闪出了光芒。

"唔……"

"举家出城,艰险重重,闻得府上去岁合家渡江时,几为大盗所劫,可证一斑。至于顾虑城中之祸乱,那么适才在晚生家,举义诸人亦议及此事。卫所姜千户已经决意全力弹压,将不法之徒处以重典;加之查伊璜明日即前往绍兴,面谒监国,请从速委任县尊。如此,城中混乱之状不日当可平复。前辈实不必急于出城!"

冒起宗老半天地拈着胡子,显然还有点踌躇,不过,当目光落到旁边那间躲着女眷们的内室时,他的态度终于坚决了起来。

"嗯,既然如此,"他点点头,"那么就暂且不走。只是在乱状尚未平复之前,还须加意防范。近日这左邻右舍,已经走了好几户,联防之制,已形存实亡。事不宜迟——"他转眼望着儿子,"你可从速去访一访那些未走之家,商议一个整饬之法,起码保住这几天不要出事。下一步如何,看情形再说吧!唉!"

在出言辩难的当儿,冒襄始终有点心怀惴惴,生怕招致父亲的反感和生气。直到听见父亲这样吩咐,他才"啊"的一声,如释重负,于是连忙恭顺地点着头,一一答应着。看见冒起宗微侧着头,闭起眼睛,露出疲倦的样子,他立即行下礼去,说:"那么孩儿这就去商办此事!"说完,就回头用眼色朝张维赤示意。等后者向冒起宗道过别,他就领着朋友,转身向外走去。

"……相公,这、这城里必定守得住么?万一守不住,我们一家子全窝在这里,逃也逃不脱,可怎么办?"

"哼,天下哪有十足的事!都到这种地步了,只有尽力而为罢咧!你若害怕,就让家嫂陪着,搬到乡下去躲几天好了!"

当两位朋友离开书房时,他们最后听见惊恐不安的马夫人颤抖着嗓门,同冒起宗这样对答。

六

由于决定留下来不走,在接下来的一连几天里,冒襄便怀着对时局好转的希望和信心,一头扎进了为加强家宅联防的奔走张罗之中。

然而,尽管起义的首领们曾经许诺,城中的混乱局面会很快得到控制,冒襄也以此竭力向左邻右舍游说,鼓动大家留下来别走,可是几天过去了,那个许诺并没有实现,城里的无法无天行为非但不见收敛,反而有愈演愈烈的趋势。于是,一度被说服留下来的邻居们,又纷纷发生动摇,重新准备向外逃难。冒襄眼见局面难以控制,感到十分着急,也十分懊恼。由于人手愈来愈少,他只得大量派出自己的家丁去顶替;于是整副防守护卫的担子,也愈来愈重地压到了他一个人的肩上。

对于发生在外间的这些情形,作为侍妾,并且料理着丈夫日常起居的董小宛,多少是知道的。虽然冒襄很少向她说及外间的事情,她也不敢多问,但是,从丈夫那明显消瘦下去的脸庞,从他变得愈来愈烦躁的脾气,董小宛都不难猜测到外间的事情是多么的不顺利。特别是当马夫人和苏少奶奶经受不了日甚一日的惊扰,终于先行搬出城外的乡下去之后,冒襄每隔三五天,还得安排时间前去探视,以致除了操心城里的事之外,更多了一重远道奔波。对于这些,董小宛全都默默看在眼里,自然也疼在心上。她知道外间的事自己插不上手,便很想在家中的事务上尽自己的一份职责。然而,偏偏家里那些做主子的,似乎始终把她看成是下人,而下人们又把她看成是主子,不论是哪一拨子的事,都不来招揽她。这就弄得她无所依傍,仿佛被遗弃了似的。特别是当丈夫不在身边的时候,这种孤独的感觉就更加强烈了。

眼下,又到了傍晚时分。从董小宛日常起居的东厢房明间向外望出去,可以看到一道宽阔的、巨大的堆絮状云带,从西北边迤逦铺展过来,经过庭院的上空,又向东南的方向延伸而去。在夕阳的映照下,那火红的云带显得分外耀眼、鲜明,使整个天空仿佛要燃烧起来似的。不过,这瑰丽的景色却预兆着明天可能要下雨,起码也要刮风。

现在,董小宛就望着这片云,用一只手支着下巴,在默默想心事。不过,她想的不是明天的天气,而是想起自己嫁进冒家来,已经有两年半了。去年为着躲避高杰的乱兵,举家逃出如皋那一次,在几经艰险,抵达丹阳时,丈夫曾经亲口告诉她:老爷发现她料理银钱的出入时尽职尽责,清楚细心,十分赞赏,打算把家中的财务交给她来管理。当时她虽然受宠若惊,生怕承当不了,但是对于老爷的信赖,心中是十分感激的。因为她固然丝毫没有揽权弄柄之心,却十分渴望能够被这个家庭所接纳,成为与大家亲密无间的一分子,为维护这个家而竭尽心力。出自老爷之口的赞许和打算,无疑是一种认可的明白表示。谁知,回到如皋之后不久,她就跟着冒襄去了南京,一住就是大半年。接着就是清兵大举南下,她也就跟着家人匆匆逃到了这里。到如今,那件事似乎被压根儿遗忘了似的,再也没有人提起。对此,她倒是暗暗松了一口气,觉得自己确实还不到这个份儿上,勉强去承当,未必是一件好事。不过,不知道是自己多心还是别的缘故,她又觉得这一次回家之后,周围的气氛起了变化。老爷倒没有什么,对她依然和颜悦色;可是说到太太、奶奶,还有刘姨太,态度就变得淡淡的,不像过去那样亲热,虽然不至于难为她,但是有意无意地,却不再拿她当回事。这可就使董小宛感到颇为惶恐不安。特别是眼下这一次,太太、奶奶都带着儿孙搬到城外的大白居去了,就连刘姨太也没留下,可是却偏偏丢下了她。尽管,由于冒襄并没有走,她其实也不愿意抛下丈夫自己离开。不过,那些家长们在作出决定时,甚至连哪怕询问一下她的意向都没有,仿佛她连个数儿也算不上似的。这就更使董小宛敏感地觉得,自己其实并没有真正被这个尊贵的家庭所认可和接纳。近些天来,这种委屈和疑虑一直刺痛着她、困扰着她,此刻,它又一次冒了出来。"啊,我进门都两年多了,她们为什么还是这样子?我到底哪儿做错了,或者做得还不够?该怎么做才成?"她呆呆地仰望着那一片正在越来越暗淡下去的火烧云,苦恼地、绞尽脑汁地想,"其实,她们不知道,我是多么爱重这个家,多么爱重她们呀!只要她们真正把我当成至亲骨肉,即使吃再大的苦,受再大的累,我也不会有怨言!啊,要是做得到,我真想剖出心肝来给她们看!可是现在这样子,这般苦楚又能向谁说?又有谁能帮助我呢?哎,看起来,就惟有相公了。他是我最最亲近的人,我的苦楚,他好歹还知道一点。虽然我也知道,从起始到如今,他都从……从未当真把我放在心上。也不知他心里到底想什么?也许还在想着那个陈圆圆——不过,除了他,我实在再也没有人能指望、能倚靠了呀!那么,那么——啊,这天都黑了,怎么相公他还不见回来?"

由于忽然想到了丈夫,董小宛心中忐忑了一下,回过神来。的确,冒襄是今天一早出的门,说是到城外去探视马夫人和苏少奶奶。按理说,这会儿早就该回来了,因为在此之前,他也曾去探视过两次,每一次都是过了正午不久就回来。

"哦,不光他不见回来,连冒成他们也没有一个回来。那么会碰到什么事呢?是乡下发生了变故?还是他们半路碰上了杀人抢劫的强盗?要不就是生病了?伤着了?走错路了?"

一边这么不安地猜测着,她一边又极力安慰自己:"嗯,不会的,不会这样!相公可不是那等遇事莽撞,没心没智的人。他自会随机应变,把一切都应付得好好的!"

然而,当目光落到变得幽暗一片的庭院时,她又禁不住心惊肉跳起来。

"要是没事,他怎么到这会儿还不回来?他不会不知道老爷、我,还有家里的人都在惦记着他呀!就算他有事回不来,也该打发个人回来说一声呀!啊,要是当、当真遭了祸事,他们此刻会怎么样呢?是身受重伤,还是在挨打受折磨,还是、还是已经不、不在了……"最后这个念头一闪,董小宛像当头挨了一棒,顿时呆住了。

"不,不成!不能这样!"她惊恐地想。的确,且别说她是那样深爱着丈夫,就拿她自个儿来说,眼下国破家亡,到处兵荒马乱,而她在这个家里惟一能够指望、能够倚靠的人,就只有丈夫了。万一冒襄有个三长两短,那么她今后……

"不,我要去,要去找他!"她不由得站起来,出声地说。

坐在旁边的紫衣分明吓了一跳,连忙放下手中一件准备折叠的衣裳,问:"娘,娘要上哪儿去?"

"找相公,一定要找相公!"董小宛说着,抬腿就往外走。

紫衣赶紧跟上前来搀扶:"可是,听说老爷已经派人去了!"

"不成,我得自己去!"

"可是……"

"你莫拦我!快叫轿子来,快去,去呀!"

发现董小宛脸色惨厉,大睁着眼睛,身子也在微微发抖,显得激动异常,紫衣不敢违拗了,应了一声"是",匆匆向外走去。

小半晌之后,董小宛乘上一顶小轿出门了。上房那边的冒起宗大约也正为这件事焦急,因此得知后并没有阻拦,只派人过来传话,让她多带仆从,小心护卫,以防不测。

现在,董小宛就在八名手执火把和刀棒的家丁簇拥下,沿着狭长的里弄,向大街的方向走去。位于城东的这条里弄,聚居着好些上流人家,平日在城中称得上有财有势。凭着这一点,如果大家齐心合力,联起手来的话,应该说是能够暂时自保的。可是如今,那些有钱和不太有钱的人家都几乎逃了个干净,使平日颇为兴旺气派的一条里弄,变得灯火寥落,声响全无,到处笼罩着阴惨惨、暗沉沉的恐怖气氛,简直同一片坟地差不了多少。直到董小宛的行列经过,杂沓的步履声和晃动的火把,才将幽灵般守候在一扇扇紧闭的大门内的看屋人惊起,惴惴不安地把眼睛贴在门缝里,往外窥看……

由于亲眼看到宅子之外是怎样一种诡秘荒凉的情景,想到冒襄在这样一种环境中行走,该有多么危险莫测,董小宛此刻的心情甚至更焦灼了。虽然她只能坐在轿子里,但仍旧不断撩起帘子往外张望,希望尽快赶到前边去,把丈夫接回家里来。

然而走着走着,不知为什么轿子却停了下来。董小宛稍等了一会,仍旧不见起动。她把帘子再掀开一点,从站在前面的仆人头顶上望去,发现已经来到里弄口的木栅门前。门洞里,影影绰绰地聚了好些人,正在那里嗡嗡地交谈着。董小宛起初有点莫名其妙,随后心中一动:咦,莫不是相公回来了?顿时,她心中一宽,连忙扳着窗沿,睁大眼睛,伸长脖子张望着,希望尽快辨认出丈夫那熟悉的身影。

"姨奶奶……"一个苍老的声音在轿外响起。

董小宛回顾了一下,发现说话的是执事头儿冒贵。她连忙问道:"为何不走了?是不是相公家来了?啊,相公呢?他在哪里?怎么我看不见?"一边问,一边重新伸长脖子,竭力寻找着。

"大爷还不曾回来。是外头乱得厉害,说是灶户进城了,成群结伙的,到处杀人抢东西。"冒贵哑着嗓子回答。黑暗中看不清他的表情。

"哦,那为什么还不走?快走呀,快去接相公呀!"董小宛着急地催促说。

大约发现董小宛其实并没有听清他的话,冒贵干咳了一声,把灶户进城的事又重复了一遍,然后说:"少爷这会儿还不回来,想必在城外那边歇下了。现今外头乱成这样,姨奶奶也别出去,先回府里歇着,等明日再派人出城打探不迟。"

停了停,看见董小宛没有做声,他又说:"张乙、吴七都回来了。姨奶奶不信,只管问他们两个便知。"

张乙和吴七,就是先前派去迎接冒襄那批家人的班头,不知什么时候已经来到轿前。听冒贵这么说,他们便异口同声地帮腔道:"这是实情。姨奶奶万万出去不得!如若不然,有个差池闪失,小人们俱担待不起!"

董小宛仍旧不说话。不过,发现张乙、吴七和他们的手下人全都聚在这儿,她也就明白了:原来,这些人虽然奉命到大街上去探看和迎接主人,其实却十分胆小怕死,发现外间的情势不对,他们就马上退回里弄里来,还撺掇冒贵也不要去。"他们说相公在大白居那边歇下了,分明是托辞搪塞!试问他们怎么知道?凭的什么?"董小宛又气又急地想。作为奴仆,对攸关主人生命安全的差使,竟然如此敷衍了事,这是以往从来没有过的。"啊,他们怎么敢!他们平日的忠心到哪里去了?"但是,以自己目前的地位和身份,她又感到很难拗得过这些有头有脸的老家人。因此,尽管心中气苦异常,到头来,她只能使劲地蹬了一下轿子的底板,用含泪的声音说:

"快走!"

"上、上哪儿?"一名轿夫迟疑地问。

"当然是上街上去,迎接相公!"

"哎,姨奶奶……"显然吃了一惊的冒贵连忙阻止。

"走呀,快走!"董小宛蓦地不顾一切地尖叫起来。那悲愤、凄厉而又固执的叫声撕破静夜的空气,迸射而出,使在场的人心头都不由得一震!

这么一来,谁都不敢再阻拦。董小宛那顶轿子摇晃了一下,重新起动了。它在仆人们让出来的通道中悲壮地、坚执地前行着,看样子,哪怕外面是刀丛剑林,是流血死亡,也阻挡不了她去迎接冒襄的决心。

几个班头你望我,我望你,尽管并不那么心甘情愿,却仿佛被一股无形的压力逼迫着似的,终于无可奈何地跟上轿子,一起向外走去……

七

  半个时辰之后,他们终于把冒襄接回家里来。虽然外间的情形确实相当混乱,但总算双方都没有碰到什么意外的事情。至于冒襄为何回来得这么迟,也弄清了:原来是跟随马夫人和苏少奶奶的小儿子生了病。乡间没有大夫,只有一位略懂医道的村塾先生。虽然大家担心靠不住,但也只得将就让他瞧瞧。那塾师说是偶感风寒,不妨事的。就近抓了帖药,让小儿子服下了,不过冒襄到底不大放心,所以在大白居逗留到傍晚,看见孩子确实睡得安稳了些,可以交付得下,才又匆匆往回赶……实情虽是如此,但经历了这番奔波,冒襄也已是精疲力竭,面容憔悴,几乎连说话的劲头都没有了。看见这种情形,董小宛也不敢多说什么,待冒襄回禀了父亲之后,便服侍他早早睡下了;并且吩咐紫衣,如果不是特别紧急的事情,一律不准外间通传,必定要传,也得先告知她。

  这么好歹过了一夜。第二天,冒襄照例一早又起了床,洗漱完毕,用过早点。要在往日,他必定又忙着到外间去了。可是不知为什么,今天他却显得有点懒懒的,尽自坐在椅子上发呆,迟迟没有动身。看见这样子,董小宛觉得说话的机会来了,于是拿起一把扇子,趁着送到丈夫手里的当儿,试探地问:

  "相公,眼下城中这一场乱子,不知几时才能平息得了?"

  冒襄牵动嘴角,勉强地苦笑了一下:"哼,谁知道!反正,等着就是了!"

  "那——往后这城里城外的,相公还得不歇地两头奔波了?"

  "有什么法子,当然得去!"

董小宛的眼圈一下子红了："可是,可是,妾身害怕!"

"你怕——怕什么?"

"眼下这等兵荒马乱的,妾身怕相公城里城外地乱闯,万一碰上了杀人越货的强盗,那、那可就……"董小宛止不住哭泣起来。

冒襄望了她一眼,目光随即又回到原处。他好一阵子没有做声,最后,才说:"不会的,我又不是孤身一人,还有冒成他们哩!"

"要、要是强盗人多势众,怎么办?"董小宛勉强止住悲泣,说。她本想告诉丈夫,那些仆人也未必靠得住,就像昨天夜里那样——但临时又改了口:"况且,城里有歹人作乱,乡下也难保没有歹人作乱。把太太、奶奶和小少爷撂在那儿,也难保就十分安全。万一出了什么事,相公和老爷都不在身边,怎生是好?"

这话显然说中了冒襄这些天来的担忧。他的表情变得烦躁起来,两道黑亮的眉毛也凑到了一块,然而,却紧抿着嘴唇,没有吭声。

董小宛望了望丈夫,一颗心止不住噗通噗通地乱跳起来。她自然有自己的想法,但又拿不准家长们已经决定了的事,自己提出异议好不好。然而,眼看着丈夫一个人两边照应,疲于奔命,才几天工夫,脸上已经瘦下一圈去,董小宛就感到心如刀割;更别说冒襄这么没完没了地往返奔波,总难免会碰到一次半次意外——哪怕只碰上半次吧,就有可能什么都完了……

"那么,你说怎么办?"冒襄出乎意料地冒出一句,随即闭上眼睛,靠在椅背上。在窗外早晨阳光的映照下,他的侧影显得那样苍老、无神。

"妾想,妾想,"董小宛结结巴巴地说,有片刻,紧张得几乎连声音也发不出来。不过,她终于还是鼓起了勇气:

"要是守在这儿,难以照应,不如、不如相公和老爷都先到城外去,暂避一时,也是好的。"

这么说完之后,她就屏住呼吸,睁大眼睛,胆怯地等待着丈夫的反应。"哦,他要是不高兴,不答应,那就当我没说吧。不过,我确实觉得这样合适!"她心忙意乱地想。

然而,冒襄却按照原来的姿势坐着,一动不动,仿佛根本没有听见侍妾说的话。过了一会,他才慢慢张开眼睛。

"什么?"他问,冰冷的目光直射过来,"你说什么?要走,嗯?"

一听丈夫的口气,董小宛的脑子里"嗡"的一下,"啊,他生气了,他不答应!"她后悔地想。慌乱中,她点了点头,又使劲地摇摇头。

"你说要走?"冒襄猛地站起来,高声地重复说,"鞑子还没来,这城还没丢,你就要我逃跑?去学那些没有骨气,胆小如鼠,一点点风吹草动,就吓掉了魂的可怜虫那样,夹起尾巴逃走吗?去学为了活命,宁可剃发留辫的屠头那样,去给鞑子当顺民吗!哼,办不到!他们怕死,我冒襄可不怕死!我就是不走,就是要给他们看看,在这城里,还有不怕死的缙绅之家,还有一股宁折不弯的浩然正气!"

冒襄怒气冲天地咆哮着。他的眉毛倒竖起来,圆睁的两眼喷出灼人的火焰,俊美的、憔悴的脸孔变得十分可怕。他的声音愈来愈高,言辞也愈来愈偏执、激烈,而且有股子不顾一切的味道。显然,这些天来所受的种种刺激、打击、挫折,以及失望、愤懑、苦恼、辛苦,由于不断地积存,早已超过他内心所能承受和包容的限度,一旦得着机会,就变得无法控制,猛烈地倾泻出来……

董小宛吓坏了。她哀求说:"相公,相公,听我说……"

"我不要听!"冒襄粗暴地一挥手,随即,像发现了什么似的,目光霍霍地盯住了可怜的侍妾:"好啊,闹了半天,原来连你也想逃走!哼,还亏你口口声声说,不管是生是死,都要跟着我,一生一世也不分离。原来全是假的,是骗人!那么好呀,你要走,你就自己走好了,回姑苏去,回秦淮河去!我冒某人绝不挽留!"

如果冒襄只是责怪侍妾不该胡思乱想,不该过问她不该过问的事,那么即使骂得再凶,董小宛都可以忍受,不会争辩。可是现在丈夫竟然怀疑到她的忠诚,这就使董小宛感到比杀了她还要难受,以至于那张秀美的脸蛋一下子涨得通红。

"不,不!不是这样!"她大声地、含着眼泪反驳说,"妾身只是为相公的安危担心而已!相公自然不是胆小怯懦的人。惟是打算以万金之体,与匪类相抗,妾身却未敢苟同。须知相公是家中惟一长男,上有老父老母,下有幼弟稚子,他们的安危全都系于相公一身。相公之责,可谓至重至大!若因争一时之愤而轻身蹈险,万一遭逢不测,这一堂长幼,将何所因依?祖宗香火,又凭谁承传?这'孝道'二字,更何从谈起?相公岂能不静心权衡,缜密三思!"

也许自两人相识结合以来,董小宛还从来不曾这样顶撞过丈夫,加上她最后这一番话,竟是如此义正辞严,令人无从反驳,冒襄竟一下子噎住了。他仿佛不认识似的望着侍妾,然而,只一会儿,他的眼睛又眯缝起来,并且闪出恶意的光芒。

"你当真还想逃难?"他用故作平淡的口吻说,"你莫非忘记了,去年那一次逃难是什么滋味?这一次,只会比那次更凶险。到时候,我要是照应不过来,只能先护着老爷、太太、奶奶、少爷他们,嗯,还有姨太太!就未必能顾得上你了——你难道就不害怕?"出自丈夫之口的这个警告,冷酷得就像一把尖刀。董小宛的脸色不由得变了。但是,略一沉默之后,她仍旧咬咬牙,惨然说:"只要相公和老爷、太太、奶奶,还有小少爷们平安无事,妾就是死了也甘心情愿!"

冒襄一直紧盯着侍妾,显然在等着对方露怯。这时,他的目光抖动了一下,挑衅的锋芒消失了。他垂下眼睛,无言地转过身子,慢慢踱了开去……

"大爷,老爷着人传话,请大爷到后堂去见老爷。"丫环紫衣小心翼翼的声音在门边响起。

冒襄怔了一下,问:"什么事?"看见紫衣茫然地摇摇头,他就"嗯"了一声,随即回过头,望了望董小宛,但到底什么也没有说,就匆匆跨过门槛,沿着熟悉的回廊,向正院的后头走去。

八

"难道真的要弃时局的转变不顾,再度举家出逃?"一边越过一组一组手执刀棒,在各自的地段上巡逻放哨的家丁,冒襄一边继续着先前中断了的思路,"诚然,她说的也并非全无道理,起码在混乱的情形有所改善之前,似乎应当考虑是否该出城暂避一下。可是,已经苦苦坚持到现在,绍兴方面说不定这一两天就会有回音。万一我刚走,新县尊就来上任,岂非白颠簸一趟不说,还给张罗浮他们落下一个贪生怕死的笑柄?不,既然这些天都熬下来了,那就干脆熬到底!生也罢,死也罢,就拼他这一回!做个有骨气、有胆魄的人!那么,就坚持不走……"

"哎呀,烧、烧起来了!"一声尖锐的惊叫蓦地响起来。

"哪儿?在哪儿?""喏,那边、那边!"几个人在墙头上嚷嚷说。正在廊庑下坐着的仆人"哄"的一声全跳起来,开始紧张地询问、叫喊、奔走,墙上墙下顿时乱成一片。

冒襄吃了一惊,有片刻工夫,不知道发生了什么事情。不过,当看见周围乱了套时,他就光火了,使劲把脚一跺,厉声说:"干什么?你们都干什么?啊!"这一声呵斥总算发生了作用,乱哄哄的仆人们顿时停止骚动,一个个呆着脸,不安地沉默着。

"启、启禀大爷,外头烧……烧起来了!"一个班头结结巴巴地报告。

"不就是烧么,又不曾烧到这边,就慌成这个模样!要是真有歹人打上门来,你们怎生对付!"冒襄继续厉声呵斥。

不过嘴上这么说,他心中其实也有点紧张,于是走向墙边,沿着架设在那里的一道梯子,攀上了用木板和立柱临时搭起来的一个哨位,朝哨丁指点的方向望去。果然,在城南的方向,有一片房屋正在焚烧,滚滚浓烟直冲天际,还带起许多灰烬似的东西,朝四下里飘舞翻飞。虽然距离相当远,看不到具体的情景,但也不难想见遭灾的人家是怎样一种悲惨可怕的模样。"嗯,这已经是第三次了。不知是否又是歹徒放火,还是自家不慎失火?伤着人没有?哎,要是没有人去救,延烧起来可不是玩的!"冒襄一边目不转睛地瞧着,一边心情紧张地想。"莫不是'半梁山'和'赛少林'放对,弄出来的?昨日'半梁山'在那里贴出好些无头告示,声言要同'赛少林'厮拼,还当场杀翻两个人哩!"一名哨丁惴惴不安地从旁说道。

所谓"半梁山"和"赛少林",是城南两股义兵分别给自己取的名字。两股人马从一开始就各据一方,互不服气,经常斗殴生事,把老百姓弄得叫苦连天,在城中早就出了名。现在听哨丁一说,冒襄心中顿时生出一股愤慨。"哼,还亏那伙举义缙绅口口声声说要弹压,其实全是假话!像这种无法无天的乌合之众,又怎能与清兵对敌,又怎能指望他守得住海宁!"这么一想,他心里就变得乱糟糟的,没有心思再看,仍旧沿着梯子退下来,只嘱咐班头严密守护,防止奸人乘机骚扰,便转过身,匆匆向后堂走去。

冒起宗已经在等着他了。这几天,虽然冒襄极力把绝大部分的事务揽了过去,但焦虑和失眠,仍旧在老人身上留下了痕迹,使他完全失去了平日的从容气派,显得神情郁闷,心事重重。

当冒襄走进来时,冒起宗正倒背着手,微低着头,焦急不安地在后堂来回踱步。听见儿子的脚步声,他就立即站住,转过身来。

"你来了。"他皱着眉毛说,示意儿子不必行礼,然后朝后门内侧一指,"门首的阿三领了个人进来,说了一件事,如今就在下房里,你先过去瞧瞧,回头我们再商议!"

"是!"冒襄答应着,随即想到应该把城南起火的事告知父亲,于是又拱着手说:"启禀……"

然而,冒起宗焦躁地一挥手:"其他的先别说了,你快过去瞧瞧!"冒襄怔了一下,不明白父亲为何这么气急败坏。他不及再问,连忙跨出门槛,走向父亲所指示的那间供仆人休息的下房里。"啊呀,大爷来了!"长得身材魁梧的阿三连忙从春凳上站起来,看见冒襄沉着脸,便不敢多话,回头一指,说:"喏,就是他!"

还在进门时,冒襄就发现屋子里坐着一个陌生人。此刻趁对方站起来的当儿,他借着从木格子窗外透进来的光线,看清了那是个三十岁上下的汉子,中等个儿,扫帚眉,酒糟鼻,一双圆鼓鼓的金鱼眼,两片向外翻出的厚嘴唇,头上歪着一顶猪嘴头巾,一身半新不旧的玄色衣裤,敞着胸,腆着肚子,使人一望便知是个市井泼皮。

"到底是怎么一回事?"冒襄皱着眉毛问,随即在阿三端过来的一张椅子上坐了下来。

"快回大爷的话,问你呢!"阿三催促那个人。

"哦,是!"那人连忙答应,随即低下头,用袖子擦擦鼻子,停顿了一下,然后开口说:"小人许五汉,家住双忠庙,因得知一伙贼人要来打劫贵府,特地赶来报个信儿。"

冒襄正摇摇手,拒绝阿三奉来的一盏茶,冷不防听见这句话,心中猛然一震,"什么?你说什么?"他瞪大眼睛追问,同时不自觉地攥紧了椅子的扶手。许五汉把刚才的话又重复了一遍。

"哼,你敢是扯谎胡说——你怎么知道?"冒襄盯着对方,怀疑地问。

"小人不敢扯谎。小人若是扯谎,让舌头长个大疗疮,化脓,烂掉!"许五汉赌咒说,又擦擦鼻子,"本来,小人也不知,是隔壁头的王阿毛如此这般告知小人的。"

"讲仔细一点!"

"是。昨儿夜里,小人已经睡下了。那王阿毛来打门,把小人吆喝起来。小人问他啥事体,他举着个瓶儿要借酒。小人见他已有五分醉意,便只推没有。他便骂小人不爽利,还说他即刻便要发大财,到时只怕小人得颠倒求他施舍哩!小人见他说得蹊跷,便扯他坐下,取出酒来,慢慢拿话套他。他起初还不肯说,后来挡不住小人几杯酒灌下去,到底吐了真言。他说城外有一帮新近搭伙的贼人,这两日正思量打劫大户,因知公子爷家是从如皋来的大财主,至今还留城中未走,便立心拿贵府发个利市,却怕不熟城中的路径。那贼伙中有人原是认得王阿毛的,便拉他来做眼线,应允事成之后,算他一份。那王阿毛本是个穷瘪了的,自是一口应承。眼下他们已经准备停当,早晚便要动手。小人见情势紧迫,昨夜一宿不曾合眼,今日一早便来禀知公子爷……"

如果说,刚才吃惊之余,冒襄还有点半信半疑的话,那么听了许五汉这一番述说,他就完全呆住了。因为对方所说的这个王阿毛,原是家中的一名小厮,两个月前,因犯偷盗和调戏丫环,被人揭发,本应送官究治,后来是冒起宗念他故世的亲爹是家中的老仆,决定网开一面,逐出家门了事。这王阿毛自幼在府中长大,对内情自然十分熟悉。贼人找他做眼线,可以说毫不奇怪。另外,冒家同他既有这层关系,查问起来并不费难,要不是确有其事,许五汉也不敢胡乱攀扯上他。

"你——因何要将此事告知我们?"半晌,冒襄定一定神,问。

"哦,小人虽则也一般的爱钱,却还知好歹。那些个伤天害理的事,是万万做不得的!"许五汉忽然变得活泼起来,转动着金鱼眼睛,乖巧地回答,"别说上有神明,下有官府,都断断不容,就是贵府这样的人家,既敢留下来,岂能没有防范?那伙蟊贼若真的要来,不碰个头破血流,偷鸡不着蚀把米才怪!再说,闻得公子是个大善人,最是怜贫惜老,乐善好施。这远远近近,谁个不知,哪个不晓?只有那等狼心狗肺,昧了天良的,才会来打贵府的主意!小人可是……"

许五汉啰啰嗦嗦地说着,可是冒襄已经没有心思再听了。他摆一摆手,吩咐阿三:"行啦,你领他出去,再到账房支十两银子给他。就说是我说的!"说完,他又回头对许五汉点点头:"你这么着,很好,以后若还有什么信儿,就来告知我——嗯,去吧!"等喜出望外的许五汉趴在地上叩了头,兴冲冲地跟着阿三走了之后,冒襄就有气无力地往椅背上一靠,茫然发起呆来……"嗯,都查问明白了么?"一个熟悉的声音问道。冒襄回头一看,原来是父亲走进来了。

冒起宗事先显然查问过许五汉,并且已经知道了一切。他拈着胡子,来回踱了几步,终于长叹一声,说:"看来,这城中确实无法安身了,不如还是先到城外去避一阵子吧!"

这当儿,冒襄已经照例站了起来。他没有马上回答,只是低着头,沉浸在自己的思绪里,半晌,才苦笑着说:"只是,孩儿总觉得太冤!"

"什么?太冤?"冒起宗显然莫名其妙。

冒襄点点头,哑着嗓门说:"都挨到这当口上,说不定一两日内,绍兴就会派县尊来,我们却还得狼狈逃命——岂不太冤!"冒起宗不做声了。有好一阵子,他迟疑地望着紧咬着嘴唇、显得苦恼异常的儿子,似乎打算安慰上几句;但是,却什么也没有说出来。

两天以后,他们父子终于带领全体仆从,押运着大批的箱笼行李,在严密防范的状态下离开了海宁县城,再度踏上了吉凶未卜的旅程。

第 三 章

一

　　由于得到地方民众和明军残部风涌云合般的响应,在闰六月中旬才建立起来的鲁王政权,到了八月初,已经集结起号称十万的庞大军队,势力范围也从浙东一隅,迅速扩展到浙西、江南的大片地区。尽管陆续加盟的这些府县,基本上还处于各自为战的状态,而军队中的相当一部分,也属于临时纠集起来的乡勇,但是已经形成了一种颇为浩大的声势。加上这时候,从更东面的福建又传来消息:明朝的另一位藩王——唐王朱聿键在黄道周、郑芝龙等人的拥戴下,也举义抗清,并且已经公然称帝,改元隆武。这就迫使志得意满的清朝浙江总督张存仁大吃一惊,连忙收缩军力,全力拱卫杭州城;同时飞报南京,请求紧急增援。
　　面对这种显而易见的有利形势和战机,鲁王朱以海听从大臣们的建议,在绍兴府城召开了御前会议,决定派武英殿大学士兼兵部尚书张国维担任督师,率领踞守在钱塘江一线的各路明军,分别向下游的西兴和上游的富阳两地集中,对杭州采取渡江夹击的态势。按照他们的设想,能一鼓作气收复杭州,自然最好;即使一时办不到,也要打上几个漂亮的胜仗,以便震慑敌人,鼓舞士气,巩固已经取得的地盘。
　　黄宗羲是八月初十日,在驻扎于萧山县瓜沥镇龙王堂的孙嘉绩军营中接到参战命令的。由于孙嘉绩的荐举,如今他已经被新政权任命为兵部职方司主事,并兼任余姚军的监军。来自上头的命令还规定他们,以及绍兴、慈溪、宁波等府县的义军:必须于十二日傍晚之前,把队伍转移到与杭州隔水相望的西兴渡口,同武宁侯王之仁所统率的正规水师会合,听候调遣。对于朝廷酝酿西向用兵,黄宗羲虽然事先已经有所风闻,但接到参战的命令,仍然感到大为振奋。这不仅是由于近日来,他越来越渴望投入战斗,更重要的是,从这一果敢的决策中,他感觉到了一种同心同德的决心,一种奋发进取的锐气,而这,正是那个短命的弘光朝廷所没有的。"不错,就冲着这一点,也值得轰轰烈烈投身进去,大干一场,哪怕因此血洒钱塘,粉身碎骨也罢!"当随着以都察院右佥都御史的身份,出任余姚义军督师的孙嘉绩,奔走忙碌于闹纷纷地集结的兵营之中时,他一再壮烈地、感奋地想。

现在,除了留下小量军力驻守原地,其余的人马,经过一天一夜溯江而上的航行,已经于十二日的正午,提前抵达西兴渡口,同王之仁接上了头,并在指定的地段驻扎下来。他们属下的这支队伍,也就是当初从余姚县带出来的那四千之众。它与来自其他府县的五支义军一道,被统称为"六家军"。与方国安、王之仁等武将所统率的正规军队不同,这"六家军"绝大部分都是临时招募来的四乡农民,士气倒还高昂,但基本上没有经过军事训练。对于如何列阵、如何行军、如何临敌、如何格斗,不少人一窍不通,必须一一从头教起。因此,自从一个多月前,从绍兴赶回家中禀明母亲,安顿家小,并把那三百乡勇带出来从军之后,黄宗羲一直守在营地中,协助孙嘉绩规划建制,训练士卒。不过,这方面他们其实也懂得不多。幸而有几位行伍出身的义士,其中包括黄宗羲在余姚县城外结识的那两个带头反剃发的汉子——汪涵和茅瀚,全力以赴地帮着日夜操练,才好歹把这群乌合之众,渐渐调教得有点样子。

这一次，因为是渡江作战，所以临出发时，他们已经按照命令，把能够征集到的大小船只，几乎全都带了出来，总共有七八十艘之多，如今就在江边上立起一个水寨；又因为船少人众，水寨安置不下，在距水寨一箭之遥的岸上，还另外立了一个旱寨，用以屯驻其余的人马。

因为是提早到达，据孙嘉绩估计，在命令所规定的傍晚之前，大约不会有什么军事行动，所以，眼看着各营已经安顿停当，黄宗羲便按照原定分工，离开中军大帐，回到水寨去约束部伍，等候下一步行动的命令。

由各种大小船只连结成的水寨，参差而又成片地浮泊在江面上，看上去，就像突出于岸边的黑色洲渚。黄宗羲时而凭借跳板，时而纵身跨越，从一条又一条的船上通过，边走边察看寨里的情形。发现将士们正靠在桅杆下、船篷旁，在那里啃干粮的啃干粮，摆弄武器的摆弄武器，没有什么异常的事态，他就径自回到辟作指挥所的一艘大江船舱中，由黄安——那书童如今已经成了亲兵头儿，官为"把总"——服侍着，先把身上沾满征尘和汗臭的衣裳脱下，换过，又在水盆中洗了一把脸，刚刚坐下，忽然想起一件事，于是便翻开随船带来的几本书，把夹在其中的一封信找了出来。

这是老朋友顾杲从无锡托人辗转捎来的一封信，送到他手中时，正碰上军队乱哄哄地开拔，来不及看，就随手夹进书中。说起顾杲，自从五月间逃出南京监狱，半路分手，各自回家之后，两人就失去了联系。尽管黄宗羲对这位生死之交十分想念，却苦于兵荒马乱，音信不通。冷不丁接到朋友的来信，黄宗羲当时的确喜出望外。"是的，我怎么把它忘了！"他一边拆着信，一边暗暗责备自己，正要抽出细看，忽然听见外面"咚咚咚！咚咚咚！"传来一阵擂鼓之声，猛烈而又急骤，听上去，像是来自大江之上。其间，还依稀夹杂着阵阵潮水般的呐喊。

黄宗羲不禁一怔,随即推开篷窗,向外望去,却被泊在旁边的船只挡住了视线,除了一小角江水,什么也看不见。这当儿,那鼓声和呐喊声益发高亢起来。"怎么?难道已经打起来了?"他惊讶地想,连忙把信塞进怀里,离开篷窗,快步奔上甲板。这一下,总算看清了:原来,江面上果真出现了许多船只,其中有张着大帆的江船,也有较小的渔船,还有好些小划子。从船上插着的各色大小旗帜,以及晃动着的刀光人影来看,显然都不是普通船只,而是准备参战的水师。"那么,莫非已经开始渡江攻击了?何以我们没有接到命令,一点都不知道?"黄宗羲满心疑惑地扶着船头的绞盘,大睁着眼睛向大江上张望。

已是中午时分,蒙上了一层薄翳的秋阳,正在天顶上淡淡地照临着,萧瑟的秋风拂过水寨林立着的樯桅,在烟波浩渺的钱塘江上,掀起了层层轻浪。现在,江面上的情形可以看得更清楚:那些随着鼓声出现的船只,少说也有三四十艘,就像一群猝然飞集的水鸟,错杂地散布在江面上。从来路判断,这些船只显然属于上游不远的王之仁军水寨,因为直到此刻,还不断有船只从那里驶出,参加到前面的行列中去。

"咚咚咚!咚咚咚!咚咚咚!"急骤的鼓声高一阵低一阵地响着。它贴着水面远远传送开去,碰到堤岸又反射回来,在广袤的江天上震响、回荡。随着鼓声,江面上聚集的船只越来越多,并且在几艘大船带领下,朝着对岸排出一字的队形。

"大人,快下令起锚吧!要不,功劳都被王兵抢去了!"一个急切的嗓门在身后响起。

黄宗羲回顾了一下,发现黄安正站在身后,圆圆的脸上现出紧张而又兴奋的神情。

黄宗羲摇摇头:"我们尚未接到军令。"

"尚未接到军令?怎么他们又接到了呢——哎,瞧,上去了,上去了!"

　　黄宗羲定眼望去,发现王之仁军的战船,已经集结完毕,正在五只大船的率领下,缓缓向上游驶去。看样子,是准备凭借江水的冲力,斜刺着向对岸发起攻击。

　　"糟啦,再不开船,我们就赶不上了!"

　　"怎么偏偏我们接不到命令?"

　　"是不是给王兵扣起来了?"

　　焦急的、压抑的议论在周围响起,那是几个亲兵。

　　黄宗羲没有吭声。不管怎么说,不等命令擅自出击,在军事上是不允许的。尽管如此,他却不免也有点怀疑:会不会进攻的命令已经下达,只是出于某种尚未弄清的原因,没有送到自己这里?如果是那样,自己按兵不动,且别说争先立功的话,光是因此贻误了战机,就很不应该……然而,要是命令并未让自己参与行动,自己冒冒失失地出战,就会打乱整个部署,后果更加严重……

　　"嗯,你在这儿守着,没有本官之命,谁都不许动!"这么交待了一句,黄宗羲便匆匆转过身,撇下众人,向跳板走去。刚走出几步,远远看见孙嘉绩由几个亲兵簇拥着,正沿着跳板,急步朝这边奔来。

　　"快!快!赶快进兵!"显然也看见了黄宗羲,孙嘉绩隔着船挥手喊。

　　"怎么?"

　　"命令下来了,下来了!"

　　黄宗羲"啊"了一声,本能地立即转身往回走,才行出两步,又站住了。

　　"咦,怎么还站着?快、快啊!"已经走近来的孙嘉绩气喘吁吁地催促。

　　"不是让我们天黑之前赶到的么?怎么现在就下令进攻了?"

"不知道！哎,别管了,快,快!"孙嘉绩显得急不可耐。

黄宗羲不再问了。不过,当他奔向中军大船的船头,对已经闻声赶到的部将汪涵、茅瀚下达了进兵令之后,心中仍旧疑惑地想:如此说来,进攻计划无疑是改变了！然而,眼下才只自己一支义军提前赶到,其余几支义军尚未抵达,督师行辕到底为何不到约定时间,就下令进攻？虽然这一次渡江作战主要是靠王之仁的正规水军,但是……

"咚！咚！咚!""咚！咚！咚!"急劲的鼓声蓦地在身旁震响起来,这是催促进军的信号。黄宗羲猛一抬头,发现只这一沉吟工夫,整个水寨已经全动了起来。义兵们纷纷从舱里拥出来,有的爬上船篷,有的奔向甲板,开始起锚的起锚,扯帆的扯帆。这些义兵,绝大多数都来自浙东水乡,骑马也许不大习惯,驾船却是家常便饭。只见没费多少劲,各船已经陆续准备就绪。然而,也只是做完这一步而已,到了接下来,照例应该启航出发时,不知为什么,那些义兵们像受到某种无形的禁制似的,动作忽然变得迟疑起来,开始你望我、我望你,互相等待着,谁都不肯首先把船撑出去。

"咚咚咚！咚咚咚！咚咚咚!"催促进军的鼓声益发擂得震天价响。

船队起了轻微的骚动。泊在最外边的两只船似乎抵御不住鼓声的压力,勉强向前撑出了丈把二丈,但看见其余的船只没有跟上去,便又迟迟疑疑地退了回来。

"混账！开船！快开船！谁不开船我先杀了他!"传来了茅瀚的怒骂声。这位在余姚县城外带头反剃发的汉子显然急于响应鼓声,但是泊在前面的船只堵塞了他的去路。

黄宗羲睁大眼睛看着,有片刻工夫,闹不清为什么会出现这种情形。但随后,他浑身的血液就由于焦急,也由于气愤,蓦地沸腾起来。他把手中的令旗朝走近来的孙嘉绩一递,"呛啷"一声拔出佩剑,大步奔向船舷,腾身一跃,跳到刚刚又退回来的那艘船上。

"撑出去!马上给我撑出去!听见没有?"他扯着嗓门大嚷,恶狠狠地挥舞着手中的佩剑。

"是、是,大、大人!"被上司的暴怒,也被寒光闪闪的剑锋吓了一大跳的几个士兵结结巴巴地答应着,慌忙摆动手中的长篙。

"你们——还有你们,都聋了吗?快动手!撑出去!"黄宗羲继续用佩剑向其余的人指吓着。看见事到临头,手下的兵校变得如此脓包,他当真怒火中烧。如果不是那些兵几乎立即就乖乖听命,他手中的剑很可能就会狠狠砍出。

"妈的,听见没有?快开船!""快,快!混蛋!""还呆着干什么?想找死吗?"无疑是受到黄宗羲的行动激励,附和的呵斥从四面八方一齐炸响。正在缩着脑袋发呆的各船的士兵们,哆嗦了一下,仿佛忽然惊醒似的,开始不由自主地摆动长篙,抓住绞盘,虽然动作仍不免有些迟疑和机械,但总算纷纷重新行动起来。随着第一只船鼓勇离开了水寨,其余的船也开始挤碰着、避让着,缓缓向江中驶去……

"是的,哪怕前途多么危险,手下多么迟疑,重要的是有人带头。只要敢于带头走出第一步,其余的人就好办了!"默默看着已经络绎驶出到大江之上,并且逐渐摆脱了刚才的迟疑和畏怯,变得紧张、勇敢起来的船队,黄宗羲暗暗松了一口气,不无憬悟地想。

现在,在震天的战鼓声中,余姚义军的船队也像王之仁军那样,开始转舵向南,溯流而上。这西兴渡口一带,作为连接浙东地区与杭州的交通要冲,本来总是水陆辐凑,商旅云集,热闹非凡。自从清兵南下,浙东起义以来,由于敌我双方一直处于剑拔弩张、一触即发的临战状态,那种熙熙攘攘的景象固然已经荡然无存,而且沿江两岸,还各自临时筑起好些防守用的木垒城寨。如今,在他们船行所经的敌方江畔,就显眼地立着一个。黄宗羲注意到,上面还随风飘扬着好些旗帜,看样子必定有清朝的兵卒把守。不用说,如果明军打算在这一带登陆作战,就必须突破这些城寨的拦截。"是的,终于真的到了收复失地、还我河山的时刻了!要同鞑子兵刀对刀、枪对枪地干上一场了!我自然要狠狠地杀,要杀死他们很多人;而我们也会有许多人流血、被杀,说不定连我自己也在内,这是免不了的!既然如此,那就来吧!只要他们杀不死我,我就要杀死他们!把他们赶回关外去!这是一定的!"黄宗羲远远地盯着那个被阳光照得闪闪发亮的木城,发誓般地想。事实上,由于置身于率先出发的船里,自己作为勇敢无畏的表率,已经没有后退的余地,现在,黄宗羲甚至变得更加渴望尽快投入战斗。他紧攥着剑把,昂然挺立在船头上,一任强劲的江风撕扯着他的衣巾鬓发,心中翻滚着一股慷慨赴死的冷酷之情。同时,开始精神亢奋地设想着,到时候,他如何率领麾下的明军,在那里同清兵展开殊死的格斗,并以无比的英勇,杀得敌人落荒而逃⋯⋯

"轰!轰轰!"几声沉闷爆炸传来,黄宗羲反射地回过头去,发现清军据守的木城上方,冒出了几缕黑烟,紧接着,远处的江面上"噗通、噗通"地接连升起了三道水柱。

"嗯,是炮!鞑子兵开炮了!好嘛,想吓唬人吗?可我们不怕!你们就等着吧,待会儿有你们好受的!"由于终于切近地感知到敌人的存在,也由于不断飞来的炮弹意味着战斗已经开始,黄宗羲的情绪愈加兴奋和高昂。他看前面的王之仁军已经转舵向西,像是准备朝对岸发起攻击,于是一边大声告诫大家不要惊慌,一边挥动令旗,打算下令船队也跟着转舵。然而,就在这时,钱塘江的东边——也就是自己一方的营寨中,震天的鼓声忽然沉寂下去,接着,传出"喤喤喤!喤喤喤!"的锣声。

"怎么,要我们收兵?"黄宗羲惊讶地想,有片刻工夫,怀疑自己是否听错了。然而,没有错。"喤喤喤!喤喤喤!喤喤喤!"那锣声愈加响得急骤,分明是鸣金收兵的信号。而且不光自己的水寨在敲锣,连王之仁军那边的营寨也在呼应着大敲特敲。

"好不容易才把船队带到这里,还没有登岸,也没有同鞑子对上阵,怎么就要收兵了?"由于看见正在鼓勇前进的船队,顷刻之间,就像被一只无形的巨手忽然扰乱了似的,正在陆陆续续停下来,开始各自在江中打转,黄宗羲错愕之余,不禁为之茫然。"嗯,莫非老孙他们看见敌人发炮,生怕我们要吃亏?但是,漫说那几炮连我们的汗毛都未曾碰着,就算当真被打中,折损了一两船人马,也得拼着命儿攻上去!怎能随随便便就收兵?如此一来,岂非前功尽弃?哼,这可是生死相搏,不是做儿戏!哪有如此指挥的道理?"他反感地、恼怒地想,本能地冲动了一下,打算不管它,然而……

"大人,王兵的船转舵了,您瞧我们……"有人在旁边请示,那是船上的把总。

"瞧什么!聋了吗?让你收兵就收兵!"这么爆发地呵斥了一句,为了避开满船将士投来的疑惑目光,黄宗羲径自转过身去,咬紧牙齿,忿忿地盯着依然把大锣敲得山响的己方营寨。

二

突如其来的鸣金收兵,虽然使黄宗羲感到十分恼火,但回到水寨之后,事情也就弄清楚了:孙嘉绩他们之所以这样做,并不是由于看见清兵开炮,而是接到了从富阳总督行辕发来的紧急命令,要各营立即停止进兵,变攻为守,全力拱卫江防,不得擅自出击。

"听说,"把令旗连同安顿船只的职责交给身边的副将之后,孙嘉绩一边示意黄宗羲走进船舱,一边压低声音说,"朝廷得到谍报,建虏新近派了洪亨九来江南总督军务。他闻知我兵要攻杭州,亲率援军自留都星夜南下,意欲全力与我相抗。监国惟恐有失,因此急诏富阳行辕暂停进兵,瞧瞧情形再说。"

"洪亨九——哪个洪亨九?"黄宗羲疑惑地问。

"还能有哪个洪亨九,不就是崇祯十五年兵败松山,被俘不死,最后投降了鞑子的那个洪承畴——洪亨九!"孙嘉绩略显烦躁地说,"嗯,这逆贼不比别人,他曾身为我朝大司马,总督军务多年,久经阵战,对我兵情形知之甚详,实为一不可小觑之劲敌!"

黄宗羲"嗯"了一声,不说话了。他自然知道洪承畴,知道此人除了可恶、可恨、可鄙之外,的确还是一个十分厉害的对手。说起来,当洪承畴还是明朝的大臣时,因为同李自成、张献忠等"流寇"作战功劳卓著,声震朝野,以致黄宗羲也同许多士民一样,曾经热烈地崇拜、颂扬过他,对他寄予过无限的期望。"啊,叛国的奸贼!骗子!怕死鬼!怎么全是这些人?"由于憎恨,也由于忆及往事而羞愧,黄宗羲不由得捏紧了拳头。

"听说——"大约看见黄宗羲皱着眉头,没有吭声,孙嘉绩慢慢捋着胡子,又说:"朝廷在商议出师时,此事已在风传,因此当时也有人主张持重。末了,是张阁老力排众议,认为目前江南义军蜂起,南京四面受敌,自顾不暇,洪亨九未必腾得出手增援杭州,监国才作出决断。不料到头来……唉!"

黄宗羲瞥了同僚一眼。如果说,刚才鸣金收兵,是来自上头的命令,他虽然不以为然,但也不便发作的话,那么,孙嘉绩如今这副忧心忡忡的模样,就重新撩起他的反感。

"怕什么?"他负气地朝木床上一坐,"哗啦"一声提起佩剑,横放到膝上,"只要我浙东军民同仇敌忾,洪亨九又何足惧哉!"

孙嘉绩摇摇头:"话不能这么说。这一次朝廷决意挥师西进,本是瞅准了我方势众,敌方势孤,正是用兵之良机。如今杭城之敌骤得强援,反观我兵除却镇东、武宁二侯属下,尚算是正规的卫所之兵外,其余大多是新募义卒,未经阵战。到时能否同他相抗,其实并无把握!"

"哼,事到如今,已是有进无退。有把握也罢,无把握也罢,亦惟有拼死一战而已! 莫非就此罢休不成?"

孙嘉绩眨眨眼睛,似乎对黄宗羲的话感到意外。"这是不行的。"他严肃地说,"仗,只能有把握才打;若无把握,又岂能浪战!"

"这——凭我们这些兵,既然'攻'不是他的对手,难道'守'就是他的对手?"

"守嘛,总比攻好办一点。何况北兵善骑马,却不善乘船。我兵凭借钱塘天险,以逸待劳,他未必就能攻得过来。"

停了停,看见黄宗羲不做声,他又告诫地说:"眼下朝廷新立,此番西征,攸关开局,胜则可振士气、安民心,败则后果堪虞,不可不慎!"

孙嘉绩说的自然在理,加上总督行辕的命令又只能服从,黄宗羲纵然心中懊恨,也自知其实无可奈何。但是,继续留在船舱里,他又感到十分气闷,于是一挺身,站起来,径自离开船舱,重新走到甲板上去。

大江之上,不久前还是战船交驰,炮声震天,这会儿,由于对峙的双方各自偃旗息鼓,已经复归于平静与空旷。西斜的夕阳从薄翳中挣脱出来,在滔滔北去的波涛上抹出片片闪烁不定的浮光。水寨之内,炊烟四起。分明松弛下来的将士们三五成群地聚在一起,有的在赌钱,有的在聊天,显得懒散而快活……

"是的,绝好的一次战机,就这样白白失去了!"黄宗羲漫无目的地行出两步,懊丧地想,"那么,接下来会怎么样呢?像孙硕肤所说的,在江边守着,等洪承畴打过来?不,这次我师奉命前来,本是为着渡江破敌,一股锐气全贯注在这上头。忽然变攻为守,明摆着是畏敌避战,士气必定大受挫损。到时想守,也未必守得住。这是万万不行的!可是,那又怎么办呢?哎,怎么办呢……"这么烦恼着,忽然,一阵喧闹从邻船响起。黄宗羲回过头去,发现两个士兵,不知什么缘故在船中追打起来。一个在前面逃,一个在后面赶,引来其他看热闹的在一旁起哄。只见逃的那个身手敏捷,时而跃过堆放着的绳索,时而绕着桅杆转,甚至从一只船跳到另一只船上去。这样闪避了一阵,却挡不住追的那个身高腿长,眼看就要被追上。谁知,冷不丁冒出来个助阵的,从背后给了长腿汉子一拳,打得那汉子哇哇乱叫,回身又去追他,如此一来,倒把前头那个放过了……

"嗯,如果有人像这样,从后面拖住洪承畴,唔,也不必多久,有那么几日,让我兵渡过江去,打上一仗,就行了!只是,南京附近有什么人能帮上这一把呢?江阴?太湖?无锡……"黄宗羲一边注视着胡闹的士兵,一边机械地、模糊地想着,忽然,心中一动,连忙把手伸进怀中,掏出那封早些时候已经拆开、却来不及看的信,随即走到一边去,一页一页地读起来。

顾杲从无锡寄来的这封长信,是大半个月前就发出的。也许由于路上辗转阻滞的缘故,直到近日才送到。信的开头,照例说些别后的情形,无非是清兵如何南下,城乡如何惊惶骚动,人们如何挈家逃难,与浙东的情形也大同小异。不过接下来,顾杲在信中专门介绍了距无锡北边不远的江阴县的情形,却引起了黄宗羲的关注。据说,该县的军民出于对"剃发令"的深恶痛绝,从闰六月起便杀官起事,占住了城池,清军曾多次疯狂进剿,都被他们奋勇击退,双方至今仍在对峙之中。但由于从南京前来助攻的清兵越来越多,江阴城外援不继,形势正在日趋恶化。顾杲是接到当地一位名叫黄毓祺的东林派人士的求援信之后,才决定立即同黄宗羲联络的。顾杲希望鲁王方面基于同仇敌忾的大义,迅速派兵,驰援江阴。顾杲在信中还表示：他已经做好准备，一旦得到同意发兵的回音，他就率领手下的数百壮士，在无锡迎候鲁王的军队，"负弩前驱，先期效死"……

"他指望我们这里能发兵救援，却不知道我也指望他们出兵相助呢！"把信仔细地从头又看了一遍之后，黄宗羲心中苦笑地想。尽管如此，江阴那边的激烈战事，却也证实了果真存在着他所设想的那种可能。"嗯，从子方信中说的情形看，请他们分兵牵制洪承畴，看来是办不到了。但江阴乃系南京门户，位置重要。如果由这边派出一支兵前去驰援，说不定就能迫使洪承畴回师自保？嗯，不错！这正合了兵书上的'围魏救赵'之法！"这么一转念，黄宗羲顿时心头大动，兴奋起来。他无心理会邻船上的情形已经起了变化——胡闹的士兵正受到军官的严厉申斥——匆匆转过身，向船舱走去，打算把想法向孙嘉绩提出。

然而，没等他走进舱门，耳边忽然传来一种奇特的声响，使他把已经伸向舱门的脚不由得又收回来。

的确，一点不错，他听见了鼓声！一个多时辰前曾经震响江天的那种催促进军的鼓声："咚咚咚！咚咚咚！咚咚咚！"

"怎么？又进兵了？"黄宗羲这一次的惊异，比最初听到的那一次更甚，随即转过身，寻找鼓声传出的处所。

"怎么了？怎么了？为什么擂鼓？"随着船舱脚踏板一阵乱响，神色紧张的孙嘉绩一边登上甲板，一边大声询问。

"不知道。或许是总督行辕改了主意，还是进兵！"黄宗羲猜测着，眼睛没有离开上游那边的方向。

"可是——"

"嗯，听说江阴、无锡那边闹得正凶哩！八成是总督行辕又得了谍报，洪承畴到底还是给绊住了！所以就……"这么继续推测着，黄宗羲的思路开始变得活跃起来：的确，情势的变化，很可能就是自己所期望的那样,而且已经改变了高层的决策。这使他不由得精神大振:"哈哈,好哇,姓洪的来不了,可就该我们打过去了!"

孙嘉绩摇摇头:"这也只是猜想而已,没有见到将令,难以作准。"

"那么他们呢?"黄宗羲朝鼓声震天的王之仁水寨一指,"又怎么说?自然是离得近些,先接得军令。马上也要下到我们这儿了!"这么说着,他就朝掌令官一挥手,大声说:"传令各船,击鼓!"

"慢着!"孙嘉绩分明吃了一惊。

"怎么?"

"别急,先等一等,待军令到了再说!"

"可是,王兵都开船了!还会有错?"

"嗯,等一等,等一等!"

到了这一步,孙嘉绩还在那里拘执成规,这使黄宗羲十分不满。他正想再度争辩,忽然传来掌令官急切的叫声:"二位大人,停了,鼓停了!"

黄宗羲怔了一下,旋过脸去。果然,不知什么时候,暮色笼罩的江面上已经变得一片寂静,王之仁水寨那边像忽然受到禁制似的,不再擂鼓了。

"咦,这是怎么一回事?"黄宗羲疑惑地想,不由得回头看看孙嘉绩,却发现后者一动不动地站着,依然望着王之仁水寨的方向。

"都堂大人——"

"嗯,等一等,等一等。"

黄宗羲感到莫名其妙,但看见对方凝神专注的样子,只好临时闭上嘴巴。这种情形一长久,连手下的将士们也注意到了,开始互相提示着,停止七嘴八舌的议论,向他们投来惊疑的目光。

这样又过了好大一会,忽然,孙嘉绩动弹了一下身子,提醒注意似的竖起一根指头。黄宗羲眨眨眼睛,正想开口询问,忽然又顿住了。因为他分明听见,一阵低沉的隆隆声正从远处,从王之仁水寨那边传来,像是夜潮拍岸,又像是急雨打篷,但一下子就高亢激越起来,依旧化作"咚咚咚!咚咚咚!咚咚咚"的战鼓声。

"怎么,又擂起来了?"黄宗羲不禁愕然。然而,更使他惊愕的是,这一次孙嘉绩竟然一改先前的迟疑态度,断然朝掌令官一挥手,说:"传令各船,给我擂鼓!"停了停,又补充说:"只是,不许进兵!"

说完,转过身来,大约发现黄宗羲一脸惊诧茫然的样子,他这才微微一笑,说:"我兄看来还不知道那位武宁侯的脾气!他是不甘心让对岸的鞑子安稳睡觉,想用这个法子吓唬吓唬他们哩!既然如此,我们又何不助他一臂之力!哎,且进舱中去等着吧,没准儿,他们一听我们这边给他助威,还会再玩出些新花样来哩!"

孙嘉绩的估计果然不差。两位同僚回到船舱中坐下不久,外间便报告武宁侯的使者求见。不过,来的并不是一般的人,而是王之仁的儿子王鸣谦。当王之仁还是宁绍总兵官的时候,王鸣谦就同赋闲在家的孙嘉绩有来往,同黄宗羲也认识,因此倒不是生客。他命手下人把两坛绍兴好酒"女儿红"、一头剥洗干净的开膛肥猪抬到孙、黄二人面前,代表父亲向余姚义军"桴鼓相应"表示谢意;同时,还转达了一个信息,说是鉴于直到此刻,战争的势态还是我强于敌,王之仁认为:与其坐等洪承畴的援军压境,不如瞅准他尚未赶到的空当,以迅雷不及掩耳之势,攻过江去,打敌人一个下马威,从而收鼓舞士气之效,以利于将来的大战。这个建议,已经修成文书,连夜派人送往富阳,禀报总督行辕。如果被采纳,就会重新进兵。为此,特地知会余姚方面做好准备,以便到时连帆渡江,并肩破敌。

"哎,依老兄之见,总督行辕会听从他们的所请么?"当送走了王鸣谦,重新回到舱中坐下之后,黄宗羲不无心动地问。

孙嘉绩摇摇头:"要进攻,刚才就该攻过去了!既然退下来,又耽搁了这半日,谁知道洪亨九来了没有?冒冒失失攻过去,闹不好可是要吃大亏的,张阁老又岂肯孟浪!"

"那么,闻得江阴一带的士民反剃发,眼下正同鞑子大闹特闹,加上吴江缙绅吴日生也已经在太湖起兵,我们何不报请监国派出使者,着令他们急攻南京,迫洪亨九回师自保,我师便可趁机渡江!"由于想起顾杲的来信,黄宗羲忍不住把自己先前的设想提了出来。

孙嘉绩显然没有想到这一着。他拈着垂到胸前的胡子,老半天瞅着黄宗羲:"'围魏救赵'么……唔,自然也是一策。只是,眼下恐怕来不及,下一步倒是可以计议。"

"那么——"

"唔,光是学生一人力量还不够。眼下时辰不早了,先着人到下游瞧瞧,看绍兴、宁波、慈溪诸军都到了不曾?若是到了时,明日就会齐章羽侯、钱虞孙、于颖几位,再商议一下。如果他们都以为可,就来个联衔上书,看张阁老如何定夺。"

"哎,救兵如救火,又何必等到明朝?"看见自己的设想得到上司的赞同,黄宗羲顿时来了劲。

孙嘉绩莞尔一笑:"不是说下一步么?哪里就用得着急成这样了?你我都劳累了一天,还是先歇息吧!只是——"他侧着脑袋,听了听外间传来的那一阵阵怒涛急雨般的擂鼓声,"今夜想睡个安稳觉也难!"

三

关于洪承畴正在率兵南下,驰援杭州的传言,使浙东的明军大为紧张,以致临时决定更改计划,停止进兵。然而真实的情况是:洪承畴并没有南下,他只是故意散布了那样一个谣言,目的正是为了阻吓试图渡江西进的浙东明军,以便争得时间。实际上,在这期间,他自己却轻装简从,悄悄赶往位于南京以东、战况更加棘手的江阴县城。

洪承畴是在六月中被正式任命为江南总督的。在此之前,他其实已经知道消息。那一天陈名夏来访,他因为不便明说,所以才顾左右而言他。不过,清廷最后也没有把全部权力都交给这位前明的降官,而是另外又委派了两位重要的人物:一位是新近才被封为平南大将军的多罗贝勒勒克德浑,另一位是战功赫赫的镶红旗都统叶臣。据解释:前者是王室成员,在满人中地位颇高,足以为洪承畴压住阵脚;后者老成持重,可以成为洪承畴的得力助手。当然,这只是一种表面说法,至于是否还有更深的考虑,却只有摄政王多尔衮自己才知道。不过这么一来,洪承畴无疑就感到多了一重压力。因此,一行人自闰六月中从北京出发,经过一个多月的长途跋涉,于八月初到达南京后,洪承畴就一面抓紧交割公事,并举行隆重的仪式,把回京复命的豫亲王多铎送走;一面则全力以赴地投入各种策划和部署,以图尽快扑灭正在遍地燃烧的反清烈火。

不过,要做到这一点并不容易。因为且不说在浙东举义的鲁王政权和在福建举义的唐王政权,经过近三个月的组建,已经初步稳定下来,并且凭借迅速扩大的政治军事影响,把势力扩展到自太湖以南,包括浙、闽、赣、湘、粤的广大地区,正越来越成为清朝进军的巨大障碍;即便是光就南京附近而言,东有江阴、嘉定,南有徽州,都在起劲地同清朝作对,曾经把多铎闹得顾此失彼,手忙脚乱。特别像江阴县这么一个弹丸之地,自从闰六月初杀官反叛以来,清军方面已经先后投入了十多万兵马,全力围攻了两个多月,死伤了七八千将士,竟然至今未能攻陷。这种情形,可以说是清朝自入关以来,从没有遇到过的。战局的这种始料所不及的反复,虽然不至于使洪承畴惊慌失措,但是却令他感到颇为棘手。因为这一次清廷派他南来,本意是让他凭借既是汉官,又是南方人的身份,对江南地区实行变"剿"为"抚"的策略,以期达到尽可能不战而定的目的。如果下车伊始就大开杀戒,不仅会严重损害自己所希望树立的形象,而且也不利于今后招抚策略的推行。但是,发生在眼皮底下的这种无法无天的"叛乱",又使他不能装作视而不见,特别是江阴的战事,已经惊动北京朝廷,引起摄政王的关注。因此,别的地方洪承畴还可以暂时放一放,而令人头痛的江阴县,就成了他必须全力解决的重点。

现在,经过同勒克德浑、叶臣反复商议,洪承畴终于制定出一个"以剿促抚,先易后难"的用兵方案,并且立即开始行动。首先,他照例向四方、特别是那些正在兴兵作"乱"的地区发出招抚文告,大力宣扬"天命所归"的不可抗拒和大清朝的浩荡恩德;对于其中一些可以利用的旧关系,像在六安州商麻山一带结寨自守的原明朝兵部尚书张缙彦、在崇明岛拥兵观望的明朝总兵高进忠等人,他还特地写去了措辞恳切的亲笔信,力劝对方放弃反抗,及早归降,以便造福桑梓,永葆富贵;与此同时,又传檄各地,命令清军对反叛作乱者实行坚决无情的打击。他权衡了江阴与嘉定这两处相持得最激烈的战场,觉得相对来说,后者要比前者好解决一些,便请勒克德浑亲自率领大军,前往助战,打算先拿下嘉定再说。摆布完这两件当务之急的大事,接下来,洪承畴才回过头去,一边着手整顿南京城中的秩序,使居民逐步恢复正常的生活;一边加紧对已经投名归顺的前明旧官,进行核实和甄别,准备上报朝廷,量才录用。这样过了半个月,六安州的那边首先有了回音,张缙彦表示愿意率领辖下的四十余寨人马,归顺清朝;接着,嘉定又传来克敌破城的捷报。于是洪承畴就按照原定方案,请叶臣坐镇南京,自己带上一支亲兵,乘坐战船,沿着长江顺流而下,准备同已经回师北上的勒克德浑在江阴县会合,对仍旧在那里负隅顽抗的明军发动总攻击。

现在,经过一天一夜的航行,洪承畴已经抵达江阴城外的江边码头。据前来迎接的将官报告:勒克德浑及其所统率的兵马,目前尚未赶到;今天,因为江阴城的东门外正在摆道场,准备为前些日子在攻城作战中阵亡的将士举行招魂法事,清军主将刘良佐一早就去了那里主持,所以没来得及通知他前来迎接。洪承畴听了,便摆一摆手,吩咐不必惊动刘良佐;同时决定自己也不到中军大帐去休息,而是在亲兵们的护卫下,立即跨上战马,由那位将官带路,穿过北门城郊,朝东门外的方向驰去。

坐落在长江边上的江阴县城,以东、南、西三面的地势最为开阔,但在刚才洪承畴登岸的地方,有一条连通无锡、太湖的河道,紧挨着西城墙的边上流过。据随行的将官介绍,主要的战斗都在东面和南面进行;至于这城北一面,由于离长江边近,地段比较狭窄,不利于兵马的进退驰突,所以多数时候,清军都不从这边进攻。不过尽管如此,当洪承畴沿着江岸策马而行时,仍旧发现,所经之处除了清军和他们的帐篷外,当地的居民几乎已经逃跑一空。路旁的房舍不是被大火烧毁,就是遭到彻底破坏;断壁颓垣之间,临时支起了一个一个锻制炮弹和兵器的炉灶,炉膛内火光熊熊,一些上身赤裸、满面灰烟的汉子在那里叮叮当当地忙碌着。远处的开阔地那边,不久前大抵还是长满庄稼的农田,如今已经被军靴和战马踩踏得面目全非。那些折断的云梯、炸开的木炮、碎裂的灰瓶,以及各种破烂的旗帜和朽折的刀枪,到处支棱着、抛散着,其中还间杂着好些人和牲口的白骨,于是又引来成群的乌鸦,在周围盘旋起落,以它们刺耳的聒噪,打破着荒野的寂静……不过,出于对未来决战的关注,洪承畴却更留意观察那一道横亘在晴空下的灰色城墙。他发现,城楼边上随风飘着一杆"明"字大旗的江阴县城墙,其实也算不上怎么高峻。由于地处长江出海口,为着防备出没频繁的海盗,它比起别的内地县份无疑要坚牢一些,但是别说同南京,就是与高一级的州府,也无法相比。现在,城墙的表面布满了被炮弹砸出的坑坑洼洼,好些地方都残留着发生过惨烈战斗的焦煳痕迹,有一两处还程度不同地坍塌过,只是用土包和砖木临时填塞起来。至于城头上,排列着女墙的地方,则静悄悄、冷清清的,既没有遭受围困的城市所常见的那种紧张气氛,也看不见搬运木石、发放武器之类的忙碌情景;直到他们一行兵马从城下驰过,雉堞后面才有几个人探出头来,向这边张望⋯⋯

洪承畴一边策马前行,一边默默地察看着。虽然尚未开始新的一轮接战,但是凭着多年驰骋沙场的经验,他仍旧敏锐地觉察出:在清军那种可以想象得到的猛烈进攻下,经过长达七八十天的苦苦支撑,看起来,这江阴城依旧巍然不动,其实守城的军民已经疲惫不堪;加上内藏耗尽,外无援兵,到如今,要攻陷它已经不是什么太困难的事。这一发现,使洪承畴稍感宽心,同时又不禁暗暗摇头。因为眼前的情景使他想起三年前,自己在山海关外的松山城,被清朝大军重重围困的往事。当时,他也如同城上这些人一样,抱着宁死不屈的决心,督率军民拼命坚守,吃尽了多少难以忍受的苦头,付出了多么惨酷的巨大牺牲,结果仍旧免不了城破被俘。如果不是大清朝的太宗皇帝胸襟博大,求贤若渴,自己只怕早就因一时的迷误,而毫无意义地命丧九泉了。"是的,前明的气数已尽,如今天命在清。一切抗拒都是愚蠢和徒劳的,只会白白伤残更多百姓的性命!为了使天下早日复归太平,苍生得脱苦海,惟一的办法,就是尽快结束这种无谓的顽抗!"这么想着,洪承畴心中的信念愈加变得坚定起来。虽然与此同时,他隐约听见城东的方向传来几声爆炸般的闷响,但仍旧两腿一夹,催动战马,更快地向前方驰去。

有着一片广阔郊野的东城,军事对峙气氛果然要严峻得多。

虽然距离比较远,城头那边的情形还瞧不大清楚,但是光只城下的清军阵地,那声势就非同一般。只见黑压压的营帐,有似云屯浪叠,绕着城池一直伸展开去。营帐之上,迎着秋风,猎猎地飘扬着无数旌旗。一架一架攻城用的云梯、天梯、对楼、望车,像作势欲扑的怪兽,在如血的夕阳映照下,散发出森然杀气。不过,当洪承畴在随行将校的簇拥下,从西北角进入清军阵地时,却发现:不知什么缘故,阵地上显得有点乱哄哄的,马在嘶,人在喊,身穿号衣、手持刀枪的士兵们纷纷从各处营帐中奔出来,由军官们指挥着,正按各自的编队集结;整个营地上尘土飞扬,一门一门撤去炮衣的巨型铁炮,在手持弓箭和盾牌的士兵掩护下,正从各个隐蔽点推向阵地的前沿。而在当中的主驰道这边,则神色慌张地往回走着一群头缠白布的士兵。后面紧紧跟着七八个道士打扮的人,其中一个还显眼地披散着头发,手中倒提着一柄用来烧符施法的宝剑。"嗯,今天不是说设坛招魂么?怎么又准备攻城了?"洪承畴一边注视着周围的情形,一边纳闷地想;与此同时,听见前方传来了急骤的马蹄声。他抬头一看,发现一位戎装打扮的将军,正领着几个军官飞奔过来。他估计那是为迎接自己而来的,便控住缰绳,摆出等候的姿势。

"不知中堂大人驾到,职等有失远迎,不胜惶恐!因甲胄在身,不能为礼,万祈恕罪!"那几个人果然老远就滚鞍下马,急急地迎上前来,躬着身子大声说。

"嗯,你是——"

"末将总兵官刘良佐,参见中堂大人!"

洪承畴点一点头。他坐在马上,居高临下地打量一下身材高大的刘良佐——被弘光政权封为广昌伯的这位前明总兵官,过去因为一直驻守在江淮一带,所以洪承畴并不认识;只是听说清军南下时他不战而降,后来又充当清军的前导,在芜湖捉住了弘光帝,因此颇受豫亲王多铎的赏识,特地委以讨伐江阴的重任。只不过时至今日,他所统率的十万大军仍然给堵在城外,一筹莫展,这就使洪承畴对此人的能力多少有点怀疑了。

"嗯,这是……"洪承畴把目光从对方那张胡须虬结的瘦长脸上收回来,用马鞭指着周围,淡淡地问。

"哦,启禀中堂大人,这是准备攻城!"刘良佐回答。

"攻城?不是说今日此间正在设坛招魂么?"

"禀大人,大人所知甚确。适才职等确实在此间设坛,意欲替琦旺参领招魂超度。不料城中的逆民极其可恶,竟然中途发炮,击死我方行礼将士三人。是故我师人人愤怒,誓要即时踏平此城,报仇雪恨!"

洪承畴"唔"了一声,随之想起:还在城北的时候,他曾经听见东门这边传出几声闷响,原来果然是在发炮……不过,今天清军设坛,主要是为正黄旗参领琦旺打醮招魂,这一点,刚才在码头上接他的那个将官倒没说清楚。关于琦旺的阵亡,洪承畴在南京时就看到过塘报,记得是在本月的初六日,当时,清军对江阴城攻打了整整一天,死伤惨重,仍旧无法破城。琦旺身为副将,见状愤怒异常,于是不听劝阻,决定亲自上阵。他仗着勇健超群,穿上双重的铠甲,身上配备了双斧、双刀和弓箭,手持长枪,冒着雨点一般的箭石,沿着云梯登上城头。城中一边用棺材拼命抵御,一边举枪乱刺。但琦旺凭借重甲护体,奋勇冲杀,眼看就要得手,不料面部忽然接连中枪,结果一下子扑倒在棺材上。城中的人一拥而上,把他的首级砍下,悬在城楼上示众,只将半截尸体掷回城下。后来,清兵在阵前全体下跪,向着城上再三求拜,才要回了首级,使琦旺好歹得个全尸。

"中堂大人,请验看……"刘良佐的声音再度响起。洪承畴猛一抬头,发现不知什么时候,几个军校已经把一个巨型的牛皮口袋扛了过来。当他们解开捆着的绳索时,口袋里面赫然现出三具被火炮炸得血肉模糊的清兵尸体!

"是的,在两军对垒的战场上,碰到祭奠亡魂的时刻,如非确有必需,不管哪一方,照例都会自行约束,不去作无谓的袭扰。这也是仁义为本之意。如今这江阴城竟做出这等狂悖之举,看来因求生无望,遂致心志迷失,行为也近乎乖张谬妄了!"洪承畴默默地想,心中也不禁有点恼火。不过,尽管如此,出于某种说不清的,也许可以归之于个人私念的原因,他仍旧打算给对手一个机会。

"嗯,罢了!"他示意地摆一摆手。等尸体被很快地移走之后,他便指着仍在向前沿阵地运动的军队,对等候指示的刘良佐说:"你——传下令去,让他们都停下来,先不攻城!"

停了停,看见那总兵官睁大眼睛,一副错愕的样子,他又板起脸,训诫地说:"为将者,最忌的是逞一时之意气,鲁莽行事。这江阴城拒我两月有余,仍未能破者,并非将帅不敢战,三军不用命,以学生看来,只怕是未得其法之故!如今大将军已经回师北上,我等正应待他到来,重新计议,而不该再一味蛮攻,白让许多将士枉送了性命!"

这么说了之后,看见被教训得满脸惶恐的刘良佐悚然受命,洪承畴便翻身下马。等对方下达了紧急收兵的命令,他才满意地点一点头,随即向前走出几步,捋着领下的三绺胡须,眯起眼睛,眺望着耸立在夕阳下的江阴东门城楼,不无自负地说:"况且,兵法有云:攻心为上,攻城为下。用兵之前,学生还想试一试,看看能否晓以利害,动以恩德,令彼回心就抚,开门出降——嗯,那就连这一仗也可以免掉了!"

四

由于洪承畴的断然制止,已经剑拔弩张、眼看就要猛烈爆发的一轮恶战,就像西边天上那片狰狞的晚霞一样,虽然张牙舞爪了一阵子,最后,仍旧只好暂时收敛起它咄咄迫人的光焰。

穹庐似的天空,渐渐幽暗下来,先是近处的草树,然后是远处的山丘,都次第消融在苍茫的暮色中。随着阵阵秋风加深着征人身上的寒意,充满了紧张和敌意的白天,终于被倦怠的、沉寂的无边黑夜所代替。不过,眼下正是八月十八日——中秋节才过去三天,因此,片刻之后,一轮略见清减,却依然明净的皓月就从大海那边、从东边的山脊上冉冉升起,开始把柔和的银辉洒向滚滚东流的大江,洒向变得空蒙起来的辽阔郊野;自然,也洒向处于重兵围困之中的江阴城,洒向城外密密层层、亮起了点点号灯的清军营垒……

现在,回到中军大帐中,略事梳洗,并且换上了一身便服的洪承畴,已经在仆人的服侍下,简单地用过晚膳。他回过头去,朝帐门外望了一眼,发现那条连通辕门的大路,已经铺满了溶溶的月色,但事先约好了饭后过来议事的刘良佐,还没有露面,于是便放下手中的茶杯,离开桌子,走到大帐的门前去。

虽然决定了在攻城之前,要对江阴作最后的招抚,但是洪承畴也知道,这绝不是一件容易的事。因为在此之前,刘良佐已经不止一次地尝试过,结果都遭到失败。不过,也许由于是以文官的身份跻身于行伍的缘故,自幼年起就深入脑际的圣人训诲,使洪承畴在采取行动之前,每每不能不有所掂量和权衡。如果说,当年他竭尽全力地同农民军作战,无情地,甚至是残酷地镇压他们,是出于坚信不这样做,就不能使国家重新获得稳定,就会使全体黎民百姓陷于更深的灾难的话,那么眼下,面对江阴城的"乱民",他的心情却要复杂一些。不错,站在清朝大臣的立场来看,这些人作为抗拒"天命"的反叛势力,是注定要被消灭的,不如此,国家就不能归于一统,社会也同样不能获致安定。但是,洪承畴毕竟又是明朝的旧臣,已故的崇祯皇帝当年对他可以说是宠信有加,恩遇隆渥。在松山一战中失败被俘后,洪承畴出于对自己生命和才能的顾惜,最终投降了清朝;后来又积极为新主子入主中国出谋划策,但也还可以解释成是为的"讨伐流贼,替故主报仇",从而自己觉得心安理得。可是眼前的情形却不一样:死守江阴,拒不投降的是整整一城与他有着同一位"故主"的明朝"遗民"。而且相对于满人来说,彼此还是血缘更亲近的同胞。对着这两面道义的"明镜",始终以圣人之徒自命的洪承畴,即使表面上能够气定神闲地硬挺着,私底里仍旧不免有点自惭形秽,感到理直气壮不起来。正因受着这样的心理困扰,凭借"不流血"的招抚手段来达到目的,在洪承畴的掂量中,就成了一种无论是对新朝还是故国,都似乎比较交待得过去的选择。"是的,既然眼下还找不到破城的良策,那么与其一味蛮攻,弄得两败俱伤,倒不如先行招抚,看看对方作何反应再说!"倾听着从夜幕笼罩的清军营帐深处,远远传来一支芦笛呜呜咽咽的吹奏,洪承畴断然地想。随即看见,一个高大的人影正在月光下朝这边走来,他估计该是刘良佐,于是便转身走回大帐,在正当中那张铺着一张虎皮的太师椅上坐了下来。

果然,片刻之后,刘良佐那张剃去了半爿头发的瘦脸,就出现在大帐门口。也许由于还记着中堂大人今天下午那一番正言厉色的训诫,这位总兵官眼下一身公服,穿戴得整整齐齐,神色之间,也透着诚惶诚恐的样子。倒是洪承畴已经把白天的官架子完全收起,变得亲切而随和。他先让下属宽去外衣,又吩咐手下人"看座"。等刘良佐被这种意想不到的礼遇弄得受宠若惊,迟迟疑疑地坐了下去之后,他才眯起眼睛,微笑说:

"学生请将军前来,无非是随意叙谈——自然也不离这江阴城之事。将军与彼辈盘桓甚久,所知必定既多且详,当能有以见教?"

"啊,大人言重,卑职万不敢当!"刘良佐连忙打着拱说,"大人只管下问,卑职必定竭尽所知禀告!"

"那么,将军不妨从头说起。"

"是!"这么应了一声之后,大约为着收敛心神,刘良佐低下头去,沉默了一下,然后才一五一十地说起来。据他介绍,三个月前,江阴城本来已经被清军进占,局面也还算平稳,只是由于新任知县方时亨强力推行剃发令,才激起民众的愤怒,一呼百应地全体造起反来。他们拘杀了方时亨,并公推典史陈明遇为城主、阎应元为副手,发誓"头可断,发不可剃!"重新打出明朝的旗号,得到四乡的狂热响应,徽州商人程壁,把他的钱财十七余万两银子拿出来充饷,大商富户也慷慨解囊,结果,数日之内就汇集起十几万人,使远近为之震动。起初清朝的常州知府派出三百兵丁前来镇压,才走到半路就被义军一举袭杀;再派来精锐的马步兵,也遭到狙击,损失惨重,结果只好飞报南京,请求增兵。谁知城中士民抱定了宁死不屈的决心,拼尽全力坚守,任凭清兵四面围困,一再增兵,并且千方百计发动强攻,却始终无法得手。于是,战事便一个月、两个月、三个月地拖了下来……

洪承畴捋着胡子,半闭着眼睛听着。这些情形,还在南京时,他已经从塘报中大致知道,眼下之所以让对方亲口复述,是想从中得到一些新的、塘报所忽略的东西。因此,当发现刘良佐的追述比塘报还简略时,就打断他,问:

"嗯,敌人能拒我至今日,这守城之术,可有什么过人之处?"

"这——据卑职侦察得知,此城共有四门,自反叛以来,即分堡而守,譬如东堡人即守东门,南堡人即守南门——各门皆用大木从里面塞断,不许出入。纵使城中之人,急切间亦不能开启,因此省却内顾之忧,专其全力以对外。至于城上,则以一人守一堞;临战之时,更添至两人,昼夜轮换。另外,又按十人一组,配小旗一面、火铳一支;百人一队,配大旗一面、红衣炮一门。据居民言称:当年曾化龙、张调鼎做兵备使时,为防流寇,曾大造军器,故此城中所藏大炮、火药,及见血封喉弩甚多。彼遇攻城时,若见我兵以船、棺木或牛皮遮护而进,便以炮石及火弩火箭抵御;若用云梯、望车攻城,他便守住堞口,待我兵近前,即发铳轰击。有好几番,我兵已攻近城头,俱因他火器厉害,未能得手,反而折损了几员大将,士兵亦伤亡甚众;其间也曾试过从城下掘洞,放药炸城,又被他用长阶石从城头掷下,或将旗杆截成数段,钉上铁钉投下,令我兵难以停留,无功而返。而且城中有人善造兵器,时出新样,有一种火镞弩箭,势甚强猛,中人面目,号叫而死;又有一种木铳,形如银销,内藏铁乌菱,从城上投下,火发铳裂,着人立毙,尤为厉害!"

刘良佐微低着头,如实地述说着。在摇晃的烛影下,他的表情显得有点颓丧。洪承畴虽然并未亲身经历前一阵子的战事,但以他的久历沙场,完全能够想象那种恶斗的艰苦与惨烈。他不禁沉默下来,片刻,才又问道:

"唔,这些——倒也罢了!不过,自闰六月至今,七十余日之内,敌人总有松懈之时,何以不乘隙而进,竟至师老无功?"

"啊,大人有所不知,他以十堞为一厂,分兵值守,就在城下烧煮食宿,日夜轮换;每逢城堞被炮轰塌,即时便修葺完好。闻得那陈明遇长居城上,与士卒共甘苦;阎应元更是日夜不寝,每夜巡城,见有睡觉者,即时喝起,以利箭穿耳示众,故此军令肃然。近半月,因我兵攻城日急,城中人心颇有动摇,他更下令,有言语含糊或作战不力者,立即杀死,并将尸首抛入水中——至今已杀却数百人,因此人人畏惧,只得拼力死守……"

洪承畴一边听着,一边默默地抚着胡子。对方最后说到的这种情况,使他心中微微一动,本能地抬起眼睛。不过,当他打算说出自己的看法时,出于老成持重的习惯,临时又忍住了。

"好吧,"又询问了几个细节之后,他终于站起来,说,"暂且谈到这里。趁着今夜月色甚好,不如到外间去走一遭,看看城上的情形,再作计议。"

既然上司这么说了,刘良佐自然不会有异议。于是,稍作简单的准备——包括重新穿上护身甲胄,并披了一件斗篷,洪承畴就跨上战马,由总兵官陪同,在全副武装的亲兵们簇拥下,经过一座挨一座的排列着的清军营帐,出了辕门,来到阵地的前沿。他先朝黑沉沉地耸立着的江阴城东门注视了一会儿,随即拨转马头,向南行去。

已经是初更时分,升上了中天的圆月变得愈加皎洁、清明。从马背上望去,只见空旷的战场上笼罩着一片淡淡的银辉;路旁的石头、野草,以及沿着营垒而设的鹿角和栏栅,历历可辨。微冷的空气中,隐隐有一股焚烧木头的焦烟气味。而在远处,丘陵起伏的郊野那边,初升的雾气像一道白色的、曲折的溪流,缓缓地起伏飘洇着。无论是城上还是城下,都已经灯火全无,人声沉寂;只有他们这一行人的马蹄,在脚下发出杂沓的声响。

"嗯,听说前些日子你们曾致书城中,劝其归顺,可有此事?"洪承畴一边注视着远处的城墙,一边问身后的刘良佐。现在,他们一行人已经来到江阴城东南角。同北边相比,朝东这一面的城墙,长度似乎短得多,这一点,引起了洪承畴的注意。

"是的,卑职自闰六月围城后,即一而再、再而三地致书城中,劝其降顺。直至八月十三,还遵照大人下达的钧旨,写了一封长信,射入城中,宣谕我大清的威德,并许他若害怕剃头,一时也不必合城尽剃,只须竖出顺民旗,剃他十几个头,巡行城上一周,令城外望见,即行退兵……"

刘良佐说到这里,便顿住了。不过洪承畴并没有立即追问,因为就在这一刻里,他被呈现在眼前的一幅景象吸引住了:只见在黑色的天幕衬托下,那座被月色所照亮的江阴城,由于南北长、东西窄的形制,使它看上去,就像一只巨大的白色航船。东部是船头,西部是船尾,一南一北,是船的两舷。

"嗯,你说什么?只要他们剃十几个头——就退兵?"他终于回过头去,略带疑惑地问。

"禀大人,这个,无非是诱降之计。只要他一旦归顺我朝,这剃头,不过是早晚的事!"

"唔,那么,他可有回音?"

"禀大人,前几次,他虽不肯降,但还有回信;这一次,却并无回音。"

"怎么?并无回音!"

"是的。不过三日之后,八月十五中秋节那天,他们却在城头摆出筵席,相呼劝酒,又唱又跳,喝醉之后,就指着城下叫骂不休。今日又趁我设坛招魂之时,放炮击死我兵。瞧那狂乱颠倒的模样,像是全无求生之意似的!"

洪承畴微微一怔,这最新的情况,使他感到意外,随后又有点恼火。因为刘良佐在劝降书中所提出的条件,可以说已经宽得有点过分——只要对方剃上十几个头,做做样子,清军就退兵!虽说是为着诱降的权宜之计,但如果让朝廷知道,恐怕也会落个徇私枉法,对剃发令阳奉阴违的大罪名!即使由他洪某人亲自劝降,只怕也不敢把条件放宽到这种地步。可是这些江阴的逆民竟然仍旧拒不接受,看来,其死硬顽固确实到了不可救药的地步。

"既然如此,你何不趁他纵酒作乐,疏于防范之际,挥兵急进,攻他个措手不及?"沉吟片刻之后,他冷冷地问。

"这个——"刘良佐眨眨眼睛,小心地回答,"卑职一来见他士气正盛,二来适逢中秋节……"

洪承畴尖锐地看了下属一眼,现在,他终于弄明白江阴城久攻不下,原因就在于刘良佐优柔寡断,指挥无能。"什么中秋节,简直是胡扯!"他想,不过,却没有把不满流露出来,只是用马鞭指着城池,说:"此城东西狭,南北广,其形如舟。城东为船首,易守难攻。以往久攻不下,以学生之见,实因进击之方位不对。为今之计,应须移师于南北两侧,拦腰夹击,方能成功。又因北城逼近大江,防守较疏,攻城时,更应佯攻城南,而并全力于城北,如此,不出三日,此城必定可破!"

停了停,看见那总兵官仰着胡须虬结的脸孔,在那里发呆,他又轻描淡写地说:"唔,如若以学生之言为是,那么就请将军连夜移师,攻他一个措手不及,如何?"

"啊!"仿佛从梦中惊醒似的,刘良佐耸动了一下身子,结结巴巴地问:"大人适才、适才不是说,要、要先行招抚么?"

洪承畴抚着胡须,呵呵一笑,随即又把脸一沉,说:"抚,是为的破城;战,也是为的破城。适才按兵不攻,是未得破城之策;如今既得破城之策,又安有拘守成议,贻误战机之理!"

说罢,他回鞭一指,断然下令说:"马上回营,着大炮先轰南城,掩护大队向北城移师!"

五

洪承畴下达命令之后小半个时辰,清军的红衣大炮便先在南城,然后又在北城,惊天动地般吼叫起来……

刚刚还是沉寂倦怠的秋夜,转眼之间就被激烈的冲突对抗所彻底打破。在长达数里的阵地上,熊熊的火光忽明忽灭地闪耀着;随着颗颗炮弹撕开夜气,呼啸着向城墙砸去,雨点一般的碎砖断石便猛地向四面八方迸射而出,又纷纷扬扬地掉落。翻卷的旋风,把滚滚尘土搅得漫天暴涨起来。尘影中,无数飞舞疾驰的弩箭、铁弹、剑影、刀光,交织成一片骇人的流星冷电,疯狂地、贪婪地追逐着人和马匹的躯体,使肌肉迸裂,使鲜血喷射而出。正从空中恬静地俯视着人世的明月,仿佛被这凌厉的杀气所惊吓,顿时变得暗淡无光。而人声——那时而尖锐,时而郁闷,夹杂着阵阵惨呼的人声,并没有被大炮的轰鸣所淹没,它在城头上顽强地、持久地迸发着,激荡着,盘旋着,并且像一堵看不见的屏障,使清军的破城渴望,一次又一次地受到无情的阻遏。

从睡梦中惊醒的江阴城,由于腹背受敌,很快就陷入穷于招架、岌岌可危的困境,但是并没有让洪承畴轻而易举地得手。这场殊死的决斗,看来注定还要以更大的流血和更多的死亡,惨烈地持续下去……

正当长江边上的攻守战趋于白热化的时候,在距江阴数十里外的西南方,那条连通无锡县的河道上,出现了五只带篷的大木船。它们首尾相衔,紧紧追随,犹如五条冲波激浪的大鱼,在水面上快速地行驶着。迷离的月色下,虽然看不清船上的情形,但从那黑压压地坐满了船头的人影,从他们既不点灯,也很少交谈的做法,却不难猜测,这绝不是一支寻常的船队。不错,这是来自无锡的义军。眼下他们正由顾杲率领着,准备前来支援江阴的抗清战事。

顾杲是四个月前,同黄宗羲、陈贞慧一道逃出南京监狱的。回到无锡家中之后不久,就传来了南京开门迎降的消息。作为血淋淋的党派恶斗中的幸免者,他对于弘光政权的这种结局,虽然早有预感,但是仍旧无法理解,这一切何以来得如此迅速?而对于一夜之间,就被迫成了"大清顺民",他尤其感到无比愤恨、痛苦,不能接受!为着躲避战乱,他一度携带家眷到了郊外的鹅湖。在此期间,又传来了清朝强迫人们剃发留辫的消息,更使他那一份国破家亡的绝望,变得锥心刺骨,愤不欲生。后来听说江阴的士民在典史陈明遇、阎应元的领导下举义抗清,接着又听说浙东的明朝旧臣也起而拥立鲁王监国,并估计黄宗羲也在其中,他才又重新生出了希望。在此后的几个月里,他同朋友们一道四处奔走,竭力鼓动无锡的缙绅起而响应。为了支援艰苦抗敌的江阴,他甚至远走太湖,试图说服新近进驻那里的明朝将军黄蜚出兵。谁知费尽了唇舌,竟然全都没有效果。相反,清军很快就进占了无锡,并勒令当地的士绅前去报到投诚。顾杲作为众所瞩目的一位大名士,自然也不能例外。起初他还试图拖延逃避,后来,到了再也无法拖下去时,他只得毅然决定:把年迈的母亲托付给弟弟,自己带着妻儿,还有一批平日志同道合的密友和死士,总共一百二十余人,乘清军不防备,突然离开鹅湖,逃了出来……

已经是下半夜。鱼贯而行的五只航船上,除了替换着摇橹的艄公,已经看不见有身影活动。一路之上,始终伴随着他们的中秋圆月,也开始显出疲态,渐渐由皎洁变得昏黄,并且向西天悄然坠落。河岸两旁,丛生的芦苇正在扬花,一眼望去,白茫茫、冷瑟瑟,有如铺云堆雪,连绵不断。因为离江阴还远,那边的动静还传不到船上来。四下里一片静寂,只有潺湲的流水,在船舷旁发出汩汩的轻响。眼下,与顾杲同乘一船的还有他的三个儿子。透过朦胧的月色,可以看见他们都在舱中沉沉熟睡。至于身材娇小的妻,这几天为着打点出逃,大约已经忙得劳累不堪,此刻也蜷伏在舱板上,只是睡得不大安稳,在梦中还在喃喃地说着呓语……不过,顾杲却始终不让自己睡着。虽然已经十分疲倦,但他仍旧盘着双腿,一动不动地靠坐在船舱的当口上。朦胧的月色勾画出他微见佝偻的身影,使他的一双眼睛在幽暗中莹然发光。

说起来,也难怪顾杲不敢大意,因为他们这一次出逃,从一开始就担着被清兵发觉、追杀的风险,并且随时做好拼命的准备;不过,到目前为止,总算相当顺利,没有发生任何意外。据艄公刚才报告,前面不远就是沙山乡,也就是说,路程已经走了一多半,再往前四五十里,就到达此行的目的地——江阴县城。按照事先议定的计划,他们将要作为生力军,参加到城中的抗清战事中去。这除了因为江阴是目前他们惟一可以投靠的"大明净土"之外,还因为他们一直痛心疾首地认为,那些反抗剃发、视死如归的可敬士民,如果始终得不到同胞们哪怕一兵一卒的支援,实在是没有天理!不过,正如启程前许多劝阻者所警告的:要进入江阴城,首先就要通过清军的阵地。而目前围攻江阴城的清朝大军,据说已经多达十余万之众,而且还在继续增加。试图凭着这区区一百二十多人,前去增援,恐怕除了白白送死之外,不可能有别的结果。但是,顾杲仍旧决定这么做;不光是他,他的伙伴们也同样决定这么做。因为大家都明白,对于他们这样的人来说,事到如今,这已经是惟一的路。"是的,如果留在家中,剃了头去做鞑子的顺民,像狗一般摇尾乞怜地苟活于人世,那同死了又有什么分别?又如何对得起列祖列宗?与其那样,倒不如横下一条心,拼上一拼,或许还能闯出一条生路!就算不幸失败,战死在江阴,也博个忠勇壮烈,青史留名,不枉此生!"这么默默地想着,顾杲的一颗心,在这一刻里甚至变得更加强硬和冰冷了。

　　落到了河道左侧的圆月,越来越向西天倾斜,而且变得越来越朦胧昏暗。苇丛深处,一只不知名的水鸟被航船惊动,发出"桀——格,桀——格"的不安叫声。现在,顾杲感到坐得有点累了。他动弹着身子,试图舒展一下有点麻木的大腿,但思绪还在继续向前延伸着。他想到,这一次慷慨赴敌,最终能够凯旋,固然不必说了;倘若就此死去,那么留在家中的母亲、弟妹和别的亲人,还有那些平日要好的社友像黄宗羲、陈贞慧、吴应箕、方以智、冒襄、梅朗中、侯方域等等,今后恐怕就再也见不着了!而他,其实是多么想同旧友们再见上一面呀,特别是在眼下这种艰难竭蹶的时世!

那么,如今他们都在做什么呢?是躲在家中?是逃进了深山?还是同自己一样,正走在慷慨赴敌的征途上?"嗯,不管怎样,他们是绝不会自堕节志,向鞑子俯首称臣的,我知道他们!如今四方义师风起云涌,眼下他们说不定都已经投笔从戎,在各地轰轰烈烈地干着,并且正在设法打听我的消息呢!"由于想到,自己眼下的行动并不是孤立无援的,顾杲的心情变得稍稍开朗一点。为着回报那一份既遥远,又亲近的情谊,他眯缝着眼睛,紧盯着烟水苍茫的前方,开始设想自己这一百多人,一旦到了江阴城外,如何趁着夜深人静,清兵熟睡之际,神不知鬼不觉地从敌人疏于防范的地方接近城池……当他们这样做的时候,也可能被对方发觉,甚至发生战斗,但到时城里也派兵杀出,前来接应,结果,还是成功地得以进城……"是的,别看鞑子兵来势汹汹,一路上破州陷府,好像所向无敌;其实,眼下不也照样被江阴的士民硬是堵在城外,足有两个半月,一点便宜也讨不到么!而且他既然师老无功,就难免生出懈怠之心。只要我们设法进得了城,再坚守几时,待得各地的义军云合响应,局面未必就没有翻转过来的一天!"

这样暗暗鼓励着自己,顾杲那一直绷得很紧的思绪,渐渐松弛下来。他从远处收回目光,不由自主打了个长长的呵欠,虽然模模糊糊又想起,一旦拼杀起来,带在身边的妻儿始终是个拖累;或许到了前边,应该寻一户老实人家,把他们暂且寄住一时?可是,变得迟钝起来的脑子,已经不让他细想下去。他的眼皮越来越重,头也在胸前越垂越低,终于,歪靠在船篷上,蒙眬睡去……

这一觉似乎只睡了一会儿,但也似乎睡了很久。突然,顾杲一下子惊醒了。他睁眼一看,发现不知怎么一下子,周围的情景全变了样。只见火光闪耀,人影幢幢,耳朵边闹哄哄的,交混着一片乱七八糟的声响,而他所乘坐的船,则完全失去平衡,在身子下面剧烈地摇晃着。"这是怎么回事?"他怔怔地想,忽然觉得眼前黑影闪动,仿佛一支利箭带着劲风从面门掠过,"噗"地插入旁边的一个物体。顾杲悚然一惊,本能地抓起身下的钢刀,猛地跃起来;与此同时,就听见一声闷哼,一个躯体直挺挺地仆倒在跟前。

"怎么?到了江阴了么?"他疑惑地自问,但马上就否定了这种判断,因为眼前的事变分明发生在船上。"那么,一定是鞑子的追兵杀上来了!"这么一转念,他顿时睡意全消,浑身的血液也由于意外和紧张,一下子沸腾起来。而怒气——一股发现敌人如此可恨,竟然当真对自己赶尽杀绝的怒气,扑腾腾地直往脑门上蹿。虽然发现水面上远远近近,散布着无数熊熊燃烧的火把,喊杀声响成一片,自己这方面的五只船,已经被为数众多的敌船所层层包围,但他仍旧怒喝一声,冲向船头,打算加入正在那里奋力抵敌的仆人当中去。

"大、大爷,不要!不要过来!"黑暗中,有人气喘吁吁地高喊。那是一个高个子仆人,他一边拼命地迎头一击,把跃过船来的一个敌人打进水里,一边焦急万分地转过脸来,"这儿危险!照看奶奶、少爷要紧!"

"是呀!是呀!看顾奶奶、少爷要紧!"好几个声音同时大叫。

顾杲心中一懔,不由得止住脚步:"可是……"

"快呀!"高个子仆人跺着脚又喊,"看,他们……"他分明想说:敌人从那边攻上来了!然而,话才说了一半,就像给掐住了脖子似的,突然中断了。只见他那高大的身躯一下子变得僵直,一只胳臂古怪地向前伸出,仿佛要抓住什么,随后,就沉重地倒了下去。

顾杲不禁失声惊叫,本能地想奔过去,忽然想起妻儿,连忙回头一看,发现两个敌兵,果然正试图从船舷跨过来。顾杲怒急攻心,发出一声悲愤的狂吼,挥起钢刀,猛扑上前。那两个人大约见他来势凶猛,这才迟疑着退了回去。

也就是到了这会儿,顾杲才真正意识到情势的危急和凶险,虽然心中又惊又怒,但是也不敢再大意。当看清船舱中的妻,抱着还在襁褓中的小儿子,正由其余两个儿子守护着,暂时还安全无恙,他便一边紧紧把着舱门,一边迅速地环顾着,试图弄清各条船上的战况,以便组织起有效的反击。

但是,他几乎马上就感到绝望了。看来,由于事起意外,猝不及防,更由于敌人数量众多,自己这方面大约从一开始就陷于四面受敌、穷于招架的困境,眼下更是东闪西避,全乱了阵脚。顾杲惊恐地看到:在一片此伏彼起的惨叫声中,他的伙伴们接二连三地倒下去;而敌人正纷纷攻上甲板,并且已经起码占领了两只船……

"可是、可是他们既是兵,怎么不穿号衣,也不戴帽子?"紧盯着那些来势汹汹的进攻者,顾杲疑惑地想,"莫非、莫非他们不是鞑子?"心中这么一动,他又依稀辨认出,这些人当中,挥舞刀枪的固然也有不少,但多数人手中举着的,似乎只是锄头和木棍!这一发现,使顾杲又是吃惊,又是愤怒,不禁冲口而出,厉声喝问:

"喂,来人听着!尔等到底是何方人众?为何阻拦我们的去路?"

虽然他这样问了,处于剧斗中的人们,却分明没有听见。直到他又喝问了一声,才听见一个粗大的嗓门回答:

"顾三麻子!你好大胆,我这沙山地面,也是你得来的么?识相的,乖乖给我滚回去!要不然,今晚管叫你们这伙恶贼,有来无回!"

"不错!你这麻子狗贼,把我们作践得也够惨了!今晚定叫你不得好死!"另一个愤愤的声音接了上来。

"大哥,同他啰嗦什么,上吧!"

"对,上!快上!上啊!"好些人同声附和着,纷纷把武器再度挥舞起来。

顾三麻子——这一带著名的江洋大盗,为人心狠手辣,凶暴异常,经常率领徒众,横行于长江口一带,打家劫舍,杀人放火,早已恶名远播,被民众恨之入骨。这一点顾杲是早就知道的,可是万万没想到,眼下,自己竟然被沙山的这些乡民,误认成是那个江洋大盗!"怪不得他们要截击我们,原来如此!"他想,于是走前一步,大声说:

"你们休要弄错了!我是顾——"

谁知,不等他把话说完,就听见斜刺里一声大喝:"没错,老子就是要你这姓顾的狗命!"话音刚落,顾杲就觉得"噗"的一下,一支尖锐的、不知从哪里飞来的东西,猛然刺进了自己的胸膛。他微微一怔,本能地抓住那支东西,但是出于一种强烈的、急迫的愿望,他仍旧止不住把话说下去:

"我——咳!不是,顾三麻子!我是无锡顾子方!是来——咳,咳,搭救你们,江阴的!你们,怎……"他还想说下去,但是,突然之间,他发现喉咙发不出声音,而胸膛像是给撕开了似的,剧烈的痛楚像一把尖刀,一直刺进他的心肺,使他根本喘不过气来。他试图挣扎,结果只换来全身迸裂一般的痛苦。终于,他放弃了反抗,慢慢地弯下腰去,跌倒在甲板上。在一片雾样的模糊中,他听见儿子的声音在哭喊:"父亲!父亲!你们杀了我父亲!"

"嗯?杀了我?没有呀!"他奇怪地想,随即动弹了一下身子,为的是躺得更舒服一点,然后就疲倦地、宁帖地合上眼睛。于是,这个破碎而多难的人间一切,就从他的感觉里永远消失了……

顾杲被乡民误杀之后的第三天,也就是八月二十一日,江阴县城在清兵的猛攻下,终于轰然陷落。付出了重大伤亡代价的征服者为了报复,决定屠城三日。因此而被残忍杀害的居民数以十万计。不过,洪承畴没有亲眼目睹这血肉横飞、天愁地惨的一幕,自然也未能阻止这种暴行。因为浙东的军情吃紧,迫使他早于一天前,把指挥权交给前来会师的平南大将军勒克德浑,自己匆匆赶回南京去了。

六

　　对于顾杲之死和江阴城的终于陷落,远在数百里外的黄宗羲自然不会马上得到消息;而且,即使得到了,也已经无法分心理会。因为他自己正同样面临着一场前景未卜的生死搏斗。

　　说来令人懊恼,期待已久的这场战斗,到头来,竟然是由于清军的船队主动驶过江心,试图向明军水寨发动攻击而爆发的。本来,在此之前,黄宗羲、孙嘉绩曾经与其他几支明军的头儿联名提出过"围魏救赵"的建议;王之仁也主张及早挥兵渡江,但都被总督行辕斥为"浮躁轻率,全无实着",给断然否定了。利用这个空当,杭州方面的清兵却调整部署,增强了防守的兵力;并且从别的地方调来大批船只,也在对岸结成水寨,摆出严阵以待的架势。不止如此,到了八月十九日清晨,感到稳住了阵脚的清兵,大概从明军的临阵退缩中得到启示和鼓励,公然反守为攻,派出战船,凭借夜幕的掩护,神不知鬼不觉地渡过钱塘江,在曙色展现之际,突然出现在余姚明军的面前!

　　对于这种势态,要说鲁王军队方面一点准备都没有,那也不尽然。事实上,来自各府县的明军,在陆续抵达之后,已经根据兵力的多寡和位置的轻重缓急,分别在王之仁军的左右两翼结寨,布成互相呼应的阵势。其中绍兴、慈溪、宁波三家明军,被集中摆在王之仁军的左翼;而民军中人数最多、士气颇高的余姚军,则被单独安排在王军的右翼。各方的首领还商定:如果敌军前来进攻的话,估计在一般情况下不会直接向王之仁的主力军攻击,而是会首先攻击比较薄弱的两翼,那么无论哪一家军先迎敌,都要设法紧紧缠住它,等友军赶来,形成数面夹攻之势,最终聚而歼之。因此,发现敌军把攻击的矛头首先指向自己这一翼,黄宗羲起初虽然有点意外,但是有过上一次挥兵渡江的经验,倒也不至于手足无措,相反,还陡然激起了一股跃跃欲试的勇猛之情。他立即一方面派人飞报旱寨的孙嘉绩,一面传令各船做好迎敌的准备,严阵以待,务必给敌人以迎头痛击。

现在,随着敌军船只越逼越近,前哨战眼看就要开始。黄宗羲站在指挥船上,感到既兴奋紧张,又不无懊恼。"哼,要是当初总督行辕当机立断,又何至于此!"他想,同时在心中盘算着:虽然右翼只有自家一军,不过,却与王之仁的主力军相距最近,只有十里之遥,而且互为犄角,随时都会得到有力的支援。"是的,这一回可是要来真的了!那就痛痛快快地杀他一场吧!别瞧鞑子的马队厉害,那是在陆上;到了水里,可不是我们的对手!这是一定的……只是,那边的船怎么不动了?怎么不全都驶进来?"由于发现已经进入江湾的清兵的船队,忽然有一部分停了下来,不再前进,似乎也在提防在上游虎视眈眈的王之仁军,黄宗羲不由得焦急起来。因为他已经事先下令在水寨的前沿,布放了好些"水底鸣雷"和"混江龙",正等着让万恶的鞑子尝一尝这些新式水雷的厉害!"要不,还是等他们一块儿来?"他犹豫地想。就在这时,前方忽然传来"轰隆!轰隆!"两声巨响,他还没弄清是怎么回事,就看见水寨前沿"噗通"一声,蹿起一股两丈来高的巨大水柱;接着左侧的一只大江船"哗啦"一响,好端端的篷顶上,顿时出现了小水缸口粗的一个大洞!黄宗羲吓了一跳,当意识到这是清军打来的炮弹,他就连忙朝抱头乱钻、挤作一团的士兵们高叫:"勿要慌,勿要慌!"随即转向传令官:"放水雷!传令火攻营,快放水雷!"说罢,他迅速跳下船篷,由亲兵们跟随着,接连地从好几只船上跨过,直向水寨的前沿奔去。

　　这时,敌船来势更清楚了。在浩渺的、被早晨的阳光照亮的江面上,那一张张灰褐色的巨大船帆参差地连结着,看上去,就像猛扑到眼前的一群凶恶的兀鹰。黄宗羲平生还是第一次面对这种情景,虽然极力镇定自己,一颗心却在胸腔里噗通噗通地狂跳不止。他紧挨着绞盘蹲下身子,使劲抓住佩剑,耳边分明感到四下里交响着炮弹落在水上、船上的"噗通"声、"砰嘭"声,却根本不敢去理会,只死死盯着预先施放了水雷的那个区域,焦急地在心里暗暗催促:"嗯,怎么还不爆炸?快点儿炸呀!炸呀!"然而,不知是火攻营没有看到令旗,还是别的缘故,水面上始终静静的,毫无动静。相反,走在头里的一只敌船,已经大摇大摆地进入水雷区,平安无事地行驶着,而且眼看着就要通过了……

　　"嘿,混蛋!到底是怎么回事?"由于愤急,也由于恐惧,一声怒吼冲上了黄宗羲的喉咙。

　　"哎,炸了!炸了!炸着了!"几声惊喜的呼叫在周围响起。黄宗羲连忙定眼看去,只见雷区内的水面,波浪突然剧烈地翻滚起来。那只进入的敌船,刚才还趾高气扬地昂首直进,如今像受到某种无形的打击,一下子停顿下来,开始全身震动着,像个醉汉似的左摇右摆,再也保持不住平衡。船上的敌人早已乱作一团,哇哇地吵嚷着,争相跳水逃命……

　　"这么说,当真炸中了?"黄宗羲又惊又喜,目不转睛地盯着那只显然被炸穿了舱底的敌船。片刻之后,只见那只大江船的船头越翘越高,尾部开始下沉;终于,折断的桅杆连同巨大的船帆一道,猛烈地倾倒在江面上;巨大的浪头直立起来,又横扫开去,整个水寨都被颠簸得上下晃动。

　　黄宗羲忍不住猛跳起来,大叫一声:"好!"说实话,他只是听人介绍过,这些靠绳索牵引控制的新式水雷十分厉害,没想到一家伙就把敌人的战船给炸沉！现在,他觉得心里踏实了许多,定一定神,翻身奔回指挥船上。发现孙嘉绩也已经从旱寨赶到,他顾不上招呼,只胜利地挥舞了一下拳头,就兴冲冲地转向传令官:

"告诉他们,炸得好！哈哈,就这样炸！狠狠地炸他娘的！"

说罢,他才回过头,向孙嘉绩简单讲述一下刚才的情形,并请对方坐镇指挥,自己则重新回到前沿去……

接下来的攻防战,由于恼羞成怒的敌人开始全面猛攻,变得更加紧张而激烈。炮弹在头上呼啸,火箭在身旁乱窜,喊杀声有如潮水一般,一阵高似一阵。义军有一只船被轰折了桅杆,其余甲板和船舷中弹的也不少;有几只船还着了火,自然,因此也折损了一些人马。黄宗羲指挥着义军将士,一边尽力救护,一边奋勇应战,远的放雷,近的用火铳轰击,一次又一次地把敌人打了回去。只是,不知是由于火攻营的士兵们过于心急,还是别的缘故,放雷的时间、方位总是把握得不大准,不是放早了,就是放偏了。结果,虽然也重创了一只敌船,给其他几只造成程度不同的损伤,却再也没能将敌船炸沉。倒是敌军的船队几番吃亏之后,大约领教了水雷的厉害,心存忌惮,不敢过分进逼,一时间,战斗呈现出胶着的状态。

这种情形,使黄宗羲感到颇为焦躁,他恨不得立即把敌人彻底打垮,却不知道怎样才能做到这一点。趁着战斗的间歇,他奔回指挥船,发现这一阵子,孙嘉绩看来也并不比自己轻松,他头上乌纱帽歪了,眉毛和胡子满是汗水和污渍,正一边用袖子拭擦着,一边焦急地朝上游的方向眺望……

黄宗羲心中一动,顺着孙嘉绩的视线望去,这才注意到:虽然这边激烈的战斗已经进行了好一阵,但上游那边王之仁军的水寨,却始终静悄悄的,旗不摇,鼓不响,仿佛压根儿不知道一般。"咦,武宁侯怎么了？怎么还没有动静?"他不由得叫出声来。

孙嘉绩瘦削的脸孔变得有点阴沉:"我已经留神他们半天了！

早就派人知会过他们,刚才又派人去催战,可他们就是不动!"

黄宗羲眨眨眼睛,被这种变故骇住了。诱敌深入,然后两边合力夹击,本是事先商定的作战计划。如果到头来对方为着保存实力,竟然不肯出战,那么自己这一方岂不成了孤军作战?

"我瞧他们是想保存实力,便不惜毁弃成约,来个隔岸观火!"孙嘉绩终于说出自己的判断。

"可是、可是……"由于无论如何也想不到,他们在生死存亡的关口上竟然这样子做,黄宗羲一时间简直找不出合适的话来表达自己的心情。

"不过,也许还不至于。"也许看见黄宗羲过于吃惊,孙嘉绩安抚地苦笑一下,"再看一看吧! 不过,我们得心中有数,待会儿,打得过就打,打不过惟有撤!"

"撤? 可是——"

"哼,能撤下来就该谢天谢地了,我担心连撤都来不及呢! 哎,先别说了,鞑子又进攻了!"这么说着,孙嘉绩就大步越过他,向船头走去。黄宗羲犹豫了一下,只好满心惊疑地跟在后面。才平静了片刻的水上战场,果然又紧张起来。这一次,清军方面派出了七八只小船,上面装满茅草禾柴,其中大约还藏着火种火药,正由桨手们驾着,向这边直摇过来。瞧那势头,显然是企图利用小船轻便灵活,避开水雷,钻进义军的水寨来放火,造成混乱,好让后面的大队战船乘势跟进攻击。只见那些小船也确实快捷,它们冒着义军方面飞蝗一般的乱箭拦截,转眼之间,已经越过雷区,迫近水寨的前沿。

"二位大人,不可再等了,赶快开寨迎敌吧!"大约看见孙、黄二人一个还在捋须不语,一个站着发呆,奔近前来的副将茅瀚焦急地大声催促说。

孙嘉绩扫了围上来等候命令的将官们一眼,仿佛下了决心似的:"好,那就传令:开寨迎敌! 茅瀚,本官命你为先锋,率领海鳅船十只,多带火箭火铳,反冲敌阵! 其余各队,由汪涵、章钦臣、韩万象率领,分三路跟进,务要往来穿插,将敌船冲散,分别歼之!"

等各将领命而去之后,他才回过头,对黄宗羲说:"既然如此,此间就由我指挥。你立即到旱寨去,召集人马,在下游三里处埋伏,待我将敌兵引上岸来,你便杀出接应,不可有误!"

停了停,他又低声补充说:"王之仁那边眼见是靠不住了! 只能靠我们自己——若然此计不售,兄就不必管我,立即带领剩余人马从陆路退回,向监国奏明原委,再图进取。可记住了?"

黄宗羲起先还眨着眼睛,有点听不明白。但随后他就像被火烫了一下似的,猛跳开去:"啊,不,不! 兄不能如此,不能如此!"他大声争辩说,"这水寨是归弟指挥的,弟还要指挥! 即使死了,也心甘情愿!"

看见孙嘉绩摇着头,还要坚持的样子,他浑身的血液就急剧沸腾起来,使劲一挥胳膊,做出不要听的手势,管自提剑向船舷奔去。发现一只船正在旁边缓缓驶出,他立即奋力一跳,登上了那只船。任凭孙嘉绩在后边跺脚、怒骂,他都咬紧牙关,不再回头……

七

"这么说,王之仁父子竟然卖了我们! 竟然一开仗就卖了我们!"黄宗羲一边跟在大队的战船后面,向敌人的阵地驶去,一边满怀痛恨地想,"亏他们那天夜里还假惺惺地抬猪抬酒给我们卖好! 不错,这父子俩本来已经跟着潞藩投降了鞑子,后来见我浙东士民纷纷举义,才又跟着反正,实在是首鼠两端的奸滑之徒! 可是我竟然如此相信他们,倚重他们,真是瞎了眼!"不过,这种痛恨也只是持续了片刻,因为行进在头里的义军战船,在合力掀翻了那几只小船之后,已经杀入敌阵。黄宗羲远远看见,乌云般集结在一起的敌军船队,起初还大咧咧地在那里耀武扬威,不知怎么一来,像被猛然咬了一口似的,吃疼般颤抖起来,随即迸发出一阵可怕的、闹哄哄的呼喊。虽然暂时弄不清发生这种情形的经过,却不难想象,义军那奋力一击必定是勇猛异常。黄宗羲记得,担任先锋、指挥那些船只的,正是带头反剃发的汉子茅瀚。他不由得激动起来,暂时忘记了王之仁,使劲挥舞起手中的宝剑,放开喉咙高呼:"快,快!跟上去,跟上去!"才喊了两声,忽然发觉,敌军战船正从两翼包抄过来。他吃了一惊,连忙传令改变阵式,全力向外反插。这时,双方的战船已经交缠在一起,只见一转眼工夫,四下里已经全是腾升的烈焰,呛鼻的浓烟,耀眼的刀光,交驰的利箭,以及狂怒的呼喊,垂死的哀号,飞溅的鲜血;再加上帆樯的倒塌声,船帮的碰撞声,人或物体噗通噗通的落水声,场面显得异常惨烈,又异常混乱。也就是到了这时,黄宗羲才真正体验到所谓你死我活的搏杀到底有多么残酷、可怖!由于两边有船只保护,他暂时还能够避开搏杀,继续四下里观察战场上的情形。不过也许正因如此,他一颗心开始紧缩起来,两条腿也在微微发抖。前一阵子那股激昂和兴奋,不知怎么一来,忽然消失了。相反,一种隐藏着的、对于可能失败和死亡的担忧,却像山林沼泽中那种有毒的雾气似的,在心底升腾起来。"是的,这一次,我看来是逃不过去了!敌人这么多,王之仁那无耻狗贼又存心见死不救,其他几家义军相距更远,当中还隔着王之仁的水寨,他们只怕还不知道我们这边已经陷入绝境!虽然孙嘉绩说,要把舣子引到岸上去,可是这做得到么?做得到么?要是做不到,那就只有死!是的,只有死!"这么痛苦地、无望地想着,怨恨着,然而说也奇怪,此时此刻,他却并不感到那是可怕的,相反,像是发现了某种遥远而神秘的光明似的,渐渐兴奋起来:"是的,既然要死,那就死好了!人生谁能逃过一死?迟死早死,都是一样的!而且早死未必就不如迟死!"于是,他忽然不再发抖了,而且凭空生出了一种强烈的冲动,把手中的佩剑朝靠得最近的一只敌船一指,蓦地大叫:"冲过去,冲过去!"当发现身边的把总似乎没有动静时,他就回过头,瞪起眼睛,恶狠狠地喝骂:"你们聋了吗?冲过去!听见没有?啊?"

"哦,是,是,冲过去,冲过去!"正在手足无措的把总一下子回过神来,连忙挥动令旗。这当儿,战场上的情势已经起了变化。敌军的船队似乎抵挡不住义军的勇猛冲击穿插,阵脚开始有点动摇。到了义军的后续船队奋勇跟进,各种火器有如急雨般喷射过去,船只接二连三地着火焚烧,敌人就更加变得慌乱迟疑,显得只有招架之功,而无还手之力。黄宗羲这时已经抢过一支带利刃的竹篙,握在手中。他眼看敌船临近,两个清兵正拿着刀,摆出迎战的架势,就横过竹篙,尽力扫去,"噗通"一下,当场把其中一个打下水中。他稳住竹篙,正要反手扫向另一个,双方的船帮已经"轰"地碰在一起。那个长着一脸胡须的清兵乘机一手抓住竹篙,一手挥起钢刀,向黄宗羲直砍过来。黄宗羲向后急仰,那把刀闪着光在眼前掠过,没有砍着。黄宗羲瞅准空当,奋力把长篙一搅,对方立脚不稳,仰面一跤,跌倒在船舷上。到了这当口上,黄宗羲也红了眼,举起长篙照着那个兵的头上、身上拼命乱刺,只见篙尖起落之处,迅速涌出道道殷红的鲜血。那个兵还挣扎着,试图站起来。黄安从旁见了,连忙奔过来相帮,迎头加了一竹篙,将他重新打倒。

主仆二人正忙着,忽然后面惊叫起来:"来了!来了!鞑子又来船了!"黄宗羲抬头看去,不由得吃了一惊。他发现,在已经被打得七零八落的清军船队中间,不知什么时候,忽然加进了一支生力军,它们凭借船头包裹着一层坚甲,在战场上横冲直撞,大砍大杀,转眼之间,就把义军的船撞沉了好几只。经过先前那一阵子苦战,义军船队已经十分疲惫,这时都害怕起来,哗啦一下子,纷纷掉转船头,向四面夺路而逃。

"嗯,不错,是他们!就是他们!"由于认出,这支生力军,正是开战以来一直留在江心监视王之仁军水寨的那支清军船队,黄宗羲心中忽然有一种说不出的刺痛和愤慨。因为这就是说,王之仁为着保全自己,直到此刻,竟然还在上游袖手旁观,见死不救,甚至纵容敌人投入全部兵力来对付余姚义军!

"好哇,既然你们是这样一伙没有心肝的畜生,那我们也绝不依靠你们!我们余姚人不怕鞑子!我们余姚人不怕死!"由于极度的愤怒,也由于绝望,黄宗羲心中反而生出了一股强横无比的狠劲。他把手中的长篙一挥,厉声高叫:"余姚人不怕鞑子!余姚人不怕死!跟我冲呀!"

"对,余姚人不怕鞑子!余姚人不怕死!冲呀!"站在周围的黄安等人也激动起来,一齐跟着放开喉咙大叫。

这狂热的高喊果然发生了作用,本来正在逃散的义军船队陆续停了下来,片刻之后,像是受到某种力量驱使似的,纷纷掉转船头,并且迸发出一阵闹哄哄的吼叫:"余姚人不怕鞑子!余姚人不怕死!冲呀!杀呀!"

随着这决死的喊声,一轮更加惨烈的搏斗又开始了。义军们被为乡邦、为荣誉而战的自豪感所激励,无不奋勇争先,以一当十,战斗得就像一群发狂的猛虎。他们的船碰不赢对方,就干脆用带钩的长篙把敌军的船钩住,跳到对方的船上去,用刀斧砍,用拳头擂,用牙齿咬,同敌人展开近身肉搏战,前面的人倒下,后面的人立即扑上。就这样,硬是把敌人的气焰一寸一寸地压了下去。只是这么一来,自己所付出的代价可就相当巨大。许多战船在硬碰中被烈火吞噬,或者翻侧沉入江中。水面上漂满了折断的木板、撕裂的旗帜和死难者的尸体。黄宗羲本人在血战中也受了好几处伤,还差点被一根落下的船桅击中,幸亏黄安从旁救护,才化险为夷。那书童却因此挨了当头一记,当场晕死过去,直到此刻还躺在船篷下。当然,敌人——包括他们那支生力军,也被这种不要命的死缠烂斗弄得手忙脚乱。而且他们的兵将大多来自北方,本来就不习惯水上作战,特别在颠簸摇晃的船上展开近身肉搏,吃亏更大,转眼之间就死伤累累,甚至有整只船都被义军抢过去的。这么相持下来,虽然优势仍旧在清军方面,但要将义军彻底打垮,却也急切间难以做到。于是战斗再一次拖了下来……

就在这时,意想不到的奇怪的事情出现了:正当清军的船队经过重新集结,再一次发起攻击,义军苦战之余,已经陷于左支右绌、穷于应付的境地时,突然,像平地卷起一阵狂飙,只见清军的船只剧烈地摆动起来,纷纷停止了进攻,慌乱地、困难地掉转身去,试图抵挡什么。但是,那股一时还闹不清楚的、夹杂着喊杀声的奇异力量是如此强大,以致转眼之间,清军的船就像一堆树叶似的,被冲得七零八落,狼狈地向四面逃散……

"啊,武宁侯军!是武宁侯军!"一个惊喜的声音叫起来。

"什么!是王之仁?"眼看获胜无望,正打算按照孙嘉绩所布置的计划向下游撤退的黄宗羲,心中咯噔一跳,连忙定眼看去:果然,在清军的船队逃散的地方,像从天而降似的,出现了四支军容严整,威风凛凛的船队。从船桅上的旗帜可以辨认出,正是上游的王之仁正规水军!只见它们并不立即追击敌人,而是径直驶向江心,先截断清军的退路,然后才不慌不忙地掉转头,开始向敌人发起攻击。

以逸击劳的战斗,而且对于进攻的方位、战术都早有谋算,那经过自然是痛快而且顺利的。虽然清军的战船竭力顽抗,但是由于刚才同余姚义军拼得太凶,已经元气大伤,他们在王之仁的水军不慌不忙而又冷酷无情的猛攻下,很快就只剩下挨打的份儿,随即分崩离析,溃不成军。尤其令人奇怪的是,就在这时,从钱塘江对岸——敌人的老营,忽然传来了"镗!镗!镗!镗"的铜锣声,惊恐而急骤,像是发生了什么紧急的情况。这么一来,清军就显然更加无心恋战,只剩下逃命的念头了……

"我说呢,这可恶的王之仁怎么见死不救,原来如此!只是,等我们把老本都快拼光了,他们才来捡现成,也未免太乖巧了一点!"远远看着终于突破围困的清军残余船只,正在接二连三地向下游逃窜,黄宗羲宽慰之余,苦笑地想,随即筋疲力尽地一屁股坐倒在甲板上。

第 四 章

一

从长江边上到钱塘江两岸,大半个江南地区都抗争蜂起,战火连天。但是,正在挈家逃难的冒襄,对此却无暇顾及。因为自从逃出兵匪横行、局势混乱的海宁县城之后,他和家人们一直在乡野间漂泊转徙,东躲西藏。

起初,他们只是迁移到友人张维赤在城郊的那所别墅——大白居住下,并没有走得太远,还想着一旦局面得到控制,就仍旧回到城里去。因为七月下旬,鲁王政权已经派来使者,正式任命俞元良为监军御史兼海宁知县,姜国臣为都督佥事;一度凶横跋扈的兵勇和盗贼也开始有所收敛。谁知到了八月初,情势突然又紧张起来,城里城外都在乱纷纷地传说:因为海宁不肯归顺,清朝的浙江总督张存仁从杭州派出了大兵,正气势汹汹地杀奔前来。于是冒襄一家顿时又陷入空前的惊恐之中。经过紧急商议,大家觉得西面的杭州固然去不得,北面的嘉兴听说已经被清兵进占,去了等于自投罗网,也不成;至于南面,出门不远就是钱塘江口,白浪滔滔,一望无际,雇船倒还可以设法,难办的是渡江时的安全。最后,冒襄父子只好决定连夜打点,带领全家向东逃难。

现在,他们一家上下数十口人,外带大批的箱笼行李,几经辗转跋涉,已经来到相邻的海盐县,并且在一处名叫惹山的偏僻村落暂时安顿下来。这个地方,说起来也是张维赤给他们安排的。它名为村落,其实是张维赤一位远亲的家族墓园。村中仅有的三户居民是那位远亲的佃户,平日一边耕种,一边就替主人照料祖坟。由于按照礼制惯例,每年春秋两季都要祭祀祖先,碰上父母亡故还要守墓尽孝,所以墓园照例建有房舍,以备到时歇脚和住宿。要在平时,张维赤自然不会把老朋友安置到这里来,不过到了兵荒马乱的时世,这种地方又成了最"安全"的避难之所了。

冒襄是先把父亲送到这里来,然后才全家赶来会合的。那四五十口人,如今就分住在三栋平房里。他们做主子的,男女老幼合共八口,再加上几名贴身丫环,住了最大的一栋,其余的仆人则分别男女,挤住在另外两栋里。这墓园坐落在一片小山坡上,园中偃卧着几棵枝叶扶疏的长松和古柏,周围一望尽是苍苍的竹林,加上远离市廛,人迹罕至,环境倒也颇为隐秘清幽。只不过,自他们搬进来的那天起,没完没了的秋雨便滴滴答答地下着,总不见停。愁云密布的天空一天到晚阴沉沉的,几乎没有片刻开朗过;地面上的坑坑洼洼积满了水,泥土都软得像搁凉了的稠粥,被行人踩踏之后,便稀烂一片。举目望去,远山、近树,以及附近的竹篱茅舍都沉埋在迷漫的水气里,显出一副垂头丧气的样子;只有满坡的野草经了这意外的滋润,陡然暴长起来,青惨惨、碧萋萋,一直蔓延到门前屋后,使这本来就偏僻的墓园,更增添了几许幽冷,几许荒凉……

不过,眼下冒襄却没有心思理会这些,他甚至不能再同家人一道守在屋子里。因为就在刚才,张维赤托人捎来了口信,让他立即赶到十里外的澉浦镇去见面,说是有紧急的要事商量。自从大半个月前,在海宁分手之后,冒襄便同张维赤失去了联系。在此期间,不断传来令人惊恐的消息,说海宁已经被清兵攻陷,烧了好多房子,还死了好多人,其中包括鲁王政权所任命的知县俞元良一家,以及一批领头抵抗的缙绅。冒襄也不知是真是假,而且不知道留在海宁参加守城的张维赤是否也在内。虽然一再派人出外打听,却由于海宁那边道路不通,始终无法弄得十分确切。这使他忧心如焚,天天如坐针毡,因为张维赤不仅是他的知交好友,而且还是他们一家逃难到这个异乡之后的主要倚靠,如果有个三长两短,他们今后的处境必定会困难得多。所以,得到张维赤的口信,冒襄当真是喜出望外。向父亲禀明原委之后,他就立即带领冒成和其他两名得力仆人,匆匆离开惹山,赶往澉浦镇去。

现在,一行人已经离开山野间的小径,踏上了南去的大路。位于县境南端的澉浦,是当地除了县城之外的惟一大镇,并且有港口可以出海,因此这条大路,平日总是车来马往,商贾和行人络绎不绝;不过,大约由于相邻的海宁正在打仗,加上秋雨连绵,眼下却明显地冷落了下来。偌大一条路上,竟然空荡荡的,看不见一个人影,只有一阵一阵的飞雨,在灌满泥浆的车辙和蹄迹上,溅击出无数的小点点。冒襄头上戴着斗笠,身上披了一件蓑衣,默默地坐在没有遮盖的竹篼里,心中也像眼前这天气,阴沉沉、湿漉漉的。他时而望一望灰蒙蒙的云影,时而望一望朦胧在雨幕中的远树遥山,虽然心中颇为焦急,恨不得即时就赶到澉浦,但是他也知道在这种鬼天气里赶路有多艰难,只好强自耐着性子,不去催促那两个艰难跋涉的轿夫了。

不过,走着走着,他又觉得情形似乎有点不对,因为如果真的像传说的那样,清兵在攻陷海宁之后,正向这边逼近,那么即使雨下得再大,老百姓惊骇之下,也必定会拖男带女,争相逃命。可是如今四下里却平静异常,没有半点兵荒马乱的迹象。"莫非是传闻不确,海宁并没有失陷,清兵也没有杀来?只是,如果用不着逃难,乡民为看生计,就该出米耕种做活才对,为何眼下路上、田里连个人影都看不见?"这么想着,冒襄就不由得起了疑心,开始睁大眼睛,远远近近地不停张望。

滴滴答答的秋雨,渐渐下得小了些。虽然铅灰色的云层依然在头顶凝聚不散,天空已不似先前晦暗。只是由于失去了雨声的喧哗,周遭愈加显得空旷而寂静,寂静得令人心头发颤。

"咦,那是什么?"走在头里的一名仆人忽然向前面一指,说。

"什么?""哪儿?"其余几个立即凑了上去。看得出来,就连他们也觉得情形不对,因此变得颇为敏感。

坐在竹筅上的冒襄,还在那个仆人说话之前,已经透过雨幕,发现前边的路上横着一个黑乎乎的东西,只是由于距离还远,看不大真切。听仆人一指点,他就愈加留了神,同时开始依稀认出,那是一个人。

"啊,死人,是死人!"走在头里的那个仆人首先发出惊叫。

"什么?死人!"冒襄心中一紧,差点儿从竹筅上直站起来,忽然发现脚下摇晃,又连忙坐下。这当儿,轿夫已经加紧脚步,赶上前去,于是,冒襄也就怀着惊恐的心情,看清楚了那个僵硬地蜷伏在泥水中的死人。

这是一个体格强壮的男人。从那一身黑旧的短衫长裤看,像是个平民百姓,但也可能是有身份的富人为着逃难而改了装扮。背后的衣裳撕开了一个大口子,露出半个肩胛。他显见是被人用刀活活砍死的,因为肩胛上,靠近脖颈的地方,横着一道又深又宽的伤口。只不过鲜血已经流干,并被雨水冲洗得一干二净。如今,惨白的肌肉可怕地翻开着,露出了被砍断的脊梁骨和因胀大而鼓出的、紫色的肺脏。他的脑袋不自然地扭歪着,两眼暴突,龇牙咧嘴,估计死时十分痛苦。

"嗯,他是怎么被杀死的呢?"冒襄一边跨出竹筅,一边心神震荡地想,眼睛没有离开那具尸体,"莫非是碰上强盗剪径?还是……"

"哎,哎,这儿还有!""哎呀,那儿,还有那儿,都是!全都是!"

几个骇然的声音同时传来。

冒襄错愕一下,连忙跟过去。果然,在再往前去的大路上、沟洫中,甚至田地里,竟然东一具、西一双的,还躺倒着许许多多被杀者的尸体!

"啊,怪不得一路上净荡荡的连人影也看不见一个,原来出了这样可怕的事!"他目瞪口呆地望着满地死法各异的尸体,有的已经身首异处,有的身上还插着箭杆。他恐怖地想:"只是,从这死人之多,杀戮之惨来看,只怕不是本地匪盗所为,那么、那么莫非竟是清兵?"这么思忖着,冒襄心中猛然一动,顿时擂鼓似的大震起来。看见走在头里的两个仆人还大着胆子,往死人堆里钻,他就把脚一跺,哑着嗓子喝叫:

"混账,你们做什么?回来!赶快回来!"随即气急败坏地回头对冒成说:"瞧这情势,鞑子兵必定已经到了溆浦!前面再去不得了,快,赶快回惹山!"

听主人这么说,仆人们"啊"的一声,这才陡然紧张起来。大家七手八脚地把冒襄扶上竹筅,也顾不上泥稀路烂,慌里慌张地转过身,急急朝来路走去。

然而,没走上几步,耳边就听见有一种奇怪的声音远远传来。那是一阵强劲的呜呜声,像是号角,但又不是号角,听来尖锐而剽悍,充满肃杀之气。大家心中不由得猛地一抖,骇然止住了脚步。

"混账,停下做什么?走呀,快走!"冒襄把胳臂一挥,恶狠狠地呵斥说。

"大、大爷,去、去不得,你瞧——"一个仆人战战兢兢地指着稻田对面的村子说。

冒襄勃然大怒:"什么去……"但话没说完,他也看见了:在村子朝北的一头,正络绎走出一队人马。虽然离得远,看不清他们的模样,但那奇异的衣装、闪亮的刀枪,以及驮在马背上的大包小捆、马后牵着的牛羊鸡狗,仍旧依稀可辨……

"大爷,鞑子兵就要过来了,得赶紧躲一躲!"大约发现主人在发呆,冒成焦急地从旁催促说。

冒襄怔了一下,蓦地醒悟过来。"不错,清兵!这就是清兵!那么就是说,我得赶快逃!是的!"他想,慌里慌张地打算跨下竹篼,却不提防两腿忽地一软,几乎摔倒。多亏冒成和另一个仆人眼疾手快,一把扶住。主仆三人于是相拥着,弯下腰,跌跌撞撞地朝长在路旁土坡上的一片芦苇丛奔去。

这是濒海地区常见的芦苇丛,由于受到咸气的滋润,长得又高又密。他们一行人冒着苇叶上乱泉一般的积雨,一个劲儿往里钻,浑身上下转眼间就湿了个透。大家刚刚把身子藏好,还来不及喘过一口气,就听见那像是号角又不是号角的声音,再度"呜——呜——"地响起来。从方向判断,还是来自刚才那个村子。大家正在惊疑之际,忽然,像是回应似的,从另一个方向也传来了同样的呜呜声,接着,第三个方向也加了进来。这样此伏彼起地响了一阵,才重新归于平静。躲在芦苇丛中的一伙人,虽然弄不清这几股声音的确切含义,但是无疑都猜到,这必定是清兵在互相联络;而且看来光是附近,就起码有三股兵马!因此大家你瞧我,我瞧你,脸上都不禁变了颜色。

至于冒襄,透过芦苇叶子的间隙,仰望着刚刚回荡过那股可怖声音的天空,震悚之余,心中更是十五个吊桶,七上八下。无疑,由于躲进芦苇丛,眼下算是暂时得着了安全;但是,自己这一帮子人多招眼,清兵会不会已经发觉,打算过来搜查,刚才的声音就是在招呼同伴?要是那样,今天恐怕很难逃得过去!本来,自己活到如今这三十四岁年纪,名气也有了,钱财也有了,该享受的都享受到了,即使就此死去,也没有太多的遗憾;何况碰上这国破家亡的惨酷时世,活着也只是受苦受难!只是,自己死后,丢下男女老少一家子,可怎么办？而且,看这情势,清兵像是正在四处出动,那么会不会也到了惹山？父、母、妻、儿,还有董小宛,会不会已经落入鞑子的魔掌,此刻正在遭到野蛮的折磨、杀戮和蹂躏？这种突然袭来的强烈的忧惧,有片刻工夫,把冒襄弄得心惊肉跳,浑身的血液急剧地奔涌起来,呼吸也越来越急促。如果不是冒成从旁边伸出手来,轻轻按住他,他很可能就会直蹦起来了。

冒成按住他,是因为芦苇外有了声响。那是一阵马蹄声,由远而近,只是听上去并不杂乱,像是只有一人一马。虽然如此,冒襄仍旧立即紧张起来。他暂时把对于家人命运的担忧抛到一边,开始把身子紧贴在地上,屏住气息,竖起耳朵,全神贯注地倾听着外面的动静。

那一人一马显然是沿着大路而来的。只听蹄声踢踏,来势迅急,不过,待到接近他们隐藏的地方,就明显缓慢下来,最后,骑者分明勒紧缰绳,停住了。

"不好！莫非真是为我等而来不成？"冒襄竭力用耳朵捕捉着对方的动静,有片刻工夫,浑身的血液仿佛凝固了似的,连心也几乎停止了跳动。

外面的那个人——现在冒襄已经丝毫也不怀疑那是一个清兵——有好大一会儿,却变得没有什么动静。他似乎对自己所判定的方位没有把握,还在四下里打量寻找；但是也可能他已经知道芦苇丛中躲藏着好些人,正在考虑如何下手,才能把他们一下子全都逮住。正是这种已经迫近眼前,然而又蓄而未发的威胁,使冒襄的每一根神经都绷得紧紧的,一颗心随之狂跳起来……

但是那个兵仍旧没有动静。他似乎算定苇丛中这些"猎物"根本逃不脱,所以并不急于动手。

越是这样,冒襄在苇丛中就越加紧张。他大睁着眼睛,绝望而又恐怖地等待着,以至到后来,外间每一下轻微的响动——马蹄的捣踏、铁甲与兵器的偶尔碰击,传到他的耳中,都仿佛是一记响雷,震得他的心几乎要跳出腔子去。"哦,他为什么要这样?他想做什么?"冒襄惶惑不安地、痛苦地想。

"的得、的得",听声音,马蹄正径直向他走近,前面的芦苇也开始发出沙沙的声响。冒襄的汗毛忽啦一下全竖起来:"来了,他到底发现我了!这一次我看来要死了!"他本能地打算一跃而起,夺路而逃,但是,结果只是颓然埋下头去,咬紧牙齿,闭上眼睛,等待着那结束生命的无情一击……

然而,他没有等到。因为那马蹄声停顿了一下,又分明地向后退去。只不过,当骑者这样做的时候,似乎还挥舞了一下手中的大刀。因为几声凌厉的呼啸响过之后,紧接着,就雨点般地落下来好些芦苇的断茎、碎叶,和白色的缨子……

"蛮子们!快滚出来!统统给老爷滚出来!"一声狂暴的喝叫蓦地响起。这声音是如此突兀,它劈空而来,直透人们的耳鼓,使刚刚睁开眼睛的冒襄浑身一抖,几乎打算应声而起;只是及时清醒过来,才极力坚持住了。

"蛮子,滚出来!快点给老爷滚出来!"猛恶的嗓门再度发出喝叫,不过,这一次已经是在数十步之外。

到了它第三次响起时,就愈加去得远了……

"是的,现在才刚刚开始,"死亡的威胁终于过去,冒襄望着开始窃窃私语,商量怎样才能逃出去的仆人们,心中默默地想,"往后的日子还长,还要受多少苦痛,可教我怎么熬?"这么忖度着,冒襄就发现自己正在掉进一个无底的深渊之中,其中只有黑暗,没有光明,即使侥幸能活下来,伴随着他的,也将是除了苦难,还是苦难……渐渐地,他整个儿都被一种冰冷的、厌倦已极的浓雾包裹起来,以至有片刻工夫,在他的感觉中,什么恋山,什么家,似乎都是多余的了……

二

　　由于担心立即上路还会遇到清兵,他们一行人在芦苇丛中继续躲藏了很久,直到估计危险已经过去,才大着胆子启程,但也不敢再走原路,而是改变方向,从山野间绕道回去。这么一来,冤枉路还真的走了不少。结果,当他们冒着雨,精疲力竭地抵达惹山时,已经是上半夜。

　　虽说在芦苇丛中那惊魂初定的一刻,冒襄曾经身心交瘁,万念俱灰,觉得连回来似乎也是多余的;但是,一旦上路之后,他又不由自主地忧急起来,尤其是事先没有估计到路上会耽搁这么久,这使他懊悔不已,而且焦躁万分。因此,到了好不容易踏上熟悉的山路,并从竹林中穿过,马上就要进入墓园时,冒襄身子坐在竹筏上,那颗忐忑不安的心却早已飞进屋子里。"啊,他们此刻怎么样了呢?父亲、母亲可还好?清兵没有来过吧?嗯,为什么不点灯?是怕招惹外人,还是——哦,上苍保佑,一切都平安才好!"他抓紧扶手,目不转睛地盯着一片昏黑的墓园,心急如焚地想。

　　"大爷,到了!"冒成的声音在旁边响起。

　　冒襄怔了一下,这才发觉竹筏已经停住。他连忙走下来。直到此刻,墓园里竟然没有一个巡夜的仆人出来招呼,这使他多少有点纳闷,不过已经无心细想。他一把掀掉竹笠,三步并作两步,迅速向父母下榻的那间上房走去。

　　上房的门虚掩着。里面没有灯光,也没有声响。

　　"嗯,莫非睡下了不成?"冒襄想,轻轻把门推开,发现起居室里黑洞洞的,只依稀看得出几张桌椅的轮廓。无论是东间父母的卧室,还是西间丫环的睡房,全都隐藏在黑暗里。他迟疑了一下,随

即跨过门槛,向东间走去,轻轻地叫:

"父亲,母亲,孩儿回来了!"

连叫了两声,却不见答应。他开始觉得不对,于是提高了嗓门:"父亲!母亲!"一边叫,一边走进去。里面的窗户大约全上了板,关死了,更加漆黑一片。冒襄心中着忙,等不及找火种,只顾伸出双手,向床上摸去。可是连摸了几处方向,都没摸对,屋子里也始终没有反应。他愈加心惊,正要转身再摸,不提防脚下被什么东西绊着了,一个跟跄直跌下去。这时,他已经不再怀疑,必定是发生了非常变故,迅速爬起来,直着嗓子大叫:"冒成!冒成!"

"哎,来了!来了!"随着光亮一闪,冒成拿着一根火把奔了进来。

"混账东西,老爷太太呢?到哪儿去了?"冒襄瞪着眼睛,厉声质问。凭借光亮,现在看得更清楚:屋子里显得有点凌乱,几口箱子打开着,里面的东西分明被翻过;桌子上的摆设也东倒西歪;床榻上空空的,一条被褥拖在地下,而最要紧的是,冒起宗和夫人马氏确实不见了。

"聋了吗?我问你呢!老爷、太太哪儿去了?"由于仆人大睁着眼睛不回答,也由于刚才那一跤把膝盖磕得疼痛难忍,冒襄再次狂乱地怒声质问,却忘了对方其实同自己一样,也刚刚回到这里。

"啊,啊,老爷、老爷……"

不等冒成"啊"出个名堂来,外面又是一阵火光和脚步声,其余两个仆人也一脸惊惶地奔进来,紧张地说:"禀大爷,不好了,他们,这儿的人,全、全都不见了!"

"什么?全都不见了!这、这怎么会?"冒襄失色地问,下意识地停止了揉搓膝盖。看见仆人们呆若木鸡,谁也答不上来,他就猛然推开冒成,一跛一拐地向外冲去。

"这么说,鞑子一定来过了!这是一定的,要不然……可是,他们都到哪儿去了呢？这里没看见死了的人，那么是预先听到风声逃走了？是的，必定是等我回来等不及，只得先逃走了！但是，总不至于一个等候的人也不留下呀，起码，小宛她就不该不等我回来就走！但竟然连她也丢下我，自己走了！真是岂有此理！如今叫我上哪儿找他们去！"冒襄忍着疼痛，匆忙地察看着一间又一间空屋子，渐渐变得气急败坏，怒火上升，"……嗯，不过，不过会不会是给鞑子掳去了呢？"这个念头一闪现，像当头挨了一记似的，他顿时呆住了。的确，这不是不可能的，早一阵子清兵四出剿掠，多少村子都遭了殃，自己就亲眼见到过，难保他们不会也窜到这里来。那么，如今父亲、母亲、妻子、孩儿，尚在襁褓中的弟弟，嗯，还有小宛，他们都怎样了呢？是正在被打、被杀、被辱？是还活着，还是已经……一想到他们可能已经不在人世，冒襄的心，就像被一下子摘掉似的，全身的血液也顿时凝住了。他大瞪着眼睛，呆呆地站着，种种鲜血和死亡的恐怖情景开始在眼前交叠出现。突然，他的胸膛急剧起伏起来，一下子跳到回廊外面，向着还在下雨的夜空扯开喉咙，用带哭的嗓门狂叫：

"爹！娘！爹！娘！你们两老在哪儿？在哪儿呀！"

他伸出双臂，竭尽全力地喊了又喊，同时向四面转动着身子。然而，在弥漫于天地的无边的黑暗中，那悲怆的、撕心裂肺的声响显得那样孤单、微弱，几乎没有引起任何回响，就消失在茫茫雨幕之中……终于，冒襄彻底绝望了。他停止呼喊，只觉得热泪不断涌上来。他踉跄地走出几步，双手抱着头，绝望地、无力地跪倒在泥地上。

"在这儿，在这儿，我们在这儿呢！"一种奇怪的声音忽然传来。

冒襄错愕地猛然跳起，循声望去。借着天幕的微光，他依稀看见：远处的草丛中，忽啦一下站起来一帮子人；接着，从更远的竹树丛的阴影里，又走来另一批……这些散布在坟地里的憧憧影子出现得如此突然和意外,加上又是在凄风苦雨的暗夜里,以致有片刻工夫,冒襄只呆呆地瞪视着,几乎闹不清那是活人还是死者的冤魂。

然而,身旁的冒成等人已经大声欢叫起来。他也终于辨认出:那都是实实在在的活人!是他的父亲、母亲、弟弟、妻儿,还有董小宛以及男女仆人们,虽然一个个被雨水浇得就像落汤鸡似的,但确确实实全都在,既没有丢下他逃跑,也没被清兵掳去……也就是到了这一刻,冒襄那因为极度恐怖,几乎飞散的惊魂,才又重新回到腔子里。终于,他长长吁出一口气,瞅着陆陆续续走近来的家人们,一声不响地咬紧了嘴唇……

小半天之后,一家人重新回到屋子里,点灯、烧水、换衣裳,各自安顿下来。经历了这场虚惊,彼此免不了动问起别后的情况。从父亲的口中,冒襄才知道,在他离开之后的大半天里,墓园这边发生的事也不少。先是张维赤又派人送来急信,告知澉浦镇很快会被清军占领,他也已经逃离,叫冒襄不要再去。但那时冒襄已经上路了,家人们十分着急,立即派人去追,不知是冒襄他们走得太快,还是追错了方向,到底没有追着。张维赤的信中还说道,如今清兵游骑四出,说不定也会转到惹山来。他叮嘱冒家做好准备,小心提防;还说清兵是从海边的方向来,要逃只能走东北的方向,逃往秦山一带才比较安全。他也打算逃往那里,如果冒襄一家也决定去,到时彼此有可能会合。张维赤的信使走了之后,一家人因为担心冒襄,十分焦急,又怕他一旦回来寻找不着,因此也不敢离开。但是,周围的风声渐渐就紧张起来,起初是看守墓园的农户来报信,说鞑子兵正在向这边迫近;后来就接二连三地逃来了好些难民,全都神色惊恐,步履踉跄,一刻也不敢停留,就飞奔而去,把他们一家弄得心惊肉跳,紧张万分,本想立即跟着逃难,偏偏冒襄又迟迟不见踪影。最后没奈何,只得带着行李暂且躲到坟地里去,以防不测……

"还好,你总算回来了!"神情疲惫的冒起宗如释重负地说,"东西已经全部拾掇停当,即时便可上路。此刻时辰已晚,鞑子料想不会再来,明早启程也可。只是四下里这么一乱,须得提防土贼趁夜打劫才好!"

冒襄一直微低着头,留心听着。由于家人们平安无事,他的心情已经多少安定下来。听了父亲的吩咐,他就恭顺地应了一声:"是!"随即关切地说:"那么,就请父亲和母亲先安歇着。孩儿这便去打点防范,待到天一亮,便来请二位大人上路。"等冒起宗站起身,由丫环们搀扶着进了寝室之后,他也就离开上房,匆匆走出外面去。

凉气侵人的墓园里一片幽暗。经历了刚才那一场虚惊,眼下已经到了后半夜。下了一整天的雨,似乎终于停住了;月亮却依旧躲在厚厚的云朵背后,不肯露出脸来。屋脚下、草丛中,那些不知名的秋虫,大约预感到天要放晴,开始迟疑地、断续地吟唱起来。从远处——竹林子背后的池塘那边,传来了一群青蛙"呱咕、呱咕"的响亮叫声……

当眼睛习惯了黑暗之后,冒襄发现廊庑一带的屋檐下,或站或坐地挤聚着不少人,正在嗡嗡地交谈着,薄暗中,间或可以看见眼睛眨动的闪光。冒襄明白那是手下的仆人们,因为没有得着主人的吩咐,也不知道是否马上就要逃离这里,所以一直守候着。他记起了父亲的嘱咐,于是停住脚,把冒成等几个执事头儿招呼过来,命他们派出人丁,在墓园四周轮班巡值,严防歹人进入;其余的人则立即歇息,但只准和衣而卧,也不许解散行李,待到四更过后,便要全体起来,准备启程上路。布置完毕之后,他才回到东耳房去,虽然十分疲劳,而且董小宛已经重新摊开了枕席,但是他却不敢大意,也同大家一样,不脱衣服,只蹬掉鞋子,就躺了下来。

由于心中有事,有好一阵子他都没有睡着,待到好不容易有点迷糊,外面却传来了"汪、汪"的狗吠声。"嗯,都这么晚了,谁还会来呢?"他朦胧地、费劲地想着,忽然惊醒过来,一骨碌翻身坐起,就听见杂沓的脚步声已经来到门外。

"少爷,少爷,张相公!张相公来了!"一个兴奋的嗓门报告说。

冒襄心中一动:"什么?张……难道是张罗浮不成?"他不及多想,连忙趿上鞋子,奔过去,把门打开。灯笼的亮光立即透进来。昏黄的光影下,张维赤那张熟悉的笑脸果然映入了眼帘。

"哎呀,你、你怎么来了?"冒襄一步跨出门外,双手抓住对方的胳臂,惊喜地问。

"弟是放心不下兄哟!"张维赤微笑着说。

"可是,这么晚了——哎,好,好!兄来得正好!"冒襄连连地说,看着老朋友那张因长途跋涉,显得疲惫不堪的脸,只觉得眼睛一热,泪水随之涌了上来。的确,作为流落到异地的外乡人,他们在这一带可以说人生地疏,举目无亲,特别是随着海宁陷落,清兵东进,他们一家人的处境已经变得前所未有的凶险,几乎每时每刻都可能有杀身之祸临头。虽然在家人面前,冒襄还极力保持着镇定,但是内心其实是十分紧张和惊恐的。特别是上有父母双亲,下有弱妻幼子和刚出生的弟弟,全都要靠他一个人照应,更使冒襄常常感到孤立无援,心力交瘁。现在张维赤的突然到来,对于他来说,实在无异于一个在泥淖中苦苦挣扎的人,忽然看到从岸上伸过来一只有力的臂膀似的。而当想到张维赤在这样一种时刻赶来,是冒着怎样的危险,一路上又经历了怎样的辛苦,冒襄就更加心头发热,感动万分。由于这种感激不是言辞所能表达的,因此他只好不再说话,只紧紧握着张维赤的手,把朋友引进旁边的一间屋子里。

这是一间供起居用的屋子,不过为着逃难,一应日常用品都已经收起,只剩下一张桌子和几把椅子。冒襄问明厨房里还有热水和饭菜,就吩咐立即送过来;然后,也顾不上按规矩应当退避等候,就一边请客人洗脸、用膳,一边急切地交谈起来。由于心情紧张,冒襄也没有心思详细打听海宁陷落的情形,话题很快就集中到这一次逃难上。据张维赤介绍,西边的杭州、海宁,直到海盐这一带,已经全部落入清兵之手,要逃,就只能逃到东边去。以冒家这样行李众多的大队人马,自然走水路比较安全便捷。但是惹山附近却没有水路直达,因此明天仍旧得走一段陆路,到牛桥圩去。他已经在那边准备了船只接应。不过,从这里到牛桥,当中必须穿越通往澉浦的大路,那里最有可能遇到清兵,也是最危险的地段。

"弟怕兄不知路上的情形,大意行去,万一迎头碰上,可就坏了!"已经洗完脸的张维赤,一边把肿胀的双脚浸进还冒着热气的水盆里,一边拿起碗筷,说,"因此想来想去,到底放心不下,便临时决意来一趟。幸好,兄等尚未离开,总算神灵护佑,没让弟白跑这一趟!"

在张维赤说话的当儿,冒襄一直默默地听着。随着最初那一阵子兴奋逐渐过去,也由于张维赤的到来,使他顿时感到有了依仗。他已经不似先前的紧张,相反,那种被压抑的疲惫之感,在这一刻里却变得空前强烈起来。他迟钝地,甚至冷淡地听着朋友的述说,心中越来越响地回荡着一个厌烦的声音:"又是赶路、躲避、提防,可是我已经受够了!再也不想这样没完没了地拖下去了!赶快结束吧,是的!"因此,到了张维赤已经说完,屋子里静默了好一会,他仍旧没有吭声。

"那么,兄打算……"

"如果不逃,留下来,成不成?"冒襄盯着桌上的灯焰,哑着嗓子问。

"你是说——不逃?"张维赤显然大感意外,他停止了咀嚼,转过脸来,一双小眼睛也睁圆了。

"是的,这偌大一个家,只有小弟一人,实在太难了!"

"可是……"

"不!"冒襄猛地回过头,粗暴地打断说,"弟真的支撑不来了!只怕逃出去,弄不好,反而更糟,干脆留下不走,说不定还能活下来!"

张维赤深切地望着朋友,似乎理解了冒襄的苦恼。他把碗筷放回桌上,沉默了片刻,终于缓缓地回答:"不逃也成。只是想活下来,却有一样——"

"什么?"

"得把头发剃掉!"

"这……"

"得把头发剃掉!"张维赤加重了语气,"鞑子这番前来,所到之处,奸淫掳掠不必说,还逢人便勒逼剃发,凡有不遵者,即时杀死;凡见有不剃发者,一言不合,也即时杀死。除非是预先剃了发,他才当你已经归顺,手下也便留情些。"

冒襄睁着眼睛,起初,还试图争辩。但张了几次口,却发现,如果决定不走,而又想活下来的话,除了按照对方所指出的去做,确实别无选择……渐渐地,他目光中那一点子冀望的亮光重新归于暗淡,五根手指却捏成了拳头。终于,他使劲地在椅子的扶手上一擂,满心沮丧地低下头去……

三

由于张维赤所指出的那件事其实是做不到的,冒襄只好决定仍旧出逃。于是,两位朋友各自胡乱歇息了两个时辰,到五更时分,便把全家老幼尊卑五十余口人招呼起身,饱餐一顿,扎缚停当,然后由冒襄亲自督率一班得力的仆人,押着箱笼行李,在前头开路;冒起宗和女眷们则由竹箩抬着,走在中间;此外,还派出一帮精壮仆人,各执棍棒,负责殿后。一家子跟着张维赤,朝着东边的秦山方向,络绎上路。

持续多日的阴雨天气终于结束。一度是灰蒙蒙、暗沉沉的天幕上,纠结的浮云正在散去。在云彩腾出的空隙里,重新展露出湖水样的一片湛蓝。睽违已久的秋日朝阳,柔和地照临着,近处的草丛、绿树和远处的山坡、田野,全都湿漉漉地闪着光。虽然路上的积水和泥泞,仍旧比比皆是,但已经不似早一阵子那样几乎无处落脚,好歹使仓皇出逃的人们,减少了几许跋涉之苦。

不过,也只是行动起来轻便快当一点,至于说到人们的内心,却是从来没有过的紧张和慌乱。因为在此之前,他们虽然也曾不止一次地举家出逃,但一来,那毕竟是在"自家人"管辖的范围内,再怎么乱,总还有个倚靠,起码也有交道可打;二来,仗着偌大一个家,人多势众,一般贼伙也轻易不敢挑他们下手,因此担心归担心,对于前途和命运却还不至于毫无把握。可是眼下的情势完全不同,随着海宁和海盐相继陷落,明朝在这一带的势力可以说已经彻底被粉碎;如今,他们所面对的是过去根本不了解、不认识,可以说完全属于另一个"种类"的征服者。这些来自"化外"的衣冠怪异的"鞑子",据说只会烧杀抢掠,压根儿不知仁义道德为何物。这就使得习惯依礼教立身处世的亡国之民们,尤其感到一种莫名的惊骇,一种失却一切凭借的恐慌。

现在,随着太阳逐渐升高,他们已经把惹山远远抛在身后,开始走在一片遭了水淹的稻田中。这是方圆挺大的一片稻田。它从北边铺展过来,一直向南面的海边延伸过去。九月暮秋,本是大豆成熟的时节,但田野间空荡荡的,看不见一个收获的农夫,只有成群的鸟雀,在被水冲得七零八落的豆蔓上起落盘旋……由于张维赤曾经说过,这当中有一条通往溆浦的大路,最容易遇到清兵的游骑,因此从一开始,冒襄就十分紧张,一边警惕地留意着周围的动静,一边全力督促家人们紧紧跟上。偏偏遭了水淹的稻田,到处都稀烂一片,就连那些纵横交错的田塍也大都崩的崩、塌的塌,一脚踩下去,随时都会陷进泥水里。大家磕磕绊绊、连滚带爬不必说,有几次还散掉了行李,掀翻了竹箧,弄得手忙脚乱,狼狈不堪。不过,总算十分幸运,一路行来,别说清兵,就连逃难的人也碰不到一个。看来由于晚出逃了一天,他们反而得以躲过清军前锋的掩杀。结果,就这样,一家人不仅平安地走完了稻田,而且还顺利地穿越了那条通往溆浦的大路,在临近晌午的时分,来到长着许多毛竹的马鞍山脚下。

"谢天谢地!总算闯过来了!"冒襄暗想。因为据张维赤说,接下来,只要沿着这山的南麓再走出一里,就是港汊,他已经预先安排了船只在那里守候接应,所以冒襄确实感到松了一口气。不过他随后就想起:在这小半天里,自己全神贯注地监视四面的动静,几乎分不出心来照应父母和亲眷,也不知道两位老人家的情形怎样,有什么吩咐。于是,虽然昨日奔波了一天,夜里又只睡了两个时辰,到这会儿已经有点精疲力竭,但他仍旧用袖子揩着汗,竭力振作着转过身,用眼睛寻找着。当发现两位老人由女眷们簇拥着,已经在一丛毛竹的阴影里安顿下来,他就向张维赤做了个稍待的手势,匆匆走过去。

这当儿,跟在后面的家人们也已经陆续抵达,本来就不甚宽敞的山坡变得拥挤起来。冒襄侧着身子,从横七竖八的行李挑子中穿过去。当他快要走到父母歇脚的竹丛时,忽然听见一声惊惶的尖叫:

"哎,大爷快来,不好了!奶奶不好了!"

冒襄吃了一惊,连忙快步奔过去,分开慌乱地挤成一团的女眷们一看,不禁愕住了。他的妻子苏氏,出发时还好端端的,这会儿却双目紧闭,气息低微地倒在丫环紫衣的怀里。那张抹了好些灰土的脸孔,变得血色全无,前额上布满颗颗豆大的汗珠,嘴巴僵硬地半张着,分明已经昏厥过去。董小宛跪在她的跟前,正在用指甲使劲掐她的人中。

"啊,何以会如此?这是怎么回事?"冒襄忍不住厉声质问。

"日头太猛,奶奶身子本来就偏弱,这一路晒着走下来,便当不起。不碍事的。"董小宛回答,随即让紫衣把苏氏平放在地上,并且动手解开她的衣领扣子。

"嗯,你怎么知道?你懂得这个?"看见董小宛替苏氏把紧裹在身上的衣裳松开,又从发髻上抽出一根银簪子,继续朝人中刺去,然后又使劲去刺病人的双手,冒襄不由得怀疑地问。

"是呀,我瞧这样弄不成,不如赶紧找个大夫瞧瞧!"有人从旁附和,那是苏氏的贴身老妈子冒贵媳妇,女主人的出事想必使她想到自己的责任,这会子她显得特别紧张。

冒襄瞥了一眼老妈子那张神色惊恐的长脸,却没有做声。因为他想起:家中原来那几个清客中,本来也有精于医术的,但早已各散东西;眼下又是在野地里,前不着村,后不着店,又到哪儿去找大夫?

"妾身从前学过一点,试试看吧!"董小宛回答得很沉着,没有抬起头。

"哎,你就让她去弄好了!"冒起宗在一旁开口了,"她说得不错,你媳妇是中暑。我在医书中也看过……"

话没说完,就听好几个声音忽然欢叫起来:"啊,好了,好了,奶奶醒过来了!"

果然,刚才还毫无知觉地躺在地上的苏氏,已经睁开了眼睛,嘴唇也在微微翕动。虽然还发不出声音,神志显然已经清醒。

冒襄这才松了一口气,正要直起身子,忽然听见一个发抖的声音从旁边传了过来:

"啊呀,不成啦,不成啦……我也……不成啦!"

冒襄连忙回过头去,发现那是他的母亲马夫人。为了在逃难中尽量不招人注意,平日仪容整洁的老太太眼下也同别的女眷一样,梳起了男人的发髻,穿上男人破旧的衣衫,脸上还抹上了好些灰土。她本来好好儿地盘腿坐在一块石头上,这会儿不知为什么变得眼神发直,身子也在左摇右晃,像是要倒下来的样子。冒襄大吃一惊,一个箭步抢上前去,同丫环们一道,合力把她扶住。看见老太太也像刚才苏氏一样,双目紧闭,浑身绵软,他不禁情急地大叫:"小宛!小宛!"

等董小宛赶过来,他就紧张地催促说:"快,太太也中暑了,你快给治治!"

董小宛瞧了瞧马夫人,却没有立即动手扎簪子。她先探了探老太太的前额,又用三根指头按住对方的手腕,号了会子脉,然后轻轻地叫:"太太,太太!"

看见马夫人没有反应,她把声音放得更柔:"太太,别怕,您睁开眼瞧瞧,我们都在这儿呢!"

说也奇怪,这一次,却有了动静。只见老太太的眼皮儿动呀动的,忽然睁开了。

"你、你们都在这儿?媳妇没事了么?啊,刚才,可把我吓坏了!"她虚弱地、可怜地望着大家说。

在一旁紧张地注视着的冒襄,这才醒悟:母亲其实不是中暑,只是胆小的老毛病发作。他直起腰来,定一定神,正打算温言安慰几句,忽然听见父亲在后面招呼说:"襄儿,你过来一下!"

"嗯,你——仔细想过没有,"等冒襄跟了过去,冒起宗一边瞥着正在传巾递水,七嘴八舌向马夫人和苏氏问候、讨好的女人们,一边皱着眉头问,"这番逃难你打算怎生了结?莫非你当真要领着全家投奔绍兴不成?"

绍兴,就是以鲁王为首的浙东抗清政权所在地,而且离此不远。冒襄确实想过只有逃到那里,才能获得安全。但他也知道,那就得设法渡过水深浪阔的钱塘江口,这一点,眼下还办不到。现在听父亲的口气中带着质问,倒使他有点摸不着头脑。

"依我看,哪儿也别去了!赶快设法回家最要紧,回如皋!"

冒襄眨眨眼睛。他想说:"如皋不是已经陷于敌手了么,怎么回去得了?除非剃了头去当顺民!"可是当目光落到父亲那张衰老的、焦躁的脸上时,又临时顿住了。

冒起宗却像看透了儿子的心思。他断然挥了一下手,咬着牙说:"做顺民就做顺民!先保住这一家大小的性命再说!再这么在野地里拖下去,就算不被鞑子杀死,也要被累死、病死、吓死!"

"……"

"不错,"冒起宗稍稍放缓了声调,"今日直到这会儿,总算还没遇到什么大的凶险。可是还有明日、后日!就算这一关过了,还有下一关!江南这场大乱,如今才是刚刚开头,只怕往后还不知要拖上多久。这么没完没了地逃下去,终究不是个了局!"

停了停,看见冒襄低着头,始终不做声,他突然愤怒起来,使劲一跺脚:"好,好,你就瞧着办吧!不过你可得想清楚了:我们死了容易,可留下你母亲、你才出世的小弟,还有你的妻妾儿女怎么办?总不能丢下她们就不管了!你、你就瞧着办吧!"这么说完之后,他就猛地转过身,抛开儿子,迅速地回到马夫人身边去。

听着父亲负气而去的脚步声,冒襄不由得慢慢地在原地蹲下来。不错,他没有爽快地表示同意,但并不等于他不知道这种逃难的艰辛和危险。事实上,还在昨天晚上,他就产生过留下来不走的念头,并且同张维赤讨论过这么做的可能性。他最终又否定了这种思路,是由于觉得不管怎么说,总不能剃了头去做鞑子的顺民!但父亲此刻的主张,却头一次向冒襄揭示了一种在以往看来,似乎是不可设想的选择。"啊,莫非到头来,我当真要走上这一步么?"他迷惘地、心中发憷地想,"要是我当真这样做,当真剃了头发去做鞑子的顺民,社友们会怎么想,怎么说?我又将如何面对列祖列宗在天之灵?还有,要是到头来,四方蜂起的义军把鞑子又打了出去,这江山依然是大明的天下,那又怎么办?哎,不,不成,无论如何也不能那样做!"

停了停,他又想:"……可是,大明败亡到这一步,实在是黑暗腐败到了极点的缘故,要卷土重来,又谈何容易!而且,如果老是这么东躲西逃,恐怕等不到义军到来那一天,就会先遇上鞑子兵,那就只有引颈受戮!但正如父亲所说的,我们死了容易,丢下母亲和妻子孩儿们怎么办?固然,为了殉国尽节,也可以全家一齐都死;或者听天由命,丢下她们不管。这在自古以来的忠烈中,也是不乏前例的。不错,国破家亡到了这一步,还有什么指望?即使能够活下去,也已经人不像人,禽兽不像禽兽,又有什么生趣?不如干脆全家把眼睛一闭,什么也看不见,什么也不知道就算了!"这么一想,冒襄的心就硬了起来,甚至觉得能够痛痛快快地死去,倒不失为一种最简单便捷的解脱。然而,也只是一会儿,他又再度犹豫起来:"但是,只怕父亲和母亲却未必肯这么做,那么,难道我就忍心抛下他们不成?"……就这样,冒襄被各种选择和掂量牵扯着、缠绕着,越想心中越乱,到后来,只觉得脑袋轰轰作响,眼前却一片茫然,以至周围分明发生了什么事,人们开始乱叫乱跑,他都没能立即反应过来……

四

"不好了,鞑子来了!鞑子来了!快跑,快跑呀!"一声尖锐的惊呼传进耳朵。

冒襄心头忐忑了一下:"什么?鞑子?"他疑惑地直起身子,向四下里看去,顿时,大吃一惊地呆住了。只见刚才还随意地散坐着的家人们,这会儿像一群受到突然袭击的鸡犬似的,正在哇哇地惊叫着,满山坡地狂奔乱窜。阳光下,几支利箭正闪着光,刷刷地从他们的头上飞过。接着,就响起了惊心动魄的马蹄声。冒襄怀着极大的恐惧看见:只一眨眼工夫,已经有好几个人中箭倒下。他猛然紧张起来,转身向父母和妻儿们奔去,同时大声叫喊:

"不要慌!到这边来!都到这边来!"

但是,没有作用。被死亡和鲜血吓破了胆的人们,仍旧发疯似的没命逃窜。这么一来,他们也就照例成了追赶和杀戮的对象。只见一群装束怪异的清军骑兵,大约有七八人左右,立即分散开来,开始像打猎似的,不慌不忙围裹上去,远者箭射,近者刀砍。他们的动作是那样熟练、利索。马蹄到处,只听见传来一阵阵垂死的惨叫,再也没有一个人能够站起来。看见这种情形,后面的人吓得"哄"的一声,又转头跑回来,并且显然已经失去再逃的勇气。发现主人一家子还聚在竹树丛下,他们就连滚带爬地纷纷向这边靠拢。很快地,竹丛周围就密密麻麻挤了个满。

在极度混乱的这片刻当中,冒襄的心中也是极其混乱。因为这一切来得实在太意外,太突然,以至事先连一点准备都没有,就一下子彻底陷入了绝境。"是的,看来命中注定这一关到底还是过不去!即使依了父亲方才所说的,剃了头发做顺民,只怕也来不及了！也许,这样了结倒更好!"他绝望地、浑身发抖地在心中说,同时,忽然想起了张维赤,"只是,老张本来是用不着陪我们一道遭此劫难的,然而他却自己找来了,实在是……"这么想着,他就感到异常不安,不由得转动着眼睛去寻找,然而,却没有找到,也不知这位古道热肠的朋友躲到了什么地方,还是已经死于刚才那一阵混乱之中。"哎,他对这一带的地势熟悉,但愿神明保佑,他能够逃得脱!"这么默默祝祷着,冒襄就听见错杂而猛烈的马蹄声,有如一阵狂风骤雨,从远处直卷过来。

这自然就是刚才那一伙清兵。只见他们像面对羊群的恶狼,傲慢而快意地驰骋着,待到接近时,忽然一扬手,把几个黑糊糊的东西直掷过来,啪哒、啪哒地跌落在人群跟前。冒襄定眼一看,心中顿时抽搐似的猛然揪紧了,浑身汗毛却直竖起来——原来那几个血淋淋的东西竟然是刚刚砍下来的人头!

"喂,你们都是些什么人?到这儿来干什么?"不等由那几颗人头所引起的骚动和惊恐平息下来,一声尖锐的喝问劈头响起。出乎意料,那话语居然明明白白,而且是江南口音。

冒襄看见势头凶险,已经招呼大家全体跪伏在地上,表示不再逃走。忽然听见这么一句喝问,他不由得一怔,循声望去,发现围拢过来的七八名清兵,一个个全都面孔黧黑,神气凶横,头上清一色的圆锥形凉帽,身穿白色号衣,腰挂弓箭,手中提着还在滴血的钢刀,一副杀气腾腾的样子。惟独问话这个人,虽然也一样地剃光了前半爿脑壳,背后拖着发辫,但头上却戴着乌纱帽,身上穿一件阔袖圆领的明朝官袍,而且身材瘦小,白净的脸孔上有着江南人特有的细腻肌理。"嗯,这么说,他是本地人,做了顺民,又反过来替鞑子引路的。"冒襄暗想,同时想起了小半天前有过的那种念头,一下子倒呆住了。

"喂,聋了吗?问你们是什么人,到这儿来做什么?快讲!"那人再度发出喝问。

"哦……我等俱是良民,到这儿是、是逃难。"由于意识到那几个清兵正在一旁虎视眈眈,冒襄连忙收敛心神,用膝盖向前挪动了两步,拱着手回答。

"良民?若是良民,怎么还不剃发,还要出逃?分明意在规避!昨日不是告示过你们吗?我大清朝仁德广被,四方之民无须惊扰,只要贴出黄纸,守在家里,大兵过处,秋毫无犯!为何不遵号令,偏要出逃?"

"这……小、小民实不知情。"

那人回过头去,向身旁那个身高体壮、军官模样的清兵连比画带说地叽里咕噜了几句,像是翻译,然后又回头问:

"哼,适才你们见了大兵,不即时跪拜恭迎,反而四散逃窜,是否心怀鬼胎,恐怕败露行藏?快讲!"

"启禀大、大人……我们绝非心怀鬼胎,实因小民无知,畏惧兵威,所以……"

一直到这会儿,那个人说话时都是板着脸孔,声色俱厉,一副狐假虎威的样子。可是,这一次,他却摆一摆手,似乎不需要冒襄再说下去。然后,他就跳下马来。

"唔,尔等至今仍不剃发,按大清律令,便当一律就地正法!"他一边说,一边走近来,忽然压低了声音,急速地说:"但本官知尔等实乃良民百姓,必须听我吩咐,不得违抗,才可保得尔等性命。可听明白了?"

说完,不等冒襄回答,他便径自走向已经集中地堆放着的行李箱笼跟前,用马鞭在上面敲打着,说:

"这些东西,统统抬出来,打开!待大兵搜上一搜,看看有夹带兵器没有!"

本来,冒襄心中正七上八下,不知今日如何结局,忽然听见对方表示可以保他们一家性命,反而愕住了。他无暇思索,连忙回头吩咐家人:"快,还呆着做什么?抬出去!快抬出去!"

仆人们起初还呆若木鸡,直到冒襄再次发出命令,才有几个胆子大一些的,畏畏缩缩地爬起来,把箱笼一个一个地抬到前面去。

那几个清兵显然正等着这一刻。他们心照不宣地对望了一下,随即把手中的刀插回鞘里,跳下马来,走近那些打开了的箱笼,却不耐烦细细搜检,只是把它们一个接一个地提起来,使劲一翻,把里面的东西全部倒出来,然后开始手脚并用,把那些他们认为不值钱的衣裳、字画、古董之类,连摔带踢地抛到一边去,专挑金银首饰,成把成把地往怀里塞,往兜里装。冒襄一家本是如皋县的首富,平日积蓄自然不少。但经过接连不断的逃难,损失十分惨重。眼前这些可以说就是剩下的全部,一旦被掠走,今后的生计可以说就将变得全无着落。但是,在这种情势下,又有谁敢出面阻止?就连冒襄父子,此刻也只担心着东西太少,不能满足对方的欲壑,以致再生枝节。后来眼看着那几个清兵兴高采烈,气氛明显缓和下来,他们都暗暗祝祷上苍保佑,宁可让对方把东西全都拿走,只要剩下的这些人能平安无事地快点熬过这一关。

"大爷,那人在招呼呢!"默祷中,冒襄听见跪在旁边的冒成低声说。

他怔了一下,抬头望去,果然发现那个不知是降官还是通译的汉人,正在远处朝这边招手。冒襄不知道有什么事,眼看着那伙清兵还在箱笼堆中大翻大搜,本不敢轻举妄动,后来发现那人招呼得很急,他犹豫了一下,只得壮着胆子,爬起身,慢慢走过去。

"算尔等侥幸,这一关是打发过去了!"那人迎着他,压低声音说,"只是你们这些人中,女眷不少,已经落在他们眼里……"刚说了这两句,大约发现冒襄脸色突变,他马上做了个安抚的手势,"本官也知你们是体面的人家,最重名节门风。只是如若不献出几个,也难以过关。这样吧——他们一共八个,你就赶快挑选八名丫头,交出来,让他们带去。别的由本老爷替你去说。记住,此事切不可不从,否则惹怒了他们,撒起野来,结果更惨!"

冒襄本以为把财物尽数献出,好歹可以买得一条生路,没想到对方竟然又提出这样的要求,顿时像给人扼住了脖子似的,半晌说不出话来。不错,这一阵子,他一直暗暗为女眷们的安危忧心焦虑,但始终想不出能使她们免于荼毒的办法。他甚至想过万一清兵狗贼真的向妻妾和庶母等人下手,只有奋起一拼,即使死了,也比横遭凌辱强些。现在对方提出用丫环去顶替,不管怎么说,总算是一个不是办法的办法。但是这些丫环好歹也是人,也有父母兄弟。如果由自己亲手把她们送入虎口,他却感到不管是论人情还是论天理,都有点做不出来⋯⋯

"相公,什么事?"一个关切的嗓音在身旁悄悄地响起。

冒襄怔了一下,回过头去,发现自己不知不觉又走回家人们当中来,而向他打听的则是董小宛。

"唔⋯⋯"冒襄心中踌躇着,觉得这件事实在不应由女人们来掺和,但由于始终委决不下,只好附在侍妾耳边,把对方的要求说了。

出乎意料,董小宛却没有显出特别的吃惊,相反,还分明松了一口气。她点点头,又问:"那么相公⋯⋯"

冒襄没有吭声。

"情势急迫,只好如此了。终不成让做主子的遭殃!"侍妾的声音再度传来。

冒襄错愕地抬起头,发现董小宛的表情严酷得像一块寒冰,一双直视着他的眼睛却在炯炯发光。

"啊,不错!"他猛然醒悟,"若还优柔寡断,那么到头来,遭殃的就会是我们主子了!"顿时,冒襄的心肠硬了起来,但毕竟不想亲自

出面做这件事,于是转过身,向冒成招一招手。等仆人跟着走到一边,他才低声地转述了一遍清兵的要求,末了,吩咐说:

"嗯,这事就交给你,你看着挑吧!"

冒成起初不知道是什么事,听完主人的吩咐之后,他的脸色蓦地变了:

"大、大爷,非、非是小人推搪,这件事,小人,做不来!"

"你说什么——做不来?"由于这样的回答出自冒成之口,在冒襄记忆之中还是第一次,他不禁为之愕然。

"是、是的,这事……小人,做……做不来。"冒成低着头重复地说,不敢正视主人的眼睛。

有片刻工夫,冒襄变得目瞪口呆。但是,他的火气渐渐升腾起来。"胡说!"他咬着牙,恶狠狠地低声呵斥说:"叫你做你就得做!莫非,你打算眼睁睁看着鞑子兵过来撒野不成?莫非你想让老爷、太太,还有我和少奶奶都去死?啊?"

看见主人发了火,冒成不做声了,但是脸色却变得越来越苍白。终于,他声音低沉地应了一声:"是!"转过身,向人群走去。

点人开始了。

在眼前这种情势下,为着保存一家的性命,对方的任何要求尽管都惟有服从,但按照冒襄的想法,送出那么几个干杂活的粗笨丫环,好歹把危险对付过去,也就够了。他深知冒成办事精细,所以事前并没有特别交待。事实上,开始时被点到的也确实是那些人。但不知怎么一来,渐渐地,连董小宛房里的紫衣,甚至马夫人房里的春桃竟然也被点到里面。冒襄在一旁看着,感到又吃惊又气急。他想上前制止,但是又怕惊动清兵,把事情弄得更糟,因此只能眼睁睁地看着。倒是那些丫环不知道是什么事,看见是冒成呼唤,都一个接一个顺从地走出来……终于,八个丫环凑足了。冒成重新走回来,垂着头,一声不响地站在主人跟前,大约是等候下一步吩咐。

冒襄正十分不满对方刚才的胡乱点名,看见如此一来,更无异于向大家表明,事情是出于自己的吩咐,因此,不待冒成开口,他就像给针扎了一下似的,猛然转过身子,恼怒已极地走了开去。

不过,那群清兵压根儿没有觉察到这种情形。他们已经事先得到那位降官的指点,这会儿,全都虎视眈眈地盯在那群丫环身上。正当在场的多数人都还弄不清是怎么一回事,他们就蓦地发出一阵淫邪的狂笑,向丫环们猛冲过去。

也就是到这会儿,那群可怜的丫环才如梦初醒,惊慌地尖叫着,向四面逃去。可是,已经迟了。她们那一双柔弱的小脚,又怎能跑得过如狼似虎的清兵?转眼之间,就一个一个落入了那些粗野的鞑子兵之手。尽管她们头发披散,又踢又咬,拼命挣扎,结果,还是被拖着、抱着,分别弄到了马上。其中有几个,在挣扎当中,衣裳被撕开、被扯脱,露出了雪白光洁的肉体,这更极大地刺激起那些兵的兽欲,以致干脆就在马背上肆无忌惮地动起手来,抱住她们疯狂地又是捏又是啃。其中有一个——冒襄认得那是紫衣,大约因为反抗得激烈了点,竟被那个嗷嗷地怪叫着的清兵三下两下把身上的衣裳扒个精光,然后挥起蒲扇似的大手,左一巴掌、右一巴掌地在她脸上、身上狠揍起来,那种饿虎扑食羔羊,暴风摧折鲜花一般的情景是如此惊心动魄,悲惨可怜,以致在场的人们都纷纷低下头,不忍心再看……

"好了,总算没事了!"在一片撕心裂肺的哭喊声中,一个声音如释重负地说。

冒襄扭头一看,原来是那个降官。他也已经坐到了马上,正用鞭子指着他们一家子:"你们这些人,没有一个剃了发的!今日幸亏遇着我,要不然,休想指望过得了这一关去!你们记着,赶快把头剃了!否则,下一回只怕就没有这么好的运气了!"

说完,他加了一鞭,催动坐骑,追赶那伙清兵所抛下的一片飞扬的尘土去了。

留在原地的人们仿佛被这最后的咒语所禁住,全都呆若木鸡地望着。直到那急骤的蹄声消失了好一会,大家才开始你望望我,我望望你,迟迟疑疑地动弹着由于长久地跪伏变得酸软麻木的手脚,末了,好不容易才坐起了身子。但是也只是一会儿,他们就纷纷重新扑倒在地上,撕扯着自己的衣衫和头发,失声痛哭起来……

这当儿,惟独董小宛与大家不同。她长久地站立着,望着那一片飞扬远去的尘土,并没有哭。只不过,那神情却像一下子老了五岁似的。

五

如果说,作为难民的冒襄一家,并未因为明朝鲁王政权在浙东地区的初战告捷,而免于颠沛和杀戮的话,那么,在昔日大明王朝的"留都"——南京城中,居民们对于外间发生的这一切,却甚至压根儿一无所知。这是因为,自从三个多月前,在以王铎、钱谦益、赵之龙等原弘光朝廷的文武大臣主持下,向清军献城投降以来,作为江南首屈一指的重镇,南京已经一变而成为清朝继续向南推进,以图最终在朱明王朝的废墟上确立其全面统治的大本营。尽管表面上,接替豫王多铎总督江南军务的洪承畴显得颇为宽大贤明,不但能约束部下,严禁骚扰民众,而且大力招降纳叛,对明朝的旧官废员多所起用,但骨子里其实防范很严。他把精锐之师集中驻扎在以旧皇城为中心的东城,并派重兵扼守住从通济门到金川门一线的要冲地段;对允许民众日常出入的其余各门,则严加盘查,一旦发现可疑人物,立即拘捕。因此,虽然周围不少地方已经因义师蜂起闹得沸沸扬扬,但南京城中的人们仍旧毫无反应。

当然,之所以如此,还因为作为大清朝在江南的首善之区,早在三个月前,南京城就完全、彻底地执行过剃发令。虽然在豫王多铎入城的当初,曾经明确表示过,除了军人之外,禁止官民剃发;但到了这时,也就顾不上信守诺言。于是,经过几天杀气腾腾的实施,自然免不了要赔上几条性命,南京就完全变了样。别看只不过是头发换个式样,前边少了那么半脑壳子头发,后面则多出一根辫子,但是已经足以使满城的男人们,像是一夜之间全都被强行阉割了似的,一个个变得忍辱含羞,气息萎靡。许多人因为自惭形秽,便尽可能躲在家里,避免出门;即使非得出门不可,也是屏息低头,匆匆而行,根本没有心思,也没有勇气去理会多余的事。无疑,因此而私心窃喜,甚至趾高气扬,以为从此做稳了顺民,前程有望的也不是没有,但毕竟为数不多;而且这种人一心指望的是清朝早早得胜,更加不会去打听和传播四乡民众起义的消息了……

正是这样一种绝望、压抑而又沉闷的局面,使已经离开礼部衙门,搬到城南的善和坊来居住的柳如是,变得愈来愈心情沮丧,烦躁不安。

柳如是是在一个多月前,匆忙搬出礼部衙门的。本来,自从清兵入城之后,那位豫王多铎对钱谦益他们这些降官,倒还算是相当优待,不但没有怎么为难,还允许他们暂时继续住在各自的衙门里。不过,对于这种"礼遇",别人怎么想不知道,柳如是却觉得仿佛被关在囚牢里似的,一百个不自在,成天价吵着要搬家。只是由于钱谦益看见别人都没动,担心独自这么做,会引起清军方面的猜疑,再三劝说,才又勉强捱着。然而,待到八月初,洪承畴正式到任,而钱谦益也接到命令,让他和别的几位降官头儿,连同不久前在芜湖被追兵俘获的弘光帝一道,跟随回朝复命的多铎前往北京去"陛见"顺治皇帝,她便立即设法搬了出来……

现在,柳如是穿着一袭深红色的夹绸女衣,手里拿着一柄白纱团扇,皱着眉儿,咬着嘴唇,斜靠在庭院当中的一张铺着锦褥的竹制躺椅上。隔着小圆桌的另一边,则坐着她那位情谊深密的女友惠香。坐落在巷子尽头的这所宅子,本来属于一位官宦世家的子弟。弘光皇帝出逃那阵子,这户人也举家南下,离开了南京。柳如是是经人介绍,半租半借地住进来的。这宅子虽然比不上钱谦益在常熟的府第,但纵深三进,外带东西两个偏院,地方也自不小。由于担心战火会烧到乡下,钱谦益临走前已经把陈夫人、钱孙爱等一干至亲家眷搬到南京来;又担心尽是女人和孩子,无人撑持门户,把侄孙钱曾也召出来同住,以便就近帮忙照料。不过,柳如是独自占住了整一个东偏院,连吃饭起居也同陈夫人那边分开,因此平日倒是各不相扰。眼下,正交未时光景,四下里静悄悄的。秋日的阳光从枝叶繁密的木樨树顶上斜射下来,在她们的身上投下碧幽幽的影子。

"哎,我说姐姐,"也许是看见柳如是久久不说话,尽自在那里生闷气,惠香劝解地开口了,"人生一世,草木一秋。兵荒马乱到了这一步,也只有顺应时世,好歹对付着过下去罢咧!既然那些大老爷们儿眼睁睁看着鞑子打来,没有一个拿得出解救的办法,我们做女人的,又哪来的本事操这份心!莫非姐姐当真以为,我们比老爷们儿还强么?"

停了停,看见柳如是没有反应,她接着又说:"按说呢,当初姐夫那样做,只怕也是出于无奈。'老神仙'和马阁老都逃了,鞑子兵已经打到朝阳门外,他要搭救这满城百姓的性命,也只有这一条路了。终不成也学扬州那样,让鞑子兵杀个尸横遍野,血流成河才算了局么!"

"哼,你们都得了性命,可这黑锅我们只怕八辈子都背不完了!"柳如是冷冷地说。

"哦,怎么?"

"怎么?你不见书场子里、戏台子上,那些献城投降、苟且偷生的角色,哪一个不是千秋万代被人指着鼻子、戳着脊梁骂个臭死的!"

惠香眨眨眼睛,觉得柳如是未免想得太宽太远,也太怪;而且,说到眼前还活生生的柳如是和钱谦益,将来会成为说书、演剧当中的人物角色,似乎也有点令人不可想象。不过,对这位手帕姐妹心高气傲的脾性儿,她已经十分熟悉,于是点着头儿,微笑说:"骂个臭死?那怎么会!如今满城的人提起姐夫和姐姐,只怕感恩戴德都来不及呢!"

"你别净挑中听的哄我!"柳如是厌恶地把手一挥,"这到底是怎么个光彩的事儿,我自己一清二楚!"

一连碰了两个钉子,惠香不再接口了。她眯缝起眼睛,望着女伴那越来越变得焦躁不安的神情,忽然"嗤"地一笑,说:"姐姐这些天独个儿守着深闺,想必寂寞得很。早知如此,当初不如跟了姐夫一道进京,岂不更好!"

这一次被清朝皇帝点名进京陛见的,除了弘光帝和钱谦益之外,还有前东阁大学士王铎、左都督陈洪范等几位降官。那些人全都带着家眷同行,一来是为的生活起居有人照料,二来也是向新主子表明举家投靠的诚意。钱谦益本来也很想把爱妾带上,但柳如是坚决不肯,才只好作罢。惠香自然知道这件事。但看见女友眼下这般模样,她就不免有点猜疑了。谁知,柳如是却"哼"了一声,说:

"寂寞?姐姐我要是真个熬不住这份寂寞,当初也就不会挑这门子亲了!你又不是不知道,一个糟老头儿,被窝里能有多大本事!"

这么鄙夷地否认了之后,大约看见惠香大睁着眼睛,还在等着听下文,她就把白纱扇子往桌上一搁,站起来,傲然说:"事到如今,姐姐我也不怕实话告诉你,当初多少公子爷儿——一个个又有钱又俊俏,丢了魂儿似的围着我的裙脚儿转,姐姐我都不屑一顾,单单挑了他这么个半截子入土的糟老头儿,难道姐姐当真鬼迷心窍,生怕没人要没人疼?才不是呢!我是瞅准了他的名声地位,指望他能带我飞上高枝儿去,替手帕姐妹们争一口气,让那些把我们当成路边草、脚底泥,任意糟践的王八龟孙活活地愧死,气死!后来,嫁进了门,才知道他原来是个空心大老官,只中看,不中用。这倒也罢了,总算他对我言听计从,那么我就拼着费点心神,替他在后面扇扇风儿、扯扯线儿,又何妨!结果,你也知道的,好不容易,我帮他谋成了复官起用,还升了半品!着实让他如愿以偿,嗯,也出足了风头……"

说到这里,柳如是就停住了,半晌,叹了一口气,幽幽地说:"那时节,不怕妹妹笑话,姐姐我也满以为自己从此尚书太太、诰命夫人,一步一步地做上去,总算不枉此生了!"

惠香一直静静地听着,这时目光闪动了一下,微笑说:"其实,姐姐已经做成了……"

"你说什么?"柳如是像是忽然回过神来,疑心地问。

"我说,这尚书夫人,姐姐已经做成了!"

"狗屁!"柳如是的眉毛顿时倒竖起来,恼怒地把手一挥,"你听我说呀——不错,他官是做上去了,可是脊梁骨却全软掉了!你没瞧见他在马阁老、阮胡子面前那副卑躬屈膝的下作样儿,有多恶心,明摆着是用热脸一个劲儿去贴人家冷屁股!难道老娘辛辛苦苦地折腾了这些年,连老本都搭上去了,就是为的瞧他这副狗獾面孔?好,这还不算,如今又做出秦桧——不,连秦桧都不如的千古丑事来!你说,姐姐我如今岂不是赔个精打光!往后还落个被千人笑、万人骂!这日子还有什么奔头,有什么盼头!哼,陪他一块儿去给鞑子皇帝下跪叩头?亏他还敢指望!我宁可当初在池子里一头淹死了,也绝不跟他做那种丢人现眼的事!我当面给他说明白了:到今时今日,我还肯替他守在这里挨命,就是天大的情分!他要回来就回来;要不回来,老娘就回盛泽,依旧过我的风流快活日子去!"

这一次,柳如是越说声音越高,眼睛越睁越圆,脸蛋涨得通红。看来,钱谦益开门迎降这件事,确实令她失望已极,至今气愤难忍。末了,她一屁股坐回椅子上,抓起扇子,"噗哒、噗哒"地狠扇起来。

惠香茫然地望着她,始终不大明白女伴为何如此。她迟疑了一下,试探地说:"姐夫那样子,或者确有不是。不过,依妹子看,他对姐姐可是一片真心……"

"真心有个屁用!"柳如是恶狠狠地说,"老娘才不稀罕呢!哼,比起来,我倒佩服妹妹洒脱,说完就完,那才叫干净!"

这些年来,惠香也一心指望从良,有一阵子,曾经同前明的吏科给事中、后来在弘光朝中做到都察院左都御史的李沾打得火热。那李沾也答应替她赎身脱籍,谁知到头来却翻脸不认账。为这事,惠香气得大病了一场,刚刚才见好,现在冷不防听对方提起,倒一下子红了脸。她勉强地笑着说:"愚妹可没得罪姐姐,何苦又来揭我的伤疤!"

"不是揭伤疤!为姐说的是真话!你那个姓李的,本来就不是真心!又那等一天到晚地糟践你。你若真个跟了他,只怕不知哪一天就给他害死了!如今散了就好,起码还能多活些年!"

惠香没有再分辩,一双细长的眼睛却朝远处眯缝起来,只是,嘴角两旁的皱纹变得越来越深。许久,她才喃喃地说:"姐姐适才说,要回去当婊子?这话说着玩儿倒是不妨,若然真的走回那一步,纵使别人不笑话,只怕今时的姐姐不比愚妹,再也受不得那个罪了!"

大约看见惠香说话时,神情是那样抑郁和迷惘,柳如是眨巴了一下眼睛,终于被噎住了。而且,经过刚才一通发泄,她心中积存的怨毒想必也排解了一点,因此脸色稍稍变得平和下来。有片刻工夫,她咬着手中的汗巾儿,不再吱声,末了,像是下了决心似的,站起来说:"算了!不说这些劳什子事——哎,好久没有同你下棋了,趁今日有点兴致,下它一盘,如何?"

六

情谊深密的两位女友在木樨的浓荫下摆开棋局,交谈也随即停止了。静悄悄、清爽爽的秋日庭院里,到后来只剩下棋子敲枰的"的笃"声响。看样子,如果没有别的事情打扰,她们便会这样消磨一个下午。然而,偏不凑巧,一盘棋尚未下完,外间就传进话来,说惠姑娘的鸨母派了人来,催得很急,要惠香立即回去。惠香眼见棋枰上就要做成一个大劫,冷不丁来了个搅局的,自然恼得直嚷不依。倒是柳如是知道彼此境遇不同,作为至今仍留在旧院的一位姐儿,惠香眼下还得凭借色相,千方百计觅食谋生,何况听说兜搭到的又是一个大主顾。因此,她爽快地把棋枰一推,站起来,准备送客。

惠香仍旧犹豫着:"可是姐姐……"

柳如是一摆手:"你就别管我了,快走吧!赶明儿要没事,早点儿过来就是了!"

"那——小妹就先家去了!"惠香把手中的几枚白棋子放回盒子里,跟着站起来。看得出,她其实也有点着忙,朝柳如是只草草行了一礼,就匆匆转过身去。

倒是柳如是在原地站了好一会,直到目送着惠香从老银杏树边走过,出了月洞门,那角粉红裙裾最后闪动了一下,消失了,她才慢慢转过身来。

九月的秋阳还在西边的亭子顶上弄影——离天黑还远得很。偌大一个东偏院,又剩下了柳如是一个人。无疑,院子里还有红情、绿意和别的丫环老妈,但是那些人只配打杂侍候,却不能平起平坐地同主人一道寻乐子,闲磕牙,更别说替柳如是排愁解闷了。本来,这种日长无事的辰光,以往柳如是也经历过,说到排遣的办法,也尽有,譬如读读书啦,写写字啦,再不然就学当年李清照的样儿,挑个字数顶少、顶难押的韵儿作几首诗。然而此刻,对那种种玩意儿,柳如是偏偏全都提不起兴致,才拿在手里,又抛下了。于是到头来,她只好依旧拎起那把白纱团扇,皱着眉儿,咬着嘴唇,坐在靠椅上老半天地独自发怔。

暗绿的浓荫在周遭幽幽地笼罩着,浓荫外阳光耀眼。两只白色的小蝴蝶翩翩地飞过来,忽上忽下地转了一个圈,又双双飞走了。庭院里弥漫着桂花的浓烈的芬芳。

说也奇怪,刚才,当惠香取笑她深闺独守,寂寞难熬的时候,柳如是还激烈地否认,可是此时此际,一股孤独冷清的滋味,却悠然漫涌上来,有片刻工夫,柳如是胸膛里感到空空落落的,浑身上下都不得劲儿。这种情形,是过去所从来没有过的。她不由得用双臂抱紧了自己,竭力试图抵御,结果,却咬着牙齿,霍地站立起来。

"哦,死老头儿,死老头儿,死老头儿!"

这么恨恨地一连咒骂了几声之后,心中才似乎好过了一点。她慢慢走回椅子,重新坐下。为着避免刚才的困扰再度袭来,她把桌上的一本书举到眼前,强迫自己看下去,但终于又放下了。

大约是为着不打扰女主人,这会儿,那些丫环、妈妈暂时都失去了踪影。四下里愈加显得静悄悄的,只有微风吹过,檐前的铁马发出"丁丁铃铃"的轻响……现在,柳如是微蹙着远山样的眉儿,歪在凉椅上,仰望着天上朵朵浮荡的白云,开始默默地想心事。她觉得,自己同钱谦益的缘分,恐怕确实已经到了尽头。虽然老头儿口口声声说,他之所以忍辱偷生,是为着等待时机,报效大明。可是凭他那个怯懦、窝囊的秉性,还指望他能干出什么真正硬气的事来!更何况,如今他又被一家伙弄进北京去软禁着,不知何年何月才能回来,如果自己不肯北上去迁就他,他又回不来,那么这后半辈子,看来就只有天各一方了。"哼,他们做男人的倒好,不拘到了哪儿,只要乐意,就照样能弄个女人来替他暖着被窝。可是我呢?虽然赌气嚷嚷要回盛泽去,其实到了靠三十的年纪,也是回不去的了!那么莫非只有从此空房独守,孤苦伶仃地一天天捱命?"

由于发现,自己这几年费了多少心思计谋,使出了无数手段,好不容易才把陈夫人、朱姨太这些厉害的对手一一打败,最终夺得了专房之宠,谁知才不过两年,自己竟然也落到与从前的对手同样的命运!柳如是的泪水不禁漫上了眼眶,心中的那一股子气愤和憎恨,也不可抑制地再度迸发了!

"红情,红情!"她一挺身坐起来,用扇子使劲敲着桌子,憋着嗓门狠叫。

"哎,来了!来了!"红情连声答应着,慌里慌张地从屋子里奔了出来。

"酒!把酒给我拿来!"

"是!"这么答应了之后,红情疑惑地偷看了女主人一眼,随即转过身,三步并作两步走回屋里,很快地,就把一壶酒,外带一只细瓷杯子,用托盘端了出来。

"夫人,还要点什么不?"红情一边朝杯子斟着酒,一边小心地赔笑问,"前日惠姑娘送来的一坛子酱肉,还不曾开封,正好用来下酒。"

"混账!不要!我要核桃仁,炒栗子!听见没有?快点拿来!"

柳如是厉声呵斥道,随即抓起酒杯,一仰脖子,直灌下去。

这是一股馨香的、略带刺激的热流……柳如是分明觉得,它正沿着喉管缓缓地往下流着,流过心窝,流过肺腑,到了胃里;片刻之后,便在胸廓间沛然扩散开来,浑身的血液也随之加速了流动,接着又涌上了脸颊……

说也奇怪,现在,柳如是觉得难耐的压迫松弛了,心中变得好过一些。她接着又喝下了第二杯、第三杯……而随着酒愈来愈施展出魔力,刚才那股子扑腾腾往上蹿的邪火,便渐渐失去了势头。待到钱谦益在脑子里的影像,被愈来愈远地推了开去之后,她终于平静下来,似乎一切都不那么重要了……不过,光喝闷酒仍旧不免无聊,于是她用筷子挑了一颗核桃仁,搁在嘴里慢慢嚼着,把先前抛下的那部《肉蒲团》又随手捡起来。

这部描写男女艳情的小说,是惠香给她带来的。刚才,大约由于心情恶劣,书中对于男女肉欲的那种露骨放肆、连篇累牍的描写,还使柳如是觉得毫无意思,甚至讨厌反感;可是眼下,凭借着酒的引导,她却不知不觉地读了进去。"哼,这写书人也真够赖皮的!"她一边嚼着核桃仁,一边撇着嘴儿想,"那些个什么《痴婆子传》《浪史》之类,我以往也看过好些,却都不及他会胡编。嗯,竟写到用狗的……难道真能成么?"心中这么鄙夷着,却被书中的描述所吸引,不由自主地往下追踪。而且随着情节的进展,她的兴趣也渐渐被激发起来。因为书中人物的行为开始变得愈来愈放纵而且疯狂。"哎,这未央生,也算得上个色中魔头了,竟把那些娘儿一个一个摆布得连命儿都不要! 不过细想起来,只怕也是写书的人胡编罢了,世上哪里就真有这般手段的男人? 起码我就没有遇到过!"这么不以为然地摇着头,她的眼睛就滑离了书本,一边顺从着那种醺醺然、飘飘然的感觉,不能自制地微笑着,一边历历在目地回想起以往许多年,自己在风月场中所经历的那些妍媸异态、五光十色的床笫体验,那无疑要比眼前的《肉蒲团》所描述的,要远为真实、具体和生动,也更令她动心和陶醉。"啊哈,是的,若然有朝一日,我也动手写一本传奇,必定不会输给这个什么——什么'情隐先生'!"她自负地想,"哼,我也不像他这样,去胡编一窝子女人。我可要说一帮男人,对,就说那许许多多的男人!别瞧他们一个一个像是多么的不同,其实呢,到了那当口,全是一个样!哎,那时节,我是多么年轻,多么快活呀!可如今一个也没有了,一个也没有了,这些男人!哎,真难受!怎么会这样子?为什么?哦,哪怕只有一个也好呀!如果眼下有一个,我一定会像宝贝似的把他抱在怀里,就这样……哎,亲他,咬他,要他!哦……哦……是的,我要他,一天到晚地要!哦……"

就这样,由于酒和书——还有层出迭现的回忆与幻梦,柳如是变得愈来愈情怀放纵,春心激荡。有一阵子,竟至于脸红耳赤,意乱神迷,把周围的一切都忘记了……

漫长而又难熬的下午终于给打发了过去。当柳如是合上书,怀着一种既满足又空虚的心情从庭院返回屋子里时,她的身体内分明地洋溢着某种异样的东西,那是一种焦灼的、模糊的,然而又是令人心中作痒的渴望……

傍晚的天色,像一张渐黑渐宽的幕布,在庭院上方铺展开来。不知不觉又到了掌灯时分。已经吩咐不必开饭的柳如是,虽然颇有醉意,但是仍旧记起一件事,就是今天还没有召李宝来,向他询问外间发生的事情。于是,便一边吩咐红情去传话,一边继续懒懒地歪在椅子上等候。

说起来,这也是柳如是新近定下的一条规矩:为了及时掌握城中的动向,以免发生了不测的变故,家中还不知道,她责成李宝每天派出手下人,到城中转悠,并把看到、听到的情形收集起来,向她报告。至于李宝,作为得力的亲信仆人,过去一直是跟在钱谦益身边的。这一次钱谦益北上,本来也打算带他一道走。是柳如是看中他听话好用,说服了丈夫,把他留下来。李宝为人也果然乖巧,对女主人的心思似乎摸得特别透。不论吩咐什么事,他总能办得妥妥帖帖的,因此颇得柳如是的欢心和倚重。

小半天之后,李宝已经奉召来到。他照例在起居室的门外停住,隔着帘子向柳如是请过安,然后垂手而立,等候女主人问话。

要在平时,这种问话都是在晚饭之前。那时天色还亮,隔着竹帘,柳如是在屋子里看得清仆人,李宝却看不见她。本来,这也是闺范防闲之意。可是今天天色已经擦黑,屋子里又点着灯,情形就倒转过来,变成外面看得见里面,里面却瞧不见外面。这使柳如是颇不习惯,便招一招手,说道:

"哎,你站进来说!"

"这……禀夫人,小人不敢。"

"不敢?有什么不敢的!傻子,我看不见你!进来,进来吧!"

"可是,要是让老夫人知道,小人担待不起!"

"胡说!"柳如是生气了,眼睛也随之瞪起来。但是转念一想之后,她就情不自禁地露出了微笑,于是一边用纤长的手指轻轻抚摸着靠椅的扶手,一边柔声呼唤道:"哎,你进来嘛,老夫人不会把你怎么样的,有我呢!"停了停,看见没有动静,她又催促说:"咦,你倒是进来呀!莫非还怕我把你吃了不成?"

谁知,即便是这样招呼了,李宝仍旧不肯露面,只是一个劲儿地推搪说:"不,不,小人不敢,小人不敢!"

如果说,柳如是刚才用了那种声气,多少有点一时放纵,同年轻的仆人逗着玩儿的话,那么眼下,隔着门帘的那个男人的嗓门,却刺激着柳如是的想象和欲望。因为李宝的矜持和推拒提醒了她:不错,这也是个男人!一个蛮伶俐俊俏的年轻男人。而且重要的是,他是实实在在的,与刚才那些白日梦不同,只要她伸一伸手,就可以真正获得所渴望的快乐和满足,而且是马上。"什么,老头儿知道了会怎样?去他的吧!一个糟老头儿,鼻涕虫,镶枪头,他凭什么还来管我——哦,只要我伸一伸手,就能够……这有多么好!"她心跳地想,同时,觉得有一条小小的爬虫在身体内越来越不安分地蠕动着……

"红情,"她断然向身边摆一摆手,"你到厨房去——嗯,昨儿那盘子肉太硬,让他们做烂点,给我把饭开出来!"

待丫环恭顺地应诺着,离去之后,她便回过头来:

"哟,你怎么还不进来呀?莫非还要我站起身,把你拖进来么?"这再次的催促,已是用了撒娇的口吻。

"啊,不是!不要,夫人千万不要!"李宝马上阻止,听声音,像是十分惶恐。

"那么,你就自己进来,乖乖儿的,唔?"由于想起年轻的仆人平日乖觉顺从的模样,柳如是觉得眼下需要的,只是多给对方一点鼓励。

"……"

"来呀,快来呀!你!"

"……"

"哎,你怎么不说话?"

"禀夫人,小人在这里给夫人跪下了。"

"跪下?为什么?谁让你跪的?"由于意外,也由于莫名其妙,柳如是倒怔住了。

"小人求夫人一件事。"

"求我?"柳如是转动了一下眼珠子,嘴角再度浮起微笑。她眯起眼睛,幽幽地叹了一口气,说:"哎,谁让我心肠太软呢,无论你要什么,我总会答应你的——嗯,你想……你想要什么?"

"小人求夫人——求夫人饶、饶了小人!"

"饶了你？哦，自然，无论你对我做什么，我都不会怪罪你的……"

"谢、谢夫人！那么，小人还是站在外、外间的好！"

李宝最后这句话虽然声音不高，而且有点结巴，可是，柳如是却像猛地踩空了一只脚似的，整个身子反射似的端坐起来，连酒也醒了一半。她疑惑地皱起眉毛，反复地咀嚼着仆人的话。渐渐地，她的那双妩媚眼睛由于失望和恼怒而睁圆了，有片刻工夫，变得面红耳赤，又气又羞。

门帘外的李宝，却似乎还担心女主人不明白，只听他嗫嚅着又说："小人上、上有老母，下有……"

"滚！滚！"柳如是蓦地大吼起来，"你快点给我滚！"

停了停，发现帘外没有动静，她又咬着牙，一跃而起，冲向门边，恶狠狠地挥着拳头尖叫："我让你滚！怎么还不滚？快滚！滚！"

待仆人惊慌的脚步声匆遽地消失之后，她觉得还不足以消解心中的狂怒和气恨，又一把抓起桌上的宣窑花瓶，抢着在泪水迸出眼眶之际，"砰"的一声，使劲把它在地上摔个粉碎。

七

惠香起居接客的处所，坐落在武定桥的北侧。那是一所带天井的老旧河房，进门迎面是三开间的平房，后面靠左竖起一幢小小的木楼，右边让出半爿小院。院中的芭蕉绿荫下，散置着几块湖石。临河的一面，照例伸出个露台。从格局看，这河房在构筑的当初，倒也不失为小巧别致；只是后来，大抵由于主人换了又换，房子却始终没有怎么修葺，再加前两年一直闲置着，到眼下已经是彩漆剥落,梁柱蛀蚀,有点东倒西歪的样子了。

惠香是在同李沾散伙之后,极匆忙地搬到这儿来的。当时清军兵临城下的消息已经传得沸沸扬扬,她也慌得六神无主,一心指望老相好前来接她。谁知左等右盼都没有消息,末了,却突然收到一封冷冰冰的短柬,其中也没有说明任何原因,只表示从今以后,断绝一切来往。惠香惊愕失色之余,几番托人追问,还亲自上门。李沾竟然一概拒绝不见。遭此无情打击,惠香气苦得痴呆终日,茶饭不思,随即病倒在床。她的鸨母眼见靠山已失,而且满城兵荒马乱,更生怕惠香这棵病得腻腻歪歪的"摇钱树"有个三长两短,便自作主张,连夜把原来那幢租金昂贵的河房退掉,搬到这所破房子来。惠香病好之后,对她娘的做法起初还不以为然,认为丢了她的份,后来得知即便是秦淮旧院里,那些往日顶叫红的姐儿,也一夜之间全变得门庭冷落,生意锐减,她才明白今时确实不比往日,对于以后的日子如何撑持,自觉心中无数,只得姑且将就着住下来……

现在,惠香已经跟着狗儿回到河房,下了轿子。由于前一阵子报信的耽搁,她怕客人等得不耐烦已经走了,便先左右望了一望,发现离门边不远歇着一头鞍鞯俱全的驴子,一个小厮模样的后生正歪在墙边打盹,她才放下心来,于是一边往里走,一边对已经闻声迎出来的毛头丫环阿好问:"嗯,客人呢?"

"哦,在后楼上坐着呢!娘快去吧!阿婆老等不见娘回来,都快急成斗昏鸡了!"阿好急急地回答,胖胖的圆脸上现出如获救星的神情。

"不就是来过一回的那个郑公子么!哪里值得这等着急了?"惠香不以为意地说。

"哎呀,"阿好把双手一摊,"娘去瞧瞧吧!来了半天了,却不言不语,像个泥菩萨似的,同他说话也不应,可也不走!阿婆说,她混了这一大把年纪,什么样儿的客人没见过?可侍候像郑公子这样的'呆鸟',还是破题儿第一遭呢!"

听丫环这样说,惠香不再问了。提起这个"郑公子",她眼前就浮现出一张羞怯的、白净的孩儿脸,和一双同样细白的、长得挺秀气的手。说来也怪,此人自称姓郑,问他的名字,却高低不肯说;而且言谈举止也与一般客人不同,上一回来坐了足有一个时辰,虽然也循例地开席摆酒,却丝毫没有轻佻浪荡的模样,甚至小指头也不敢动惠香一下,只是斯斯文文地坐着,专心而恭敬地听惠香说话,偶尔加插上一两句,却像个姑娘家似的,未开口就先自红了脸。最后,留下银子就走了,倒让惠香和她娘猜测了半天。现在,听说他又来了,而且依旧是这么傻呆呆的一副劲儿,惠香便不由得生出一份好奇,有心要摸清他的底细了。

"好了,好了,可回来了!"当惠香穿过堂屋,踏上后楼的扶梯时,她听见一个熟悉的嗓音在上面高兴地说。接着,是楼板吱扭吱扭地响,她娘那张浓施粉黛的瘦脸出现在扶梯口上。为着竭力招徕顾客,也为着不显得太过寒酸丢份,自从搬到这所破房子里来之后,她娘倒是尽量把自己装扮得光鲜些、整齐些。不过,这反而使惠香更尖锐地意识到自己眼下的处境,并对李沾的薄情寡义感到锥心刺骨的怨恨。

不过,这种苦涩也只是翻涌了一下,因为她已经踏上最后一级楼梯,并且看见客人已经离开了椅子。于是她只好定一定神,旋即照例把双袖交叠在腰间,行着礼道歉说:"原来是郑公子来了!贱妾不知,有失迎候,还请公子见恕!"

"啊,不、不敢!"那书生马上拱手当胸,"小娘子闻讯即回,小生已是受⋯⋯受宠若惊了!"他结结巴巴地说,同时前倾着身子,半张着嘴巴,一双圆鼓鼓的眼睛现出期待已久的惊喜。等惠香款款地走前去,他就慌忙地倒退一步,给她让出道来。

惠香微微一笑:"公子请坐!"

"啊,小娘子请坐!"

"公子请!"

"小娘子请!"

惠香不由得笑起来:"郑公子,不如我们谁也别请了,竟是各坐各的好啦!"

那位书生本来还毕恭毕敬地拱着手,听了这话,倒怔了一下,随即恍然大悟:"对,对,各坐各的,各坐各的!"说完,这才用袖子擦一擦汗,在椅子上坐了下来。

"郑公子,"在一旁瞧着的鸨母,也就是到了这会儿,才分明松了一口气,待阿好重新奉上茶来,她就立即赔笑说,"寒舍还有些俗务,那么,就偏劳惠娘陪伴公子,贱妾先行告退了。"说着,行了一个礼,就忙不迭地下楼而去。

"哎,公子——"待到阿好也知趣地消失了踪影,小小阁楼重新变得宁静而幽秘,并且分明地嗅到了沉檀雅致的淡香之后,惠香忽闪着细长而妩媚的眼睛,从白纱宫扇的边上斜睨着对方,用埋怨的口吻说,"你也忒狠心!怎么上一回来过之后,这好长日子都不见影儿?可把奴家的脖子都盼长了!"

那书生正捧着茶盅子,低着头,用盖子在杯沿轻轻掠着水渍,听了这话便仰起脸,睁大眼睛,疑惑地说:"好长的日子?小、小生不是前日才来过么?"

惠香用扇子掩着嘴儿,噗哧一笑,随即扳着纤长白嫩的手指头,一本正经地责备说:"啊哟,还说不长呢!相公是前日未牌时分去的——未、申、酉、戌、亥……嗯,到而今,足足有二十五个时辰了呢!"

姓郑的书生眼睛睁得更大:"二、二十五个时辰——也可以这么说吧。可是……"

"好吧,算啦!"惠香宽宏大量地一扬扇子,"这一次奴家就先记着账!下一次再这么着可不成!"随即又斜瞅着他,亲昵地轻声说:"公子哪里会知道,人家是怎么想着你呐!"

"这——"那书生的脸顿时红起来,"多、多感小娘子厚、厚爱……不过……"

"不用说了,不用说了,知道,奴家都知道!"这么体贴地表示之后,惠香就站起来,歪着头儿,撒娇地问:"那么,公子之意,是下棋呢,抑或听曲?"

"啊,不——"

"那么,莫非公子意欲吟诗、作画?"

"小娘子是说——作画?不,也不要!"

惠香转动了一下眼珠子,随即装作没有主意地问:"那么,公子想要奴家怎生侍奉?"

"侍奉?啊,不,小生只想——只想小娘子……不知、不知……"那书生望着惠香,嗫嚅地说,脸孔涨得通红,一双眼睛却开始闪闪发光。

看见他这样子,惠香倒有几分明白了,"原来是个浑不更事的急色儿!"她想,于是故意躲开对方的视线,"莫非公子是要奴家……"这么低着头说了半句,她就顿住了,飞快地抛出一个含情脉脉的眼风,随即侧转身子,含羞带笑地佯嗔说:"哎,你……你真坏!"

"哎,不、不!小生并非此意!"看见惠香已经动手去解前襟的扣子,那书生分明吃了一惊,连忙站起来,乱摇着双手,慌急地说。

惠香却不管他这一套。不错,这一向家中生意清淡,好不容易来了个主顾,她自然很想全力以赴把他缠紧粘牢,以便狠狠刮上一笔。但是这么两次下来,她发现眼前这个郑某不止书呆子气十足,而且显然是个初出茅庐的"雏儿",对风月场中的门槛全然不懂。

以惠香的经验,在这种时候就必须采取主动,把对方搭进网里来了。

"哟,瞧你!还怕羞呢!真个小冤家!到了我这里,你要怎样就怎样,奴家都依从你,怕什么哟!"她半敞着衣襟,露出里面的大红抹胸,一边微笑着,一边端起杯子,款摆着身子走过去,一下子坐到了对方的大腿上,伸出雪白丰腴的胳臂,紧紧钩着对方的脖子,先在那张姑娘般白净的脸上亲了一下,然后用身子挨擦着他,从鼻子里撒着娇说:"可怜见的,只要你喝上一口妾喝过的这杯香片茶,心儿就定啦!哎,喝嘛,我要你喝嘛!"

那个书生显然没提防她会来这一手,急切间倒给闹得手足无措;而且,他还分明不大敢过于得罪惠香,结果被硬灌着,咽了一口。不过,尽管如此,他过后仍旧撑拒着,推开惠香,站了起来。

"请、请、请小娘子放、放自重些!"他喘着气,狼狈地说,随后又连连咳嗽起来。

"放自重些?"满心指望引鱼儿上钩的惠香,被这意外的拒绝弄得大为扫兴。她一边抖落着泼洒在袖子上的茶水,一边咬着牙,冷笑说:"公子这话也说得忒好笑!你倒说说,这儿是什么地方?你上这儿来,又是为的什么?啊!"

"小生皆因久慕小、小娘子芳名,特来拜望,别、别无他意……"姓郑的书生嗫嚅地说。

"哼,久慕芳名,特来拜望——本姑娘见的人也多了,有公子这等拜望的么?"

看见对方低着头不做声,她又把杯子往方几上一放,恨恨地催促:"咦,你说,说呀!"

那书生分明被追问得很不自在。有片刻工夫,他连连干咳着,像是要说话,结果却什么也没说出来。

倒是惠香,与对方其实并无情爱可言,刚才的种种亲密举止,无非是在做戏,因此尽管表示着气恼,但同时已经在迅速转着心思。不错,在此之前,她还只是觉得对方书呆子气十足,对风月场中的窍门全然不懂;但是眼下,凭着多年的风尘阅历,她就发现这位举止乖张的不速之客,来意似乎并非那么简单了。

"嗯,那么,公子今日见顾,莫非有什么为难之事,要奴家相帮的么?"半晌之后,她终于慢慢地把前襟的扣子扣上,望着对方,冷冷地问。

"啊,没、没有!"那书生连忙摇头,一张脸却立即红了起来。

"礼下于人,必有所求。公子两度赐顾,既不要妾抚琴献技,又不要妾侍奉枕席,那么自必就是要求妾办事了!我猜得可对?"

大约惠香说话时,闪闪的目光一直紧盯着对方,那书生慌乱地一瞥,便逃也似的移开了视线。

看见对方这样子,惠香愈加断定自己的猜想不错。只是这么一来,她也就不急于追问。"嗯,他既然是求我而来,那么他自己自然会说的。"她想。

沉檀若有若无的香气,从博山炉中缓缓地飘散开来。由于中止了谈话,有一阵子,阁楼里变得静悄悄的,只有明亮的夕晖,从西窗的帘缝透进来,投射到东边的板壁上,把满屋子的紫檀木家具和金玉摆设映照得熠熠生光。

"小生是……是为情而来!"终于,一个低沉而苦涩的声音在寂静中响起。

惠香怔了一下,当确认这个回答当真是出自姓郑的书生之口,她错愕之余,不由得一仰脖子,哈哈笑起来:

"你说——嗳哟,是为,嗳哟——为情而来!那么,你说,你为的是谁?自然,不是我,那么,莫非你是为阿好不成?不错,那丫头呆头呆脑的,与公子倒是天设地造的一对!"

听了这样的挖苦,那姓郑的书生却没有着恼,只是摇着头,说:

"不,不是的。"

"那么,公子到底为何人而来?"

发现对方神情十分认真,惠香的口吻已经变得稍稍缓和。不过,那姓郑的书生仍旧又挨延了片刻,才轻轻地说:"小生此来,实在是为了阿隐!"

"阿隐?哪个阿隐?"惠香疑惑地问。

"阿隐就是阿隐。这世上还有几个阿隐?"姓郑的书生抬起头回答。他的眼睛闪出虹样的光芒,说到阿隐的名字时,声调里充溢着无限的爱恋之情。

惠香却闹不清楚阿隐是谁,仍然惊疑不定地望着对方。蓦地,她心中一跳,从椅上一下子站立起来。

"什么?你是说如是——柳如是!你是为她而来?"她吃惊地问。

"如是——是她后来改的名字。以前她可是叫阿隐!"

"哼,"由于意外,也由于某种出自本能的反感,惠香不由得沉下脸,"公子也忒大胆,竟敢把主意打到尚书府里去!莫非你不晓得,如是如今是什么身份么?"

"小生知道。可小生不怕。只要能再见上阿隐一面,小生便是即时死了,也甘心!"

惠香眨眨眼睛。对方在说出这几句话时,所表现出来的那种不顾一切的狂热和赤诚,使她再一次感到意外。

"公子到底是谁?怎么知道我能帮你?"沉默了片刻之后,她终于又问。

"小娘子不必多问。小生深知此事凶险,不欲连累小娘子。只求小娘子帮小生见上阿隐一面,定当厚报,决不食言!"

"哼,你凭什么认定阿……阿隐肯见你?"

"就凭的这个!"姓郑的书生自信地说,随即从怀里掏出一个锦囊,轻轻抚摸了一下,然后双手递了过来。

这是一只十分精致的锦囊,上面用金银线织出并蒂莲花的图案。打开锦囊,里面是一小束漆黑发亮的头发,还有一方手帕,上面赫然有"生死不渝"的字样,而且分明像是刺血写成……

看清对方凭仗的是这样的"信物",惠香却不禁暗暗摇头。因为说穿了,这本是她们做妓女的笼络客人的一种手段,根本当不得真。就拿惠香自己来说,类似的信物就不知送出过多少。"可笑这个呆哥儿,却拿它当心肝宝贝似的藏着!"她想。看见对方一往情深的模样,她倒也不忍心说破,于是只好重新坐下,管自轻轻地摇着白纱宫扇。

"小生五载相思,身心俱瘁,此番是为性命而来,恳请小娘子千万搭救则个!"也许看见惠香不说话,姓郑的书生竟噗通一声,跪了下去。

惠香却仍旧沉默着。因为她很明白这是一件什么样的事情,会产生什么样的后果。虽然就她自己来说,落到了眼下这种穷困潦倒的境地,其实已经没有什么可顾忌、可害怕的,不过她仍旧决定把事情想得透一点。

"若是奴家替公子把这锦囊转给阿隐,"终于,她抬起头,目光灼灼地盯着对方,问,"公子怎生谢我?"

由于绝望,也由于苦恼,姓郑的书生本来已经变得垂头丧气,眼泪汪汪,听了这话,他眼睛蓦地一亮:

"啊,小娘子若、若是应允相帮,小生愿以百金相、相酬!"

"那么,好,请公子三日之后,来听好音!"这么断然应允之后,惠香就一挺身,站立起来。

…………

"哎,你当真替他去干这种事?"把感激涕零、因狂喜而变得有点不知所措的客人送走之后,鸨母一边转过身来,一边担心地问。

"当然干呀！为什么不？一百两银子的酬劳呢！"惠香把手一摆，回答得很干脆。

"这、这可是件风火事儿，万一捅出娄子来，可不是好玩的！"

"……"

"况且，柳夫人同你又是顶要好的，也不该这等指着火坑儿让她跳！"

惠香嘻嘻一笑："娘，你啥时节变得这等菩萨心肠，连白花花的银子都不想要了？"停了停，又说："你放心，这事愿意不愿意，自有如是姐姐拿主意，轮不到我们替她担待！再说，她那钱老头儿也真没气性，对如是就那等死心塌地，也该当让他触点霉头才是！"

第 五 章

一

经过近一个半月的长途跋涉,钱谦益偕同弘光朝的其他三位降官一道,终于到达已经成为清朝首都的北京,并且在宣武门外的一爿房子里临时住了下来。

他们这一次北行,就身份而言,无非是降官和俘虏;但由于跟随清朝大军一起行动,倒也旅途顺利,一路平安。加上多铎对他们一直颇为优礼,在起居饮食方面尽量给予照顾,也使降官们那半悬着的一份心思,暗自放下了不少。不过,尽管如此,钱谦益仍然感到情怀落寞,郁郁寡欢。无疑,他这次北行,并不是孤身一人,还带着老家人钱斗等几名得力仆从;然而不管是在行经大运河的船舱中,还是在沿官道颠簸北上的车子里,一个尖锐的感觉始终折磨着他,那就是柳如是不在身边。这种感觉之所以尖锐,与其说是眼看着别的降官有家眷随行,在旅途中照样得以享受"闺房之乐",而自己却不能够,毋宁说是由于他感到,在爱妾坚持留在南京的任性和固执中,分明地隐含着一种鄙弃的意味、一种离心离德的倾向。这对于把后半生的乐趣,都拴在那个娇小女人身上的钱谦益来说,是无论如何也接受不了的。因此,愈往北行,他就愈加从心底里感到恐慌和空虚。"哎,这样的女人!我已经是连心肝都全掏给了她,可是到头来,让她哪怕稍稍迁就我一回,竟也不肯!"无可奈何之余,他不止一次懊恼地想。

的确,也难怪钱谦益感到委屈。昔日的种种恩情眷爱暂且不论,就拿清军进入南京之后的两个多月来说,作为主持迎降的大臣之一,他虽然不得不竭尽心智地与征服者应对周旋,把一些非做不可的事——诸如安顿兵马、介绍情况、清点府库、移交财产、安抚民众等等,照例办理完毕,但是,也就是仅此而已,他自问并没有再做什么卖主求荣、昧心背理的事。相反,在清兵进入南京的当天,他陪同征服者来到昔日的皇宫时,还止不住悲从中来,当众伏地大哭了一场;而当清军的统帅多铎向降官们征询进军的方略,他就极力主张以招抚为主,为的是避免江南的民众遭受无辜的杀戮……但是,即便如此,柳如是仍旧很不满意,平日冷嘲热讽不必说,待到他以年老迟暮之身,被迫长途跋涉,间关北上时,对方作为侍妾,竟置自身的义务于不顾,拿出这么一副铁石心肠,钱谦益就觉得未免过于薄情了……

不过,懊恼归懊恼,要是反过来问钱谦益:他对于自己参与献城投降,是否当真感到十分愧疚,并且决心信守对侍妾的承诺,一旦时机来临,就转而投身反清复明的行列?恐怕钱谦益也未必能够响亮地回答。诚然,当初柳如是不惜以一死来为明朝尽节,确实曾经使他大受震动;而且当事情平息之后,细细回想过去这一年多,自己面对国破家亡的非常祸变,苦心孤诣,殚精竭虑,无非想为大明的江南半壁谋求一份苟安;结果,在惊涛迭起的政争旋涡中饱受颠簸、忍辱负重不算,最后还在势成骑虎的情况下,落得一个带头变节、献城投降的千秋恶名。经历了这一遭连老本都赔个精光的买卖之后,钱谦益痛定思痛,对于利禄和功名确实已经心寒意冷,再也没有心思到征服者的朝廷中,希图什么荣华富贵;但是同样,要他回过头去,为复兴明朝卖命献身,说实在话,也提不起任何勇气和热情。因为以他的久历世故,心中十分明白:明朝之所以落到今天的结局,绝不是偶然的,实在由于自身的黑暗腐败,已经到了病入膏肓、无可救药的地步。在北京的崇祯朝廷和南京的弘光朝廷相继覆灭之后,要想卷土重来,再造中兴,真是谈何容易!在他看来,面对着清朝势如破竹的进军,明智的抉择,应当是竭尽全力在乱世中保住身家性命。这才是最要紧,也最实际的。至于柳如是那种行为和想法,无非是女人家不知变通,一时感情冲动。"待过些时候,大局定下来,她自然会回心转意的!"近一个多月来,他一直暗暗地想。到了这一次,接到顺治皇帝"着即来京陛见"的诏令,钱谦益固然是迫于无奈,勉强启程,但也丝毫没有抗拒和逃避的打算,只是抱着走一步算一步、随遇而安的态度。因此,当满载降官及其眷属的车队辚辚驶入重兵把守的朝阳门时,他充其量只是稍稍增加了一点紧张和戒备,除此之外,确实说不上有什么明确的打算和想头。

眼下,已经是来到北京的第十天。虽然七天前,已经被安排在例行的朝会时,跟在百官的班末,向大清皇帝行了陛见之礼,但是据负责与他们联络的吏部左侍郎陈名夏通知,接下来还有一次小范围的召见,日期尚未确定。于是他们只好仍旧耐心等着。也许由于住的是新地方,一清早,钱谦益照例就醒了,躺在床上再也睡不着,便干脆爬起来,由小厮服侍着,洗脸、漱口、穿衣、束带。当做完这一切之后,看见新近雇来的剃头匠阮良——一个身材瘦长的中年汉子,已经夹着一个箱子,微弓着腰站在门边,他于是点一点头,在紧靠东窗的长案前坐了下来。

看来,时辰确实还很早。虽然钱谦益暂时停止了思索,并且习惯地闭起眼睛,但仍旧听不见院墙外有行人活动的声息,只有剪刀和梳子被剃头匠摆弄着,在耳边发出轻轻的碰响。不过北方确实就是北方,何况已经到了十月初冬,清晨的气息更是寒意侵人。自然,使钱谦益最分明地感到这一点的,还是那片变得光溜溜的头皮。提起来,这又是他的一块心病。那是三个多月前,清朝的剃发严令下达到了南京。当时城中的缙绅,包括降官们,因为豫王多铎不久前才明令禁止汉族官民擅自变易服饰,如今忽然又强令剃发,都感到既吃惊,又反感,纷纷来找钱谦益,请教对策。钱谦益起初只是支支吾吾,因为在他看来,作为归顺之民,面对征服者的强权和意志,除了俯首听命之外,已经根本没有与之理论的余地。但是后来,有些人谈着谈着,竟愤激起来,甚至主张联合请愿,奋起抗命,这就使钱谦益不由得着了慌,因为这种事一旦传到多铎的耳朵里,说不定便会即时招来杀身之祸!但群情汹汹,要制止也不容易,他只得耍了一个花招——借口头皮作痒,回到里间去洗头,趁机干脆把头发剃掉,梳起辫子,然后出来与大家重新相见。这才把那批人弄得错愕失色,泄气而散。

　　头发是这么剃掉了。不过,要说钱谦益心中没有丝毫痛苦和羞惭,那也不是事实。因为就在清兵带着剃头匠,在大街通衢上杀气腾腾地催逼人们剃发那阵子,在南京城里,就接连发生了好几起宁可以自杀来抗拒的壮烈血案,其中有马纯仁那样年仅二十岁的缙绅,还有细柳街泥瓦匠那样的市井百姓,至于邻近州县的殉难者就更多。相比之下,钱谦益的贪生怕死在人们眼里显得尤其突出。虽然,作为人丁单弱的一家之主,他仍旧可以用肩上还承担着许多责任与义务,不能作无谓的牺牲来自我解嘲,但身边那位如夫人的鄙夷目光却不是那么好受的。再加上每天对镜的当儿,自己那副变得怪模怪样的尊容也确实使他感到厌恨和沮丧。"哎,清廷也不知怎么想的,就是为了安定民心,也不该这么干!本来,若能少恃杀戮,多施仁政,人心未必就不感服。如今硬要横插这一杠子,情势可就难料了!虽说清廷派洪亨九来代替多铎,显见是看中他是前明旧臣,与此间人士关系甚多,意欲借他施行招抚之策;但四方乱象已成,只怕洪亨九也未必能纵横如意!"由于自此之后,便不断传来地方上的民众因反抗剃发而起兵的消息,有一阵子,把钱谦益弄得既紧张又担心。无疑,他多少也希冀四下里这么一闹,说不定能迫使清廷收回成命;但是又害怕一旦局势出现反复,自己作为"逆迹昭著"的叛臣,会受到明朝势力的严厉惩处。不过眼下,大约因为已经置身于北京、切近地感受到大清王朝的强大声威的缘故,当这种疑虑再度涌上心头时,却变得淡漠和遥远了许多。"嗯,不管将来如何,眼下必须先躲过江南那边的劫难再说!从大清朝的情形来看,今后纵然不能一统天下,这江北半壁,大约是会坐得稳的。那么,也许还应当设法把家眷快点接过来?"

这么暗自琢磨着,钱谦益的心中似乎踏实了一点。于是,他睁开眼睛,默默打量着铜镜当中,自己那张既生疏又熟悉的脸,并且开始揣测,到了正式召见之日,以自己昔日的名声,以及迎降有"功",起码不至于太受冷遇,而且只要自己不推辞,还会被授予一定官职。要是那样,他就主动要求把修纂《明史》的职责承当下来。"是的,人生不过百年,与其再这么一天到晚担惊受怕,颠沛趑趄,倒不如一门心思去设局修史,不问世事,岂不更好!这样,如是也不至于太怨怪我,我也算是为故国前朝尽了一份心力,即使在子孙后世面前,也交待得过去了……"

"老爷,头梳好了。不知可还有未妥之处?"阮良恭谨的声音在耳畔响起。

钱谦益怔了一下,回过神来。"好了么?嗯,就这样吧,成了!"说着,他就扶着桌子,站立起来。

"……把家眷搬来,别人倒好办,只是,如是她会肯么?"在屋子里转了一圈,回到桌子前站住,钱谦益接着又想。确实,他的那个计划即使再稳妥、再切实可行,如果柳如是不肯合作,一切都是空的。而从前些日子的情形来看,想要那位执拗任性的小女人同意搬到北京来,只怕比登天还难……这么一想,钱谦益的心中顿时又泄了气。他不由得烦恼起来,一把扯下脖子上的围布,扔给阮良,径自倒背着手,离开寝室,走出院子里去。

这座北京常见的四合院,大约是前朝一位什么小官员的私宅。华丽固然算不上,而且也不怎么宽敞,无非是北边一溜三开间的上房,外带东西两个边厢。他们这一次进京,虽说是同弘光帝一道,但彼此的情形多少有些不同——弘光帝是逃跑被俘,他们是主动归降。也许因为这个缘故,自然也为着有所防范,在来京的一路上,他们君臣已经是被分隔开来,不能接触;到了北京之后,弘光帝一行人更是被立即带走,失去了踪影。不过,落到了这一步,钱谦益对于那位昔日的主子,纵然还怀有那么一点"知遇之情",也已经无力顾及。如今,倒是由于一起被安置在这小小的四合院里,他同前内阁大学士王铎却成了朝夕过从、相濡以沫的密友。现在,钱谦益发现分派给王铎居住的正屋里,隐约传出了人声和响动。他估计对方已经起来,便踏着被露水打湿了的方砖地面,径直踱了过去。

来到上房前,发现起居室的门半掩着,他正想伸手去敲,门却"呀"的一声,自动打开了;接着,就露出王铎硕大的身躯和那张熟悉的胖脸。

五个多月前,当弘光皇帝星夜出逃,马士英、阮大铖的宅第遭到愤怒的民众抄抢,南京城中秩序最为混乱那阵子,王铎作为内阁大臣,也成了泄愤的对象。他上街时,所乘坐的轿子被砸个稀烂不算,连他本人也挨了好些拳脚;最要命的,是他引以自豪的一部漂亮胡子,竟给拔了个精光。因此时至今日,王铎下巴颏上还是稀稀落落的,胡子一直没长全。不过,幸亏老头儿生性通达,对所受的折辱和损失倒能泰然处之。现在,他一边往里让着钱谦益,一边略带意外地睁大眼睛,问:

"牧老,这么早?不知……"

钱谦益"嗯"了一声。刚才,他一时烦恼攻心,顺脚便走了过来,要说事,还真的说不上有什么要紧的事儿。不过,他仍旧继续往里走,直到进入临时充作会客室用的西次间,才停住脚步。

因为是上房,这里的居室比起钱谦益下榻的西厢要宽敞,但陈设却也大同小异,无非是炕屏桌椅之类。不过,眼下使钱谦益感到意外的,却是满屋子扑鼻的墨香,以及龙飞凤舞地乱堆着的书法新作,其中有条幅,有横披,还有整幅宣纸写成的大中堂,由于数量太多,墙上、桌椅上摆不下,干脆连地上也用上了。乍一看,简直成了一个乱七八糟的墨巢,使进来的人几乎连立脚的地方都没有。

"嗯,这些——全都是新近招揽的活计?"由于发现每幅字上都题了某某人"雅属"一类的上款,钱谦益随口问道。

"可不!"王铎做了一个无可奈何的手势,"全都是!人情难却,推也推不掉!"

"嚯,这么多!也真亏老兄对付得了!"钱谦益环顾四周,摇着头说。

王铎不在意地道:"应酬之作罢咧!不过,也有一两张写得好的。兄瞧这一张——"他在炕床上翻检了一下,抽出其中一张,不无得意地摆到朋友面前。

这是一幅草书作品。钱谦益发现上面题了一首五律,却是王铎本人的诗作:

　　夜雨朝来润,春江白渐通。
　　竹楼疑罨画,花石带洪蒙。
　　历历沙形阔,萧萧水气空。
　　观枰逾不倦,匊在野箫中。

作为当代的大家,王铎的书法一向以险峻沉雄,跌宕超逸而著称。如果说,这首诗算不上太出色的话,那么就书法而论,却有如瀑飞泉涌,汪洋恣肆,又似名将临敌,岳峙渊停,极尽似欹反正,浑

然天成之妙。要在平时,钱谦益心折之余,自必击节称赏一番。不过眼下,引起他注意的,却是诗末所题的那一道上款:

恭呈和硕睿亲王殿下大雅览正

"和硕睿亲王——"钱谦益疑疑惑惑地想,随即猛然一惊,连忙指着问,"这位可是……"

王铎点点头:"正是当今摄政王。"

"怎么,难道他也……"

"哦,他自然不会认得弟。大抵不知是哪位旧识,向他说到在下,所以他昨日便派人前来索书。"王铎狡黠地眯起眼睛,一只手在下巴上摆弄着那几根稀落参差的胡子,笑嘻嘻地说,"好在是秀才人情纸半张!若是别的,弟还真是未必拿得出;至于弄这个么,我王某倒好有一比——就像贱内养孩子,'噗通,噗通',一个又一个,方便得很!"

钱谦益却没有笑,不过也就想起,昨天有一个官员急匆匆地来访王铎,当时由于自己与那人并不相识,不便过去凑兴,倒猜测了半天。原来却是为的这件事。

"那么今后,兄是打算长居此地了?"钱谦益终于又问。由于发现来到北京的短短半个月里,王铎凭着一手书法,竟然搭上了包括摄政王多尔衮在内的许多新朝显贵,一时间,倒使他说不上究竟应该羡慕,还是应该反感。

"咦,难道兄还打算回去不成?"王铎惊讶地反问,"江南眼下乱哄哄,还不定闹到什么地步。要是被搅和进去,弄不好,连命儿都搭上也未可知!唉,中国之大,眼下要想过上几天安稳日子,除了这儿,只怕再也找不到别的地方了!"看见钱谦益不做声,他左右张望了一下,又凑近来,压低声音说:"兄莫非以为,像你我这样的人,既然来了,还会再放我们回去么?"

钱谦益心中微微一懔,不由得喑住了。无疑,刚才自己也想到,应该暂时搬到北京来,只是由于估计柳如是不会同意,才不得已又丢下了。可是,如今经老朋友这么一提醒,他顿时又发了呆。因为从历代处置降臣的先例看,清廷完全有可能会这么做。"啊,虽说为了迁就她,我倒愿意乌纱不要,回江南去。但要是我给困在这儿,脱不了身,她又不肯来,那可怎么办?莫非从此就这么天各一方,不能相见?而且,北京凭着清廷有重兵拱卫,我在这里,倒还罢了,可是她们在江南,万一乱起来,怎么办?孙爱年纪尚小,而且生性怯弱,全不管用。其他亲友在生死相搏、自顾不暇之际,也难以指望。那么,到头来就很可能……"这么一想,钱谦益的心顿时抽紧了,血液一下冲上了脑门。有片刻工夫,他茫然地睁大眼睛,仿佛看见他在南京的那个家,在常熟的那个家,还有家中的无数藏书,正在被熊熊的大火所吞没;柳如是、钱孙爱以及其他家人,纷纷哭爹喊娘地仓皇逃命,一路上被大兵或盗贼追杀、掠夺、蹂躏……这种悬想所展示的情景是如此可怕,以致钱谦益失魂落魄地站着,止不住从心底里一阵一阵发抖。"哎,事到如今,该当怎么办?还能怎么办?!"他焦虑已极地仰起脸,望着屋梁,在心里反复地、大声地自问,但是越问,越觉得绝望和茫然。终于,他双腿一软,也顾不得椅子上正堆满主人的书法大作,一屁股坐了下去。

二

对于柳如是以及家人们的强烈挂念和担心,使钱谦益的心绪,在这一刻里变得异乎寻常的混乱和沮丧。但是,在离他下榻的房子不远的宣武门外大街上,正骑着马并辔而行的两位官员——吏科给事中龚鼎孳和兵科给事中许作梅却是另外一种心情。

龚、许二人是特意来访钱谦益的。说起来,他们都是钱谦益的旧交,其中龚鼎孳的交情还更深密一些。照道理,他们应该来得更早一点才是。不过在此之前,由于考虑到钱谦益是那样一种身份,加上他们对朝廷的意向又不大摸底,怕会招致"勾结罪人"的嫌疑,所以一直不敢贸然来访。这两天,看见来自江南的这几位降官已经随班朝见过皇帝,尽管尚未授职,但以往那一笔旧账,算是正式勾销。于是龚、许二人也就放了心,决定前来拜望老朋友。

北京的十月,正是所谓"小春"时节。晴朗的天空上,一碧如洗,看不到一丝半缕的云翳。依然充沛、却并不猛烈的阳光宜人地普照着。排成"一"字或"人"字的雁行,不断地从北方飞来,经过绿叶渐稀的树顶,又加劲地向南方飞去。习习的小西风,一阵一阵地吹送着,平添了几许萧瑟,几许轻寒。确实,如果不把目光投向满街上那被剃得锃光瓦亮的头皮、那粗细不一的辫子、那带檐边的黑色暖帽和漏斗形的白色凉帽,以及帽顶上那五颜六色的翎毛,那么,这古老的帝王之都,看上去仍旧像老样子那样寒来暑往,宁静安详,仿佛什么也没有发生,什么也没有改变一样。

不过,这并不等于说,人的心情也没有丝毫改变。事实上,尽管已经过去了好几个月,尽管大街小巷里的人们已经默默地屈从于征服者的强横意志,但是,面对迥异于往昔的街景,龚鼎孳和许作梅的心中仍然感到有点灰溜溜的,颇不是滋味。因为他们都还记得,四个多月前,当阉党余孽孙之獬率先剃发改装那阵子,他们出于反感和嫉恨,曾经联起手来,打算狠狠整治一下那个背祖欺宗的诌佞之徒。没有料到,紧接着清廷就颁下了剃发严令,使他们碰了一鼻子灰不算,还在极狼狈的情况下,被迫剃掉了头发,又改换了衣冠;相反,孙之獬则由于抢得了先机而官运亨通,青云直上,不久前,竟从礼部右侍郎一跃而成为领兵部尚书衔的江西招抚。两相比较,使他们心中那一口恶气,确实很难吞得下!无疑,作为明察大势,通晓时务的聪明人,他们如今都死心塌地归顺了大清朝;

但暗地里始终认为,凭借武力杀伐入主中原的这帮新主子,毕竟是化外夷人,全不知诗书礼乐、仁义道德为何物,要长久统治中国,无论是能力还是经验,说实在话,都还不太够格。既然如此,就应当虚心向汉官们求教,尊重汉官,依靠汉官。像这样强行剃发改装,且不说是否违背民情,光是就大多数归顺的汉官而言,也难以心悦诚服,可以说是极其愚蠢无知之举!但是,在胳臂扭不过大腿的情况下,他们惟有暂时忍气吞声,偃旗息鼓;至于说到内心,一直是颇不服气的。最近,他们从南方送来的塘报中得知:江南的形势发生了剧变,出现了义军蜂起、反旗林立、清军的南进全面受阻的严重局面。其直接的导因,正是由于清廷悍然下令剃发改服之故。慑于决策者的威势,他们不敢公开指责什么,但暗中却不免幸灾乐祸,甚至自鸣得意。"好嘛,苦口婆心地教导你们,劝说你们,偏不听!偏要宠信那个狗贼猢狲!如今果然做弄出来了,看你如何收拾去!"私下里议论之余,他们不止一次"嘿嘿"地发出冷笑。当然,为着使这种恶意的畅快保持下去,一要不断有新的消息来补充,二还要有更多的同病相怜者来分享。如今几位江南的降官——特别是钱谦益这样的"圈子朋友"的到来,正好给他们提供了二者兼得的机会。而这,便是他们今天兴冲冲地登门造访的原因。

现在,龚、许二人已经来到钱谦益下榻的宅子前,下了马。虽然赶在头里的承差早就把拜帖交给门公,送了进去,但是主人尚未露面。趁在门外等候的当儿,许作梅走近龚鼎孳,低声说:"闻得住在这里的并不止钱牧斋一个,还有王觉斯,待会儿是否都得见一见?"

龚鼎孳"嗯"了一声,沉吟说:"这倒是个难题儿——王觉斯本是相熟的,不见似乎说不过去。只是此公是个糯米团子,顶不了什么用,有些事也不便让他与闻。今日能不同他照面最好,万一碰上了,你就设法把他引开。那个事,由我单独同钱牧斋说便了。"

"还有,待会儿见了面,只怕他会问及朝廷召他们这一帮子来京,将作何处置一类的事,我们谈还是不谈?"

"朝廷的打算眼下你我都还不大清楚,可不能乱捅娄子!他若问到,我们就先避开,看看那个事谈得如何再说。"

"可是——"许作梅还想说什么,但是被龚鼎孳摆一摆手,止住了。

龚鼎孳止住同伴,是因为他看见一个身材高瘦,剃发留辫的人从门里走了出来,并且认出那就是钱谦益。

"呵呀,牧老!久违了!"龚鼎孳大声招呼着,满面春风地迎了上去。

"久违,久违——不知二位光降,请恕失迎之罪!"钱谦益拱着手,显得有点迟缓地回答。

"哎,岂敢!倒是得知牧老到京已经多日,只因俗务缠身,以至拜望来迟,还祈宽宥才是!"龚鼎孳兴冲冲地客套着,同时继续打量主人。他发现,与两年前相比,钱谦益分明老了一点,也瘦了一点,眉毛和胡子白了许多不必说,最显眼的是脸上那股子神气与以往大不相同,完全失去了在常熟半野堂时的从容和自信,变得举止拘谨,表情呆滞,一双眼睛也闪烁着疑惧的光芒……

"这位——牧老可还记得?"由于顾及许作梅在场,龚鼎孳暂且把目光从主人身上收回来,回头介绍说。

"哦,这位、这位……"

"晚生许作梅,六年前在半野堂,曾有幸一聆牧老教诲……"

"哦,哦,原来是许兄!记得,记得!"

这么表示了对客人仍然颇有印象之后,钱谦益却没有进一步说明他"记得"什么,只侧转身子,做出相让的手势:"请——"

"哎呀,牧老,江南一别,虽则不过二载,惟是陵谷沧桑,回首真如隔世。今日复得于此处相见,也可谓万千之幸了!"跟着主人往里走的龚鼎孳,一边打量着老朋友变得生疏而且显得满怀心事的侧影,一边感慨系之地说。

"是的。"

"牧老的贵体,想来还好?适才晚生乍见之下,觉得比之前时,着实清减了些。想必是这两年劳碌过甚所致?"

"这个……"

发现对方口气迟疑,龚鼎孳顿时醒悟过来,马上把手一摆:"罢,罢!其实不必说也能想象得出!"停了停,又用一则慰解对方,一则自慰的口吻说:"既然来到此地,从今以后,好歹算是有个安稳的归宿了!"

"嗯。"

这么对答着,三个人已经进了大门,穿过前院,进了垂花门,朝西厢房走去。

这间西厢房,大约是临时用来接待客人的。龚鼎孳进屋之前,特意环顾了一下,发现钱谦益下榻的这幢房子虽然带有暂时安置性质,而且是与王铎共同居住,但前后两院,正房、厢房、耳房、倒座一应俱全。尤其值得羡慕的是,这宅子保养得颇好,可以说还相当新净光鲜。"嗯,要是我也能弄到这样一所房子就好了!"他想。因此,等进了屋,彼此重新行过礼,分宾主坐下之后,他便一边接过仆人奉上来的一盏茶,一边说:"牧老,这华居虽则略小了些,不过,就眼下而论,朝廷如此安置,也算对您老甚为优厚了!"

"牧老或许不知——"大约看见钱谦益现出疑惑的神色,许作梅从旁解释说,"自从内城划归旗民居住之后,弟等如今都挤在外城,与市井之徒杂处而居,湫隘之极。譬如龚兄,他的华居只怕还没有牧老这房子的一半大哩!"

"我那处破房子就别说了!"龚鼎孳不胜厌恨地把手一摆,"那算什么房子,不过是个螺蛳壳!连转个身都得提防磕着鼻子!如今我是得知有客来访,心中就发憷!"

"要是兄也这等说,弟那住处就更见不得人了!"许作梅懊恼地皱起粗短的眉毛。停了停,也许因为龚鼎孳没有做声,他接着又说:"可是,偏生有人却住得比谁都风光排场,不见冯琢庵!"

"冯琢庵——哼,等着吧,有他好瞧的!"这样悻悻然扔出一句之后,龚鼎孳本来还意犹未尽,但是发现钱谦益低着头坐在那里,闷声不响,他也就临时把冒出嘴边的一句话咽了下去,哈哈一笑,说:

"牧老,数年不见,一见就自顾着发牢骚,真是失敬之极!幸亏叨属知交,谅不见怪吧?"

他这么说了,谁知钱谦益却尽自低着光头皮,没有任何反应。直到龚鼎孳莫名其妙,向许作梅投去疑惑的眼色时,他才如梦初醒地"哦"了一声,答非所问地说:"冯琢庵——他也要来么?"

龚、许二人听了,愈加面面相觑。不过,当龚鼎孳赔着耐心,向主人解释清楚,刚才他们只是提到姓冯的房子好,并不是说他也要来访之后,钱谦益总算变得专注起来,交谈也重新开始。只是由于已经两三年没见,而这两三年中整个时局发生了天翻地覆的变化,加上对彼此的情形和心思不摸底,所以有一阵子,谈话只是停留在问寒起居一类的例行问答上。然后才渐渐谈到别后的一些情形,像李自成的攻入北京,崇祯皇帝的自尽殉国,清兵的入关助"剿"以及后来的"天命所归",自然也谈到福王在南京的"僭立",马士英、阮大铖的乱政,左良玉的兴兵,清军的南下平"乱",以及钱谦益等人的这一次入京陛见……在这当间,虽然一直是龚、许二人说得多,钱谦益说得少,而且显得被动和迟钝,但是最初那一阵子的生疏和隔阂,总算消除了许多。这样谈了一阵,龚鼎孳才把话头一转,瞅着主人问:

"那么,江南近日的情形如何?弟等于此间一直甚为关注,惟是路途受阻，难得其详，不知可否见告一二？"

"江南近日——哦，没有什么……"钱谦益含糊地回答。

"咦，怎么会没有什么？不是听说近日反了一大片，乱得很么？"已经好长时间没有机会插口的许作梅，忍不住追问。

"反……反了一大片？"钱谦益微一抬头，眼睛里闪出一丝疑惧的光，"这个，弟不曾听说。嗯，不会吧？闻得王师进兵神速，各处俱望风归降……"

"初时是望风归降，可是后来——"许作梅急煎煎地说，临时停了一下，看看龚鼎孳，然后压低了声音："后来朝廷的剃发令一下，各地便闹将起来，可有此事？"

"闹么，嗯，江南归命未久，人心尚存疑惧，二三桀骜反侧之徒，想乘机闹一闹，或许也是有的。不过我朝兵威如此之盛，彼亦断乎难成气候，是以倒无须担心。"钱谦益摇摇头，眼皮又重新耷拉下来。

"牧老，"看见钱谦益始终含糊其辞，而且显见是在成心敷衍，龚鼎孳只得插上去说，"自朝廷剃发令下，江南各府县颇有兴兵作乱者，此事已并非传闻。许兄现在兵垣，所见南来塘报中已不断道及。譬如江阴，听说就闹得挺凶，竟致王师围攻数月，至今未能剿平。实乃战局之一大激变！"

这种消息，至少在北京，还属于谈论的禁忌。龚鼎孳把它捅破，是试图造成一种坦诚相见的印象，好让对方解除疑虑。然而，尽管如此，钱谦益仍旧毫不动心。他没有看客人，低着头说："二位，非是弟有意回避，皆因近数月来，一直待罪在家，不敢与闻外事，是以实在一无所知。"

以钱谦益的前辈身份，既然把话说到这种地步，龚、许二人虽然颇觉失望，也不便再纠缠下去。互相对望了一眼之后，龚鼎孳只好改换话题，问：

"那——那么留都的一班旧友,想必还好?"

"兄是说——"

"复社的那班同人,像吴次尾、陈定生、侯朝宗。"

"噢,兄是问的他们!前些时候,他们都在留都,有一阵子还闹得挺欢,后来就走的走、散的散,全不见了。眼下大抵都在家中呆着吧!"

"闹得挺欢?他们闹什么?"龚鼎孳感兴趣地问。

钱谦益苦笑了一声:"还能有什么?无非是主持清议、讥评朝政那档子事!"这之后,大约发现客人眨着眼睛,有点不得要领的样子,他才又补充说:"说来话长。过些日子得空,学生再与兄等细说吧!"

"……"

由于主人显然没有交谈的兴致,才开了头的话题,再度中断了。这使龚鼎孳扫兴之余,不禁有点奇怪。在他看来,过去的一年多,钱谦益纵然经历了种种焦虑和惊恐,有过许多挫折乃至屈辱,但如今不是一切都完结了么?眼下对方作为归命之臣,已经被清廷特地接到北京。虽说这也并非特别光彩的事情,但以清朝的强大声威,起码身家性命有了保障;若弄得好,再享荣华富贵也并非没有可能。在这种情况下,钱谦益应该放下心来,快活起来才是。不料仍旧是眼前这么一副魂不守舍的样子,龚鼎孳就觉得无法理解了。

龚鼎孳感到扫兴,坐在他旁边的许作梅就更加扫兴。本来,他同钱谦益谈不上有多深的交情,今天之所以跟着龚鼎孳前来,是出于一种期望。事实上,自从前些日子合谋整治孙之獬不成,反而给弄得狼狈异常之后,包括给事中庄宪祖、杜立德、御史李森先、王守履、罗国士等人在内的他们那一伙"圈子朋友",一直愤恨难平,处心积虑图谋报复。最近,他们终于从弘文院大学士冯铨身上,找到了把柄。这个冯铨,就是他们刚才提到的"冯琢庵",在明朝天启年间因为阿附魏忠贤阉党,被名列"逆案",受到革去官职、永不叙用的惩处。清朝入主北京之后,他从老家涿州赶来投诚,很快就受到赏识和重用。与孙之獬一样,他也是最早带头剃发留辫的汉官之一,可以说从来就是个谄佞无耻之徒。因此,许作梅等人经过密商,决定从他入手,再次发难。首先凭借"言官"的身份,各自分头上疏,劾奏冯铨本是魏忠贤党羽,一贯贪赃枉法,最近又为其子冯源淮向已出任江西招抚的孙之獬行贿,得授中军之职;与此同时,还弹劾礼部侍郎李若琳也是冯铨的党羽,要求一并从严究治。这些奏章,如今都已经呈递朝廷,估计很快就会有下文。钱谦益作为硕果仅存的东林领袖,自然是一位强有力的证人。根据他们得到的消息,最近几天,皇上就要专门召见这批降官,到时万一摄政王问及当年阉党乱政的事,钱谦益能予以配合,对于拔除那些眼中钉,必定大有帮助。但是,瞧钱谦益眼下这副模样,似乎很难寄予期望……

由于一时想不出打破僵局的办法,龚、许二人都不由得沉默下来。只听见一阵一阵的秋风,把糊窗纸吹得簌簌作响。

"闻得龚兄的如君,眼下也在京里,不知可好?"冷场中,钱谦益忽然冒出一句。

龚鼎孳微微一怔:"牧老是——是问阿眉?"看见主人点一点头,他就"哦"了一声,说:"她是两年前随学生来京的,故此目今也在一处。她么,多承关注——'好'字说不上,托庇粗安就是。"

"嗯,她同贱内河东君,似是有一面之缘。"

龚鼎孳眨眨眼睛,"河东……"他忽然醒悟过来,"哦,对,对!她们本是相熟的。听阿眉每每谈及,对柳夫人总是倾慕得很!"

钱谦益没有立即说话。他抬起头,呆呆地望着客人,半晌,才叹了一口气:"可惜贱内没有同来,要不,她两人倒是个伴儿。"

"哦,原来嫂夫人不曾同来,却是何故?"龚鼎孳颇感意外。

钱谦益动了动嘴唇:"这个——"然而,不知为什么,临时又住了口,只是重重地哼了一声,不胜懊丧地低下头去。

看见对方老是这个样子,龚鼎孳心中开始有点不悦。本来,在造访之前,他对钱谦益曾经怀着颇高的期待,但是彼此相见之后,他就发现几年不见,对方的变化很大,已经完全没有了当年图谋复出时的那种锐气和劲头,变得谨小慎微,迟疑怯懦,仿佛丢了魂儿似的。"嗯,要是硬把他拉进圈子来,只怕成事不足,败事有余。"他冷冷地想。

"牧老——"许作梅的声音在耳边响起。龚鼎孳一抬头,发现那炮筒子大约忍耐不住,已经离开了椅子,大瞪着眼睛,打算要说什么。他连忙做了一个制止的手势,跟着站起来,说:

"牧老,今日重逢,甚是难得。只是我兄远来劳顿,坐谈多时,想必疲倦。目下弟等尚有杂务需办,就此告辞,改日再来聆教!"

三

由于龚、许二人始终没有将此来的目的摊出来,钱谦益也就并不知道在这小半天里,客人们经历了怎样的希冀和失望。不过,即使龚、许二人把来意说明了,以钱谦益眼下一团乱麻的心情,也绝不会搅和到他们那档子官司里去。的确,也就是到了刚才与两位熟人相见应酬那一刻,他才前所未有地感到,自己其实是多么的年老和衰弱,而对于纷纭变幻的世事,又已经多么疲倦和厌烦。无疑,万恶的闯贼流寇是完蛋了,但明朝的象征——弘光政权也彻底完蛋了!剩下建虏,这个昔日的强敌、如今的征服者算是大获全胜。但是,这些化外夷狄果真能站得住么?就连龚鼎孳刚才也心情紧张地提到,那个蛮横无理的剃发令一下,江南即时反了一大片!而且估计不只江南,别的地区也肯定不会安生服帖。要是局面当真就这么反过来,像自己这样的人可怎么办?莫非跟着鞑子们逃回关外?就算一时反不过来,而是这么乱下去,乱上十年八年,或许更长,弄得有家难奔,有国难投,那也是糟糕透顶的事!且别说柳如是和孙爱他们能否侥幸保存,光是自己这一把年纪,就未必能熬得过去!要是熬不过去,这一辈子岂不是再也不能同他们相见?刚才,在与客人谈话那一阵子,钱谦益其实一直被这种可怕的思虑反来复去地缠绕着。如果说,早些时候他还曾经设想,要是清廷决定给他们授职,他就主动要求参与修纂《明史》的话,那么眼下,一个痛苦的声音却在他心中变得尖锐起来,急切起来:"哦!这一切,我已经受够了!我根本不该到这儿来!我得设法回到江南去!趁着战乱还未蔓延,道路还能通行,尽快赶回家里,是生是死都同如是在一起,同亲人们在一起!哼,清廷能放我走最好,要是不放,也得想办法,越早走越好!真的!"在客人走了之后,以及接下来的几天里,这样一种念头在他心中甚至变得更加执拗和强烈了。

现在,已经到了十月的初五日。还在前一天,来自江南的几位降官——王铎、陈洪范、张秉贞,以及钱谦益本人得到通知,让他们今天不要出门,就在寓所等候。这显然是皇帝将要接见的信号。本来,自从打定主意尽快返回江南后,钱谦益对于清廷那几石禄米,已经没有多大兴趣。不过他也知道,既然来到了北京,事情终归还得应付完毕。因此,虽然又是一夜的辗转反侧,没睡上多大一会,起床时感到头发沉,心发虚,但他仍然振作起精神,梳洗穿戴停当,慢慢走过西厢去等候。

"哎,老兄可来了!"已经穿好朝服,正坐在西厢房起居室椅子上的王铎,一见钱谦益进来,立即站起身,一边拱着手同他行礼,一边如获大赦地说,"适才礼部来了个人,知会我等辰时三刻进宫见驾,还说待会儿吏部的陈侍郎要过来,带引我们前去。弟见老兄还没出来,所以一直守在这里不敢动。如今兄来得正好,且替弟顶着班儿,待我回上房去,把几件活计打发完了便过来。"

起初听说吏部的人已经来过,钱谦益心中倒也忐忑了一下,后来得知是辰时三刻才入见,离眼下足有一个时辰,才又放下心来。他于是一边还着礼,一边奇怪地问:"活计?兄还要忙什么活计?"

王铎把双手一摊,苦着脸说:"还能有什么活计!不就是半张纸的秀才人情么!对了,隔壁老陈和老张两位,弟已经着人知会了,让他们到时都过这边来取齐,一道进宫!"说着,便要转身离开。

钱谦益挽留说:"都到这时候了,兄又何必如此着忙?不就是笔墨应酬的事儿么,拖他几日又有什么打紧了?"

王铎摇摇头:"已经拖了两日,昨儿又派人来问,说是要迁新居,等着张挂哩——都是些满人,开罪不起!何况已经答应他,待会儿派人来取,没奈何,没奈何!"

听对方这样说,钱谦益也就不好再挽留。不过,目送着老朋友匆匆而去的肥胖背影,他心中却油然涌起一股怜悯和茫然,是啊,"都是些满人,开罪不起!"如果继续在这里待下去,今后这一类开罪不起的事情,只怕还有很多,王觉斯是如此,我又何尝不会如此……这样想着,他对于眼前的处境愈加感到厌烦和懊丧,以至在接下来的好长一段时间,在椅子上呆呆地坐着,什么也没做,什么也没想……

从屋顶上盘旋而下的寒风,把檐前的铁马吹得叮当作响,方砖地上的淡淡日影,一点一点地向门槛那边移去……终于,院子里响起了咔嚓咔嚓的脚步声。接着,传来了门公粗哑的嗓音:"启禀老爷,吏部陈老爷来拜!"

已经昏昏欲睡的钱谦益怔了一下,疑惑地抬起头。"来了?

哦,是的,也该来了!赶快,都完了吧!"这么想着,他就揉搓一下粘滞的双眼,离开椅子,跨出门槛,走到院子里。这当儿,王铎也已经听到传呼,从上房里走了出来。两人于是整肃衣冠,相跟着,一齐迎出大门外。

门公所报的"吏部陈老爷",就是吏部左侍郎陈名夏。按照朝廷的委派,这些日子,一直都是由他负责同来自江南的降官们联络,所以倒也不是初次光临。而且,同前几天来访的龚鼎孳一样,陈名夏早年在江南,也是复社的一位名流。钱谦益不只早就认识他,还同他有过密切的交往。若论旧日的情谊,比龚鼎孳还要深密一点。只不过,对于这位老朋友的光临,钱谦益眼下却没有多少热情。因为经过这些天的相处接触,他明显觉得,眼下的陈名夏已经不同以往。不错,最初见面时,碍于人多眼杂,加上王命在身,对方不便公然同自己攀交情,套近乎,倒也情有可原,难以深责;可是,在接下来的七八天里,彼此还见过好几次面,而且有的场合只有他们二人在场,陈名夏居然仍旧摆出一副公事公办的神气,板着脸,半句多余的话也不说,就像过去压根儿不认识似的,这就使钱谦益觉得未免有点反常和滑稽了。不过,他是个历经忧患、谙熟世情的人,对于这一类"蹊跷"事儿早就司空见惯,因此也并不怎么吃惊,更不至于愤愤不平,只是从此也就自觉地同对方扯开距离,免得自讨没趣。

现在,头戴红珊瑚顶子暖帽、身穿二品补服的陈名夏已经在门前下了马,并且挥退仆从,不慌不忙地走过来。钱谦益和王铎——还有从隔壁及时赶出来的陈洪范和张秉贞,立即一齐拱手当胸,参差地说:"不知大人驾到,有失远迎,恕罪,请恕罪!"

"噢,不敢!"陈名夏回着礼,面无表情地说,看见几位主人已经躬着腰,做出相让的手势,他就照例略一谦逊,然后昂然踏上台阶,径直往里走去。

主人们互相挤拥了一下,随即众星捧月似的相跟着。这当中,又数住在隔壁的两位——弘光政权的左都督陈洪范和浙江巡抚张秉贞,显得分外起劲和热情。他们一左一右地伴随着陈名夏,并凭借这种有利的位置,喋喋不休地向贵客大献殷勤,无非是对陈名夏一再降贵纡尊亲临照拂表示受宠若惊、感激不尽,对陈名夏的大名和才华表示仰慕已久、倾倒备至,以及希望对方今后继续耳提面命、不吝赐教等等。大胖子王铎,论地位过去应当算是最高,这会儿反而被挤到后面,只能偶尔急巴巴地帮上一句半句腔,神色之间,就未免有点尴尬和别扭。倒是钱谦益,由于心态不同,加上夜来失眠,一直有点萎靡不振,所以愈加懒得上去凑热闹,只是慢吞吞地跟在后头。

待到了西厢房,大家再度行过礼,随即照例把客人拥上首座。不过接下来,由于王铎对刚才那一幕显然有气,执意要坐在下首,不肯按既定的官阶就座,于是其余的人便出现长时间的你推我让,最后,好不容易才陆续坐了下来。这当儿,发现陈名夏已经皱着眉毛,神色之间流露出明显的不耐烦,大家连忙静下来,一齐投去恭敬而期待的目光,等候指示。

"列位,"陈名夏清了清喉咙,冷冷地开口说,"有一件事学生早就想说——前明之所以败亡,繁文缛节,讲究过甚,是其中因由之一。譬如适才,从进门到就座,便行礼不断,推让不休,半天也坐不下来。此等虚夸迂缓之作风,如何临机决事,如何克敌制胜!如今到了本朝,列位这种旧习都得改一改,才能应合满洲风习,与同僚和谐共处。否则便会闹出许多误会不快来,弄不好,还会生出离心之想。这可是第一要紧的!"

中国本是礼仪之邦。明朝自太祖皇帝立国以来,便制定了一套严格的礼仪规范。二百多年推行下来,无论是官场还是民间,都早就习以为常。虽然后来越弄越繁复和讲究,但人们也并不认为有什么麻烦和不妥,反而觉得这样才完美周到,使礼仪的精深内蕴发挥得淋漓尽致,远迈前代。如今,忽然听见陈名夏对大家一向引以为荣的这套规范痛加贬斥,在座的几个人都不禁发了呆。不过,对方把这件事同是否能与满人和谐共处,以及对清朝是否忠诚连在一块,又使大家为之耸然动容,于是赶紧拱着手,诚惶诚恐地唯唯答应着,表示感激对方的教诲。只有钱谦益,因为听力一向欠佳,加上陈名夏说话时故意用了一种不肯费劲的鼻音,所以这小半天,他虽然睁着睡眠不足的眼睛,但在精神恍惚之际,对方的话,十句之中倒有五句没有听进去。直到发现屋子里出现静场,他才疑惑起来,却闹不清发生了什么事,于是只管跟着其他人,做出相同的表情和姿势。

"这是第一件。还有第二件,"陈名夏接着又说,"前明之亡,党同伐异,门户交讧,是又一大因由。此种官场陋习,为当今圣上以及摄政王所深恶痛绝。在此,学生也不妨告知列位:前些日子吏科给事中龚鼎孳、兵科给事中许作梅等十言官交章弹劾内院大学士冯铨、礼部侍郎李若琳、江西招抚孙之獬贪赃枉法一案,昨日已经摄政王传集各官,逐一究问,查明所劾各款竟无一属实。因而推断此事之根由在于前明之党争旧怨,沿袭至本朝。龚鼎孳、许作梅等人本该反坐论处,幸而摄政王开恩,只予以严旨切责,令其改过自新,不过其中御史李森先,因其弹章中措辞过激,仍着令革职,以示惩戒……"

陈名夏说到这里,便停住了。他先向在座的人扫视了一周,最后把目光停在钱谦益的脸上,淡淡地说:"诸位老先生都是前明过来的人,难免会与昔日的党社之争沾上点边。那么可就得警醒了,切勿再搅和进去才好!"

这一次,为着免得遗漏了什么重要信息,钱谦益倒侧着耳朵,集中精神听着。蓦地,他心中一懔,记起几天前龚鼎孳和许作梅曾经登门拜访,东拉西扯地坐谈了半天,却不知是否同这桩官司有关,更不知陈名夏此刻是否在说自己。这么想着,他就不由自主紧张起来,于是极力回想那一天的情形。他觉得当时自己把得挺稳,并没有同对方多谈;而对方似乎也没有提到弹劾之类的事。"可是刚才,陈名夏为什么把眼睛盯着我?而且他在提到龚鼎孳时,为什么竟直呼其名,那口气就像说到一个陌路人似的?要知道陈、龚二人其实也是关系密切的知交呀!莫非龚鼎孳也同我一样,对陈名夏的装腔作势、趾高气扬十分反感,两人已经闹翻了么……"

现在,钱谦益不再昏昏欲睡了。他大睁着眼睛,思绪渐渐变得清晰、敏锐起来,有许多问题,包括陈名夏对自己的可恶态度,都冒了出来,而且似乎都露出了解答的线索。"嗯,不对不对,前几天龚鼎孳来访时还提到陈名夏,并没有什么不满的言辞。那么,恐怕并没有闹翻。哼哼,要不就是正相反——只因陈、龚二人关系非比寻常,而龚鼎孳在这场官司中碰了个大钉子,已经被摄政王憎恶上了;陈名夏为了避免嫌疑,便装出一副毫不相干的样子——"这么想着,钱谦益心中一亮,顿时感到精神亢奋,"啊哈,不错,眼下陈名夏公开说到这件事,要大家引以为鉴,也并非是冲着我而来,而是有意借助这瞵瞵众目,做给朝廷看的!"

这么兴奋而又焦躁地寻根究底着,再加上摆脱不掉的困倦和虚弱,使钱谦益脑子变得紧绷绷又晕乎乎的,只觉得心中噗通噗通直跳,耳朵里也嗡嗡作响。他忘却了周围的一切,眼前只剩下一根忽隐忽现、飘移不定的线。现在他就竭尽全力,沿着这根线追索下去。"是的是的是的!这个精明强干的家伙,他的一言一行,他故意同我扯开距离,他刚才说的那些话——尽管是用了那样一种傲慢不逊的口吻,都是分明在告诫大家,今后要在这块地方混下去,就得格外小心谨慎,彼此不要拉得太紧……只不过——只不过这种告诫,其实也算不得什么大逆不道,尽可以明明白白地说出来,哼,他却不肯那样做,偏要装得那等撇清,仿佛生怕给人逮住马脚似的,到底是为什么?对了对了对了!原来他一直对清廷隐瞒各种关系!哈哈,哈哈,哈哈!原来他是害怕!原来——咦,他害怕什么?莫非,莫非他另有图谋?莫非他想造反?莫非他同南边有关联?"这样一想,钱谦益就疑心顿起,觉得这表面平静稳固的京城里,简直杀机重重,凶险四伏。这种发现使他惊骇,更令他极度紧张。虽然与此同时,有一个声音一直在心中提醒他:"这是没有的事。你太紧张,太疲劳,已经在胡思乱想了!"可是他仍然止不住脊背发凉,手心出汗,有片刻工夫,整个人竟像灵魂出窍了一般,以至接下来,尽管他模模糊糊地觉得,陈名夏又说了一些别的话,其他人还提了一些问题,但一点都装不进脑子里去……

"摄政王殿下钧旨到!"一个尖利的嗓门蓦然呼叫起来。钱谦益心中擂鼓似的一震,惊恐地抬起头,发现不知什么时候,屋子里多了一个身材高大的官员。而其他的人,包括陈名夏在内,已经跪伏在地下,他本能地觉得事情严重,挣扎着想离开椅子,偏偏两条腿不听使唤,挣了两挣都没成功。他心里着急,提着气,狠命一使劲,总算滚到地上;接着,就听见那个官员高声说:

"摄政王千岁殿下口谕:今儿个我因身体不适,这江南降官就暂且不见了。改日再说。那王铎、钱谦益、陈洪范、张秉贞就着他留下,听候任用。"

就是这么几句,口谕便传达完了。不过,它来得如此突然,以至有片刻工夫,上房里变得一片静默。是的,大家今天本来都等着接见,可是这么一来,接见便宣告取消了;本来,今天大家还期待着授予官职,凭着这么一句"听候任用",看来也就得拖下去,而且不知要拖多久。因此,当大家重新站起来之后,王铎、陈洪范、张秉贞三个都变得面面相觑,哑口无言。

只有钱谦益却感到心头一轻,觉得缠绕着他的那种种危惧、痛苦和幻想突然消失,周围的一切又变得明白和正常了。"是的,'听候任用',就是暂时不任命。能够这样子,最好不过了!"他抹了一把额上的虚汗,扶住椅子的扶手,浑身虚脱一般地想。

四

摄政王多尔衮之所以突然取消预定的接见,倒不是存心慢待冷落这批南明的降臣,而是由于江南战局意想不到的混乱和恶化,迫使他不得不临时决定召开紧急的御前会议,商量对策。事实上,自从六月初那道剃发令下达之后,竟然在民众当中引发如此广泛而激烈的反抗,是他们完全没有估计到的。起初,他们还试图凭借强大的武力,迅速把反抗镇压下去;结果五个月过去了,虽然像江阴和嘉定这样的地方,在费了九牛二虎之力、付出了很大的伤亡代价之后,总算相继攻陷;但是即使事后用了屠城那样残酷的手段,也未能起到杀鸡儆猴的作用。相反,各地反抗的势头愈演愈烈,不仅发生鲁王政权的军队在钱塘江上大败清兵这样闻所未闻的事件,而且以前明缙绅金声为首的另一支义军,也在徽州、宁国、池州、太平一带,凭借山林险阻同清军周旋,形成很大的声势。此外,尤其令多尔衮吃惊的是,自陕西流转南下的农民军,虽然在湖北九宫山被清军打散,其首领李自成、刘忠敏据报已经被乡民杀死,但是他们的余部不知出于怎样的想法,竟然改弦易辙,同过去的死对头——南明总督何腾蛟的军队联合起来,重新进入湖广,并且接二连三地摧州陷县,逼得当地的清朝官员向北京朝廷连连告急。正是这样一种形势,使多尔衮不由得着忙起来。经过同大臣们反复商议,他最后作出决定:抽调坐镇南京的平南大将军勒克德浑及其副将叶臣率兵驰援湖广,全力对付噩梦一般的农民军和南明军队的联合反攻；与此同时,责成洪承畴暂时转攻为守,回镇南京,全力稳住江南的局势再说。

清廷对局势的可能逆转感到严重关切,无疑是可以理解的。不过,多尔衮却不知道,就在他以顺治皇帝的名义下达的诏令,加急飞递送往南京的途中,江南的局势已经发生了新的变化。由于洪承畴等人的全力进剿,前一阵子在徽州一带活动得颇为"猖獗"的那支义军,已经于近日被彻底击溃,其首领金声、江天一、吴应箕等人均被抓获。目前,驻节于宁国府的洪承畴一方面派人向坐镇南京的勒克德浑报告,一方面率领手下的幕僚和将校,亲自赶往前线,视察"匪乱"平定后的情形。

说起来,这也是洪承畴的老练高明之处。本来,自从平定了嘉定、江阴的反抗之后,曾经有不少人主张挥兵南下,狠狠教训一下在浙东日益坐大、已经成为清军南进巨大障碍的鲁王政权。但是洪承畴权衡了局势之后,决定仍旧坚持"以剿促抚,先易后难"的既定方略,首先把打击的矛头指向正南方向、势力相对较弱的徽州义军。事实证明,这种决策是正确的,随着金声等人在短期内被打垮,南京彻底解除了来自侧翼的威胁;接下来,就可以放开手脚对付浙东这块比较难啃的大骨头。不过,尽管如此,洪承畴却不敢大意,因为以他多年的剿"寇"经验,知道只要老百姓的敌意一天不消除,叛乱随时随地都会再度发生。正因为这样,他才又决定亲自到徽州府城的所在地——歙县去走一趟。

现在,洪承畴一行人已经过了绩溪,走在通向徽州府城的路上。这一带以及与之毗连的宁国府,是个山岭众多的地区。西边的黄山和东边的天目山向这里连绵延伸,一路上苍崖叠嶂,险隘重重。而从绩溪到徽州府一线,则正处于这两座大山的夹峙之间。洪承畴特别注意到,这里的地势曲折盘旋,崖谷交错。一条名叫扬之水的溪流,从南向北蜿蜒流去。溪流两边,时而是小片的稻田,时而是高耸的峭壁,一个一个的村落,就散落于乱石丛莽之间。这一切,使这条通道变得就像受到严密保护的咽喉似的,不容易遭到攻击。前一阵子,如果不是清军用计骗开了绩溪城门,恐怕未必就能如此顺利地进入这里,更别说攻下徽州府城了。如今,虽然战事已经结束了好几天,但在初冬的阳光下,那些来不及收拾掩埋的战死者尸体,仍旧随处可见;拂面的寒风中,也不时夹杂着一股东西焚烧的焦煳的气味;至于路旁的村庄,那些焦黑的断壁颓垣之间,则会忽然呱呱地怪叫着,飞蹿起成群的乌鸦,使人不难想象当时的战斗是何等的惨烈。正是这种情形,加上这一带易守难攻的天然形势,使骑在马上缓缓而行的洪承畴,一边四下里观察着,一边不由得再度默默盘算起来。

"黄老先生!"他回过头去,招呼走在稍后的一位随行幕僚。等那人应声跟了上来,他就用马鞭指着本应是车舟辐凑、商客往还,眼下却变得异样空旷、寂静的河滩,问:"此番得老先生之力,一鼓攻下贼巢。惟是学生尚有一虑,此地民风强悍,倘若驭之不得法,难保不会今日抚平,明日复叛。老先生是本乡人,不知有何善策,尚祈见教!"

跟上来的这位幕僚,就是曾经担任左良玉部监军的黄澍。仅仅一年多之前,他还凭借监察御史的身份,前往南京,向弘光皇帝请求奏对,在朝堂之上严辞弹劾并痛打马士英,受到当时朝野上下的热烈称颂。可是,到了左良玉起兵"清君侧",结果在半途中病死之后,他就跟着左良玉的儿子左梦庚逃往江北,迅速投降了清朝。黄澍本是徽州人,与义军的首领金声一向颇为投契。这一次清军进攻徽州,他就奉洪承畴之命,带了几十人,利用老交情,诈称率兵来援,骗得金声开门接纳,结果同清兵里应外合,攻破了徽州府城。凭着这份不大不小的功劳,黄澍在新同僚当中也就顿时有了面子。昨天他受前军提督的委派,赶到设在宣城的总督行辕报捷时,洪承畴除了着实嘉勉了一番之外,还慨然决定亲自赶来徽州府城看一看。对于上司的这种"垂注",黄澍自然十分兴奋,一路之上,不停地介绍前些日子由此进军的种种情况,极其殷勤。听见洪承畴呼唤,他连忙催马上前。当听清是这么一个问题之后,他就拱着手,不假思索地朗声回答说:

"中堂大人远虑!此地果然是民风强悍,更兼形势险要,易守难攻。不过经此一役,大人之神机妙算,我兵之无坚不克,已令彼刁顽不逞之徒,为之丧胆!今后只须镇之以重兵,威之以严刑,再广布细作,暗中侦察。若有敢再行倡乱者,一经察觉,即行锄灭,绝不宽贷!如此,便可令愚民知所惧,而匪人亦无所施其煽惑之技。待假以时日,民心向定,此地便可望洗心归化。不知大人以为如何?"

洪承畴晃了晃鞭子,不紧不慢地说:"镇之以重兵——谈何容易!目今江南初下,动乱未息,更兼两湖、福建、两广、云贵诸省尚有待平定,哪能空把一干重兵,安置于此!"

黄澍眨眨眼睛,不由得收敛起先前那股子兴头。"或者,"走出几步之后,他又试探地说,"委一熟谙本地情形之干员,充任守牧,缘其情,因其势,以精诚导其向善之心,以恩德消其桀逆之志,令彼感悦来附,似亦不失为一可行之策。"

"以学生之见,"大约发现洪承畴没有做声,从后面跟上来的另一位幕僚插嘴说,"何不毁其城,焚其居,迁其民,使不逞之徒无所凭依,则其乱自弭!"

洪承畴斜瞅了那人一眼,冷冷地说:"我兵乃是大清的仁义之师,可不是流寇!这一方之民,日后都是我大清的百姓。你把他们的房子烧光,把人都赶跑了,又让他们到哪里去谋生?设若谋生不成,岂非只有去投反贼流寇?嗯,为渊驱鱼,为丛驱雀,又何愚之甚也!"

等那个幕僚红着脸闭上嘴巴之后,他停了一下,又问黄澍:"那么,以老先生适才之议,何人堪任该责?"

"这个……"黄澍变得更加小心起来,"卑职心中尚无此等人选,还请中堂大人卓裁!"

"唔……"洪承畴望了望下属,随即回过头,不再谈下去了。

将近傍晚的时分,一行人才抵达徽州府城。在距城门尚有半里之遥的时候,他们就发现情况有点异常:成群结队的老百姓,不知出于什么原因,正拖男带女,肩箱提笼,散立在暮色苍茫的野地里,看上去一个个都显得垂头丧气,神情悲苦。起初,洪承畴等人以为他们是在逃难,但渐渐又觉得不大像。因为这些老百姓与其说是在逃,不如说是在等待,在观望,就那么三五成群地、迟迟疑疑地瑟缩在一起。越靠近城边,聚集的人就越多。一眼望去,黑压压、乱哄哄的。而且,从城门里还络绎不绝地有人走出来。当然,这些老百姓并不是自由自在地随意进出。在他们周围,布满了为数众多的清军兵校,一个个弓上弦,刀出鞘,杀气腾腾地监视着。稍有看不顺眼的,他们立即就冲过去,连骂带打地加以弹压。于是又响起了阵阵痛苦的呻吟……

"嗯,这是怎么回事?"洪承畴一边注视着眼前的情景,一边对闻讯赶来,正在跟前陆续翻身下马的将官们问。

"启禀中堂大人,这是在'清城'。"为首的一位将官躬着身子回答说。火光下,洪承畴认出那是负责指挥这一次进兵的前军提督张天禄。

这么禀告了之后,大约看见洪承畴抚须不语,张天禄又解释说:"皆因这徽州府城池狭小,我兵军马众多,须得把这一干人众清出,方始安顿得下。"

洪承畴"嗯"了一声,再度把目光投向城门一带。他发现,这徽州府城,格局倒并不算小,起码照例比一般县城要大,城墙也高峻一些。由于徽州地区山岭众多,田少地瘦,很久以来,人们就习惯纷纷出外谋生,从中也很出了一批富商巨贾。因此,据说这徽州府城中殷实之家很是不少。从城外的情形看,本来应该也有许多房子,却由于打仗的缘故,硬是给尽数拆平了。就连附近的树木,也被砍个精光,只剩下空荡荡、光秃秃的一片。那些被驱赶出来的老百姓,如今就麇集在毫无遮蔽的野地上。天色眼看就要暗下来,加上又已经是十月初冬,到了夜里,那寒冷和饥饿必定变得更加难熬。如今,从不断传来的声声哭喊,不难猜想已经开始有病弱妇孺不支昏厥,甚至当场倒毙。以洪承畴的老于行伍,自然知道,从休整将士、确保安全的军事需要来考虑,军队进驻城内,无疑是最稳妥的做法。至于把老百姓赶往城外,以便给军队腾出地方,这在战争中也很常见。事实上,去年多尔衮进入北京和今年多铎进入南京,都曾经这样做。更何况眼下这些,还是曾经反叛作乱的"刁民"!因此张天禄如此处置,应当说无可厚非。只不过……

"哦,列位劳苦了!"发现自己这么沉吟着,马前的那群将军大约躬身迎候得太久,已经开始有人试探着抬起头,或者悄悄转动身子,洪承畴于是收敛心神,做了一个手势,"请都免礼,且进帐里去说话。"

"启——启禀大人,卑职得知大人驾临,已命人将徽州府衙收拾停当。敢请大人屈尊暂驻。"身躯高大、长着一张胖圆脸和两道扫帚眉的张天禄连忙说。

洪承畴本来已经催动坐马,听他这么一说,又重新把缰绳勒住,摇一摇头:"本督眼下不进城。如城外未及立帐,就先上将军的帐里去便了!"

"这……"

"嗯,莫非将军的大帐,也已搬入城中了么?"

"啊,不曾。将士强半尚驻于城外,卑职安敢先自入城而居?"

张天禄连忙回答。

洪承畴点点头:"唔,如此就好!那么,就烦将军为本官引路——去吧!"

张天禄似乎还想有所申说,但看见上司态度十分坚决,终于交拱着双手,应了一声"领命!"便转身急步向战马走去。

五

军队的营房临时驻扎在离城门东面不远的小岗阜上。来自总督行辕的客人们,由排成一字严阵的全副武装甲士保护着,绕过乱哄哄地挤聚在一起的老百姓,在暮色笼罩的野地上走了一阵,随后又从一座一座的帐篷当中通过,最后鱼贯进入了中军大帐。

这看来确实就是张天禄日常起居的大帐,而且张天禄本人也的确没有搬进城里去住。因为帐中的一切布置如常。大约没有料到上司会突然驾临,还显得有点凌乱。几个亲兵正在那里手忙脚乱地归拢收拾。这又使得在前面引路的张天禄感到颇为狼狈。他顺手抓起拦在脚下的一只酒坛,朝一名亲兵怀里一塞,挥手让他们赶快退下,然后毕恭毕敬地把洪承畴请上当中的虎皮交椅;接着,又回过头,把其他随行的官员们挨个儿引到主座的两旁。在这当儿,他手下的将校们也开始按照惯例,在大帐前排起班来。只是,也许由于缺乏统一指挥的缘故,本该是训练有素的这些将领们,竟然显得有点乱,有些人还糊里糊涂地站错了位置,经旁人纠正,才调整过来。这么磨蹭了一会,总算各就各位。于是,他们由张天禄领着,一齐躬身低头,朝上行起参见之礼。

洪承畴在虎皮交椅上挺直了身子。从抵达徽州府城下这小半天里,他已经发现,由于战役刚刚结束,更由于打了胜仗,将士们还处于兴奋、放纵,甚至有点骄矜的状态。在这种时候,有必要给予适当的警醒和约束,特别是对于这批拥有指挥权的将领。否则一旦上行下效起来,种种军纪松弛和不遵号令的糟糕情形都会发生。这是洪承畴一直都在全力防止的。现在,他决定首先凭借郑重地、一丝不苟地执行礼仪制度,使这些赳赳武夫重新意识到上司权威的凛不可犯。于是,他开始变得正襟危坐,神态威严,不动声色地接受着部下们的报名行礼,即使碰上对方是平常很熟悉的人,也不做丝毫客气的表示。要是有人语音含混,听不清楚,他会皱起眉毛,示意重报一遍。而在这当间,他还把炯炯的目光不断投向每一个有松懈嫌疑的将领。这么一来,就自然而然地产生了一种无形的压力。大帐内外的气氛不知不觉变得凝重起来。感到惶恐不安的将官们陆续收敛起原先的散漫和不经意,一个个变得低头屏息,不敢喧哗。到后来,大帐前只剩下脚步的移动声、甲胄的碰擦声,以及挨个参谒的唱名声。待到最后一位将官参见完毕,躬身退回班里,全场竟变得一片静肃,只听见由军士们高擎着的火把在寒风中哔剥作响。

也就是到了这时,洪承畴才点一点头,紧绷的面孔稍稍露出些许笑容,然后捋着垂到胸前的胡子,清一清喉咙,开口说:

"列位,此番会剿徽寇,上赖我大清皇上洪福齐天,下因诸路兵将奋勇用命,尤其是前军提督张天禄指挥得力,调度有方——嗯,还有黄澍自告奋勇,深入虎穴,以为内应,因此进军顺利,徽州一鼓而破,贼首金声等亦尽数就擒。此实乃我师继平定嘉定、江阴之后,又一大捷!可喜可贺!本督必定尽速修本,上呈朝廷,为列位申劳请功!在此,请先受本督一礼!"

说完,他果真站起来,拱手如仪,向大家深深行下礼去。

面对上司的凛凛威仪,正重新觉悟到自身渺小的将官们,听见那一番嘉奖和许愿的话,本来已经深为感动;忽然又受到如此郑重

的一礼,意外之余,更是不胜惶恐,于是不约而同地单膝跪下,热血沸腾地齐声说:

"谢中堂大人!职等愿效死力!"

"嗯,请起,请起!"洪承畴连连做着手势。等将官们重新站好之后,他就微笑着环顾了一下,随即放松身子,斜靠在椅子上,开始以一种亲切而不失认真的态度,询问起进兵破敌的情形。由于其中的详情已经由送去的塘报和特使黄澍专门作过介绍,因此,他只是就一些不够明白的地方提了几个问题。当获得满意的答复之后,他就把话题转到擒获的那几个义军首领——金声、江天一和吴应箕身上。得知这几个人颇为死硬顽固,至今仍旧没有愿意归降的表示,他点了一下头,便不再追问,却把眼睛转向脚边那盆熊熊燃烧着的通红炭火,老半天地沉默着。直到下属们因为长久的等候,开始纷纷投来疑惑的目光,他才抬起头,望着大家,缓缓地说:

"适才列位矢言愿效死力,令本督甚为感慰!今有一事,本督至今心下尚在踌躇,欲与列位商量,不知列位可愿一听么?"

这显然又是使将官们感到意外的一问。大帐内出现了片时的寂静,随即响起轰然的回答:"卑职愿惟大人钧旨是听!"

"唔,如此甚好。"洪承畴捋一捋胡子,随即坐正身子,"此事说大不大,说小也不小——适才本督在城外,看见许多百姓,拖儿带女,拥塞其间,情形惨苦。问知是我兵要入城驻扎,因城中狭小,安顿不下,故此只得将彼驱出。本督思量:这些百姓本是我大清子民,兵火之余,留得性命,景况已是甚为可怜,何况眼下天寒地冻,骤然将之驱至荒郊,无处栖身,许多人必定冻饿而死。我兵乃仁义之师,本为吊民伐罪而来,正应爱民如父子兄弟,方见本色。何不停止清城之举,放他还居旧处?倘能如此,这一方民众必定感我恩德,倾心归顺。异日我兵即使离去,此地亦永无复叛之忧——不知列位以为如何?"

洪承畴说这一番话时的口气是委婉的,而且带着一点商量的意味。因为他很清楚,眼下已经是初冬时节,天气日渐寒冷,将士们在野地里扎营,同样是一件苦事。何况他们经过连续半月的行军、作战,吃了不少苦头,好不容易才攻下徽州,照例应当休整几天,伙食和住宿也照例应当安排得好一点的。现在忽然作出这样的决定,难免会引起失望和不满。即使是将领们想得通,恐怕也不容易说服部下的士卒,更别说将领们也未必想得通了。不过,洪承畴认定:为了争取民心,消解敌意,确保徽州不再成为叛乱之源,这样处置是十分必要的。因此,虽然明知道事情有点难为将士们,但他仍旧决定提出来。

将领们起初大概以为总督大人要同他们商量行军打仗的事情,所以答应得颇为痛快。待到得知是这么一回事,果然你看我、我看你,现出错愕与不解的神色,一时间,谁都没有吱声。大帐前出现难堪的寂静。

"嗯,怎么样?"洪承畴催问说。作为一军之主,他从不轻易提出自己的主张。但一旦提了出来,他也不会轻易退回去。

"大人既然有命,职等自当遵从!"张天禄终于首先表示服从。他本是明朝总兵官,降清前曾隶属于史可法麾下。对于洪承畴治军严格,显然早有所闻,因此不敢提出异议。

洪承畴点点头。身为这一次作战的前线总指挥,张天禄的态度自然是举足轻重的,而且对将领们会产生广泛的影响。他准备大大嘉许一番,然后就此把事情敲定下来。谁知,就在这时,一名将官忽然越过同伴,大步走出来,拱手当胸,操着关外口音朗声说:

"中堂大人,末将想不明白:这徽州城里的,都是些山贼刁民,竟敢聚众作乱,抗犯我兵威,伤折我士卒,实属罪大恶极!不把他们尽数屠灭,已是十分便宜了他。为何还让他住在城中,却要我三军将士在城外受苦受冻?哪有这等道理!"

洪承畴皱一皱眉毛。凭借火把的光亮,他认得这个出言莽撞的将领是满军参统巴铎。此人原本隶属统领叶臣的镶红旗部,这一次进攻徽州之役,考虑到张天禄部的军力不足,才临时抽调他来援助作战。不料他竟自恃身份特殊,公然出头反对停止"清城"。这多少使洪承畴有点难堪。的确,如果换了是一名汉军将领,那么他完全可以用不着再讲什么道理,就将之严辞斥退。如果对方还敢强项,还可以将他军法论处。但是,冲着巴铎是个满人,而且是叶臣的部下,洪承畴在作出反应之前,就确实不能不多一层掂量。何况,还应当估计到,虽然出头的是巴铎,但将领们当中,与他有着同样想法的恐怕为数不少,过于简单强横地硬压下去,也会使军心不服。对于掌兵者来说,这同样是需要避免的。因此,当最初那一下子恼火过去之后,洪承畴反而觉得不妨利用巴铎这个由头,把必须停止清城的道理向大家说得更透一点。只不过,以自己的总督之尊,去同一个参将论辩,却多少有失身份……

"哎,将军所言不差,"正当洪承畴沉吟不语之际,忽然有人从旁接口说,"此间民众前时果然曾抗犯我师。但念他多是无知百姓,受匪人煽惑,裹胁从贼,原非怙恶不悛之徒。如今既已降服,就是大清臣民。我师正应宽大为怀,不咎既往,而又善待之,让他们惭愧知耻,从此实心拥戴。如此,我兵虽忍一时之寒冻,却可永远免却征剿血战之劳,少失而大得,又何乐而不为呢!"

站出来说话的这个幕僚,就是黄澍。此人的确绝顶机灵。曾几何时,在前来府城的路上,他还口口声声把这里的民众称为"刁顽不逞之徒",如今,他已经准确地领会了上司的心思,并且在洪承畴感到踌躇的当儿,不失时机地挺身而出,为停止清城辩护。洪承畴虽然出于持重,没有立即表示赞许,但是却不由得暗暗点头。

只是,黄澍说得固然委婉动听,那巴铎却仿佛没有听见一样,依旧直挺挺地站着,连眼睛也不向他转过去。

黄澍眨眨眼睛,不知道这位身躯矮壮、长着一双小眼的满族将军为何如此。他一心要在洪承畴面前显示能干,于是又耐心地说:"莫非将军顾虑部下将士会有怨言么?其实,只须我辈亦坚守此间,与士卒同甘苦,再将寒衣粮草备足,每日照常操练起来,则不只怨言自息,且士卒会更生感奋求战之心。此古人驭兵之良法也!不知将军以为如何?"

谁知,巴铎仍旧一声不响。

这么一来,不只是黄澍,就连端坐在虎皮交椅上的洪承畴也奇怪起来。因为既然他不想降低身份同巴铎论辩,那么黄澍自动出面,同对方倒是合适的对手,并且也给做上司的保留了回旋的余地。不料巴铎竟一言不发,倒让人闹不清这个"鞑子"到底是自感理屈词穷,还是别的缘故。不过,只要他闭上嘴巴,事情就好办。于是洪承畴"嗯"了一声,威严地开口说:

"巴铎既无异词,可速退下!清城……"

话没说完,站在下面的巴铎忽然挺一挺脖子,说:"启禀大人,巴铎尚有话要说!"

洪承畴微微一怔,随即皱起眉毛:"嗯,适才黄澍对尔说话,尔一言不发。如今本督出令之时,尔又说有话,是何道理?"

"启禀大人,只因巴铎不要同他说话。"

"不要同他——黄澍?为什么?"

"皆因他是个奸诈之人,故此巴铎不要同他说话。"

"奸诈之人?何以见得?"

"他与这城中的守将,本是朋友,但是此番攻城,他却贪图立功受赏,把他的朋友骗了,卖了!这等下作行径,岂是男子汉大丈夫之所为!"

洪承畴又是一怔。此次攻城,黄澍确实是凭借同义军首领金声的旧交情,才得以进入城中,充当清兵的内应。而且,这还是洪承畴本人授意策划的。没想到,却被这个巴铎说成是出卖朋友,行为卑鄙。不过,就为人道德而言,要一下子驳倒对方,似乎也不容易。于是,沉默了片刻之后,他只得缓缓地说:"嗯,黄澍既已是我大清臣子,便自应忠于我大清。况且,兵者,诡道也。欺瞒用诈,俱在情理之中。"

"说他降了我大清,便理应如此,这话也中。但就须实心到底,不该这会儿又钻出来指手画脚,假惺惺地充好人——轮得着他吗!这等奸诈之人,只有你们汉人还会说他好;若是我们满人,哼!"

"嗯?"

"早就把他赶出旗下去,谁还会听他放狐狸屁!"

也就是听到这里,洪承畴才弄明白巴铎不搭理黄澍的原因。他不由得暗暗苦笑。因为,黄澍出来争辩的用意是什么且不说,就自己而言,确实是一方面觉得自己既然已经投降了清朝,并且总的来说,还颇得摄政王的信用,那就只有横下一条心,硬着头皮沿着这条路走下去;但另一方面,又不无反感地觉得这些来自关外的"夷狄",未经教化,只知一味恃强嗜杀,动不动就屠城灭邑,在攻下扬州时是如此,在攻下嘉定和江阴时也是如此,根本不懂得要一统天下,皇基永固,就要善于恩威并举,刚柔杂用,全力争取民众的诚心拥戴。而此中道理,在中国的圣贤经典中,是早就说得极其透彻明白的。正因如此,这一次他才不辞劳苦地赶到这里来,亲自视察监督善后事宜的处理,目的就是设法使徽州从此诚心归顺,不再作乱;同时,私下里也想尽可能减少战争对同胞的戕害和摧残,以求得心灵的一点慰藉。然而,在新主子眼里,这是不是也有"奸诈"之嫌呢?却实在很难说。因为自己毕竟是个前明的降官,而且有对清朝作战的"劣迹";前一阵子又过于热心地建议皇上学汉文,读汉书,结果遭到摄政王冷淡的否定……正是这种突然涌起的疑惧,扰乱了洪承畴的安详和自信。有片刻工夫,他只管呆呆地坐着,一句话也说不出来。

"……凡有敢抗我大清的蛮子,都例该屠灭!前番嘉定、江阴之役,贝勒大人俱是如此处置。大人对他们又何必手软?"巴铎傲慢的声音再度在耳边响起。

像被猛然刺了一下似的,洪承畴清醒过来。一种受到侮辱——不仅仅是作为上司的尊严,而且还有自己所信奉的那一套"王道"的尊严,受到愚蠢无知的侮辱的感觉,使他勃然愤怒起来;同时也意识到周围还站着众多下属,全都默默地注视着这一幕,在等着瞧自己这位主帅如何决断。于是他咬一咬牙,猛然沉下脸,严厉地说:

"胡说!本督受命离京时,圣上曾经颁旨,明谕承畴此次下江南,务须尽力昭宣我大清德意,遵行近日朝廷恩赦诏款,使新附之民咸沾恩惠。万事俱以平定安集为先,以期人心向化,南服永靖。本督受国家隆恩,敢不尽心竭力!此事就这样定了。有再敢妄言抗命者,军法从事!"

停了停,看见将领们被自己的威势所震慑,包括巴铎在内,一时间全都低头屏息,不敢再吱声,他就把手一摆,断然说:

"立即传令三军,放还百姓,停止移营!"

六

由于洪承畴下达了强硬的命令,清军的清城行动不久就停止了。为着表示与将士们同甘共苦,自然也为了安全起见,洪承畴还决定,他本人也不进城里去住,而是同大家一样,就在山上的营寨下榻。接下来,他还特别交待张天禄马上起草告示,到城中去四处张贴,晓谕百姓照常生活,不用惊慌,只要诚心归顺,遵命剃发,不再作乱,身家性命就能得到保障。

这一着果然收到很好的效果。本来乱作一团的府城很快就平静下来,接着市面重新开始营业。过了两天,甚至还有人抬猪牵羊,到山上来犒劳"大兵"。洪承畴眼看自己所预期的局面正在出现,各营将士也懔遵军令,不敢下山骚扰民众,才终于放下心来,准备动身离开。恰好在这天近午,他收到从南京加急递到的一封文书,说是朝廷来了命令,内容十分重要,催他从速回去商议。洪承畴不敢怠慢,立即传令周知随行的官员和幕僚们打点行装,定于次日一早启程。

消息传开之后,军营中的反应倒是相当平静。因为谁都知道,总督大人这次到来,只是一种例行视察,本来就不会待得太久。更何况,就多数人而言,也不希望被来自上头的人整天盯着管着,就更别说伺候、陪同的种种麻烦了。不过,也并非没有例外,譬如说,正在自己的营帐中用午膳的黄澍,就被这个突如其来的消息弄得呆了半晌,终于把碗筷一放,心烦意乱地站起身来。

黄澍之所以这样子,是因为直到目前为止,他虽然被派到军中来效力,并且在平定徽州中立了功,但是始终还没有被正式授予官职。以他平生的自负才干,心高气傲,毅然决定走上投靠清朝这条路,自然不仅仅是为了活命。无疑,他也知道初来乍到,新主子对自己还不了解,照例要等些时日,因此才一直忍耐着。不过那一天,在前来府城的路上,洪承畴忽然问到谁适合担任徽州的未来知府,他当时出于谨慎,没有正面回答,但过后却越想越动心,觉得这个职位对自己正合适。因为自己就是徽州人,对本地的情形可以说非常熟悉,而且凭着自己的精明强干,也有把握把这一方民众管得服服帖帖。另外,他还认定,洪承畴当时那一问绝非无缘无故,显然也多少包含有这种意向。正因如此,在抵达此地的当晚,他才甘冒可能得罪其他将领的风险,挺身而出为洪承畴停止移营的决定辩护。对此,洪承畴虽然没有什么特别的表示,但黄澍却知道必然会给上司留下深刻印象,因此一直暗暗期待着。谁知两天过去了,三天过去了,仍旧没有任何动静。相反,却忽然传出洪承畴明天一早就要离开的消息。这就难怪黄澍错愕之余,不由得焦急起来……

"黄先生,中堂大人请先生过去,有事商议!"一个响亮的声音在耳畔响起。

黄澍怔了一下,回过头去,发现不知什么时候,营中的一名小校已经来到帐门外。

"中堂大人有请黄先生过去议事!"大约发现黄澍尽自睁大眼睛,没有任何表示,那名小校又重复通报一遍。

黄澍这才"啊"的一声,一颗心随之急促地跳动起来。"这么说,他终于还是想到我了!"他想,于是连忙说:"好的,学生这就前往!"

说完,也不等那名小校再有表示,他就大声吩咐随从备马,然后三步并作两步,走到屏风后面,迅速换上公服,还特意从镜子中检视一下那颗新剃的光头和那条新近才扎就的发辫,这才匆匆走出帐外去。

作为临时派到前军效力的一名降官,黄澍目前的住处是前锋营,与洪承畴下榻的中军大营,还相距着二里之遥。时当正午,崎岖的山路上空荡荡的。紧挨着路旁流过的溪水波光粼粼,在阳光下亮得刺眼。山崖之上,秋天的老叶经了风霜,红的血红,黄的金黄,显出一片斑驳的色彩。

距中军大营还有一箭之遥的时候,黄澍从马上远远望见,辕门前面左侧的空地上,或站或坐地围聚着一小队人。凭着他们身上穿着号衣,手中还拿着刀枪的样子,黄澍判断那大抵是一些兵,因此并没有怎么在意。直到在辕门前翻身下马,把缰绳扔给随从之后,他顺眼投去一瞥,才发现那一小队人并不全是拖辫提刀的清兵,其中还有汉人打扮的男子。只不过那几人眼下都蓬头垢面,衣衫破烂,还被绳子五花大绑地捆着。"唔,原来又逮着了人犯!"黄澍心想,同时觉得那几个人有点面熟,不由得又瞧了一眼。这一下,他不仅瞧清楚了,而且像一个在暗处行走的偷儿冷不防遇上捕快似的,吓得心中猛然一抖。因为他忽然认出,这几个囚犯不是别人,正是在这次战役中俘获的三位义军首领,其中身材微胖、表情沉静的长者就是前明御史金声;那又黑又瘦,长着一脸刺猬胡子的是复社头儿吴应箕;比这两人都年轻的那个儒生则是江天一!

"糟糕,怎么会在这里遇到他们!"黄澍一惊之下,本能地呼啦一下背过身去。不错,作为同乡,这几个人同他可以说都是老相识。特别是金声,同他更是一向情谊深密。本来,早在崇祯元年,金声就高中进士,官授御史,只因屡次力陈经国方略,都不被皇帝采纳,才坚决辞官归里。在居家期间,他联络黄澍等人积极训练乡勇,保境安民。崇祯十一年,马士英麾下的贵州兵路过徽州,烧杀抢掠,就曾遭到当地兵民的痛剿。因为这个缘故,到了福王在南京即位,起用旧官时,金声就没有应召,但一直十分关注朝中的政局,同黄澍的联系也一直没有中断。后来黄澍在朝堂之上,严劾痛打马士英,与金声的影响可以说不无关系。正因为有着这样不同寻常的交谊,这一次,黄澍才得以那么轻而易举地进入城中,充当清军的内应,一举攻破徽州。只是这么一来,黄澍在老朋友面前,就成了彻头彻尾的叛卖者和奸贼,已经连相见的余地都没有了。

"哎,无论如何,最好别让他们认出我!"黄澍心忙意乱地想,"最好别,是的!虽然他们不能把我怎么样,但是……"心中这么紧张着,他就缩起脑袋,横着身子,紧赶几步,逃也似的从辕门走了进去。直到越过好几座营帐,他才站住脚,回头望去,发现金声等人始终没有做出什么反应,似乎并没有认出是他。"嗯,也许我如今已经剃发改服,所以……"这么猜想着,黄澍才吁出一口气,定一定神,继续向里走去。

中军大帐里,洪承畴已经在等待着了。

说起来,黄澍倒不是第一次谒见洪承畴。只不过以治事勤谨著称的这位封疆大吏,几乎从不让自己闲着。黄澍每一次都碰上他不是在处理公文,就是正在与有关僚属议事,或长或短总得候上一会儿。因此,像今天这样立即予以接见,就显得十分例外,同时也使黄澍敏感到事情的不寻常。他不由自主紧张起来,甚至忘却了刚才与金声等人的意外相遇,连忙趋步上前,毕恭毕敬地行起晋见之礼。

"嗯,先生请坐。"洪承畴点一点头,随即做出相让的手势。

"不知中堂大人呼唤学生,有何差遣?"由于招呼了那一句之后,洪承畴依旧尽自拈着胡须,老半天没有开口,已经用半个屁股坐到四开光坐墩上的黄澍,忍不住试探地问。

洪承畴"唔"了一声,终于抬起眼睛:"先生是本地人?"

"是的,卑职的敝乡就是徽州府城。"黄澍拱着手回答,同时暗暗纳罕:上司何以明知故问?不过,对方一开口就问到籍贯,却正暗合了他的期待。因此他睁大了眼睛,热切地瞅着上司。

"记得在前来徽州的路上,"洪承畴接着又说,"先生曾经言及,对此地之民,应须'以精诚导其向善之心,以恩德消其桀逆之志',学生深以为然。只不知这'导其向善'之要务,当以何者为先?"

黄澍眨眨眼睛,心跳变得愈加迅速起来。为着防止出错,他极力控制着自己,仔细地思索了一下,这才回答:"这个——以卑职庸陋之见,当以收缙绅耆旧之心为先!"

"噢?愿闻其详!"

"大人明鉴:有道是'蛇无头不行'。此缙绅耆旧,乃是各方之头脑,或有势,或有财,或兼而有之,向为一方百姓所仰戴。彼辈若然生事,则一方不安;彼辈如能归顺,则一方俱可太平。"

洪承畴点点头:"此言有理。不过先生以为,我兵今番这般处置,彼辈缙绅耆旧便会从此感激归心,不再生事了么?"

"这……"

"若是他不知感激,偏生还要抗命逞强,又当如何?自然,将他尽数拘拿,一刀杀却,也无不可。惟是如此一来,这一方百姓,必定因此而疑我、惧我、仇我,终难收平定安集之效!"

"大人所言极是!所以,这主持之官,须得深谙此地之民情,在缙绅当中广有联络,而且能低首下心,有宠辱不惊之定力,能忍气,能挨骂,方能言有成!"

黄澍这几句回答,说实在话,多少有点言不由衷。因为直到此刻为止,他暗中仍旧坚信,要治理好徽州,最好的办法就是镇之以重兵,威之以严刑。不过既然上一次他向洪承畴提出时,没有被采纳,此刻他也就不敢再提。"是的,只要能把徽州知府的乌纱弄到手,他爱听什么,我就挑什么给他说就是!"他想。

果然,洪承畴的脸上露出了笑容。"唔,好,很好!"这么表示了赞许之后,他便站起来,沉思着向前走出两步,随即旋过身,重新盯住下属:

"先生进来时,想必看见辕门外的那几个人?嗯,不错,就是金声、吴应箕、江天一。这三人领头为逆,啸聚山林,抗拒我师,实属罪不容诛。本督上体朝廷德意,念他本是乡绅老儒,只因不通世变,一片愚忠,遂致误入歧途,与巨寇大盗尚非同类,只要肯洗心归顺,无妨放他一条生路。因此这两日提审时,也曾反复告谕,促其自新。惟是这几个人性甚褊狭,执迷不悟,且出言狂悖,辱及本督。是以决定将其推出辕门,就地正法!"

说到这里,洪承畴停顿了一下,大约发现黄澍只是呆呆地听着,没有特别的反应,于是又接着说下去:"不过,本督转念思之,这三人死不足恤,惟是他这次造叛,愚民百姓从之者甚众,虽已失败被擒,而暗中怜之惜之者数在非少。遽尔杀却,颇不利于收拾人心。为早日抚定江南计,总以说之使降,方为上策。因思先生与彼既属故交,定必深知其性情心意,如能出面劝说,动之以情,晓之以理,或者能令彼幡然归顺,也未可知。不知先生意下如何?"

起初黄澍听说要将金声等三人就地正法,心中虽然也自震动,但毕竟事先已经估计到难免会有这一幕,因此也还并不感到特别意外。及至洪承畴话锋一转,竟然提出要他出面劝降,这才使黄澍大吃一惊,差点儿一耸身离座而起。总算他生性机警,急忙收敛心神,硬生生又坐住了。

"学生也知道先生颇有为难之处,"只听洪承畴又说,"是以未敢遽然相烦。惟是适才听先生一席教言,却令学生甚为感奋,以为凭先生宠辱不惊之定力,能忍气、能挨骂之诚心,此去劝降,或能有成!"

黄澍眨眨眼睛。也就是到了这时,他才明白,上司为何这么急急忙忙地把自己找来,又为何在开头时东拉西扯地说上那一大篇不着边际的话。而自己那几句言不由衷的回答,竟然成了对方决定让自己出面劝降的依据,尤其令他哭笑不得。说实在话,自从做出了充当内应那件事之后,黄澍就十分清楚,自己同昔日的好友已经成了不共戴天的仇人。由自己出面劝降,不仅绝对不会成功,而且势必招来一顿让自己狼狈不堪的臭骂。他实在不明白,洪承畴出于什么想法,非得千方百计劝金声等人投降不可。在这种事情上,肯投降的留下,不肯投降就杀掉,历来如此,又何必纠缠不休,自找麻烦?不过,黄澍也知道,既然上司已经表示了这样的想法,作为下属,贸然加以拒绝,显然是不行的,也是不智的。可是……

黄澍尽自沉吟不语,已经坐回到椅子上的洪承畴,却有点不耐烦起来。事实上,还在八月初来到江南上任的时候,他就定下一条规矩:凡是在作战中俘获的义军首领,都必须向设在南京的大本营申报,听候指示,各军不得擅自处置。这除了基于刚才他对黄澍所说的那些考虑之外,还因为暗地里他总觉得,作为曾经有着相同背景的过来人,反过来动手杀害昔日的同僚,毕竟是一件不怎么愉快和光彩的事。更何况,眼前的金声与他还有着"同年"之谊。相反,如果他们能幡然觉悟,弃旧图新,那么他们固然能保住性命,自己也能落个顾念旧情的好名声。只是偏偏金声等三人全都顽固不化,说话尖刻得像刀子似的,简直令人无法忍受。洪承畴记得,在前天上午那一次,提审金声时,对方竟然一上来就说:洪承畴在崇祯十五年松山失陷时,分明已经自尽殉国,如今又从哪儿冒出来个洪承畴?一定是假冒的!把他弄得哭笑不得。接着那金声又历数洪承畴在明朝时的种种功劳,大加赞扬,然后话锋一转,痛骂"假冒"的洪承畴为虎作伥,作恶多端,败坏洪家的名声,真是天理不容,绝没有好下场!直骂得他心头火起,差点儿没有下令割掉那家伙的舌头!到了下午提审吴应箕和江天一,洪承畴冲着那姓吴的是个复社头儿,对他和颜悦色,十分优礼,不仅吩咐除去镣铐,还让左右看座。谁知劝说了足有一个时辰,两个人却像聋子和哑巴似的,始终毫无反应,弄得自己一点办法也没有。正是面对这种困境,洪承畴才想到黄澍。虽然他也知道对于一个叛卖者来说,这多少有点强其所难,但是天底下的事情,有时候却未必是常理所能测度的。说不定看起来最不可能的,偏偏就会成功。这得看机缘,还得看办事人的本领。这个黄澍不是似乎挺有能耐的么?那么,既然已经没有其他办法可想,也就不妨让他出面试一试看,反正即使不成功也不会损失什么……只不过,自己说了半天,对方仍旧全无表示,洪承畴的眉头就不禁皱起来了。

这时,坐在下首的黄澍胡子一动,终于开口了。

"中堂大人有命,"他低下头,拱着手说,"学生自当竭诚效力。

惟是有一事,学生为回护朋友计,踌躇再三,本不忍言;但既为大清之臣,为尽忠王事计,又不敢不言!"

"噢?"洪承畴见他说得郑重,倒不由得留了心。

黄澍又停了停,似乎仍有犹豫,然后才接下去:"据学生所知,金声当我大兵压境时,已虑及徽城未必能守,因此在周遭五百里之山洞中,均预藏了许多兵械火药,并与部下歃血盟誓,一旦徽城失陷,便退入山中,伺机再起。日前在城中,他曾对卑职言及,万一城破时走不脱,落入我兵之手,须是先誓死不降,然后才慢慢装做回心转意,使我喜其能降,不疑有诈。待疏于防范之际,他才以计脱身。学生曾问他如何用计,他说如放火烧营、杀官起事之类,不一而足;并谓只要一息尚存,绝不与我朝共戴天日。学生因当时尚在城中守候我兵,不便即时驳他,只能含糊以应……"

黄澍表情沉重地说着。洪承畴的眼睛却越睁越大。金声等人的这些图谋,使他感到意外,也感到恼火。他沉下脸问:"既有这等事,为何当初不报?"

黄澍的目光惊疑地一闪,随即噗通一声跪倒在地,磕着头说:"大人息怒。因学生知此事一经报出,金声必死无疑。学生为尽忠朝廷,入城为间,已蒙卖友之恶名,譬如日前为大人劝止移营入城之事,学生才一开口,便遭巴铎恶言丑诋。若金声再因我此言而死,学生此生恐怕再难安枕!因此意欲待其降后,再从旁劝说之,监视之,果有异动,便即时报告。学生自知私庇罪大!求大人怜此一念之愚,从宽处置!"

洪承畴不说话了。他慢慢捋着胡须,反复琢磨着黄澍的那些话,终于,沉吟地问:"那么,以先生之见,这三人竟是再留不得了?"

黄澍没有回答,只是一个劲儿地磕头。他磕得那么急速、长久,仿佛只能用这样的办法,来表达内心的矛盾和痛苦似的……

"无疑,这也只是黄澍一面之辞,"洪承畴暗想,"而且疑点甚多,未必就可尽信。若然据此就把那三人即时杀却,终觉草率了些。只不过,我启程在即,哪有工夫再与他细细究问?"

这么盘算着,他就伸手从箭筒里拿出一根令箭,向一旁侍候的随从官说:

"传我号令,辕门外的三名贼首,暂且依前收押,随我一道解回南京,再行处置!"

等那个随从官领命而出之后,他才旋过脸,望着已经停止磕头的黄澍,淡淡地说:"学生本来打算,待了结此行之后,便申报朝廷,委先生做徽州知府。只是适才先生所说之事,关联甚大,未曾推究明白之前,此事却不宜先报。那就过得几时再说吧!"

第 六 章

一

　　徽州的平定,无疑是洪承畴的又一个成功。不过,由于在湖南和湖北,发生了农民军的余部四五十万人,同明朝守军实现了军事联合那样的惊人事态,却使整个战局的重心,一下子向那边发生了倾斜。感到大为紧张的清朝摄政王多尔衮,固然决定从江南抽调军队,增援湖广;而坐镇南京的勒克德浑和叶臣,也因此变得迟疑观望,放松了对浙东一线的军事压力。面对这种情势,鲁王政权的督师张国维,决定抓住盘踞杭州的清军后援不继、攻守失据的机会,大举进击。就在洪承畴前往徽州府城视察的时候,钱塘江沿岸的各路明军,也按照总督行辕的命令,纷纷厉兵秣马,整装备船,并且从十月八日开始,全线出动,准备连战十日,给敌人以新一轮的沉重打击。于是,一度陷于沉滞胶着的两浙战场,顿时又变得烽烟四起……

　　不过,并不是所有的明朝军队都能立即开赴前线。譬如说,近两个月来一直随余姚义军驻扎在萧山县龙王堂的黄宗羲,眼下却不得不带领黄安等一队亲兵,连夜赶回通德乡黄竹浦去。

　　说起来,自从六月初率众从军之后,黄宗羲还是第一次回家。无疑,八月中那一仗是打胜了,而且由于余姚义军,还有后来参战的武宁侯王之仁的水师,从水上拖住了大部清兵,结果使驻节于富阳的督师张国维,得以指挥被封为镇东侯的另一位前总兵官方国安,从陆路乘虚进兵,一举攻下了东边的于潜县,进一步扩大了对杭州的包围。不过话又说回来,黄宗羲所属的余姚义军,由于被王之仁故意抛出去拼头阵,损失却过于惨重。事后清点人数,竟然牺牲了三百多人,其中光是由他带出来的黄竹浦子弟,就死了十七个,受伤的更多。虽说要打仗就难免会死人,但是一仗下来就死这么多,却使黄宗羲感到很难向村中的父老交待。特别当想到因此要面对孤儿寡妇的悲啼和泪眼,他就更增加了一分惶恐和胆怯。因此,战事结束后,他只是派手下的人回去报捷,并把死者运回家中安葬,自己却一直留在营中。"是的,等过些时候,这件事稍稍放淡了之后再说吧!"每逢接到家信,或是村中有人来,提及回家探视的话头,他总是闷闷不乐地想。

然而,这一次他却再也无法拖下去。因为近一个月来,军队的粮饷供应变得越来越紧张,特别是他们这些被称为"义兵"的队伍,已经到了难以维持的地步。无疑,仅靠浙东地区,供养十万军队,自然不能说很宽裕,不过只要合理分配,短期间内应该能够维持。但是,自从方国安、王之仁等人晋升为列侯之后,却借口他们统辖的官兵是正规军,是作战的主力,提出要同余姚、绍兴、宁波、慈溪等六家最先起义的地方民军分地分饷,实际上是要把朝廷正式征收到的六十余万钱粮全部霸占过去,而让各路义军自谋生计。其中方国安自恃重兵在握,作战有功,态度尤其强横跋扈,根本不把张国维、孙嘉绩等举义元勋们放在眼里。王之仁算是稍好一点,但利益所在,自然也处处附和方国安。偏偏鲁王对他们十分倚重,曲意回护。因此,尽管各路义军头领极力反对,结果还是这样定了下来。消息传开之后,义兵的军心顿时陷入一片混乱,纷纷议论着要卷铺盖回家。虽然孙嘉绩等人极力安抚,并一再以忠义激励将士,但由于缺衣少食的情形越来越严重,派回各乡筹饷的人又大都空手而归,近一个多月来,各营义兵已经散去了不少人。眼看开战在即,将士们的粮饷却全无着落,黄宗羲心急如焚之余,终于只好向孙嘉绩自告奋勇,赶回家去想办法。

"本来,三弟身为粮长,在家中是负责这件事的,鬼知道怎么连他也挨挨延延的不打紧!不错,村民们是不会痛痛快快拿出钱粮来的。可眼下不是刚刚打完场么,怎么就连这几十石谷子、百来套衣被都征集不起来?总是他们不肯尽心尽力的缘故!"想到方国安、王之仁等以"正兵"自居的将帅,本来就极其瞧不起自己这些义兵,如果这一次又因粮饷不继而无法参战,今后在朝中恐怕更加没有立足之地。正是怀着这样的愤懑,黄宗羲才决定亲自回家走一趟。

经过一天一夜的航行,现在,他们乘坐的乌篷船已经在一片潇潇暮雨中抵达黄竹浦。这一次回家,虽说多少有点迫不得已,但在船靠码头的时候,黄宗羲却忍不住站起身,扶着船篷,远远近近地睁大眼睛眺望。他发现,除了横跨在渡头上的那条竹子搭的桥,似乎变得益发歪斜之外,其余的一切,还是四个月前他离开时的老样子。紧傍着兰溪向远处延伸的堤岸,依旧是连绵不断的森森毛竹;拱出于毛竹后面的化安山,依旧有如一只匍伏的巨兽。而反映着最后一抹天光的白亮的水田当中,黄竹浦村也依旧是阴阴沉沉的一片,难得透出一星半点灯火。大约已经吃过晚饭,到了关门上床的时候,薄黯的村路上静悄悄、空荡荡的,连人影也看不到一个。只有隐藏在暗处的狗儿,大约嗅到了码头这边随风传去的生人气息,开始发出迟疑的、不安的吠叫……

当黄安为着抢在头里向家中报信,踏着水花飞快地跑得没影之后,黄宗羲和其余几个亲兵也披上蓑衣,戴上竹笠,沿着泥泞不堪的村路向前走去。

"是的,我终于又活着回来了!这几个月经历了多少事,操了多少心,还同鞑子真真正正打了一仗,而且打胜了!这可是以前做梦都没有想到过的!"一边听着泥水在脚下吱咕吱咕地作响,黄宗羲一边默默地想,"只是,仗打完了两个月,我却一直拖着不回来,虽然事出有因,迫不得已,但母亲想必难免会怪我,妻和细姐也会怪我。虽然,前些日子宗辕、宗彝去看我,都说家中各人都还好,不必挂心,但是……"

停了停,他又想:"这一次我回来,其实也不能逗留得太久。营中的将士正等着米下锅呢!一旦征集到粮饷,就得赶回去。这一仗无论如何我们都得参与,还要打出个名堂来!哼,我偏要让方国安、王之仁之流看个清楚,我们义兵可不是白吃饭的,而且比他们'正兵'还能……"

本来还要往下想,但狗儿们远远近近的吠叫,已经变得愈加猛烈起来,接着,村口那边出现了一点灯笼的亮光,旁边还影影绰绰有人在走动。黄宗羲眨眨眼睛,一颗心不由得急促地跳动起来。当瞧出那一群人显然是为迎接自己而来,他就顾不得道路泥泞,连忙迈开大步,急急赶了过去。

"哎呀!大哥,你、你怎么一声不响就回来了?"还隔着一丈开外,对面的人影中就传来四弟宗辕惊喜的招呼。

"哦,我本没打算回来,是前天夜里临时才定的。"黄宗羲解释说,凭借来到跟前的灯笼亮光,微笑地打量着迎接者们那一张张熟悉的脸。他本来还想说明这次回来是为着催饷,但发现三弟宗会不在迎接的人们当中,临时又改口问:

"咦,泽望呢?"

"已经着人告知了他,不知怎地没有跟来。"一个瓮声瓮气的嗓音回答。那是二弟宗炎。

"那么,粮饷的事怎么样了?你们可办妥了么?"当最初的一阵子喜悦和问候过去之后,黄宗羲一边由大家簇拥着继续往村中走去,一边忍不住又问。

"前些日子见泽望白天黑夜地忙着哩,这两日倒不见他走动了,想是办妥了吧!"黄宗炎说。

"才不是哩!"五弟宗彝从旁插嘴,"小弟昨儿还听三哥发愁说,这粮饷总收不起来,不知怎样回复大哥才好。"

"你胡说什么!"大约看见黄宗羲陡然停住脚,瞪大了眼睛,四弟宗辕连忙安慰说:"虽说不容易,可也不是全收不起来,前几日,我就见好几个人拿了米粮衣被往祠堂里送!"

听着弟弟们这些互相矛盾的说法,黄宗羲愈加惊疑。"不成,得赶快找到泽望,问个明白!"他想,于是停止追问,加快脚步向家中走去。

不过,着急归着急,他却没能马上找到黄宗会。因为已经得到消息的家人们早就聚集在大门里外,伸长脖子等着。看见大爷回来了,他们就一窝蜂地迎上来,带着惊喜的神情,招呼、问候、叹息,七嘴八舌,热烈异常。面对这种情景,黄宗羲只得暂且把心事放下,不断地点着头,"哎哎啊啊"地回答着来自四面八方的招呼,一直走到大堂上。家人们众星拱月一般跟进来,把他围在当中,又是搬椅,又是端茶,还挨个儿上前行礼请安。这当中,最忙碌的要数大奶奶叶氏,她一改平日的端庄稳重,不停地笑着,抹着眼泪,又是督着儿女们给父亲行礼,又是催促侍妾周细姐到厨房去端水,末了,还亲自绞了一条热气腾腾的脸帕,双手送到丈夫面前。于是,趁着黄宗羲揩脸的当儿,大家开始向他提出各种各样的问题,像黄宗羲为什么直到现在才回来?这场仗还要打多久?狗鞑子是否很凶,很难看,会不会打到这边来?以及黄宗羲可曾见过监国的鲁王爷?他老人家长得什么模样?如此等等。瞧着那一张张熟悉的脸孔,听着那一声声熟悉的话音,一种久别重逢的亲情在黄宗羲的心中荡漾起来。他耐心地、尽可能详细地作了回答;这之后,才离开大堂,在弟弟们的陪同下,到上房去专门叩见母亲姚夫人。母子相见,自然免不了又是一番悲喜交集和互诉别后的情形。这么一耽搁,待到黄宗羲终于从上房里告退出来,并且决定不要别人跟随,独自前往西偏院去找黄宗会的时候,已经是一个多时辰以后了。

刚才还闹哄哄的堂屋变得空无一人。现在,黄宗羲微低着头,走在幽暗而又熟悉的石板弄堂中。他之所以宁可不回自己的屋子,也要先上西偏院去,是因为甚至就在刚才家人齐集那阵子,他的那位身负重责的弟弟仍旧不见踪影;不仅黄宗会本人不见影儿,连他的妻子儿女也全都没有露面。"简直是岂有此理!你以为这是闹着玩儿吗?这可是生死攸关的大事!不把征集粮饷的事给我说清楚,你今晚休想躲得过去!"由于与家人们相见的兴奋已经消退,先前的那种焦虑又重新迅速浮现,甚至变得更加尖锐起来。

来到黄宗会的卧房门前,却发现里面黑沉沉的,声息全无。"嗯,这么快就睡下了?"黄宗羲疑惑地想,随即咳嗽一声:"泽望!泽望!"

停了停,见里面没有答应,他稍稍提高了嗓音,又叫:

"泽望!"

谁知仍旧没有答应。

这么一来,黄宗羲反倒犯了难。不管怎么说,如今已经到了初更时分。眼前这屋子里又黑灯瞎火的,既不知道黄宗会是否在里面,即使就在屋子里,那么他的妻子照例也应该会在里面。而照刚才的情形看,对方大概已经睡下,并且显然不想起来开门。那么自己作为兄长,却在外面叫唤个不停,虽然是为的正事,总有点不通人情之嫌。"嗯,眼下是晚了一点,也许,还是等明天再说?"他犹豫地想。但已经来到门前,加上确实急于知道粮饷筹办的情形,他又不愿意就此退回去……终于,他还是把心一横,再度提高了嗓门:

"泽望!"

这一次,好歹有了回应,却是黄宗会的妻子梁氏的声音:"谁呀?"

"哦,是——是我。"黄宗羲连忙回答。同时气恼地觉得自己竟然有点心慌,仿佛真的做了什么错事似的。

"啊,是大伯呀,什么事?"

"我要寻泽望,他可在屋里?"

"你三弟他不在。"

"不在?他上哪儿去了?"

"不知道。他吃罢夜饭就出去了,到这会儿还没回来。"

"这——你这话可当真?我可是有要紧的事找他!"黄宗羲紧追了一句,同时打算着,一旦对方再次明确回答黄宗会不在,他就立即结束这种隔着一道黑乎乎门扇的、大伯与弟媳的别扭对话。

谁知,屋子里偏偏沉默下来,并且起了喊喊嚓嚓的响动,像是翻动身子,又像低声商量。

黄宗羲的耳朵不由得竖起来——虽然暗暗责备自己这样做是可鄙的、不应该的,但仍旧止不住重新生出希望,"是的,只要泽望肯出来,向我说清楚筹饷的事,别的我都不与他计较便了!"他惭愧地、宽宏大量地想。

终于,门扇里响起了回答,却仍旧是梁氏的声音:

"弟媳妇我可不敢诓骗大伯。大伯既有要紧的事,要不,等你三弟回来,弟媳妇我就即刻让他去见大伯,好么?"

黄宗羲不由得愣住了,半晌,终于自觉无法再问下去。然而,门扇内刚才的响动和犹豫,却使他认定黄宗会其实就在屋子里,只是执意躲着不肯出来罢了。有片刻工夫,他在黑暗中咬紧牙齿站着,一种受到侮慢和愚弄的怒气使他恨不得举起拳头,狠狠地向卧室的门擂去,喝令那位没用而又可恶的弟弟立即滚出来!只是临时想到自己是大伯身份,眼下又是在夜里,万一强行敲开了门,屋子里果真只有梁氏一个人,场面会变得十分尴尬,才又极力忍耐住了。

"哼,你躲得过今晚,莫非还能躲得过明日不成!我总有叫你说个明白的时候!"这么拿定主意,他才转过身,悻悻然走回自己居住的东偏院去。

二

黄宗羲这一次回家,同妻妾儿女们无疑是久别重逢,但由于焦虑着筹饷的事,却使他变得没有心情剪烛夜话,只在由她们服侍着吃饭、洗脚的当儿,简单询问了一下近况,就吹灯上床。第二天一清早,他又爬起来,走过西偏院去寻找弟弟。谁知仍旧没有找到。这一次,黄宗会真的不在屋子里。那位弟媳梁氏为夜来的事再三道歉,说丈夫确实不在,又说因为自己这几天正病着,早早就睡下了,所以没有到大堂上去迎接大伯,一边说一边把黄宗羲让进屋去,又是行礼又是奉茶,但是丈夫到底去了哪里,她却始终说不清,只是抱怨近半个月来,黄宗会常常整夜不回家,不是推说到祠堂去算账,就是推说到化安山那边去催租,也不知是真是假。那瘦小体弱的女人还一个劲儿求做大伯的帮她说一说丈夫。黄宗羲眼见问不出要领,只得转身走出。"可是,我到哪儿才能见着泽望呢?"他抬起头,望着被晨曦照亮的长长弄堂,沉吟地想,"嗯,听说征集到的粮饷都存在祠堂里,刚才三弟媳也说他夜里常常宿在那边。那么,就先上祠堂去看一看?"这么拿定主意,黄宗羲就回到正院,招呼黄安和几个亲兵跟着,一起出了家门,走到村子里去。

这当儿,天已经大亮。夜来的那一场不大不小的雨,已经歇住了。但是天色仍旧阴沉沉的,坑坑洼洼的村路也依旧一片泥泞。黄竹浦正处于姚江、兰溪和剡水的交汇处,位置比较偏僻,名义上虽然隶属于濒海的府县,实际上海边离这里足有上百里。平常居民们除了种田之外,几乎再没有别的生计。加上田亩的分布不好,旱的苦旱,涝的苦涝,因此多数的人家都比较贫穷。偌大一个村子,竟然难得有几所瓦房,多数村民都是住在毛竹和稻草搭的屋子里。不过黄宗羲对这一切早就习以为常,再也不会引起任何特别的感觉了。眼下,如果说有什么使他不安的话,就是他忽然又想起了去年八月钱塘江上那一仗,村里死了许多人。不管怎么说,那都是自己一手带出去的子弟兵。况且才过去了两个月不到,要乡亲们忘记这件事恐怕很难。那么他们到底会对自己怎样?战死者的家人又会怎样?会原谅自己吗?还是……由于马上就要同他们相见,但自己却始终不知道怎样才能加以补救,抚慰对方的痛苦,黄宗羲的心中就不由得生出几许踌躇,脚步也慢了下来。

不过,渐渐地,他又感到情形有点不对。本来,这一阵子正是清早起来最忙碌的时节,要在平时,家家户户自必照例挑水的挑水,打扫的打扫;隔着竹篱笆就能听见鸡在鸣,猪在哼,狗在咬;那一座座茅草盖的屋顶上,也会飘散出缕缕蓝色的炊烟。可是此刻,村路两旁的篱笆墙里,虽然还偶尔传出几声鸡鸣狗叫,却看不见其他的动静,尤其看不见有人在活动。而且这种情形不止一家,一连经过几户的门前,都是如此。

"咦,怪了,人呢?怎么都不见了?"黄安的声音在背后传来,显然,他也发现情形有点蹊跷。

黄宗羲没有答话,转身推开就近一户人家的柴门,发现院子里的确空空荡荡的,只有满地的积水和胡乱放置着的几个坛坛罐罐;一只垂头丧气的黑毛狗趴在屋檐下,见来了生人,它那双野性的眼睛便现出疑虑的神色,但是并不站立起来。黄宗羲略一迟疑,随即走近屋子,却看见门环上横插了半截木棒。按照村中的习惯,这表示着主人全都离开了,没有人在家。

"这么早,难道就下田了不成?"黄宗羲疑惑地想,把耳朵凑近门缝听了听,只听见紧挨门边的墙脚传出"咕咕"的声音,像是一只母鸡在抱窝,却听不见任何人声。他只得退回来,仍旧有点不甘心,又到屋后瞧了瞧,也看不见任何人。不过,他始终将信将疑,于是领着黄安等人出了院门,又走进隔壁一家。谁知情形同刚才那一家几乎一样,不多的几只鸡和猪全关在圈里,人却连影儿也看不到一个。这么一来,可就使黄宗羲不由得认了真,连忙重新走出门外,左右一看,这才发现,弯曲的村路上,目光所及,居然也是空荡荡的,只有一头肮脏的老母猪,拖着干瘪松弛的乳房,在泥水中蹒跚。他不及思索,立即再向对过的一户人家走去。然而,仿佛村民们全都串通好了似的,他仍旧没能看见一个人。而且这一家更绝,甚至看不见一只鸡,一头猪;举手在门扇上拍打了几下,也没有任何回应。

"啊,怎么一家一家的人全都不见影儿?就算下田,也不会连老人、孩童也都跟了去呀!"站在空荡荡的院子里,望着也是一脸茫然的亲兵们,黄宗羲不由得打了个寒噤,"莫非、莫非出了什么祸事,把村里的人全都吓跑了不成?"不过,他马上就把这种猜测否定了,因为他分明记得,刚才他从家门里出来的时候,还远远望见这边有人在走动。"那么,到底是怎么一回事呢?总不会是——哎,总不会是看见我来了,他们才故意走掉的吧?"

正这么惊疑揣测之际,忽然,像是回答他似的,耳朵边有了响动,那是一阵婴儿的啼哭声:"呜哇——呜哇——呜哇——"高亢而猛烈。

黄宗羲反射地回过头去,这一次,差点没跳起来。因为他辨认出,这哭声不是来自别处,而恰恰出自那扇刚刚他还用力拍打过、却没有人答应的竹门内!

"啊,这么说,其实有人!"他想,马上趋步上前。虽然门扇被反扣着,他却再也不管那么多,拔掉上面的木插子,一脚跨了进去。果然,在靠东的一个开间里,主人家大大小小七八口人,原来一窝儿全躲在里面。听见黄宗羲主仆来势汹汹的脚步声,他们就一齐惊慌地转过脸来。

"你们——在做啥事体?为何打门都不答应?也不开门?啊?"黄宗羲厉声质问。由于莫名其妙地受到愚弄,他不禁大为光火。

"哦、哦,大相公息怒。阿拉不知……不是阿拉……"那一家人慌忙站起来,结结巴巴地说。

"还说不知?方才大爷几乎把门都打破了,你们难道听不见?你们聋了不成!"黄安吵架似的从旁帮腔。

"哦,不,不是不知,是——是……"

"是啥?"

"我奴也不知,是我奴那儿子吩咐我奴这等的。"其中一个满头白发的老人低着头回答说。

"你的儿子?"黄宗羲疑惑地说,随即环视了一下,这才发现,这一家子当中,虽然男女老幼七八口都在,但是惟独没有那个外号"大头"的当家汉子。

"那,其奴到哪儿去了?"

"个格——阿拉不知道。天还没亮呢,其奴就走了,也没说去哪里。"

黄宗羲望了对方一眼,知道这个长着一张苦瓜脸的小老头儿不是扯谎。说起来,黄竹浦满村的人家绝大多数都姓黄,家家户户都沾亲带故。眼前这户人家与黄宗羲还是远房叔侄,为人一向老实本分。可是为什么刚才硬是躲在屋子里,装做没有人在家的样子,而且还说是那个"大头"吩咐的?这实在教人猜不透。

"那么,隔壁那几家呢?也是像你们一样么?"

"隔壁?我奴、我奴不知道。真、真的!"

黄宗羲不再问了。他又一次打量一下屋子,发现以往也常有来往的这户人家,在自己离开之后的半年工夫,似乎变了很多。他记得,这茅草房子是去年夏间才拆了重盖的,为的是替"大头"娶媳妇。碰上他刚刚从南京狱中逃得性命回来,还同家人一道前来道贺。那时屋子里添置了好些新家什,连被子也已换成新的。可是眼下,新家什全不见了。床上是一堆又黑又破的棉絮。大人和小孩身上也没有一件光鲜像样的衣裳,而且一个个看上去又黑又瘦,目光呆滞,没精打采,其中有一个一直躺在床上没起来,像是正在闹病……

"大相公,不是阿拉……实在是阿拉家时运不济,本来还有阿果,偏生八月打仗,又打殁了。故此……唉!"一个颤抖的女声断断续续地响起,正是床上躺着的那个病人。

黄宗羲微微一怔:"阿果?"不过,随即他就想起了,在八月里战死的十七个同村义兵当中,这户人家的小儿子阿果确实就在其中。他还记得,那是刚满十七岁的一个小后生,平日寡言少语,遇事从不出头。因此连他在那一仗中到底是怎么死的,事后竟然没有人说得清……尽管如此,得知对方是战死者的家属,黄宗羲先前那股子愤慨,就顿时失却了势头,并从心底里生出歉疚和不安。他迟疑地望着那一张张悲苦的脸,有心说上几句安抚的话,但终于觉得其实于事无补,只得摆一摆手:"嗯,我……昨儿夜里刚到家,今日只是出来瞧瞧大家,没有什么事,你们都歇着吧!"说罢,便招呼黄安等人,重新走出外面去。

"这一家原来是殁了亲人……那么其他人呢,难道也是如此?"站在泥泞的村路当中,望着前一阵子进去过的、至今仍旧静悄悄的那两幢茅舍,黄宗羲沉吟地想,待要过去问一问,又多少有点害怕碰上刚才那种情景,结果,只得无可奈何地扭过头,继续向前走去。

"哎,大、大相公!大相公!"当黄宗羲一行走出十来步之后,"大头"的阿爹忽然在后面呼唤着,急急赶了上来。

"哎,大相公!"他来到跟前,气喘吁吁地站停下来,伸出胳臂,指着村子背后的化安山,说:"大相公,'大头',还有他们,你到别处寻不到的,都在山神庙里躲着哩!"

大约发现黄宗羲大瞪着眼睛,半天还回不过神来,老头儿低下头去,嗫嚅说:"他们,他们,是在躲大相公,还叫我们都躲起来,不要露面……"

黄宗羲本想问:"'还有他们'是指的什么人?"听了这话,心中"咯噔"一下,顿时噎住了。

"嗯,你……你是说,他们在躲我?"他机械地、含糊地问,同时觉得,在此之前,他一直藏在心中、还残存着某种希冀的东西,终于发出破裂的声音。他张了张口,打算做出辩解,结果却咬紧了嘴唇,默默转过身去。

"……我说呢,就算死了人,也没有关起门来不见人的道理。原来是为的这个——不错,那一仗死伤的人是多了点。可难道是我想这么样的吗?我也指望一个人都不死,但办不到呀!当时,连我自己也是在拿性命往刀头上碰!结果他们仍旧不体谅,竟然全体躲起来不与我见面……"

"他们、他们怕你大相公回来要粮要饷……"正当黄宗羲在心中苦笑着,自怨自艾的时候,耳朵边忽然钻进来这么一句。

"哼,他说什么?既然如此,还有什么可说的?"黄宗羲软弱地、冷淡地想,并没有立即领会这句话的含义。然而,就像忽然被针刺了一下似的,他浑身一抖,迅速抬起头,但仍旧疑心自己听错了:"是怕我回来要饷?他们?"

看见老头儿胆怯地、然而却是肯定地点点头,他才"啊"的一声,再度呆住了。不过,这种恍然大悟也只是片刻工夫。因为村民们这种做法的真正意图,是如此令人意外和震惊,以致相比起来,他先前那种惟恐得不到谅解的担心,不管被证明是有必要也罢,没有必要也罢,都变得无关紧要了。"娘希匹!我说呢,老三何以死活不露面,也寻他不着,原来他是怕我问他要粮要饷!还伙着村里的人躲起来,不同我见面!"

由于从昨夜以来,一直困扰着他的那个谜团,忽然有了答案,而这个答案竟意味着自己此行很可能空手而返,意味着前方——接下来还有后方的巨大混乱、失败、流血和死亡,黄宗羲浑身的血液就因焦急和气愤而重新沸腾起来。虽然"大头"的阿爹那张没牙的扁嘴巴还在不停地张合着,像在诉说什么,但是他已经没有心思去听,只管猛然转过身,大叫一声"走!"领着仆从们,气急败坏地朝化安山的方向赶去。

三

"大头"的阿爹所说的那座山神庙,坐落在化安山脚的小路旁。说是庙,其实只是普普通通的一幢泥砖砌墙的小瓦房。由于年久失修,从外观到内里都已经相当破旧。进去是一方高低不平的小小天井,低矮的堂屋正中设着香案,上面供着一座落满灰尘的神像。两旁的帐幔长年累月地受着烟熏火燎,已经破烂变黑。右首的耳房早就塌掉,剩下左首的一间也是又狭又小,由于没有庙祝,加上平日除了村民上山打柴路过,进来歇一歇脚之外,也没有人居住,因此只用来胡乱堆放些柴草杂物。当黄宗羲领着黄安和另外两名亲兵走了整整五里路,来到庙前时,发现大门虚掩着,门前的泥地踩得稀烂一片,里面却静悄悄的。不过,黄安这回有了经验,也不等主人示意,一把推开门扇,就直闯进去。果然,从堂屋到天井,居然密密麻麻地满是人。也许是因为没有料到会被发现,也许是来了许久,该说的话都已经说完,因此一眼看去,他们各自蹲的蹲、坐的坐,全都闷声不响。甚至庙门这边传出了响动,他们还呆呆地坐着,没有几个人把脸转过来。

"好啊,找了大半天,原来你们全躲到这里乘风凉来了!"看见黄宗羲跨进大门之后,就一动不动地站着,也不说话,黄安首先大声发出叱喝。

仿佛从梦中惊醒似的,村民们这才纷纷回过头来。当看清原来不是他们的同伴,而居然是黄宗羲及其随从,一阵惊慌的骚动就迅速传遍全场。不过,大约发现已经无法回避,他们不久又重新安静下来,像一堆木桩似的挤聚在一起。

"咦,你们怎么不说话?"黄安一边用目光在人群中寻找着,一边继续质问,当发现并没有三爷黄宗会的身影,他胆子就愈加大起来:

"莫非都吃了哑巴药不成?"

"……"

"噢,这就怪了,"黄安眯缝起眼睛,用挖苦的口气催促说,"你们既然有胆子躲在这里,怎么会没胆子说话?"

"……"

"喂,喂,怎么?你们真的不开口?再不开口,我可要骂人啦!"

"……"

看见即使这样催迫,对方仍旧没有反应,黄安当真冒火了,他瞪大眼睛,使劲一跺脚:"吓,娘希——"然而,没等完全骂出口,却被黄宗羲一伸手,拦住了。

黄宗羲拦住亲随,是因为经过长达五里路的跋涉,他的想法多少起了一些变化。无疑,村民们竟然串通起来抗拒纳饷,这使他极其恼火。特别是三弟黄宗会,作为身负重责的粮长,竟然也置大局于不顾,不仅不全力配合征集,反而也同村民们一样,想方设法躲着不同自己见面,尤其使他感到不可饶恕。因此在最初那一阵子,他简直咬牙切齿,恨不得即时飞到山神庙,逮住这些可恶的家伙臭骂一顿,然后逼着他们立即把粮饷如数交出来! 只不过,当他一边赶路,一边把事情翻来覆去想了又想之后,渐渐又觉得,对方试图耍赖逃避,这一点固然无可怀疑,但如果据此认定他们是成心捣鬼拖延,又似乎不大说得通。因为眼下在前方等着粮饷的是本村的子弟兵,论情论理,他们总不至于任凭亲骨肉在前方挨饿受冻,都狠心不管。更何况前方又要开仗的消息,这些天已经在浙东各府县传得沸沸扬扬,就为着绝不能让鞑子打过来这一点,人们恐怕也不至于糊涂到在这个节骨眼上来有意捣乱。就算村中的愚民们不懂,黄宗会也总不至于伙着他们这么干。那么,就是说,他们或许确有十分为难之处,一时错打了主意也未可知? 说实在话,黄竹浦的贫穷,在通德乡一带是出了名的,近大半年来为着打仗,从村里硬抽去了三四十名丁壮不算,还得倒过来贴钱贴米地养着,负担之吃重,可想而知……这么想着,黄宗羲就变得稍稍冷静一些,觉得事情也许并不是像自己原先认定的那么简单,有进一步究问清楚的必要……

"列位父老乡亲!"等黄安把那句骂人的话咽了回去,抓着脑袋退到一旁之后,他就交拱起双手,恳切而恭敬地朗声说:"宗羲自六月离乡,率兵打鞑子,因战事繁忙,久疏存问。昨夜才得便返回,不知列位齐集于此,拜望来迟,甚是得罪! 请受宗羲一礼!"

说完,躬着身子从左到右深深作了一揖。

在黄竹浦,入仕做官的人历来就不多,像黄宗羲这样算是父子两代都当官,而且在外间都享有声誉的,更是凤毛麟角。因此他们太仆公府家在村中一直很有威望。如果说,刚才村民们默不作声,主要是心中害怕,不知会受到怎样处置的话,那么现在看见大老爷居然不但不问罪,反而行起礼来,都感到既意外,又惶恐,不由自主地纷纷还礼,并且发出含混不清的谢罪声。

看见村民们终于有了回应,黄宗羲暗暗松了一口气。他想了想,接着又说:"适才黄安这奴才不知高低,出言狂悖,多有冒犯,其实可恶!宗羲这就责令他向列位谢罪!"

他于是回头喝叫:"可恶的奴才,还不赶快跪下,向父老乡亲们叩头认罪?"

黄安先前那一阵子狐假虎威,本是自以为摸准了主人的心思,想卖个乖,没想到黄宗羲到头来是这么一种口气,倒呆住了。忽然听到还要他当场认错,一张脸顿时涨红得像熟透的柿子,但终究挡不住主人厉声催促,只得垂头丧气地跪下去,向着大伙咚咚地叩了几个响头。

这一下,更加出乎村民们的意料。大家你望望我,我望望你,先是有点不知所措,接着就不由自主地激动起来。到末了,尽管有些人仍旧心存疑虑,站着没动,但更多的人却"哄"的一声,纷纷走上前来,有的忙着扶起黄安,替他拍打身上的灰尘,有的则赔着笑脸向黄宗羲招呼、问候。场面上的气氛终于变得活跃起来……

"大相公,不是乡亲们有意躲着你,实在是没有办法呀!"待到最初的寒暄结束,黄宗羲在大家让出来的一角石阶上坐下之后,族长——一位长着三绺小胡子的干瘦老头儿用嘶哑的嗓门解释说,"你不知道,自打你走了之后这大半年,到我奴村里来要粮要饷的,可是几乎不曾间断过!你想我奴村不过巴掌大的一块地方,况且向来就是穷,能有多少粮饷可出?咳,光景实在是一日不如一日啦!"

"不错,"另一个人接上来,"大相公若是早上十天半月回来呢,乡亲们拼着不吃不穿,也要把粮饷的事给你办妥!可眼下实在是难到了极处,刚刚才求爷爷告奶奶的,好不容易把一拨子瘟神打发走了,已经把家家户户的都折腾个衣裳见肉、锅底朝天啦!田里的庄稼又还没长起来,要我奴上哪里再张罗这一份粮饷去!"

黄宗羲眨眨眼睛,听得有点糊涂:"嗯,你们是说,除了我们,还有别人也来收粮收饷?"

"啊呀,原来大相公还不知道!"好几个声音同时叫嚷起来,"多着呢!什么方侯爷大营的,王侯爷大营的,还有乡里的,县里的,一拨接一拨,都来要粮要饷!还要好鱼好肉款待,稍不如意就拳打脚踢鞭子抽,还要把人锁了送官府去,凶得很!"

黄宗羲不由得皱起眉毛:"嗯,这——这可都是真的?"

"大相公,莫非我奴还敢骗你不成!这里的人,有多少挨过他们的骂,挨过他们的打,谁能数得清!"站在近旁的一个精瘦汉子愤愤地叫起来。黄宗羲认得,正是那个"大头"。只见他双手揪住衣衫的前襟,向两边"嗤"的一声撕开,露出胸膛,上面赫然横着一道紫红色的伤痕,"这是昨日他们才给留下的,大相公不信就看看吧!"

"是呀,还有我!""还有我们呢!"随着话音,好几个人挤到跟前,各自把受了伤的胳膊和腿伸了过来。

黄宗羲不由得愕住了。不错,自从鲁王政权在绍兴立朝之后,浙东的义军一下子扩充到十万人,不管有仗打没仗打,这些兵都要吃要穿。而数额如此之大的粮饷开销怎样维持,一直是令朝廷十分头痛的难题。而因为争饷,各路兵马的头儿们已经不止一次闹到鲁王御前。前些日子甚至发生过郑遵谦和方国安两家的亲兵在绍兴城中真刀真枪火并起来的流血事件。但是,按照当初商定的做法,为了减少征发麻烦,各县乡勇的粮饷朝廷概不负责,一律由各自的家乡供给;而对于这些乡村,朝廷也不再另行摊派征收。现在,从乡亲们所说的情形看来,这种协定竟是从一开始就没有实行过,而是只要有权有兵,谁都可以乱征一气……

"都大半年了,怎么我一点都不知道?"终于,他咬着牙,厌恶地问。

"大相公,"许久没有开口的族长咳嗽了一声,哑着嗓子说,"我们也曾商议过,该不该把这事告知你。后来大伙都说,你在前方舍死忘生地领兵打仗,操心的事儿已经够多,家里的事有阿拉担待就成了,何况如今到处都是这么着,就算告知了只怕也没用,还白白让你又多一重担心,因此就讲定谁也不许向你说,连三相公也是一样……"

"可是,你们早该告诉我!"黄宗羲用拳头在膝盖上使劲一擂,猛地站起来,"你们以为不告诉我,就是顾惜我吗?你们知不知道,你们若是早早告知我,我就会上奏朝廷,不许他们这等胡来,也不至于弄到今日这地步!可是你们却瞒得严严实实的,不让我知道,结果弄到家空物净,罗掘俱穷,连自己村中这几个子弟的粮饷都凑不起来!还像躲鬼似的躲我!你们以为躲得掉吗?啊,躲得掉吗?你们知不知道,杭城的靼子正在调集船只,操练兵卒,早晚就要打过来,我们都得上前边去拼命!可是无粮无饷,这仗怎么打?你们说,这仗怎么打!"

他声色俱厉地申斥着,怒气冲冲地指责着,大瞪着眼睛,不断地挥舞胳臂。由于愤急,更由于意识到这一次催饷有可能落得空手而归,他的火气终于不可遏制地爆发了。

"你们——"他又叫了一声,打算把满心的积郁尽情发泄出来,然而一刹那间,不知为什么,他忽然感到从未有过的疲倦和衰弱,结果,只摆一摆手,就颓然地坐了下去。

…………

"嗯,三相公呢?"半晌,他低声问,"他到哪儿去了?怎么我一直寻他不见?"

"哦,我奴不知道。三相公只让我奴守在这儿,其奴就带了两个人走了。"族长小心地回答说,"要不,阿拉着人去寻?"

黄宗羲苦笑地摇摇头,"算了吧,事情已经明摆着就是这样,即使找到他,又有什么用?"他阴郁地、绝望地想。

由于停止了谈话,天井里静默下来。有片刻工夫,人们全都呆呆地或站或坐,耳朵边只听见苍蝇飞来飞去的嗡嗡声响……

这种情形到底持续了多久,笼罩在沉郁气氛之中的人们并没有特别注意。不过,庙门外终于传来了异样的响动,那是一阵杂沓的脚步声。接着,大门口出现了几个人影。走在头里的一个不是别人,竟然就是失踪多时的黄宗会!分明是急于赶路的缘故,他那张白皙敏感的脸涨得通红,而且一副气喘吁吁的模样。不过他的神情十分兴奋,眼睛也在放着光。一进门,他就大声喊道:

"成了,办成了,粮饷有着落了!有着落了!哈哈!"

这个宣布是如此令人意外,它有如一记响雷,把大家炸得全都跳起来。不过,也许弄不清是怎么回事,又只是呆呆地望着,全都一声不响。

"哎,三爷安好!"被冷落在一旁许久的黄安,急急插进来,"三爷可回来了!大爷找您找得真着急呢!不过,三爷刚才说办成了,到底怎么回事?莫非粮饷……"

黄宗会分明怔了一下,随即迅速转过脸来。当目光落到黄宗羲身上时,他就"啊呀"地叫出声来,连忙趋步上前,一躬到地,说:"原来大哥也来了!有劳久候,实在不安!不过总算不辱所命!"

"三相公,你倒是快给大伙说说,到底怎么个办成了?"族长从旁催促说。

黄宗会直起身来,"咦,这还用说?当然是去买呀!"他兴冲冲地回答。

"买？上哪儿去买？你有钱买么？"黄宗羲冷冷地问。据他所知，眼下开战在即，粮食极其紧缺。各地为了征饷，正在拼命搜刮，已经到了锱铢不遗的地步。说到买粮，少量或者还能买到，大批根本不可能，而且价钱恐怕极其昂贵，也轻易买不起。

"若是等闲处所，自然买不到。可是我昨日打听到一个门道，不只要买多少就有多少，而且价钱也还相宜！"黄宗会得意地卖着关子。

"竟有这等地方？在哪里？""怎么从没听说过？"好几个声音抢着问。

"你们当然没听说！这得动脑子呀！"黄宗会做了个傲然的手势，"不错，如今哪儿都缺粮，可有一种人，手里却捏着大把粮食！谁呢？不就是那些个征饷的人么！我就去找他们，一谈，嘿，成！还真卖给我了，哈哈！"

"哎，等等，等等，"听得发呆的族长连忙拦住他，"你是说，向征饷的公差手中买粮食？可那不是军饷么？他们卖给了你，那他们怎么向上头交账？"

"交账？"黄宗会鄙夷地说，"那还不容易！办法多着呢！征集不到啦，叫火烧啦，叫水淹啦，叫强盗抢啦！都成！哼，这一回我也瞧出点门道来了，这种买卖都是在粮饷还没上账时，暗地里做的。因此都得有熟人带路才成。冲着是见不得光的勾当，价钱才会比外面低一点。"

"那，这买粮的钱……"在一片心情复杂的静默中，有人怯怯地吐出一句。

"这买粮钱嘛，"黄宗会瞧了站在一旁的兄长一眼，说，"自然是由各家分摊。不过我家老太太说了，如今家家都很难，没人领个头也不成，昨儿她把自家的细软全拿出来，交我变卖了——自然是不够的。不过手中好歹有了几个钱，今日我才有胆子去办这买粮的事!"

在这一番问答的当儿,黄宗羲一直低着头,默默地听着,没有再插话。只不过越听,他心中就越觉得像是塞进了一团粗糙的、令人极端厌恶的乱麻,解不开,堵得慌。他极力试图理出个头绪,结果,反而使得这团乱麻可怕地翻腾起来,暴长起来,以致有片刻工夫,他的眼前变得黑暗一片。

两天之后,再也等不及的黄宗羲,终于只好带着用这种办法凑集起来的一点粮饷,也带着不知道下一次怎么办的深重忧虑,匆匆离开黄竹浦,赶回前方去了。

四

黄宗羲为粮饷的事心急如焚,竭力奔走。而在江北海盐县境内逃难的冒襄一家,则已经结束了长达三个多月的奔波惊恐,重新回到了毗邻的海宁县城。

八月中那一次,他们离开海盐的惹山向东逃难,没料到在马鞍山下与清兵的游骑猝然相遇,结果,所携带的一切贵重的财物固然被抢个精光,还活活赔上了二十多条男女性命。如果不是好朋友张维赤在乘乱逃脱之后,仍旧带着船只冒险前来接应,他们一家人的处境恐怕还会更加不堪设想。

不过,尽管如此,他们也没有勇气继续逃下去了。待到船靠牛桥圩之后,一家之长冒起宗就断然决定:所有男丁立即剃掉头发,就近找一个村庄安顿下来,想方设法保住性命再说。对此,冒襄起初还不肯同意,觉得这么一来,一家人就等于从此与明朝断绝恩义,彻底沦为化外夷狄的顺民。可是挡不住父亲疾言厉色的一再催迫,母亲也在一旁抹着眼泪附和,他最终只得勉强表示服从。只不过,到了惊魂未定的家人们生怕再遇到清兵,等不及去请剃头匠,就立即自己动手,用刀割,用剪子剪,把前半边头发去掉时,冒襄终于止不住撕扯着身上的衣衫,捶胸顿足地放声痛哭起来。他哭得那样冤苦、猛烈和长久,以至眼泪哭干了,声音变嘶哑了,全身也因为剧烈震动而抽搐起来,末了,竟一下子昏厥过去,把家人们吓得手忙脚乱,围着他抢救了半天,才好歹救转过来。

当然,即便如此,事情也就成了定局。一家人在附近的荒村中暂且住下。在此后的一个多月中,战乱时起时伏,始终没有完全平息。有一两次,还传说鲁王军队打过江北来,一举攻占了澉浦镇,结果在村民中引起了新的不安和期待。不过,不知是传闻不确还是情况有变,鲁王的军队到底没有出现,相反,不久消息又沉寂下去。这样挨到了九月底,返回海宁老家打探消息的张维赤,再度派人捎来了信,说是清兵自从攻陷县城之后,只是烧杀抢掠了一通,便又撤回了杭州,没有留守。目前那边就靠地方士绅维持,局面还算平静,重要的是熟人多,遇事比较好办。如果他们愿意,不妨迁回去住。于是一家人商议之后,便决定收拾上路。

现在,他们已经回到海宁县城,并在原来租住的那条街上,找回两间还勉强可以栖身的破房子,好歹安顿下来。住回了城中,比在山野间餐风宿露自然要强一些,但是随身携带的财物已经丧失殆尽,他们其实已经沦落到一贫如洗的地步;加上遗留在旧日居所中的粗重家具,又在大乱中不是被烧光,就是被人搬了个精光,如今一家人只能睡在用破门板和砖块胡乱搭成的床上,吃的也是粗糙得难以下咽的食物——像玉米糊啦,糠菜饼啦,还得半饥半饱地省着吃。至于穿的和用的,更是只能因陋就简地胡乱凑合。昔日作为大户人家的种种考究和排场,可是连做梦都不敢去想了。

这一天,已经是十月初十。初冬时节,一早一晚照例变得相当寒冷。加上在这种动乱时世,百业俱废,每日里除了为着保住性命而苦抵苦熬,也没有更多的事情可做。因此冒襄早上醒来,便不立即起床,继续在睡暖了的破被窝里泡着。偏偏越躺肚子就越饿,接着肠子也开始不停蠕动,还发出咕咕的声响。他再也睡不着。眼见太阳已经爬上了东边的屋顶,把窗纸照得通明透亮,冒襄只得掀开被窝,翻身坐起来。发现董小宛不在屋子里,叫了两声,也不见答应,他就感到有点不悦,于是且不梳洗,只扯过一件袍子披在身上,趿到门边,撩起帘子,向外张望。

他们赖以栖身的这座宅子,还是当初举家南来时赁下的。虽然算不上豪华,规模也自不小。不过,自从三个月前他们逃离之后,在接下来那一场城破人亡的战乱中,这宅子显然遭过火灾,结果前面两进被烧个精光,只留下几堵焦煳的颓垣断壁和满地的残砖败瓦,还有一些被烧得面目全非的破坛烂罐。以至从如今居住的屋子,可以一直望到本应是大门外的街上的情景。冒襄环顾了一下,发现外边也没有董小宛的踪影,倒是天井西边的角落里,坐着家中的几位女眷——少奶奶苏氏、刘姨太,还有丫环春英,正围成一窝儿在做活计。他的两个儿子则在旁边嬉戏玩耍。早上的阳光照亮了她们的发髻和衣衫,也照亮了她们身旁堆成小山似的纸折的"金银元宝"。

冒襄不由得皱了皱眉头。他自然知道,制作供丧事用的"金银元宝",是好不容易才揽到的一桩活计。虽然报酬十分微薄,但好歹能够帮补一些家用。按理说,这种活儿也不该轮到苏氏和刘姨太这种身份的人动手。但是自从在马鞍山下遭了那一场劫难之后,因为再也养不起许多人口,绝大多数仆人已经自己走掉的自己走掉,不想走的也被陆续遣散。到如今,除了冒起宗和马夫人身边还留下一名春英使唤外,男仆就只剩下冒成一人。想到堂堂五品官员、号称如皋首富的冒家女眷,竟沦落到要替人做活,而且是这样一种活计的地步,冒襄心中就感到一种刺痛,一种说不出的羞

耻。为了摆脱烦恼,他只好移开眼睛,提高嗓门又叫:

"小宛,小宛!"

"哎,来了,来了!"随着一声答应,董小宛从屋角转了出来。她双袖倒卷着,腰间系着一条旧围裙,手中提着一个冒出热气的铜壶。阳光下,那明显消瘦了的脸蛋显得有点灰白,但她仍旧眯起眼睛,微笑着问:

"啊,相公起来了?"

冒襄"唔"了一声,转身走回屋里。

董小宛连忙跟进来。她放下水壶,快步走近丈夫身边,先把披在他身上的袍子除下,然后拿起床上的夹衣和棉背心,逐一替他穿上。末了,又重新提起铜壶,开始往脸盆里对热水……冒襄照例任凭侍妾在周围忙碌着,直到董小宛打算去绞脸帕时,他才一伸手,把她拦住了。

"我饿了,去把吃的拿来吧!"这么吩咐了之后,他就走近水盆,把讨厌地垂到胸前来的发辫甩到背后,然后捞起脸帕,三下两下地草草洗完了脸,随即在一张用木板和砖块临时搭成的"桌子"前坐了下来。

屋子里静悄悄的。一道阳光从窗户上方射进来,使四面光秃秃的墙壁浮泛着一层朦胧的光影。这屋子虽然逃过火烧的劫难,但是墙壁仍旧留下许多黑烟熏过的痕迹。不过,冒襄眼下却根本没有心思注意这些。他只觉得脑子里空空落落的,精神老是不能集中在一处,心中却一阵一阵地发慌。肚子里辘辘饥肠,也蠕动得越来越频繁;而在靠上一点的地方,大约是胃部,则开始隐隐作痛……

"是的,这种鬼日子实在很难熬下去了!"冒襄用双手按着肚子,沉思地想,"要吃没得吃,要穿没得穿。也许回如皋会好一点,那里毕竟是自己的家。不像这里,寄人篱下。那么,还是早点回去？可是……"

"相公,请用膳!"一声轻柔的呼唤在耳边响起。

冒襄怔了一下,发现董小宛已经把一双筷子和一碗冒着热气的糊状食物摆到自己面前。他"噢"了一声,立即拿起筷子,俯下身去,忽然,鼻孔里钻进一股熟悉的玉米气味,那是一股发了霉的、令人厌恶的气味。顿时,他的胃里酸水涌起,喉头止不住一阵作呕,差点没当场吐了起来。

"混账,怎么又是这些东西!"他把筷子猛地朝桌上一摔,回过头去,瞪起眼睛质问:"我不是说过吗,顿顿都是这种东西,是会把人吃死的!总要换一个口味。可你们就是不听!为什么不听?啊!?"

事先显然估计到丈夫会有这种反应,董小宛没有惊慌,只是那张气血不足的脸蛋变得更加苍白。她低下头去,没有做声。

"你们为什么不听?啊!?"冒襄又逼问了一句。

"……"

侍妾固执的沉默,更激起冒襄的怒火。他使劲一跺脚:"好啊,你不说!你是成心气我,害我!那么我也不吃,就这么饿着,饿死!看你怎么办!"说着,他就噔噔噔地走到床边,气呼呼地一屁股坐了下去。

董小宛那单弱的身子分明颤抖了一下。她抬起头,妩媚的大眼睛里闪过一丝焦灼的、绝望的神色。她动了动嘴唇,似乎打算有所分辩,但终于只是行了一个礼,轻声说:"请相公息怒,是贱妾的不是,一时疏忽了。贱妾这就给相公换过。"

说完,便端起桌上那碗玉米糊,匆匆走了出去。

这一下,反倒出乎冒襄的意料。因为他尽管大发脾气,心中其实也明白:在目前的艰难时世,加上自己这种人丁孤弱的人家,除了靠友人周济之外,几乎别无生计。能够吃得上一口玉米糊,哪怕是发了霉的,也已经很不容易了。不过,这种"食物"又是如此难以下咽,加上天天如此,顿顿如此,实在使他有点熬不下去。刚才,他与其说是当真认定董小宛成心同他作对,不如说是拿侍妾出气。现在看见董小宛答应得如此爽快,倒出乎他的意料。

"嗯,莫非她还真的背着我,私下藏着什么好吃的东西不成?"望着侍妾背影消失的地方,他疑惑地想,嘴里随即涌出一股馋涎,腹中的饥火也越加炽旺,他不由自主地站起来,揭起门帘,跟了出去。

外面阳光灿烂。奶奶苏氏等三个女人大约贪图暖和,依旧围坐在西头的角落里埋头做活计。大约发觉这边的动静,刘姨太正抬起头来。冒襄心中微一迟疑,随即别转脸,装作没事的样子,慢慢踱向左侧,直到转过屋角,才重新迈开大步,急急跟过厨房去。

这宅子本来有一个很大的厨房,因为遭了火灾,已经彻底烧毁。现今的这个厨房,是用砖头就着破灶临时垒起来的,顶上也没有瓦桁,遇上刮风下雨就得转移到屋子里去生火做饭。由于家中人手少,冒成为着张罗一家人的生计,又得成天忙着往外跑,因此厨下的活儿就落到了董小宛身上。冒襄走近厨房,就再度放轻脚步,想瞧一下侍妾在捣什么鬼。然而,没等见着董小宛,就先听到一阵奇怪的呜呜声,其间还夹杂着呼哧呼哧的喘息,冒襄不由得一怔,举步跨进去,这一下,才看清了:原来侍妾披散了头发,站在灶边,一手拿着一把剪刀,一手掩着脸孔,正在嘤嘤啜泣。

"你、你做什么?"冒襄吓了一跳。

显然没有料到丈夫会随后跟进来,董小宛也是一惊。她忙不迭去擦脸上的泪水,掩饰地说:"哦,没、没什么……"说着,打算把剪刀藏到身后。

冒襄脑袋"嗡"的一下,涨大起来。他不及思索,猛地蹿上前去,捉住对方的手,硬是把剪刀夺了下来。

"你、你居然想寻死?"他握紧剪刀,瞪大眼睛,厉声质问。由于万万没有想到自己发了几句脾气,侍妾竟然就打算自寻短见,冒襄简直气得七窍生烟。

"哦,不,不是!不是的!"惊恐的董小宛摇着手,连声否认。

"那——你想做什么?"

"……"

"你说,说呀!"

董小宛哆嗦一下,抓起垂到腰际的头发,惟恐冒襄抢去似的握在手中,可是,仍旧不说话。

看见侍妾这样子,冒襄再度愤怒起来。他一抬脚,把挡在跟前的一张小凳子踢到一边:"你不说?不说我也知道!你分明是觉着我还倒霉不够,还要再寻死给我看!哼,你好黑的心肠!"

"啊,不是,真的不是!"像挨了一刀子似的,董小宛尖叫起来;随即,又像害怕惊动了别人,一下子把嗓门压下来,急促地分辩说:"贱妾、贱妾只是想把头发剪下来,给后对门的王卖婆换点米……"

"什么?换米?"

董小宛使劲地点点头:"她向常老是夸贱妾的头发好,若是卖给做假髻的,定能卖个好价钱……"停了停,她看着丈夫,又慌乱地解释说:"贱妾、贱妾也知道不好,这等做,下作,丢了份儿,家里的份儿,可是、可是……"她的声音颤抖起来,"我真……真是没有办法了呀!"

说完,她就倒退一步,一手扶着灶台,一手掩着脸,软弱地、悲苦地呜呜哭泣起来。

冒襄大睁着眼睛听着,也就是到了这时,那只紧握着剪刀的手才放松开来。他悻悻地哼了一声,还想数落对方几句;但再度分明起来的饥饿感觉,又使他忽然变得连说话的劲头都没有了,只好跨出一步,一屁股坐到刚才那张小凳子上。

弄清只是虚惊一场,冒襄总算缓过了一口气,至于侍妾的哭泣,却已经没有心思再去理会。现在,他感到异常失望的是:原来对方并没有藏着什么好吃的东西!当然,为了让自己能吃上一口好点的,董小宛竟然不惜剪掉她平日钟爱异常的头发。就冲着这情分,他除了苦笑,已经无法再说什么。只是话又说回来,在这种兵荒马乱、剃发成风的时世,到底会有谁肯出钱出米,来换这种随处都可以捡到的、轻贱得连垃圾都不如的东西?更何况,就算有人肯要,以自己平生的慷慨豪奢,心高气傲,竟然落到让侍妾鬻发饷口的地步,也确实落魄得够可耻可羞!这么想着,冒襄的苦笑就化为透心的悲凉,有一种生不如死的绝望感觉。

　　倒是董小宛,这会儿已经平静下来。她大约把冒襄的沉默,当成是正在犹豫,于是一边揩去腮帮上的泪水,一边做出勉强的微笑,慰解地说:"相公,想起来,头发太长也不好,不只梳起来费时,而且做活也碍手碍脚的。依贱妾之见,还是干脆剪了它,也……也是一举两得。"

　　冒襄没有抬眼睛,只是摇摇头,哑着嗓子说:"好端端的头发,我们男人想留都留不住呢!你们做女人的,剪掉它做什么?嗯,一定不能剪,就让它留着吧。这玉米糊——"

　　他没有把话说完,只伸出手去,从灶台上端起那碗已经不冒热气的"食物",仰起脖子,咕噜咕噜地一口气喝了下去。

五

　　"如果刚才那一碗是毒药,倒正好,此刻我已经两眼一闭,什么都看不见,也什么都不用管了!可惜偏偏只是比毒药还难喝的发霉玉米糊!结果死不了不算,还得继续靠它一顿一顿地塞肚子!

哎,这种鬼日子,实在是叫人熬不下去了!真是熬不下去了!"冒襄一边把从胃里冒出来的酸水强自咽回去,一边默默地想。这当儿,他已经离开寓所,走在前往张维赤家的路上。因为愈来愈感到这样下去不是办法,他终于拿定主意去找老朋友,看看对方能否帮点忙。

由于刚才那阵子耽搁,已经到了晌午时分。虽然太阳在头顶和煦地照临着,但毕竟进入十月初冬,北风吹到身上,依旧有点冷飕飕的。冒襄微弓着身子,缩着脑袋,匆匆穿过因为战乱而变得一片破败的衙前大街,拐进一条狭长的巷子里。这是一条他经常来往的巷子。最初的一次,是刚刚来到海宁时,由张维赤领着他经过的。记得那时候,这巷子是那么清幽洁净,房舍是那么整齐考究,居民又是那么悠闲自足,以致使他惊异之余,不禁为之驻足神迷。可是仅仅过了半年,一切都全变了。整条巷子变得瓦砾遍地,垃圾成堆,野狗踯躅,苍蝇乱飞,简直成了一座废墟。由于大批居民都在战乱中出逃或死亡,到如今也只迁回来一小部分,结果许多房屋被弃置,其间还不止一次地遭到洗劫。因此不但屋中空空如也,而且不少门扇和窗棂都被拆掉、弄走,只留下一个个没有遮掩的大洞,看上去活像一具具僵死的怪物,向行人并排着张开了丑陋的大口。固然,也有那么三数家由于有人居住,门前也收拾得像样一些,但是仍旧躲不开终日浮荡在空气中的那股挥之不去的臭气……冒襄如果不是贪路近,是不会再打这儿过的。尽管如此,他也止不住一边用衣袖掩着鼻子,一边不断加快脚步。

然而,没等他走出巷子,忽然听见前面横街的方向,传来一股异样的声浪——像怒潮奔涌,又像急鼓齐擂,而且来势迅疾,转眼的工夫,就来到跟前!冒襄刚刚来得及抬起头,一匹没有辔头和鞍鞯的黄褐色战马"呼啦"一下,擦着他的身子直奔了过去,紧接着是第二匹、第三匹!总算冒襄躲得快,才没给碰倒。匆忙中他抬头一望,发现后面的马匹更多,各种毛色都有,在几名清兵打扮的军士驱赶下,挤着挨着,喷着响鼻,蜂拥而来。马蹄到处,巷子里的杂物和垃圾给踢得满地乱飞。冒襄见来势凶猛,连忙全身紧贴着墙壁,一动也不敢动。虽然如此,仍旧被飞溅起来的污泥和垃圾弄得几乎连眼睛也睁不开。

"哎,这马队一过,得小半天才完。你这客官,先进来躲会儿吧!"在一片震耳欲聋的马蹄声中,忽然有人大声招呼说。

冒襄回头一看,发现自己原来站在一户人家的门边,一个须发皆白的老头儿,正从半掩的门扇里朝他招手。老头儿的身后,还坐着一个妇人,正袒着胸脯给孩子喂奶。冒襄怔了一下,待要站着不动,但扑鼻而来的腥臊浊臭,熏得他实在有点透不过气来,加上那些烈马横冲直撞,情形也确实相当危险。略一迟疑之后,他终于向旁里跨出一步,把身子缩进门里。于是,他又发现里面原来还有一个瘦长汉子,正用竹篾在那里箍一只木桶。冒襄赔个小心,朝主人行过礼,就紧挨着门边站住,不再动了。

那家人刚才无非是出于好心,看见门已经掩上,也就不再理会,只顾继续谈他们的话。

"嗯,你听听,这马也真是多!你爹我在海宁活了一辈子,从没见过这么多的马!"那个老头儿说。

汉子哼了一声:"这还不叫多呢!前些日子我打杭州城下过,嗬,满山遍野地放着,那才叫多呢!还支起一座一座大圆帐篷,猛一看,谁还认得是江南地面,倒像到了边关绝塞似的!"

老头儿点点头:"这话在理。就拿城里说吧,自从八月底大兵班师回营之后,已经两个月不见马队过了。今日不知撞了什么邪,忽然又来了许多军马。从早晨到如今,已经数到第三拨了!"

汉子没有立即回答。他使劲把篾圈从桶底的一边套进去,又用斧头背敲打了几下,箍紧了,这才抬起头,说:"撞什么邪?八成是又要开仗了！昨日我听人说，鲁王爷在绍兴派出十路兵马，天天在钱塘江上擂鼓叫阵，要打过江来呢！"

"什么，又要开仗？这可是当真？"

"哼，瞧这鞑子的马队不歇地过，怕是假不了！"

老头儿眯缝着眼睛，还未接口，喂奶的妇人已经紧张起来。她一把抱起孩子，用前襟掩住胸脯，站了起来问："那、那会打到这儿来么？"

那汉子停住手，看了她一眼，又扭头看看冒襄，长长吐出一口气，说："谁知道！不过，这打仗嘛，好比吃肉，要吃就要挑肥的。杭城是大地方，鞑子的大军都在那边。不比我们这儿，自从八月里打了那一仗，城里的人死的死，逃的逃，到如今就剩下我们这些个'驴蹄筋'，捏在一起也榨不出几滴油来。依我看，鲁王爷要打也会先打杭城。我们这儿，哎，一时还轮不着呢！你说是么，老爹？"

老头儿点点头："嗯，这话在理！前些日子，这儿也没有大兵驻守。鲁王爷要打，早就该打过来了，也不用等到今日。"

这家人忧心忡忡地谈论着，站在门边的冒襄心中却噗通噗通地急跳起来。说实在话，尽管他为了一家人的活命，不得不剃掉了头发，但是内心深处，始终并不打算从此死心塌地投向清朝，去当那些化外夷狄的顺民。他知道浙东地区还在坚持抗清，总期待着寻找机会，逃到那边去。只是由于隔着一条大江，加上不知道义军那边的情形到底怎样，才又一直迟疑着。没想到，鲁王的军队竟然决定打过江来，而且一举派出十路兵马！那么就是说，义军在这半年中果然大有进展，并且已经强大得敢于全线出击。那他们的意图是什么呢？看来很可能打算一举收复杭州。如果是这样，海宁就一定会成为进攻的重点。因为这个地方根本不是那个汉子所说的那样无足轻重，恰恰相反，它距杭州不远，与义军占据的萧山县也只隔着一片特别狭窄的江面，三者互为犄角，历来是兵家必争之地……这么想着,冒襄浑身就不由得冒出汗来,有片刻工夫,只顾呆呆地站着,心中感到既激动,又纷乱。

"喂,客官,马都过完了,还呆着做啥哩?"一声呼唤在耳边响起,冒襄怔了一下,回过神来。果然,先前门外那股震耳欲聋的马蹄声已经听不见了,巷子又恢复一片沉寂。他回头望了望主人,有心打听更多一些开仗的消息,但随即又觉得对方见识浅陋,未必能得着要领,还不如赶快去问张维赤;于是便道过谢,转身出门,沿着狭长的街道,匆匆向前走去……

六

到了张维赤的家,却发现大门紧闭。敲了好一阵,才有张家的一个仆人匆匆出来开门。看见是冒襄,那瘦长个子一边用湿布擦着肮脏的大手,一边赔笑说:"主人不在家。"问去了哪里,也说不知道;但又不按以往那样,请客人进屋奉茶。冒襄不由得起了疑心,于是说声:"那么,我就坐等你家主人回来便了!"也不待对方答应,就径自跨过门槛,走进天井里去。

与冒襄不同,张维赤世居海宁,虽然不是什么豪富,但城中的亲戚朋友多,过活的办法门路也比冒襄多得多。他的这所宅子并不大,但没有遭到火烧,从天井到里面的房舍都还相当完好。起初张维赤也曾邀冒襄一家搬过来住。冒襄不想过于麻烦朋友,执意不肯,才作罢了。不过,每逢遇上束手无策的难题,冒襄仍旧只得找上门来。

"先生,请进堂屋小坐,或者我家主人转脚便回。"大约发现客人走进天井,就站着不动,那仆人跟上来说。

"嗯,你家主人打算搬家么?"冒襄望着散乱地摊开在天井的箱笼杂物,好奇地问。那些箱笼有的已经关上,并用绳索捆扎结实;有的则还打开着,露出里面的衣被杂物。三个丫环老妈模样的女人正在旁边忙着收拾。

"回先生:不是搬家。"仆人回答。

"不是搬家——那为的什么?莫非打算逃难?"

"先生是说逃……逃难?哦,这个,主人没有这等说。小人不知。"

对方这样回答,换了在平时,冒襄出于礼貌,就不会再问了。但眼下正关切着浙东义军的动向,他就破例地认真起来:"不知?你们怎么会不知?"

"哎,我说相公,"一个女人的嗓音接上来,是那个长着一张圆盘脸的中年女仆,"主人怎么打算,小人们做下人的又怎生得知?八成呀,是主人瞧着今儿个天气好,故此吩咐小人们把箱笼搬出来晒晒日头也未可知!"

如果仅仅只是把衣被搬出来晾晒一下,做主人的是不会不说清楚的。可是这些仆人却一个个都推说不知,显见是成心欺瞒搪塞。而且,这个女人说话的口气,也分明透着某种鄙嫌不逊的意味。冒襄错愕了一下,不由得心里有气,于是瞪起眼睛,训斥说:

"混账的狗才!你们拿我冒某当什么人了?竟敢在此戏弄本相公?啊!"

那几个仆人自然认得他是主人的朋友,被他一喝,都不敢回嘴,但也只是呆着脸,管自去收拾地上的箱笼杂物。看见这样子,冒襄愈加焦躁,正要大声追问,忽然听见一个熟悉的声音在背后说:

"哎呀,原来是辟疆来了!失迎失迎!"

冒襄回过头去,发现是老朋友回来了。大约是赶路太急的缘故,张维赤微胖的脸孔涨得通红,剃光了的前额上还渗出星星点点的细汗珠子。

"咦,辟疆,怎么不进屋?进屋去坐呀!"张维赤热情地催请说,没发现天井里的气氛不对。"快,奉茶!"这么吩咐仆人一句之后,他就挽起冒襄的胳臂,把朋友引到堂屋里去。

"对了,还有什么吃的,也拿出来,"张维赤用袖子揩着额上的细汗珠子,从仆人手中接过茶,又吩咐说,"在外间跑了半天,我也饿了!"

等仆人答应着去了之后,张维赤这才转过脸来:"唔,那么,鲁王挥兵渡江的事,兄想必已经听说了?"

冒襄的目光还在追随着仆人的背影,"嗯,吃的东西?不知他能拿出什么来?"这么心动地猜想着,蓦地,回过神来,连忙点点头:"嗯,弟适才听路人说,鲁王派出十路兵马打过江来。也不知真假,正要来请教兄。"

"这是真的。弟也是这两日才陆续听说,近几个月来,南边果然闹大了,在绍兴监国的鲁藩手下号称有十万大军,还有在福建称帝的唐王,也有许多兵马……"

说到这里,仆人的脚步声再度响起,食物端出来了,原来是热气腾腾的红薯米饭。不过,却只有一碗,筷箸也只有一双。

"咦,冒先生的呢?"张维赤诧异地问。

"回老爷,"那仆人一边把饭和筷箸放到张维赤的面前,一边恭顺地低着头回答,"适才小人叩问过冒先生,冒先生说他已经用过了!"

"噢,原来我兄已然用过了?"张维赤询问地转向冒襄。

起初,看见只端出来一碗一箸,冒襄也颇为疑惑,因为纵然只是红薯米饭,但那香喷喷的气味却令他立即馋涎直冒,饥肠作响,很想也能吃上一口。有片刻工夫,他还猜想着对方也许是分两次端出来,不料,钻进耳朵的竟是仆人那么一句当面胡扯的话,他不禁为之愕然。不过,当接触到撒谎者那隐藏在眼皮底下的狡狯目光时,他心里忐忑了一下,多少有点醒悟了——记得刚才进门时,自己因为一时气恼,呵斥了他们两句,看来他们便记恨在心,却故意在这当口上来报复自己。"啊,这些可恶的狗才,竟敢如此!"他顿时面红耳赤,羞恼交集地想,"什么狗屁红薯米饭!要换了当年,便是山珍海味、龙肝凤髓,我冒襄又何尝眨过眼睛!如今不过是虎落平阳,便落得被这些狗东西来欺负!"然而,愤怒归愤怒,出于对脸面的顾惜,他却只有硬着头皮,点一点头,说:

"兄台请自便,小弟——嗯,已然在家中用过了!"

这么说了之后,为着不受那碗米饭的引诱,他就咬紧牙齿,别转脸,不去瞧张维赤;同时,也尽量不去想那些仆人得意的鬼脸。

幸而,张维赤也许确实是饿了,也许觉得在朋友面前独自进餐有失礼数,三下两下就把那碗饭扒完,随即重新端起茶杯,说:

"嗯,适才弟说到哪儿了?哦,对了——听说前时我们逃出海宁那阵子,鲁王的兵马从南边渡过钱塘,攻下了富阳、于潜,势力已经伸展到浙西。这一次他派出许多兵马,不用说,是意欲围攻杭州。如今钱塘江上,日日喊杀连天,正打得热闹呢!"

冒襄紧皱着眉毛,专注地听着,一颗心再度急跳起来。证实本以为毫无希望的局面,当真出现了转机,自己也有可能因此摆脱眼前的狼狈处境,重新回到"自己人"的营垒中去,他不禁大为兴奋。这种心情又由于刚才那个无端的折辱,而变得更为急切。如果不是在此之前已经多少有所听闻,说不定就会振臂而起。他正打算向对方打听得更详细一点,却听见张维赤说:

"鞑子近日派了兵来驻海宁,此间迟早又要开仗,住不得了。好在到如今也没剩下多少东西了,无非是些日常用物,胡乱归拢一下,就完了——哎,兄请用茶!"

冒襄本能地端起杯子,听了这话,顿时又停住了:"兄是说,打算逃难?"他疑惑地问,随即想起进门时看见的那些箱笼行李。

"嗯,"张维赤点点头,"既然已经剃了发,就只能跟着鞑子跑了!要不然,等南兵打过来,可就活不成了!"

冒襄蓦地一惊:"啊,活不成了?这话怎讲?"

"是的。"张维赤抬起头,苦笑了一下,"闻得南边认定,凡是剃了发的,就成了鞑子,一经捉到,统统杀却!前些日子南兵攻澉浦时,许多乡民都因此被杀死。当时弟的一位远亲,也被捉住,是混在死人堆里,才捡回性命的!"

"那么、那么南兵难道不知道他们剃发是被鞑子逼的么?"冒襄着急地追问,同时觉得自己的声音在微微发抖。

"那些乡民当时也是这等苦苦哀求他们。惟是南兵说,这发式衣冠,是祖宗传下来的,谁个剃了,就是背祖灭宗,成了与鞑子一样的虎狼禽兽,甚至连虎狼禽兽都不如,只是替虎狼引路食人的伥鬼,留着都是祸根,非杀尽不可!"

冒襄目瞪口呆地噎住了。说实在话,在被家人逼着剃去头发的当儿,他心中虽然也痛苦不堪,恨自己心肠太软,顾虑太多,既不能抛开一切,投奔义军,又不能横刀自裁,一死了之,结果落得个忍辱含羞,苟且偷生,但是却万万没有想到,如此一来,自己——还有家人们,在昔日的同胞眼中,竟成了虎狼禽兽,成了该死的伥鬼!

"可是,这分明是不对的,是胡闹!"他猛地站起来,气急败坏地反驳说,"民众明明是被迫的,我们都是被迫的!怎么就成了异类?我们不是异类!我们……"他本想大声申辩下去。然而,当目光落在张维赤那半爿锃光瓦亮的脑壳和支棱在后面的辫子上时,他就不由自主地联想起自己那令人厌恶的可耻模样,嗓门也低了下来,并且闭口不说了;半晌,终于垂头丧气地坐回椅子上。

"闻得这些天南兵忙于轮番向杭城掇战,一时还顾不上海宁。"张维赤又说,"他一旦腾出手来,说不定立时就到。兄还须早自为计才好！"

"……"

"嗯,兄还是早自为计的好！"张维赤又重复了一句。

"那么,兄是何时得知此事的？"冒襄阴沉地反问,没有抬头。

"这——也就这两三日吧！"张维赤的口气有一点含糊,随即又解释说:"弟本欲早点知会兄,只因弄不清南兵到底来不来,所以……"

冒襄尖锐地瞥了对方一眼,心中顿时涌起一股怨忿:"哼,原来他得知消息已经好些天,却只顾自己忙着张罗出城避祸,把我抛到了脑后。直到今日我巴巴地找来,才叫我早自为计！都到这种地步了,还能早什么？又有什么'计'可'为'？"

"哦,瞧我简直是忙昏了头！"大约看见冒襄沉着脸不说话,张维赤眨眨眼睛,显然记起了什么,说:"好些天不见,令尊、令堂的贵体想必都康健？"

冒襄没有马上吭声,直到张维赤被眼前的静场弄得有点莫名其妙,他才淡淡地说:"多承垂问,托庇粗安。"

"噢,这就好！这就好！"张维赤连连点着头,停了停,又提醒说:"不过,还须早自为计——海宁离江边太近,最好躲得远些,越远越好！"

无论是眼下在海宁还是前些日子在海盐,冒襄一家都可以说是人生地疏,全靠张维赤安排照应,才勉强捱到今天。要是再度离开海宁,一家人可就变得前路茫茫,不知应该投奔何处。但这一次张维赤迟迟不向自己通报消息,刚才又是那样一种口气,看样子已经不打算继续给予安排……"哼,什么'早自为计'！无非是你想把我们一家当包袱甩掉,好自己逃命罢了！怪不得刚才那顿饭,你独自吃得那等舒心！"他恼恨之极地想。

杂沓的马蹄声,又从外边的街巷里传了进来。由于两位朋友暂时停止了谈话,这急雨般的声音听上去是那样冷酷、无情,像一颗颗尖利的钉子,一直敲进人的心里……终于,冒襄一挺身站了起来,一声不响地朝门外走去。

"哎,辟疆,你要上哪儿?"大约看见他神气有点不对,张维赤奇怪地问。

这一次,冒襄倒主动站住了。他偏过身子,望着一脸茫然的朋友,淡淡地说:"上哪儿去,兄这就无须管了。总而言之,今后弟也不会再来劳烦兄就是!"

说完,他便转过身,大步向外走去,任凭张维赤在后面大声呼唤,再也没有回头。

七

鲁王军队蛮横而残暴的报复行为使冒襄感到震惊和绝望。在城东他的家里,同样的消息也已经传开,并且在家人中引起巨大的恐慌。

消息是由冒成带回来的。目前家中惟一剩下来的这名男仆,几乎独力挑起了养活全家大小的担子。也真亏了他的耿耿忠心和特别能干,这个十口之家虽然生计艰难,尚不至于断炊绝粮。今天,冒成受雇到城外去替人打短工,听到鲁王的军队将要打过江来,并对剃发投清的士民横加诛杀的消息,十分紧张,立即赶回家中报信,正好冒襄外出不在,便报告了冒起宗。冒起宗目瞪口呆之余,让冒成马上到张维赤家去找冒襄。谁知冒成去了半天,却独自回来,说冒襄已经离开了张家,到底去了哪里,张维赤也不清楚。于是一家人便变得像热锅上的蚂蚁,愈加惶急起来。

现在,冒成已经再度出门,去继续寻找。马夫人、奶奶苏氏、刘姨太、董小宛,还有丫环春英,则齐集在冒起宗的屋子里,等候消息。已经过了晌午,桌子上,那一席几乎顿顿如此的午饭——发霉的玉米糊,也摆开了很久,可是大家全都愁眉苦脸,谁也没有心思去吃。这当中,照例又数马夫人最为惊恐紧张。老太太手中拿着一串念珠,盘腿坐在用破竹门搭成的坐榻上,一会儿闭着眼睛,嘴里念念有词;一会儿张开眼睛,问:"襄儿……回来了么?怎么……还……不回来呀……"颤抖的声音,失神的目光,愈加把人们弄得意乱心烦。大家知道她的秉性,因此都不去阻止。但是时间一长,可就有点忍受不了。冒起宗首先跺一跺脚,发火说:

"够了!别颠来倒去的唠叨个没完了!听见没有?"

这声断喝似乎有效,马夫人果然停止了诵经,拿着念珠的手也垂了下来。然而,正当大家松了一口气时,老太太却再度睁开眼睛,固执地用颤悠悠的嗓音问:"襄儿……回来了么?怎么……还……不回来……"

大家不由得倒吸一口凉气,同时,不无担心地把目光投向冒起宗。发现老爷那张清癯秀气的脸蓦地涨红了,显然要发更大的脾气,奶奶苏氏连忙站起来劝解说:

"哎,老爷别生气。太太是心里着急罢咧!说来也真是的,竟有这种骇人的事,谁个心里不着急呢!偏偏相公又不见回来!桌上的饭都凉了。依媳妇之见,老爷、太太还是先吃饭吧!"

说着,她就挪动小脚,走向桌子,伸手摸了摸盛着玉米糊的碗,回头吩咐:"小宛,这饭都凉得不能吃了,拿到厨下去热一热再端来!"

董小宛早在旁边准备着,连忙答应一声,上前去把玉米糊倒回瓦罐里,谁知,却听见马夫人有气无力地说:"不要热。襄儿不回来,这饭我是不吃的!"

"别听她的!"大约看见董小宛讪讪地住了手,冒起宗冷冷地说,"为什么不热?热!她不吃,我要吃!"

老太太溜了丈夫一眼,嘴巴开始一扁一扁的,可怜巴巴地说:"啊呀,你今儿个火气可真大!我知道,你是嫌我拖累你。不错,我胆小,我没用!你也不用发火,趁着又要逃难,你就把我丢下,让我死了好了!"说着,用袖子掩着面孔,呜呜地哭泣起来。

"你说什么?我嫌弃你?这挨得上吗!我是叫你不要唠叨个没完!南兵就要打来了,凡是剃了头的碰见都得死!你知道不知道?是我得死,不是你!知不知道?啊,已经够烦的了,可是你还要胡搅蛮缠!"冒起宗忍无可忍地吼叫起来。

两位老人家这么一吵不要紧,夹在中间的董小宛却被弄得进退两难。她站在桌边,去拿玉米糊又不是,不去拿又不是。正在狼狈之际,忽然听见有人说:"哎,你呆着做什么?不管现在老爷、太太吃还是不吃,这玉米糊都不能这么放着呀。你就先拿到厨下去热着好了!"

说话的是生得身材矮胖的刘姨太。因为替冒襄添了一个弟弟而显得颇为神气的这个女人,一边摆弄着刚满周岁的男婴,一边在转着眼珠子,已经有好一会儿了。

董小宛被她提醒,如同得救似的,连忙答应一声,把玉米糊一碗一碗地倒回瓦罐里,双手捧着,匆匆走出屋子去。

刘姨太斜眼目送着,等董小宛的背影消失了,她才回过头来,叹了一口气,说:"按说呢,我们这个家本来可是好端端的,别说老爷、太太从来都和和气气,就是我们这些人,何尝吵过架?可自从她进了门之后,祸事就接二连三的,没有断过!哎,也不知少爷当初是怎么打算的,什么正经人家的女儿不好娶,偏偏娶回这么个没根没蒂的货!"

停了停,看见屋子里的人全都转过脸来,现出疑惑的神情,她又接着说:"按说呢,她也是个苦命可怜的人儿,年纪轻轻就落到了那种地方。想来总是前世积下的罪孽,故此今生注定要吃苦受罪。只是,就怕她积孽太重,自己报偿不来,还要拖累旁边想搭救她的人也一齐倒霉受罪!"

这一回,大家自然都听明白了。奶奶苏氏望了望公公和婆婆,发现两位老人没有吭声,她就做出微笑,说:"姨太太这话也说得太唬人!依媳妇瞧,小宛这丫头倒还循规蹈矩,手脚也勤快。有她在相公身边,媳妇倒省了许多操心!"一边说,一边眼圈却红了。

刘姨太撇撇嘴:"我也是常常这等夸她——太太知道的。可就怕命太苦!再规矩勤快也是白搭。要不,怎么进门快三年了,至今肚子里连个影儿也没有?"

如皋冒氏中他们这一房,至今人丁单弱。这已经成为家人的一块共同的心病。现在听刘姨太这么一说,大家顿时你望我,我望你,都不禁变了脸色。

"哎,想想嘛,有些事儿也真觉着蹊跷!"苏氏皱着眉毛,疑疑惑惑地说,"我家在如皋本来住得好端端的,自从小宛丫头进门后,才只一年,就又是逃难,又是遭抢,还死了那么多人,直落到如今这种地步!而且还没有个完!莫非、莫非这当中真有什么古怪不成?"

"要……要是这等,"马夫人颤抖着嗓门接上来,"那么,前……回逃难,襄儿曾……说,将她抛下,是我同老爷不……不忍心,把她又带上了,结果,倒成……了祸根?"

她说的前回逃难,是今年六月举家离开海宁,决定向东逃往海盐时,冒襄感到孤身一个,既要照顾父母,又要照顾妻儿,实在力不从心,为了避免闪失,曾经提出把董小宛就地托付给朋友照料。这件事,当时大家都知道,后来因为到底没有这么做,也就丢开了。不过,此时此刻,听马夫人重新提到这件事,大家都不禁面面相觑。

倒是冒起宗现出不耐烦的神情。他摇一摇头,站起来说:"岂有此理!国破家亡,颠沛流离,遭受屠戮之家又何止千万!怎能将根由归之于一个弱女子？哎，你们这些都是妇人之见！妇人之见！"

"啊呀，老爷，"刘姨太柔声地分辩说，"这种事可是有的呢！妾听人……"她本想说下去，可是站在门边的丫环春英忽然发出"嘘——"声，并且竖起一根指头，把她止住了。

片刻之后，随着一阵细碎的脚步声，只见董小宛重新出现在门口。她显然不知道刚才屋子里的议论，跨过门槛之后，就习惯地站到一旁，转动着眼睛，现出有所等待的神情。

"嗯，你怎么了，莫非打算出门？"由于注意到董小宛的头上，异样地用一块罗帕包住了发髻，冒起宗发出询问。

"哦，不是的。"董小宛赶紧回答。

"那么——"

"禀老爷、太太、奶奶，"董小宛上前一步，跪了下来，"婢子适才听说，鲁王爷的兵打过来，凡是遇见剃了发的，都不放过。婢子想，若是老爷和相公装上假发髻，就不怕了。可是急切之间，哪里去寻这做髻的头发？故此……"

"啊，你——就把头发剪下来了？"

董小宛轻轻地点一点头："刚才婢子在厨下，后对门的王卖婆过来说，眼下城里人人都抢着收罗头发做假髻，问婢子卖不卖，还说有人愿出好价钱。因此提醒了婢子——"她一边说，一边把藏在袖子里的一束头发拿了出来，捧在手里，微微红了脸，补充说："就不知合不合用……"

在董小宛回禀冒起宗的当儿，屋子里的女人们起初还冷着脸，摆出爱听不听的样子。但渐渐，她们就变得专注起来。不过，当碰到董小宛明亮的目光时，一个个又不由自主地即时移开了眼睛。

冒起宗看了她们一眼，沉吟着，随即以一种众人所少见的和颜悦色对董小宛说："难得你有这份孝心！只是好端端的发髻，你也不同我们商量,就剪了,未免太快了点儿。眼下到底怎么办,还没定呢,总得等襄儿——"他本要说下去,忽然,像遭到什么禁制似的,顿住了,一双眼睛却直愣愣地望着门口。

大家莫名其妙地回过头去,顿时,也像被扼住了喉头似的,变得目瞪口呆。不错,那是冒襄,是全家望眼欲穿地等待着的冒襄!然而,令她们大吃一惊的是,眼前的冒襄已经完全不是早先离开时的模样。他那白皙的脸孔变得异样的通红,辫子散掉了,头发纷披着,身子也在摇摇晃晃地站不稳。一股浓烈的酒气从他的身上弥漫开来,中人欲呕。

"哎,相公,你、你喝了酒?"苏氏战战兢兢地问,忙不迭迎上前,打算搀扶他。

但是冒襄粗暴地推开妻子。他一手撑住门框,慢慢转动着脸孔,醉眼迷离地环顾着。当目光落在一张空着的椅子上时,他就歪斜着身子,蹒跚地走过来,一屁股坐了下去。

"襄儿,你……怎么啦?"马夫人颤抖着嗓门问,随即由春英扶着,来到儿子跟前。

"嗯,问你呢——你到底做什么去了?"看见儿子低垂着头不回答,冒起宗也忍不住从旁催问。

"没……没做什……什么,孩儿只……只是喝……喝了一点!"冒襄打着酒嗝,并且伸出一根指头。

"嗯,只……喝了一点!"他醉态可掬地转向其他的人,争辩地又说。

一向自律颇严、举止文雅的儿子,竟然变成如此模样,这是从来没有过的。冒起宗终于沉下了脸,不满地责备说:"看看你成了个什么样子!南兵就要来了!全家人都等着你回来商量,可你却躲到外头去喝酒!"

冒襄本来已经闭上眼睛,听了这话,又重新睁开来,大着舌头说:"南兵?啊,不错,南兵要打海宁,还、还要杀人。凡是剃了发的,都……都杀,咔嚓!哈哈!"

冒起宗的眼睛睁大了,眉毛也竖起来,但仍旧隐忍着:"好,既然你也知道了,那么你说,如今该怎么办?"

"怎么办?"冒襄不在乎地把手一挥,"都……到这种地步了,又、又能怎么办?他要杀,就让……他杀好了!反正就是这一、一条命,迟早都保……不住的。早死了,早……干净!"

在兵临城下的凶险关头,儿子居然躲到外头去酗酒,让家人急得直跳脚,这已经使冒起宗恼火异常;现在冒襄不但喝得烂醉,而且还说出这种话来,更使做父亲的不由得勃然大怒。

"混账!"他猛地挥起手,"啪"地给了儿子一个耳光,咬牙切齿地呵斥说:"死了干净?你竟敢对我、对你的母亲、你的妻儿说这样的话!我们一次一次地派冒成去寻你,连饭也不吃,等你回来,担心出了什么事。你在外头吃饱了,喝足了,却回来对我们说这种话!你还有心肝没有?啊!"

在父亲的巴掌落下时,冒襄的脸孔分明抽搐了一下,僵住了。不过,由于这一记,他似乎终于清醒过来,有片刻工夫,大睁着眼睛,呆呆地坐着;渐渐地,泪水充满了眼眶。忽然,他使劲挣脱妻妾的护持,噗通一下跪了下去。

"你以为我没有想过么?"他用撕裂的嗓音嚎叫说,冤苦地用拳头捶着地面,"可是头发都剃掉了,还有什么办法?我早就说过的,不要剃,不能剃!可你们就是不听!偏要剃,现在结果怎样呢?南兵打来了,又要挑剃了头的杀!怎么办呢?莫非还要逃出去?可又逃到哪里?过去还有一个张维赤可靠,如今连张维赤也靠不住了!即使逃出去,也难保不会遇着南兵,就像前回遇着鞑子兵一样!不错,眼下城里许多人都忙着自做假髻,想糊弄过去。可是听说南兵也知道了,到时都要揭起头发验一验!到底是没有用的!

总之,既然到了这一步,就听天由命吧!不要再逃了。就算你们要逃,我……也……不、不逃了……"

起初,他痛不欲生地哭叫着,发泄地撕扯着头发和衣衫,那样使劲,以至苏氏和董小宛在旁边拉也拉不住。可是到了后来,他的声音就小下去,而且断断续续,有点上气不接下气。到末了,他忽然倒在地上,全身蜷缩起来,牙齿也开始格格作响,并且不停地发出唔唔的声音。

看见这样子,在旁边侍候着的董小宛连忙推一推他:"相公,相公!"叫了两声,见没有答应,又低头仔细一瞧,忽然,她全身一抖,惊慌地尖叫起来:

"哎呀,不成了!哎呀,相公要不成了!"

第 七 章

一

　　鲁王的军队全线渡江的消息，使海宁的士民再度陷于惊恐与混乱。不过，战火最终并没有蔓延到那边去。真实的情况是：从十月初八到十五的八天内，战斗始终只局限在杭州南、东两翼的江边一带进行。而且东线的明军由于兵力不足，大多采取突袭游击的方式，虽然将士们作战英勇，也颇有斩获，但始终未能扩大战果。倒是南线战斗的规模比较大。特别是总兵官镇东侯方国安所部的主力明军，从富阳县沿江挺进，清兵抵挡不住，节节败退。明军一直推进到杭州城外十里的地方。清朝浙江总督张存仁闻报，亲自出城迎战，结果再次大败。方国安乘势挥兵掩杀，一直追到杭州城东南角的草桥门。如果不是碰上突如其来的一场大风雨，说不定就会攻进城里去。纵然如此，这样一次前所未有的大捷，已经足以使浙东官民众口哄传，极大地兴奋起来。于是，当"连战十日"的计划结束之后，鲁王便传下谕旨：定于十一月一日，在与杭州隔江相望的萧山县境内大阅兵马，以激励士气，显示军威。到时候，照例要论功行赏，对一大批将士加官晋爵；而作为这次阅兵的高潮，则是举行隆重的筑坛拜将仪式，任命众望所归的方国安为大将军，把各路军马统一交由他来统率。

　　今天，是十月三十日，已经收兵返回原驻地的各路军队，又纷纷按照命令重新开拔,向阅兵的地点——官山下集结。当然,也并非所有军队都来,而只是派出一部分训练有素的精锐之师。即便如此,在通往官山的各条大路上,也已经一天到晚人喊马嘶,尘土飞扬。由号衣、刀枪和各式旗帜连缀而成的队伍,络绎不绝地蠕动着。显然是打了胜仗的缘故,这些队伍看上去全都精神抖擞,士气高昂,一边走,一边还扯开喉咙,用粗犷的嗓门唱起了歌:

弗见了情人心里酸!用心模拟一般般。闭了眼睛望空亲个嘴,接连叫句俏心肝!

别人笑我无老婆,你弗得知我破饭箩淘米外头多!好像深山里野鸡随路宿,老鸦鸟无窠别有窠!

瓜仁儿本不是稀奇货,汗巾儿包裹了送与我亲哥!一个个都在我舌尖上过,礼轻人意重,好物不须多。多拜上我亲哥也,休要忘了我!

正二更,做一个梦团圆得有兴!千般思,万般爱,搂抱着亲亲!猛然间惊醒了,教我神魂不定,梦中的人儿不见了,我还向梦中去寻!嘱咐我梦中的人儿也,千万在梦中等一等!

我做的梦儿倒也做得好笑,梦儿中梦见你与别人调,醒来时依旧在我怀中抱。也是我心儿里丢不下,待与你抱紧了睡一睡着,只莫要醒时在我身边也,梦儿里又去了!

他们自得其乐地吼叫着,吼完一支又一支,全不顾调门对不对,板儿准不准。前面吼声刚歇,后面又接上来,吼到肉麻撩人之处,还爆发出阵阵哄笑。

当然,也不是所有队伍都是如此。譬如说,来自驻扎在官山以北一线的绍兴、余姚、慈溪、宁波等府县的明军,情绪就远没有那么高涨。他们虽然也匆匆行进着,却明显地沉默得多,人数也少得多。说来也确实令人沮丧,自从朝廷决定实行"分地分饷"之后,作为临时招募而来的民军,他们便被挤对到只能靠"自行筹措"来维持的境地,结果粮饷的供应严重恶化,军心也迅速陷于混乱和瓦解。就在渡江作战的前夕,整营整营的士兵抛下武器,请求离开,留也留不住。到如今,本来多者上万、少者也有四五千人马的这六家明军,除了一两家情形稍好之外,其余的全都只剩下不足二千人,甚至更少。如果说,在"连战十日"期间,东面一线未能取得更大战果的话,相当重要的原因就在这里。他们的处境和遭遇既然如此,自然也就很难对眼前的阅兵感到兴奋,也很难活跃得起来。

不过,对于也属于其中一员的黄宗羲来说,眼前这一切,他却是看不到的。因为他压根儿就不在队伍里,而是留在龙王堂的营地,没有前来参加阅兵。

他之所以这样做,是因为自从半个月前返回黄竹浦催饷,耳闻目睹了村中的种种情形之后,心情一直十分恶劣。加上随之而来营中的士卒严重流失,以致在渡江作战时,余姚明军中他们所统领的一支,几乎无所作为,与八月间那一场仗相比,可谓判若两军。这使他沮丧无奈之余,愈加感到愤恨难平。如果不是想到大敌当前,除了拼力抗争,杀出一条生路,可以说别无选择,他很可能也会甩手不干了。尽管如此,到了得知还要举行什么阅兵,并且要拜方国安为大将军时,他就觉得一口恶气无论如何也咽不下去。"哼,姓方的是个什么东西!凭着手握重兵,把满朝文武全不放在眼内,专门排斥欺压我们民军,硬逼着朝廷'分地分饷'的就是他!到头来还要我黄某反过来急颠颠地赶去给他捧场凑兴,休想!"因此,到了商议前往参加阅兵的人选时,黄宗羲就向孙嘉绩说明心情,执意留了下来。

现在,孙嘉绩已经率领大队人马出发多时,黄宗羲把留守的士卒重新作了调整部署,又处理了一些杂务之后,本想坐下来,最后再校阅一次那部由他新编的《鲁监国元年大统历》,以便呈交朝廷颁布实行;但是因为心情烦躁,终于还是抛下笔,带上黄安等几名亲兵,离开住所,沿着营地慢慢地走去。

已经是傍晚时分。薄云浮荡的天空中,冬日的斜阳无力地照临着。从北岸吹来的风,紧一阵慢一阵地揪扯着人们的衣衫,也摇撼着远近灌木丛光秃的枯枝。因为这一带正在打仗,绝大多数居民都已经逃离,如今偌大一片河滩上,空荡荡的看不见人影。只有几只白色的沙鸥从钱塘江那边飞来,侧着身子匆匆掠过,一转身,又扑扇着修长的翅膀,消失在烟波浩渺的远处,使萧瑟寂寥的天地,好歹增添了一点活跃的声息……不过,黄宗羲并没有注意这些。他皱着眉毛,闷闷不乐地走着,同时想象着孙嘉绩率领队伍,经过大半天的跋涉,不久将要抵达指定的集结地,投入检阅前的准备。只不过,身为堂堂督师的孙嘉绩,手中只剩下那么一点点疲兵弱卒,一旦站在方国安、王之仁率领的正规军旁边,肯定会愈加显得寒伧、可怜、微不足道……"哼,孙硕肤他们也真够窝囊。这次浙东举义,明明是他们带头闹起来的,鲁监国也是他们一手定策迎立,可是全不知因势施为,改弦更张,仍旧一味因循旧习,惟监国一人的意旨是从,惴惴然以奴仆自处。怎么开导,他也不听。结果,让方国安、王之仁那帮将帅轻易把持了大权不算,连兵饷也全给对方霸占了去,自己分不到半点儿,到头来竟成了个光杆子督师!如此谋国,还有什么指望?"这么想着,黄宗羲的忿懑不由得又增加了几分,踩踏在沙地上的脚步也更加粗重了……

不过,他终于转过脸去。因为他听见,从右前方的河滩上,那一排接一排的窝棚当中,蓦地传来了一阵喧嚷。那些供士兵们住宿的窝棚,是用竹子和芦苇临时搭成的,过去因为兵多,偌大的河滩上曾经密密层层地搭了个满。到如今,不少已经被推倒、拆掉,变成了御寒的柴火;剩下的也成片成片地空置着。这些窝棚,大都搭得相当简陋而且低矮。士卒们必须弯着身子才能钻进去。到了人一离开,那里很快就成了野狗的乐园。它们呼朋引类地钻进里面寻找食物,调情斗殴,拉屎拉尿,甚至生儿育女。害得士兵们经常要像狩猎一样,前攻后堵,下死劲往外轰赶。现在,黄宗羲发现,那里正聚集着一群士兵。他们手中拿着枪棒,散落地摆出围攻的阵势,在那里大呼小叫。看样子,必定又发现闯进了什么不速之客……

"哼,这才叫现眼报呢,一旦倒了霉,连野狗也来欺侮我们!"望着手忙脚乱的士兵,黄宗羲默默地想。忽然,他激动起来,伸手夺过亲兵拿着的一根长枪,转身向窝棚大步奔去。

"散开!都散开!到那边去,到后面去!"他一边高声叫着,一边朝那些士兵做着手势。"是的,我非要把那些可恶的东西逮住,狠狠揍一顿不可!"他恼恨地想。

"在哪儿?是这里吗?啊?"当冲到士兵们站立的地方,他瞪着眼睛追问。

"禀老爷,小人们也说不准。"一个长得矮墩墩的兵回答。

"那么你们……"

"小人们刚才走过这里,听见哗啦一响,又乒乓一声,便过来瞧瞧,却又不见影儿,八成是那畜生怕赶,藏起来了。"

黄宗羲打量了一下眼前的窝棚,发现它搭成长条样,左右各有一个门进出,便用长枪朝那几个士兵一指:"你,你,还有你,到那边去!你和你,到后边,都把牢了!"说完,也不等回答,他就弯着腰,从右边的门钻了进去。

这是一间已经弃置了的窝棚。棚顶是用竹子支起来的,地下也铺着竹子,平日士兵们就并排地睡在上面。大约因为天冷,所有的窗洞都被封住,里面变得黑幽幽的,只有从门口的方向透进来一点光。黄宗羲依稀看见,棚了里乱堆着些禾草,还有各种被丢弃的破坛烂布。地上东一摊西一团地布满了各种可疑的事物,一股浓烈的屎尿臭味从脚下散发出来,直冲鼻孔。也就是到了此刻,黄宗羲才明白,那几个士兵为什么迟迟不进来搜查。不过,就此退出他也不甘心,于是侧起耳朵听了听,没觉出什么动静,便踮起足尖,小心翼翼地寻找着落脚之处,走过去,举起长枪,朝那些禾草猛然一戳,没有什么反应,又接连再戳了两下,仍旧没有动静。"嗯,刚才外面大叫大嚷的,那畜生自必已经走掉了!"他想,随即把枪杆向横里一搅,打算就此退出。谁知,就是这最后一下,禾草堆里忽然发出一声尖叫,直滚出一团黑乎乎的东西来!

黄宗羲反而吓了一跳,忙不迭向后跃开。不过那东西显然更加害怕,它匍伏在地上,不停地蠕动着,像在叩着头,同时发出"军爷饶命!军爷饶命!"的叫声——原来是一个人!

黄宗羲这才定下神来。"你是谁?"他用长枪逼住对方,厉声喝问。

"良民百姓!小人是良民百姓!"

"良民百姓?良民百姓怎么会钻到这里来?"

"走岔了路,小人是走岔了路!"那人继续叩头如捣蒜。

黄宗羲半信半疑,为了审个明白,便把长枪一摆,命令说:"走,到外头去!快点!"待那人畏畏缩缩地挪动身子,他又隔着棚壁高声说:"外边的听着!这里逮着个人,你们可都把住了!"

外面的士兵自然听到棚里的对答,因此齐声答应。果然,等那人一露头,他们就一拥上前,把他按住,送到尾随而出的黄宗羲面前。

也就是到了这时,黄宗羲才看清楚俘虏的模样。原来是个脸色蜡黄的中年人,脑门秃而亮,穿着一身黑色衣裤,还打了缚腿。显然是在窝棚里折腾了半天的缘故,他的瘦脸上满是污迹,头发胡子乱蓬蓬的,还沾着好些禾草。此刻,他那双小眼睛正从眉毛底下胆怯地窥伺着,仿佛想弄清自己的处境。

"嗯,你是何人?"把对方打量了一番之后,黄宗羲冷冷地再度发问。

那人连忙双膝跪下,结结巴巴地说:"小人陈、陈九,西兴人氏,世代良民,今日本、本想去长山走亲戚,因走岔了路,遂致、遂致误闯大营,还望大老爷宽恕!"

"胡说!你不是良民,是鞑子的细作!"

"老爷息、息怒,小人不、不是细作,实在是良民百姓!"

"既是良民,为何不堂堂正正问路,却要躲进窝棚中?"

"小人见了、见了许多兵爷,心中害、害怕,故此……"

从被逮住起直到这一刻,那陈九始终缩作一团,一副可怜巴巴的样子。黄宗羲心想:"瞧他老实巴交的,不大像是歹人,也许确实是误入营中?"于是又问了一些别的问题,看见对方都答得上来,他便终于缓和了口气,说:

"此处是军营,眼下在打仗,乱闯进来,捉到是要砍头的!知道吗?念你是初犯,今次姑且饶了,若然下次再捉到,必定严惩不贷——可听明白了?嗯,去吧!"

陈九起初还有点发呆,当终于明白过来,就"啊"的一声,伏在地上,连连叩着头:"多谢大老爷开恩饶命!多谢大老爷……"说着,爬起来,慌里慌张地转身就走。

"哼,本该搜一搜他身上才对!"黄安在一旁嘀咕说。

这话倒提醒了黄宗羲,他连忙说:"哦,不错!你们快叫住他,上去搜一搜!"

几个士兵答应一声,立即奔过去,重新把陈九喝住,围住他上下搜摸起来。出乎意料,这一搜摸,也如同刚才在窝棚里一样,居然就有收获——很快地,一封书信便交到了黄宗羲面前。

"怎么,当真还带着信?嗯,也不奇怪,既然出门一趟,自然……"这么疑惑着,黄宗羲就接过信函,瞧了瞧封套。起初,他还不怎么在意,然而,当他的目光变得稍为专注时,却像被毒虫螫了

一口似的,差点没跳起来。因为封套上赫然写着这样一行字:

孙督师硕肤大人亲启

而下面的落款则是:罪员马士英拜呈

"什么?马瑶草!居然是马瑶草!"他不胜惊愕地瞪大眼睛。早在清兵挥兵南渡长江、逼近南京时,身为内阁首辅的马士英就不战而逃,致使明朝在江南的防线顷刻瓦解。后来听说他逃到了杭州。但是到了住在杭州的潞王献城投降之后,就再也没有马士英的消息。有人传说他死了,也有人传说他投降了清朝。连月来因为戎马倥偬,黄宗羲也没有工夫再打听,惟有把一口恶气藏在心里。万万没有想到,这个十恶不赦的奸臣头子又重新冒了出来!

"好啊,原来你是给马瑶草送信的!"他逼视着被重新押回来的陈九,厉声质问。想到自己刚才几乎受骗上当,他简直气得七窍生烟。

在身份败露的一刻,那陈九虽然显得慌了手脚,但随后就镇定下来。他不再下跪,说话也不再结巴,而是抬起脸,直望着黄宗羲,面无表情地回答:"不错,学生陈九如,是马阁老的旧识。今日受他之托,要将一封书信亲手交与孙大人。不料来迟一步,孙大人已经赴官山阅兵……"

"放屁!"黄宗羲勃然大怒,"什么马阁老?是马老贼!我问你,你既是要送书与孙大人,为何如此鬼鬼祟祟?马老贼在书中到底说些什么?啊!"

"这个——"陈九如淡淡一笑,"学生可就未得其详了。学生只知道,马阁老——还有阮圆海阮大人,现今都在镇东侯的营中。镇东侯对马、阮二老十分优礼,不日便要奏请鲁监国,下旨起用了!"

镇东侯,就是如今深受鲁王倚重,准备拜为大将军的总兵官方国安。听说马士英竟然躲进了方国安的营中,而且还有阮大铖,黄宗羲的脑袋"嗡"的一下涨大了,浑身的血也沸腾起来。一种噩梦重临的感觉攫紧了他。他瞧着手中的信函,恨不得立即撕开来,看看里面到底说些什么。但信是给孙嘉绩的,到底不能私自拆看,咬了几次牙之后,他只好猛一挥手,喝令士兵:

"你们给我把这狗贼拘管起来,无我之命,任何人都不得擅自释放!违者军法从事!"

说完,就转过身,气急败坏地匆匆向自己的住处走去。

片刻之后,他已经和黄安分别骑上快马,加鞭奔驰在前往官山的路上了。

二

陈九如并没有扯谎,马士英和阮大铖的确跑到了方国安的营中,而且眼下还跟随他们的庇护者一道到了阅兵的地点——官山。只不过由于这二人的恶名实在过于昭著,随时随地都可能引发公愤,就连方国安也觉得在奏准鲁监国之前,不便贸然让他们公开露面,因此这两个人才不得不暂时躲在营帐中,等候消息。

其实,马士英和阮大铖并不是最近才跑来依附方国安的。早在杭州逗留的时候,他们就遇到了自池口率兵南逃的方国安,三人气味相投,一拍即合,本想转而捧出潞王来"监国",以图再度把持政局。谁知不久潞王就决定献城投降,他们只好一齐逃过了钱塘江。在鲁王政权建立之后这四个多月里,马、阮二人一直躲在方国安的军营中,帮着出谋划策,前些日子那个"分地分饷"的蛮横要求,其实就是他们的主意,为的是打击和削弱地方义军的势力,好让像方国安这样的正规的军人把持军事大权。结果,这个目的达到了。如今方国安的地位急剧上升,成了鲁王政权中首屈一指的军事强人;而孙嘉绩、熊汝霖、郑遵谦、于颖等一批首倡举义的元老重臣,则由于军饷不继、部属的解体而日益失去影响力。局面摆布到这一步,马、阮二人也就认为他们重新出山是水到渠成的事,应该没有多大的问题。然而,方国安却至今仍旧只让他们待在营帐中,就未免令这对难兄难弟有点扫兴了。

现在,前来参加阅兵的各路兵马已经纷纷云集。即使隔着营帐,也可以听到外面远远传来潮水一般的声浪。那声浪乍一听只是纷纷攘攘的一片,而侧耳细听,就可以分辨出战马的驰骋,号角的长鸣,人群的呼喊,以及车轮的滚动。按照预定的计划,正式的阅兵要到明天辰时才开始,因此眼下这些声浪,只是军队进入各自营区时掀起的。但凭着来自四面八方的、直到入夜仍旧接连不断的人喊马嘶,却不难想象到:未来的阅兵规模必定相当盛大,而为方国安举行的筑坛拜将仪式,也将会十分隆重庄严。正是受到这种越来越浓烈的气氛刺激,阮大铖再也坐不住,一挺身,从临时充作凳子的一段木头上站了起来。

"哼,这老方也真是的!"他腆着依旧圆鼓鼓的大肚子,气呼呼地说,"我们挖空心思地给他出主意,帮他把兵权抓到手,到头来他却把我们关在这里,只顾自己去出风头,也不知到底捣的什么鬼!"

靠在矮桌边上的马士英,却已经没有昔日贵为首辅时的威严风度,相反显得有点颓唐。他擎着手中的半盏残酒,抬了抬眼皮:"别急嘛,老方是讲交情的人,既然答应了我们,自然不会食言。你我还是耐心等待为是!"

"等,等,都等了快半年了!每回入朝,都说必定代我们启奏,可就是没有一次有下文!"

"嗯,他也自有他的难处。一个武人,本来就无权干预朝政。何况如今朝中那帮子掌权的,全都把我们看成十恶不赦的罪魁祸首,一个个像乌鸡眼似的盯着,稍一不慎,就会被他们一窝子扑上来活活啄死——唉,这事难哪!"

"可是,如今他们手下的兵不是已经让我们给搅散了么!没有兵,谁还怕他个鸟!哼,这些年我也算经历得多了,自己的事只有自己才真正着紧。当初在留都,要不是我下死劲儿催逼,你马瑶草只怕也未必那等上心,时至今日,我阮胡子只好依旧守在家中当寓公呢!"

马士英本来没精打采地坐着,听了这话,他的眼睛眨巴了一下,那张酡红的瘦脸随即涨成深紫,山羊胡子也翘了起来。蓦地,他把酒杯往桌上一放,怒声说:"我不上心你?老实告诉你吧,我如今后悔就悔在当初太上心你,结果弄到千夫所指,恶名加身,落得如今这种境地!"

看见马士英发火,阮大铖也来了劲。他双手把大胡子一扯,恶狠狠地说:"好啊,你总算说出来了!怪不得自打杭州见面你就没有好脸色,原来是怪我败坏了你的锦绣前程!可是,这怪得了我么?如果不是东林、复社那伙伪君子四处煽惑,左良玉会兴兵东犯么?如果不是史道邻那等脓包,一仗就把扬州丢了,鞑子会这么快就渡江么?我一直劝你尽早除掉那伙伪君子,除掉史道邻,可你就是支支吾吾地不肯动手,结果全都弄出来了。这又怨得了谁?嘿嘿,还想怪我?只好怨你自己罢了!"

马士英本来已经摆出争吵的架势,但被阮大铖这一反驳,张开的嘴巴又合上了,鼻翼两旁的皱纹则变得更深。半响,他咬着牙,悻悻地说:"哼,我马某人公忠谋国,问心无愧!要怨,就是怨你们——东林、复社不是好东西,可你也不是好东西!"

听他这么说,阮大铖反而呵呵笑起来:"好嘛,你说我老阮不是好东西,就算我不是好东西!可你公忠谋国的马大人,为何至今还跟我这个坏坯泡在一起?为何我鼓动老方他们分地分饷,你对我的坏主意也大点其头?啊?"

"哼,我是见兵多饷少,与其让那些乌合之众白白糟蹋了去,还不如集拢起来,正正经经养好几支精锐之兵!"

这种振振之辞想必已经听过不止一次,因此阮大铖并无惊奇之色。他只是斜眼看着对方,冷冷地说:"噢,这么说,你老还以为真能打得过鞑子?这中兴之业,还真能有成?"

"为何不能?"马士英显得很傲慢,"若是新君能起用我马某,这一次我自有主张,绝不会再蹈留都的覆辙!"

阮大铖的目光闪动了一下,没有立即反驳。他直起身躯,捋了半天大胡子,末了,弯下腰来,压低声音说:"可是,老兄想过没有?北朝已狼踞大半个中国,以区区两浙之地,实在不足以与之相抗。本来,唐藩在福建,闻得局面也闹得不小。若是浙、闽联手,或者尚有可为。可是看这数月来的势头,两地竟是各怀私忿,彼此不服,不翻脸成仇已属幸事;望他联手,只怕极难——哎,这局残棋明摆着只等洪亨九来收拾了!老兄还意欲有所为,不亦愚乎?"

阮大铖这样说,倒也不完全是危言耸听。因为实情确实如此。就在与浙东起义同一时候,在毗邻的福建,以前礼部尚书黄道周、福建巡抚张肯堂为首的一批官绅,联合总兵官郑芝龙、郑鸿逵,也树起了抗清的大旗。与浙东这边不同,他们抬出的是正在福建避难的唐王朱聿键,而且还不是让他"监国",而是干脆登基称帝,改元"隆武"。这么一来,就比鲁王显得更加名正言顺。对此,浙东这边的君臣自然颇为不服气。所以到了隆武政权向江南、两粤等地颁布诏书,要求各路明军统一到他们麾下的时候,浙东这边一直不予理睬。合作的事情就这样拖了下来……

"哼,如今我倒想着,"静场中,阮大铖又捋着大黑胡子,"此地不留爷,自有留爷处!若然这一次还不许我入朝陛见,我就干脆跑到福州,投隆武去!"

马士英微微一怔:"什么?投隆武?"

"为什么不行?人家隆武可是正了大位的天子!论名分,论声威,哪样不比区区监国强!何况又远在福建,鞑子要打,也不能那么快打到那边去。哈哈,不错,我们本该一早就投隆武的!"阮大铖开始重新兴奋起来。

"可是,"马士英被他说得有点动心,"现今黄道周、张肯堂正在那边把持朝政,只怕未必容得了我们。"

"哼,容不下容得下,还得试了才知道!况且,我这里还攥着一份大礼呢,只怕黄道周见了,即时垂涎三尺,跪地求我都来不及!"

"你是说——大礼?什么大礼?"

"对——哎,待会儿再对你说吧!"变得大为亢奋的阮大铖一摆手,"事不宜迟,如今我们就访他去!"

"访他?访谁?"马士英愈加摸不着头脑。

"访谁?自然是隆武的使臣呀——哦,原来你还不知道!前两日,福建那边派了兵科给事中刘中藻来绍兴,说要向鲁监国宣读隆武的诏书。监国推说要赴官山大阅,不得空,把他挡了回去。那刘中藻不死心,巴巴地又跟到这儿来,就住在后面山脚下的一座营帐里,也没人理他。如今我们正好趁着夜里去访他一访,搭上这根线儿,也好探一探福建那边的口气!"

马士英这才恍然。他犹豫地说:"不过,老方再三叮嘱我们守在营中,不可露面……"

"呸!"阮大铖蛮横地把手一摆,"你听他的!只要我老阮愿意,爱上哪儿就上哪儿!还能受他管着!"

说完,就转过身,雄赳赳地往外走去。看见他这样子,马士英尽管心神未定,也惟有身不由己地跟在后面。

三

前一阵子他们在营帐里只顾着交谈,时辰不知不觉已经到了戌亥之交。何况又是十月的最后一天,在这种夜晚,月亮照例不会露出脸来。不过,当马、阮二人由仆从服侍着,披上斗篷,走出营帐外的时候,却发现无论是天幕上,还是山野间,都并不是漆黑的一片。由于北风吹散了浮荡的薄霭,巨大的银河,缀满夜空的繁星重新闪烁出泠泠的光芒。而从官山下远远地伸展开去的平缓坡地上,则由于大批军队的聚集,密密麻麻地亮起了无数的篝火。来自四面八方的这些军队,大约因为只停留一两个夜晚的缘故,都是轻装而来,没有携带营帐,即使有,也只是供高级将官们用的少数几个。结果,眼下绝大多数人都只能围着篝火露天而宿。不过,这次阅兵,来的人马看来还真不少。他们一营连着一营,迤逦地布满了方圆十里的山坡,以致马、阮二人由一名仆童提着灯笼照路,前往刘中藻下榻的营帐时,不得不一次又一次地从人丛中穿越而过。

现在,马、阮二人就行走在满是士卒的山坡上。他们看见,经过了长途的行军,加上时辰不早,疲劳不堪的士兵们都已经互相挨挤着,进入了梦乡。只有由值夜的士卒守护着的熊熊篝火,依旧哔哔剥剥地燃烧着,隐约照出了他们横七竖八的睡相,有仰面朝天地躺着的,有蜷缩着身子的,有抱着别人的胳膊或大腿的,甚至还有互相搂抱在一起的。各种各样的鼾声,像拉响了无数大小不一的风箱,忽高忽低,此伏彼起。而在他们旁边,则是一架一架的刀枪,一堆一堆的盾牌,以及一尊一尊的铁炮。要是经过的是骑兵的营地,那么还会看见成群的战马,闻到阵阵扑鼻而来的马汗和马粪的气味……

当马、阮二人接连摸错了两座营帐,终于凭借方国安大营的号牌,找到架设在官山脚下的一处小小的营地时,刘中藻很快就出现了。来自福建的这位"钦差",原来是个一表人才的年轻人,有着南方人的清秀面孔和文雅举止。他自然听说过马、阮二人的"大名",对于他们的突然来访,则尤其感到意外。他恭敬地,然而又是不无戒心地把两位不速之客迎进帐中。待最初的寒暄过后,仆役奉上茶来,他就端起茶盅,赔着笑脸,小心地问:"不知两位前辈光降,有何见教?"

"哦——"自从进入营中,就一直东张西望的阮大铖,把目光从进出侍候的仆役身上收回来,一本正经地说:"不敢!学生同马兄今日应镇东侯之邀,来此观礼。适才自镇东侯处,得知老先生也在此间。因久慕大名,是以不揣冒昧,特来拜望!"

"啊,啊!"刘中藻连忙拱着手,"二位前辈言重了!学生后进晚辈,德才两疏,'大名'二字,如何生受得起!"

阮大铖微笑说:"老先生这就过谦了!老先生少年英俊,今番又是以钦差之身,间关入越,这浙东各府,早已众口喧传。便是老朽如学生,也日日如雷贯耳!哎,这'大名'二字,十足当之无愧!"

说着,又转向马士英:"瑶草兄,你说是么?"

马士英正听得发呆,冷不防被他一问,急切间不知如何措辞,只得含糊地说:"嗯,是,是的!"

这样一番多少有点浮夸的开场白,在马、阮二人,无非是例行的客套。倒是刘中藻,大约自从抵达浙东之后,一直备受冷落,可以说处境凄凉;忽然听到如此热烈的奉承,意外之余,顿时生出一股感激之情,漂亮然而晦气的脸孔也有了光彩。

阮大铖对此自然看在眼里,不过却故意不动声色。他愈加卖弄起那片如簧之舌,先同对方海阔天空地闲扯一通,话题却始终不离关怀对方和自我夸耀,像刘中藻的起居饮食如何,是否有人照应啦,来到浙东后都见过一些什么人啦,带的盘缠够不够用啦,以及自己同方国安很有交情,对方若有什么需求,尽管提出,他都可以帮忙等等。直到谈话变得越来越融洽、随便之后,他才把话锋一转,问:

"老先生此来,闻得是奉圣上之命,传谕我浙东。嗯,不知尚还顺利否?"

"啊,老前辈是说'圣上'……"

"自然是目今在福州登极,出继大统的圣上!"

"这个——多感前辈关注。学生正在等候监国召见。"

"嗯,老先生来此已有数日了吧?"

"学生是上月二十到的绍兴。"

"大凡圣旨到日,向例都是即时开读。老先生抵步已经十日,尚在等待,也太耽搁了些!"

"这个——闻得监国玉体欠安,眼下又在张罗大阅,故此……"

也许是涉及此行的使命,在这几句对答中,刘中藻的态度变得谨慎起来。然而,当接触到阮大铖那似笑非笑的眼神时,他就忽然红了脸,顿住不说了。

"呵,呵,"阮大铖连忙拱着手,"我老阮生就一副竹筒子肚肠,说话直来直去,多有得罪,休怪,休怪!"停了停,又望着马士英,故意叹了一口气,说:"国难当头,闽浙两地正该合为一体,联手抗敌,大明方有中兴之望!在此之时,实不应斤斤于名位之高下,而伤了自家人之和气!"

"学生之意,亦是如此。"显然被这几句话所打动,刘中藻忘了刚才的不悦,点着头说,"其奈——唉!"

"不过,学生倒有个计较在此,或可令此间上下,回心转意,俯首奉圣上为闽浙之主。"

刘中藻的眼睛变圆了,半信半疑地说:"噢?愿闻明教!"

"以学生之见——"阮大铖竖起两根指头,随即又"哎"了一声,摇着手说:"此事非比寻常,还是不说也罢,不说也罢!"

"怎么?"

阮大铖没有立即回答。他做出为难的样子,挨延了半天,才长叹一声,说:"老先生有所不知,学生与瑶草兄俱是待罪之身,也如同老先生一般,至今仍未能获准面见监国。有道是不在其位,不谋其政,凡事还是少管为佳!"

刘中藻这才恍然。他抿着疏朗的胡子,沉吟说:"原来如此。只不知二位前辈打算如何?如若有意到福建去,以学生之微力,或者可以代二位向圣上奏闻。"

阮大铖捣了半天的鬼,就是要对方说出这句许诺。他立即站起来,双手一拱,喜滋滋地说:"若得老先生援手,我二人感激不尽!"

停了停,他像想起了什么:"至于这浙东之事嘛——"但又不是立即说下去,却走近刘中藻,附在对方耳边,嘁嘁嚓嚓地说了起来。倒把坐在一旁的马士英弄得莫名其妙,望着他们直发呆。

"啊,这、这可使得?"刘中藻刚听了几句,就分明吃了一惊,差点没有当场站起来。但是,当阮大铖继续说下去,他就不再做声了,只是用心地听着,不时地点点头。末了,他离开座椅,神情庄重地向阮大铖连连拱手,说:"承教!承教!"

…………

"嗯,你到底对他说了些什么?"当终于辞别了刘中藻,从营帐中走到外面来之后,马士英皱着眉毛,疑惑地问。

阮大铖嘿嘿一笑,得意地说:"老兄忘了么?我说过手中攥着一份大礼。这大礼并非别的,乃是方国安和他手下的五万精兵!我告诉小刘,若然日后隆武爷看着浙东这边不顺眼,只要捎句话,我就替他来个釜底抽薪,说动老方,投奔福建!他得了这份大礼,又焉有不大喜过望之理!"

"可是,老方当真肯这等干么?"马士英怀疑地问。

"老兄,"阮大铖叹了一口气,"你几时变得这等书呆子气了?我辈不是一心要搭上福建这根线儿么?如今搭上了没有?搭上了。这不就成啦!至于到头来老方肯干不肯干,你我又何必太当真!"

四

马、阮二人一边交谈着,一边朝着来时的方向走去。渐渐地,他们的话音变得模糊起来,身影也越去越远,终于,没入了迷茫的夜色之中,消失不见了。

现在,整片营地更深地坠入了沉沉的酣梦之中。随着远远近近的篝火一垛接一垛地黯淡下去,山野也不再像原先那样影像幢幢,而变得仿佛被一张无边的大氅遮蔽了似的,幽暗一片。只有天上银河依旧静静地横亘着,以它永恒的辉光呵护着疮痍满目、争战未已的人世,让它得以享受这难得的片刻安宁。不过,就连银河其实也在悄悄地向西移动着。倒是从钱塘江那边吹来的湿冷的风,渐渐加强了势头,它不停地吹拂着,带走了露宿者们的疲劳、汗臭和梦魇,也带走了篝火的最后一点余温。于是,士卒们把身子蜷缩得更紧,脑袋向胸前埋得更深,彼此的身体在不知不觉中也挤靠得更近。不过,他们的酣梦并没有因此受到惊扰,相反还以更加高昂、悲怆的鼾声来显示对于艰苦环境习以为常……

直到阅兵前夕之夜即将逝去,晶莹的露水开始在铁甲、炮身,以及战马的皮毛上闪出光来的时候,黄宗羲主仆才疲惫不堪地赶到官山下的这一片宿营地。

他们昨天傍晚从龙王堂出发,本来,也用不着耽搁到这会儿才抵达。可是由于路径不熟,加上天色已晚,探问不易,结果有两次都走到了歧路上。这么一来二去,时间可就花得多了。现在,心急火燎的黄宗羲一进入营区,就立即向巡值的士兵打听余姚义兵的驻地,然后直奔中军大帐。也亏他总算来得及时,因为孙嘉绩已经起床,而且穿戴停当,再迟片刻,就要动身离营,参加阅兵之前的朝会去了。

听说马士英竟然有什么书信给他,而且是用那样一种鬼鬼祟祟的方式送到龙王堂去的,孙嘉绩倒也大感意外。他立即接过,并且当着黄宗羲的面拆开。事情总算弄清楚了,果然,这是一封见不得人的信,而且最畏忌落到像黄宗羲这样的人手里。因为马士英在信中,不仅表示他已经到了方国安的营中,而且大言不惭地说自己报国之心未死,一腔热血尚在,目前已经上疏朝廷,要求重新起用。至于来信的目的,则是请孙嘉绩运用自身的影响力,设法帮他一把,起码,也不要同他作对。信合起来共有厚厚的一叠,除了正文之外,还有好几封副启。正文照例是些温凉起居的客套话,鬼话都在副启里。不过也无非是挖空心思为自己的罪恶辩解,说他本来一心想同东林和衷共济,共图中兴,无奈东林方面不体谅他的难处和苦衷,处处同他为难。虽然如此,他仍旧从顾全大局着想,对东林尽量忍让和维护,制止了好几次可能酿成的大狱。谁知东林、复社方面仍不罢休,竟然策动左良玉举兵东下,结果被清军乘虚而入,闹到南京不守,局面大坏。当然,为了博取孙嘉绩的同情和支持,马士英也承认了一点"失误",就是错用了阮大铖。说阮大铖复出之后,一心只想着向东林、复社报复,心思全不在国事上,出了不少坏主意。但是马士英仍旧认为,当初东林方面对阮大铖逼得太狠,做得太绝,以致结怨过深,无法消解,实在并不明智。因此,也要负上一定责任。如此等等。而信的最后,是这样说的:

  士英自知驽钝下材,难副大任。惟是伏枥老骥,尚堪为社稷驱驰。况值此乾坤倾覆,神州陆沉之际,亟应广开门户,以纳天下怀忠敢死之士,戮力同心,浙东方可图存,中兴方能有望。故知我公雄才远瞩,天下为心,江海为怀,当不致拒仆于千里之外也!

"嗯,兄以为如何?"看见黄宗羲看完信后,紧皱着眉毛,一声不响,孙嘉绩征询地问。

黄宗羲没有回答,也没有移动眼睛,只是反问:"大人以为如何？"

孙嘉绩摇摇头：“南都倾覆，马瑶草身为宰辅，实负有首责！一切文饰推诿，都不足减其罪于万一。如今此罪尚未追究，又岂有遽尔起复之理？此事拿到朝中，必定引动公愤，交章弹劾，监国亦不会准允。"

"……"

"好了，"大约看见黄宗羲仍旧不吭声，孙嘉绩一边把信收起，一边结束说，"此信他也是白写。我又岂能应允他？就此丢开吧！兄奔波了一夜，也够劳累的了，赶快歇一歇。眼看天就要亮了，弟这还得上朝议事呢！"说着就站起身来。

"可是，此事丢开就够了么？"黄宗羲忽然阴沉着脸扔出一句。

孙嘉绩不由得一怔："兄是说……"

"以往不知马、阮二贼逃到何处，因此无法奈何他。现今他们既然伸出头来，就该上疏监国，将他们即时论罪处死！"

停了停，看见孙嘉绩没有做声，黄宗羲猛然回过头去，吵架似的大声说："该不该？你说该不该？啊！"

孙嘉绩很清楚黄宗羲的家世和遭遇，因此并没有着恼，但却轻轻地摇着头，说："马、阮二奸自是罪大恶极，死不足恤。惟是如今他们躲在方国安营中。兄不见他信中说，方国安意欲为之上疏举荐，可知对他二人庇护有加。而今姓方的乘战胜之功，军权在握，正深得监国倚重。我辈纵然欲将马、阮治罪，其奈有心无力何！"

这么说了之后，看见黄宗羲尽管一时无言以对，但仍旧咬牙顿足，一副悲愤难平的样子，他就迟疑了一下，压低声音说："兄或许不知，眼下还有更棘手的事呢！唐王在福建称帝后，一直意欲以天子之尊诏令天下。近日他又派来使节，宣谕此意。惟是此间群臣，意向不一，有主张拒之者，亦有主张纳之者。闻得监国大是不悦，昨日已来官山，本拟亲临大阅；谁知到了夜里，忽然传旨，说要返回台州,连大阅及拜将之事,也不理会了。消息传出,弄得群臣相顾失色,不知所措,昨晚紧急聚议了半宿,好不容易才有了结果,要趁今早入奏。若然监国不肯回心,这局面还不知如何收拾呢!"

孙嘉绩所说的台州,就是鲁王当初南来避难的地方。浙东起义后,是张国维等一群缙绅赶到那里去,把他请出来监国的。现在他说要回台州,就等于表示从此甩手不干。这确实是非同小可的事情。因此,连黄宗羲听了,也不由得紧张起来:

"那、那群臣商议的结果如何?"

孙嘉绩神色变得有点无奈,说:"事情闹到这一步,为浙东局面计,自然惟有回绝福建而已!"

"可如此一来,福建会不会同我们反目?若是因此闹到势成水火,恐怕……"

孙嘉绩烦躁地一摆手:"即便如此,也只好见一步,行一步了!"这么说着,他就朝帐外侧起耳朵,并且一下子着忙起来:"哎,角声响了,弟得赶快上朝,再迟就会耽误了!"

说完,他匆匆拱一拱手,转身向帐门外走去,转眼之间,就消失在已经微微见白的宿雾之中了。

⋯⋯⋯⋯⋯

"大爷,不去歇会儿么?闻得要到辰时才正式操演,好歹还能睡上个把时辰呢!"黄安不知什么时候走了进来。大约看见主人还尽自皱着眉头,一动不动地站着,他就提醒说。

黄宗羲没有吭声,只是摆一摆手,然后越过仆人,径自走出帐外去。

余姚义军的这片宿营地,坐落在一片小山坡上。站在帐前,可以俯瞰整个阅兵场所。虽然正式操演要到辰时才开始,但是本来还在各自的阵地上齁齁熟睡的将士们,已经被刚才那一阵号角声所惊醒,纷纷从地上爬起来。于是,方圆十里的山坡上,又重新变得万头攒动,人喊马嘶。且别说位于远处的营地,由于昨宿的雾气尚未散尽,士卒们活动的情形还是依稀隐约,瞧不大清楚;就从黄宗羲站立的余姚义军的营地来看,也已经足够紧张忙碌。士兵们有急急整束衣装的,有站在山坡上沙沙撒尿的,有相帮着把睡歪了的发髻重新扎好的,有围着伙夫讨水要吃的,还有收拾刀枪的,摆弄盔甲的,给战马鞴鞍的,如此等等。随着他们的活动,各种各样的说话声、脚步声、器物的碰击声,闹哄哄地响成一片。由于还记挂着刚才同孙嘉绩的谈话,加上一夜未睡,眼前的一切,并没有使黄宗羲变得兴奋起来;相反,还使他觉得颇为心烦意躁。但回到营帐中去歇息,他又不愿意,于是,便离开营地,沿着山坡,顺脚走去。

"是的,连马、阮这样千夫所指的奸贼都不敢惩办,这朝廷还有什么正气可言?还有什么威仪可言?"他一边走,一边懊恨地想,"哼,还想同唐藩分庭抗礼,一争高下呢,就凭这份窝囊劲儿,就够令仁人志士裹足寒心,又怎能号召天下?说马、阮二人现在方国安营中,便难以办他,这也全是纵容太过的结果!以为如此,那伙恶棍就会死心塌地为我们打仗卖命。瞧着吧,总有一天要吃苦头的!说不定,这点子家当到头来就败在他们手里!"

这么悻悻地想着,黄宗羲的情绪就不由得再度低沉下来,双脚也变得越来越没有劲头,最后干脆停下来,不再向前走了。

"呜——呜——呜——"悠长的号声又一次鸣响起来。黄宗羲抬头望去,发现官山已经近在眼前。大约阅兵和拜将要用,如今紧挨着山脚,高高筑起了一个巨型的土台。由于宿雾已经散去,可以清楚看见,台上还支起了布幔,摆上了座椅。左右两边,则插满许多大大小小的旗帜。一道宽阔的台阶从前沿斜着延伸到地面。在将坛的左前方,还矗立着一根巨型旗杆。一面帅字大旗正迎着晨风舒卷着,发出猎猎的声响……

"冤枉啊!冤枉啊!我们不是鞑子,我们都是良民百姓呀!"蓦地,一声哀叫传来。

黄宗羲微微一怔,回过头去,原来是几个披枷戴锁的囚犯,正被押解着,蹒跚地走来。

"是呀,我们都是良民百姓!是梅家坞的百姓!"其余的也齐声哭叫,听口音,果然像是本地人。

黄宗羲疑惑地注视着,闹不清是怎么一回事。倒是押送的士兵听见喊叫,恶狠狠地呵斥说:"闭嘴!什么良民?你们既然剃了头,就是鞑子!杀了是活该!"一边骂,一边倒转枪杆,劈头盖脑地乱打。然而,那些囚犯尽管被打得嗷嗷直叫,却始终不肯停止申辩,相反还呼喊得更凶:

"冤枉啊,实在是冤枉啊!"

"不是我们要剃发,是鞑子逼我们剃的呀!"

"我们是错了,知错了!饶了我们吧!"

"别拿我们祭旗,我们不要祭旗!我们不想死呀!"

黄宗羲大睁着眼睛,终于有点明白了:这几个剃光了前半边脑壳,脑后却拖着一条难看的长辫子的囚犯,原来是为阅兵时祭旗而准备的。可是他们却说自己不是鞑子,而是良民百姓。那么大约是由于他们前些日子害怕清兵杀头,因此剃去了头发;谁知这一次却碰上渡江作战的义军,被捉了回来……

"冤枉啊……"囚犯们又一次撕心裂肺地喊叫起来。然而,毕竟没有人理会。随着他们被押解着远去,那叫声也终于低下来,听不见了。

"嗯,这些乡野小民毕竟是我汉家百姓,他们剃发留辫,无非是胆小畏死,未必就当真实心从逆。如今却认定他们背祖欺宗,捉来便杀却,也忒过分了些!"望着囚犯们远去的背影,黄宗羲心中颇为不忍,觉得应当设法向监国进谏,制止这种做法。然而,当他转过身,目光投向正在漫山遍野地奔走集结的军队时,却听见另一个声音在心中反驳说:"嗯,不对,正因乡野小民大多畏死,故此才须惧之以严刑!若是任其剃发改服,不加惩戒,其他愚民便会视我为柔仁可欺,纷纷效尤。不出一月,必定人心大变,不待东虏渡江,浙东已非我所有矣!"

这话是如此强横有力,黄宗羲心中一凛,不由得呆住了。不错,为了一家一姓的存亡,而离散天下之子女,崩溃万民之血肉,是他所一贯深恶痛绝的;但眼下的情形却恰恰是,不管他是否情愿,都不得不竭尽全力地维持朱家王朝,而为了这个目的,就必须对一切背叛的行为严加惩处,哪怕对方本是无辜百姓,仅仅因为迫于清军的淫威,把头发剃去了也罢!

"啊,到底怎么了?这是怎么回事?怎么会变成这样?"他睁大眼睛,茫然自问,"莫非、莫非我当初参与进来,是决断错了么?但要是不参与进来,任凭鞑子入踞中土,又如何保有我华夏教化?而为着保有华夏教化,在目前的情势下,就惟有竭力维护朱姓朝廷;而这么一来,就不能容忍任何有损于它的行为。但是,这个朝廷其实又已经到了积重难返的地步,即使侥幸得以'中兴',充其量也不过是旧曲重弹,让百姓万民再遭一轮磨难……"这么想着,再加上这些日子里的种种所见所历,黄宗羲就觉得,自己似乎正落在一个愚蠢、盲目、残忍,并无任何道义和崇高可言的旋涡之中,不管最后是成是败,也许结果都极其悲惨和荒谬,根本不是自己所一心期待的。他摇摇头,打算摆脱这种感觉,却反而被这种感觉更紧地抓住了。他不由得恐惧起来,试着逃开,却不知道该朝哪个方向迈脚,慌乱之际,竟然双腿一软,浑身像散了架似的坐倒在地上。

轰!轰!轰!三声巨响从对面的山坡上传来。这是号炮。它向军容鼎盛地集结在山下的各支兵马宣告:阅兵仪式就要开始了……

五

　　黄宗羲在这一刻里的怀疑和恐惧,并没有妨碍大阅兵的顺利举行。正相反,在接下来的两个多时辰里,由上万精锐之师在官山下耀武扬威、往来驰骋所展现的壮观场面和勇猛声势,不仅使鲁王君臣看得如醉如痴,大为兴奋;就连钱塘江对岸的清军官兵,也因为从五云山顶远远看到了这一幕,而止不住摇头惊叹,啧啧称羡。当然,他们免不了照例把这种军情修成塘报,派人火速送往南京,向洪承畴报告。

　　现在,这件塘报已经静静地躺在总督行辕签事房的公案上。一方乌木镇纸压住了它的一角,而洪承畴本人,则倒背着手,站在东面的一扇敞开的窗户前。冬日的阳光从屋檐上斜照下来,透过梧桐树光秃的枝桠,洒落在窗沿上,并在他那剃光了的前额,以及沉思的脸孔上勾画出几道灰色的暗影。

　　在平定了徽州的反抗之后,按照洪承畴的计划,本来接着就要集中全力打垮割据浙东的鲁王政权。但是,当他从徽州赶回南京之后不久,就接到朝廷的紧急命令,调派随同他一道南来的平南大将军勒克德浑和都统叶臣,立即率所部的八旗兵开拔,全力驰援湖广,以对付那里的农民军和明军残部的联合反攻。说起来,尽管清军入关之后,一路攻城占地,势如破竹,实际上所凭借的,只是区区十万的八旗军队。一年多来虽然陆续收编了一些归降明军残部,但要对付偌大一个中国战场,仍旧捉襟见肘,远远不够。因此,即使是江南这样重要的地区,当初投放的军队其实相当有限。如今再这么一分兵,力量更加不足。何况勒、叶二人离开后,江南的整副担子,顿时全压到了洪承畴的肩上,也使他感到有点顾此失彼，力不从心。正是这种软弱的地位，使洪承畴不得不谨慎起来，转而集中力量巩固已有的地盘，不再采取大规模的军事行动。

无疑，他也已经估计到，变攻为守的结果，不可避免地会引发抗清势力的乘机蠢动。但他也同样认准了：只要做到南京这个大本营，还有杭州这个扼控着浙、闽、赣地区的重镇确保不失，江南的局面就不至于发生大的动摇。不过，近一个月来，鲁王政权在钱塘江一线的反扑势头却不可轻视，不只前所未有地使清军遭到重挫，还一直攻到杭州城外的草桥门！那么接下来，他们会不会发动更猛烈的攻势，甚至企图把清军一举逐出杭州呢？从近日对方又是阅兵、又是拜将的动向看，这是完全有可能的。"嗯，为着避免闪失，自然最好是尽快派兵增援杭州。但是眼下，就连南京本身也只有区区四千守兵，为着维持局面，这些天已是煞费苦心，尚且处处捉襟见肘，又哪里再抽得出兵来？"心中这么为难着，洪承畴就不由得烦躁起来，于是转身离开窗户，跨过门槛，走出庭院去。

这是一个位于二进的庭院，由于屋宇宽大，这庭院也相当阔大，一色的青石板铺地，西边墙角还砌着一口水井。一株高出屋脊的白皮松向四面八方伸展着枝桠。时节已是仲冬，那针状的叶丛虽然仍旧保持着苍翠，但也枯瘦零落了许多。大约被脚步声惊动，一只栖息在上面的喜鹊正扑扇着黑中间白的翅膀，飞了起来。

"是的，"洪承畴一边绕着庭院踱步，一边不无忧虑地想，"从近日的塘报来看，浙、闽这边且不说，江西、湖广那边的乱子分明是愈闹愈大了。何腾蛟、堵胤锡自收编了流贼郝摇旗、刘体纯、李锦、高一功所领的残兵之后，竟然号称拥众四十余万，而且还不算江西夏万亨、艾南英和万元吉、杨廷麟那两股乱兵。难怪朝廷十万火急地一再抽调各地之兵前往进剿。可是，如今张献忠还占据着四川，云、贵和两广尚未归顺，而且听说山东、陕西也在一个劲儿捣乱。这么四面八方一齐闹起来，光凭我朝从关外带来的区区十万八旗精兵,以及那些陆续收编的前明降卒,应付得了吗? 当然,眼下还不至于即时便有逆转之虞,但若是耗日费时地长久拖下去,将来局面会变成什么样子,可就有点难说了……"

由于想到,清兵初下江南时,各府县眼见前明气数已尽,纷纷望风归降,如果能全力抓住时机,速战速决,事情就会好办得多;谁知忽然节外生枝,颁下了那样一道剃发令,结果闹成如今这个八面受敌的局面,洪承畴不由得从内心发出苦笑。为了摆脱困扰,他摇一摇头,干脆停止思索,转身走回签事房,在公案前坐下,把下面的一份公文拿了起来。

这是书吏房的幕僚草拟的一份给朝廷的揭帖,内容是关于上次平定徽州一役的详细情形,以及对所擒获的金声、江天一、吴应箕等"匪首"如何处置的请示。这件事是洪承畴本人吩咐办的。本来,自从把金声等人带回南京之后,他希望这三个人的态度会软化下来,同意投降,免遭杀身之祸。谁知他们在总督行辕旁边的馆驿里住了一个多月,受到种种照顾优待,却一直顽固异常,毫无回心转意的迹象。至于黄澍揭发他们暗藏兵械火器于山洞,图谋再起那桩事,也审问不出什么结果。眼看到了必须上报朝廷的期限,洪承畴于是只好决定不再等待。现在,他把草稿反复看了两遍,觉得文字也还清通,便提起笔,略加增删之后,打算在上面批上"呈"字,然而,心念微微一动,不觉又停笔沉吟起来。

"唔,也许还是最后再审一次? 虽然这几个人死硬得很,未必就会顺从。可是要抚定江南,最终还是以收服人心为根本。更何况这战局,今后到底如何演变,也还难以逆料。那就更要多留活口,少开杀戒。这也是为日后预留地步之一法……"这么想着,洪承畴就把揭帖放下,拿过一张笺纸,写了几个字,然后吩咐在一旁侍候的中军官:"你即刻着人去隔壁馆驿,提取这三个人来见我!"

等中军官接过笺纸和一支令箭,应诺退出之后,他往椅背一靠,闭上眼睛,考虑到时这一场开审该如何着手。直到有了一个主意之后,他才重新伏回案上,亲自动手起草另一份机密奏章,向朝廷报告浙东义军近日的动向,并力陈南京和杭州兵力过于单薄,而且装备十分破旧,一旦有事,就会岌岌可危,请求朝廷尽快派兵增援。这样过了小半个时辰,只见那个中军官匆匆走进来,行着礼说:

"启禀中堂大人:三个人犯已经提到。如何处置,请大人示下。"

"传我的话——就说:请吴次尾先生大堂说话,其余二位且在花厅奉茶!"

这么吩咐之后,洪承畴照旧坐着不动。直到中军官再一次报告吴应箕已经被带到了大堂,他才放下毛笔,收好草稿,站起来,端正一下衣冠,慢慢向外走去。

在决定再审的这三个人中,洪承畴之所以首先选择吴应箕,并不是彼此有什么旧交情。相反,由于出仕得早,加上长期在北方做官,他过去并不认识吴应箕。不过,自从对方成了俘虏之后,彼此倒是接触过好几次。在洪承畴的印象中,此人不止傲慢偏激,言辞锋利,而且行为和想法都有点古怪,往往超越通常的路子和规矩。以洪承畴这些年东征西讨,与各种各样的人物都打过交道的经验,知道这一类人往往性格耿直,有真情血性,只要一旦觉得意气相投,就会不惜为朋友豁出命去干。至于想法超越常规,反而往往比那种死心眼的蠢材更易于拨弄,只要找到一条能够进入对方心思中去的路子。因此,在过去的审讯中,虽然重重地碰过钉子,甚至弄得下不了台,但是洪承畴仍旧决定首先选择这个人入手。

现在,洪承畴已经来到大堂,并且一眼就认出那个身穿直裰,束发簪髻,由一名狱吏监视着,正在屋子当中昂然而立的高身量男子就是吴应箕。虽然已经多时没有打交道,但这位前复社的头儿看上去并没有多大的改变,依旧是又黑又瘦的一张脸,依旧是刺猬似的一腮拉碴胡子。而且,与在徽州山村中逮到他时相比,像是还胖了些。显然,一个多月的囚禁生活,随时随地都有可能降临的死亡威胁,并没有妨碍他的吃喝睡眠。甚至此时此刻,置身于威严肃杀的总督行辕大堂之上,他也丝毫没有表现出任何局促不安;相反,就像在自己家里似的,神态安闲地站着。如果不是那双交叠在肚子下面的衣袖,露出来一段粗黑的铁链,简直没有人能看出他其实是一个囚犯。倒是站在旁边的那个身材矮胖的狱吏,显然被他那种放肆的态度吓慌了,眼见洪承畴已经从屏风后转了出来,吴应箕却反而傲慢地仰起脸孔,急得叫也不是,动手拉扯也不是,末了,只好自己迅速把袖子捋下,屈膝弯腰,向上司行起了"打千"之礼。

"罢了!"洪承畴摆一摆手,随即转向吴应箕,打算同对方行礼相见。然而,对方身上那段锁链所发出的声响引起了他的注意。

"唔,我不是明明吩咐把吴先生'请'来此间说话的么!"他皱起眉毛,向那个狱吏说,"你们这是怎么请的?快点,马上给我把吴先生手上的东西拿掉!"

那个狱吏呆了一呆,连忙答应,随即从身上掏出一串钥匙,手忙脚乱地把锁链除了下来。

洪承畴这才重新堆起笑脸,对吴应箕拱一拱手。看见对方一动不动地站着,并没有还礼之意,他也不着恼,只点点头,径自走向自己的座椅,坐了下来。

"哦,先生请坐!"看见吴应箕仍旧站着不动,洪承畴蔼然地做着手势,又回头吩咐狱吏和那些跟进来侍候的随从:"嗯,你们可以退下了!我要同吴先生静静地说话。"

"不必了!"一直傲然站立着的吴应箕,忽然冷冷地开口说,"礼下于人,必有所求。我吴某一介死囚,连性命都在洪大人的掌握之中,又哪里值得如此礼遇?想来大人这些日子费尽心思,所欲求者,无非是吴某的名节。若是这等,奉劝还是早早断却痴念!皆因吴某平生,视名节更重于性命,是断断不会让大人得去的!"

这几句话说得尖刻决绝,不等谈话开始,就一下子把大门关死了。不过,洪承畴与对方不是第一次打交道,对于这种令人难堪的言辞已经见怪不怪。因此,他只是微笑着摇摇头,依旧把随从们打发了出去,然后才回过头来,平静地说:"先生休要误会。学生今日请先生来,并非欲向先生索要什么名节,而是久慕先生学养渊深,见识超群,适值今日偶闲,意欲与先生品茗共话,切磋学问而已!"

洪承畴这样说,自然是预先考虑好的。鉴于目前对方仍旧十分顽固,他估计,如果继续直截了当地劝降,恐怕很难有什么效果,弄不好,还会一下子弄成僵局。因此决定绕一个弯子,借助读书人所感兴趣的"切磋学问"的方式,来消解对方的敌意。至于"切磋"的题目,他也想好了,并且觉得手中握有充分的根据,完全有信心折服对方。也许因为这缘故,在等待吴应箕作出反应的当儿,洪承畴甚至少有地生出了一种急迫之感。

谁知,吴应箕却一声不响,对于他的解释仿佛根本没有听见。

"嗯,学生今日请先生来,是意欲切磋学问!"洪承畴重复了一句,并且稍稍提高了嗓音。

吴应箕仍旧神色漠然地站着,没有任何反应。

洪承畴眨眨眼睛,感到有一点难堪。他沉吟了一下,决定先不理会对方的傲慢态度,于是伸出手去,从方几上端起茶盏,揭开盖子,一边在杯沿上掠着沫渍,一边微笑着说:

"嗯,洪某今日欲与先生切磋者,乃一至大至重之题目。岂止关乎学问,且尤关乎苍生关乎天下。闻得先生是复社领袖,平生以天下为己任,褒贬时政,量裁人物,直声播于朝野,必有真知灼见,可以教我!"

说了这几句开场白之后,他也不看对方,垂下眼睛,接着又说:"学生所欲请教之事,说来惭愧,却是人人眼前都摆着的。这便是大明三百年基业,恩泽被于中国,仁德布于宇内,何以会亡?大清起于关外,人不过百万,地不过一隅,何以会兴?此中必有极精深不易之理。学生平日也曾反复思之,始终若明若暗,不能穷其究竟……"

提出这样一个题目,洪承畴自然同样有他的考虑。因为明之亡和清之兴,是把举国上下都卷进去的一场巨变,不管是谁,都无法回避。而对方作为一个以天下为己任的士人,对此中因果必然有所思考,而且还会思考得很多、很深入。但无论如何思考,都不能改变明朝衰亡、清朝勃兴这样一个事实。只要拿出强有力的证据,从道理上说明这种结果是必然的、无法改变和不可抗拒的,那么不言而喻,为明朝尽忠守节,就是一种不明事理的、没有前途的愚蠢行为。洪承畴觉得,这样来切入问题,较之浮浅地从生死荣辱来威胁利诱,更能动摇和摧毁对方的信念。至于他自称对这个问题仍若明若暗,无非是故作盘旋,诱使对方开口而已。

然而,仿佛看穿了这种花招似的,吴应箕仍旧沉默得像一块石头。如果说有什么变化,就是黝黑的脸上多了一丝揶揄的冷笑。

洪承畴不由得皱起了眉毛,觉得此人确实傲慢得可恶。但是,就此中断"切磋",把对方轰出去,他又有点不甘心。迟疑了一下之后,他终于只好决定硬着头皮,自己先说。只是,由于弄不清对方的虚实,加上那种莫测高深的冷笑也使他感到不自在,因此说话的口气就不免变得有点踌躇,失去了先前的自信。

"据学生所知,"他试探地瞅住对方,选择着字眼,"此一题目虽则思之者不少,惟是往往就事论事,未穷底里。其至有谓明室之亡,乃因流寇与我大清一里一外,两面夹击之故;又谓我大清朝此番入关,乃背信弃义,乘人之危云云,尤属谬妄!其实明亡清兴,譬犹日夜四季之消长,自有必然之理在焉……"

这么先端出论题之后,接下来,他就以自己分仕两朝,洞悉内情的见闻经历,列举出种种事实,说明明朝政权是怎样的极端黑暗和腐败,灭亡乃是必然之理。即使清朝不介入,这天下也不会再是明朝的天下,而势必会落入"流寇"之手。如此一来,广大缙绅之家就必定会受到无法无天的抢掠和报复,就像在无数地区发生过、最后又在北京城中发生过的那种情景一样。总而言之,是倾家荡产,死无葬身之地!那么与其如此,倒不如让清朝来入主中国。因为清朝毕竟打垮了万恶的"流寇",为明朝的臣民报了不共戴天之仇。而且清主雄才大略,君臣上下一心,八旗兵骁勇善战,所向无敌。入主中国,可以说是天命所归。其实,清朝也没有别的过分要求,只要肯剃发归顺,就不仅可以保住昔日的地位和财产,还能乘时而起,风云际会,一展抱负。就像包括洪承畴本人在内的许多明朝旧官所正在做的那样……

洪承畴以一个饱经世故的长者姿态述说着,如果说,在开始时,还有点犹疑踌躇,字斟句酌的话,那么,后来就渐渐变得流畅起来。由于感到自己所说的都是无可辩驳的事实,不管是谁,只要肯用心去想一下,都会发觉其中所包含的见解又是多么的精辟有理,博大纯正,与人为善,他的语句甚至越来越雄辩,态度也越来越诚恳,而且具有一种布道者般的崇高意味……

"哈哈哈哈!"一阵大笑忽然响起,使沉浸在述说的兴奋中的洪承畴吓了一跳,反射似的定眼看去,这才发现,一直冰冷地沉默着的吴应箕,不知什么时候已经坐到一张椅子上,而且发出了那一阵突如其来的笑声。

"那么,"只见吴应箕蓦地收敛起笑容,"照洪大人之意,大约已经认定,所谓明亡而清兴,乃是天经地义,不容抗拒之理了?惟是以吴某看来,却是未必!"

洪承畴看了对方一眼,没有立即说话。今天带到行辕来谈话的这几个人,都是死硬分子,绝不会轻易就范,这一点他是清楚的。但自己费了半天唇舌,只换回对方这么一声冷笑和一句反驳,却使他多少感到有点泄气。当然,对方从一言不发,到终于开口,又说明自己的一番话毕竟发生了效用……这么掂量了之后,他就把态度放得更加谦和,微微一笑,客气地问:"噢?愿闻其详。"

这当儿,吴应箕的目光已经移到屋梁上。只见他的脸上现出深思的神色,自言自语说:"大明已矣,虽有复兴者,或者也难;惟是清国之兴,却似筑沙成塔,垒冰为屋,终是枉然!"

"噢——此话怎讲?"

"怎讲么?"吴应箕把视线移回洪承畴的脸上,嘲讽地说:"须知中国之与夷狄相敌,有如人与虎狼相搏。虎狼或可食人于一时,却无法胜人于长久。此乃万古不易之理!否则,今日吴某也不会同洪大人在这高堂华屋之中,品茗焚香,'切磋学问',而只能伏于荆榛草莽之中,作狐兔之嗥鸣了!"

把崛起于关外的清人,说成是凶恶的虎狼,算不得人类,这是坚持反清立场的中国士人们一种普遍的看法,也是他们目前借以号召民众的一种颇为有效的手段。无疑,那些来自蛮荒之地的征服者,未经中原教化,不善耕织,生计简朴,一味崇尚武力,不谙文治之道,固然是事实;但是,以洪承畴本人投降清朝之后这几年来的经历见闻来看,中低层的官员民众且不论,若是说到上层的王公贵胄,包括顺治皇帝和摄政王多尔衮在内,对于中国的文明教化其实是十分向慕,而且一直在努力学习的。洪承畴私下里觉得,只要他们愿意这样做,就不仅可以像历代的许多统治者那样,坐稳天下,而且中国传统的文明教化也得以保存不灭。而想做到这一点,就恰恰需要有大批汉官参与进去,共同设法去推动和促成……当然,这样一种设想,在实行时要极其谨慎小心,而且绝对不能明白说出来。因此,怎样把这种意思传达给吴应箕,倒使洪承畴感到颇费踌躇。

"先生此言差矣!"半晌,他缓缓地说,"我朝入主中国之后,典章制度,一如前明,归顺汉官,俱得起用,而且开科取士,仍由四书五经,又岂得以虎狼视之!"

"岂得以虎狼视之?"吴应箕的眼睛顿时睁圆了。他霍地站起来,咬牙切齿地说:"建房占我土地,掠我财货,焚我居屋,杀我人民,淫我妇女,逼我剃发,只江南一地,便有扬州十日、嘉定三屠、江阴之戮,百万生灵,尽遭灭绝,虽虎狼食人,亦不致如此之惨!你还要我以人类视之,真亏你说得出口!还有,你洪亨九生为汉裔,幼承名教,世受国恩,不思一死以报,却苟且偷生,认虏作父,引狼入室,可谓不知人间有羞耻事!今日居然还在此惺惺作态,要与我吴某切磋什么学问。试问你配么?啊?"

这一顿臭骂,可谓狗血淋头,然而,却又都是事实,令洪承畴无从反驳。而且当初他在生死关头,出于对性命的眷恋,投降了清朝,虽然至今并不感到后悔,但心中到底有点自觉理亏气短,腰杆直不起来。不过,面对对方咄咄逼人的指责,完全不回答也不成,于是,他只好勉强地说:

"鼎革之际,战乱频仍,生灵涂炭,无代无之,这也是迫不得已之事。何况前明朝政浊乱,民心厌恨已久,大清以新朝气象,清扫浊秽,可谓应天顺人。之所以兵祸未已者,实因江南若干缙绅黎庶斤斤于剃发改服之事,作无谓之争。其实教化之存亡,在于典章制度、经籍文字、纲常礼乐,其余俱属旁枝末节。而彼数大宗者,我朝俱从善如流,一仍其旧,并无更改,此亦可见新主之见识胸襟也!凡有良知者,又安能不改容动心乎?"

吴应箕眼神凝注地站着,使洪承畴觉得对方正在琢磨自己的话。然而,只一瞬间,他的期待就再一次被猛然爆发的笑声所打破。

"哈哈哈哈！那就等他们都学会做人之后，洪大人才来对吴某说吧！不过，就怕虎狼终归是虎狼，到死也变不成人；反之，那引狼入室、为虎作伥之人，自己倒先变成了禽兽！哈哈哈哈！"这么笑骂着，吴应箕就转过身，大摇大摆地向外走去。

洪承畴没有动弹。有片刻工夫，他失望地望着对方高瘦的背影，心中滚动着那些石头似的话。"看来我是白操心，根本没有用！这种人偏激太甚，只会逞才使气，图一时之快，即使投降过来，恐怕也是成事不足，败事有余。那么，就成全他的名节好了！"他苦笑地想，随即向在堂外站立侍候的狱吏做了一个手势。等后者急步走进来之后，他就板着脸吩咐说：

"嗯，把他锁起来，打入死牢去！"

那个狱吏应了一声"喳"，然后又请示说："那么其余两个……"

洪承畴略一迟疑，随即使劲咽了一口唾液："算了，统统押进牢去。本督这就上报朝廷！"说完，他就站起来，一甩袖子，头也不回地向后堂走去。

六

一场"切磋学问"闹成了这样的结果，吴应箕和金声、江天一等三人的命运，也就成了定局。不仅如此，洪承畴最后还以没有功名、不属于要犯为理由，把吴应箕的名字从揭帖里勾掉，不再上报朝廷，而是改为发回原籍，斩首示众。因此，吴应箕甚至要比其他二人更快地结束他那偏强的生命。

对于这样一件不大不小的事，在总督行辕的幕僚班子里，人们照例会议论上一阵，然后就抛到一边，继续为各自的事情忙碌去了。不过,有一个人却例外,那就是黄澍。作为与这件事有密切关联的人,近一个多月来,黄澍对于金声等三个人的命运,一直异常关切。这不仅是由于那几个人都是被他出卖的老朋友,而且还因为在徽州时,为着逃避直接出面审讯,他胡诌了那样一个谎言。本来,他以为洪承畴一怒之下,会立即把金声等人处决掉。谁知洪承畴没那样做,反而把金声等人带回了南京。结果弄得黄澍大为紧张,整天提心吊胆,生怕那个谎话一旦被拆穿,自己会吃不了兜着走。现在,这种情形没有出现,相反,金声等三人的死罪已定,只等着处决。这确实使黄澍心中一块石头落了地,私下里感到说不出的轻松。不过话又说回来,在南京进行的这几次审讯里,洪承畴却没有再召他商量,也没有让他参加。对此,黄澍猜测是上司的有意关照,但同时又多少有点疑心:他的那个谎言其实已经被拆穿,只不过洪承畴老谋深算,暂时不声张罢了。由于想到如果真是后一种情形,那么自己今后的前程,也许就会变得有点不妙,黄澍又开始忐忑不安起来。因为事实上,直到目前为止,洪承畴始终没有给他安排任何官职,他在行辕中仍然只是一名普通幕僚。

现在,黄澍就是怀着这种患得患失的心情,乘着一顶小轿,缓缓地走在南京城中的街道上。这是连接大中桥西南的一条通衢,名叫文思院街。仅仅半年前,这一带还是店铺林立,行人如鲫的热闹处所,可是到如今,由于大中桥以东的旧皇城区已经成为清兵驻扎的军营,就迅速变了样。虽然不少店铺仍旧在开门营业,顾客却大多数换成了身穿号衣的清兵。前一阵子,在勒克德浑和叶臣还坐镇南京的时候,前来光顾的兵尤其多,其中有不少还是满人。他们一边操着刚刚学到的几句汉话,一边做着手势,指这个,买那个,却是十有八九都不会讨价还价,加上前些日子他们一路南来,或多或少都发了横财,因此出手还颇为大方。结果那些大商小贩,只要敢大着胆子留下不走——自然还得加上嘴甜舌滑,都能连哄带骗地赚上一笔。不过,自从满族兵开拔了以后,这种热闹景况也随之消失了。到如今,那些店铺虽然仍旧大开着门户,但生意已经清淡了许多,就连街道上的行人也明显稀落了下来。

不过,黄澍却并没有注意这些。因为他这次出来,并不是为着买东西,而是要到桃叶渡旁的长吟阁去,访他的老朋友柳敬亭。说起来,黄澍虽然早就知道"柳麻子"的大名,并且听过对方说书,但是两人密切来往,却是在左良玉镇守武昌那阵子。当时黄澍任左营的监军,而柳敬亭则被左良玉聘为幕僚。由于两人同东林、复社都有点关系,因此,在针对马士英、阮大铖的那一场恶斗中,彼此尤其意气相投,明里暗里没少使过劲。后来到了左良玉起兵"清君侧",半路病死之后,他们便各奔东西。黄澍投降了清朝,而柳敬亭则回到了南京,依旧以说书为生。直到不久前,黄澍也来到南京,得知老朋友的消息,找到长吟阁,两人才又重新有了来往。只不过,近一个多月当中,却是黄澍有事没事都往这边跑,而柳敬亭至今还一次也没有回访。

现在,又已经来到长吟阁。黄澍凭着是熟客,一下轿子,也不待长随通报,就径自往里走。这个以说书场子闻名的长吟阁,在南京城里,可以说几乎无人不晓。要在以往,碰上柳敬亭开讲,不必说总是黑压压地挤满了听众,就连闭场休歇的时候,这里也成为人们消闲聚脚之所。不过,自从经历了半年前那场巨变之后,这所阁子也如同许多别的有名去处一样,明显地衰落了。不仅那种人头攒动、如醉如痴的景象已经荡然无存,就连门边那块公布开讲书目的招牌,也漆彩剥落,一副灰暗失神的样子。不过,黄澍已经来过好几次,对此不再感到诧异。他踏入门槛,发现书场子里空荡荡的,那摆成一圈一圈的长凳上,连个人影也没有,就回过头,对跟进来的长随说:

"你去寻个人问问,看柳老爸可在家?就说我来了!"

长随答应了一声,先把手中拎着的一壶酒和一包下酒物放在长凳上,正要转身去找人,就听见二进门里传来了脚步声,接着,一个十六七岁的小厮跨了进来。

"哦,原来是黄老爷!"那小厮连忙站定,行着礼说,"黄老爷可是要寻我家老爸?不巧,我家老爸出门了。"

黄澍一听,顿时皱起了眉毛:"怎么,出门了?到哪儿去了?"

"好教黄老爷得知,也去不远。我家老爸说,半个时辰就回。到如今,去了已有一阵子了。"

"那好,我等他!"这么说了之后,黄澍就走向长凳,坐了下来。

"黄老爷不去阁子上坐么?"那小厮眨眨眼睛,讨好地问,"方才来了两个客人,也是要见我家老爸的,现正在阁子奉茶哩!"

"噢?"听说有人比自己先到,黄澍有点意外,"是什么样的客人?"

"一位余淡心相公,与我家老爸也是相熟的。还有一个和尚,却不曾见过。"

"余淡心!怎么,他也来了?"黄澍一下子站了起来。因为这个余怀,同他不只是旧相识,而且上一次他到长吟阁来访时,彼此还会过面。现在柳敬亭不在,碰上个熟人,正好免却等候的无聊。"好,我这就上去会他!"

这么说了之后,也不等小厮答话,黄澍就径直向场子尽头的那道楼梯走去。

所谓阁子,是指书场顶上的一层屋子。黄澍已经不止一次上去过,知道它同样面向街道,但是比书场要小上一半。里面摆设着些桌椅古玩,还有一张卧榻,是柳敬亭平日接待客人的地方。现在,他登上阁子,发现有两个人在里面坐着,其中一个果然是余怀,于是大声地招呼说:

"啊哈,淡心兄!巧遇,巧遇!"

余怀想必也认出黄澍,连忙站起来,拱着手说:"哎呀,黄大人……"

"淡心兄几时来的?怎地如此之巧?"黄澍走过去,一边还着礼,一边继续表示着惊喜;接着又转向那个身材瘦小的和尚,"这位师父是……"

"黄大人怎么不认得了?"余怀微笑说,"他是沈昆铜呀!"

沈昆铜,就是沈士柱。黄澍自然也是认识的。不过,他记忆中的沈士柱是儒生打扮,即使到如今剃了发,也不外就像自己和余怀这样。然而沈士柱竟然剃得一根头发也不剩,压根儿就成了一个和尚。这确实出乎黄澍的意外。

"噢,原来是昆铜兄!"他惊讶地说,随即也就认出来了:漆黑的眉毛,亮晶晶的眼睛,再配上一张清瘦的小脸,眼前这人确实就是沈士柱。至于对方把头发全部剃光的缘故,黄澍也猜到了。自从剃发令下来之后,一些人因为不愿意把束发改为留辫,但又无法继续保留前明的式样,于是干脆落发为僧,从此不问世事。对于这种行为,清廷倒还是容许的,因此黄澍也就不加避忌,照旧兴冲冲地同对方寒暄:

"不想别来才只年余,昆铜兄已成方外之人!只是未知祝发何方,法号怎生称呼?"

"不敢!"沈士柱合掌当胸,"贫僧贱号法明,是今年六月在杭州灵隐寺皈依我佛的。"

"恭喜恭喜!只不知我兄皈依佛门之后,那《六韬》《三略》,可还句句不离口么?"由于想起沈士柱平日说话,最喜欢囫囵吞枣地搬用兵书上的语句,黄澍继续打趣说。

"阿弥陀佛!"沈士柱连忙低眉垂目,"罪过罪过,法明以往种种,俱如昨日死,哪里还敢有一丝妄念萦于胸中。如今只觉四大皆空,才是无上之境!"

"哎，黄大人请坐!"余怀从旁插进来，做出相让的手势，"听柳老爹说，大人公务繁忙，今日怎么得空，来此间走动?"

黄澍一屁股坐到椅子上，说："忙是不假。不过那些事，就算再卖力地给他干，又有什么用？横竖我黄某充其量不过一个幕僚，既无权也无责，该出来散心，还是得出来散心!"

听他这样说，余怀同沈士柱对望了一眼，都没有做声。

黄澍看出两位朋友心存疑惑，不过，要把肚子里的牢骚一古脑儿端出来，毕竟又不合适，他只好把手一摆，故作放纵地说："哎，二位怎么还站着？来来来，弟今日特地带了酒和小菜来，本想与麻子把盏共话的，偏偏他不知跑到哪里去了。那么我们就先饮它三杯再说！"这么说了之后，也不等对方答应，就回头吩咐站在楼梯边上的长随：

"快，把东西都摆上来！"

那长随答应一声，走近前来，把提着的一壶酒、一个荷叶包放到桌上，并按照他的指点，先去橱里拿来三只杯子、三双竹筷，又替他们挨个儿斟上酒，然后把荷叶包打开，却是半只熟鹅，外带一堆五香豆子。

"来来来!"黄澍首先端起杯子，"弟与淡心兄虽然已经见过，但尚未曾共谋一醉，与昆铜兄却是劫后初逢，尤其难得！且满饮此杯，以表庆贺!"

说完，看见余怀也端起了杯子，他就转向沈士柱，却发现后者坐着没动，于是催促说："哎，昆铜兄!"

"阿弥陀佛！"沈士柱再一次合掌当胸，"贫僧是戒了荤的！"

"那——就光喝酒好了。这酒却是素的！"

沈士柱仍旧摇摇头："贫僧自入空门，已经连酒也一并戒了！"

黄澍不禁皱了皱眉毛，觉得有点扫兴。看见这样子，余怀连忙提议说："难得黄大人盛情，昆铜就以茶代酒好了!"

对此,沈士柱却没有拒绝,顺从地举起茶杯。于是黄澍也就点点头,不再勉强。席面上的气氛,这才变得融洽起来……

七

"哎,淡心兄,近日不知可有什么新鲜时闻?"当三杯酒下肚之后,黄澍把一片鹅肉夹进嘴里嚼着,笑嘻嘻地问。

余怀的目光闪动了一下,乖巧地说:"黄大人每日出入总督行辕,什么事不知道?还来问小弟!"

"弟不是说那种劳什子公事,而是说城中的里巷传闻。"

"这个么……"余怀朝嘴里丢了一颗豆子,随即微微一笑,"倒有一件,还是说的我辈的一位熟人。只是中冓之言,说出来恐怕难免可羞可叹呢!"

所谓"中冓之言",就是指的闺房丑事。黄澍一听,顿时来了劲,连忙追问:"此间又没有外人,说说又何妨!"

余怀仍旧踌躇着,不过,终于还是点点头:"也罢,这件事近日已经传得沸沸扬扬,说的却不是别人,而是钱牧斋家的那位大名鼎鼎的河东君!"

黄澍眨眨眼睛:"河东君?"

"就是牧斋的如夫人柳如是。河东君是牧斋给她起的号。"

"原来如此!可是她怎么了——这柳如是?"

余怀摇摇头,说:"出了大丑事了!本来呢,这柳如是原是盛泽归家院的一位姐儿,早年弟也见过,论姿色不算绝顶,才情风调却是万中无一!她嫁给牧斋时才只二十四岁,而牧斋年近六十。老夫少妻,当时许多人都料定牧斋降不住她。后来也就果然听说牧斋对她畏惮得很。不过除此之外,倒还不曾传出别的事来。谁知这一次,牧斋被豫王带去了北京,她独自留在此间,立即就生出纰漏来了!"

说了这么几句之后,余怀就停了口,举起杯子。不料杯子是空的,于是他伸手去拿酒壶。黄澍急于听下文,连忙把酒壶抓过,一边亲自替他斟满,一边问:"生出纰漏来了?莫非竟是红杏出墙?"

余怀呷了一口酒,叹息说:"正是如此!闻得她搭上了个旧日的相好,日日朝来暮去,打得火热。起初还遮遮掩掩,怕人知道,后来竟是越来越大胆,连日间都不回避了。结果弄得街知巷闻,丑声四播,连带牧斋也遭人耻笑。幸好他远在北京,否则一张老脸真不知往哪儿搁呢!"

"这,她如此大胆,莫非家中的人也不管束她么?"黄澍不解地问。

"闻得她与正室不合,早已别居一院,与家中的人甚少往来。况且,她有牧斋宠着,家中的人即使想管,也管不了她。"

余怀这么说完之后,有片刻工夫,屋子里变得寂然无声。黄澍只顾捋着胡须,回味着刚才听到的秘闻;沈士柱则始终低着头,一声不响。看见这样子,余怀的眼珠子转动起来,瞅瞅沈士柱,又瞅瞅黄澍,末了,他哈哈一笑,说:

"罢了罢了!谁叫钱牧斋一世风流,临老还不收心?这也是自作自受!我辈听听就是了,为他费神设想,却是一百个犯不着!咦,黄大人,你日日在总督行辕走动,想必新闻更多,何不也说说给我们听!对了,闻得两浙和湖广近日闹得挺凶,何以大清朝不早早发兵,把它一鼓荡平?"

黄澍眨眨眼睛,还在想着:柳如是出了那样的丑事,如果钱谦益知道了,不知会怎样想,又会做出怎样的举动来?不过,他终于回过神来,并且弄明白了余怀的话,于是随口回答说:"哼,一鼓荡平,谈何容易!兵呢?洪亨九有兵吗?别瞧他装模作样,从容澹定的样子,其实心里慌着呢!"

"噢,怎么?"

"他能不慌吗!偌大一座南京城,只有四千兵,而且还是不中用的降卒,衣甲刀枪都残缺不全。万一有人真的作起反来……"说到这里,他忽然意识到这些都是军事机密,泄漏不得,便顿住了。

余怀和沈士柱却像是并不怎么在意,看见黄澍闭上嘴巴,也没有继续追问。于是三个人继续一边喝酒,一边说些别的话,无非是前朝旧事、故人生死。在这当中,黄澍始终小心地回避开有关吴应箕的话题。他发现余、沈二人对于吴应箕在徽州被捕,并且同金声、江天一一道秘密押解到南京一事,似乎一无所知,因此就更加讳莫如深。这样谈了一阵,忽然听见楼下传来响动,接着,就听见柳敬亭熟悉的大嗓门在问:

"谁来了?余淡心相公么?还有谁?一个和尚?还有黄老爷?哪个黄老爷?是黄仲霖老爷么?"

阁子里的三个客人互相看了一眼,不由得现出惊喜的神色,余怀首先站起来,向楼梯走去。黄、沈二人也连忙离开椅子,跟在后面。

"哎呀,原来是你们三位!不知三位光降,有失恭候,麻子该打!该罚!"当他们从楼梯上鱼贯走下去的时候,柳敬亭急急迎上来,大声说。

"是该罚你!"余怀板着脸说,"老等你都不回来,真是可气可恨!幸而黄大人带来了好酒和好菜,本来是要等你回来共享的,现在我们把它全吃光了,让你没份,这才歹消了一口恶气!"

"啊呀呀,淡心一向恨着麻子,倒也罢了!不想连仲霖兄也是如此?"柳敬亭故作吃惊地叫起来。

黄澍笑着摇摇手:"别听淡心的。酒菜都还有,却说不上好,就等着你老爸回来呢!倒是正巧遇上淡心、昆铜二位,把酒共话,免却等候之苦是真!"

"嗯,这才像是实话!"柳敬亭点着头说,"果然如此,麻子之罪,好歹可以减却几分!"说完,他又转过身,特地走到沈士柱面前,"我说呢,怎么还来了个和尚?原来是昆铜兄!久违了,久违了啊!"

还在最初看见柳敬亭的一刻,沈士柱的眼睛就变得闪闪发亮。这时候,他连忙合掌当胸,向对方深深地行下礼去。

"那么,老爸,我们不如仍旧到阁上去,也好坐着说话。"看见寒暄已经差不多,黄澍于是建议说。

柳敬亭点点头:"麻子来迟,正该洗盏更酌,稍补失礼之过!那么,请!"虽然这么说了,但是,当大家移动脚步,他却忽然回过身来,说:"啊,几乎忘了,小老还带回一个朋友来!"说着,急急向门边走去。

也就是到了这时,大家才发现,那里原来还坐着一个人,看上去身材硕大,分明是个胖子。不过,令人不解的是,柳敬亭称他做朋友,可是在刚才那一阵子里,他却尽自全身蜷缩,没精打采地坐着,始终不过来同大家行礼相见。

这当儿,柳敬亭已经走到他身边,开始同他说话,大约是邀他过来,但是声音很低,听不清楚。只见那个光着脑袋、辫发蓬松,而且衣衫破旧的人一个劲儿地摇头,像是不肯。这样说了一会,又见柳敬亭招呼小厮过去,吩咐了一句什么,那小厮答应着,走进里屋,片刻之后,重新出来,把一样东西交给柳敬亭,柳敬亭又转交给那个人。那人接过之后,便站起来,转过身,头也不回地出门去了。

瞧着这种情形,楼梯旁边的三位客人都不由得暗暗纳罕,等柳敬亭重新走回来,便一齐投去询问的眼神。

"列位认得那是谁人吗?"柳敬亭苦笑地问。看见大家都不做声,他才叹息地说:"知道么,他就是当年堂堂魏国公府的二公子,徐青君!"

"什么,他就是徐青君?"余怀首先失声叫起来。因为说起这位徐二爷,在南京城里可以说无人不晓。他家的先祖是明朝开国功臣徐达。凭着这份福荫,他家在南京足足安享了二百七十多年的荣华富贵。直到不久前,他的哥哥徐弘基还担任着明朝的南京守备,而这徐青君则无所事事,终日斗鸡走马,看戏游园,过着穷奢极欲的生活。用当日侯方域的话来说,就是此人的银子多得简直令人"恼火"。余怀还记得大约三年前,侯方域和顾杲等人因为黄宗羲的一部什么宋版书,曾经在大街上同徐青君发生过一场冲突,狠狠敲过他一笔银子……

柳敬亭点点头:"想当年,他富可敌国,园林房产多得数也数不清。可是到如今,一应产业俱遭官府抄没,旧日的姬妾仆从都作鸟兽散。他同妻儿只能住到养济院里。列位可知道他如今靠什么为生么?"

"……"

"说来可怜,他自出娘胎就是锦衣玉食,饭来张口,衣来伸手,自然什么营生都不会。结果到如今,只能凭着身躯肥胖,经得起打,因此便日日到衙门口守着,遇到有人犯事,要挨板子,他就出来顶替,好歹换得几个钱去买米,这才不致饿死。不过也真是破落到了家了!小老旧日因蒙他看得起,常常请到他府中去说堂会,所以彼此认得。适才行经上元县衙,见他站在门外,等候接活计,还遭到那一干闲汉泼皮的欺凌戏弄。小老一时看不过眼,才把他带了回来。方才本想请他过来与列位相见,他死活不肯,自然是如此落魄,羞于见人。没奈何,惟有给他点银子,让他去了。"

大家听了,这才恍然。不过,想到仅仅大半年前,徐青君还是何等富贵,何等尊荣!转眼之间,就落到替人挨板子餬口的地步。这种命运的剧变,较之一下子被杀身死,甚至还更惊心动魄。只是话又说回来,徐青君宁可用自己的皮肉躯体去挣钱,而不肯辱没祖宗，去做沿街讨饭的乞丐，似乎毕竟还算有点骨气……正是这种复杂而又强烈的感受，有片刻工夫，把大家的心情弄得既沉重，又混乱，以致重新登上楼梯时，全都呆呆的，一句话也说不出来……

第 八 章

一

在等候柳敬亭归来的酒席上,余怀向黄澍说到关于钱谦益家的那件丑闻,并不是空穴来风。近一个多月来,这件"丑闻"的女主角柳如是,确实正沉湎于与一位旧日情人的狂热恋情之中。

事情自然要追溯到九月里那一次,她的密友惠香,由于挡不住一百两银子酬劳的诱惑,最终答应了那位姓郑的书生的求托,替他暗中牵线,设法与柳如是再续前缘。起初,惠香对这事还有点拿不准,担心会遭到柳如是的拒绝和斥责,因此耍了一个花招,把这事只当作笑话儿说了。柳如是当时哼了一声,没有什么表示;谁知过了两天,却把惠香找去,直截了当地表示同意,并与惠香一起设计,把姓郑的书生装扮成结伴来访的堂客,用轿子秘密带进府中。于是,事情就变得急转直下,一发不可收……

到如今,这段私情已经持续了将近两个月。由于柳如是别居一院,与其他家人不怎么来往,有相当长一段时间,钱府之内除了红情、绿意等两三个贴身的丫环之外,谁也不知道发生了这件事。而红情等人既慑于女主人的厉害脾性,又深知这件事非同小可,加上连日来人则衣裳银子,小则簪珥钗钏,没少受到打赏,因此全都守口如瓶,不敢有半句泄露。于是乎,一对昔日的情人也就得以在整整一个半月当中,时而暮合朝分,时而连日厮守,把整副身心都沉浸在旧梦重温的欢乐里,几乎忘却了一切。

这件事之所以会如此迅速,一拍即合,就郑生而言,自然是渴望补偿一笔朝思暮想的相思债;至于柳如是,则是自从四年多前嫁入钱府里来,除了因为身份和地位的改变,而感到颇为满足之外,说到身体和心灵,却是从过去的极度饱和满足,一下子陷入前所未有的饥渴和空虚的状态。床笫之间的这种急剧变化,在过去,她还可以用"鱼与熊掌不可得兼"来安抚自己,压抑自己。可是到了前不久,钱谦益这个被她引以自傲的偶像和靠山轰然坍塌之后,那种"理由"就一下子转变为强烈的嘲讽,而潜藏于身体之内的饥渴,就因之急剧膨胀起来。本来,眼前的这位郑生,只是她当年许许多多的情人之一,而且还远不是令她最为倾心的一个。然而,此时此际,他却像从天而降的神仙似的,令她心神激荡,眼花缭乱,晕乎乎地着迷!当她目不转睛地瞅着他时,觉得他那张羞怯的、白净的孩儿脸竟是如此的年轻、漂亮,生气勃勃;当她把他搂在怀里时,她恨不得自己整个儿融化在他那纤长的、赤裸的躯体上。哦,这样一种极度兴奋、极度快活,仿佛灵魂都要悠悠忽忽地飘起来的感觉,是柳如是有生以来从没有体验过的!为着这种感觉能够永远伴随着她,她甚至宁可不顾一切,就这样爱下去,爱下去,爱下去!直到永远……

现在,这种感觉又一次来到柳如是的身上。她觉得,自己软酥酥地仰卧着的身体,正在受到不停的、有节奏的撞击,而随着这种撞击,身子下面的紫檀木大床,以及头上的纱帐、盖在身上的锦缎丝绵被也跟着来回颤动。由于天气寒冷,屋子里已经燃起了一盆取暖的炭火。凭借透进纱帐来的暗红亮光,柳如是看见那张熟悉的孩儿脸,正从很近的地方紧盯着她。一股男性的、散发着酒味的粗重气息,呼哧呼哧地直喷到她的脸上。于是,她渐渐激动起来,浑身的血液开始加速流动,周围的事物被越来越远地推了开去。

有一阵子,她仿佛浮荡在缥缈的空中,接着,又像跌进了无底的深潭。熊熊的、蛇样的火焰从四面八方围裹上来,不停地烤炙着她,咬啮着她,逗弄着她,使她仿佛遭受电击似的,全身起了阵阵痉挛。她于是不能自已地颤栗着,以更加热烈的回应,紧紧地缠绕着对方,向着那令人心悸的峰巅不断冲刺、攀登……

这样一种状态究竟持续了多久,沉浸在极度欢娱之中的柳如是并没有留意,也不打算留意。随着情欲的腾升,她变得像一只凶猛的母兽,野性地嗥叫着,疯狂地撕咬着,全身心地沉浸在死去活来的搏斗中。直到忽然发现,对方的动作不再那么有力,节奏也明显地变得缓慢,她才怔了一下,停顿下来。

"唔,你怎么了?"她瞅着他,问。

"没……没什么……"郑生含糊地回答,重新抬起身躯,奋力向她进攻,一下,一下,又一下。然而情形丝毫没有起色,相反,柳如是觉得,对方正在迅速萎靡下去,并且与自己脱离开来……出现这种局面,她不禁颇为失望,也有点懊恼。又挨延了一会之后,她只好把对方推开,翻身坐起来。

"你今儿到底怎么了?"她扯过一件衣裳,披在身上,疑惑地问。

郑生低着头不做声。

"说呀,到底怎么了? 哼,莫不是在外头又混上别的女人了?"

仿佛遭了针扎似的,郑生身子一抖,蓦地抬起头:"啊,没有! 没有! 真的。"他惊慌地否认。

"没有? 哼,鬼才相信呢! 你们这些男人,全是吃在碗里,看着锅里,我见得多了!"柳如是咬着牙说,心中的火气开始上升。

"真是没有。"郑生坚持说,但是声音不高,而且沮丧地低下头去。

"那么,到底是为什么?"

"……"

"哎,怎么哑巴了?你倒是说话呀!"

虽然这样催促,但是郑生仍旧迟疑着,直到柳如是重新竖起眉毛,打算再度发作时,他才一脸苦恼地低声说:

"我们的事,自从被外间知、知道后,近日像是传、传得越来越凶了……"

"越来越凶?怎么个凶法?"

"昨儿,我在街上走,被两个不相识的人拦住,嬉皮笑脸地问了好半天,还说了好些难听的话。"

柳如是皱起眉毛:"嗯,就是这个?"

"不,回到寓所,又看见门上贴了一张纸,上面写着一首诗,也分明冲着我们来的。"

"诗呢?都说些什么?"

"我即时就扯了,没有带来。总之,无非是一些挖苦骂人的话,你不看也罢!"

柳如是盯了对方一阵,终于停止追问。她抱住双腿,把下巴抵在膝盖上,目光变得幽邃起来。不错,近日来,外间对他们的不轨行为已经有所觉察,并且正在喊喊嚓嚓,飞短流长。这一点她是知道的。其实,还在答允惠香之初,她就想到事情难免会有败露的一天。但当时她也横下了一条心:既然世事混乱到这样一种地步,钱谦益的骨头软到这个地步,自己今生今世,恐怕很难再有什么指望了。那么,与其半死不活地熬日子,倒不如抛开一切,痛痛快快地乐他一场。即使到头来落得个身败名裂,甚至把性命搭上去,也没有什么可怨恨的!只不过,没想到事情会败露得这么快,而且流传得这么广。拦街盘问、门上贴诗,这还是当着面的,那么背后的议论呢?不用问也可想而知!按说,这本是预料到了的,并没有什么。令人不甘心的只是,才过了两个月不到,这场好梦还刚刚开了个头……

"这么说,"她偏过脸,瞅住对方,冷冷地问,"你害怕啦?"

郑生苦涩地牵动了一下嘴唇,摇摇头。

"那么……?"

"我是怕连累了你……"

"怕连累我?"

"是的,这事是我挑惹起来的。自从五年前与你分手之后,我没日没夜地想着你,念着你,可以说是食不甘味,寝不安枕,只想着能见上你一面,就是死掉也甘心了!没想到,你不只让我见到了,还对我这么好,让我过上神仙眷侣一般的日子……我郑某不过一介凡夫俗子,得此不世奇遇,死又何憾!只是,你是天上的仙女,偶谪凡尘,已是十二分的委屈受辱,不该因我之故,再遭劫难。要不然,我郑某就是死了,九泉之下,也会因罪孽深重,无法心安的!"

柳如是呆呆地听着,目不转睛地瞅着帐子外那盆变得暗淡下来的炭火。末了,她幽幽地问:"我真有这么好?你真的就这么顾惜我?"

郑生点点头,苦恼地说:"这些天我一直想着,事到如今,如何才能不拖累你?倘若能够,哪怕天塌下来,即时就要粉身碎骨,我也甘愿独自扛着!唉,怕就怕……"

"就怕什么?"

"就怕、就怕悠悠天地,沉沉世网,到底、到底放不过一只失伴的孤鸯!"

这么哽咽着说完之后,郑生就倒在床上,用被子蒙住脸,呜呜地哭泣起来。

柳如是转过头去,无言地看了他一会,最后叹了一口气,伸手推推他:"起来吧,起来吧!"说完,她就管自把搭在床靠上的大红兜肚、贴身小袄、丝绸锦袄、比甲、裙子拿过来,一件一件地穿上,又把睡乱了的头发拢拢好,用一条藕色丝巾临时扎住,然后撩开帐子,把绣花鞋儿套在脚上,站起来。她先朝大铜火盆走过去,拿起铁钳子拨弄了一下,又朝里面添了几块木炭,这才走到梳妆台前,坐了下来。

现在,火盆里的炭火重新散发出融融的暖意,屋子里也被映照得更亮堂了一些。但柳如是心中却愈来愈阴冷。她并不相信郑生刚才说的那一番信誓旦旦的话。以她自幼年起就在风月场中打滚的经历,已经非常了解男人们的脾性,那些逢场作戏的狎客不必说,即便所谓的"多情种子",在没有得到你的时候,他们会不惜一切地巴结你,像狗似的跪倒在你的脚下;为了能钻进你的裙子里来,有时也会疯狂得连小命都不顾。但是一旦把你弄到手,获得餍足之后,在他们心目中,你的身价就会每况愈下。如果说,移情别恋是必然结局的话,那么在此之前,他们也不会再像最初那样,肯不顾一切地为你卖命献身了。眼前的这个郑生,要说他已经厌倦了自己,倒还不大像。但是他口口声声说就怕牵累她,又说只要她平安无事,他甘愿承当一切,柳如是就觉得未免有点惺惺作态,言不由衷了。因为这明明是两个人的事,除非不败露,否则谁也逃不了。对此,柳如是已经早就做好了准备,根本没有想过要让对方单独承担罪责……

"那么,你打算怎样?"听见郑生的脚步声正在向自己接近,柳如是凝视着眼前的铜镜,问。在炭火的微光映照下,镜中的面影显得昏暗而模糊。

"我、我不知道……"

"是真的不知道,还是假的不知道?"

"真、真的……"

"好,那么让我来替你说吧。趁着眼下还来得及,你最好即时与我一刀两断,回家收拾细软,从此远走高飞,躲到天涯海角去,让那些嫉妒你的、笑话你的人,或者要整治你、置你于死地的人再也找不到你,也见不到你。岂不就能平安无事了?"

"远走高飞?走得了吗!如今这留都四下里都有兵严严实实地把着,没有官府的关防,谁也别想出得了城。"

"哦,这倒也是。那么你也可以到外边去说,这事是我勾引你,把你骗进府里来,在酒中下了迷药,把你灌得烂醉,成其好事。然后又逼着你时时进来侍候我,不然我就去告官,说你潜入官宅,强奸官眷。你心中害怕,迫不得已,只好勉强敷衍。这也是脱身的又一妙计,怎么样?"

"啊,你、你、你怎么这等说!阿隐,莫非你还不相信我?"显然被这种可怕的"建议"吓了一跳,郑生忍不住叫起来。

柳如是冷笑一声,转过身去:"我不相信你?不,我很想相信你,可是,你的心已经变了!一点点风吹草动,就害怕了!想打退堂鼓了!可是你求阿惠来找我时,为什么就不想到会有这一天?到如今,即使我再相信你,又有什么用?怕连累我——说得多好听!只怕真正是怕连累你自己罢了!你说是不是?啊,是不是?哼,刚才我说的那些,不就是你心中所想,并且打算这么做的么?你又急什么!"

柳如是咬牙切齿地数落着,眼睛越睁越圆,言辞越来越尖刻。想到她为之献出了全副情意,甚至不惜冒天下之大不韪的这个男人,到头来依然如此不可靠,她禁不住怒火中烧,恨不得把他的肉咬下一块来。然而,这种状态并没有持续得太久,因为她发现,在她恶狠狠地发泄着内心的怨毒的当儿,郑生始终一言不发,只是仰起那张孩儿脸,呆呆地望着她,表情越来越惊诧,越来越畏怯。于是,她的火气也陡然低落下来,终于,摆一摆手,意倦神疲地说:

"嗯,算了,你走吧,快走吧,我再也不想看见你了!"

"可是,我不是这样的!不是的!"郑生忽然焦急起来,大声分辩说,"阿隐,你听我说……"

柳如是摇摇头:"不必再说了……"

"不,"郑生固执地坚持,"阿隐,你听我说……"

"不要说了,不要说了!我不要听,不要听!"烦躁已极的柳如是跺着脚,用双手捂住耳朵,尖声叫起来,"你走,你走,快走!"

像挨了重重一记似的,郑生再一次呆住了。渐渐地,一种混杂着冤屈和绝望的痛苦表情,使他的脸孔扭曲起来。他的嘴巴翕动着,似乎还想说什么,但终于只是喃喃道:"好的,我不说,我……走……"

柳如是没有回头,只是情怀惨戚地闭上眼睛。听着那一步远似一步的足音,她觉得自己的一颗心也在冷却、收缩、凝固,变得就像一块石头……

然而,就在这时,意想不到的情形发生了。已经走到门口的郑生,忽然不顾一切地狂叫了一声:"可是,我要让你明白,我的心是不会变的!"

说完,他咚咚咚地奔回来,大口地喘着气,一把抢过妆台上的一根紫玉大簪,反手就向胸膛刺去。连刺了两下之后,大约发觉被衣裳挡着,他又改变方位,向咽喉、脸上乱扎……

柳如是猝不及防,大吃一惊,待到清醒过来,慌忙扑上去阻拦时,郑生的脸上、脖子上已经被簪子扎破了好几处,淌出殷红的鲜血来。

柳如是慌了手脚,一边高声叫着:"红情,红情!"一边试图用手去阻止鲜血流出。但是看来郑生的确下了狠劲,有一两处还真扎得颇深,鲜血从伤口里不断涌出,止也止不住,急得柳如是只好用力抱住他,用带哭的嗓音问:

"郑郎,郑郎,你为何如此?为何如此?"

郑生的身体因为疼痛而颤抖,但是分明感到很快活。他喘着气,吃力地微笑着,说:"阿隐,我只是想让你明白,我的心……不会变……"

"哦,我相信你,相信你!"大受感动的柳如是张开胳臂,更使劲地抱住他,"郑郎,你怎么不明白,我其实是多么舍不得你,怕你丢下我呀!哦……"

说着,她再也管不住自己,终于像一根小草似的贴在对方身上,悲苦地、忘情地哭泣起来……

二

柳、郑二人的奸情,招来外间的议论纷纷是不假,但是,对这件丑事感到最难堪、最愤怒的,却要数钱府的家人们。

本来,早在四年前,当钱谦益决定以妻室之礼迎娶柳如是时,他们虽然不敢公开反对,背地里却极其反感,觉得以他们这样有头有脸的人家,竟被盛泽镇归家院的一个婊子硬挤进来,成为与正室陈夫人平起平坐的"柳夫人",简直是一种奇耻大辱。更何况,这柳如是又绝不是一个安分守己的角色,进门之后,那种风尘荡妇的下作根性丝毫未变,以为当上了主子,就可以为所欲为,不仅对全家上下颐指气使,还常常公然欺压到陈夫人的头上来,如果不是老爷瞎了眼,把她当成宝贝一般,百般纵容,全力呵护,他们早就会联起手来,把她轰出府去了。到如今,憋了好几年的恶气还未出,冷不防又冒出来这么一件羞辱家门的丑事,又怎不让他们——特别是几位做主子的感到气急败坏,咬牙切齿,怒火中烧?

"好!好!好!这才叫老天有眼,原形毕露!我早就说过的,这只骚狐狸,放着风流浪荡的婊子不做,使尽奸计给老爷灌迷汤,无非是看中了我家的地位钱财,日子一长,绝不肯安分守己,迟早都会闹出丑事来!瞧,这不是十十足足地应了!"

说话的是姨太太朱氏。身板壮实,长着一张圆盘脸的这个女人,是钱家惟一少爷的生母。仗着这份功劳,四年前,她曾经同柳如是有过一场沸反盈天的争斗,结果终于敌不过有老爷撑腰的对手,败下阵来。这些年,她慑于柳如是的权势气焰,不敢再兴波作浪,有时还得忍气吞声地巴结奉承对方;不过说到内心深处,却始终怀着一份怎样也消除不掉的怨毒。如今碰上了这么一个送上门来的机会,她自然不肯放过。因此,当今天,身为一家之主的陈夫人,对越传越难听的这件丑事再也无法装聋作哑,终于把平日关系密切的几位亲戚召来,打算商议对策时,朱氏就毫不犹豫地首先站出来发难了。

眼下,是在钱府正院的后堂。被陈夫人召来商议的,除了朱姨太和少爷钱孙爱之外,还有大丫环月容、侄孙少爷钱曾、心腹族人钱养先,以及陈夫人的亲弟弟陈在竹。这后三位当中,钱曾是作为家中的临时总管,一直住在府中的,其余两人则是因为常熟乡下兵荒马乱,无法安居,不久前一道带着家人前来投靠,如今也住在府里。这些人都算得上近戚至亲,因此也用不着避嫌,此刻就分散地坐在后堂内的椅子上。已经是仲冬时节,加上从昨夜起,气温骤然下降了许多。天空阴沉沉的,彤云密布,像是要下雪的样子,使座上更增添了一种低沉懊丧的气氛。

"谁说不是呢,"钱养先接了上来,与三年前相比,他显得更黑更瘦,那被积年的风湿症折磨的腰也弯得更加厉害,"我瞧这件事啊,也实在太出格儿了!牧斋这等尽心尽意地待她,可她到头来,好,竟做出这种事来报答牧斋!这、这这这……哎!"

"她不要脸也就罢了,"大丫环月容蹙起弯弯的眉毛,"可是我们呢,我们可是正经人家,何曾出过这种丑事!好,如今全叫她把名声都糟践完了。这些天,外间说的才难听呢,听说还把这事编成了歌儿,满街地唱!害得下人们连出门,也被人赶着脚后跟取笑!"

在月容说话的当儿,坐在旁边的陈在竹眯缝着眼睛,闪烁的目光始终没有离开她那粉嫩的脸蛋和丰盈的身躯。这会儿,老头儿摇晃着圆中见方的大脑袋,一本正经地感叹说:"妖孽,这叫做妖孽!皆因遭逢大乱之世,故此便生出许多妖孽——李自成、张献忠是妖孽,马瑶草、阮圆海是妖孽,这个姓柳的贱人也是个十足的妖孽!"

"唉,家门不幸啊……"大约被弟弟的说法戳中了心病,愁眉苦脸的陈夫人呻吟起来。

"那、那该怎么办?"一个焦急的声音响起,那是钱孙爱。这位钱谦益家的惟一传人,如今已经长到十七岁,按照惯例,算得上是成人,然而遇到事情,却仍旧是一副毫无主见的模样。问了那一句之后,发现刚才还义愤填膺地指斥着这桩丑事的长辈们,不知为什么,全都变得一声不响,他就迟迟疑疑地把脑袋转向身旁的钱曾。

论辈分,钱曾比钱孙爱要低上一辈,但为人精明强干,敢作敢为。钱谦益临上京前,担心家中男丁太弱,一旦有事无法支持,因此特意把他从家乡请出来帮忙照应。不过此刻,连他也没有理会钱孙爱的目光,只是面无表情地坐着,似乎在等待什么。

"母亲,您瞧这事……"钱孙爱只好向陈夫人求援了。

"嗯,不要急,听大家说。"

老太太这话表面是安抚儿子,但显然也有催促众人的意思,不料,大家仍旧不做声。这么又等了一会,终于,钱孙爱再度忍不住,眨巴着眼睛,试探地问:"那么,不如、不如等父亲回来,向他禀告了再说?"

他这样建议,一方面固然是感到事关重大,担心贸然处置,会受到父亲的责怪;另一方面,还因为就在昨天,钱谦益从北京托人捎回来一封信,里面除了谈到一些近况,像已经被新朝授予礼部侍郎之职,以及身体尚好之外,还透露出无法适应北方的气候饮食,更兼挂念家人，有辞官不做、告老还乡的打算。因此，说等父亲回来，似乎也并非不切实际之想。

谁知，他的建议一说出口，立即就遭到长辈们七嘴八舌的反对。

"这如何使得！老爷远在北京，就算即时起程，也须一两个月。岂能任由那奸夫淫妇继续放荡胡为，败坏我家名声！"

"何况，牧老只不过流露南归之意而已，能否成行，尚不得而知呢！"

"这桩子臭事，外间已经传得沸沸扬扬，再不当机立断，我钱家脸面何存！"

"即使老爷回来，这事也是一样的处置。莫非老爷还能放得过这对奸夫淫妇不成？"

被长辈们这么一起哄，钱孙爱只好再度闭上嘴巴。然而，奇怪的是，他一旦不做声，屋子里也随之静下来。那些长辈像是已经尽到责任似的，纷纷管自喝茶的喝茶，闭目养神的闭目养神，不再开口。就连对这事最着紧起劲的朱姨太，也只是偷眼看看这个，望望那个，现出欲言又止的神情。

面对这种情形，坐在末位上的钱曾似乎看穿了什么，多骨的瘦脸上露出了嘲讽的冷笑。但他也不去帮助迷惑不解的钱孙爱，只是片刻之后，突然站起身，管自向外走去。

"哎，阿曾，你上哪儿去？"陈夫人连忙追问。

钱曾转过身来："侄孙杂务缠身，既然列位老辈尚需仔细参详，侄孙便去先行处置便了！"

"可是，你进来至今，尚未发一言，到底有何主意，也不妨说给我们听听嘛！"陈在竹狡狯地微笑说，目光再度朝月容一闪。

"舅老爷说的是，"月容立即卖乖地接上来，"平日就数你主意多，谁都知道的！"

钱曾瞥了他们一眼,冷冷地说:"既然列位老辈都不敢出主意,我阿曾就更加不敢有主意了!"

"哎,我们不是不敢出主意,"钱养先急急地分辩说,"我们是在想!"

"这种事儿,我们都没遇到过呢!刚才我想呀想呀,把头都想疼了,就是不知道怎么办才妥当!"这么表示了难办之后,月容随即回过头,娇声问:"舅老爷,你也是挺有主意的,或者想出来了也未可知?"

"哪里,哪里!"陈在竹乐呵呵地说,"这件事还真不那么好弄,得仔细想想才成!"

"嘿嘿嘿嘿……"钱曾忽然把头一仰,笑了起来。那是他特有的笑声,尖锐而刺耳,使听的人全都感到头皮发麻,不由得皱起眉毛。

幸而,这种状态没有持续多久。像通常那样,钱曾突然又收住笑声,"不要再遮掩了!"他把脸一沉,说,"我替列位说了吧,不错,列位都恨不得即时处置那一双败坏家声的狗男女,但是又顾忌着我叔公对那贱人的宠爱非同一般,担心若是先禀明叔公,这事说不定会拖下去,处置不成;但若是果真拿出个狠辣主意,把这双狗男女往死里办了,又怕过后我叔公得知,万一不买账,追究起来,就要担上干系,闹不好,还会招怨招灾。因此谁都不敢做出头鸟,只想等着做应声虫。哼,既然如此,那就不如趁早撒手,只当不知、不理,岂不更好!"

这一番不客气的指摘,无疑揭破了在座绝大多数人的心理。因此有片刻工夫,大家脸上红一阵白一阵的,坐在那里发呆,一句话也答不上来。

看见这样子,钱曾冷笑一声,转身又要走。也就是到了这时,朱姨太才首先憋不住,叫了起来:

"我说,拿奸拿双!这两日,派人到东偏院暗地里伏着,等那对狗男女淫乱时,先把他们当场逮住再说!"

"对,先逮住再说!"月容表示附和。

"逮住之后怎么办?"钱孙爱问。

"把他们捆起来,再请出家法,审个水落石出!"钱养先似乎也来了劲。

朱姨太"哼"了一声:"还用得着审么?我看逮住了就先打一顿,要打得狠,打死了就算!"

"嗯,在家里打死可不好办,我看还是送官究治,该杀该剐,自有王法处置。这样,即使姐夫回来,也无话可说。"说话的是陈在竹。与其他人相比,他毕竟老练得多。

"那——也成!不过送官之前,还是得先打一顿,不将他们打死就是了!"朱姨太仍旧坚持着,看来这是最能使她感到解恨的做法。

在他们七嘴八舌地出主意的当儿,陈夫人一直闭着眼睛,念念有词地数着手中的一串念珠,没有插嘴。直到周围的话音低下去,她才睁开眼睛,望着钱曾,问:"阿曾,你瞧,这样成么?"

刚才那一阵子,钱曾也同样不动声色地听着。这会儿,他嘲讽地一笑,说:"诸位总算拿出主意来了——捉奸和送官,嗯,还有打上一顿,这自然都是例应如此。不过,列位竟然想出这样的主意,难道就真的不怕我钱家的名声当真被败个干净,也不怕我叔公回来,即使不怪罪你们,也要当场气死么?"

他刚刚还指摘大家不敢出主意,现在忽然又反过来这样说,倒把大家弄得莫名所以,不由得望着他发怔。只有钱孙爱连连点着头,大表赞成:

"对,对,若是这样子弄,父亲知道了,必定要大发雷霆的!"

"那么——""可是——"好几个人忍不住叫起来。

钱曾做了个少安毋躁的手势:"我这等说,并非存心戏耍列位,只是提醒一事:这可行之法,须是既要断然处置,不可手软;又要使我钱家的名声不致败个精光,叔公那张老脸,也得以尽量保存——嗯,最好还要让他感激领情。"

"既要尽快处置这事,还能保住名声,让牧斋感激领情——这敢情是好,可哪能有此三全其美之策?"钱养先表示怀疑。

钱曾淡淡一笑:"办法自然是有的,不过有一样,我说出来之后,就得依我的去做,否则我就不说!"

"咦,既有良策,我们又岂有不依之理?""是呀,阿曾,你就快说了吧!""快说了吧,我们依你说的去做就是!"大家又一窝蜂地催促起来。

钱曾却不为所动,用那双能把人看得心里发毛的眼睛,挨个儿瞅着那些长辈,直到他们全都作出明确的允诺之后,他才点点头:"好,我就说——这计策其实也很简单,就是不把那双狗男女放在一锅来煮!"

"不把他们放在一锅来煮?"

"不错,这件丑事是他们两个人一起做出来的。但是为今之计,只能先把那个姓郑的奸夫抓起来,送官治罪——自然,先打上一顿也无不可。不过,最要紧的是把一应罪责全都推到他的身上,说是他勾结妖人,暗设奸局,假托神鬼,迷惑官眷,致使无知愚妇,误为所诱,实非自愿,请官府严办姓郑的等一干奸人。至于姓柳的贱人嘛,哼,不妨先放着,等叔公回来,再由他自行处置不迟。这么着,我家的名声不致败坏得太甚,叔公也会感激我们替他保存了面子——嗯,列位老辈以为如何?"

刚才大家急于听他的计策,只好表示服从,待到听他这么一说,座上倒有一半的人没有吱声。因为说到底,他们先前尽管不敢带头出主意,但真正的眼中钉、肉中刺始终是柳如是。平日之所以一直拔她不动,就是由于有钱谦益护着;如今好容易有了机会,如果不即时逮住送官,仍旧把她留给老头儿处置,那么到头来大家能否如愿以偿,可就有点拿不准……

"不过,如果那贱人对簿公堂时,不依我们盼咐的去说呢?"月容首先提出怀疑。

"这还不容易!"钱曾淡淡地说,"到时拼着花几个钱,打通官府的关节,让她压根儿不用上公堂,不就成了!"

"可是,"朱姨太愤愤地说,"不把那贱人一块儿办了,我总觉着……"

然而,不等她说完,陈夫人缓慢然而清晰的声音已经传了过来:"嗯,分开两头处置,阿曾这个办法好,很好!"

由于老太太作出了决断,其他的人自然不好再表示反对,就连朱姨太也只得闭上嘴巴。于是大家便顺着这个路子,商谈起具体的做法,无非是如何捉奸、派谁负责、什么时候动手,以及捉到之后立即送官,还是先关起来,等等。谈着谈着,忽然,钱养先回过头来问:"只是,把姓郑的奸夫捉到后,该由谁出头向官府首告为好?"

"这还用问?"陈在竹笑眯眯地说,"罪关玷辱家声,败坏纲纪伦常的大事,自然该由本家的少主人出面首告!"

不知道是没听清还是别的缘故,钱孙爱起初还呆呆地坐着,直到大家把视线集中到他的身上,他才分明吃了一惊:"怎么?由我首告?"

"自然该是少爷。老爷不在,少爷就是一家之主了!"月容从旁帮腔。

"啊,不,不不,不成,这事我做不来!真的!"钱孙爱顿时紧张起来,连忙推托。

这位少爷自幼秉性懦弱,未经世事,缺乏主见,大家是知道的,但是这件事又确实只有由他出头首告才成,别人都不合适。因此,看见他这样子,大家便一窝蜂地围着,你一言我一语劝说起来。可是钱孙爱固执得很,死活都不答应。结果,又招来大家更加热切的劝说……

这么闹哄哄地乱着,忽然响起一声大叫:"孙爱!"尖锐而凌厉,犹如一记铙钹,震得人们的耳朵嗡嗡作响。大家吃了一惊,不由自主地停止说话,循声望去,这一下,更是发了呆,因为发出那一声尖叫的不是别人,竟是一向脾气随和、说话从不高声的陈夫人。只见老太太的眉毛倒竖着,大睁着那双小圆眼睛,脸孔涨得通红,神情显得从来没有过的激动。她的嘴唇颤抖着,分明打算说上一通什么。然而,待到被这意外的情景吓住了的钱孙爱,迟迟疑疑地站起来时,老太太张了几次嘴,却不知为什么,喉头像被哽住了似的,始终没有说出话来。片刻之后,她那双因为年老而显得松弛的眼眶开始发红,渐渐充满了泪水,接着,就顺着多皱的脸颊流了下来。

"少爷,你瞧老太太的样子!莫非还不肯答应么?"朱姨太带哭的声音从旁边响起。

看见陈夫人激动悲愤的模样,钱孙爱虽然很惶恐,但是内心分明还在矛盾着。有小半天,他紧抿着嘴唇,一只手神经质地揪扯着衣服的前襟。直到朱姨太忍不住,再一次开口催促,他才低下头,闷闷不乐地说:"太太不要生气,孩儿答应出头首告就是。"

三

自从经历了那个夜晚的争执波折之后,柳如是同郑生的感情反而又加深了一层。

说实在话,当初这段私情的发生,多少有点迫不及待、匆忙凑合的味道,双方固然如饥似渴地沉迷于感情的索取和餍足,但是对于彼此的想法心思,却都有点若明若暗,感到把握不定。没想到,到了事情终于败露的危急关头,双方竟然表现得如此情真意切,难舍难分。特别是郑生,大有连性命都不顾的气概。这就使无论哪一方都觉得,不能把这件事看成只是逢场作戏的苟合了。不过话又说回来,当情怀的这种袒露所带来的冲动和狂热过去之后,他们却发现:这其实丝毫也无助于他们摆脱困境。因为来自外界的指斥和愤怒是明摆着的,而且正在与日俱增。以维护纲纪伦常和道德风化为己任的这种舆论,绝对不会同情和宽恕任何与它的准则相悖的不轨行为,哪怕当事者自以为多么真诚、多么有理也罢!更何况,他们越是把这种感情看得认真,就越难以断然割舍,结果,只能使自己同那种可怕势力的对抗变得更加尖锐;到头来,会招致怎样严厉的惩罚,落得怎样悲惨的下场,也就可想而知。正是受到这种绝望之感的驱使,近几天来,柳如是变得有点不顾一切。她更加频繁地、肆无忌惮地同郑生幽会,床笫之间,也表现得更加狂热和贪婪。这固然是为了抢在一切都化为乌有之前,竭尽可能地加以享受,同时她还觉得,只有这样做,才能暂时摆脱内心的绝望和恐惧……

现在,又一个极度亢奋之后,继之以极度倦怠的夜晚过去了。早上,柳如是醒来,天已经大亮。不过窗户都垂挂着厚厚的暖帘,因此屋子里仍旧相当幽暗。柳如是伸手向旁边摸索了一下,发现郑生背转身子,还在沉沉熟睡,她就掀开被窝,打算起床;但刚刚支起身子,又觉得即使起来,其实也无事可做,于是又重新躺回去,却已经没有睡意。末了,她只好用一只手支住腮帮,默默地想起心事来。

由于把一切都置之度外,最近几天,柳如是一直形影不离地同郑生厮守在一起。如果说,在此之前,他们还免不了要躲躲闪闪、掩人耳目的话,那么眼下,起码在这个东偏院内,他们已经变得肆无忌惮,如同一对公开的夫妻。然而,不知什么缘故,就内心而言,柳如是并没有因此变得充实起来。相反,每当纵情地欢娱之后,她总是生出一种空虚之感,一种连自己也说不清的烦闷和不安。要说这是因为郑生没能使她得到满足,倒并不是事实;相反,自从柳如是流露了真情之后,郑生的自信、热烈和放纵常常使柳如是觉得几乎要融化在对方的怀抱里。要说由于过分的餍足,已经使她产生了厌倦,也同样不是;因为直到如今,柳如是仍旧不愿意让对方离开自己,哪怕只是暂时的也罢! 那么,莫非是担心来自外界的可怕惩罚,即将降临到他们的头上? 对于这种收场,柳如是早就横下一条心,觉得大不了就是一死,因此其实也并不怎么害怕。然而,尽管如此,她仍旧止不住心中的烦闷和不安,总觉得丢失了一些什么东西似的。特别在眼下,郑生在旁边沉睡不醒,她变得无事可做的时候,这种感觉就变得更加尖锐而强烈了……

屋子里很暗,也很静。除了郑生轻微的鼾声,几乎听不见一点声响。红情和绿意等人大约早就起来,但是没有女主人的呼唤,她们照例不敢进来打扰,甚至连做活也格外轻手轻脚,生怕惊动了主人。不过,即便如此,耽在被窝里的柳如是仍旧感觉得出:时辰已经不早,在帘幕背后的窗外,冬日的太阳就要爬上东边屋脊;而且,由于昨天又下了一场小雪,庭院里想必亮得耀眼。而在庭院的高墙外面,那狭长的、堆满积雪的里弄里,人们也早就开始活动。其中那些闲得发慌的,也许正在朝墙里这边指指点点,交头接耳,并且发出阵阵猥亵的笑声……随着这种景象在脑子里变得越来越活跃和鲜明,柳如是终于再也躺不住,一把掀掉被子,翻身坐了起来。

"红情,红情!"她提高嗓门叫唤,由于心中烦恼,并不理会郑生还在床上睡着。

"哎!"随着应声,红情掀开门帘走了进来。看见女主人正圆睁着眼睛,一脸焦躁的样子,她就连忙站定,行着礼说:"太太早! 太太起来了？睡得可好？"

　　这么请过安之后，她才重新快步走过来，开始熟练地服侍柳如是穿衣、裹脚、着鞋，然后又把女主人扶起来，走到床后的一只红漆马桶上坐下。当做着这一切的时候，那丫环一直微低着头，不敢正眼儿朝帐子里看。倒是睡在床上的郑生，已经被柳如是的叫唤声惊醒，怔怔忡忡地揉搓着眼睛，坐了起来。

　　"你要想睡，就睡好了。没有人叫你起来！"这么说了之后，柳如是就离开马桶，系好裙子，然后管自走向门边。这当儿，另一个丫环绿意已经端进来一脸盆热水。于是，她就由两个使女服侍着，盥洗起来。

　　"……哎，太太起来了么？"当她漱过口，向脸盆弯下腰去的时候，听见外间的起居室有人悄声地问。

　　"嘘……"

　　"那怎么办？报还是不报？"

　　"轻点儿声，现在……"

　　"可是……"

　　这对答虽然细碎而模糊，但是却使柳如是分心。她吩咐丫环："嗯，你们去瞧瞧，有什么事？"

　　红情答应着，走了出去。片刻之后，她神色异样地匆匆走回来，低声禀告说："回太太，是少爷来了，说有事要见太太。胡妈不敢做主，没让他进来，把他挡在偏门上了。胡妈如今自己过来请太太示下。"

　　已经俯身到水盆上洗脸的柳如是，听说是钱孙爱求见，也不由得一怔。因为这些天来，她料定正院那边将会有所举动，已经一直做着应变的打算，譬如说，如果陈夫人摆出元配夫人的身份，把自己召过去，当面提出质问，自己如何应对；又譬如，万一对方纠集人众，打上门来，企图捉奸的话，自己怎样一边挺身阻拦，一边保护郑生逃走,如此等等。然而,没想到憋足劲儿等了几天,等来的却是钱孙爱这么个角色……

"如果太太不想见,那么……"红情试探地说。

"不,"柳如是摇摇头,断然吩咐,"让他到花厅等着,我随后就来!"

等红情领命而去之后,她依旧不慌不忙地梳洗、穿戴。发现还赖在床上的郑生已经本能地紧张起来,她便安慰了几句,无非是不必惊慌,一切有她做主之类。末了,才命绿意相跟着,离开了寝室,慢慢地走过花厅去。

四

屋子外面果然阳光耀眼,一片素白。虽然时已近午,天气仍旧相当寒冷,好在没有风,因此还不算怎么凛冽逼人。在树木的枝桠间、路旁的草石中和房屋的瓦脊上,晶莹的积雪随处可见。大约因为怕冷,仆人们全都躲进了屋子,偌大的院子里,除了她和绿意之外,眼下看不见一个人影。倒是那些在窝里困守了一天的鸟雀,分明熬不住饥饿,纷纷飞出来觅食,庭院里响彻了它们吱吱喳喳的叫声。

凭着平日对钱孙爱的了解,柳如是并没有把这位不速之客放在眼里;不过,心中毕竟怀着一份警觉。因此,这会儿她也无心踏雪赏景,只裹紧了身上的皮裘,沿着由丫环们扫净了的砖砌小路,脚步不停地走着,不久就来到了花厅。

钱孙爱果然已经在等候着了。只是这位少爷没有坐在椅子上,也没有理会侍立在旁边的红情,却管自倒背着手,把那根垂在脑后的细长辫子握在掌心里,神色不安地来回走着。听见门口传来脚步声,他就像触电似的一抖,迅速转过身来。

"柳太太,您起来了?孩儿请柳太太的安!"他匆忙地行着礼说,同时,显然松了一口气。

柳如是瞧了他一眼,点点头:"嗯,罢了!"随即由趋前侍候的红情搀扶着,径直走向方几前,坐到上首的一张椅子上。

钱孙爱却没有马上跟过来。他站在原地,睁大眼睛,一脸好奇地上下打量着,仿佛要从她的身上,发现什么特异反常之处似的。

柳如是起初还不以为意,但时间一长,也被他看得有点不自在,于是指一指对面的椅子,说:"少爷请坐——找我有事吗?"

"哦,是,是的!"钱孙爱连忙回答,迅速走前两步,坐到椅子上,但随即又抬起头,仍旧直愣愣地朝她看。

柳如是有点着恼了。她用手拍拍方几,不耐烦地催促说:"喂,我说少爷,你来了半天,魂不守舍的,到底想做什么呀?"

"哦!"像猛地惊醒似的,钱孙爱这才慌里慌张地站起来,刚刚张开嘴巴,忽然发现红情和绿意正在旁边侍候着,连忙又顿住了。

看见他藏头露尾的样子,柳如是不由得皱了皱眉毛,但仍旧摆一摆手,对两个丫环说:"嗯,你们先出去吧!"

钱孙爱连忙感谢地点点头,随即目不转睛地瞧着,直到红情和绿意的背影消失在门外,他才欠起身子,盯住柳如是,急切地低声说:"孩儿此来,是想、是想恳请柳太太同那人断绝来往!"

柳如是眼皮儿微微一跳。在此之前,她已经估计到对方八成是为郑生而来,但钱孙爱一开口,就直截了当地把事情挑明,并且提出"断绝来往"的尖锐要求,却仍然出乎她的意料。不过正因如此,反而撩起了她心中的傲气。"哼,正院那个老太婆想必是老得昏了头!既然有心来下战书、讲条款,就该挑个辈分高点的来。莫非以为,光凭这么个半大不小的雏儿上阵,老娘就会乖乖儿就范不成?"她冷冷地想,于是仰着脸,故作惊讶地问:

"断绝来往？那人是谁？断绝什么来往？我听不懂呢！"

"柳太太不……不懂？"钱孙爱疑惑地说，"柳太太怎么会……会不懂？"

"不懂就是不懂！那人——那个人是谁呀？你倒说给我听听。"

"就是、就是那个姓、姓郑的！"

"姓郑的？这世上姓郑的多着呢！平日我倒是认识几个，不过你是说的谁呢？"

柳如是干脆来个压根儿不认账，这显然同样出乎钱孙爱的意料。何况，他本来就缺乏应变周旋的本领。因此一时间，只见他那张血气不足的脸红了又白，白了又红，呆在那里做声不得。不过，片刻之后，他仍旧抬起眼睛，诚恳地坚持说："柳太太别说不知道。柳太太自然是知道的。要不然，为何眼下不只家里的人，而且满街的人都在说这件事呢！"

柳如是冷笑一声："满街的人都说，你就相信啦？我说我不知道，你怎么就不相信？"

"不是孩儿不信，孩儿也一心指望没有这件事！可是家里的人都一口咬定说有，而且、而且还商议好了，今夜就要过来捉、捉、捉奸。要是没捉到，最好；可是万一捉到了，那、那……"

一直到钱孙爱说出这话之前，柳如是都是对方说一句，她就抢白一句，这固然是因为心中窝火，同时，也是想刺激对方说出更多消息来。现在忽然听说正院那边今晚就要动手，她心中也为之一懍，立即想起还赖在被窝里尚未起床的郑生。不过，转动了一下眼珠子之后，她又恢复了原来的态度："哈哈，原来他们打算过来捉奸！好嘛，那就让他们来捉好了！只不过，既然如此，怎么还派你来给我报信？"

"不是他们派孩儿来，是孩儿自己偷着来的。"钱孙爱急忙表白。

"你自己偷着来的?我不信。我又没有给你什么好处,你为何这等向着我?再说了,我不是正被满街的人骂着吗?难道你就不怕被我牵连,就不怕挨骂?"

"这个——我不管!孩儿只是想着要这么做,因此就这么做。若是不这么做,孩儿心里就不得舒坦!就是这样!"

看见钱孙爱说话时涨红了脸,一副固执任性的样子,柳如是眨了眨眼睛,没有再说话。的确,这些年来,尽管正院那边的人全都把她看作是眼中钉、肉中刺,惟独钱孙爱对她一直比较友善。从他今天偷偷跑来报信,以及刚才的真诚态度来看,似乎没有理由怀疑他确实出于好意。这使柳如是有点感动,甚至有点惭愧。然而,这种心情也只是一会儿,因为接下来她就意识到:曾经不知多少次考虑过的两种选择,又摆到了面前——这就是要么像钱孙爱所劝告的那样,立即把郑生打发走,从此断绝来往。这一点眼下还来得及。但这就等于重新回到过去那种半死不活的日子中去,在无聊和孤独中打发后半生的暗淡岁月。要么就是不顾一切,继续维持同郑生的关系,并且想方设法地同对手周旋,即使最终免不了事败身死,也算活了个轰轰烈烈,没有委屈自己。不过话又说回来,这前一种选择,如果愿意采取的话,她早就会去做,也用不着钱孙爱来报信了。事实上,起码到目前为止,她仍旧决定坚持后一种。而这,却是不能让钱孙爱知道的,哪怕他对自己并无恶意也罢。于是,为了稳住对方,她故作轻松地摇着头,说:

"啊哈,这么说,你还真孝顺我了?可是,告诉你,没有这事,就是没有!"说着,站了起来。

仿佛碰在一堵冰冷的厚墙上似的,钱孙爱露出绝望的神色,不说话了。然而,他刚刚沮丧地低下头去,突然又激动起来,竟踉跄着离开椅子,"噗通"一下跪倒在地上。

"柳太太,你不要再执迷不悟了!"他大声地,用带哭的声音说,"父亲就要回来了。你再不同那人断绝来往,到时可怎么办哪?"

柳如是本来已经迈开脚步,听了这话,疑疑惑惑地站住了。突然,她心中猛然一震,迅速转过身来:

"你说什么?老爷他、他要回来了?"

钱孙爱点点头,苦恼已极地说:"父亲前两日托人从京中捎来家信,说他虽然已经得授礼部右堂之职,惟是他年事已高,不惯京中的起居饮食,更兼思家心切,已决意上疏告老,一待朝廷恩准,便要袱被南归了!"

"那、那么,信呢?"柳如是追问,觉得自己的声音有点发抖,而且不知怎么一来,喉咙变得又干又涩。

"父亲在信中也问到柳太太。可是他们说,出了那种事,这信就不必再让柳太太知道。今日,是孩儿把它带来了!"钱孙爱说着,揩去流到颊上来的泪水,然后抖抖索索地从袖管里把信掏了出来。

钱孙爱所说的"他们",自然就是指以陈夫人为首的正院那些人,不过柳如是已经没有心思计较了。她忙不迭把信接过、展开,低头看起来。

钱谦益的信不太长,内容也基本上就是钱孙爱刚才说的那些,只是稍为详细,譬如说到他那个礼部侍郎的官职只是虚衔,实际是担任修纂《明史》的副总裁;又譬如说到目前已经有了自己的房子,用不着再同别人搭伙,生活起居算是正常了些,如此等等。此外,信中还问到家中各人的情形,其中自然少不了柳如是。不过,在问到别的人时,都是一些家常话,惟独在问到柳如是时,却是这样说的:

> 如是自迁出吏部内衙之后,想亦与家中一同居处。只不知新居园中池水,亦颇似思霞馆前之清澈可鉴否?

这几句话,在别人看来也许会觉得过于空泛,甚至奇怪钱老头儿对爱妾什么不好关注,偏偏只关注她新居的环境是否优美宜人?但是柳如是却明白,其中所包含的意思非比寻常。因为今年五月,当清军兵临南京城下,钱谦益同城中的文武官员决定献城投降那阵子,柳如是正住在吏部衙门内。她得知消息后,感到极其绝望,曾经独自跑到后花园思霞馆前的水池边,打算投水自尽,一死殉国。是钱谦益闻讯赶到,硬是把她制止住了。当时钱谦益曾经表示:投降只是迫不得已的权宜之计,待渡过这一关之后,接下来就会设法联络有志之士,为恢复明朝奔走效力。钱谦益怕柳如是不信,还当场指着池水发誓:"如有变心食言,当如此水!"因此,他如今在信中这么写,分明是向柳如是暗示:准备信守前约。那么他之所以决定辞官南归,看来也不是什么年老多病,不习惯北京的起居饮食,而是怀有更大的图谋……正是这一发现,使柳如是仿佛在昏沉的醉梦中,听到一记遥远而响亮的钟声那样,不由自主地呆住了。有片刻工夫,她紧紧地把信抓在手里,忘记了眼前的处境,忘记了钱孙爱,甚至忘记了郑生,只觉得一种失落已久的记忆又来到了心中。这记忆使她颤抖,使她痛苦,更使她怦然心动……

然而,仿佛一股回流驱散了刚刚聚合的满池浮萍,一个醉梦般的声音又从柳如是的心里冒了出来,开始向她喃喃地诉说青春的短暂和欢乐的可恋,提醒她一切都已经太迟,在做出那一件事之后,她再也不可能得到宽恕,尤其是钱谦益的宽恕!到了这一步,她已经没有任何指望,只有抓住最后的辰光疯狂地乐它一场,然后跃向那黑暗的、万劫不复的深渊……

"柳太太……"钱孙爱的声音在耳边响起。

柳如是打了一个寒噤,回过神来,发现那少年已经重新站起来,正在惊疑不定地望着她。她举起一只手,示意对方不要扰乱她的思索,然后转过身,走回自己的椅子,缓缓地坐了下去。

五

钱谦益家闹得沸沸扬扬的"丑闻",曾经使黄澍颇感兴趣。但是,这位清朝总督行辕的幕僚却不知道,在长吟阁的酒席上,他无意中谈到关于洪承畴目前的困境,同样引起了余怀、沈士柱和柳敬亭的极大关注。

人的志向往往就是这样不同,黄澍无疑已经死心塌地投靠清朝,可是作为曾经气味相投的朋友,余怀等人却正相反。面对国破家亡的深痛巨创和被迫剃发改服的奇耻大辱,他们表面上虽然逆来顺受,私下里却咬牙切齿,痛不欲生,并对明朝势力卷土重来怀着强烈的渴望。事实上,目前他们正与南京近郊的一支潜伏的反清力量有着秘密的联系。这支反清力量是由南京地区那些不甘屈服的人们集结而成的,从缙绅旧官到贩夫走卒都有。他们捧出前明的一位亲王作为号召,在城中和城外四乡已经发展到万把两万人。鉴于南京作为清朝控制江南地区的军事重镇,防范很严,眼下他们还只能以极其隐蔽的方式进行活动,但一直在积极筹谋,窥测局势,等待起事的时机。因此,忽然从黄澍的口中得知,由于大批军队的调离,清朝在南京原来只剩下四千兵马,而且装备残旧,根本不是原来想象的那样强大,这自然引起余怀等人的极大关注。尽管在酒席进行的当儿,为着避免引起黄澍的疑心,他们全都装作毫不在意,甚至也没有追问打听,但是到了聚会结束,黄澍离去之后,他们就立即对这个情报反复推敲,并且决定赶快向设在城外某个秘密地点的大本营报告。

现在,负责递送情报的沈士柱已经走了整整五天,余怀也早就回到离秦淮河不远的小油坊巷家中。作为福建莆田的书香望族,余怀是崇祯十五年才举家迁到南京来居住的。半年前,当弘光皇帝出逃,赵之龙、王铎、钱谦益等人决定献城投降那阵子,他知道大难临头,本想逃回福建去,只是由于家室人口的拖累,才没有走成,但内心的那一份愤恨和绝望,却不是言语所能形容的。后来眼见清军一步步加强控制,环境变得越来越严酷,他只得咬紧牙关,默默忍受。这样到了一个多月前,失去联系多时的沈士柱忽然一身和尚打扮,找到他家里来,向他谈到了外间的许多情形,包括唐王在福建称帝、鲁王在浙东监国的消息,还透露就在南京近郊,也有一支反清力量在暗中活动,如果他有意参加,沈士柱可以代他牵线。余怀又惊又喜,经过一番考虑之后,表示愿意。接着又得知柳敬亭也是志同道合者,于是三人便以到长吟阁听说书为掩护,经常来往,替义军做起搜集情报的活儿来……

已经是晌午时分,一股烧咸菜的味儿透过门帘的缝隙,传进书房。本来,余怀一家在福建乡下颇有田产,靠着那边每年送来的租子,他们在南京的生活倒也并不匮乏。可是近半年来由于南边一直在打仗,道路不通,眼见已经到了腊月年关,仍旧不见家乡的人送钱来,而且连会不会送来,也都不清楚;再加上为着支援反清活动,平日大宗小宗,也把家里的积蓄开销了不少。因此近日来,他们已经不得不尽量减少开支,准备过节衣缩食的日子。不过,眼下余怀的心思却不在令人反胃的咸菜味儿上面,而是对于沈士柱至今还不见回来,越来越感到焦虑不安。因为近日来,大约鉴于城中兵力单薄,担心会出事,清军方面也显得颇为紧张,对出入城门的人盘查得很严,动不动就先抓起来再说;遇着稍有反抗的,甚至毫不容情就地正法。沈士柱离开的时候,本来说好早则两日、迟则三天就会回来,可是眼下已经是第五日,仍旧不见踪影,那么会不会在路上出了事?万一被清兵捉了去,在严刑审讯之下,沈士柱能挺得住吗?万一挺不住,供出同谋者来,会不会把自己也……正是这种悬想和担心,把余怀弄得越来越心烦意躁,坐立不安,但是这种心情又是不能向家人说的,因此,他只有躲在书房里干着急……

"大爷,大爷!"一个熟悉的嗓音在门外叫唤,那是他的亲随阿为。

"什么事?"余怀停止了在室内的走动,不无警觉地问。

"大爷,这事、这事须得让小的进来说,方才妥当。"

余怀眨眨眼睛,觉得阿为的声音有点异样,而且分明压低了嗓门。"莫非是沈昆铜?"他想,于是慌忙上前一步,揭开门上的暖帘,把裹着一团寒气的亲随放了进来。

"到底是什么事?"看见阿为站在门边,仍旧不说话,只是低着头,把双手凑在嘴边呵着,余怀忍不住厉声追问。

阿为这才擦一擦鼻子,吞吞吐吐地说:"禀大爷,十、十娘又着人来了,说是、说是请大爷今儿个无论如何也要过去一趟,她有要紧的事要对大爷说。"

余怀起先还怔忡着,一时回不过神来,不过,当终于醒悟之后,他就皱起眉毛,恼怒地瞪了对方一眼,扭头离开了门边。

"哼,捣了半天的鬼,你就是为的对我说这件事?"他悻悻地说。

阿为自知有罪地缩着脖子:"可、可是十娘……"

余怀不再吭声。他倒背着手,重新在屋子里来回走动了片刻,终于转过头来:"好吧,告诉来人,我这就去一趟。"

等阿为答应着,如释重负地快步离去之后,他又想了一下,这才回到日常起居的西厢房,重新换过衣服,因为天气寒冷,还穿上风衣,戴上风帽,然后跨上一头毛驴,由阿为相跟着,出了家门,沿着狭长的积雪街巷,缓缓向秦淮河的方向行去。

阿为所说的十娘,就是住在寒秀斋的旧院名妓李十娘,余怀过去同她的交情一直不错,尤其是十娘的妹妹李媚姐,有一阵子更是同余怀打得火热,好得不得了。自从清兵进城之后,由于心情恶劣,余怀已经有好几个月没再往那边走动了。十娘姐妹倒也识趣,相请过几次之后,看见余怀没有回应,也就不再来纠缠他。直到近几天,她们不知为什么忽然一改常态,接二连三地派人来请余怀过去,说是有事商量。偏偏这一阵子,余怀因为要等沈士柱的消息,抽身不开,结果拖了下来。也只是到了此刻,眼见沈士柱毫无音讯,而李十娘又催得很急,他这才决定暂且放下焦心的事,先上寒秀斋走一趟。

余怀的家离秦淮河不太远,出了小油坊巷,往右一拐,再往左一转,很快就到了。这一带,是余怀经常来往的地方。他自然记得很清楚,无论是河这边的贡院两侧,还是河那边的旧院沿岸,仅仅半年前,还是怎样一派热闹繁华的景象:鳞次栉比的店铺、争奇斗巧的河房、人声鼎沸的茶社、鼓乐喧阗的戏棚,一天到晚都吸引着来自四面八方的商客游人。夏秋两季不必说,那熙熙攘攘的情景,简直就像天天都在赛庙会;即便到了眼下这种岁暮年关,街道上也不会冷清下来。因为张挂彩灯、备办年货、酬神辞岁、贺节拜年,就足够家家户户奔走忙碌到第二年的开春了。然而现在,这种花团锦簇般的繁华,就像一场被蓦然惊醒的酣梦,彻底地支离破碎了。虽然清军进城后,并没有烧杀抢掠,而且还一再晓谕居民不须惊慌,店铺照常营业,可是市面上仍旧迅速地冷落下来。当然,并不是说人们不必再为衣食生计奔忙,也不是说人们成心要冷落这片遐迩闻名的纸醉金迷之地,只不过,当年那种豪华竞逐的劲头,不知怎么一来就消失了。到如今,如果说,贡院这边还好歹有几家店铺食肆强撑着门面,来往的行人也多些的话,那么隔河相望的旧院一带,除了笙沉歌寂,里巷萧条之外,还变得垃圾遍地,杂草丛生,一派令人心悸的破败荒凉。余怀已经好几个月没有上旧院这边来,因此,当他从武定桥上通过,面对映入眼帘的情景,简直有点疑心走错了地方。"啊,怎么变成了这样子?怎么竟成了这种样子?"

他睁大眼睛环顾着,吃惊地想。同时,忽然产生出一种担心,于是在驴子的屁股上敲了一鞭,径直向寒秀斋赶去。

大约已经预先得到鸨儿的回报,并且一直派人守望着,余怀刚刚在寒秀斋门前勒住缰绳,李十娘和她的妹妹媚姐就双双迎了出来。她们没有像往常那样摆出笑脸迎人的姿态,而是刚刚叫出一声"余公子!"就哽咽住了,紧接着,眼圈儿一齐红了起来。

"你们——这是做什么?出了什么事?"吃了一惊的余怀连忙翻身下了驴子,迎上前去问。

"没……没有什么。皆因多时不见公子,所以……"李十娘微微低下头,掩饰地说,随即侧着身子,做出相让的姿势,"请……请公子入内奉茶。"

余怀本来还想追问,但迟疑了一下之后,还是闭上嘴巴,迈开双脚,径直往里走去。

李十娘的这所寒秀斋,在旧院的名妓之家中,向来以别具一格著称。它没有任何珠宝金玉之类的豪奢摆设,却处处收拾得纤尘不染,精致异常,挑不出哪怕一星半点尘俗之气。特别是位于二进的敞轩前面,那一株姿态奇古的老梅,以及十来竿晶莹如玉的森森翠竹,更是把整个环境烘托得清幽潇洒,宁静宜人。过去,方以智、陈贞慧等一班圈子里社友聚会时,总爱挑这儿来落脚。余怀作为常客,对这里的一切尤其熟悉。然而眼下,当他按照习惯,穿过小小的堂屋,踏入二进的天井时,却吓了一跳。他发现一切全都变了样,虽然整个天井依旧打扫收拾得很干净,但是却显得光秃秃、亮堂堂的。近午的阳光,没有遮拦地直照下来;那些过去总是优美地掩映在斑驳的绿影中的石山、护栏和蒲团草,赤裸裸地暴露在清冷刺眼的天光下,完全失去了昔日的风情韵致;而那曾经像夭矫的虬龙般蟠曲着一株老梅树的地方,则令人错愕地只剩下半截斧痕累累的树桩;至于一向受到李十娘百般爱护、每天一早一晚都要用清水洗刷的十来竿翠竹,也全都失去了踪影,同样只留下一排参差扎煞的竹根。不仅如此,从敞轩大开着的门望进去,里面竟然像是空荡荡的,过去那些古色古香的精巧摆设全没有了,而且连桌椅几榻似乎也全都搬了个空……

"你、你们这是怎么了?"由于眼前的变化实在过于骇人,余怀忍不住猛地转过身,向着跟进来的十娘姐妹,瞪大眼睛追问,"莫非遭了什么祸事不成?"

也许早就估计到客人会有这样的反应,李十娘倒是显得很平静。"没有什么,都砍掉了,是奴家着人砍的。"她说。

"可是,因何缘故要砍掉它?"

"因为没有烧的,天气又太冷,总不成一家子活活冻死。"

"没有烧的,就去买啊!怎么能把它们砍了?"由于痛惜那些美丽的树木被毁灭,更由于没想到竟是出于如此用场,余怀不禁既吃惊,又生气。

"奴家初时也是去买,可后来眼看着钱快没有了,只好先顾着几张嘴再说。公子或许不知,眼下城中这米,可实在是太贵了!"

李十娘说这话时,虽然声音低沉,而且没有抬起眼睛,但是余怀却像冷不防挨了一棒似的,呆住了。不错,当十娘姐妹几次三番派人催请时,他也曾推测过对方的用意,但总是估计无非是因为自己多时不上门,媚姐想念心切而已,却万万没有想到才几个月工夫,这两位红极一时的名妓,已经穷困拮据到连锅都快揭不开的地步!那么她们之所以急如星火地催促自己过来,看来确实是出于迫不得已;相反,自己一拖再拖,倒显得过于冷漠薄情了……

"原来是这样!"他抬起头,不胜歉疚地望着对方,"我实在一点都不知道。可你们也该早点儿说明白,再怎么着,我也不至于眼睁睁看着不管,你们也不至于闹得如此狼狈!"

停了停,看见李十娘低下头,没有做声,他就把手一挥,爽快地说:"这样吧,我马上让阿为回去,先送十两银子过来;至于其他,再从长计议!"

"多谢公子美意,"李十娘侧着身子,把双袖交叠在腰间,行着礼说,"只是奴家如今已经不需要银子了。"

"啊?不需要——为什么?"

"因为、因为奴家已经决意从良嫁人了。"

李十娘说这话时声音仍旧不高。可是余怀心中却不由得一抖,再度呆住了。不错,直到目前为止,他同对方虽然感情不错,却始终只限于文酒之交,并没有更深一层的瓜葛,因此对方最终选择怎样的归宿,对于他来说,本来谈不上有什么切肤之痛。不过,尽管如此,当想到曾经以她们的丽色和才情,为秦淮河增添了无限风姿和身价的这些女子,终于一个接一个地离去,余怀仍旧止不住心神激荡,有一种茫然若失之感。

"这——从良嫁人,自然是好。只不知能消受此无双艳福的夫婿是谁?"半晌,他才勉强地装出笑脸,问。

李十娘摇摇头:"这一层,公子不问也罢!总之,他不是公子这样的人,而且,也——也不是公子的好友们那样的人。"

"噢,那么必定是个呱呱叫的大老官了!不过……"

"公子!"李十娘蓦地抬起头,一张苍白的长圆脸因为气急变得通红,"求求你别再问了!求求你,好吗?"

这么尖声地说了之后,她似乎自知失态,苦笑着转过身去,望着那株被砍去的老梅树所剩下的断根,低声说:"请公子见恕,适才奴家冒犯了!其实,国破家亡,兵荒马乱,像奴家这样的人,还能指望有什么可心的归宿?"

她仍旧没有说那个准备娶她的是什么人,不过余怀已经明白,这必定是一桩极其无奈、很不匹配的婚嫁。于是他不再追问,不过内心深处,却分明感到一种尖锐的刺痛,一种眼见着自己所珍爱的

美好事物归于毁灭,却没有能力加以保护和搭救的刺痛。也许因为这缘故,他忽然想起方以智,于是长长吁了一口气,说:

"要是找得着方密之就好了!他若是得知你落到这等田地,必定会娶了你去。只可惜他当日走得实在匆遽狼狈,闻得竟是一直南下,去了粤东。也不知是真是假,唉!"

李十娘抬起头,依然好看的嘴唇掀动了一下,做出一个凄然的微笑,说:"公子不必安慰奴家了。奴家早就想过,就算方老爷还在留都,他也不会答应奴家跟他的。奴、奴家知道……自己的命,就是、就是这般的苦……"说着,她那颀长的身子就像风中的柳条那样可怜地抖动起来。尽管使劲用手帕掩住嘴巴,但是却怎样也管不住自己,末了,她一下子跌坐在身旁的石墩上,撕心裂肺地哭出了声……

六

在余怀同李十娘谈话的当儿,媚姐一直默默地守在一旁。她是十娘的亲妹妹,今年才只十七岁,生得身长腰细,白净异常,再配上两道黛色的长眉,一双黑白分明的灵活眼睛,使她看上去,就像一位从图画里走下来的美人儿。如果说,余怀过去常到寒秀斋来走动,一半是喜欢这里环境清幽雅致的话,那么另一半原因,就是出于对媚姐的爱恋。李十娘也看出余怀的意思,曾经半认真、半开玩笑地提出,要为他俩做媒。后来余怀由于考试落第,有点心灰意冷,才拖了下来。也许因为有这一层不寻常的情分,从看见余怀到来的一刻起,媚姐的目光就没有离开过他,并且时时露出想同他说话的神情。这会儿看见十娘坐在那里伤心哭泣,余怀则站在一旁默默无语,媚姐就放轻脚步走近来,伸手扯了扯余怀的衣袖。等余怀转过脸去,她先咧开丰润的小嘴,朝他做了一个讨好的媚笑,又伸出玉葱似的指尖儿,朝他招了招,然后转身走向天井的另一角。

看见她这样子,余怀不禁有点纳闷,虽然李十娘的悲泣还在揪扯着他的心,但仍旧不由自主地跟了过去。

媚姐却似乎已经有点迫不及待,一等他走近来,就急急地悄声问:"余公子,刚才姐姐说,方老爷就算在留都,也不会让她跟他去的。可怜姐姐真是太命苦了!那么,不知奴家若是情愿跟公子去,公子可肯收留奴家么?"

停了停,大约看见余怀眨巴着眼睛,像是没有明白她的意思,媚姐又急急解释说:"哦,是这样的——自打鞑子进城后,旧日的客人们全都散的散,跑的跑了。我们成日价伸长脖子等呀等的,总没个客人来上门,可真急人哪!有时,好容易盼来一个吧,公子知道的,姐姐又是那等心高冷傲的脾气,只要看不顺眼,就宁可把人家撇在一边坐冷板凳,也不肯委屈自己去奉承。这么几次下来,就更加没人上门啦!结果怎么办呢?只有坐吃山空了。家中的积蓄本来就不多,加上前些日子阿娘殁时,又开销了好些,到如今,能变卖的,都变卖了。眼见已是走投无路,阿姐不得已,才走上从良这条路!可她又总是放心奴家不下,因此就想到公子——哦,不知、不知公子可肯让奴家跟了公子去?若是肯时,阿姐就放心了!奴家也必定循规蹈矩,一心一意侍奉公子,陪伴公子,再不会像往常那样净惹公子生气了!"

媚姐咭咭呱呱地一口气说完了,余怀却愈加只能一个劲儿地眨眼睛。因为说实在话,他今天到寒秀斋来,完全是由于被李十娘一再催请,感到有点人情难却,除此之外,可以说丝毫没有想到其他。现在媚姐忽然提出如此直白的要求,确实使他不知怎样回答才好。只是,话又说回来,眼前这个小姑娘是如此的纯真可爱,而且同他有过一段销魂蚀骨的亲密相处。如果说,近半年来,由于时局接二连三地发生剧变,加上几乎绝迹不到寒秀斋来,余怀已经多少把这段情缘放淡了的话,那么眼下,重新面对娇媚的昔日情人,听着她清脆甜美的话音,看着她焦急期待的眼神,许多旧日的情事又再度呈现在余怀的脑际,使他心头发软,情怀颤动,以致感到很难说出拒绝的话来……

"余公子!"一声急切的呼唤在耳边响起。余怀茫然回过头去,这才发现,本来一直坐在石墩上,为自己的不幸身世而悲泣的李十娘,不知什么时候已经揩干眼泪,走近前来。

"求、求您,"她极力平息着抽泣,用断续的声音说,"看着、媚姐同、公子昔日的、情分,你、你就答应了她吧!若然她、天幸有福,跟了公子,那么奴家此去,即便是死,也都无牵无挂了……"说着,止不住又流下泪来。

余怀默默地看看她,又看看媚姐,分明地感到一股热流——男性的热流开始在心中涌动起来,翻滚起来。"是的,当此乾坤倾覆,八方流离之际,我余某人生为男儿,即使再无德无能,莫非连一个乞求庇护的女子都不肯接纳么?更何况这个女子同自己还有过床笫之恩!"

这么想着,他就拿定了主意,于是抬起头,准备说出自己的许诺。然而,就在这时,从堂屋那边,忽然传来一阵急促的脚步声。接着,亲随阿为匆匆走了进来。发现主人同李十娘姐妹站在一起,他就远远地停住脚步,现出欲言又止的样子。

"什么事?"余怀望着仆人问。

阿为不安地扭动一下身子,却不回答。看见他这样子,余怀只好皱起眉毛,径直走过去。阿为这才慌忙凑上来,低声说:

"禀大爷,家中着人来找,说是沈相公回来了,眼下正在家中等着,请大爷即速回去!"

"你说什么?沈——他、他回来了?"吃了一惊的余怀差点儿没有跳起来。看见亲随肯定地点点头,他就"啊"的一声,倒退了两步,随即大大地兴奋起来。

"好,好,很好!"他攥紧拳头,连连地说。

"相公,是谁回来了呀?"被弄得莫名其妙的媚姐问。

"哦,没有什么,一个朋友。"余怀做了个手势,也就是到了这时,他才稍稍平静下来。不过,说来也怪,当他把目光再度投向两个女人身上时,心中蓦地一懔,先前那股子脉脉温情,仿佛碰上了一块突然冒出的巨大寒冰。

"糟糕,我怎么忘记了沈昆铜,忘记了城外的抗清义师,忘记了我正在做着性命攸关的勾当!须知那可不是闹着玩儿的事,只要稍有不慎,就是破家灭族的下场!在这种时候,又有什么余力再收留一个女子?只怕我今日收留了她,明日反而是害了她!"

这么想着,余怀就不由自主地生出了一种危惧之感,怜香惜玉之心顿时大减。他又一次抬起眼睛,发现李十娘姐妹似乎也觉察到情形有点不对,正在睁大眼睛,惊慌地、绝望地望着他……

"嗯,她们正在满怀希冀,指望我能接纳媚姐,也相信我会接纳媚姐。那么,也许我暂且缓一步再说,不必在这种时候说出拒绝的话来?总而言之,回头我多资助她们些银子,让她们自寻活路就是了!"他想。

不过,话虽这么说,当想到这一次见面之后,李十娘就要从良远嫁,今后恐怕不再会有重逢的机会;而媚姐就算得到自己的一些资助,也不可能维持多久;何况遭逢乱世,大难未已,面对茫茫来日,各人是好是歹,是死是生,实在谁也无法预料,余怀就止不住从心底里生出无限悲慨与苍凉。尽管他有心向对方多说上几句慰解的话,但迟疑了一下之后,竟不知说什么才好,最后,只好点点头,说:

"两位小娘子一番情意,余某十分感激。只是这事急切间也难以决断,待我仔细参详之后,再作回复——十分不巧,有个朋友来访,说有要事商量,现正在寒舍等着,小生只好这就别过,望二位切记小生之言:日后无论千难万难,都须善自珍重!善自珍重!"

说完,也不等对方回答,他就匆匆转过身,逃也似的离开天井,穿过堂屋,一直向门外走去。虽然在跨上驴背时,他分明听见屋子里传出呜呜的哭声,但是却不敢再回头看上一眼……

小半天之后,余怀回到了小油坊巷家中,沈士柱果然已经在等着他了。五天不见,从对方那疲倦的脸色中,余怀不难猜测这位虽然瘦小、却精力过人的朋友,必定是经历了许多劳碌奔波,甚至紧张惊险。只不过,沈士柱的神情却显得很兴奋。他告诉余怀,已经同城外的反清势力联系上了,并且把从黄澍那里得来的情报当面向王爷作了禀告。他之所以回来得这么迟,是因为等待大本营召集核心人物,商议对策。现在王爷的钧旨已经下来,就是准备派人前往南边,同浙东的鲁王政权联络,请他们趁南京的清军兵力空虚,尽快派兵北上,到时城中举义响应,进而实行里外夹击,一举夺回南京。至于南下联络的差事,大本营也已经决定,因为沈士柱、余怀和柳敬亭同黄澍有交情,可以利用与后者的关系弄到南下时沿途放行的关防,所以就交给他们三人负责。大本营还命令他们马上着手准备,一旦条件具备,就出发南下……

"啊哈,"沈士柱最后站起来说,"你猜猜,我这次回城之后,还去见了什么人?你一定猜不着!"

余怀迟疑地问:"你还——见了别的人?"

沈士柱点点头,得意地说:"告诉你吧,我还到了钱牧斋的府上,见到了他的那位河东君!"

余怀蓦地一惊,失声说:"什么,你还去见了柳如是?"

"一点不错!是她着人来寻我的——哎,你别把眼睛睁得那么大嘛!"沈士柱做了个安抚的手势,"不错,这些日子她是闹出了件丑闻。这老兄早就听说了。可是你却不晓得,钱牧斋临走时,曾经特地把我召去,当面向柳如是交待,若有什么大事,别人都不便商议的,可以找我。结果昨日,她果然派牧斋的那个亲随李宝把我找了去,告知我,说牧斋有信回来,表示了有意辞官南归;还说据她估计,老头儿这一次回来,并非打算从此归隐田园,而是十分怀念南边的朋友。她还问我有无这种门道,若有时,替她多联络着点呢!"

钱谦益同沈士柱关系一向十分深密,这一点,余怀是知道的。钱谦益当时参与献城迎降,多少有点出于迫不得已,事后一直感到颇为懊悔,这一点,余怀也已经听沈士柱多次谈起。不过,要说钱谦益准备辞官南归,并且有意投向反清营垒,余怀却觉得这个弯子未免转得太大,有点令人难以置信。更何况,这种说法又是出于柳如是之口,而柳如是刚刚还背着钱谦益,闹出了那样一桩辱没家门的丑事。

"哼,可别忘了,那姓柳的是个水性杨花、熬不得半天寂寞的娘们!她说的话,你就这等相信?"他不以为然地说。

沈士柱搔一搔锃光瓦亮的头发,点点头:"这话自然也是。不过,听说自从得知牧斋打算南归,柳如是已经把那个面首打发走了。至于她的话是真是假,我们倒不妨先听着,且看下回分解——哎,对了,这次南下浙东联络,柳麻子也有一份。直到这会儿,他还不知道呢!趁着时辰还早,你我就去访他一趟,如何?"

第 九 章

一

对于柳如是所透露的信息，尽管余怀和沈士柱都感到半信半疑，但是，就远在北京的钱谦益而言，渴望返回江南的心情，却确实变得越来越迫切。

本来，抵达北京之后的三个多月里，清朝对他可以说还是相当的优礼，不仅按崇祯年间的品级授予官职，而且还同意他的请求，让他以副总裁的身份参与《明史》的修纂。至于生活起居，也尽量给予照顾。作为一名犯有"僭立"之罪，并且已经年过花甲的降官，这恐怕已经是能够期待的最好结局了；何况只要死心塌地，兢兢业业地做下去，后半生应该不难打发。事实上，一直心怀惴惴的钱谦益，起初也的确松了一口气，为新朝的"皇恩浩荡"而感激涕零。然而，人就是这么奇怪，当迫在眉睫的危机过去之后，那些因为受到压抑而退隐到内心深处的念头，往往会重新冒出来。渐渐地，钱谦益又开始感到日子过得并不那么舒坦。虽然《明史》的修纂还仅仅处于筹备阶段，事务并不繁忙，而在北京也并不缺乏诗酒往还的朋友，但他仍旧一天到晚感到心头空空落落的，始终快活不起来。

当然，要说原因，自然也有原因，譬如说，柳如是不在身边——这恐怕是最主要的。说实在话，虽然分手才只四个多月，但在钱谦益的感觉里，却像已经不知过了多少年。而北京与南京又偏偏远隔千里,书信往来快则一个半月,迟则要近两个月。因此到目前为止,他同家人也还只通过两封信,而且第二封还没有得到回音。那么,他们眼下的情形如何,柳如是的情形如何,钱谦益都无从知道。其中,自然又以柳如是使钱谦益最为挂心。不错,这个小女人的任性、绝情,坚决不肯陪同自己北上,当初的确使钱谦益颇为恼火。但几个月下来,当他把事情思前想后地反复琢磨之后,渐渐又觉得对方的执拗似乎也可以理解。因为在弘光皇帝出逃、南京的留守大臣们决定开门迎降那阵子,柳如是本来已经横下一条心,打算一死殉国,是自己一再恳求,并指池水为誓,表示今后还会为恢复明朝奔走效力,才把她挽留下来。既然如此,那么就实在没有理由再让她陪着自己到北京来出丑受辱,自讨作践。正是由于理解了侍妾的志向和心情,钱谦益才终于打消了对她的恼恨和让她北上的指望,给家里写去了那样一封信。只不过,意思是传回去了,到底能否顺利脱身南归,怎样才能脱身南归,说实在话,钱谦益心中却是一点儿底也没有。正因如此,他的情绪近日来甚至变得更加低落了……

眼下,已经到了腊月的二十八日,离新年只剩下三天。钱谦益因为并无家眷在身边,所以也没有太多的事情可张罗,无非是打扫房屋、剃头,以及照例备办一些应节的物品。几个亲随仆人一动手,很快就掇弄妥当了。因此,这天下午,在翰林院国史馆里,虽然上头传下话来,可以提早散班,让大家回去料理过年的事宜,但是钱谦益却依旧在纂修房逗留着,继续翻阅堆放在那里的各种史料,并不急于离开。

他不想这么早就走,是因为即使回到宣武门外那个"家"里,其实也无事可做。加上在这种除夕将临的时候,眼看着邻居们一家子聚在一起,热热闹闹地准备过年,自己就更加显得孤单和冷清,倒不如干脆躲开世俗的喧嚣,看不见,听不着,心里反而好过一点。

更何况,早在前明时便已经是"国史馆"的这个地方,经历二百七十多年的日积月累,内中所储藏的史料之丰富,品类之完备,记录之详细,实在远远超出钱谦益原先的想象。如果说,早在常熟赋闲在家时,他就曾经动过自行修纂《明史》的念头,并且为此搜罗了不少资料的话,那么直到进入了馆中,他才目瞪口呆地发现,与这里的收藏相比,自己的那一点资料恐怕连九牛一毛都算不上,实在太微不足道。因此,眼下他迟迟不想离开,还因为彻底迷上了眼前的无价之宝,总想多翻翻多看看的缘故。

当然,在这些汗牛充栋的诏令、奏折、题本、文告、谱牒、祭文、阁票、邸报、塘报,各式档册以及起居注、时宪书,乃至青词、食谱、医案等等史料中,钱谦益最感兴趣的还是那些过去从未公开的秘密档案。特别是在整个明代,曾经发生了好几起朝野震动的大事,但是个中原委却是人言人殊,一直弄不清楚,钱谦益十分渴望能够从这些秘密档案中找出一点头绪来。譬如说,明朝开国之初,燕王朱棣——也就是后来的成祖皇帝从燕京起兵南下,攻入南京,从他的侄儿建文帝手中夺取帝位的所谓"靖难之役",后来一直传说建文帝并没有死,而是趁宫中起火时,从地道乘乱逃出去了。这些天钱谦益遍检当时的档案,并未发现有这种迹象的记载,因此大致可以断定民间的传言并不可信。又譬如,天启年间,那三件大案——梃击、红丸、移宫,曾经被魏忠贤阉党利用来残酷迫害东林党人,后来,崇祯皇帝即位时虽然已经予以平反,但有些因果关系仍旧含糊不清。钱谦益作为当事人之一,对此自然格外留心。这一次仔细搜检下来,居然也大有所获……不过,馆里收藏的史料实在太多,而且由于年代久远,又未曾经过系统的整理,查找起来相当费时费力。此刻,钱谦益想弄清天启六年北京发生的那一场大爆震,到底是什么原因造成的,结果,还没翻检完当时那些报告灾异损失的各种奏本,窗外的天色就明显地暗下来,提醒他时辰已经不早,该考虑回家了。

"可是,眼下酉时尚未到。总是北地冬日天黑得早的缘故。那么,或者再迟半个时辰才走,也还不迟?"钱谦益把手中的卷宗放回原处,转身望着窗棂外的薄暮晴空,踌躇地想,同时,听见门外的甬道传来轻而急的脚步声。接着,门"呀"的一响,被推开了,一位年轻的官员跨了进来。不过,那人显然没想到屋子里还有人,因此猛一看见薄黯中站着的钱谦益,倒吓了一跳。但随后他就"哦"了一声,连忙把手中的一个大包袱放到桌子上,倒退一步,行着礼说:

"卑职王求仁。因不知大人在此,多有冒犯,尚祈见恕!"

钱谦益已经认出对方是馆里的一位编修官,于是摆摆手,说:"罢了!学生不过为查阅档册,才在此勾留。嗯,何以兄台也迟迟不归?"

王求仁仍旧拱着手,恭敬地回答:"禀大人,卑职今日例当在馆轮值。适才在值房接到门上呈进一批新收的杂档,怕有遗失,因此送进来放置。"

钱谦益点点头:"既然如此,兄台请自便。"口里这样说,心中却不禁有点好奇:"新收的杂档?不知有些什么东西?"因此,等年轻的编修官殷勤地替他点上灯,告了退,转身离开之后,他就走到八仙桌边,把那个大包袱拿过来,动手解开,发现里面有手卷,有书信,还有一些其他的文字,内容很杂,各不相同,而且未经整理。看样子,不知是哪个衙门收集到的,大概觉得有点史料价值,便转送到这里来。不过,其中倒是附了一份清单,上面一件一件全都开列了名目。钱谦益拿起来翻了翻,觉得都比较平常,正想丢下,忽然,像被什么触到似的,心中微微一动,于是把清单再度举到眼前。这下子,他的目光立时被攫住了,因为单子上写着这么一个题目:《扬州十日记》。

"什么?《扬州十日记》!竟然有这样的东西!"钱谦益惊讶地

想。还在南京的时候,他就听说过:在扬州失陷,史可法殉国之后,豫王多铎为了报复死守孤城、拒不投降的扬州士民,曾经残酷地下令屠城十日。结果,惨死于清军刀下的无辜百姓不知有多少。消息传开,使整个江南都为之震动。当初钱谦益与他的同僚们之所以决定献城投降,与害怕南京遭受同一命运,可以说不无关系。不过,由于紧接着他们一伙人就被置于清军的严密控制之下,后来就更是被带到北京来,因此对于屠城的具体情形,他至今仍然知道得很少。现在忽然发现眼前就有这样一份东西,确实令钱谦益意外之余,止不住心头急剧地跳动,以致伸出手去时,竟然一个劲儿簌簌发抖。

他终于控制住了自己,并从那堆杂档中找出了《扬州十日记》。原来,那是一篇誊录在普通笺纸上的文字,装订成薄薄的一册,从书脊看,应当有四五十页左右。可是大约因为保存不善,加上辗转流传的缘故,其中却残缺颇多,不是书页破损不全,就是整页整页地丢失。上面也找不到作者的名字。"嗯,写工倒还周正干净,看样子是个抄本。只不知原件在何方,而冒着大危险写这种文字的作者又是何人?"钱谦益想,双手不由得又抖起来,末了,只好把本子摊放在桌上,就着灯光逐页翻看。由于开头部分已经不翼而飞,因此他首先读到的,是这么一段文字:

……忽叩门声急,则邻人相约共迎王师,设案焚香,示不敢抗。予虽知事不济,然不能拂众议,姑应曰:"唯唯。"于是改易服色,引领而待。良久不至。予复至后窗窥城上,则队伍稍疏,或行或止。俄见有妇女杂行,视其服色,皆扬俗。予始大骇,还语妇曰:"兵入城,倘有不测,汝当自裁!"妇曰:"诺。"因曰:"前有金若干,付汝置之。我辈休想复生人世矣!"涕泣交下。尽出金付予。值乡人进,急呼曰:"至矣,至矣!"予趋出,望北来数骑皆按辔徐行。遇迎王师者,即俯首,若有所语……迨稍近,始知为索金也。

然意颇不奢,稍有所得,即置不问。或有不应,虽操刀相向,尚不及人……

钱谦益心想:"原来这个作者是住在城墙边上的,所以清军入城之初的情形,他瞧得很清楚。那么在前几页,想必还有城破时情形的记录,只可惜丢失了。"他不无遗憾地想,于是接着往下看。

次及予门。一骑独指予,呼后骑曰:"为我索此蓝衣者!"后骑方下马,而予已飞遁矣!后骑遂弃予,上马去。予心计曰:"我粗服类乡人,何独欲予?"已而,予弟适至,予兄亦至,因同谋曰:"此居左右皆富贾,彼亦以富贾视我,奈何?"遂急从僻径托伯兄率妇等,皆至仲兄宅。仲兄宅在何家坟后,肘腋皆贫人居也。予独留后以观动静。俄而伯兄忽至,曰:"中衢血溅矣!留此何为?"予遂奉先人神主,偕伯兄至仲兄宅。当时一兄、一弟、一嫂、一侄,又一妇、一子、二外姨、一内弟,同避仲兄家。天渐暮,敌兵杀人声已彻门外。因登屋暂避。雨尤甚,十数人共拥一毯,丝发皆湿。门外哀痛之声,辣耳摄魄。延至夜静,乃敢扳檐下屋,敲火炊食。城中四周火起,近者十余处,远者不计其数。赤光相映如雷电,辟卜声轰耳不绝。又隐隐闻击楚声,哀号断绝,惨不可状。饭熟,相顾惊怛不能下一箸,亦不能设一谋。予妇取前金碎之,析为四,兄弟各藏其一。髻发衣带内皆有。妇又觅破衲敝履为予易讫,遂张目待旦。是夜也,有鸟在空中如笙簧声,又如小儿呱泣声者,皆在人首不远。后询诸人,皆闻之。

廿六日,顷之,火势稍息,天渐明,复登高升屋躲避,已有数十人伏天沟内。忽东南一人,缘墙直上;一卒持刀随之,追蹑如飞,望见予众,遂舍所追而奔予。予惶迫,即下窜。兄继之,弟又继之,走百余步而后止。自此遂与妇子相失,不复知其生死矣!

诸黠卒恐避匿者多,绐众人以安民符节,不诛。匿者竟出从之,共集至五六十人,妇女参半。兄谓予曰:"我落落四人,或遇悍卒,终不能免。不若投大群,势众则易避,即不幸,亦生死相聚,不恨也!"当是时方寸已乱,更不知何者为救生良策,共曰:"唯唯。"相与就之。领此者,三满卒也,遍索金帛。予兄弟皆罄尽,独予未搜。忽妇人中有呼予者,视之,乃余友朱书兄之二妾也。予急止之。二妾皆披发露肉,足深入泥中没胫。一妾犹抱一女。卒鞭而掷之泥中,旋即驱走。一卒提刀前导,一卒横槊后逐,一卒居中,或左或右,以防逃逸。数十人如驱犬羊,稍不前,即加捶挞,或即杀之。诸妇女长索系颈,累累如贯珠,一步一蹶,遍身泥土;满地皆婴儿,或衬马蹄,或藉人足,肝脑涂地,泣声盈野……

如果说,在读到开始一段时,钱谦益还觉得城破后,兵卒乘乱索取钱财,原属意料之中的事,因此并不感到吃惊的话,那么这一路读下来,他的心就渐渐收紧了,寒毛也随之竖起来。无疑,以他的熟读史书,加上近年来的目睹耳闻,对于战争祸乱当中人命的悲惨,可以说是很了解的;不过,眼前这些记载,由于它的具体和详细,仍旧使他心中大受震动,有一种透不过气来的感觉。不过,虽然如此,他却忍不住继续看下去。

行过一沟一壑一池,堆尸贮满,手足相枕,血入水碧结,化为五色,池为之平。至一宅,乃廷尉姚公永言居也。从其后门直入,屋宇深邃,处处皆有积尸。予意:此间是我死所矣!乃逶迤达前户,出街复至一宅,为西商乔承望之室,即三卒巢穴也。入门,已有一卒拘数美妇在内,简检筐篚,彩缎如山,见三卒至,大笑,即驱予辈数十人至后厅,留诸妇女置旁室,中列二方几。三衣匠、一中年妇人制衣;妇扬人,浓抹丽妆,衣华饰,指挥言笑,欣然有得色。每遇好物,即向卒乞取,曲尽媚态,不以为耻。予恨不能夺卒之刀,断此淫孽。卒尝语人曰:"我辈征高丽,掳妇女数万人,无一失节者,何堂堂中国,无耻至此?"呜呼,中国之所以亡也!

三卒随令诸妇尽解湿衣,自表至里,自顶至踵,并令制衣妇人相修短,量宽窄,易以鲜新。诸妇女因威逼不已,遂致裸体相向,隐私尽露,羞涩欲死之状,难以言喻。易衣毕,拥之饮酒,哗笑不已。一卒忽横刀跃起向后疾呼:"蛮子来!蛮子来!"近前数人已被缚,吾伯兄在焉。仲兄曰:"事已至此,夫复何言?"急持予手前,予弟亦随之。是时男子被执者共五十余人,提刀一呼,魂魄已飞,无一人不至前者。予随仲兄出厅,见外面杀人,众皆次第待命。予初念亦甘就缚,忽心动若有神助,潜身一遁,复至后厅,而五十余人不知也……

在战乱中,命运最悲惨的照例是妇女。她们不仅像男人那样难免一死,而且往往还要遭受各种凌辱、蹂躏。至于像文中所说的,这种成群结队地当着自己亲人的面,被征服者任意玩弄的情形,在钱谦益的记忆中,虽然并非绝无仅有,但仍旧使他止不住热血上涌,有一种不胜愤恨的感觉。不过,文中痛骂那个中年的制衣妇人,当同胞惨遭淫毒之际,竟然恬不知耻,竭力向清兵献媚取宠,又使他不无心虚地联想到,自己多少也属于此类……这两种感受混杂在一起,以致有片刻工夫,钱谦益心中变得颇为烦乱。为了摆脱困扰,他于是竭力收敛心神,继续看下去。谁知,刚刚读到"厅后宅西房"一句,后面又缺失了好几页。结果,作者逃离前厅之后,到底经历了一些什么凶险,又怎样脱身,变得都闹不清楚。而紧接下来的,已经是记载第二天,也就是二十七日的事。倒是看来作者又意外地找回了他的妻儿,使人多少松了一口气。

……问妇避所,引予委曲至一棺柩后,古瓦荒砖,久绝人迹。予蹲腐草中,置彭儿于柩上,覆以苇席,妇偻跽于前,我曲俯于后,扬首则顶露,展足则踵见,屏气灭息,拘手足为一裹。魂稍定而杀声逼至,刀环响处,怆呼乱起,齐声乞命者数十人或百余人。遇一卒至,南人不论多寡,皆垂首匍伏,引颈受刃,无一敢逃者。至于纷纷子女,百口交啼,哀鸣动地,更无论矣!日昳午,杀掠愈甚,积尸愈多,耳所难闻,目不忍睹。妇乃悔畴昔之夜,误听予言未死也。然幸获至夕,予等逡巡走出,彭儿酣卧柩上,自朝至暮,不啼不言,亦不食,或渴欲饮,取片瓦掬沟水润之,稍惊则仍睡去。至是呼之醒,抱与俱去。洪姬亦至,知嫂又被劫去,吾侄在襁褓中竟失所在。呜呼痛哉!甫三日,而兄嫂弟侄已亡其四。茕茕孑遗者,予伯兄及予妇子四人耳!相与觅臼中余米,不得,遂与伯兄忍饥达旦。是夜,予妇觅死,几毙,赖姬救得免。

廿八日,予谓伯兄曰:"今日不卜谁存。吾兄幸无恙,乞与彭儿保其残喘。"兄垂泪慰勉,遂别逃他处。洪姬谓予妇曰:"我昨匿破柜中,终日贴然。当与子易而避之。"妇坚不欲,仍至柜后偕予匿。未几,数卒入,破柜劫姬去,捶击百端,卒不供出一人。予甚德之。后仲兄产百金,予所留余金,并付姬,感此也。少间,兵来益多,及予避所者前后接踵,然或一至屋后,望见棺柩即去。忽有数十卒恫喝而来,其势甚猛,俄见一人至柩前,以长竿搠予。予惊而出,乃扬人之为彼向导者,面则熟而忘其姓。予向之乞怜。彼索金,授金,乃释予,犹曰:"便宜汝妇也!"出语卒曰:"姑舍是!"诸卒乃散去。喘惊未定,忽一红衣少年持长刃直抵予所,大呼索予出,举锋相向。献以金。复索予妇,妇时孕九月矣,死伏地不起。予绐之曰:"妇孕多月,昨登屋坠下,孕因之坏,万不能坐,安能起来?"红衣者不信,因启腹视之,兼验以先涂之血裤,遂不顾。所掳一少妇、一幼女、一小儿。小儿呼母索食。卒怒一击,脑裂而死,复挟妇与女去。予谓此地人径已熟,不能存身,当易善地处之。而妇坚欲自尽,予亦惶迫无主,两人遂出,并缢于梁。忽项下两绳一时俱绝,并跌于地。未及起,而兵又……

读到这里,钱谦益发现下文的字迹变得模糊起来,而且由于书页破损,读来断断续续,经常无法连贯。他费了不少劲,也只能大概知道,下面说的是作者夫妻二人逃出后,先是躲在稻草堆里,后来又逃进粪窖中,吃了不知多少苦头。好容易熬到第五日,正冀望清兵封刀大赦,忽然又传出还要血洗全城的消息,于是残存的老百姓愈加惊惧,纷纷趁着黑夜拼死逃出城去,结果又有无数人命丧在城墙下。作者因为记挂着生死未卜的兄长,没有跟着逃,但遭遇也够悲惨。先是他的妻子被一个鹰头鼠目的清兵残酷毒打,几乎没命;接着他失散的兄长虽然拼着命找到他,但是又被追来的清兵当胸砍了一刀,连肺都露了出来……此外,文中还说到他们避难的何家坟被清兵放火焚烧,无数的草房即时化为灰烬,而惊慌走避的老百姓又惨遭清兵四面截杀,几乎无一幸免……终于,到了杀够了也抢够了的清兵收兵回营,那些无赖泼皮、强盗草寇又尾随出动,使劫后余生的百姓再一次遭受蹂躏……

　　文中的内容大致就是如此。至于这一场惨绝人寰的屠杀的尾声,在保存还算完好的最后两页里,是这样记述的:

　　　　初二日,传府道州县已置官,执安民牌遍谕百姓毋得惊惧;又谕各寺院僧人焚化积尸……查焚尸簿载其数,前后约八十万余。其落井投河,闭户自焚,及深入自缢者不与焉……

　　　　初三日,出示放赈……

　　　　初四日,天始霁,道路积尸,既经积雨暴胀,而皮表如蒙鼓,血肉内溃,秽臭逼人,复经日炙,其气愈甚。前后左右,处处焚灼,室中氤氲,结成如雾,腥闻百里。盖百万生灵,一朝横死,虽天地鬼神,不能不为之愁惨也!

　　　　…………

二

　　钱谦益慢慢把本子合上,直起腰来。但是,心中所受到的震撼是如此强烈,以致有好大一会儿,他仍旧呆呆地站在桌旁,眼前不断浮现出本子里那些令人发指的可怖情景。而且,这种情景还渐渐从扬州扩展开去,扩展到江阴、嘉定、徽州、苏州,还有浙东、福建、江西、湖南等等,一切他所听说的,曾经或者正在陷于战乱的地方。"是的,他们竟然这样残杀民众,残杀已经俯首归顺的民众,几万、几十万地杀!简直把人命看得连猪狗牛羊都不如!莫非他们以为凭着这个就能得天下?就能长久地据有天下?哼,只怕未必!稽诸青史,靠嗜杀横暴而能长久者,还从来未有过!既然如此,那么如今我这样归顺他们,到头来,会落得什么结果、什么名声,恐怕实在难说得很……"这样想着,钱谦益对于自己继续呆在北京,就愈加感到如陷囚笼,而对于回到江南去的渴望,也变得愈加迫切了。"可是,怎样才能脱身回去呢?鞑子朝廷会允许么?当然,我得先提出请求,但如果提出之后,他们不但不准许,还对我起了疑心,又怎么办?可是,如果不提出,却恐怕连脱身的机会都谈不上……"

由于发现,一旦走到目前这一步,竟变得连退路都没有,钱谦益不由得深深懊悔起来,觉得如果当初不是跟着投降,而是逃出去,也许还好一些?他一边在屋子里来回踱步,一边颠来倒去地想,越想,就越觉得悲苦、绝望和茫然。有片刻工夫,他甚至忘记了时辰,也忘记了自己是在什么地方……

"笃笃,笃笃!"两记敲击声从门扇那边传来。钱谦益怔了一下,站住了。

"谁呀?"他问。

"是我!老朋友——咦,怎么还不开门?莫非里面藏着个小娘不成!"一个带笑的嗓门说。

"嗯,是龚孝升!怎么他……"这么疑惑着,钱谦益就连忙走过去,把门打开。果然,喜滋滋的龚鼎孳就站在外面。

"哎,天都齐黑了,你老兄怎么还舍不得走?快走吧!"龚鼎孳招呼说,并没有进来的意思。

钱谦益迟疑地:"兄怎么知道……"

龚鼎孳摆一摆手:"弟适才在译馆那边督译几篇新年的贺表,刚刚才弄完,走过这里,听当值的说,老兄还在这儿翻故纸堆,不肯走。老兄也真是的,都什么时候了!纵然宝眷不在身边,可也不能像个没主的孤魂,净在外间逛荡呀!"停了停,看见钱谦益还在踌躇,他又催促说:"快走,走吧!若是不想回家,就到寒舍去好了。别的不敢说,这好酒还藏着几瓶,足以供你老消此寒夜!"

还在钱谦益刚到北京的时候,身为吏科给事中的龚鼎孳,由于串同许作梅等几位御史弹劾曾经是阉党余孽的大学士冯铨,以及冤家对头孙之獬,结果遭到摄政王多尔衮的严厉训斥。事后,朝廷大概为着表示宽容,并没有给予处分,但是却把龚鼎孳的官职改为太常寺少卿,表面上似乎升了官,实则是调离了颇有权势的给事中衙门,而让他来坐提督译馆这张冷板凳,管管文书翻译。对此,龚鼎孳私下里自然一直颇有牢骚。不过译馆和国史馆都同属翰林院,却使得他同钱谦益的来往更加密切。因此,现在听他这样邀请,钱谦益也就不再推辞。片刻之后,他们就双双离开翰林院,由各自的亲随服侍着,跨上马,走在返回宣武门外的大街上了。

已经将近酉牌时分。没有月亮也没有星光的天空,看上去漆黑一片。加上又是残腊将尽,入夜之后,周遭的寒气变得更加迫人。偌大一条长街上,空荡荡,静悄悄的,难得看见一个人影。只有两旁的屋檐下,那接连不断的灯笼在寒风中微微摇晃着,发出暗红的光。倒是门扇里面似乎颇为热闹,除了呼奴唤婢,告娘喊子之声隐约可闻之外,还听得见猪在嚎,鸡在叫,嗅得着从里面传出的阵阵炸麻花、烙大饼的气味……

"牧老,"在马蹄错杂而又单调的踢踏声中,龚鼎孳首先打破了沉默,"你老到北京来,也有三个月了吧?"

"嗯。"

"滋味如何?"

"还好,还好!"

"可是,像眼下这样子,把宝眷全留在南边,身边连个贴身的侍候人都没有,终究不是长久之计!"

"谁说不是呢!可是……唉!"

"咦,既然她们不肯来京,"龚鼎孳转过脸来,眨眨眼睛,"你老何不就近在京里找一个?这京城里好女孩儿有的是!昨日贱内还说起,近日不歇有人牙子找上门,托她帮忙找人家,闻得即使黄花闺女,价钱也……"

钱谦益"哦嗬"了一声,连忙摇头说:"罪过罪过。学生垂老之人,哪里还敢作如此想!"

龚鼎孳"嘻嘻"地笑起来:"老兄又何必过谦?想当初,我兄亲乘彩舟,迎娶柳如是时,何等勇锐,何等气魄!不过三四年罢了,哪里至于便如此衰颓?只怕所畏者,是狮吼起于河东吧?其实,北京与留都远隔千里,即使她吼得再骇人,老兄仍旧大可充耳不闻,管自消受此间的无双艳福!哈哈!"

"我兄休要取笑。"钱谦益回头望了一眼远远跟着的亲随,哑着嗓门说:"经此世变,学生虽然幸得保此衰朽之躯,惟是却已心如槁木,无复他求了!"

大约听他说得消沉,龚鼎孳倒怔了一下,疑惑地问:"那么……"

"但能从此息影田园,不问世事,了此余生,于愿已足。就怕……唉!"

"什么?"

"就怕朝廷不会恩准!"

龚鼎孳望了望他,不说话了。身下马蹄的踢踏声又重新变得清晰起来。这样默默走出一段路之后,龚鼎孳才偏过脸来,紧盯着钱谦益又问:"你老是说,当真想辞官不做,回到南边去?"

"兄台并非外人,学生又何必相瞒!可就是……"

"得!"龚鼎孳马上做了个制止的手势,"这会儿不必细谈,待到了寒舍,再行商议!"

说完,他就在马屁股上敲了一鞭,当先加快速度,向宣武门行去。看见对方这样子,钱谦益反而有点莫名其妙,但也只好催动坐马,跟在后面……

当他们回到位于一条胡同深处的龚鼎孳寓所,一直在守望着丈夫归来的顾眉,已经等得有点不耐烦了。而且,龚鼎孳还带回来个钱谦益,更是她事先没有料到的。不过,钱老头儿是多年的旧相识,近日更是常来走动,因此眼珠子一转之后,她仍旧立即展开了笑脸,一迭声地叫着"稀客",殷勤地把客人迎进堂屋。

"眉娘适才的话,是怎么说的?须知我糟老头儿,可不是稀客啊!"已经卸去风衣和皮裘的钱谦益,一边在椅子上坐下,一边微笑地说。

"怎么不是稀客?"顾眉扬起弯弯的眉毛,"今儿是什么时候了?大年二十八!在这当口上,哪里还有人会上别家的门?"

钱谦益不由得一愣,脸上顿时感到热辣辣的,半晌,才勉强地重新笑着,说:"眉娘这话,可更是明摆着骂我了!不错,老夫来的确实不是时候,若不是龚兄……"

顾眉刚才还板着脸儿,这会儿"噗哧"一笑,说:"谁骂钱老爷了?妾可是在谢钱老爷呢!不错,在这种当口,等闲的亲友是不肯上门的;肯上门的,也只有那等情谊深密的心腹之交罢咧!"

早在秦淮河旧院时,顾眉就以出语惊人,而又善于巧妙转圜著称。这会儿她又故技重施,同样把人弄得一惊一乍。不过,当钱谦益省悟过来之后,就止不住同龚鼎孳一道哈哈笑起来。于是,刚进门时那几分难免的拘谨消散了,主客之间重又变得像平日一样融洽和轻松……

这之后,彼此又说了一些别的家常话,无非是打算如何过年,要拜会一些什么人之类,等丫环小凤指挥仆人把酒席整治妥当,三个人便一齐起身,相让着,分别宾主在桌子边上坐了下来。

"牧老,"龚鼎孳首先举起杯子,说,"诚如眉娘适才所言,在这种当口,肯屈尊见顾的,也惟有情谊深密的心腹之交了!请满饮小弟此杯!"

钱谦益点点头,跟着举起杯子。他有心说上几句凑兴的话,可是不知为什么,忽然感到喉头有点堵,眼眶也跟着热起来。的确,在这种年残岁暮的寒夜里,客居独处的那一份无聊滋味,只有他自己最清楚。如果不是还有龚鼎孳这样热情好客的朋友,他真是不知如何打发才好。然而,当他极力地抑制内心的激动,试图开口说话时,喉头却愈加堵得厉害。结果,他只好再次点点头,一仰脖子,把酒干了下去。

"好!"龚鼎孳高兴地说,也跟着把手中的酒一饮而尽。等侍候在一旁的小凤把酒斟满,他又再度举杯在手,说:"这第二杯,自然是要预贺牧老……"

"哦,不!"已经拿起酒杯的钱谦益连忙打断他,"这第二杯,自然该由老朽来说——恭祝贤伉俪两情和美,万事顺遂,荣华富贵,安享无穷!"

龚鼎孳眨眨眼睛,笑着说:"多承牧老贵言!只是,这'两情和美',却非小弟一人所敢应诺,须得问过眉娘才成!"他于是转向顾眉,涎着脸问:"不知夫人可许下官领此洪福否?"

顾眉哼了一声,伸出一根玉葱般的指头,朝龚鼎孳前额戳了一下,说:"你想领此洪福么,那就得瞧瞧你那野性儿收不收!若然你还像前时那等,跟着那班狐朋狗友四处胡混,看老娘饶得过你不!"

不知是顾眉的举动过于放肆,还是当真戳中了要害,龚鼎孳的笑容僵住了。只见他含糊地说了声:"哪里哪里!"就惟恐顾眉再说似的,急急把酒举到唇边,一口喝了下去。

顾眉却不理会丈夫的尴尬,她做了个手势,让小凤把酒添上,然后慢悠悠地说:"那么这第三杯——"

"哦,这第三杯,是预贺牧老得以如愿南归,与家人重新团聚的!"龚鼎孳蓦地抬起头,大声说。

他这话一出口,顾眉倒没有什么表示,钱谦益却吃了一惊:

"啊,兄台此话怎讲?"

"不错,"也许是为了摆脱刚才的尴尬,龚鼎孳干脆站起来,把酒杯抓在手里,拍着胸口说,"若是你老果真意欲辞官南返,弟等倒是愿助一臂之力!"

钱谦益咽了一口唾液:"可是——"

"且别可是!小弟只欲知道,老兄南归之意是否已决?"

"在弟而言,自然心愿如此。惟是未知计将安出而已。"

这一次,龚鼎孳没有立即说话,他仰起脸,沉吟了片刻,随即一本正经地走到顾眉身边,向她附耳低言了片刻,像是解释什么。说也奇怪,只见刚才还把丈夫抢白得不敢应嘴的顾眉,居然顺从地站起来,招呼小凤说:"行啦,时辰不早了。我们陪着喝酒,陪到这个份上,也算够疼他们的了!接下来就不管啦,让他们自己爱喝到什么时候,就喝到什么时候好了!"

说完,把双袖交叠在腰间,向钱谦益盈盈地行了一个礼,果真转过身,带上丫环,款款地走出去了。

也就是直到这时,龚鼎孳才把椅子拉近钱谦益的身边,坐了下来,低声说:"这出计倒并非难事。只是你老是此事的主儿,须得自行修本上奏,弟等才好从旁设法疏通,助你老成功!"

钱谦益望了望对方。无疑,这北京的日子,已是越来越难熬。

一旦考虑成熟,他自然会修本上奏。而对方作为老朋友,对此表示关切,原也在情理之中。不过眼下龚鼎孳的热心,却显得有点过分,甚至比自己还迫不及待,这就使钱谦益产生了怀疑,觉得背后似乎还藏着什么东西。于是他变得小心起来,说:

"嗯,就怕万一朝廷不准,反而招致猜疑,今后这日子可就难过了……"

"哎,那怎么会!"龚鼎孳显得很有把握,"若是单凭小弟一人之力,或许不敢夸口,可是还有别的人一道助你,必定能成!"

"别的人——谁?"

"陈百史,还有——哎,你老先别管了!总之只管放心就是!"

陈百史——就是现任吏部左侍郎的陈名夏。如果他肯全力帮忙,事情的把握自然就大得多。因此钱谦益一听,心中顿时一阵惊喜,不过却也愈加怀疑。

"陈百史与学生并无深交,何以肯全力相帮?"他问。

这种没完没了的追问显然使龚鼎孳大感懊丧。只见他绝望地把双臂一张,仰瘫在椅子上,直喘大气。不过他终于还是重新坐起身子,瞥了一眼窗棂,又转脸盯着钱谦益,半晌,不无痛苦地把牙一咬,说:"也罢,这事迟早也要让你老得知的,现在说了也无妨!"

即便如此,他仍旧先站起身,走向门边,揭开暖帘,探头往外看了看。当证实外面没有人之后,他才重新走回来,坐下,顺手拿起筷子,却又把其中一根交到左手,轻轻地点笃着桌面,压低声音说:

"嗯,是这么回事——从近两个月来,各地送呈的塘报看,这战局似乎变得不太有利于朝廷。福建、浙江不必说,此二地自从六月起兵反叛之后,显见已是阻遏住了大兵南进之势。虽然半年前朝廷就派洪亨九赴江南招抚,但看来至今仍束手无策。而同样令朝廷头痛的是江西、湖广一带,因何腾蛟、堵胤锡收编了李闯的流贼余部,实力急剧增强,已成为朝廷的又一心腹之患。虽然贝勒勒克德浑和固山额真叶臣已奉命率满蒙骑兵前往进剿,但似乎成效不大。不仅如此,还有张献忠盘踞川陕,公然称帝,其势之强,不可小觑。而尤可虑者,据塘报近日说,兴兵造反的还有山东、江苏、汉中、河北、天津等地,不一而足。前几日,还有传闻连京畿也有杀官起事的。哎,皆因朝廷坚行剃发之令,加上旗人所到之处,圈地不止,遂致激成此变!有道是得民心者得天下,若是朝廷不肯改弦易辙,如此下去,战局之变数将会怎样?一旦心怀不忿的各地士民继续起而效尤,这成败得失,实在有点难以逆料呀!"

龚鼎孳说话时虽然神色诡秘,但钱谦益却并不特别吃惊。因为这类传闻,近日来他也多多少少听到一些,而且知道在汉官圈子中颇引起了一些窃窃私语。事实上,在国史馆里读到《扬州十日记》时,钱谦益对于清朝统治的前景之所以颇感怀疑,可以说与这种传闻也不无关系……

"只是,话虽这等说,朝廷强兵劲卒,且久经阵战,锋锐无比,而各地叛旅虽多,却大都是乌合之众,只怕终非敌手吧?"

"哼,说到朝廷之兵,最强者自然首推八旗,可惜只有区区十万人马,其余俱属入关后陆续收编之前明旧部。那些拥兵自肥的武人,所重者无非利害二字。面子上是归顺了,实则首鼠两端,未必真的就那么可靠。一旦时势有变,又安知不会反戈相向?到那时——哎,可虑呀!"

钱谦益不说话了。半晌之后,他才又迟疑地问:"那么兄等打算……"

龚鼎孳把两根筷子"得"地合在一起,朝桌上一放,冷冷地说:"人无远虑,必有近忧。为一干同侪日后之进退利害计,目前亟须有一名望与关系兼具之人,坐镇江南,以为我辈瞻顾四方,联络八面,疏通规布。以牧老的雄才峻望,又是极堪信赖的圈中人物,如能应允当此大任,实在是不须作第二人想!只不知意下如何?"

在此之前,钱谦益虽然已经估计到对方如此热心地表示要帮助自己,其中必有缘故,但是,当龚鼎孳把底细和盘托出之后,他仍然为之一惊!因为这种安排说穿了,就是让他充当龚鼎孳、陈名夏等人与南方的抗清势力联系,预留退路的秘密使节。其中的风险,不用问也可想而知!而且听刚才龚鼎孳的口气,参与密谋的还不止龚、陈二人。那么到底有多少人?还有些什么人?这些都不知道。不过人数一多,事情就往往容易败露,因此有片刻工夫,钱谦益本能地打算推辞,随即转念一想:对方之所以敢如此直截了当地向自己提出,自然是经过这几个月的交往,已经把自己的心思想法揣摩得一清二楚,料定自己不敢把事情兜出去……"嗯,我眼下最要紧的,就是尽快返回江南。既然他们能帮我,又何妨答应下来?至于其他,尽可以等回去之后,瞧瞧情形,再相机而行不迟!"

这么打定主意,钱谦益就抬起头,直望着对方的眼睛,说:"多蒙列位同侪不以老朽见弃,委以重任,自当尽力!只不知何时修书上奏,又如何施为,方为适宜?"

"好!"显然喜出望外的龚鼎孳霍地站起来,"牧老既肯应承,真乃我辈大幸!学生在此先行谢过!至于上奏之事,也不必太急,待弟与陈百史等商议之后,再行定夺便了!"

三

龚鼎孳果然说到做到。过了几天,钱谦益就得到他的通知,说已经同陈名夏商定,趁着新年的机会,由陈名夏领他去拜访正黄旗都统谭泰,请这位颇有权势的满族贵官帮忙。龚鼎孳还特别透露:谭泰同摄政王的关系非同一般,说话很有分量。只要他答应出面,事情就必定能办成。对此,钱谦益自然没有异议。于是到了第二日,也就是大年初三,他就按照事先约定的时辰,到指定的地点同陈名夏会齐,然后跟着后者,一道前往谭泰的府邸去。

虽然紫禁城已经换了主人,但毕竟又到了新春佳节,北京这个帝王之都自有别的地方无法比拟的排场和气概。且别说那满街的彩棚灯饰,那震耳欲聋的爆竹,那漫天飘舞的风筝,光是大街小巷中络绎来往的轿马仪仗,那新奇异样的马褂花翎,就足以令人感到即使是在普天同庆的节日里,北京城也自有一种高高在上的威严,一种君临万方的风范。不过,钱谦益眼下却没有心思领略这些。因为虽然他早就知道谭泰,而且在上朝时远远见过他,却从来没有同对方打过交道,登门拜访更是头一次。虽然有陈名夏领着,他心里仍旧不免有点惴惴然,不知道会落得一个什么结果。

由于先行一步的承差已经把拜帖递了进去,当他们来到谭泰的府邸,一位管家模样的中年男子,已经在门前等候着了。看见陈、钱二人滚鞍下马,那人就连忙迎上来,行着礼,说:

"二位老爷新年大吉!不知二位老爷光降,有失远迎,千祈恕罪!我家老爷恭请二位老爷入内相见!"

"嗯?你家主人……"由于谭泰没有按照官场的礼节,亲自到门前迎接,陈名夏显然多少有点奇怪,于是趁着往里走的当儿,忍不住向对方探问。

"启禀老爷,我家主人正在花厅宴客,所以……"回答了这么半句之后,大约发现客人的脸色有点不对,那管家又赶忙赔着笑脸,"我家主人今儿个喝了不少,他吩咐小的敬请二位老爷过去,同饮三杯哩!"

陈名夏"噢"一声,没有再吱声。不过钱谦益却想起:刚才在门外,他看见有几匹鞍鞯鲜明的骏马歇在墙阴下,旁边还有几个仆役模样的汉子,在那里围做一堆儿赌钱。当时他就有几分猜疑,没想到果然有客先在。"不过,主人喝得再多,只要还能见客,就没有让客人自己往里走的道理!"他想。不过,冲着对方是满人,而且还是炙手可热的贵官,他却惟有暗暗苦笑;只是,心中那一份忐忑不安,就变得愈加强烈了。

现在,两人已经走在通往花厅的甬道上。钱谦益发现,这所宅子不止规模阔大,建筑也相当考究。他事先听陈名夏介绍过,这原是前明时内阁首辅周延儒的府第。崇祯十六年,周延儒因罪赐死之后,宅子便充了公。到了八旗大军进入北京,一切房产照例由新主子重行分配。本来,这宅子也轮不到谭泰入住。不过这位都统大人有的是敢争敢吵的蛮劲儿,也不见他走什么门道,咋咋呼呼就把宅子弄到了手。对于这种角色,钱谦益向来的宗旨是敬而远之。倒是陈名夏别具手眼,不止同对方混得很热乎,而且据说还成了莫逆之交。今天,他领钱谦益来找谭泰帮忙,凭借的就是这么一种关系……

当两位客人踏入筝琵箫鼓之声大作的花厅时,映入眼帘的果然是一幅闹哄哄的狂欢景象:屋子里的几桌和椅子,不知怎么一来都给搬走了。在空出的地方,排开了一溜的厚毯,那些杯、盘、碗、盏一股脑儿全摆在毯子上。先到的七八个人,包括主人在内,都在食具旁席地而坐。他们确实喝了不少酒,那一张张胖瘦不同的脸红的血红,青的铁青,不过,看上去还没有醉,只是显得神情亢奋,手足舞动,正在那里一边有节奏地摇晃着身子,一边扯开喉咙呜呜哇哇地唱歌。屏风边上,还站着几个乐师,在那里调弦弄管,给他们伴奏。那些头梳叉子髻、身穿旗装的满族女子,则穿插于筵席之间张罗侍候。不过,最引人注目的还是筵席当中的一只大铁锅,锅盖已经被揭开,带着浓烈膻味的香气充溢大厅,锅里竟然热气腾腾地煮着一只头角峥嵘、未经肢解的肥羊!

发现陈、钱二人到来,正在用两把割肉尖刀互相击打着,同客人们一道高声唱歌的主人谭泰,眨眨眼睛,一下子从杯盏后面站起来。

"哈哈,"他挥一挥手,制止了其他人的喧闹,随即迈开罗圈腿,迎上来,朝陈名夏大声大气地说,"得知你老兄驾到,本来立即便要出门迎接的!可是这些弟兄们都说,老陈是个好蛮子,好兄弟!用不着那些狗屁礼节!我一想也是,就坐着没动啦!"说着,已经来到跟前,他又狡黠地眨眨眼睛,喷出酒气,瞅着客人问:"怎么样,老兄不会见怪吧?"

"见怪?"陈名夏装作吃了一惊,"这话从何说起!有道是不拘俗套,只重真情,才是好汉子的本色!我陈名夏佩服老哥的,也就是这种真好汉、真本色!更何况又是如此热闹的一个聚会,若是老哥抛下这一干的好朋友,独独出去迎接我们,打断了大家的兴头,小弟那才要见怪呢!"

到目前为止,包括钱谦益在内的不少明朝旧官,虽然投降了清朝,但对于来自关外的这帮子"异类",总感到格格不入,对于他们"不尊礼教"的粗豪作风尤其受不了。可是陈名夏却显然不同,很能放下架子同对方打成一片,因此在满人中颇受欢迎。眼下也同样,他这几句一说出来,立即博得全场的热烈应和:

"对,好汉本色!说得好!"

"陈官儿,就是好蛮子!好朋友!"

"哈哈,来得早不如来得巧!正赶上全羊开锅!"

"快入座!快,快!"

听着这些亲热的呼唤,谭泰呵呵大笑,一把抓住陈名夏的手:"来来来,你老哥就坐在这儿得了!"说着,不由分说,就把陈名夏一直带到自己的座位旁边,硬按着坐了下去,又招呼钱谦益:"钱大人,你也坐!"

这当儿,几位侍女已经在一旁准备着。等宾主互相说过祝贺新年的吉祥话之后,便一齐上前,七手八脚地给陈、钱二人张罗杯盘碗盏,又按照满人的习惯,先给他敬上一袋金丝烟,接着又端来腻滋滋的奶茶。这么张罗了一阵,谭泰摆一摆手,说:"成了,你们都退下吧!"然后,他就端起大银酒壶,亲自在两只玉杯里斟满了酒,跪在席上,用托盘送了过来。

陈名夏——自然还有钱谦益,没想到他一下子又变得如此郑重,倒吃了一惊,连忙"噢,噢"地谦逊着,放下奶茶,也是双膝着地,毕恭毕敬地接过,举到唇边。尚未入喉,钱谦益已经感到酒烈刺鼻,但看见陈名夏一仰脖子,全喝了下去,他也只好硬着头皮,一口一口地勉强把酒喝光。

"好,好!再来,再来!""对,再来一杯!"几个声音同时哄叫起来。

钱谦益却已经感到像吞下一团火,胸腹间烧灼得难受。他睁大眼睛,呵出口中一股辣气,同时看见主人已经兴冲冲地再度把酒斟满,不禁慌了手脚。说实在话,他的酒量本来有限,刚才那一杯也是因为自己有求而来,生怕开罪主人,才舍着命儿奉陪。现在对方一杯才了,又来一杯,叫他如何招架?幸而,陈名夏大约也知道来势不妙,只见他把酒接在手中,故作豪迈地说:

"列位,这入门三杯酒,自是非常的情分!不过有道是大雁不能离群,美酒不可独饮,如今大伙儿光瞧着我喝,未免太没意味!不如行个酒令,大伙儿一块喝,如何?"

"不成!"谭泰把大手一摆,首先表示反对,"今儿个这酒,你可别想跑掉!再说,你们那些蛮子酒令文绉绉的,听都听不懂,谁爱弄那种玩意儿!"

陈名夏微微一笑:"不是行那个酒令。我今日要行的酒令容易得很,保管人人都会,而且人人高兴——我这令么,就是各人轮流说上一件事,必定要非同寻常,淋漓痛快,即使不惊天动地,也足以夸耀一生,称得上好男子、真好汉的奇事、快事、顶尖儿的事!谁个说出来,若博得满座都说一声'好',便大家同贺他一杯;若说得不好的,便罚他自喝一杯。列位以为如何?"

说来也怪,座上的客人,刚才还满脸不依不饶的样子,听他这么一说,却仿佛立即来了精神,纷纷叫好,就连谭泰也摸着满腮的黄胡子,扁平而多骨的脸上现出微笑。

看见这种情形,钱谦益暗暗纳罕。不过随后他就醒悟了:这些赳赳武夫们生性就爱逞强斗胜。陈名夏提出的这个新鲜法儿,显然正合了他们的胃口。"嗯,看来老陈不止摸透了他们的脾性,而且还很会同他们打交道。"他钦佩地想,对于此番求托,不由得增加了几许信心,于是定一定神,且看同伴怎样拨弄施为。

这当儿,陈名夏已经把酒杯放在席面上,朗声说:"那么,小弟就先开个头,说得不好,还请列位包涵。小弟说的是:顺治元年四月,我朝摄政王奉天子之命,入关讨贼,阵旗开处,大破流寇于一片石,歼其精锐八十余万,令闯逆心胆俱丧,望风逃窜,终使明国君父之仇得报,而我朝一统大业得成。如此兵威,如此气概,方之往古,何曾得见!列位,这算不算得英雄本色?"

陈名夏首先举出山海关前那关键的一战,显然是经过掂量的。因为作为前明的降官,无论是故国还是自身,都已经没有什么可夸耀,惟独借助清朝之力,最终击溃了死对头农民军这一点,同他们还算沾上点边儿。而且,这也是他们为自己的失节行为解嘲的一种"道义"依据。所以钱谦益听了,不由得暗暗点头,觉得这例子双方都兼顾到,可谓举得颇为得体。果然,不出所料,在座的满族贵官们由于绝大多数都参加过那场战役,顿时被激发起一股豪迈之情。

"这自然是英雄本色!""啊哈,那一仗,可真是杀了个痛快!""以前没跟他们厮拼过,只道有多难啃,谁知一交手……呸!""说得好!""好!"七嘴八舌的喝彩和夸耀从酒席上哄然响起,于是大家一齐举起酒,直着脖子咕嘟咕嘟地灌了下去。

"这就轮到我来说了,对不对?"一个急不可待的声音在钱谦益右边响起,那是一位身材高大、有着一根花白发辫的武士,他的眉毛很粗,眼睛却很小,那张饱经风霜的扁圆脸被烈酒烧得通红。只见他把席面一拍,大声说:

"若论英雄,太祖皇帝、太宗皇帝都是天下无敌的大豪杰、大英雄!想当年,我们正黄旗在满洲,被叶赫、明狗欺负得有多惨!有多惨!若没有二位皇上领着我们打江山,我们哪能报得了世世代代的大仇大恨?哪能像现今这样吃好的、穿暖的,还能挺着肚子,扬眉吐气地在燕京走路,叫那些蛮子像狗似的全趴在我们脚下?哼哼,如今可好了,这关内多大多大的土地,多少多少的牛羊牲口,还有这无数男丁女口,全是我们的了!从今以后,我们八旗人家的福享不尽,钱花不完!哈哈,好哇,真好哇!哈哈,你们说,太祖皇帝、太宗皇帝是不是大豪杰、大英雄?"

他举出清朝两位立国者——努尔哈赤和皇太极,作为英雄豪杰的表率,自然是无可争议的。不过,这个老家伙口口声声把明朝臣民骂成是"狗",而且在说到中原的财富和人口时,那种暴发户式的狂喜和自夸,却使钱谦益听来十分刺耳,不是滋味。因此,当其余的人高呼着"万岁"热烈而又庄严地举酒干杯的时候,他却从心底里生出一种耻辱之感,觉得灰溜溜的,茫然若失,直到碰到陈名夏警告的目光时,他才蓦地一惊,忙不迭地跟着举起酒杯……

幸而,很快又有人兴高采烈地把令接了过去。那是一位名叫巴里坤的御前侍卫,有着白净俊美的脸孔和肌肉发达的脖颈……

"二位先皇岂止是大英雄,而且还是大圣人哩!"他抓住垂到胸前的辫子,使劲朝背后一甩,两眼放着光,从席子上一跃而起,"记得崇德六年那一次,我大兵围攻锦州,眼看就要攻下了,不料,明军从关内调来援兵,乖乖,一家伙来了十三万!太宗皇帝闻报,即时御驾亲征。当时两军各自在松山城外立营,尚未接战。皇上便笑着对臣下说:'只怕敌人得知朕来了,吓破了胆,会连夜逃掉。要不然,朕管教你等打一个从来没有过的大胜仗!就像猎狗赶兔子,弯腰捡泥沙一般,压根儿不用费劲!'说罢,皇上又用马鞭朝西一指,呵呵笑着说:'待到这一仗打完了,接下来,我大清就该到关内去坐江山,做主子了!'当时我在下面听着,还有点糊糊涂涂的不明白。后来,那一仗果然打得痛快极了!十三万明军被我们围在当中,前面打!后面打!左面打!右面打!还钻进里面去打!打得他们哭爹喊娘,丢盔弃甲,死伤无数。剩下的拼命逃向塔山,又被我兵从背后穷追猛打,都逃进海里,也不知淹死了多少!哎,总之,那一仗像是有老天爷保佑着似的,胜得可真神!后来,才过了两年多一点,我们大清果真就入关来坐江山了!列位,如若太宗皇帝不是圣人,又怎能得知过去未来,说会咋样,就是咋样呢!"

这个巴里坤,是太宗皇帝的御前侍卫,在松山一战中曾经护驾有功。他说的话,自然是靠得住的。因此,大家惊喜自豪之余,愈加生出一种无限崇敬之情,一个个的眼中都同巴里坤一样,放出异样的光来。

不过,在一旁呆呆听着的钱谦益,却始终摆脱不了先前那种灰溜溜的感觉。而且这些昔日的敌手们愈是说得兴高采烈,神气活现,这种感觉就愈是浓重。加上早上起来,他没有吃东西,这会儿又一直空着肚子喝酒,那酒力的散发特别迅速。因此,虽然他极力装出微笑,跟着大家再度高呼"万岁",但是,变得不受管束的思绪却顽固地一再闪现出扬州十日的可怖情景,闪现出因为被迫剃发改服而情绪激动的南京士绅,闪现出柳如是含嗔带怒的脸容……

"哎,牧老,该轮到你了!"正在混沌蒙眬之际,一个熟悉的声音隐约传来。

钱谦益迟钝地抬起头,发现陈名夏那双经常是炯炯有神的眼睛,正在尖锐地瞅着自己。他微微一怔,疑惑地环顾一下左右,这才多少意识到:原来酒令已经行到自己头上,大家正在等待他说出耸动四座的豪言壮语来。

"豪言壮语……哼,都到这地步了,还有什么豪言壮语?还有什么可说?"他懊丧地、苦笑地想,同时觉得,在再度围裹上来的一片昏热的、雾样的蒙眬中,眼前的一切,包括陈名夏、谭泰以及其他人,变得那么遥远、虚幻,只有他——钱某人自己才是真实的;只有占满他心胸的巨大冤苦、沮丧和委屈才是真实的。这些日子来他一个劲儿地作假、掩饰、压抑,实在太难受了!为什么要那样?为什么不发泄一下,哪怕只是小小地发泄一下?这样一种念头,在酒精的作用下,变得越来越活跃而强烈,以致到末了,他竟然忍不住当真用袖子掩住脸,呜呜地哭泣起来。

这一下,显然大出人们的意料。刚才还是闹哄哄的花厅,顿时变得一片静默。的确,且别说眼下正是新年喜庆,按惯例都讲究图个吉利,就冲着刚才大家正高高兴兴地谈到太宗皇帝的勋业,钱谦益竟然哭了起来,实在是极之不敬,也极之不祥。因此,就连精明的陈名夏也被他吓怔住了,一张已见酡红的长圆脸不由得变了颜色。

"嗯,这是怎么回事啊?"谭泰终于发问了,声音是冷冷的,而且显然隐藏着怒气。

钱谦益起初还昏昏沉沉,然而,周围的气氛终于使他怔了一下,抬起头来,同时意识到自己闯了大祸,顿时吓得酒也醒了一半。他连忙收住哭声,但是却不知如何是好,结果,只能惊慌失措地坐着发呆。

"到底是怎么回事?"谭泰再度质问,声音也随之凌厉了起来。

"哦,小弟知道了!"不等钱谦益作出反应,陈名夏已经从旁插了进来,"钱大人必定是听了我们适才称颂太祖太宗皇帝的崇隆功业,景仰感慕,因知我大清入主中国,实乃应天顺人,必定皇基永固,祚享无穷。凡我臣子,俱应竭尽绵力,精忠报效才是。惟是钱大人却因年老多病之故,不得已而乞求归养。思及皇恩浩荡,竟未能仰答于万一。因此百感交集,悲从中来,遂致潸然泪下——嗯,钱大人,下官如此揣测该是不差吧?"

钱谦益起初还目瞪口呆,随即心中一动,猛然醒悟,于是连忙点着头,呜呜咽咽地说:"臣以待罪之身,幸蒙恩赦,复授显职,虽肝脑涂地,不足以言报。惟是老迈昏庸,力不从心,常恐贻误家国,所以……"说着,索性大哭起来。

两位同谋者这么一番情急智生的连解释带表演,果然大有效果。只见谭泰虽然仍旧皱着眉头,却不再发出质问。其余的人也显然松了一口气。

"唔,原来钱大人打算辞官不做,告老还乡?"谭泰淡淡地问。

"确有此意。"陈名夏连忙顺着竿儿往上爬,随即又叹了一口气:"说来老钱也着实可怜。他今年已是六十好几,身子向来就弱,近来更得了晕眩之症,头脑经常发昏,只能躺着,什么事儿也做不了。况且他命造不好,注定人丁不旺,生了几胎,都养不大,好容易熬到四五十岁,才得了个儿子,却又偏生体弱多病,而且秉性顽劣,害得老钱为他不知操了多少心,却始终不能改变。更有一样,他家中妻妾一向不和,成日价争斗不休,小则摔盘砸碗地吵闹,大则挥拳动棒地大打出手。老钱若是在家,好歹还能管着,像如今这样远在北京,可就鞭长莫及了!结果弄得他身在这里,心里却想着不知家里闹成什么样子。唉,别人也做人,却少有他做人做得这等艰难的!"

陈名夏那三寸不烂之舌果然厉害。不错,所谓头晕症其实是没有的,但只要钱谦益一口咬定,别人却很难查证真假;至于人丁单弱、妻妾不和,虽然不能说没有,但被他这样加油添酱地一渲染,钱谦益就变得可怜得不得了,简直成了天下最不幸的男人。果然,那班赳赳武夫听了,顿时大起同情之心,纷纷交头接耳,发出阵阵嗟讶叹息之声。

"既然如此,"谭泰说,口气明显地缓和下来,"那就告假回去,料理一下便了!"

"老钱本人也有此意,只是怕朝廷不会恩准……"

"有什么不准的!"谭泰断然把手一挥,"既是实情如此,那就先回去,把家务料理妥了,养好身子,再回来报效朝廷也还不迟!行了,不必再说了,这件事,算我老谭包了就是!"

说完,他就回头大声招呼那几个乐师:"咦,怎么全停下了?快快给我吹奏起来!"然后,又把脸转向大家,拍一拍席面:"你们也先别喝酒了。来,马上动手——分羊!"

四

如果说,各地风起云涌的反抗浪潮所造成的声势,使得远在北京的前明降官也人心浮动,惴惴不安,甚至开始暗中设法经营后路的话,那么在江南地区,这种感受就更加直接而强烈。特别是以瑞昌王朱谊泐为首的南京近郊那股抗清势力,眼见别的地方早就扯起大旗,有声有色地干起来,自己却一直被迫处于潜伏状态,实在感到焦灼难耐。因此,到了清朝顺治三年,也就是鲁王监国元年的春节一过,他们就在正月十二日和十八日两次试图起事,攻打南京。谁知事机不密,被洪承畴发觉,预先调集兵马,做好布置,结果起义迅速归于失败,还折损了不少人马。这么一来,朱谊泐等人渴望与浙东义军取得联络的心情就更加迫切。结果,在他们再三催促下,余怀、沈士柱和柳敬亭终于决定启程南下,前往浙东。

不过,由于出了那样严重的事态,要取得总督衙门的关防文书就更加不容易。虽然他们有黄澍的关系可以利用,但是这种秘密图谋,却是绝对不能让对方知道的,因此很费了一点心计机巧。结果,当三位朋友好不容易先后混出了南京城,在郊外的一个秘密地点会齐,动身上路时,已经是二月的末尾。

现在,他们一行三人装扮成客商的模样,各自跨着雇来的驴子,缓缓走在东去的官道上。那个驴夫和余怀的亲随阿为,就挑着行李,在后面相跟着。本来,从南京南下浙东,水陆两路都可以走,但是为着便捷起见,一般人都是先上东面的丹阳去,然后从那里乘船,循大运河而行。这一次,三个朋友也是一样。只不过,黄澍替他们弄到的关防,却仅限于在城郊之内通行,出了这个范围,就不再有效。因此他们今天也没有太多的路要赶,只须在天黑前到达灵谷寺,找间僧房歇下就成。至于下一步怎么办,还得等在那里接应的人替他们想办法。

头上的太阳从西边斜照下来,已经是下午时分。虽说在江南乃至全国,大规模的战乱还远没有结束,就连成了清军大本营的南京地区,也依然隐伏着随时可能爆发的危机,但毕竟到了春回大地的时节。去冬的积雪,早就消融得不见踪影;路旁成行的柳树,又吐出了丝丝新绿;变得湿润起来的风轻一阵紧一阵地吹到行人的身上来,却依然微有寒意。只不过,在紧挨着官道南边伸展出去的平整沃野上,已经有勤劳的农夫在开始车水和犁田。那油亮的、刚刚翻过的沃土引来成群的鸟雀,它们不停地盘旋起落,为争夺虫子和残留的谷粒而发出吱吱喳喳的叫声……不过,这也只是一种景致,还有另一种情景,那就是正月里义军的两次起事,虽然已经被残酷地镇压下去,但是清军的搜捕行动尚未结束,因此眼下一路之上,仍旧不时可以看到一些蓬头垢面、断手伤足的起义者,少则三五人,多则十来人,一个个五花大绑,被清军押解着络绎而行。正是这后一种情形,使身负秘密使命的三位朋友既感到暗暗惊恐,又不免有点紧张,而回想起前一阵子等待义军攻城的那些日日夜夜,心中更多了几分痛惜,几分沉重,以致谁都没有心思观赏景致,也没有心思交谈,只是低着头,默默地行进着,直到抵达矗立在路旁的那座巨大孝陵牌坊前,才陆续停下来。

他们之所以于凶险四伏,行色匆匆之际,还要特别到孝陵来,是因为这个地方,埋葬着明朝的开国之君太祖皇帝朱元璋和他的皇后马氏。二百多年来,它一直作为大明王朝赫赫功业的象征,在臣民心目中享有崇高的地位。如果说,时至今日,随着农民军的攻陷北京,大清国的入主中原,无比强盛的大明王朝已经成了一个支离破碎的旧梦的话,那么孝陵却仍旧以其不朽的光荣,时时牵扯着、温暖着孤臣孽子们的心,使他们壮怀激烈地想到,只要像祖先们那样勇猛无畏,不屈不挠,就一定能够创造出复兴大明的奇迹来。因此,还在筹划南下那阵子,三位朋友就已经商定,一旦到了城外,无论如何要上孝陵去瞻仰朝拜,献上大明臣子的一片耿耿孤忠,同时祈求太祖皇帝的在天之灵保佑他们此行顺利平安,成功而归……

现在,他们已经离开了官道,从那个巨型的牌坊下穿过,来到镌刻着"诸司官员下马"六个大字的石碑旁。展现在眼前的一条极其宽阔的神道,向着西北的方向笔直延伸,两旁是参天的古柏,合抱的长松,那郁郁苍苍的姿态,把神道的气氛烘托得异常庄严肃穆。而在数百步之外的远处,则矗立着一座红墙黄瓦的单檐歇山顶门楼,那自然就是陵墓的正门——大金门了。由于孝陵属于庄严神圣的皇家禁地,为了确保陵寝的绝对安宁,防止外来的纷扰破坏,陵园的边界上,不仅筑有一道蜿蜒四十余里的红色皇墙,使之与外界分隔开来,而且陵园之内,还长期设有重兵,加以严密防卫。要在过去,别说普通老百姓,就连余怀、沈士柱这类有点身份的缙绅,未经特别批准,也是不能进入的。至于到了眼下这种时世,情况是否已经改变,也不得而知。因此,当三位朋友在下马石碑前下了驴子,连同行李一道交由随行的阿为和驴夫看守,然后带上香烛供品,沿着神道向前走去时,仍旧情不自禁地感到有点紧张,也有点胆怯,虽然发现神道旁还另外立着两块石碑,一块是神烈山碑,另一块是崇祯年间立的禁约卧碑,但是都没有心思去细看了。

渐渐地,他们终于又觉得情形有点不对。因为照道理,像他们这样明目张胆地在神道上走,必然会引起守陵军校的注意,出来拦阻盘问。然而,已经走出了好远一段路,四下里始终静悄悄、空荡荡的,那些顶盔贯甲,手持刀枪的兵卒固然一个都没有露头,就连负责陵园日常杂务的差役也全都看不见。相反,却发现偌大一条神道上,东一摊,西一片的,净是泥污和积水,其中还夹杂着好些黄褐色的马粪。除此之外,就是去年秋天就留下的、一直没有人收拾清除的满地松果、柏籽和断枝败叶。

"嗯,从这一阵子的情形看,此间显见已是门禁尽弛,今非昔比了!惟是这神道乃是庄严肃穆之地,照理每日都应该有人打扫,保持干净整洁才是,如今竟然变得如此模样,再怎么说,这也是亵渎太过,不能容忍的!"余怀一边选择着干净的地方落脚,一边为没有遭到盘查而感到稍稍松了一口气,但同时又颇为不满,于是忍不住转过头问:

"不是听说鞑子那个什么豫王进了留都后,曾经亲临此地,恭行祭拜么?怎么才只半年工夫,就成了这副样子?"

沈士柱哼了一声:"鞑子那等做,无非是装装样子,笼络留都的民心而已!他们若是真有这种恭敬之心,就该老老实实返回关外去。像现在这等作为,鬼才会信他!"

"据小老所知,"柳敬亭从后面接口说,"那豫王不久就借口裁汰朝阳、太平等门外七十二卫的守卒,把守孝陵的官兵、差役也一道裁汰了。到如今,这个地方其实已是无人过问!"

"可是,不是还有洪亨九么?莫非他也全无心肝,置先皇之陵寝于不闻不问么?"余怀依然感到不可理解。

"洪亨九?他哪里还有这个胆子!"沈士柱鄙夷地说,"他既已认虏作父,眼下最怕的,一是被鞑子干爹说他同大明旧情还在,藕断丝连;二是被太祖皇帝的在天之灵无时无刻地盯着,叫他寝食不安,惊悸而死!此刻他的心里,只怕是恨不得即时把孝陵平毁才好呢!"

余怀不再吱声了。想到堂堂一代开国之君的陵墓,竟受到如此糟践,而那些世受国恩,却变节投敌、为虎作伥的明朝旧臣,又是如此天良丧尽,他感到恼火异常的同时,心情变得愈加沉重。沈、柳二人想必也是如此。但这种思绪眼下却无从表达,于是,三个朋友就这么默默相跟着,一直走到大金门前。

还在老远的时候,他们就看见,有着三道高大门券的这座陵园的正门,那六片嵌满铜钉的朱红色门扇全都紧闭着,不过他们却知道,在那些门扇上,照例开有供平常出入的小门。如今走到跟前,发现果然如此,在靠左边的那扇大门上,一道长方形的小门打开了一道缝。看见这种情形,三个朋友倒也不敢造次直入,于是举手向小门上敲了几下。起初,门里并没有什么反应,直到再次使劲去敲,才听见里面传出几声咳嗽,接着,门缝"呀"的变大了,露出来一个老头儿的瘦小身子。

"几位是……"那老头儿弓着背,用怀疑的目光上下打量着他们,问。门影里,他那多皱的脸孔浮泛着一种灰不灰蓝不蓝的色彩。

"哦,"余怀连忙拱手为礼,自我介绍说,"在下是过路的客商,久闻这孝陵的盛名,一直无缘拜谒,今日途经尊处,特地备下香烛供果前来,不知可能如愿否?"

那老头儿起先摸不清他们的身份,还带着几分惊疑,及至听余怀说出来意,那张多皱的脸就顿时沉下来,摇着头,冷冷地说:"客官别是想差了吧?此地可是孝陵,不是秦淮河、莫愁湖!向例是不许闲人进入的。请回吧!"说完,就想转身关门。

"哎,老丈留步!"余怀伸手把门按住,再一次解释说:"我等都是本分的生意人,只想进去瞧一瞧,拜一拜,拜完便去,绝不损坏园里一根草,一块石!"

谁知那老头儿依旧摇头:"休得啰嗦,说了不成就是不成!"

"我等也知此乃皇家禁地,"沈士柱从旁接口说,"因此往日也不敢生此妄想。只是时至今日……还望通融则个!"

大约看见余怀碰了钉子,因此他说这话时,已经是用了恳求的口气。谁知那老头儿听了,反而一下子光火起来,"时至今日又怎么了?"他使劲一跺脚,怒气冲冲地瞪大眼睛,"不错,时至今日,大明是亡了!可这里还是太祖皇帝和马娘娘的梓宫!太祖皇帝,记得吗?就连大清朝的贝勒,也要上这儿来祭拜呢!告诉你们,只要我这把老骨头还在,你们这些鸟人就休想踏进这大门一步!"说完,又想把门关上。

"哦哦,老丈且息怒!"看见势头不对,站在旁边的柳敬亭连忙跨进一脚,用身子抵住门,"哎,老丈且息怒!"待到在门里站稳之后,他又说了一句,粗短的眉毛下,几乎每颗麻子都闪动着讨人喜欢的微笑,"这位兄弟不是此意。他是说时至今日,这偌大留都,也只有此间还依旧是我大明的净土,即使能够进去站立片时,也是三生之幸了!自然,此事还须老丈应允。如能玉成此愿,在下三人俱是感激不尽!"

看见柳敬亭几乎是硬挤着踏进门里,余怀不禁有点担心,生怕会更加激怒老头儿。及至听他说出"大明净土"之类的"悖逆"言语来,更是不由得心中一紧,惊恐地想:"亏这麻子还是个老江湖,说话怎么如此没遮拦?"这当儿,由于门扇已经被推开,里面的情形多少可以窥见一点。余怀迅速地溜了一眼,发现幽暗的门洞里没有别的人,只在尽头之处的院子里,矗立着一座碑亭之类的宏伟建筑,在阳光的映照下,显得凹凸分明。

"哎,你这老儿怎地如此不讲理!"沈士柱在旁边蓦地大叫起来,"太祖皇帝是大家的,又不是你一个人的!我们拼着被鞑子兵抓去,辛辛苦苦赶来,诚心诚意要拜一拜他,你这老头儿凭什么死活把着门,凭什么不放我们进去?"

余怀吓了一跳,连忙转过脸来,发现老头儿的脸色果然变了。有片刻工夫,他没有吭声,但是那挨个儿向他们审视的眼神里,却分明隐藏着某种阴沉的、吉凶莫测的东西。

这么一来,三个朋友可就顿时变得有点心虚。因为刚才那些话,若是被对方抓住,拿去报告清兵,他们无疑会吃不了兜着走。余怀生性机警,看见势头不对,立即拱一拱手,说:

"既然老爸为难,在下等就不进去也罢!适才多有渎扰,冲撞之处,还望老爸千万包涵则个!"

说完,朝沈、柳二人使个眼色,转身就走。到了这一步,沈、柳二人大约也知道进园无望,虽然神色之间还有点怏怏的样子,但也只好跟在后面。

"嘿,站住!"等他们走出六七步之后,老头儿忽然在后面吆喝起来。

看见三个朋友本能地停住脚,他又大声招呼说:"回来!"

余怀望了望柳敬亭,打算用眼色制止,但是那麻子却断然转过身,大步走回去。看见他这样子,余、沈二人只好迟迟疑疑又跟了过去。

"不知老丈呼唤,有何见教?"柳敬亭恭谨地问。

老头儿却没有马上回答,似乎还在权衡掂量什么,但终于还是

叹了一口气,摆摆手说:

"三位客官,都是小老性急,错怪了有心的好人!其实若是这等,就是放三位进去也无妨,只是今日……唉,算了,心到就成,三位还是请回吧!"

三位朋友起初听他言语恳切,意外之余,不禁重新生出希望;谁知最后得到的,却仍然是这么一句话,顿时又变得面面相觑。沈士柱转动了一下眼睛,随即上前一步,从怀中掏出几块碎银,说:"莫非园里还有别的人在,老丈不便做主?那么这点辛苦钱,实在不成敬意,就烦老丈帮忙打点一二。"说着,递了过去。

谁知,老头儿却猛地把他的手一推,生气地说:"小老绝非此意!"随后,眼睛竟然红起来,嘴巴也开始一扁一扁的。末了,他别转脸去,嗓音有点发哑地说:"不瞒三位,若是平日,冲着三位的一番诚心,小老也就放三位进去了。惟是今日不成。皆因今日园中来了一伙满兵,由一个固山额真领着,要进园中打猎。小老本想阻拦不许,无奈上头管事的下令放行,只得让他进去了。那固山额真还留下话,要小老守着门,不得放外人进去。若有违拗,一律杀却,连小老也一并治罪。小老已经活够一把年纪,死了也不可惜。只怕把三位放了进去,被他看见,性命不保。因此,三位还是请回吧!"

老头儿神情悲戚地低声说着,眼泪随即流了下来。三个朋友却听得目瞪口呆。半晌,余怀才疑惑地问:"打猎?怎么园子里还能打猎?"

那老头儿点点头:"这园中的地面原本极之广大,早在修筑时便植下十万松柏,还放养了数千头梅花鹿。两三百年下来,因料理不善,虽然已经远不足此数,但上千头总是有的。到了夫年八月,不知怎么地被他得知,竟呼朋结伙地寻上门来,在园里设围放狗,走马射箭,大呼小叫,横冲直撞。射倒了鹿时,便在园中即时开剥烤煮,摆宴饮酒,不吃到天黑不散。他初时还闪闪缩缩,后来见无人敢管,便益发放肆,短则十天长则半月,就要来一次,到如今,园中的鹿儿已经被他杀死一百有余。长此下去,只怕一只都留不下……"

听老头儿这么解释,余怀和柳敬亭还来不及作出反应,沈士柱就已经浑身觳觫起来。只见他紧捏双拳,瞪着眼睛问:

"出了这等无法无天之事,怎么无人敢管?啊,怎么无人敢管?"

老头儿看了他一眼,长叹一声:"他们凶神恶煞的,一进门就把丑话说在头里:谁敢向上报告,就杀谁全家!管事的都有家小在园里,哪个还敢老虎头上捋须?反而严令我们这些手下的人也不得声张。更兼那伙人来时,必定下令封门,外人也轻易觉察不出。还有一样,他们都是满人,纵使告到江宁府,只怕也无奈他何——唉,总是国家亡了,便合该拖累祖宗的陵墓也遭罪受辱吧!"

余怀和柳敬亭对望了一下,也就是到这时,他们才弄明白对方为何不让他们进园,而园中又发生了一些什么事。的确,正如那老头儿所说的:这一切令人发指的罪行之所以发生,都是因为国家亡了的缘故。而要制止、惩罚这种罪行,惟一的办法,就是仿效当年太祖皇帝的榜样,以不屈不挠的决死抗争,把征服者驱逐出去!尽管两人都没有说话,但是凭借目光的交流,这样一种想法,彼此显然都已经领会,因此一刹那间,两个人的眼里都灼灼地放出光来。

"多谢老丈指点!"余怀转过头去,拱手当胸,向老头儿行礼说,"既然如此,我等便不进去也罢。惟是今日既是专诚前来,总该瞻拜行礼,以表崇敬之忱才是。适才在下见那门券之内,碑亭之前,像是空寂无人,不知可否就在那里,陈列香烛果品,也不声张,一待礼成,即时退出,绝不再令老丈为难!"

"是的,绝不再令老丈为难!"沈、柳二人也一齐拱手恳求。

那老头儿起初还有点犹豫,但三位朋友发自内心的恳切与真诚显然打动了他。终于,他点点头,说:"既然如此,也罢,三位且随小老来。不过,必定只可在碑亭之前瞻拜,待小老替三位把风便了!"

三个朋友一听,顿时喜出望外,于是连声答应,跟着对方,穿过城门一般的长长门洞,进入陵园之内。

虽然他们早就听人赞叹过,这座孝陵背靠钟山,东抵灵谷寺,西接南京城垣,方圆极其广大。但是,也就是真正进入这里,三个朋友才充分领略到它的广博与恢宏。举目望去,只见岗峦连绵起伏,林木繁茂郁苍。宽阔的神道,从脚下继续延伸,过了碑亭,就折而向西。凭着在道旁两两相对而立、雕成狮、獬豸、骆驼、象、麒麟、马等形状的巨大石像生,以及高耸的华表、宏丽的棂星门,他们可以辨别出,这神道原来异常漫长。它向西迤逦了一里之后,又折向北,然后再折向东北,最后才消失在一座小山之后。估计小山之后的那座有着高大明楼的圆穹形建筑,就是太祖皇帝和皇后马氏的陵墓了。三位朋友因为听说无法无天的清兵居然闯进这里来大肆围猎,所以都想亲眼证实一下。然而,也许是陵园实在太大,加上林木众多,岗阜起伏的缘故,急切间却没能发现。更何况,已经时近傍晚,西坠的夕阳,正把最后的余晖投向广阔无垠的苍茫大地,也投向大明王朝的这座开国之君的神圣陵园,使那默然肃立的十万株松柏,那玩珠峰、独龙阜和梅花山,那华表、棂星门和石像生,全都仿佛要燃烧起来似的,染上一层泛着红光的金黄色彩。这瑰丽而奇幻的色彩,吸引了他们的视线,使他们想起大明王朝曾经有过的显赫声威和辉煌岁月;同时也使他们想起,恍如眼前这凄美绝伦的夕阳一般,故国山河无可挽回的没落与沉沦。也许正是这样一种双重的感受牢牢地抓住了并肩而立的三位朋友,以致有好长一阵子,他们忘记了再去搜寻偷猎者,只是呆呆地凝望着,心中充满着惊骇与凄惶,一句话也说不出来……

不过,这种磐石般压到心上来的愁思,终于被打破了。因为那个老头儿已经发急地叫嚷起来。他们连忙转过身,走回碑亭,把随身带来的香烛果品摆开,然后肃整衣冠,对着眼前那座由成祖皇帝所立、高达二丈七尺的"太祖高皇帝神功圣德碑",默默地长久地祝祷着——对自己的被迫剃发表示悲苦的忏悔,对未来的行程寄予深切的期待,然后,按照三跪九叩的最高规制,一次又一次地行下礼去……

五

也许是向太祖皇帝的一番虔诚的祷告发生了效用,三个朋友离开了孝陵之后,于当晚赶到灵谷寺,刚刚在一间僧房住下,负责接应的人就找来了。他不仅带来了沿途通行的号牌,还通知他们,翌日在仙鹤门上当值的军校,就是义军的人。结果,待到出城的时候,竟是十分顺利。主仆四人在城外改雇了另一拨驴子,然后加紧赶路,经过一天半晓行夜宿的跋涉,终于在第二天的晌午,来到丹阳码头。

作为联结南京、江北和苏杭的交通枢纽,丹阳码头从来都是一个热闹繁忙的处所。无论是南来北往的商旅行客,还是因公转徙的官员、成批北运的漕粮,每每都要在这儿集结或停留。要在以往,这一带的河面上总是挨挤不开地停泊着各式船只,岸上也是车马云集,货物山积,鳞次栉比的客栈里住满了南腔北调的旅人。不过眼下,当三位朋友踏上码头时,却发现正如事前估计的那样,由于时局动荡,战乱未息,情况已经发生了很大的变化。放眼望去,河道上来来往往的船只明显地减少了,过去由于货仓里装不下,经常一直堆放到街道上来的货物,也消失了踪影。至于街道上招摇而过的官员,不用说早已不再是乌纱圆领的打扮,而是清一色的花翎暖帽、马褂和开衩袍了。不过,有一样却似乎比以往来得拥挤,那就是码头上的人们——站着的、坐着的、来回转悠的,竟然黑压压地布满了河沿。其中大多数是男人,也有一些上了年纪的妇女和小孩,从衣着打扮看,却贵贱不一,正一边用松江话、无锡话、苏州话或者别的什么地方的话嗡嗡地交谈着,一边不断地朝江上眺望,仿佛在等待什么。看见这种情形,柳敬亭顿时皱起了眉毛,说:

"不好,得快点找船。瞧这阵仗,闹不好,说不定今日还走不了!"

余怀和沈士柱本来还好奇地东张西望,听他这么一说,也不由得紧张起来。于是主仆四人立即加快脚步,朝岸边走去。

与河面上的空旷冷清相反,岸边倒是一溜儿停泊着不少船只,有大江船,也有天平船和小划子,参差地浮动着。他们一连询问了几只,果然发现不是早就坐满了搭客,就是已经有人定下了,全都雇不上。自然也有还未客满的,但三位朋友因为有事在身,不想同不相干的人混在一起,一心想单独雇一只船,加上阿为共有四个人,太大或太小的船都不合适,结果一路问下去,竟是接连扑空。大家这才当真着急起来,正打算走到更远一点的地方去打探,忽然听见背后一个尖脆的嗓音问:

"几位客官,可是要雇船?"

他们回头一看,发现说话的是一个小男孩,瞧模样也就八九岁,身上穿得腌腌臢臢的,黝黑的脸上净是污迹,脑袋上扣着一顶破毡帽,正睁着一双晶亮的眼睛,探询地瞅着他们。

三个朋友对望了一眼,不知道这个叫化子似的小家伙是什么来历。不过,余怀还是顺口回了一句:"嗯,不错。你可知道哪儿有船?"

"有,"那男孩连忙点头,"包管客官满意!"

"那——船呢?在哪儿?"

"给我钱,我就带你们去!"小男孩伸出脏兮兮的小爪子。

"什么,给你钱?"阿为放下行李扁担,从旁接了上来,"哼,我早瞧出你是个小叫化,却想来骗钱!去去,一边儿去!没有!"

小男孩眨眨眼睛,镇定地反驳说:"我不是小叫化,我是帮工,我们有船!"

"你有船,船呢?"

"给我钱,我带你们去!"

小家伙毫不松口。几个大人反而有点拿不定主意。终于,阿为摸出一文钱,放在对方的掌心里:"好好,给你!"

谁知,那男孩却摇摇头。

阿为小心地瞧了瞧他,只好又添了一文。

小男孩仍旧摇头。

阿为火了:"怎么?还摇头!你想要多少?"

"要按行规——十文!"男孩回答得很干脆。

"十文?"阿为气得跳起来,一把夺回那两文钱,"你这小王八蛋想诈谁!滚,快滚!"

这当儿,一直在旁边瞧着的柳敬亭开口了:"嗯,十文就十文,给他吧!可是——"他斜眼瞅着男孩,"你可得给我们找到船。不许捣蛋!"

"哎,这个自然!"小男孩顿时高兴起来,他老练地把钱数了数,道过谢,往怀里一揣,用袖子擦了一把淌下来的鼻涕,随即转过身,连蹦带跳地带头走去。等主仆四人跟了上来,他又回头咕咕呱呱地说:"哎,这年头,出门在外不容易!特别这丹阳码头,船可不好找!几位客官下趟经过,若有为难,就找我'黑豆'好了,我天天守在这儿,一喊便来侍候几位!"

他小小年纪,竟然已是一派江湖口吻,几个大人听着,都觉得既惊奇又好笑,同时也颇为感慨。末了,余怀和气地问:"嗯,近日这码头,天天都是这等多人么?"

"什么?"小男孩似乎没有听明白。

"我是问你,搭船的人可是天天都这么多?"余怀说着,朝码头上聚着的人们一指。

小男孩"哦"了一声:"客官是说他们哪——他们可不是来乘船的,是来等船赎人的!"

"什么,等船赎人?赎什么人?"

"赎女人呗!他们家里的女人被鞑子兵抢去了。听说有好多好多,全要装上船,运到老远老远的北边去。这些人便天天在这儿候着,船一到,就上去认人。认出了,便拿银子来求鞑子开恩,让他把女人赎回去。"

起初听说什么"等船赎人",不只是余怀,其他三人也全都摸不着头脑。待到听小男孩这么一解释,大家才"啊"的一声,你看我,我看你,不由得怔住了。的确,清兵南下以来,他们由于一直住在秩序还算好的南京,对于各地战乱虽然时有所闻,但详情却始终不甚了了。现在忽然听说清军在各地烧杀奸淫不算,还要把大批抢掠来的妇女当做牲口一般装船北运,这确实令他们大为震惊。那么,这些妇女到了北方,命运将会怎样呢?不用说,必定会发入旗下,从此沦为供征服者驱使踩躏的奴婢和贱民!这一想,三位朋友就不由得咬紧了牙齿,从心底里生出无比的愤恨。

"那么,如果认出了人,赎回来的可多?"半晌,余怀皱着眉毛问。

"哼,我每日都去瞧,可热闹了!"小男孩得意地说,"不过认出的也不多。有时认出了,可大兵就是不让赎,还挨他骂挨他打的也有。不过有一遭,却是鞑子兵准赎,那个女人不肯跟她男人回去,说是那男人没用,养不活她,回去也得饿死,不如跟了大兵去。谁知那大兵听了,光火起来,反骂那妇人不义,拔出刀来,一刀把那妇人砍成两半,肠子流了一地——嘿,可吓人了!"

这又是主仆四人始料不及的一件事。那个女人不认丈夫诚然可恶可憎,但落得如此惨死毕竟又令人畅快不起来。于是三位朋友不说话了,跟着小男孩,从码头边上经过,一直走到位于江边的一幢茅草搭的小屋前。

看来小男孩已经轻车熟路,也不叩问,推门就进。回头发现客人们还在门口站着,他便招手说:"进来,进来呀!"

三个朋友迟疑了一下,随即从那道窄窄的门鱼贯走进屋子,发现里面空空的,只有一桌、一椅和几件简陋的坛坛罐罐。桌子后面坐着一个光着脑袋的中年汉子。看见来了客人,他就放下手中的酒壶,眯缝着眼睛抬起头来。

"嗯,要搭船?"他问,并不站起身。

"哦,是的,这几位客官雇不到船,所以黑豆我就把他们领到老爹您这儿来了。"小男孩恭敬地回答。

"几个人?"

"四个。"

"从哪儿来?"

"从……从……"小男孩结巴起来,回头望着客人。余怀于是回答说:"江宁府。"

"上哪儿去?"

"姑苏。"

"可有关防?拿来看看!"

因为有事在身,三个朋友进门之后,就十分留神屋子里的情形,发现那汉子大模大样的,已经有点纳闷,随后听他说话的口气就像审问,愈加觉得不大对头。现在对方竟然提出要验查关防,大家顿时心中一懔,本能地向后移动脚步,只是临时意识到不妥,才又站住了。踌躇了一下之后,余怀只好硬着头皮上前一步,拱着手问:

"这位老爸,在下有礼,不知老爸怎生称呼?"

刚才说话那阵子,那汉子一直微低着头,没拿正眼瞧他们。这会儿他抬起头,睁着眼睛看了余怀一阵,突然从桌子下面拿出一顶带翎毛的凉帽,往头上一戴,说:"我不是什么老爸,我是这码头的主管!"

停了停,大约发现客人愕然失色的样子,他就敲敲桌子,说:"你们不是要坐兵船么?不验关防,怎么给你们坐?"

如果说,刚才对方提出要验关防,主仆四人也只是猝不及防,被弄得有点紧张而已,那么,眼下听他的口气,竟是打算安排客人坐什么"兵船",主仆四人不禁大吃一惊。因为以他们目前身怀的使命,遇见清兵,实在是躲都怕躲不及,哪里敢自投虎口,去坐什么"兵船"?因此一下子,竟被弄得目瞪口呆,不知如何应付才是。

这么一来,可就轮到那汉子奇怪了:"怎么?你们不知道?难道黑豆没有给你们说?"他回头叫:"黑豆!黑豆!"可是没有人答应,原来就这小片刻工夫,黑豆已经溜掉了。

那汉子骂了一声,只好自己解释说:"哎,坐兵船好!又便当又省心,一路上还有兵护着,盘查轮不到你,贼人也不敢打劫你!就算多花几个钱,也值得!"

"可是……"余怀好容易才挣出一句,他本想推辞说,还是打算坐民船。但接触到对方怀疑的眼神,不由得又缩了回去。

这时候,柳敬亭忽然开口了:"好,既然大老爷说了,有这许多好处,那么我等就坐兵船好了!"这么爽快地表示同意之后,他又赔笑问:"原来大兵的船也肯搭小民百姓,小老却是头一回得知!"

那主管做了个手势:"等闲自然不会做这种事!不过这兵船与

别的不同,它本是奉命守在这运河上,专门往来护送民船的。横竖是顺路,便捎带也做趟把营生——哎,别废话了!可有关防?有就拿出来吧!"

"哦!"听得发呆的余怀这才猛然醒悟,连忙从身边拿出号牌,递了过去,"在下四人是替仙鹤门上的大兵采买货物的,因出来得匆忙,未及办得关防,有大兵发给的号牌在此,请大老爷验看!"

那主管接了过去,反复看了一阵,微微冷笑说:"这号牌做得也太蹩脚,八成是假的!不过,眼下也没工夫找人细验,算了,拿钱来吧!上姑苏去嘛,不多不少,每人三两银子,总共是十二两!"

主仆四人被他连哄带吓,早就弄得心惊肉跳,虽然明知是敲诈,却哪里还敢同他论价?即时如数奉上。那主管收了银子,便给他们写了一张船单,吩咐说:"码头上就是那两只兵船,出去一问就知。这船申牌启锚,每日就开一趟,到时候,全码头的船都一齐解缆起航,眼下还有几个时辰。嗯,你们去自行料理吧!"

六

"嘿,你为何答应他坐兵船?我们不能坐兵船!不该坐兵船!也不想坐兵船!"沈士柱终于打破沉默,气哼哼地质问说。这当儿,主仆四人已经离开了茅草房,走在通向江边的石板路上。

柳敬亭没有做声。余怀也满怀心事地紧抿着嘴巴。

看见他们这样子,沈士柱愈加来了气。他使劲一跺脚,大声嚷嚷说:"跟那些猪狗不如的东西混在一起,我想想都恶心!要坐,你们去坐,我可不坐!"说着,干脆赌气地站停下来。

其余三个人只好跟着停下。柳敬亭自然知道这指责是冲着他来的。不过,他却并不反驳,只是叹一口气,说:"昆铜兄说的也对。

按说呢,跟猪狗不如的鞑子混在一起,着实让人恶心。那么,那十二两银子不如就算送了那个王八主管,我们另外找船?"

这么提议了之后,大约看见两个朋友没有即时同意,但也没有表示反对,他又用漫不经心的口吻补充说:"只不过,那王八刚才说了,我们那号牌可不够硬气,就怕到时再查验时,查出个三长两短,那可⋯⋯"

在茅屋里那阵子,余怀迫于无奈,交纳了银子,但对于竟然去坐兵船,心中其实也是七上八下。因为除了厌恶同清兵混在一起之外,他还担心万一败露了形迹,连逃走的机会也没有。现在听柳敬亭忽然说到号牌,他倒一下子怔住了,半晌,迟迟疑疑地说:"那号牌是地道的真货。这是交给我的那个人说的——唔,不过,坐上兵船,鞑子就不再验牌了么?"

柳敬亭苦笑一下:"适才,那王八主管是这等说。是不是如此,自然还得坐过才知。不过如若另外雇船,却笃定还要查验,那是逃不掉的!"

停了停,他又狡黠地眨眨眼睛:"其实呢,坐兵船似乎弄险,却是最安全。岂不闻兵家三十六计,便有'瞒天过海'一计!"

他这话固然是为着说服余怀,但看来也很清楚沈士柱平日以将才自许,一谈起兵法就眉飞色舞,因此故意扯上些搔痒处的话头。果然,沈士柱的神色变得专注起来,停止了吵闹,似乎在等着听下文。

柳敬亭微微一笑,又说:"其实,我们这一次如果真个坐上兵船,又何止'瞒天过海'而已,竟是要'入虎穴而得虎子'呢!不过,既然二位都不想坐,那就另外雇船也罢!"

"哎,怎生'入虎穴而得虎子'?老爸且说来听听!"沈士柱显然被吸引住了,急急地追问。

"这还不明白?"柳敬亭将折扇朝掌心一合,前倾着身子,低声说:"那船上鞑子兵一多,那嘴巴必定也多;嘴巴一多,就难免不牢。到时凭麻子这三寸不烂之舌,与他们这么一胡诌瞎扯,他那些个军情兵机嘛……呵呵!"

大名鼎鼎的柳麻子,那张嘴巴的能耐,是谁都无法怀疑的。既然他这么说了,那么这一次乘坐兵船,就不是什么迫于无奈的事情,而简直成了刺探军情的一次不可多得的机会。因此,沈士柱呆呆地望着他,眼睛渐渐亮了起来。终于,他搔着光头,不好意思地傻笑说:"哎,老爸,你既有这等主意,怎么不早说?若是如此,莫说是区区兵船,就是鞑子皇帝的老巢,我沈某人也敢闯他一闯!"

说完,便把手一挥,转过身,兴冲冲地领头向江边走去。余怀望望柳敬亭,发现那麻子一副气定神闲的样子,于是他也就不再说话,只鱼贯地跟在后面。

这当儿,约莫已经到了未牌时分。大约因为起了风,刚才还一派晴明的天空,转眼间就蒙上了团团阴翳。森林般排列在运河边上的船桅,也纷纷左右摆动起来。主仆四人穿过依旧拥挤的人群,刚刚走到河堤上,忽然听见有人大声叫喊:

"哎,来了!来了!"

喊声刚落,整个码头"哄"的一声,人们一下子全站了起来。

"什么?来了?""在哪儿?怎么看不见?""哎,来了来了,在那儿呢!""啊,谢天谢地,可等来了!""哎,不知道可找得着人?"

随着这各种各样的话音从四面八方响起,整个码头像开了锅似的乱成一片。人们匆忙地奔走着,大声招呼着,在原地打着转,然后纷纷向河堤边上拥来。显然是等待得太久的缘故,他们一个个变得神情亢奋,激动异常,忘情地呼叫着,眼睛在闪闪发光。跑得最快的一批人刚刚在河堤边上站住脚,第二批人马上就接了上来,而且后面的人还更多,还想往前挤。如果不是码头上那些大小船只的艄公们,对此显然已有经验,早就拿出长篙,一边奋力拦挡着,一边大声喝止,说不定就会有人被挤到河里去了。不过尽管如此,余怀等主仆四人仍旧被这突如其来的骚动闹了个蒙头转向,甚至还没明白过来,就被团团挤在当中,变得进又不是,退又不能,一步也移动不了。

不过,这种情形却没有维持多久。因为忽然又有人喊了一声:"妈的,船不是靠这儿,是靠那边,那边!"

大家转头望去,果然发现,黑压压地挤聚在下游的那些人头,正攒动着,向南边拥去。于是大家又蓦地发出一阵闹哄哄的乱叫和臭骂,你推我拥地纷纷跟了过去,转眼工夫,便走了个干净。原来的地方,依旧只剩下余怀等主仆四人。

"唉,瞧他们天天都是这样子,其实又有什么用?能认到赎回的,又能有几多?"一个苍老的声音在旁边说。

主仆四人回头一看,原来说话的是个老艄公。他站在一只天平船的船头,正把长篙放回船篷底下的支架上。

余怀犹豫了一下,随即拱拱手问:"敢问老爹,闻得这些妇人,都是要运到北边去的,怎么又许她的家人来相认赎人?"

那艄公看了他们一眼,淡淡地说:"这个么,本来也是不许认赎的。是百姓向官府哭泣求告得多了,才开准此例。只是偌大一个江南,兵荒马乱的,到底有几多人家有工夫到码头来日日候着?就是像这些有工夫来的,又怎能得知自家的妇人被弄到了哪个码头?不过是尽尽心意罢了!再说,这些妇人十之八九只怕都被大兵耍弄过了,就算赎了回去,也是……唉!"

三个朋友对望了一眼,不再问了。但是老艄公的这些话,仍旧使他们又一次感到深深的耻辱与刺痛。这样默默地站了片刻,终于,沈士柱抬起头来,犹豫着提议说:

"眼下离开船还早,或许——我们也过去瞧瞧?"

余、柳二人都没有异议。大家便移动脚步,沿着河堤,慢慢地向前走去。

由于距离得远,刚才他们一直没有看清那些船怎样靠岸,因此也弄不清到底载来了多少妇女。此刻走得近了,他们才发现她们是分乘三只大艚船抵达的。人数还真不少,起码也有两三百,大多数已经上了岸,就一堆儿地站坐在河堤上,还有一些正在下船。她们大都发髻蓬松,不施粉黛,身上的衣裙也像是胡乱凑合,显得很不合体。其中东张西望的也有,但多数都是头颈低垂,一副含羞忍辱的样子。几个腰悬弓箭、提刀持枪的清兵在旁边虎视眈眈地看守着。至于河堤下面,则是人头攒动。那些准备认亲赎人的一边伸长脖子,睁大眼睛,心急火燎地朝堤上张望,一边直着嗓子叫唤:

"阿花!""阿囡!""小宝他娘!""嫂嫂!""阿妹!""新妇!""婶娘!""大福妈!""春丫头!"

随着这声声叫唤,堤上那些女人也骚动起来,她们同样伸长了脖子,大睁着惊慌的眼睛,并且开始互相推搡着,发出尖声的回应:

"哎!""我在这儿!""小宝!""大福!""姆妈!""官人!""我是阿囡!""我是常喜!""我是招弟!"

不过,叫唤归叫唤,而且有些听来像是接上了茬,但其实只是名字相同,很快又发现不是,结果有好一阵子,竟然没有一个相认上的。这么一来,人们似乎泄了气,不再向前挤,叫声也随之稀落了下来……然而,就在这时,忽然响起一声大叫:"哎,这不就是春丫头吗!"接着,就看见一老一少两个男人,一边高叫着"春丫头!春丫头!"一边拼命往前挤。听见这叫唤,堤上那群女人当中,有一个少女也蓦地发出一声尖叫,跌跌撞撞地冲下来,到了堤下,大约被什么东西绊了一下,摔了一个跟头,但她一翻身又站起来,猛地向前奔去,终于一下子扑到已经来到跟前的亲人怀里,放声大哭起来……

"啊,认到了,认到了!"人们纷纷相告着,有惊喜的,有感叹的,自然也有嫉妒的。但同时,显然全都被这成功相认的一幕所鼓舞,于是再一次发出乱哄哄的呼叫,并且争先恐后地向前拥去。看见这种情景,河堤上的那群女人也激动起来,不顾一切地往堤下奔。守在旁边的那几个清兵显然早有经验,起初还连声喝叫,试图制止,但看见没有效果时,他们就自动退出人群,站到外围去,远远监视着。

这当儿,两边的人已经合到一起。于是丈夫寻妻子的,妻子寻丈夫的;父亲寻女儿的,女儿寻父亲的;还有侄儿寻姑姑,哥哥寻妹妹,外甥寻姨娘的。幸而寻到了,固然是喜极而泣;寻找不到的,也忍不住嚎啕大哭。于是一时间你也哭,我也哭,那牵衣顿足的号哭是如此悲苦,如此可怜和绝望,它震动着人们的耳鼓,揪扯着人们的心肺。到末了,就连那几个清兵也背过了脸去……

"嗯,我等不如走吧!"余怀终于忍受不了,回头建议说。看见沈、柳二人都点点头,他就转过身,打算离开人群。然而一抬头,却发现一个年轻女子正站在旁边,大睁着一双惊慌的眼睛,不住地朝他们打量。看见他们转过脸来,她就颤抖了一下,喂嚅地问:"不敢动问客官,这位老爸可是、可是留都说大书的柳老爸?"

余怀微微一怔,没想到竟然还有来同柳敬亭相认的,再打量一下对方,却发现面生得很。但因为她问的不是自己,一时倒也不便回答,只好转眼去望柳敬亭。

柳敬亭倒很爽快,点点头,说:"小老正是柳麻子。不知姑娘怎么认得在下?"

在等待回答的当儿,那女子脸孔煞白,显得很紧张。直到听见这句答应,她才如释重负地双腿一弯,跪倒在地上,叩着头禀告说:"婢子是如皋冒辟疆相公家的丫环,名唤紫衣。因柳老爸曾到我家来开讲书词,婢子当时在帘子里侍候少奶奶听书,故此认得老爸。"

三个朋友因为事出突然,又都不认得对方,因此都有点惊疑不定。现在得知原来是冒襄家的丫环,才"啊"的一声,明白过来。但是冒家的丫环竟然出现在被掳掠的妇女群中,又使他们意外之余,脑子里顿时闪出不祥的念头。

"啊,你既是辟疆家的丫环,却为何到了这里?"沈士柱连忙追问。

"婢子是被……是被抢来的。"

"那么,你家主人呢?"

"我家主人——婢子不……不知道。"

"不知道?莫非不在了?"由于吃惊,也由于紧张,三个朋友不约而同地瞪大了眼睛。

"哦,不,不,婢子被抢时,他们还在的。不过后来、后来就不知道了……"

这话无疑是实情,因此三个朋友互相对望了一眼之后,只好不再问了。但是,对于冒襄一家安危的关切,又使他们不甘心就此作罢。于是沉默了一下之后,他们依旧向紫衣详细问起冒襄一家逃难的情形。直到得知如果老朋友还活着,一是可能重新回到海宁,二是可能前往宜兴投奔陈贞慧,他们才稍稍放下心来。

"嗯,到了这一步,你如今作何打算?"柳敬亭从短眉毛底下瞅着丫环,问。

紫衣本来已经站了起来,听了这话,她的眼圈蓦地红了,并且汩汩地涌出泪水,但仍旧强自控制着。

"婢子总是前世……作孽,故此今……生得此报……应!"她呜咽地说,"既是命中如此,婢子也不……不敢怨恨。只是想到、想到在少爷、少奶奶和宛娘身边时,没有尽心尽责侍候,心下、心下万分不安。老爸和两位相公都是我家少爷的朋友,若有便见到我家少爷时,请转告他,就说紫衣今生再也……不能侍候他老人家了,只盼来世做牛……做马,再……报答他的大恩大德……"说完,她再也管不住自己,终于跌坐在地上,哀哀地放声痛哭起来。

还在紫衣抽抽泣泣地说话的当儿,沈士柱脸上已经现出老大不忍的神情。这会儿发现余怀站在一旁眉毛皱得紧紧的,他就伸手扯一扯朋友的衣袖,等余怀跟着走出几步,他就急急地说:"她既是辟疆的丫环,如今落到如此田地,也着实可怜。我们不如花点银子,把她赎出来算了!"

余怀摇摇头:"这事我也想过,但只怕不妥!"

沈士柱瞪起眼睛:"有什么不妥?莫非我们竟忍心见死不救么!"

"兄别急啊!"余怀做着制止的手势,"你没听她方才说,同她一道被抢的,还有七个丫环么?即使后来走散了,也还有四个在这码头上。你总不能把她们全都赎下吧?再说,我们这一次南下,可是有重任在身,也不能带着一帮子丫环招摇过市。更别说到时候未必就见得着冒辟疆——哎,覆巢之下,安有完卵。事到如今,也惟有先顾着大事了!"

"那么——"

"唉,给她点银子,让她自寻活路吧!"

七

柳敬亭估计得不错。主仆四人乘上兵船之后,果然一路顺利,再没有受到查验。不仅如此,由于船上那些兵校都是从前明的军队投降过来的本地人,柳敬亭稍稍施展一下说书的本领,就立即博得他们的热烈喝彩,并且从此缠着不放。结果一来二去,还真的从他们那里刺探到一些机密军情。其中最重要的一件,就是清朝鉴于江南的战局吃紧,已经任命多罗贝勒博洛为征南大将军,率兵南下,增援杭州,并向浙东和福建地区发动更猛烈的进攻。目前,清兵正在长江边上大肆征集民船,准备供博洛到来使用。柳敬亭把这个情报告诉余、沈二人后,大家都紧张起来,觉得有必要尽快通知鲁王方面。不过,由于紫衣曾经说到,冒襄前一阵子就在海宁一带逃难,目前有可能前往宜兴去投奔陈贞慧,又使他们对老朋友的安危始终放心不下。加上余怀也很想探访阔别多时的陈贞慧,征求一下这位才略超群的兄长对时局的见解。结果三人商定:先由沈士柱和柳敬亭直接前往浙东报信,而余怀则带着亲随阿为绕道宜兴一趟,再从那里赶到浙东会合。

现在,余怀主仆已经按照计划,在常州登了岸,改乘一只小船,向宜兴进发。从丹阳往南的广大地区,历来都是水网交织、物产丰饶的鱼米之乡。而位于太湖和滆湖之间的宜兴县,也同样以盛产稻米、小麦、蚕桑和各种鱼虾蟹鳖著名。要在以往,到了这种开耕的季节,河汊上必定早已秧船来往,渔歌互答;两边的岸上,也必定是牛鸣人叫,忙碌着无数农夫的身影。可是,自从去年七月,明朝前职方主事吴日生在吴江起义,进占太湖之后,这一带便成了义兵和清军反复争夺的地盘。接连不断的残酷拼杀,弄得老百姓仓皇逃避,再也无法安居,或者身不由己地卷入战事,或者纷纷四散逃亡;本来是宁静和平的村庄,也因为一再遭到烧杀和劫掠,不少都成了废墟。以致到如今,当余怀主仆沿着滆湖边上一路南来,映入眼中的,只有一望无际的黄芦和苦竹,映衬着成片成片被抛荒的田野。有时小船行上十里八里,也看不见一点人烟,只有乌黑耸立的断壁颓垣、倒塌的桥梁,以及不时贴着船舷流过的、泡得肿胀的可怕浮尸。其中有些尸首因为被砍去了脑袋,水从腔子里灌进去之后,就变得直立起来,于是那半截的无头身子就露在水面上,冉冉地漂浮过来,骤然一见,简直能把人当场吓昏。倒是那些野鸭、白鹭一类的水鸟,浑不晓得人世的苦难与凶险,依旧呱呱地叫着,成群结队地飞来飞去,好歹使这劫后的水乡,增添了几许令人心头发憷的生趣……

由于一直生活在南京,在此之前,余怀对于战乱的残酷和可怕,还没有太多深切的感受。也就是到了这时候,他才多少有点后悔这次本非绝对必要的旅行。但已经走到半途上,退回去又不甘心,只好硬着头皮往前闯。结果,经过了两天一夜惊魂不定的航行,主仆二人才总算在太阳落山的时分,抵达陈贞慧的家乡——亳村。

这是远离宜兴县城的一个小村,紧挨在相邻的溧阳县边沿。一路上,由于满眼所见的尽是战乱死亡残破的景象,余怀一直暗暗担心着:要是陈贞慧也逃亡他乡的话,那么很可能就会白来一趟了。不过,进入县城以西之后,却发现情形渐渐有些改观。特别是亳村一带,凭着位置偏僻,看来反而得以躲开祸劫。虽说眼下离天黑还有好一阵子,田野上已经停止了劳作,看不见一个农夫,但土地已经犁开,秧田也一片嫩绿——开耕的景象仍旧随处可见。而在隐现于绿树丛中的一带草屋和瓦房的顶上,也照样升起了缕缕炊烟……这种情形,使余怀多少心定了一点。因此等乌篷船在村头靠岸时,他就迫不及待地站起来。

陈贞慧是个大名鼎鼎的人物,亳村中自然无人不晓。没有费什么劲,主仆二人就被热心的村民带领着,来到老朋友的家门前。

"嗯,自从去年四月在留都,他被马、阮二贼陷害,关进大牢里,我就见不到他了。后来只听说他同黄太冲、顾子方一道逃了出来,但也没能见着。那么经历了这大半年的奇祸巨变,他如今会是什么样子呢?从刚才那些村民的模样看来,这一带也没能躲过剃发之辱,那么他到底有什么打算?还有,辟疆一家是否当真投奔到了这里?"在那个热心的村民替他们入内通报时,余怀一边打量着眼前建筑得颇为考究的门楼,一边多少有点不安地想。不过,他很快就停止了思索,因为门内已经传出了急促的脚步声。于是,他迅速转过脸去,同时脑子里浮现出老朋友那高大的身躯和熟悉的圆盘脸,一颗心也因为激动而急跳起来。

然而,出来迎接他的却不是陈贞慧,而是一个身材瘦削的中年人。那人有着一个骨棱棱的鼻子和一双细长眼睛。他把余怀主仆打量了一下,行着礼说:"先生远来劳苦!有失迎迓,还望见恕——不敢请教先生高姓大名,有何贵干?"

"哦,学生姓余,名怀,是你家主人的朋友,今日特地从留都来访他,相烦通报一声。"余怀说着,把拜帖递了过去。

"原来是余先生,失瞻了!"那人看了看拜帖,随即沉吟地说:"只是我家四爷不在家中……"

余怀不由得一怔:"怎么?定生兄不在?那、那他到哪里去了?"

"哦,先生莫急。先生远来一趟不易,且请入内歇息、奉茶,如何?"

"可是——"

"请先生入内说话。"那人做出相让的手势。

余怀眨眨眼睛,只好停止追问,满腹狐疑地向屋里走去。

陈贞慧这个家,以往余怀还没有来过,只知道老朋友的已故父亲陈于庭,曾经做过明朝的都察院左都御史,是一位二品大员。因此他设想陈家也应该是高堂华屋,颇有气派。不过此刻,余怀却一点打量的心思都没有,因为他这一次冒着路途上的种种危险,老远地找到亳村来,惟一的目的就是为着同陈贞慧见上一面。不料陈贞慧却不在家!那么他去了哪里呢?如果竟然见不着,岂不是白白地辛苦奔波一趟!正是这种惊疑不定,弄得他心中七上八下,以致从穿过门厅、天井,直到踏入堂屋,他都没有什么感觉,直到听见身后发出呼唤,他才蓦地停下来。

那人先请余怀坐下用茶,又自我介绍说,他名叫陈之才,是府里的管家,有事尽管吩咐。然后就请余怀稍等,他自己拿着拜帖,匆匆走进屏风后面。约莫过了一盏茶的工夫,只见他重新走出来,行着礼说:

"适才,在下已经将先生到访之事禀告我家老夫人。老夫人说:只因我家四爷不在,无法接待先生。万分抱歉。老夫人说:余先生远来不易,就请在寒舍盘桓几日,歇好了脚再去。"

在望眼欲穿地等待陈之才出来的小半天里,余怀已经好几次站起来,又坐下去,根本静不下心来品茶,直到屏风后面再度传出脚步声,他才重新燃起一线希望。忽然听对方这么一说,他顿时像被扼住了咽喉似的,一句话也说不出来。半晌,只好有气无力地点点头,跌坐在椅子上。

"那么……"陈之才的声音在旁边响起。

"不,"余怀一耸身又站起来,不甘心地说,"你告诉我,定生兄如今在哪里,我要寻他去!"

"这……"

"你说,在哪里?定生兄到底在哪里?"

"先生还是请先在寒舍住下,洗脸、用膳,再从长计议……"

"不,余某此次来,就是为的与定生兄一晤。你不告诉我他现在何处,我主仆二人今日就守在这里,直到得知他的行踪为止!"

这么断然表示了之后,余怀就当真回到椅子上一坐,摆出一副不达目的绝不罢休的神色。

看见他竟使起蛮来,陈之才显然有点不知所措。半晌,只见他摇摇头,转身走了出去。

"哎,大爷,我们这样子,成么?"等陈之才的脚步声消失之后,阿为凑近来,有点担心地悄声问。

余怀皱起眉头:"嗯,等着吧。不过,我刚才瞧出来了——既然陈定生不在,就该把行踪告诉我,可他却支支吾吾。这里头只怕另有文章!他这不是又出去了么?必定是去报告主人了,且看他回来怎么说!"

既然主人的主意是如此,阿为也就不再多嘴,依旧回到行李旁边守着。这么过了一会儿,只见陈之才再度出现了。不过这一次,他的身后还跟着两个仆人,分别端着托盘,盘里盛着饭和菜,还有一壶酒。走进大堂之后,陈之才就指挥仆人把饭菜摆到八仙桌上,并且把灯点上,然后转身赔笑说:

"先生赶了一天的路,到这会儿,就算不乏,也必定已经饿了。就请用膳,如何?"

余怀面无表情地摇摇头。

"那么这位阿哥……"陈之才转向阿为。

阿为同样不吭声。

陈之才看看他,又看看余怀,脸色突然变了。他张了张嘴,似乎想说什么,但终于一甩袖子,回身往外就走。那两个仆人虽然莫名其妙,看见头儿走了,也疑疑惑惑地跟了出去。

大堂里又重新只剩下主仆俩。外面的庭院上方,天色已经全部黑下来,八仙桌上的酒饭却不断地散发出诱人的香味。到了这种当口,主仆俩说肚子不饿是假的。不过,当想到饱受惊恐,辛辛苦苦地赶到这里来,如果竟落得个连陈贞慧的行踪都得不到,实在未免太倒霉,也太亏本,余怀就仍旧强忍着饥饿,坚持不去碰那些酒饭。

时间一点一点地过去,随着饭菜凉下来,那香味也变得不似先前那样强烈和诱人。在这当间,余怀主仆隐约觉察到,有人不止一次地走近窗棂来窥看堂里的动静,于是他们愈加横下一条心,咬牙闭目,不动,也不说话……

终于,一阵急促的脚步声在屋外的过道响起。接着,陈之才一步跨了进来。他对于刚才客人在屋子里的情形似乎了如指掌,因此根本不去审视桌上的饭菜,而是一直走到余怀跟前,拱着手说:"余先生,非是在下有意刁难。皆因我家四爷确实不在家里。不过刚才经在下向我家主人反复禀告,已有转圜之机。请先生即速用膳,然后随在下出门。"

余怀起先听说事情有转圜之机,心中顿时为之一喜;接下来却听说还要出门,又颇为纳闷。不过,他知道对方这么安排,自有缘故,便不再追问,连忙道过谢,招呼阿为过来侍候,匆匆扒了两碗饭,连酒也没喝,便丢下筷子。又按照陈之才的意思,让亲随留下,自己单独跟着管家,离开堂屋,向大门走去。

陈府的两名仆人已经提着灯笼,在码头上守候着了。等余、陈二人上了小船,他们便拔起竹篙,沿着曲折的河道,一下又一下地,撑向夜色迷茫的深处。

"哦,如皋的冒辟疆先生——也是定生兄的朋友,不知可也到了府上?"当小船行出一阵子之后,余怀忽然想起此行还有一个目的,于是连忙向陈之才打听。

"冒辟疆先生?"陈之才摇摇头,"不曾来过呀!莫非他也要来不成?""哦,不。"余怀说,稍微感到有点失望,不过随即暗想:"这么说来,辟疆也许还在海宁?"于是把这事放到一边,转口又问:"那么侯朝宗先生呢?闻得他与你家四爷是儿女亲家,嗯,他可来过?"

"侯姻三爷么,他却是来过的。记得去年六月,我家四爷刚从留都回来未久,他就来了。但那时到处传说大兵南下,人心乱得很,因此他住了几日,就急着回商丘去了。"

听说侯方域来过,余怀好歹放下了一桩心事:"这么说,原来扬州城破时他没有遇难,居然活着逃了出来,总算不幸中之万幸!"

心中这么想着,耳畔却听见陈之才解释似的说:"好教先生得知,不是我家四爷拿架子,推托先生。今日这事其实也是迫不得已——皆因我家四爷的名头太大,一天到晚都被人盯着。记得去年六月初,侯姻三爷还在的那阵子,杨龙友在姑苏杀官起事……"

"你说什么?"余怀心中一动,连忙回过头去,"哪个杨龙友?难道是杨文骢——杨龙友?"看见对方肯定地点点头,他就惊讶地追问:"杀官起事?杨龙友他杀官起事了?"

"嗯,闻得当时大清朝已委鸿胪寺卿黄家鼐、通判周荃和一姓吴的参将,来安抚姑苏,苏府陈太尊、长洲李县尊俱乘夜弃官遁去。众人以为大事已定。谁知自镇江逃来的杨龙友,串同都司朱国臣假称谢赏,率营兵到兵府道中,出其不意,拿下黄家鼐三个,还有随从二十余人,俱绑出葑门外,即时斩首,并重新树出大明旗号。闻得士民响应者很是不少。当时方密之老爷的妹夫孙克咸相公也在其中。杨龙友便派孙相公来亳村,邀我家四爷出山,说是共谋大事。因我家四爷坚不应承,他才无奈去了。也幸亏我家四爷有见识,若不然,必定被他连累完了呢!"

"噢,后来呢——这杨龙友?"

"后来么,过不了几日,就听说留都派来了大兵,他料知抵敌不住,便带兵逃往福建了!"

杨文骢,既是马士英的妹夫,但又同东林、复社方面有来往的这位好好先生,以往余怀和他的朋友们一向把他看成是个两头卖乖的滑头家伙,心中对他颇瞧不起,然而到头来,他竟然做出如此果敢的举动。这确实大出余怀的意料之外……

"哎,这只是一遭,"大约看见余怀不做声,陈之才接着又说,"后来大清朝的新抚院士公到任,也要征召我家四爷出去做事;接着太湖吴日生又派人上门请他加入义军,还说要向浙东的鲁监国保举他。弄得我家四爷左右为难,因此干脆躲起来,任他什么人来,都只推不在。适才我见先生是他的旧友,远来难得,特地着人拿了先生的帖子去告知,得他应允,才敢来与先生说。怠慢之罪,还望先生见恕才好!"

余怀"哦"了一声,也就直到这时,心中的疑团才算解开了,暗想:"原来如此!这么说,定生是决意置身事外,袖手旁观了。不过,以他平日的为人,却似不该如此。嗯,此中必定另有隐情,待见了面时,我要问他一问!"这么打定主意,他就不再向陈之才打听,只默默地浏览着远近纯净如画的夜色,倾听着两岸不时传来的夜鸟格磔的啼鸣。直到撑船的仆人说了一声"这便是了!"他才转过头来。

不过,其实还没到达目的地,只是水路走完而已。一行人在一处低洼的地方登了岸,便由一名仆人提着灯笼在前头引路,沿着崎岖的山径继续往前走。直到进入了一个小树林,才发现黑暗中隐约有一点黄色的亮光。领路的仆人加快了脚步。大家又曲曲折折走了一阵,那亮光渐渐大起来,清晰起来了。终于可以辨认出,原来那是灯光,正从一间小土房子的窗户里透出来。

"啊,我马上就要同定生相见了!马上就要见着他了!"余怀想,心再一次急跳起来。同时,听见陈之才已经上前敲门。

陈之才敲了两下,门内却没有答应。他回头望了望余怀,又接着再敲。谁知仍旧没有应声。他疑惑起来,用手推了推,发现门是虚掩着的,竟应手而开。于是他便一步跨了进去,同时叫唤着:"四爷,四爷!"不过,几乎是马上,他就转身探出头来,有点紧张地说:"咦,里面没有人,四爷不在!"

"你说什么?"余怀吃了一惊,连忙紧迈两步,跟进屋子里。

这是一间很小的土房子。进门的一间,刚刚放得下一桌一椅,而右侧的一间摆下一张床之后,也几乎连转身的地方也没有。可是,不管是外间还是里间,确实都没有陈贞慧,只有桌上的油灯,依稀照亮着四面粗糙的墙壁,也照亮着桌上散放的文房四宝。

"咦,这是什么?"陈之才忽然伸出手去,把一样东西从桌上拿了起来。

"余淡……"他出声地念道,随即"哦"了一声:"是信!是给余先生的信!"

"什么?给我的信?"余怀更加意外,连忙接过一看,果然,信封上写着"余淡心社兄亲启",正是他所熟悉的陈贞慧的字体。那淋漓的墨迹还未曾干透,看来是才写下不久的。

"嗯,定生为何要给我留下信?他又到哪里去了呢?"这么疑疑惑惑地想着,余怀就不由自主地把信拆开,就着灯光看起来。信并不太长,但措辞却十分明确。大意是说:得知老朋友来访,感到十分高兴,本打算立即赶回村里相见。但后来想到目前的处境,又踌躇起来。因为经历了这场兴亡巨变,他已经看透人间的污秽浊乱,决心从此归隐田园,奉亲课子,再也不参与任何世事。但是却偏偏被名声牵累,仍旧不断有人找上门来,包括一些老朋友,或邀他从军,或劝他出仕,使他穷于应付,不胜其烦。现在余怀找来了,目的是什么呢?他估计也无非是上述两种。但无论是哪一种,都是他所不能答应的。那么与其空费唇舌,最后弄得不欢而散,倒不如暂退一步,为日后留下再聚的余地。因此考虑再三,还是决定临时走避,以不见面为好。他也知道这样做很不礼貌,会令余怀十分失望,甚至大为生气。但希望老朋友能体察他的苦心,给予原谅。在信的最后,陈贞慧是这样写的:

贞慧不才,亦深知大义所在。虽力不能挥鲁戈以返日,惟夷齐首阳之章,靖节东篱之志,未敢或忘。风雨如斯,大难未已,他日执手,恐未可期。若天怜幽草,微命得全,则十年之后,如能待我于秦淮水阁,当别有一番感慨也!只此定约,兄无笑弟太痴耶?

余怀看着看着,一颗心不由得紧缩起来。还在前来的船上,他就已经从陈之才口中得知陈贞慧离家避客的原因,并对老朋友的冷漠和消极颇不以为然,还打算见面之后,好好劝他一劝。没想到,甚至在他来到门口之前的一刻,陈贞慧却临时决定干脆照面都不打,使他连说话的机会也没有!那么对方对时局估计的悲观,情怀的阴冷,态度的决绝,都显然远远超出了他的想象。但是,以陈贞慧的过人才智,高远见识,为什么竟然会这样呢?莫非他认定,目前正在江南乃至全国各地如火如荼地推进着的抗清复明大业,都是没有用处,不可能成功的么?正是这种揣测,有片刻工夫,使余怀的情绪受到猛烈冲击,以至于目瞪口呆,那拿着信的双手,却止不住簌簌发起抖来。

然而,他这么一抖动,出乎意料地,从信封里又抖出一张纸。陈之才眼明手快,马上从地上拾起来又交给他。余怀机械地接过,举到眼前,只见上面只写着两行字:

   明室可仗者民心,而痼疾在穴斗;清国可恃者武功,而所难在文治。欲知天下大势,成败兴衰,当各视其兴利除病之效为如何耳!

余怀的心抖动了一下,隐约觉得陈贞慧的这句谶语似的话里,包含着某种极重要的东西。但急切之间,却又琢磨不清。他迟疑了一下,慢慢把信折好,放入怀中。但是毕竟心有未甘,于是转过身,走出门外,用双手笼在嘴上,向着浓黑如墨的暗夜,张开喉咙叫唤:

"定生兄——定生兄——定生兄——"

可是一连喊了七八声,陈贞慧始终既没有出现,也没有回应——看来真的已经断然离去了。当那声声呼唤没入丛林深处之后,传回耳中的,只有风吹草响,以及四下里响个不休的"咣咕咣咕"的蛙鸣……

终于,余怀失望地回过头,看看跟出来的陈之才,无可奈何地说:"既然如此,那么,我们回去吧!"

第 十 章

一

　　正当余怀等人间关南下的途中,浙东地区的战局也呈现出愈演愈烈的势头。

　　事情要追溯到去年十一月,自从鲁王在萧山县的官山脚下筑坛拜将,晋封镇东侯方国安为荆国公,并授予节制各营兵马的全权之后,一时士气大振,朝野上下纷纷摩拳擦掌,建议乘势挥兵渡江,一举攻下杭州。方国安本人更是跃跃欲试,打算有一番作为。因此到了十二月,当营中来了四个投诚的儒生,表示愿意给他们带路,从杭州城后西湖山中的小路实施偷袭时,方国安就大为高兴,深信不疑,立即率领主力精兵出发。谁知,在五云山的白塔岭下中了清军的埋伏,被一举歼灭了三千余人,还有五百多名将士成了俘虏,可谓损失惨重。接着,清朝的浙江总督张存仁抓住战机,乘胜出击,又一举攻下了于潜和昌化二城,杀死了方国安的侄儿、副总兵官方元章和都督张起芬,使鲁王政权再也无法从西侧对杭州构成威胁。经此一战,方国安元气大伤,只得蹲守位于钱塘江心的七条沙一线,不敢再采取大的行动。

　　南线的战事陷于僵持状态,北东两线却又燃起了战火。首先是春节过后,一度溃不成军的长兴伯吴日生与总兵官周瑞又在太湖重整旗鼓。接着另一位总兵官茹文略也转战麻湖,最后由于援兵不继,才力尽身死。到了二月中,又有锦衣卫指挥使徐启睿率师渡江,与清兵展开激战,在重创敌人后失手被擒,壮烈捐躯。当然,这些战斗的规模都不大,原因是方国安在南线惨败的消息传开后,不少明军将领慑于清兵的狡悍善战,一下子又变得畏葸胆怯起来,不敢再轻易出动。张存仁发现了这种情形,干脆不等博洛的援军抵达,便在西岸大肆打造战船,操练水军,摆出一副反守为攻,随时都会挥师渡江的架势。于是惶恐不安的空气,便日甚一日地在明军的营地中弥漫开来⋯⋯

面对这种颓势,为了重振士气,督师张国维征得鲁监国的同意,召集已经晋封为兴国公的王之仁,还有驻守小尾的义兴伯郑遵谦紧急商议,决定出动主力水师大举攻击,务求重创敌军,狠狠地打击一下张存仁的嚣张气焰。为了使将士们明白敌人其实并不可怕,张国维还一面严饬各路兵马坚守阵地,防备敌人突袭;一面则让他们派出代表,齐集西兴渡口观战,亲眼看一看王、郑二人怎样联手破敌。

现在,来自各路兵马的代表按照总督行辕的秘密知会,已经先后抵达西兴渡口。而鲁王也派出职方主事张岱作为朝廷的代表,前来观战。说起张岱,自从崇祯十五年秋天,因参加乡试前往南京,与复社社友们有过一段颇为快活的交往,还替他们出面,向阮大铖借演新剧《燕子笺》之后,就回到绍兴家中,没再出门。不过,眼下他却成了深受鲁监国信赖的一位红人。这不仅由于他家是绍兴城的高门望族,更因为他的已故父亲张汝霖曾在山东担任鲁王府的长史,双方交谊深密,所以这一次鲁王在绍兴监国,对他们家就特别垂注和优礼,不惜降贵纡尊,亲临张府饮宴叙旧,还给尚未有功名的张岱封了个正六品官,可谓恩遇隆渥。不过,倒是张岱本人对此并不怎么看重,更没有得意之色,待人接物,依旧是那一副无可无不可的派头。去年九月,他甚至一度辞去官职,到剡溪山中去隐居。直到不久前,鲁王委托方国安一再去信敦促,他不得已才又重新回到朝中任职。这一次,因为鲁王也很想了解前线的真实战况和结果,觉得张岱最为忠实可靠,所以便特地派他前来。

鉴于眼前这一仗事关重大,张国维早在前一天,就把总督行辕临时搬到了钱塘江边的木城中,以便就近指挥。因此各方的代表也被安排在那里一道观战。所谓木城,其实是用木桩、竹子和板块搭成的一座临时军营。不过它比一般军营要讲究和坚牢。临江的一面,矗立着一道用成排的巨型木桩筑成的高墙,顶部也像普通城墙一样,有女墙和走道,可以架设大炮,也可以登高观察敌情。眼下,战斗尚未打响,因此无论是张国维和他的僚属们,还是各方的观战代表,都还没有登上墙头,而是聚集在木城内等候。这种当口,可就使生性好动的张岱感到颇为气闷。他眼见中军大帐中,张国维还在一边听取有关敌情的各种报告,一边作最后的布置,忙碌得很,就悄悄地退了出来,在木城里东张西望地随意闲走。不过,木城里来往奔忙的人尽管很多,却没有一张脸孔是张岱熟悉的。结果,无聊地兜了一圈之后,他就干脆溜出城外,信步向江边走去。

还在进入木城之前,张岱就发现:西兴渡口一带作为王之仁水师的大本营,那规模和气象确实不比寻常。一眼望去,高耸的桅樯,招展的旗帜,交织的缆绳,在初升的太阳下,有如展开了一片茂密的、色彩缤纷的森林。而在"森林"之下,则是猛兽似的昂然排列着的无数战船,其中有九丈多长、一丈多宽的四百料巨型战座船和巡座船,也有体形稍小的各种型号的战船。此外,还有供不同需要使用的船只,像巡沙船、哨船、浮桥船和别的一些叫不出名字的船。它们都按大船居外、小船居内的方式,在江边联结成一个接一个的阵容严整的水寨。再加上无数爪牙似的森然罗列的镰钩、撩钩和刀枪戈矛,和架设在船头的一尊尊铁炮,以及船上忙碌备战的将士,在蜿蜒一二十里的江边上,构成了一道威严肃杀而又生气勃勃的风景,显得那样威武,那样雄强,那样神秘!即便是此刻,当张岱再一次走向它时,仍不由自主地被眼前的非凡气势所吸引,以至久久地打量着,从心底里激荡起一股豪迈的、紧张的、悲怆的诗情。"哦,多么好!多么难得!多么与众不同!"他摇着头,心头发软地惊叹说。

然而不久,他就把目光收回来,并且转过头去。因为他听见,从左边的远处,传来了一阵迅疾的马蹄声——那是两乘人马,正沿着江滩并辔而来。起初,由于距离远,张岱只从一起一伏的乌纱帽和圆领袍,判断出其中一人是个官员。片刻之后,那两乘人马来得近了,于是他又依稀觉得,那官员看上去有点眼熟。"嗯,那是谁呢?"他疑惑地想,紧盯着愈来愈近的人马,末了,心中蓦然一动,脱口大叫起来:

"哎,太冲!"

来人果然就是黄宗羲。不过,大约他一心只顾着赶路,并没有听见。直到张岱连叫了两声,他才疑惑地朝这边打量一下,随即用了一个匆忙的动作,使劲把马勒停下来。

"宗子兄,你怎么在这里?"他一边驾驭着还在打转的马,一边睁大眼睛,惊讶地问。

"怎么在这里?那么兄又怎么在这里?"张岱笑着大声反问。由于意外地遇到了熟人,而且还是气味相投的朋友,他不禁大为高兴。

"弟是奉命前来观战……"

"那么,难道只许兄奉命前来观战,就不许弟也奉命来观战么?"

"啊,原来兄也是……"黄宗羲一边说,一边跳下马来,"可是,不是说在木城里观战么?怎么兄……"

张岱挥一挥手:"早着哩!还不定何时才开仗。故此弟便出来走走。"

"那么兄已报过名了？"

"报过了。还见了张阁老。不过他们眼下忙得很！"

"可弟还不曾报到呢！"黄宗羲说着，就想转身上马。

张岱却拦住他："急什么！还有好些人没到呢！况且里面乱得很，进去也没人管你。还不如在这儿先歇口气，看看风景——你瞧，王之仁手下的这些战船，这些水寨，确实是强兵劲卒，非寻常可比！"

黄宗羲瞧了水寨一眼，"不成，弟还是先去报到！"说着，转过身去。

张岱眨眨眼睛，感到有点惋惜。忽然，他心念一转，连忙又说："可是，方密之近日有信来，莫非兄也不想知道么？"

这一问果然奏效。黄宗羲怔了一下，把已经踩上马镫的脚又放下来，疑惑地问："兄说什么？方密之有信来？"

张岱点点头："这信已来了好些天，其中，还问到兄……"

"啊，那么信呢？"

"弟不知道兄也要来，故此不曾带在身上。"

"那——密之如今怎样了？他在信中怎么说？"这么追问了之后，看见张岱挨延着，一副欲言又止的样子，黄宗羲就把缰绳往马背上一抛，回头叫："黄安，看着马！"然后跟着张岱，一边向前走，一边问："嗯，密之到底怎么说？"

他们的共同朋友方以智，是前年八月，因为弘光朝廷要追究他在农民军攻陷北京时的所谓失节行为，而仓皇出逃的。从那以后，他就同朋友们失去联络，变得音讯全无。虽然大家十分挂念他，却苦于不知道他的行踪，连打听的办法也没有。因此，现在忽然听说他有信寄给张岱，黄宗羲自然大感关切，以至连上木城去投名报到也暂时顾不上了。张岱自然很知道这一点，因此，为着让对方多陪

自己一会儿,他就故意向堤内走去,直到快要走到斜坡的底下,才站住脚,神秘地说:

"嗯,兄知道么?方密之眼下已经到了粤东,正在南海县衙中依人为活呢!"

黄宗羲错愕了一下:"什么?密之到了粤东?"

"哎,兄听我说啊!"张岱做了个安抚的手势,"密之在信中说,他自前年逃出留都后,先是来到浙南,在天台、雁荡山中住了一阵,随后转入福建,在太姥山下还遇到了陈百史,得陈百史解囊相助,又从福宁南下,冬天抵达广州。本想从此隐姓埋名,不料一日,在书肆中被一位姓姚的年友撞见认出。那年友正做着南海县令,便把密之接回衙中居住,待他甚是优礼。如今密之算是在那里安顿下来了!"

停了停,看见黄宗羲睁大眼睛,张着嘴巴,听得发呆,张岱又微微一笑,补充说:"密之在信中还说,他的案子已得唐王颁旨昭雪,并且官复原职了哩!"

"啊,"黄宗羲这才一下子回过神来,忙问,"那么,密之可是打算赴任?"

张岱摇摇头:"许多人都这等劝他,惟是方密之说,他全无此想——哎,也多亏他不去。要不,如今福建与我们浙东闹成这个样子,将来各为其主,彼此还不知怎样相见呢!"

他这样说,是因为去年十月,福建唐王的隆武政权派兵科给事中刘中藻携带诏书来到浙东,要求鲁王政权归入他们的统辖之下,结果遭到冷淡的接待,最后更被断然拒绝,致使双方的关系更加恶化。虽然在张国维等大臣的再三劝说下,鲁王于去年十二月勉强派都察院佥都御史柯夏卿、御史曹惟才为使节,带着书信到福建去谈判,得到隆武帝允许浙东保持现有政体不变,以及将来传位给鲁王的许诺,敌对情绪算是有所化解。但是在浙东政权内部,意见分歧仍旧很大。浙、闽双方的关系也仍旧十分冷淡,始终存在着重新恶化的危机。如果方以智当真投奔福建,去为隆武政权效力,说不定真有可能同浙东这边的朋友们反目成仇。

不过,黄宗羲眼下却显然没有心思探讨这个问题,"那么,还有吗?"他问,并且做出转身要走的样子。

"哦,自然还有!"张岱赶紧说。由于没想到拿出方以智这样的宝贝,也仍旧留不住对方,他不禁有点着忙,于是随口又说:"嗯,兄以为、兄以为我们同福建闹成这个样子,是应该呢,还是不该?"

这一问,在张岱而言,无非是胡乱找个话题把对方绊住。但是,黄宗羲的神情却一下子变了,脚步也停了下来。不过,他也没有立即说话,沉思了片刻之后,才抬起头来,紧盯着张岱,反问:"那么,兄以为是应该还是不该?"

"这个……这个……"由于没有准备,张岱变得支吾起来。

黄宗羲哼了一声,冷冷地说:"大敌当前,合则两利,分则两伤。此中道理,虽愚者亦能省知。何况国事败坏到这种地步,浙、闽两地仍旧不思联手对敌,却为名分争斗不休,弄到势成水火,彼此像防贼似的防着,你说说看,这到底算什么?"

"那么……"

"哎,且听弟说!"黄宗羲急切地挥了一下手,与此同时,他的目光变得更加明亮,口气也更加坚定:"当此神州陆沉、社稷丘墟之时,天下万民所瞩望于我浙、闽者,是联袂同仇,尽速把鞑子打回关外去,拯天下于亡丧,解百姓于倒悬。此外万事,俱属其次!如若不然,那么试问,莫非一人之名分,较之天下之兴亡,万民之死活,还更要紧么?啊?还有——我朝三百年基业,之所以败亡至于如此,实在于君权太重,臣责不明;专任武将,轻弃文臣;科举取士,堵塞贤路;立法为一姓,而不为天下;以学校为养士之所,而不以之为育才之所。此数大端者,俱为取祸之根源,亡国之渊薮,而亟须改弦易辙,弃旧图新者。惟是我浙东立朝至于今,不惟不以崇祯、弘光为鉴,反而盲人瞎马,一仍旧例,不作一丝一毫之改革。试问这中兴之业,尚有何望?退一万步而言,纵使侥幸得成,也不过是苟延残喘,百姓又有何安乐可享?我辈又有何盛世可期?"

这么咬牙切齿地说出心中的积愤之后,黄宗羲就双手叉着腰,气哼哼地在江堤下走来走去。他没有看张岱,但是也没有离开的意思,看来当真把上木城去报到的事忘记了。

张岱却听得目瞪口呆。说实在话,直到刚才为止,他支支吾吾地同黄宗羲敷衍,目的也还只是逗对方说下去,以消磨时光,却没想到,竟然引出对方这么激烈的一番议论。他目不转睛地瞅着大放厥词的朋友,渐渐地也被激发起心中的思虑。等黄宗羲的话音一落,他就把手中握着的折扇一挥,大声响应说:

"说得痛切!故此弟观完此战,回去复命之后,就决意再度散发入山,从此撒手不管了!"

"啊?"

"老实告知兄吧!"张岱左右望了一下,发现江堤下空荡荡的,只有满坡的青草被阳光照得闪闪发亮,却没有一个人影,他就凑到黄宗羲跟前,压低声音说:"弟此次被方国安催得急了,不得已出山,记得是正月十一日,行到唐园岭下的韩水店,背疽发了,只得住下将息。谁知刚一合眼,就进来一个人。你道是谁?原来是祁世培!其实他已经死了,是去年六月鞑子召他去杭州投谒时,在绍兴投水死的。这我当时也知道——他一坐下,就问我为何出山?我说欲辅助鲁监国。他却摇摇头,说:'天下至此,已不可为矣!'说着就拉弟离座,说是让弟看天象。到了阶下,果然看见西南方向大星小星,坠落如雨,而且崩裂有声。祁世培又说:'天数如此,奈何奈何!'又劝我即速还山,如若不然,哪怕再有本事,最后也只有走他那条路!说完,就飘然而去。我听见街上的狗叫得很凶,猛然惊醒,才知道是做了一个梦!惟是那街上的狗吠依旧响个不停——嗯,兄说,怪也不怪?"

张岱绘声绘色地说着。黄宗羲却显然没有料到对方竟然还有这么一个不祥的怪梦,而且结论比自己更加悲观和消极,一时间反倒眨巴着眼睛,似乎不知如何回答才是。

"哎,还有呢!"张岱做了个手势,正要继续说下去,忽然,江堤上传来了黄安焦急的呼喊:

"大爷,不好了!要开仗了!要开仗了!"

两个朋友不由得一怔,果然听见,江堤那一边已经响起了咚咚咚!咚咚咚!咚咚咚的战鼓声。黄宗羲说声"不好!"首先猛地跳起来,向堤上奔去。张岱起初还在发呆,但随即也回过神来,连忙用双手提起官袍的下摆,慌里慌张地跟在后面。

二

到了江堤上,果然发现情势大变。刚才还井然有序地联结在江边的一个个水寨,有一部分已经分拆成一组一组的战船群,正由那些四百料、二百五十料和一百料的大中型主战船率领着,扯起风帆,陆续驶离江岸。而在更远的地方,那烟波浩渺的江面上,正卷起阵阵浓烟,传来了轰隆轰隆的爆炸声和隐约可闻的喊杀声。黄宗羲刚才本来已经来到木城门口,却被张岱拦了下来,以致一直未曾正式报到,因此眼下不免心忙意乱。他顾不上再看,甚至也顾不上黄安正牵着马,在旁边守候着,管自三步并作两步,迅速向木城的门口奔去。

木城的周围照例架设着成排的鹿角,只留着一条狭窄的通道。当黄宗羲气喘吁吁地奔近由木栅搭成的辕门时,发现那里站着一群顶盔贯甲、手执刀枪的士兵。看见有人到来,那些士兵就现出警觉的神情,并且举起刀枪横着一拦,把他拦住了。

"什么人?要干什么?"一个小校模样的发出询问,怀疑地打量着眼前的不速之客。

"本官是、是余姚军的,奉、奉命前来观战。有文、文书在此!"黄宗羲上气不接下气地回答,从怀里掏出文书,递了过去。

谁知,那个小校连接也不接,只摇摇头,说:"上头有令,开战之后,若无许可,便不得再放人出入!"

黄宗羲一听,不由得急了,大声说:"不是让我来观战么?怎么不许进去?不进去怎么观战?"

那小校面无表情地说:"大老爷要来观战,就该早来才是。到这会儿才来,上头有令,可怪不得小军。"

这话自然有理。加上黄宗羲本来就自知有错,因此一时间倒被弄得哑口无言。这当儿,只听江面上的战鼓声和喊杀声越发高昂起来。那怒涛似的声响显示着战斗已经进入了紧张激烈的当口。这使黄宗羲愈加心急火燎,不由得暗暗埋怨张岱,不该把自己平白耽误了许久。因此,虽然凭着急促的脚步声,知道张岱也来到了身后,但是他却赌气地不回过头来。

"既是如此,"停了停,黄宗羲只好又要求说,"那么可否派人禀报上头,就说下官因他事所阻,来迟了,请他放我进去?"

那小校摇摇头:"他们都到木城上去了,眼下找不到。"

看对方毫无通融的余地,黄宗羲不由得泄了气。他正想转过身去,就听见蓦地响起一声怒吼:"胡说!什么找不到?"接着,张岱一下子挤到前面来。只见一向快活随和的这位公子哥儿倒竖起疏朗的眉毛,圆瞪着的眼睛闪射出骇人的光芒,一张小脸憋成深紫,嘴唇上的两撇小胡子也翘了起来。

"什么找不到!"他又大叫一声,"告诉你们这些狗才!本老爷可是监国爷派来观战的！监国爷,知道么？便是张阁老见了我也要优礼三分！你们敢不让我进去？不让我进去就砍了你们的狗头！"

说完,他就回头向黄宗羲说声:"我们走!"然后就噔噔噔地朝着那些明晃晃的刀枪直走过去。

那几个兵没料到这个官儿发起脾气来会如此厉害,加上又听说是监国爷派来的钦差,一时间倒被吓住了,看见张岱的身体已经直挨过来,只好连忙收回刀枪,乖乖地让开一条路,放他们进入木城。

黄宗羲这才松了一口气。急切间,他也来不及再对张岱说什么,只慌忙地沿着木梯,向墙头上赶去。

木城的墙头上,已经密密麻麻地站满了人。其中有张国维和他的幕僚们,也有各路明军的观战代表。他们全都把脸朝着喊杀连天的江面,在凝神观战。张岱刚才虽然在把门的士兵面前大耍威风,但对于迟到的过失想必也是有点心虚胆怯。黄宗羲就更是如此。因此两人不敢再声张,赶快在女墙边上找了个空当,安顿下来。

也就是到了这时,黄宗羲才完全看清楚江面上的战斗情景。

原来,这场水战的规模果然不小,极目望去,只见从南到北的一二十里江面上,东一堆西一群地散落着各种大小战船。骤眼一瞧,它们像是莫名其妙地挤聚在一起,但是仔细辨认,就可以发现其实正进行着激烈的搏斗。因为无数带着火头的飞箭正在船与船之间流星急雨般地穿梭着,有些船只已经在着火,滚滚黑烟正从船篷和帆樯间冒涌出来。至于另一些船则分明在互相猛力碰撞着,以致整个船身,连带船帆一道,都在剧烈地左右摇晃。而当船上的将士们发出怒雷似的呐喊,更加奋力地射出带火和不带火的利箭,更加狂乱地挥舞起手中的镰钩、撩钩和刀枪时,阳光下就不时迸射出耀眼的光芒……

由于在辕门受阻的心神还未平复,有好一阵子,黄宗羲只是茫然地眺望着,只觉得木城上的风很大,刮得近旁的旗帜呼啦啦地直响。而江面上则乱纷纷的一片,既闹不明白战斗是怎样开始的,也闹不明白如今进行到怎样的地步?眼前的战况到底是对敌人有利,还是对己方有利?甚至连哪只船是敌军,哪只船是自己人,他都有点闹不清楚。于是,他极力收敛心神,试着去辨认船上的旗帜。渐渐地,他才开始看明白:在那一个个犬牙交错般扭结在一起的战团中,有的是自己一方的船正在围攻清军,有的则是自己一方的船在受到敌人的围攻。不过,由于双方正在相持中,而且场面相当混乱,因此一时还分不出明显的胜负。在站到女墙边上来这小半天里,黄宗羲只看见,一只清军的战船在焚烧中迅速下沉,船上的清兵停止了战斗,纷纷跳水逃命。但是没容他们游出多远,就被乘着快船赶过来的明军刀砍枪刺,尽数结果了性命……

"啊,打中了!又打中了!"一声沉闷的轰隆声过后,站在女墙边上观战的人们当中,好几个兴奋的声音蓦地大叫起来。

黄宗羲连忙寻找着。果然,在正面不远的江面上,一艘插着清军旗帜的大型战船,仿佛被狠狠咬了一口似的,剧烈地颤抖着。随后,那张本来傲慢地高挂着的巨大船帆,就连同折断的桅杆一道,慢慢倒挂下来。接着整艘船也因为失去了控制,横着摆在水中,再也动弹不得。与此同时,船上的清兵变得像热锅上的蚂蚁,乱作一团……

"快揍它呀!快点冲上去,狠狠地揍它娘呀!"先前那几个声音又一次响起。

"对,快冲上去!""杀死他们!这可是机会!""可别让他们跑了!"更多的声音哄然附和。

大江中的明军战船,自然未必能听到这种呼喊,不过,却确实立即巧妙地操纵着船帆,凭借风力迅速地赶了过来。他们显然都很有经验,并不立即冲近前去,只是远远地围着,放箭的放箭,投掷火砖和烟球的投掷火砖和烟球,一时间,把清军的那艘船搅得毒烟弥漫,四面火起。结果很快地,船上那些完全丧失了抵抗能力的清兵,就落得与前面那些同伴一样的下场……

"嗯,看来王之仁的水师还真有点能耐,与去年八月由我们打头阵那一仗相比,他们可是干净利落多了!"远远看着水师的将士们像砍瓜切菜似的围歼敌人,黄宗羲感到既解恨又兴奋。说实在话,刚才他在张岱面前痛责鲁王政权的种种弊端,固然都是这些日子来,他经过反复思考所得出的痛切之论。但是其实他也知道,在大敌当前,图存成为压倒一切的目标的情势下,要把那些改革一下子全都付诸实行是不大可能的。但是起码,鲁王政权不该满足于偏安浙东一隅,更不该一味偏袒纵容方国安、王之仁这些拥兵自重、各怀私利的武人,使地方民军陷入粮尽饷绝的困境。本来,光靠区区浙东两府,无疑难以养活拥有十万之众的大军,但是只要下决心打出去,把地盘扩展到钱塘江北,乃至更广大的地区,粮饷就会容易筹措得多。然而,鲁王政权建立已经将近一年,方国安、王之仁这些平日把牛皮吹得顶响的正规军,却老是把进攻的矛头对准有重兵把守的杭州城,而全不考虑从海宁、海盐这些清军防守薄弱的地段出击,很明显是意在保存实力,根本不打算真正有所作为。在这种情况下,鲁王和张国维仍旧一门心思把希望寄托在他们身上,确实使黄宗羲感到实在不能理解。刚才,他心急火燎要进来观战,无非是因为使命在身;至于对这场战斗本身,可以说并无多少热情和兴趣。然而,眼前的事实却出乎他的意料,因为看起来,王之仁这支水师不仅训练有素,而且颇有战斗力。"嗯,在利之所在的事情上,王之仁不用说总是同方国安一个鼻孔出气。不过他为人心术还算端正,不像姓方的那样奸恶。所以……"他心神激荡地紧盯着向敌人作最后冲杀的明军战船,机械地、不安地想。

"啊,又来船了！又来船了！好多的船！"站在旁边的张岱忽然吃惊地叫起来。

黄宗羲错愕了一下,顺着他的指点望去,果然发现在上游的方向,不知什么时候,出现了一大群战船,少说也有五六十艘,正张着风帆,浩浩荡荡地向这边驶来。只是距离尚远,一时却分不出到底是敌人还是自己人。

不过,站在木城上观战的人们已经紧张地议论起来：

"从上游来的——莫非是方荆国的船？"

"我瞧不像！七条沙那一线也很吃紧,方荆国哪里分得出兵来兼顾下游！"

"弟听说,前些日子张存仁一直在杭州城郊强拆民房,收取木料,说是要打造战船,闹得鸡飞狗走,民怨沸腾。莫非就是造出了这些船？"

"不错,这事弟也是听说了。若是如此,那么看来这才是鞑子的主力精兵！却候到此时方才出动。哎,只怕是来者不善,善者不来呢！"

"先别着慌,瞧清楚到底是谁家的船再说……"

听着这些议论,黄宗羲的心情不由得再度紧张起来。他目不转睛地盯着那批乌云似的猛扑过来的战船,同时,听见江面上蓦地响起一阵鼓噪。他转眼一望,发现原来扭作一团、正在苦苦厮杀的那些战船,不知为什么中断了恶斗,接二连三地分散开来。那些清军的战船,不管是正在围攻明军的,还是被明军的战船围攻的,都纷纷退出战团,向新出现的那批战船靠拢。而在这一合一分之间,那批新出现的战船已经冲进了战场,接着,无数利箭就像飞舞的蝗虫一般,向着明军的战船倾泻过去,其中,还夹杂着隆隆的炮火,滚滚的毒烟……

"啊,果然是鞑子的战船!"黄宗羲吃惊地想。现在,可以看得更清楚:不仅那些船的桅杆上分明地飘扬着清军的旗帜,而且一艘艘船的船身上,都刷着闪亮的桐油和彩漆,显见是才下水不久的新战船。

"嗯,我们、我们能打得过他们么?"张岱忧心忡忡的声音从旁边响起。

黄宗羲没有吱声。说实在话,虽然他对鲁王政权的现状十分不满,对整个战局也颇为悲观,但是如果说到任凭局面就这样垮下去,又是他所不愿意的。事实上,他也很清楚,近日由于方国安在南线的惨败,浙东的整个军心都受到很大的打击,要是这一仗再次失利,士气很可能就会从此一蹶不振。那么鲁王政权今后的命运如何,就实在很难预料了。本来,一家一姓的存亡并没有什么,但是如果由此导致来自关外那个"虎狼"之族、"犬羊"之姓来统治中国,却是他更加无法接受的。因此眼下,他目不转睛地看着正在迅速展开的新战斗,看着在敌人生力军的凶猛进攻下,明军的水师显得手忙脚乱,穷于招架,心中噗通噗通地跳得厉害,手心里也紧张得捏出一把汗来。"哎,一定要顶住!无论如何也要顶住!不能垮下来!一定不能垮下来!"他在心中大声呼喊,同时听见周围的那些观战者也在发出阵阵惊呼和狂叫。

然而,没有用。看来由清一色的新战船组成的这支清军的生力军确实厉害。在短暂的相持中,明军的那些战船根本无法靠近对手,更阻挡不住对手的进攻,相反还不断地中箭起火,或者被对方撞沉。幸亏明军的那些船没有集中在一起,而是分散地同敌人用弓箭对射,因此并没有受到火势的牵连,而且被撞沉的也就是那么一两只小船。不过尽管如此,那强弱之势也变得很明显。又相持了一阵,只见明军的战船终于抵敌不住,纷纷掉转船头,向下游逃去……

"糟糕！人家是新船,我们可是些旧船,怎么跑得过人家!"张岱在旁边又一次惊叫起来。可是,黄宗羲已经没有心思答腔了。他只觉得心中的某个东西一下子破裂开来,浑身也顿时变得松软无力。他绝望而又痛苦地闭上眼睛,转过身,在女墙边上一下子蹲了下去。不过,也许是由于江面上的惨败是那样地令人揪心,木城上的绝大多数人,包括张岱都仍然被强烈地吸引着,以至谁都没有发现黄宗羲的举动,因此也没有人来过问他。

这样过了好一阵,张岱忽然"太冲！太冲"地叫起来,随即又弯腰凑近他,吃惊地问:"咦,太冲,你怎么了?"大约看见黄宗羲摇摇头,他就兴奋地催促说:"哎,起来,快起来！好戏！有好戏看了！"

黄宗羲起初还沉浸在绝望的思绪里,对于朋友的大喊大叫颇为厌烦。然而,他的心中蓦地一动:"什么？有好戏看?"于是连忙一耸身站起来,睁大眼睛向江面上望去,顿时,被眼前意想不到的奇迹吓了一跳,不由得呆住了。

原来,就在这小半天工夫,江面上竟然又出现了大批战船——那一望而知是明军的战船。它们仿佛从天而降似的,出现在清军那批新战船的背后。而原先向下游败退的那些明军战船,似乎也回转身来,重新截住清军的战船,展开厮杀。从最新出现的那批明军战船的情形来看,这些船的两旁,显然全都蒙着厚厚的牛皮,那样子就像一个个大口袋。黄宗羲知道,这种装备,能够有效地抵御火器的攻击,但是对自身发射火器也有妨碍。事实上,这批战船看来也并不准备凭借火器进攻,只见它们一艘艘扯满了帆,正乘着强劲的东南风,向敌船直冲过去。而那批敌船,本来是正在追击败退的明军战船的,这会儿大约没有料到那些手下败将还会回身再战,已经停顿下来,并且显得有点不知所措。就趁着这一犹豫的工夫,从后面跟进的这批蒙着牛皮的明军战船,已经有如迅雷闪电一般猛扑过去,转眼之间就逼到敌船跟前！

接下来的战斗,可就确实干脆利落。只见明军的生力战船凭借船身的巨大和风力的强劲,开始在敌船堆中横冲直撞。它们一艘艘都有牛皮保护,敌人的火器根本攻不到它们身上。相反,它们却把敌船撞沉了一艘又一艘。一时间,江面上漂满了翻侧的船体,散了架的船帆,以及落水的清兵……

看见这种情形,观战的人们不由得热烈地欢呼起来。黄宗羲更是大大松了一口气,并且隐约感到,一种新的心情和想法正在胸膈间生长起来。他回头看看张岱,发现老朋友也在转头看他,眼睛里分明闪烁着揶揄的意味。这意味使黄宗羲想起了刚才那一下失态,于是不由得脸红了。

"哼,鞑子以为新船可恃,其实新船未经江水泡发,最易散架进水,哪里比得上旧船禁撞!"尴尬中,旁边传来了这么一句。

这倒提醒了他,于是连忙接过话茬儿,搭讪地问:"哎,宗子兄,你说,新船果然不比旧船禁撞么?"

三

钱塘江上的这一场水战,以清军的空前惨败而告终。王、郑联军不仅彻底摧毁了张存仁煞费苦心打造的新战船,而且几天之后,郑遵谦派人打扫战场时,光是从江中打捞起来的清兵铁甲,就多达八百余具。消息传开,鲁王政权顿时军心大振,惶恐不安的气氛为之一扫而空。不仅如此,一些人更劲头十足地提出:应该趁此机会,挥兵大举渡江,向西进取,能够迅速收复杭州最好,即使一时收复不了,也要打破目前株守自困的局面,设法把地盘拓展到江北,乃至更广大的地区去。

这样一种主张,在大捷的消息传开之初,还只是作为兴奋情绪的宣泄,在人们当中信口流传。后来,随着一些有身份的大臣加入议论,事情就变得认真起来。有一阵子,甚至传说鲁监国已经下令张国维召集群臣会议。于是,准备横下一条心,放开手脚大干一场的说法,便在朝野上下不胫而走,沸沸扬扬地传播开来。

面对这种情势,感到最兴奋的莫过于由本地民兵组成的那几家义军。因为在此之前,正如黄宗羲所耿耿于怀的那样,为着摆脱粮饷无着的困境,他们一直强烈地渴望打过江北去,只是苦于自身兵力单薄,无法单独采取行动。其间也曾不止一次向鲁监国提出建议,但全都石沉大海,没有下文。大家迫不得已,只好继续苦撑苦抵地熬着,不过景况可就越来越惨淡可怜。到如今,别的不说,光是各营的兵力,最多的也就勉强维持着一二百号人马,少的已经只剩下几十人。结果,像孙嘉绩、熊汝霖、于颖、章正宸这些堂堂"督师",各人手下所能指挥调动的,充其量也只有区区一千几百残兵剩卒,可以说已经到了溃不成军的地步。因此忽然听说,朝廷终于决定出师西征,大家那一份意外和惊喜,就确实可想而知。尽管朝廷的命令尚未正式下达,他们已经纷纷奔走相告,摩拳擦掌,迫不及待地自行准备起来。

各家义军的情形是如此,惟独驻守在龙王堂的余姚义军却例外。这倒不是它的将士们不起劲,恰恰相反,他们也同各家义军一样,恨不得即时起兵,打过江北去。可是到了主帅孙嘉绩那里,却认为前不久,方国安在南线才遭到惨败,元气尚未恢复,现在仅凭东线的一场胜仗,就决定倾师而出,未免过于冒险,并无成功的把握;还是应当趁清军经此重挫,短时间内不敢再轻举妄动的机会,加紧操练士卒,整治军械,扩充兵马。待夏粮打下来之后,再行计议不迟。既然一军之主的想法是这样,各营自然也就变得像无头之蛇,行动不起来。

对此,余姚军的将领们自然颇为着急。其中,又数黄宗羲最为懊恼。因为说实在话,近半年来,他对于鲁王政权的种种决策和措施,的确越来越感到失望,甚至对于它能否维持下去,也颇为怀疑;不过,眼下这种想法已经有了很大的改变。王、郑联军大破清兵的辉煌战绩,使他再一次确信:清军并不是如人们所渲染夸张的那样强大,不可战胜。起码就水战来看,惯于扬帆行舟的南方军民,就明显比他们胜出一头。更为重要的是,他还亲眼看到了:鲁王的军队其实具备打大仗、打胜仗的实力,只要朝廷痛下决心,就完全有可能改变目前困守一隅的局面,把地盘拓展到浙东以外的更大地方去。因此连日来,黄宗羲也像许多人那样,雄心勃勃地参与乘胜西进的议论,并且成为这种主张的热烈鼓吹者。现在,眼看各家民军已经行动起来,积极投入准备,惟独余姚军却由于孙嘉绩反对,始终处于偃旗息鼓的状态,黄宗羲可就确实感到难以忍耐了。

说到孙嘉绩,也许是为人处世的宗旨和方式不同,近半年来,黄宗羲觉得与这位顶头上司越来越难以相处,彼此的见解主张也往往大相径庭。别的不说,就拿去年八月那一次,方国安、王之仁等人吵吵嚷嚷要求分地分饷,身为义军督师的孙嘉绩,却不凭借元老重臣的身份,在朝廷之上拼死力争,结果弄到自己粮饷断绝,士卒散尽。这件事,就令黄宗羲极其不满。无论在公开场合,还是私人聚会,他都没少加非议。这种情形,孙嘉绩想必也有所听闻,因此对黄宗羲就渐渐疏远了,有许多事也不再同他商量。虽然平日见了面,彼此也还客客气气,可是除了公事之外,就没有更多的话可谈。黄宗羲自然感觉到这一点,但是出于一种强硬的心理,他却不打算主动去消除彼此的隔阂。"反正这事错不在我。你爱怎么办,就怎么办好了!"他不止一次冷冷地想。然而,到了如今这个节骨眼上,事情却明摆着:如果还让孙嘉绩一意孤行地拖下去,一旦出师的命令下达,余姚军就会因为准备不及而闹得手忙脚乱,如果仓猝投入战斗,还会吃大亏。因此,焦急与无奈之余,黄宗羲就终于觉得,必须当面向对方激切地争谏一次了。

"哼,这可是公事,关乎义军的生死,抗清的大业!我向他去说,是为了尽忠尽责,又不是认错乞怜,何必瞻前顾后,畏首畏尾!"这么拿定主意,他就不理会营帐外已经暮色四合,天眼看就要黑下来,仍旧立即带上黄安,匆匆离开自己日常驻守的世忠营,向孙嘉绩的大营赶去。

正当初夏时节,按照往年的规律,梅雨天气应当已经来临,不过,也许季节推迟了的缘故,加上钱塘江口这一带,雨量向来偏少,所以连日来依旧天气晴朗。虽然如此,从天空中锦缎一般排布着,尚未褪尽最后一抹余晖的火烧云来看,却难保明天不会有雨。"嗯,要是下起长命雨来,这操练士卒,整治军械,只怕还会生出许多麻烦耽搁!"这么一想,黄宗羲心中的焦虑,不由得又增添了几分,两条腿也迈动得更快了。

大营离世忠营虽然不算太远,但也有五里多路。当主仆二人赶到时,天已经完全黑下来。那错杂地散布在一片坡地上的窝棚,也亮起了星星点点的灯火。而从窝棚的背后,从隐现着一些模糊影子的幽秘空茫的远处,传来了江潮拍岸的低沉声响。在向辕门上的守兵出示了号牌,并说明来意之后,黄宗羲便按照规矩,站在原地,等候通传。

"嗯,不知道他可肯接见我?又不知他听了我的申说之后,可会听从?要是他连见也不肯见的话,那么我也不再在他麾下干,明日干脆去投郑遵谦,或者章正宸去!当然,这样做就等于交谊断绝,但不如此又怎么办?除非……"他心神不定地想着,同时,感到一种为人下属的屈辱。为了摆脱困扰,他开始没有目的地走来走去,并且有意不看近旁的黑暗中,正忽闪着眼睛注视着他的黄安……

"黄大人,督师大人有请!"一个洪亮的嗓门响起。

黄宗羲的心蓦地一紧,当听清是怎么一回事时,才又松弛下来,"唔,他既肯见我,那么……"于是连忙点点头,快步向营里走去。

孙嘉绩正在中军大帐里等候着他。

已经官至兵部右侍郎兼副都御史的这位首义元勋,去年闰六月,在余姚杀官起事时,那种沉着冷静、意态从容的风度曾经令黄宗羲大为倾倒。然而,不知什么缘故,一年工夫不到,他就整个儿变了,不止变得又黑又瘦,而且脾气也越来越急躁乖戾。才只四十岁出头的年纪,两鬓已经冒出一片白发,连背也变得微微弓着,直不起来。以往,黄宗羲总以为是事务繁杂,过于劳碌所致。但是眼下,当他照例向对方行过参见之礼,重新抬起头来,却发现孙嘉绩那深陷的眼窝和瘦削的双颊,在跳跃的烛影里显得那样衰颓、异样,以致他突然想到:对方说不定正患着病,这些日子,其实是硬撑着主持军务的……正是这种猜疑,使他的心蓦地一动,不由得呆住了。

"嗯,不知黄大人此来,有何见教?"孙嘉绩的声音从正当中那张虎皮交椅上传来。口气是淡淡的。

黄宗羲眨眨眼睛,醒悟过来。他冲动了一下,打算把事先准备好的一番激烈的言辞和盘端出。但是,当目光再一次落在对方那张瘦得落了形的脸上时,他不禁又犹豫了,急切间垂下眼睛,不知如何开口才合适。

"说嘛,说嘛,既然有话想说,就统统说出来好了!"孙嘉绩催促说,分明在冷笑。

"这个……自然……是的……"黄宗羲支支吾吾地说,同时感到有点狼狈。虽然他并不希望如此。

"哼,怎么不敢说了?"孙嘉绩那双深陷的眸子闪出鄙夷的光,"好,那就让我替你说了吧——不错,我孙某人不该答应方国安、王之仁他们分地分饷,把自己弄得连叫化子都不如!不该一味退让,把国柄拱手让给这些武人!更不该反对出师西征,断绝了义军的就食之路!你想说的无非就是这些吧,还有什么?"

停了停,大约看见黄宗羲低着头不吱声,分明表示默认,孙嘉绩就"呼啦"一下站起来,神情激动地说:"可是,你们想过没有?我们的对头,可是久经征战的鞑子兵!要同他们开仗,光靠我们这些临时凑合的义兵,济得了事吗?浙东就是这巴掌大一片地方,两府粮饷加起来也就是那么五六十万,又怎样喂得饱十万大兵?既不能把大伙捆做一堆儿半死不活地拖着,就只有先把正兵喂饱再说。不管怎么样,打大仗、打硬仗还得靠他们!这话我也不是今日才说的,可你们就是不服气!有什么不服气的?前些天我特地让你去西兴观战,就是让你亲眼看一看。你都看见了吧?既然如此,你们还要……"孙嘉绩本来还要说下去,可是,他的身体显然十分虚弱,这片刻的激动已经累得他支持不住,于是只做了个手势,就坐回虎皮交椅上,一个劲儿地喘气。

黄宗羲默默地望着,对方刚才那一番话,他并不同意。他本想反驳说:方国安在南线才吃了个大败仗;而钱塘江上那场水战,郑遵谦手下的绍兴义兵,功劳也并不小。不过,看见孙嘉绩喘作一团的样子,他只好继续保持沉默。

可是孙嘉绩却意犹未尽。显然,受到部属们的误解和非议,这股委屈和愤慨已经在他的心中积存了很久,因此,当气喘稍稍平复之后,他又直起身子,强挣着继续说:

"还有,眼下乃是危急存亡之秋,并非太平时世。鞑子兵就在对岸,每时每刻都会打过来。第一等大事就是把他们挡住。在这种时候,不依靠武人又能靠谁?可是要他们肯卖命,就得想法子哄他们,就得凡事忍让着点!你以为我愿意这样吗?迫不得已啊!不错,这些人都很蛮横,不讲道理,甚至无法无天!可是大明的江山眼下就靠他们撑着,又有什么办法?"

如果说,刚才孙嘉绩说到分地分饷的事,黄宗羲虽然不同意,但还可以保持沉默的话,那么,此刻对方竟然认为那些武人由于能打仗,就有权利主宰大局,为所欲为,却尖锐地刺痛了他。因为他当初之所以几经犹豫之后,终于决定投身到义军中来,就是担心中国昌明鼎盛的文明教化,会因这场亡国之祸而毁于一旦。而要避免这种可怕的结局,他认定,就必须大力革除积重难返的前朝弊政,其中,也包括武人拥兵横行这种令人厌恶的积弊。现在孙嘉绩却公然主张对武人只能纵容姑息,这是他所绝对无法同意的。因此,等孙嘉绩话音一落,他就忍不住睁大眼睛,反驳说:

"古来重武者,俱以君子为将。如汤之伐桀,伊尹为将;武之伐纣,太公为将。晋建六军,其为将者,皆出于六卿之列。所以如此,皆因诗书礼乐、纲常名教,乃是我华夏立国之根本,而素为君子所习知,所躬行。重君子,即重根本。根本固,则军兴国强可致,长治久安可期。而武夫无文,不知诗书礼乐之大义,往往只重眼前一己之利害得失,又安可以天下之重,托付于他?时至今日,国破家亡,天崩地解。这驱除鞑虏,再造乾坤之责,尤须君子仁人才足以当之。大人不以此而自任,却欲一心委之武人,事事仰仗之,百计忍让之,学生诚恐到头来,岂止缘木求鱼,直是饲狼养虎,不只徒劳无功,且更误国祸民而已!"

这话无疑说得过于激烈,以致孙嘉绩一下子给噎住了,但随即就勃然变色,说:"好,好,好,既然我们如今所作所为,都属误国祸民,那么你阁下想必有高明本事,制服这些武人了?那么就请快快说出来,也好让本督领教领教!"

黄宗羲没有立即回答。因为对方的激怒提醒了他:应当营造一个有利于交流的气氛。于是,等刚才那番话的凌厉锋芒稍稍消歇了之后,他才缓和了口气,说:

"学生又何来高明本事？其实，学生也深知大人对方、王等辈之所以一再忍让，也有不得已之处。不过，学生所不解者，是朝廷一味偏袒方、王的所谓'正兵'，而处处排斥我义军。须知义军乃是我辈仁人君子亲手招募训练之兵。彼民众者，士农工商，各有所业，本无挥戈犯敌，血溅沙场之责。之所以应我君子之召，毅然来从，纯因不忍坐视建房之披猖，华夷之失防，名教之灭绝。究其本心，若非有以天下为己任之耿耿血性，孰能如此？学生以为，较之恃武横行、食兵而肥者如方、王之流，我义军更堪信赖，更足仗恃！朝廷不惜之护之，反而视之为累赘，夺其粮饷，挫其锐志，任其溃散。处事如此糊涂颠倒，着实令人灰心！"

这番话，无疑说中了孙嘉绩的隐痛。只见他默然半响，终于哼了一声，说："我又何尝不知义军才是靠得住的子弟兵？只是他们毕竟是临时招募之兵，未经多少阵战。虽则勇气有余，其奈力尚嫌薄，终非鞑子敌手。更兼眼下粮饷如此紧缺，故此，唉……"

黄宗羲摇一摇头："古来之军旅亦多矣！惟有知大义所在者，方可致成功，方可言长久。否则纵使强盛一时，也只是乌合之众，全不可恃！诸公惴惴于建房强悍难敌，惟是据学生看来，他虽则来势汹汹，终究是虎狼异类，全不知纲常名教、诗书礼乐为何物。彼所恃者，不过武力而已，纵然能得逞于一时，到底无法坐稳天下！只要……"

孙嘉绩苦笑一声，打断他说："这倒不见得！你没听说前些日子，鞑子行文各府县，也学我朝的样，公行乡试，开科取士么？闻得所出之题，也全取'四书''五经'，居然就有许多士子觍颜而出，争相应试，这也可谓名教之奇耻，士林之大辱了！"

停了停，他又深深叹了一口气，说："唉，鞑子虎狼猪狗一般的人，自然不识此中之大用。可洪亨九、冯琢庵之流却深明此理，如果让他们这样弄下去，这士民之心，实在可忧可虑呀！"

这一次,轮到黄宗羲不说话了。因为对方这一番忧心忡忡的话,确实提出了一个他所不曾想到过的问题:如果到头来,万一清国当真接受了中国的一套文明教化,那么是否就真的能坐稳了天下呢?不过,这种疑问也只是闪现了一下,他很快又变得明确而坚定了:

"哼,洪亨九、冯琢庵所能教于建虏者,无非是三代以下的那一套成法旧章而已。惟是那一套成法旧章全为一家一姓之私利而设,尽失三代圣人之本意,其流弊之深巨,为祸之惨烈,已是灼然可见。建虏纵然能遵之行之,又岂能借此安天下,致太平?更遑论长治久安,开万世不衰之基业。只怕到头来,也照样弄得生民涂炭,四海怨腾,家亡国破,再蹈我朝之覆辙而已!"

他望了望上司,又睁大眼睛,奋然高声说:"时至今日,拯天下,安社稷,复三代圣人之德意,令苍生百姓各得其私,各得其利,千秋拥戴,万邦咸与者,舍我仁人君子之外,已无他人!纵然时不我与,天不佑人,但也惟有奋起一搏,哪怕肝脑涂地,粉身碎骨,也要使天地间留此一股浩气,一身肝胆!"

这发自内心的誓言,说得如此的意气豪迈,充满自信与赤诚。以致孙嘉绩错愕之余,显然颇受触动。他没有再提出诘难,沉默了片刻之后,终于点点头,说:"唔,这些日子你们一个劲儿起哄出兵,我没答应,是深知朝中之情形,我兵之实力,尚不足以行此大计!不过,如今看来,是不出兵也不行了!"

他说这话时声音不高,而且表情也很平淡,以致有片刻工夫,黄宗羲并没有反应过来。然而,他脑子里蓦地"嗡"的一响,吃惊得一下子站离凳子,不敢相信地问:"怎么?大人决意出兵了?"

孙嘉绩苦笑着摇摇头:"不是学生决意如此,而是鞑子的援兵到了!"

"什么?鞑子的援兵……到了?"

"昨日朝廷接得江北送来的情报,说是鞑子朝廷派来大兵,由一个叫博——博什么的,嗯,叫博洛的贝勒领着,正在兼程南下,来援杭州。今日监国召群臣会议,多数人都主张,与其继续株守江东,任其与张存仁从容会合,并力来攻,不如先发制人,抢在头里攻过江去,传檄太湖、常州,乃至留都各路义军,交相阻击,打乱他的阵脚,方为上策。监国已然认可,已经下旨张阁老主持此事,江防则转委余大司马担当了!"

黄宗羲睁大眼睛听着,这才恍然。一时间,满心的疑虑和别扭烟消云散了,他变得既兴奋又紧张,结结巴巴地问:"那么、那么……"

这一次,孙嘉绩没有立即回答。他离开了虎皮交椅,两手叉腰,低着头在大帐中来回走了片刻,然后才站住脚,转过脸来说:"要打过江去,一要有兵,二要有饷。这两件事,在我余姚军都是大难题——这样吧,明日一早,你们过来点卯时,一块儿仔细合计合计,看能拿出个什么办法来!"

四

第二天,当各营的头头们齐集大营时,孙嘉绩果然向大家宣布了朝廷决定出师西征的消息,并就余姚军自身的行动方略进行了商讨,最后确定了一个目标,就是集中目前有限的兵力,设法从清军防守薄弱的海宁、海盐一带发动进攻,通过牵制嘉兴、苏州等地的清兵,从侧面配合主力大军渡江西进。为了实施这个设想,孙嘉绩还决定把原来分属各营的士卒合并到一起,汰除病弱人员,实行重新整编,以便组建起一支比较精锐的军队;其次,则是加紧筹措粮饷。为了解决后面这个大难题,孙嘉绩和一些富有的头儿决定带头变卖自己的家产;其他将士也是有钱出钱,有力出力,务求尽快办出个眉目。除了这两件大事之外,自然还有加紧整治兵器、备办船只、操练士卒等等。

冷清沉寂多时的营地,终于活跃起来。不过,还有顶重要的一件事,孙嘉绩却有点拿不定主意,就是经过整编的这支军队,将来由谁来率领?因为孙嘉绩正式表明身上有病,背上长了个毒瘤子,只能留守大营,无法随军出征。因此必须在手下将校中间另选贤能。对此,倒是有两个人自告奋勇,一个是监察御史王正中。这位河北籍汉子不久前还是余姚县令,因为在任期间大力整顿治安,守土保民有功,最近被擢升现职,雄心正盛。另一个则是早就憋着一股气,要试一试身手的职方主事兼监察御史黄宗羲。孙嘉绩看见两个人都跃跃欲试,各不相让,就先不做决定。但是不知是出于心存偏袒,还是别的原因,他却派王正中单独率领一千兵,从钱塘江口实施偷渡,袭击海盐县南端的澉浦城,似乎有意让王正中显示一下能力。谁知王正中虽然一度攻进了澉浦,却因寡不敌众,损失了很多士卒,连副将韩万象也战死于城中,结果只得狼狈逃回。这么一来,率领余姚兵配合主力大军出征的重任,就反而无可争议地落到了黄宗羲身上。

现在,经过几天紧张的合并整编,一支三千人的精锐军队已经初步组建起来。随军粮草也在加紧备办中。这一天,因为火攻营事先曾经报告:要演试几件新近制成的火器,请黄宗羲邀集有关的将校前去观看。因此清早起来,梳洗穿戴完毕,黄宗羲就出营上马,由一队亲兵扛着旗帜在前头开路,向位于一座小岗阜下的火攻营缓缓行去。

今年的季节显然有点反常,虽然十天前,黄宗羲去见孙嘉绩之后的翌日,当真下了一场不小的雨,但接下来,又依旧天天艳阳高照,压根儿挨不着梅雨季节的边儿。不过这么一来,反而便利了军中各项准备事宜的进行。就拿眼下来说,在江堤下面的开阔地上,一队队士卒已经由军校们领着,迎着刚刚展现的朝霞,摆开架势认真操练。当他们使劲挥动手中的兵器时,就传来了阵阵喊杀声。这种情形,使黄宗羲感到颇为满意,同时也有点不安,因为不管怎么说,他还是头一次统率这么多兵马,承担如此重大的责任。虽然出于对偏安自守局面的深切忧虑,对方国安、王之仁等武人拥兵自肥的愤慨,以及强烈地意识到,作为仁人君子的职责与使命,他毅然挺身而出,接受了下来。但是他果真承当得起么?今后的前途将会怎样?要知道,敌人已经援兵大至,未来的战斗一定会更加惨酷,闹不好,随时都有命丧沙场的可能。"但是,不这样就能活下来么?除非降志辱身,去当任凭鞑子驱使宰割的牛马!但是,那样活下来又有什么意思?同死了又有什么两样?大丈夫生于世间,如果不能一伸抱负,扬眉吐气地活着,就宁可轰轰烈烈地死去!虽然家中还有老母在堂,儿女也还幼小,不过妻还在,弟弟们还在,也不用太挂心。况且,覆巢之下,安有完卵?普天之下,遭此荼毒的百姓又何止千万?也实在不应顾虑得太多了!"这么想着,黄宗羲的心就渐渐硬起来,重新把思虑集中到迫在眉睫的各种军务上,并且一直持续到抵达火攻营。

　　火攻营说是个军营,其实更像个大工场。里面的竹棚内,堆满了硫磺、硝石、乌炭和各种竹木材料,还有许多奇形怪状的铁器和工具。当黄宗羲走进木棚营门时,发现一些将官已经先到了,正一堆儿围着火攻营的头儿——章钦臣谈论得起劲。发现黄宗羲来到,章钦臣那多骨的瘦脸上就现出惊喜的神色,立即趋步过来,向他行起参见之礼。

　　黄宗羲同对方并不陌生。他知道这位能工巧匠本是绍兴人氏,后来移居余姚,同妻子金氏开了一间火药作坊,请了几个帮工,靠造些爆竹、烟花为生。去年六月,孙嘉绩举义反清时,他夫妻就双双到军前投名效力,从此改造供水陆两军使用的火器。也不知他哪里学来的一套手艺,那些普通玩意儿不必说,就连一些新式火器照样能造出来。虽然不是他自己的发明,却难得制作精良,势猛力大。去年八月在钱塘江上,黄宗羲就曾经用他制造的水雷,炸沉过清军的一只兵船。从此之后,两人也就时有来往。难得的是章钦臣虽然读书不多,却深明大义,聪敏过人,因此黄宗羲对他也颇为佩服,这一次出师,就特别向孙嘉绩提出,指定要让他随军。

"听说贤伉俪近日又造出了'万弹地雷炮',今日我等可要一开眼界啰!"待到同其他几位将官行礼见过之后,黄宗羲重新转向那精瘦汉子,微笑地说。

"呵呵,见笑见笑!"章钦臣连忙摇着双手,惶恐地说,"此物其实早就有的。只是在下愚钝,直到如今才造得出来,实在算不得新东西!"

"不过我兵尚未有,而且我等都未曾见识过,也就算是新家伙了!"职方主事查继佐从旁接口说。他本是海宁人,是去年闰六月那一次,奉当地义军的委托,过江来面谒鲁王的。他本来要回去复命,谁知海宁那边的起义很快就归于失败,只好留了下来,目前就在余姚军中效力。

"咦,莫非就是此物不成?"由于瞥见附近的一个草棚子内,摆着几个庞然巨物,一群士兵正在旁边忙着,黄宗羲便指着问。看见章钦臣点点头,他就带头走过去。其他人见了,也好奇地跟了上来。

原来,那是几个大瓦坛,多数的坛口已经被土紧紧封死。士兵们正朝剩下的两个瓦坛填装火药。在坛口的旁边,钻有一个小洞,从里面拖出一根引线,外面用竹筒套住,竹筒里还装着一个小钢轮,据章钦臣解释,那是用来发火的机关。

"老章,闻得这'万弹地雷炮'放将起来,飞沙走石,声闻数里,甚是厉害。不知可是?"说话的是王正中。虽然前些天,他因为进攻潋浦吃了败仗,结果只能屈居眼下这支新军的副将之职,但难得的是他毫不介怀,依旧劲头十足,而且甘心情愿地服从黄宗羲的指挥。

谁知章钦臣却摇摇头:"此物说厉害,自然也厉害;说不厉害,其实也不厉害。"

"噢?此话怎讲?"大约看见大家都被这话弄得摸不着头脑,王正中忍不住又问。

"皆因埋设此雷时,须以鹅卵石堆砌其上,全仗火激雷发,乱石飞起以伤人。故而此雷虽药力极猛,惟是所埋之地,如寻不到许多卵石,威力便会大减,伤敌亦不多了!"

听他这么解释,大家才明白过来。查继佐转了一下眼睛,忽然说:"哦,学生知道了,皆因海宁、海盐地面,卵石遍野,故此你才特造此雷!"

章钦臣没有回答,只是微笑点头。即便如此,大家却仍然想象得出:一旦义军拥有了这种威力巨大的地雷,将会怎样如虎添翼,给敌人以猛烈的打击,于是一个个脸上都现出兴奋的神情。

"好!"黄宗羲把拳头猛地一挥,大声说,"很好!有了此物,我兵又岂止水上不惧鞑子,便是陆上也不必惧他!"随即又问:"别的呢?除了此物,可还有别的厉害家伙没有?"

章钦臣依旧只是微笑着,做了个相让的手势。于是大家便跟着他,开始一个工棚一个工棚地参观起来。也就是到了这时候,黄宗羲和他的将官们才真正见识到章钦臣的本领。那些火器不止名称奇诡,什么"一把莲""火蜂窠""神水喷筒""飞空砂筒""神机石榴炮""铁棒雷飞炮""水底龙王炮""子母雷""神火飞鸦""火龙出水"等等,不一而足,而且种类繁多,有靠燃烧杀敌的,有靠爆炸杀敌的,也有靠抛射杀敌的;有的用于陆上,也有的用于水中。特别令人惊奇的是那些火箭,制作之精巧,简直到了匪夷所思的地步,竟然可以根据不同需要采用不同品种,或者并联发射,或者飞翼发射,或者多级发射,甚至还可以多发齐射。大家一边看,一边听章钦臣介绍讲解,虽然还未开始演试,但已经一个个全都听得津津有味,不断发出由衷的惊叹。这当中,又数黄宗羲最为兴奋。因为身为主将,他比别的人更加了解军队的情形,深知由于费用奇缺,许多必要的兵械装备都无从置办,刀枪盔甲破旧残缺不必说,就连士兵的衣着,也全都只能补丁摞补丁地对付着穿。靠这样的家当,到了战场上,怎样同装备精良的清兵对抗,实在是一个很值得忧虑的问题。现在有了这批厉害的火器,情形可就大不相同。"嗯,将来克敌制胜,看来还得多点儿靠它……"

心中这么想着,耳边却听见有人高声报告。他转过头去,发现一名小校手里拿着一张拜帖,正站在跟前。

"我到了这儿,还有人追着来拜访?会是谁呢?"他疑惑地想,随即接过帖子,只见上面写着:

  眷友弟张岱顿首拜

黄宗羲微微一怔:"张宗子?他怎找来了?"虽然如此,但冲着对方是熟朋友,又是鲁监国跟前的大红人,黄宗羲倒也不好怠慢,于是把帖子朝王正中手里一递,又请大家稍待,然后独自匆匆迎出营门去。

"哎,太冲!"黄宗羲刚刚看见营门外影影绰绰有人站着,张岱的叫声就已经远远传来。

"这个张宗子,都已是五十出头的人了,还是这等纵情率性的脾气!"黄宗羲无可奈何地想,只好加快脚步走过去。

"太冲,你瞧我把谁给你带来了?"待到黄宗羲走到跟前,张岱又兴冲冲地大叫。

黄宗羲不由得一怔,这才发现,张岱身后还跟着一胖一瘦两个人,剃得半根头发都不剩的一对脑袋,在日影下泛着青光,那个矮胖老儿还长了一脸的黑麻子……

"哈,说,快说!这两位是谁?"张岱快活地催促说。

黄宗羲疑惑地眨着眼睛,蓦然,心中一动,失声地叫起来:"怎么?昆铜、柳老爸!是你们!哎,你、你们怎么来了?"

"怎么来了?"张岱学着黄宗羲的腔调说,"来看你黄大人呀!哼,你可得好好谢我才成!要不是我,他们二位还不知道兄在这里,也不知道怎么来找呢!"

"是的,若不是宗子兄盛情引路,沈兄与小老还不知何处访兄呢!"柳敬亭微笑地证实。

不过,黄宗羲已经没有心思听了。他猛地趋前两步,一下子把沈士柱的双手抓在手里,随后又转向柳敬亭,忘情地大声说:"哎,昆铜!柳老爸!可算见到你们了!你们是怎么来的?几时来的?这、这不是做梦吧?"

"不是做梦!不是!"沈士柱也激动地大声回答,同样紧紧地抓住黄宗羲,眼泪随之夺眶而出。的确,过去在复社里,沈士柱是属于同黄宗羲感情最好的朋友之一。但是自从清兵南下之后,战祸连绵,彼此天各一方,不知生死,虽然也曾苦苦思念,但是却连打听的办法也没有。现在忽然意外重逢,那一份百感交集的滋味,确实不是言语所能表达。

"莫哭,莫哭呀!"看见沈士柱挣脱自己的把握,掩着脸,嗷嗷地放声大哭,黄宗羲关切地劝止说。可是,才劝了两句,他也止不住情怀激荡,喉头哽塞,汩汩地流下泪来。

这最初的一幕,如果无人劝止,也许还会持续下去。不过,张岱终于开口了。于是大家才勉强控制住各自的感情,揩干眼泪,重新行礼相见。随后,黄宗羲就把客人让进营中的竹棚子里坐下,并吩咐小校奉上茶来。

在接下来的交谈中,自然首先要问到客人们此来的经历。原来,沈士柱和柳敬亭是从南京南下,投奔这里的。本来还有余怀同行,可是为着寻访冒襄,余怀半路去了宜兴。十天前,沈、柳二人来到钱塘江对岸,正碰上水上大战刚结束,清兵防范特别严。他们用重金买通了一名当地渔夫,驾小船乘黑夜偷着过了江,上岸之后不久,就遇到义军的巡哨,几经辗转,才被送到绍兴。在等候鲁监国召见时,碰巧遇见张岱,交谈之下,得知黄宗羲在这里,因此今日匆匆赶来相见……

"这番出师西征,"张岱说,"就是因为他们二位路上刺探到消息,得知鞑子大队援军就要开到,特地不避艰险,日夜兼程赶来报告,监国才作此决断的。功劳可不小哩!"

"好,好!"黄宗羲连声说,感动地望着两位朋友那风尘仆仆、晒得黧黑的脸,以及那显然是为着掩饰身份的光头,心中又一次激荡起刚毅慷慨之情,觉得有这样一批忠心耿耿、生死与共的朋友,抗清事业应该大有希望。就算万一不幸,为此献上性命,也没有什么遗憾了!于是,他开始怀着对这种友情更深的爱恋,向对方急急地询问起旧日那班朋友的情形,问到顾杲,问到吴应箕,问到陈贞慧和侯方域,还问到张自烈和梅朗中。虽然有许多情况,沈、柳二人也并不清楚,但是哪怕只是零星消息,也足以使黄宗羲兴奋莫名……

"哎,有一件事,弟差点忘了。"正谈得高兴的沈士柱忽然压低声音说:"听说钱牧斋——打算辞掉鞑子的官不做,返回江南来呢!"

"兄是说钱牧斋?"黄宗羲有点疑心没听清。不过,看见对方点点头,他脸色就突然变了:"哼,他还有脸回来?他回来做什么!"

"哎,兄且听弟说啊!"沈士柱连忙摇着手说,随即把声音压得更低:"闻得钱牧斋当日献城,实在是因弘光已逃,赵之龙又不肯拒守,他为保存一城百姓的性命,不得已而为之。过后深自追悔,却因形格势禁,只得随例北上,其实无时不思脱身南归。而且,他临去时曾经同柳如是有约,誓言心在大明,一得机会,便要有以报之!"

这么说了之后,看见在座的人一时间都没有吱声,他又补充说:"这事是柳如是亲口对弟说的。弟南来时,柳如是还嘱我要将此意奏知鲁监国呢!"

这又是一个始料不及的消息。尽管如此,黄宗羲却根本不相信钱谦益有这种胆量,更不相信此人会有什么真正的作为。他摇一摇头,气哼哼地说:"这种话,也就先听着罢了!而且,只怕十之八九还是柳如是一厢情愿,钱牧斋未必就有这等心肝!好了,我们先别管他。且说说二位,既然难得到此,就别忙着走了,且住下来盘桓几日,也好畅叙畅叙!对了,还有余淡心,怎么还不见到?莫非被陈定生留在宜兴不成?"

"弟等此来,是受瑞昌王派遣,"柳敬亭沉吟地说,"现今既已奏明监国,就须及早赶回留都复命。就是淡心兄不知何故,至今仍不见来到,着实令人担心。"

"咦,要不,老爸先回留都复命,小弟留在此间等他?"沈士柱忽然睁大眼睛,提议说。

柳敬亭看了他一眼:"可是,此间的事已经办完……"

"什么办完了?早着呢!"沈士柱兴冲冲地一挥手,站起来,"你不见这里正在厉兵秣马,就要打大仗了么?哈,若是太冲兄肯收下小弟,做个副将——不,先做个千总也成。到时候,小弟就这么骑在马上,长刀一挥,领着那一千雕面恶小儿,朝着鞑子狗贼冲啊,杀啊!嘿,又何其快哉!"他一边摇头晃脑地说,一边兴奋得眼睛闪闪发光,并且手舞足蹈起来。

看见他这样子,大家起初都有点发怔,但随后就想起了:这沈士柱尽管生得又瘦又小,即使把他提在手里,也就与提一只鸡差不了多少,但是却一向昂昂然以将才自许,一心向往着虎帐谈兵,跃马杀贼,平日说话也是满口兵书上的术语,在朋友们当中每每引为笑谈。瞧他眼前这模样,自然是老毛病又发作了。因此,大家都不禁交换着眼色,露出会意的微笑。

"好呀,既然如此,那么昆铜兄就留下好了!"张岱做了个干脆的手势,"反正有太冲兄这位大帅在此,也不必发愁没兵给兄带!只不过,弟却要先行告退了!"说着,也站了起来。

黄宗羲正考虑怎样回答沈士柱,听了这句话,错愕了一下,连忙问:"怎么,兄这就要走?"

张岱点点头:"岂止是要离开此地。兄记得前些日子在西兴观战时,弟对兄说过的话么?弟此去是要披发入山,从此不问世事了!"

"什么?兄要披发入山,不问世事?"大吃一惊的黄宗羲瞪大眼睛问,"在这种当口上?"

张岱苦笑了一下,自嘲地说:"弟不过一纨绔子弟,自知平生只会安享逸乐,学书不成,学剑不成,学节义不成,学文章不成,学仙、学佛、学农、学圃俱不成,不过是败家子,废物一个!留在朝中,不过虚耗俸禄,成事不足,败事有余。倒不如及早离去,于家于国,反而不无裨益!"

他这么毫不留情地诋毁着自己,分明经过长期深思熟虑,而且看来决心已定,并非三言两语所能挽回。因此,有片刻工夫,黄宗羲只张大了嘴巴,却一句话也说不出来。

"好了,时辰不早,就此别过!如若天不绝人,与诸兄还会有相见之日!"这么说完之后,张岱就拱一拱手,转过身,头也不回地向外走去。

…………

"哎,他,他就这等走了?"半晌,沈士柱一脸迷惘地喃喃说。

"哼,他要走,就由他走好了!"多少感到受了一记意外袭击的黄宗羲,粗暴地把手一挥,把目光从张岱背影消失的地方收回来,随即想起了一件事,于是望着客人,用突然兴奋起来的大声说:"嘿,别的事慢点再谈!今日此间要演试火器,二位如果有兴,就一同进去观看,如何?"

五

浙东的鲁王政权忙于向江北进军,而坐镇南京的洪承畴却恰恰相反,他目前全力关注的,却是由征南大将军博洛率领的清朝援兵抵达杭州之后,能否迅速突破钱塘天堑,进而一举打垮鲁王政权。

说起来,这件事也确实不能不让洪承畴关注。因为自从去年闰六月,浙东军民起义抗清之后,到如今已经整整十一个月有余。在这将近一年的时间里,清军始终被阻遏在杭州以北,无法再向南推进。相反,明朝的残余势力,却在东面的福建、西面的安徽、江西和湖广卷土重来。他们凭借民众的支持,千方百计与清军为敌,正出现日益坐大之势。很显然,如果不趁这些势力还在各怀私利、互不买账的时候,尽快给予毁灭性的打击,待到他们一旦幡然觉悟,真正联起手来,事情就会变得极其棘手。而如果要给对手以致命的打击,那么浙东的鲁王政权无疑是最关键的突破口。因为浙东地区正处于这条抗清连环的咽喉部位,与东边的福建紧密相连。只要攻下了浙东,就能迅速进军福建。目前,在福州公然称帝的唐王朱聿键,已经俨然成了明朝残余势力的最高象征,一旦把他铲除掉,就能给各地的反叛者以沉重的心理打击,使之变成无头之蛇。

那么接下来,就能对他们实行各个击破,事情也就会好办得多。

如果说,洪承畴对浙东战局感到关切,这是最直接的原因的话,那么,还有深一层的原因,那就是他奉多尔衮的委派,到江南来出任总督,也已经九个月了。在这期间,除了在去年八月里,终于攻下了顽固抵抗的江阴城,又在十月里,平定了徽州的叛乱之外,军事上并没有取得更大的战果。相反,到了今年的正月,还竟然发生了以前明瑞昌王朱谊泐为首的一股暗藏的反清势力,在城郊四乡纠集起两万余人,分三路进犯,试图里应外合,一举占领南京那样的惊人事件。幸亏洪承畴发现得及时,紧急调动兵马,做好准备,痛下杀手,才把它好歹镇压了下去,但是也已经吓出了一身冷汗。因此,如果再让局势这么拖下去,那么,被人指责自己无能还是小事,最可担心的,却是由此引起朝廷的猜疑,认为他洪某人对明朝余情未断,对抗清势力心慈手软,甚至怀疑他首鼠两端,心怀二志,别有所图。那就实在是冤枉之极了!事实上,这并不是不可能的,别看摄政王多尔衮眼下对他十分信用,但一旦起了疑心,大祸临头也是转眼之间的事。因为他毕竟是前明的一个降官,有过与大清朝为敌的昭著"劣迹"。更何况,由于他目前位高权重,朝廷中侧目而视的满汉官员,也大有人在……那么,这一次进兵到底能否一举打垮可恶的鲁王政权,从而显示自己的能耐,以及对大清的耿耿忠心呢?洪承畴心中却没有底。因此连日来,他只有密切注视着前线的动向,并吩咐手下人,一有杭州方面的塘报和消息,就立即向他报告。

如今,洪承畴手上就有这样一份报告。不过其中说的并不是清军的进兵情形,而是关于他的对手——浙东方面的动向。据说,鲁王政权得知清朝派出大军增援杭州之后,十分恐慌,最近匆忙委任张国维为统帅,打算主动挥师渡江,来个先发制人。但是,各路军马并不齐心。譬如方国安,虽然表面上也在进行准备,实际上只是应付敷衍。近半个月来,张国维曾经几次派出军队,对杭州实行试探性攻击,结果都因为方国安按兵不动,无功而返。另外,报告中还说到,不久前,福建的唐王政权派遣金都御史陆清源为使者,携带饷银十万,前往浙东,表示捐弃前嫌,诚心修好之意。方国安得知后,竟然派兵中途拦截,强行夺去饷银,还把陆清源囚禁起来。张国维为这事大为震惊,气得要命,但是却一点办法也没有……

洪承畴拿着塘报,把这些消息反复琢磨了许久。他自然知道方国安凭借手下那五万主力正规军,目前在鲁王政权中占据着怎样举足轻重的地位。如果此人真的像塘报中所说的这样子消极避战,横行霸道,无法无天,而鲁王政权对他又束手无策,只能听之任之的话,那么对手确实已经显露出败相,起码他们那个所谓"西征",就只是部分人的孤注一掷,看来成不了什么气候。一旦博洛的大军开到,与杭州的张存仁联起手来,发起强大的攻势,浙东的平定,应该说还是有相当成算的。于是,洪承畴稍稍放下心来,把报告放回案上,随手拿起下面一件。

这一件却是江宁府送来的密件,内容是关于审讯在押"逆犯"的。它立即又引起洪承畴的关注。自从发生了瑞昌王朱谊泓进攻南京的事件之后,连月来,经过对远近各村镇全力搜索追缉,已经陆续逮捕、处决了大批参与叛乱的不逞之徒。但是为首的那几个罪魁仍旧逃脱了。为此,洪承畴一直放心不下,总担心他们会卷土重来。他估计对方在城中必定还有暗藏的同伙,尚未彻底查清,因此下令江宁府对剩下的一批要犯务必严加审讯,力求追出线索来。现在,江宁府的这个密件,就是报告审讯的最新情形。据称:经过对那数百人犯逐一反复严刑拷问,并且诱之以利,晓之以理,终于有两名犯人先后供出:有一个和尚曾经几次到叛乱分子设在沧波门外的据点去过。此人法号"法明",生得身材瘦小,但是举止活泼、谈吐文雅。因为每次都是匆匆而来,匆匆而去,而且只与在逃匪首之一的朱君召联系,所以此外更多的情形那两个犯人都确实提供不出。

说了以上的情形之后,密件最后却附了这样一行字:

职等经仔细按察,近已查明:所谓"法明"者,实即故明诸生沈士柱。沈字昆铜,芜湖人,系复社中坚。

"沈士柱?"洪承畴觉得这个名字颇为生疏。他捋着胡子,又极力回想了一下,仍然没有任何印象。"嗯,既然此人是复社中人,那么,听说黄澍当年与那伙人颇有来往,说不定会认识也未可知?"心里这么想着,洪承畴一抬头,却发现中军官出现在门口,现出欲言又止的样子。

"什么事?"他随口问。

"启禀大人,黄仲霖先生求见,说有事要面陈大人。"

黄仲霖——就是黄澍。洪承畴不由得一怔:"噢,正想找他,他倒自己来了!"便把手中的密件放下,吩咐说:

"唔,请进来吧!"

片刻之后,随着回廊里一阵轻而急的官靴声响过,黄澍出现了。他一进门,就低着头,交拱双手,做出行礼的样子。

"哦,先生请坐,请!"洪承畴照例站起来,回着礼说。

黄澍抬起头,脸上闪过一丝犹豫的神色,但终于还是道了谢,坐到下首的一张花梨木靠椅上。

"不知先生见顾,有何赐教?"看见黄澍接过仆役端上来的茶之后,就尽自低着头,一声不响,已经坐到他对面的洪承畴忍不住探问。

"哦,不敢!"黄澍连忙把茶杯放到身旁的方几上,再度拱着手,说:"学生之所以贸然求见,是……呃,是意欲向大人道达告辞之意。"

洪承畴眨眨眼睛,有点没听明白:"什么?先生是说——

告辞？"

"是的。"黄澍抱歉地低下头。片刻之后，大约看见洪承畴没有做声，他又解释说："学生自归诚以来，深蒙大人不弃，派赴军旅效力于前，又相留幕中于后，如此大德，感荷无已。惟是学生自觉樗栎之材，难副重寄，深恐有负大人厚望。思之再三，与其尸位素餐，为同侪窃笑，倒不如自行告辞，也是保全脸面之一法也！"说完，双手又是一拱。

洪承畴这才"哦"了一声，听清楚了。不错，自从平定徽州之后，考虑到黄澍所立的功劳，他曾经打算向朝廷举荐他为知府，后来担心徽州民心不服，才又作罢。结果直到如今，仍旧只能委屈对方暂时留在总督行辕中充当幕僚。本来，随着军事的进展，清朝所占领的地盘不断扩大，急待派出官吏去加以管理。来自满洲的官员极其有限，远远不能满足需要，这就必须大量起用投降的汉官。因此，洪承畴来到江南之后，经过仔细甄别，反复挑选，曾经拟定过一份一百四十九人的名单，并于去年底同江南省官员设置的方案一道，上报朝廷，请求予以录用。但不知什么缘故，至今未见批复。直到前些天，他才从一位自北京来的官员口中得知：以和硕郑亲王济尔哈朗为首的满族大臣，对于大量地任用汉员颇不以为然，认为会危及满员的地位和权力，一直在劝摄政王谨慎从事。这个济尔哈朗，是当今顺治皇帝的堂叔父和辅政亲王，地位仅次于摄政王多尔衮，在朝中很有权势。对于他的这种主张，摄政王是否采纳，虽然还不得而知，但是洪承畴却不能不有所警觉，因为他自己就是投降的汉官，目前又位高权重，早已为朝中的满族大臣所侧目。于是，他手头尽管已经又拟出了一份名单，黄澍也名列其内，但出于谨慎的考虑，只好暂且压下来。不过，他却没有想到黄澍已经等不及，竟然提出要"告辞"。"不错，如今一边是各地职位都大量空缺，亟待派人填补，一边又白白让许多人才窝在这里得不到任命。长

此下去,岂止地方上会平添无数乱子,而且还会挫折了才俊之士输诚报效之心!"暗中这么苦笑着,他就缓和了神色,恳切地问:

"先生此言,可是出自本意?学生也知以先生之大才,区区幕府实不足以供施展。惟是一应任命,俱需经朝廷钦定,非朝夕所能办妥。目下学生已为此事拟就奏疏,日内便要上报。兄台如无非走不可之故,何不再待一时,等有个结果再说呢?"

黄澍淡淡一笑,说:"黄某虽然愚钝,大人殷殷垂注之心,又岂会不知?惟是正因如此,学生才不欲因一己之故,而令大人为难!"

"噢,此话怎讲?"

"记得大人履新之初,便布告四方,宣谕朝廷求贤德意。当时多少旧员闻知,俱各额手称庆,争相应召,驿路馆舍,一时为满。谁知抵达此间之后,引颈而待半载有余,却消息全无。近日方知,此非大人故意拖延,实是朝中有人对我汉员心存疑虑,不欲多用之故。故此许多人都觉心灰意冷,各萌退志。学生今日告辞,亦无非知难顺命而已!"

黄澍说这番话时,虽然语调有点酸溜溜的,但由于直接点出了事情的内幕,却使洪承畴不由得一怔。不过,出于维护朝廷威信的本能,他仍旧"噢"了一声,故作惊讶地问:

"朝廷不欲多用汉员?先生这消息从何而来?怕亦是二三候用之人,穷极无聊,才造出这种妄测之说来!据学生所知,实情绝非如此。今上及摄政王虚怀若谷,礼贤下士,并无满汉之分。所以迁延至今,实因人数太多,甄别考察,甚费时日。此外别无他故!"

这么断然否定了那个传闻之后,为着安抚笼络对方,他接着又说:"何况江南尚未平定,诸事纷拿,学生要倚仗先生之处甚多。譬如说,眼下就有一事,欲请先生为我参详!"

说着,他就站起身,从公案上取过江宁府的那份密报,递到黄澍手里。

起初,黄澍不知道是怎么一回事,只照例地跟着站起身,双手接了过去。然而,没等把密件看完,他就止不住失声叫起来:

"啊,怎、怎么会是他!"

"那么,先生想必认得此人?"洪承畴关注地问。

黄澍只含糊地"嗯"了一声,却没有说话。他神色紧张地把密件看完,这才像是缓过一口气,小心地说:"学生认得。不过,那是早在弘光僭号之时——怎么,原来他就在城中?"

洪承畴摇摇头:"时至今日,只怕已经逃掉了!嗯,这姓沈的,是怎样一个人?"

"这……学生虽则认得此人,却无非见过几面,并无深交,故此也所知不多。只是听说他虽然长不满五尺,却好作大言,平日满嘴兵书,在社友中引为笑谈。此外,嗯,此外学生也就别无所知了……"

"唔。"洪承畴沉思地走出两步,随即回过头来,又问:"据先生所知,这复社之中,像这沈士柱——还有去年那个吴应箕一类的人,会有多少?"

"大人是说……"

"这姓沈的在此间出入,分明已非一日。他在城里的复社中人里,会不会尚有其他同谋?"

"这……据学生所知,那复社别看它当年名气颇大,其实无非是一干士子借以求名进身之阶。其中鱼龙混杂,良莠不齐,即在当时,已是各怀私利,互相攻讦,争斗不已。及至今日,彼等眼见山河易主,天命在清,更是早已分道扬镳,作鸟兽之散。其中冥顽不灵如吴应箕、沈士柱那等叛逆固亦有之,惟是多数却同陈百史、龚孝升一样,已经剃发改服,归顺我朝。学生虽然不敢说这姓沈的在城中必无同谋,惟是以复社目前之情形而论,只怕已经成不了什么气候。"

洪承畴看了幕僚一眼,对于黄澍不正面回答自己的问题,多少感到有点奇怪。不过,他却不知道黄澍其实不仅认识沈士柱,而且前不久,还在柳敬亭那里同沈士柱见过面,谈过话,一道喝过酒;他也不知道就在叛乱平定之后不久的二月底,黄澍竟然利用职务之便,替沈士柱的密友柳敬亭、余怀等人开具过出城的关防!目前,这个胆大妄为的家伙尽管强作镇定地同自己周旋,其实心中紧张害怕得要死,一心只想着如何遮掩脱身。因此,虽然感到疑惑,但是洪承畴仍旧只是把幕僚的躲闪回避,理解为绕着弯子向自己含蓄进言,于是做了一个手势,说:

"学生也知正月平乱之后,城中的缙绅百姓意犹未安。再兴抄索,必令人情惊怖,实不相宜。惟是乱匪虽平,匪首却依旧在逃。如若不及时将城中奸宄肃清,一旦有事,便会成为祸根。到那时,就悔之晚矣!"

"啊,莫非、莫非乱匪还能卷土重来不成?"

"仅凭其强弩之末,自不足虑。惟是我师目今正倾全力以攻浙东,一旦陷巢毁穴,敌之残部若不东奔入闽,便将渡江北窜。若然与此间之余匪刁民会合,便难免死灰复燃,不可不防!"

听洪承畴这样忧心忡忡地分析之后,黄澍不说话了。他低下头,仿佛在有所掂量。忽然,他抬起眼睛,毅然说:"大人深谋远虑,良有以也!既然如此,黄某愿竭微末之力,联络三五复社旧交可信之人,在城中暗查密访,务必查清一应与沈士柱暗通声气之人,却来复命!"

这自然是洪承畴所希望的。他顿时高兴起来,微笑着问:"先生能慨然请缨,洪某便高枕无忧了!只是,先生不再见弃了么?"

黄澍一本正经地点点头:"无论到了何处何所,都是为大清尽忠!适才听大人说,平定浙闽,已是指日可待。那么,就等前方的捷报到了之后,再作计议,也还不迟。"

洪承畴捋了捋胡子,呵呵笑起来:"平定了浙闽,可得要委任大批官员前去照管。到那时,先生只怕就更加走不了喽!"

六

洪承畴同黄澍在总督行辕中谈话。他们却不知道,决意辞官不做的钱谦益,经过一个半月水陆兼程的跋涉,已经回到南京。他没有先行回家,而是一下船,就立即坐上轿子赶到总督行辕来,打算向洪承畴报到。

钱谦益这一次终于得偿所愿,自然离不开龚鼎孳、陈名夏等人的从旁助力。不过,由于首先打通了谭泰那层关节,后来的事情倒也颇为顺利。二月中送呈的求退上疏,三月初就得到恩准。钱谦益已是归心似箭,经过马不停蹄的匆忙准备——打点行装,谢恩陛辞,向上司和同僚们道别,出门拜客,接待来访,没完没了地出席各种送行的宴请,如此等等,到了三月十六日,总算打发完一切繁文缛节,登车就道。一路之上,他尽可能不作停留,一门心思地往南赶,出直隶、历山东、渡黄河、下扬州,终于在今天——也就是五月初三日的晌午时分,从长江进入秦淮河,远远地重新望见石城门那座巍峨的城楼。

虽然屈指算来,离开南京其实还不到一年,但是在钱谦益的感觉里,却像是落入了令人窒息的牢笼之中,不知过了多久。无疑,清朝并没有难为他,他在北京任职期间,虽然不能说受到重用,但起码上上下下对他颇为优礼。而且,与在明朝时做官那些年里,皇帝的喜怒无常,朝廷的党派倾轧相比,安全感甚至还更多一点。然而,尽管如此,钱谦益仍旧感到时时处处都很不自在。无论是例行的随班上朝,还是日常的官场交往,总觉得一切都物是人非,如同隔世,全不是那么一回事。所见到的,都不是他想见的人;所听到的,也都不是他想听到的事。但是置身在那样一个环境里,又不能不见,不能不听,不仅如此,他还得时时装出一副兴趣盎然、欢喜凑趣的样子。这可就使日子变得十分难过。更何况,柳如是和家人都不在身边,即使回到住所,也没有人可以倾诉,没有办法可以忘怀外间的种种别扭和不愉快,哪怕是暂时的也罢!正是由于感到在北京已经连一天也熬不下去,因此当龚鼎孳,还有后来的陈名夏表示愿意帮助他脱身南归时,他简直如获救星,不胜狂喜,从此三天两头就往龚鼎孳那里跑,打听进展的情形,焦急得如同热锅上的一只蚂蚁。不过,毕竟又过了整整三个月,事情才终于办妥。现在,他总算又活着回到江南来,重新见到故乡的湖山城郭了。"哦,不知如是怎么样?孙爱怎么样?家中各人怎么样?据说,他们早就搬出吏部衙门,住到外面去了。那么一切都还好吗?自然,他们已经知道我要回来,因为先行的人三天前就派出,他们应该得着音信了!哎,眼下一定都在心急如焚地等着我抵达吧?"当官船缓缓驶近石城门外的码头时,钱谦益也变得越来越心忙意乱,以至不等靠岸,就先自站立起来,伸长脖子一个劲儿地眺望……

然而,出乎意料,率先下船的手下人到码头上转了半天,却回来禀告说:岸上来来往往的人尽管并不少,其中也有等候接人的,但是,却并没有来接他的人。这使钱谦益颇为纳闷,因为按理说,得知他远道归来,家中是必定会派出家人来接船的。即使钱孙爱、陈在竹他们有要紧的事来不了,起码李宝也一定会来。就算家中出了什么意外,或者已经搬回常熟乡下,还压根儿不知道这事,那么官府也该派出人来。因为他已经盼咐先行的人同时向官府报告。然而,那手下人却说已经同时寻找过,码头上也没有官府的人。"哎,莫非报信的人半路出了事,没有把信送到?眼下到处兵荒马乱,道路不靖,这自然也有可能……不过,会不会是别的缘故,譬如说,如是她趁我不在时,自作主张,暗中交通反清义旅,结果弄出了祸事来？或者龚孝升、陈百史他们托我回来之后,设法联络各方,预作规布那件事,已经被朝廷侦知,将对我有不利之举？"这么猜疑着,钱谦益就顿时变得紧张起来,脊背也冒出涔涔虚汗。有片刻工夫,他心惊胆战地朝岸上窥视着,甚至盘算是否干脆连岸也不上,立即设法逃走？不过,最后他还是放弃了这种打算,因为如果到了那一步,逃是逃不掉的。更何况事情未必真的就是所推测的那个样子。当然,如此一来,只怕就暂时不适宜只顾着往家里钻了。沉吟半晌之后,他终于决定先上总督行辕去,向洪承畴报到,一来显得他对履行手续的重视；二来,即使家中真的出了事,也可以表明他毫不知情……

现在,他已经把拜帖递了进去。由于从码头前来的一路上,除了出入城门的检查颇为严格,城内的大街小巷与一年前他离开时相比,那冷清的情状依然如故之外,并没有发现任何特异的情形,钱谦益心中多少安定了一点。因此,等门官重新走出来,说道"大老爷有请"时,他就照例整肃一下衣冠,然后举步向里走去。

洪承畴驻节的这所衙门,就是旧时的都察院。里面门堂高大,气象森严。钱谦益记得,在弘光立朝的那一年间,最初在这里主政的是东林派的刘宗周,不久刘宗周被排斥去职,就换上了马、阮一派的李沾来把持监察大权。但不到半年,就闹到左良玉"清君侧",接着是清兵南下,弘光出逃,小朝廷顷刻土崩瓦解,大小臣工仓皇四散。到如今,不论是哪一派的人,都落得个亡国破家的收场……

心中正在暗自感慨着,钱谦益一抬头,却发现洪承畴已经站在签事房的台阶前。旁边还站着一个人,钱谦益觉得那张精明干练的脸看上去很眼熟,仔细一认,竟然是旧日的老相识黄澍！"啊,原来是他！怎么……"然而,没容他想下去,洪、黄二人已经拱着手,满脸堆笑地迎上前来。于是,钱谦益也连忙定一定神,躬身低头,与对方行礼相见。

"大半个月前,学生已于邸报中得知,牧老有归田之庆,是以日日引颈而望,不意直到今日,方始得接芝宇!哎,一路之上,可还顺利吧?"洪承畴一边往屋子里让客,一边眯缝着眼睛,微笑着客套说。

"哦,不敢!"钱谦益连忙拱一拱手,"托大人洪福之庇,谦益此行,尚算顺利!"

"那么,"等到了屋内,重新行过礼,彼此分宾主坐下之后,洪承畴接过差役奉上来的一盏茶,继续微笑地问,"牧老是几时抵步的?"

"哦,学生是刚刚才下的船。"

"这么说,牧老竟是尚未归家?"

"学生一下船,就即时前来谒见大人,是以尚未及归家。"

听钱谦益这么说,洪承畴就偏过脸去,同黄澍交换了一个眼神,随即点点头,说:"牧老千里南还,车舟劳顿,本应先回府上,歇息几日,也还不迟,又何必匆匆见过?"

"哦,"钱谦益拱着手说,"大人奉朝廷钦命,驻节江南,无论官民,俱归约束。学生从今而后,便是属下草民,自应从速报到!"

洪承畴摇摇头,说:"牧老言重了——那么,不知今后有何打算?可有需学生相帮之处否?"

"甚感大人盛情!惟是谦益以老病之躯,得蒙圣上恩准,放归垄亩。今后但得苟延残喘,于愿已足。除此之外,已是无复他求了!"

交谈进行到这里,主客间的寒暄便算告一段落,同时,钱谦益也算是报过到了。于是接下来,话题很自然地转向了南北两地的新闻。不过,由于钱、洪二人过去并没有多少来往,充其量也只是场面上的泛泛之交。至于坐在一旁的黄澍,虽然算是老熟人,但在上司面前,他却只有帮腔赔笑的份儿。因此,整个谈话便始终只能停留于无伤大雅的应酬,像京中熟人的情形,江南近日的战事,如此等等。倒是有一次,洪承畴关心地向客人打听起,他于去年底上送的那份江南省官职设置方案,以及那份请求起用的官员名单的消息。当得知就在钱谦益离京那阵子,朝廷终于正式批准,这位封疆大吏就顿时显得大为高兴,对客人也愈加客气和热情起来……

看见这种情形,一直心怀鬼胎的钱谦益也趁机向对方问起,前几日曾经派人先行报信的事,得到的回答是:除了在邸报上得知钱谦益辞官获准之外,后来并没有接到任何报告。"哦,这么说,送信人果然在路上出了事!所以……"他想。虽然这确实始料不及,但心中一块石头总算落了地,钱谦益于是随即想起:已经耽搁了老半天,应该赶快回家去了。这种念头一闪现,他就顿时变得有点迫不及待,因此,等交谈稍一出现间歇,就马上站起身,拱手表示告辞。

"牧老这就要走?"洪承畴似乎感到意外,不过,却也没有挽留,跟着站了起来。

"嗯,此次归来之后,牧老想必仍要回贵乡常熟居住?"送出两三步之后,洪承畴忽然沉吟地说,"不过,以学生之见,最好还是迟些时日。皆因那一带日内就要打大仗,贵乡说不定会被波及。还是待乱定之后,才作归计为宜!"

"啊,大人是说,敝乡也……"钱谦益吃了一惊。

"剿平浙闽,在此一战,兵锋所向,变化难测。如不波及贵乡,自然最好。但不怕一万,只怕万一。小心一点,总没有坏处!"

停了停,看见钱谦益沉思地点着头,没有做声,他像是想起了什么,又微微一笑,说:"牧老离家已久,自应作速回去探视。若无他事,就勿再上别处逗留了!"

这么说了之后,也不待钱谦益反应过来,他就回头对黄澍说:"学生尚有许多杂务亟待料理,就恕不远送了。敢请黄先生代劳,如何？"

黄澍自然满口答应。于是，等钱谦益与洪承畴在滴水檐前行礼作别之后，他就做出相让的手势，陪同客人向外走去。

"牧老，"当两人穿过天井，出了二堂之后，黄澍忽然回过头来，目光闪闪地瞅着客人，压低了声音问，"可认得沈士柱沈昆铜？"

"兄是说沈昆铜？自然认得。"钱谦益点点头说，对于黄澍的诡秘神情，多少感到有点奇怪。

"交情如何？"

"交情嘛，他在复社中也算是个挺能活动的角色，以往倒是常来往的——可是，他怎么了？"

"唔，若是他再来访牧老，牧老可得千万告知学生！"

"可是——"

黄澍先不回答。他左右张望了一下，见没别的人，才压低声音，恶狠狠地说："他交通乱匪，密谋造叛，被人供出，眼下正在追捕他呢！"

钱谦益不禁大吃一惊，结结巴巴地问："这……这……"

"皆因他是复社，"黄澍没有理会对方的愕然，管自一脸懊丧地接着说，"南京城中凡是与他相识的，只怕都脱不了干系！哎，闹不好，这回你我都会被他害死！"

钱谦益愈加惊疑："那么……"

"为今之计，"黄澍捏紧了拳头，"一定要找到他！眼下，他想必是藏起来了。可是学生料定他藏不了多久，就还会出来。若是找到你老家里，你老千万不可声张，可先稳住他，然后着人来告知我，我自有处置之法！"

钱谦益眨眨眼睛："既然如此，那就不如即时将他缚了，送交官府，岂不干净？"

这个建议本来也顺理成章，但是黄澍却分明错愕了一下，随即摇摇头:"哎,你老不知道,这事若能如此处置,倒好了!可其中邪乎着呢!"

停了停,看见钱谦益依旧一脸茫然,他就急躁地把手一挥,说:"总而言之,这事洪亨九已经交付学生料理了!牧老千祈照着学生所言去做,方能万无一失,切记切记!"

这么说完之后,两人又继续往前走。直到出了大门,拱手作别时,黄澍才重新恢复了常态。同时,像是想起了什么,又像是为着掩饰自己刚才那一阵子的焦虑失态,他也如同洪承畴那样,微微一笑,说:"牧老外出多时,家中之事,想来疏于料理,如今回来了,那就即速回去看视,也免得家人悬望!"

钱谦益心中不由得一动,疑惑地问:"我兄之意——"

黄澍却不再答腔,只是毕恭毕敬地交拱着双手。于是,钱谦益只好满腹狐疑地转过身,向停在一旁的轿子走去。

七

钱谦益刚刚走近轿子,忽然听见斜刺里传来急促而杂沓的脚步声。他本能地回过头去,发现依然耀眼的夕阳光影里,一伙人——大约有四五个之多,向他直奔过来。他不由得吃了一惊,正不知道是怎么一回事,就听见走在头里的一人叫了一声:"父亲,您老人家可回来了!"钱谦益连忙定眼看去,这才辨认出:原来那是他的儿子孙爱,跟在后面的则是李宝和其他几个仆人!

钱孙爱奔到跟前,就"噗通"一声,双膝跪倒在地上,用带哭的声音又说:"不知父亲大人已经抵步,孩儿迎候来迟,不孝之罪,祈请宽恕!"说着,"咚咚"地叩下头去。

钱谦益瞪大眼睛望着儿子。有片刻工夫,他想张嘴说话,却发不出音来,想迅速走向前去,却迈不动腿,只觉得一股深长的热流汩汩地从心底里冒涌上来。接着,眼睛开始发涩,嘴唇也止不住微微发抖。的确,他这一次与家人分开,虽然才只一年不到,但对于家人的思念,却比以往任何一次离家都强烈得多,也难熬得多。而其中,最令他魂牵梦萦的,第一个不用说自然是柳如是,而第二个就轮到眼前这个宝贝独生儿子。刚才,他为着保险起见,不得不先行赶到总督行辕来报到,但是一路上最让他神思不定的,也仍旧是这两个人。现在忽然看见亲儿子就跪在自己的跟前,而且举动是那样恭敬有礼,神态是那样深切真诚,完全像是一个懂事的大人模样,钱谦益心中的一份激动、喜悦与感触,确实不是言语所能形容的。终于,他猛然走前两步,伸出双手,紧紧地抓住儿子的胳臂,同时,想说上一句高兴亲热的话,但是喉头像被堵住了似的,泪水却已经涌出了眼眶,并且热乎乎地顺着脸颊流淌下来……

"啊,父亲,你……莫非因孩儿迎候来迟,致令父亲生气了么?"钱孙爱一边站起来,一边惶恐地问。

"不,为父是……喜欢……"

"可是……"

钱谦益做了个"真的没有什么"的手势,随即放开儿子,虽然泪水还挂在脸上,但已经咧开嘴巴,蔼然地微笑起来。

这当儿,李宝,还有其他几个仆人全都围了上来,开始挨个儿地向老主人叩头、请安。于是钱谦益也就趁机揩干眼泪,点头答应着,同时照例说上一两句亲切的话。主仆之间这么乐呵呵地交谈了一阵,直到李宝提醒说:"时候不早了,该回家了!"大家才又殷勤服侍着,把钱谦益送上轿去。等钱孙爱也跨上驴子之后,一行人便沿着正阳门外大街,络绎地向位于城南的善和坊行去。

也许是终于见着了亲人,钱谦益如今的心情变得安定了许多,也欢快了许多。为着打发轿中枯坐的无聊,他稍稍撩起窗帘,信目浏览着迤逦而过的街景,同时又一次想起柳如是和其他家人,想起刚才由于只顾着回答儿子、后来还有李宝和仆人们的问候,竟来不及打听家中的情形。"嗯,横竖马上要到了,一切都会知道的,也差不了这一刻。况且,若是真有什么要紧的事,孙爱他们刚才不会不告诉我……"这么安慰着自己,他就坐正了身子,闭上眼睛,管自养起神来。

然而,当轿子轻微而有节奏地晃动了一阵之后,钱谦益的心思不由自主又活动起来。"嗯,不过,刚才在总督行辕时,洪亨九和黄仲霖都催促我快点儿回家探视,这本也平常,可是那神情却全都透着古怪,像在暗示什么似的。那么,莫非家中出了大事,大得连孙爱和李宝都不敢即时对我说?"这么一想,钱谦益顿时又睁开了眼睛,而且越想越觉得放心不下。终于,他忍不住掀开轿帘,朝正骑着驴子走在旁边的钱孙爱招一招手。等儿子凑近前来,他就紧盯着问:

"这些日子,家里各人——嗯,你母亲、柳太太,还有你三娘,可都还好?"

"父亲是说,家中各人?哦,都还好,都还好!"钱孙爱回答,停了停,又补充说:"托父亲大人的福,她们全都好好儿的,也没病也没痛。"

"不曾出什么事?"

"出事?出什么事?"

发现儿子瞪大了小圆眼睛,一副天真无邪的样子,钱谦益心中再度涌起一种软乎乎的爱怜之感,同时松了一口气,暗想:"原来没有什么事!这就怪了,洪亨九他们为什么……"

心中这么想着,不提防口里却说了出来。钱孙爱听见了,便问:"父亲,什么'怪了'?"

"哦,没什么,没什么!"钱谦益摇一摇手,含糊地应付说,随即就把轿帘又放了下来,不再追问了。

"是的,是我太多心!洪亨九他们无非是见我远道归来,尚未归家,因此照例说上一句,本来别无用意,我却偏偏猜了半天,未免可笑!"

这么想着,钱谦益就愈加放下心来,于是开始转而想象与柳如是和家人们相见的种种情状,并且把这种轻快的心情一直保持到进入家中的轿厅。

"啊,老爷回来啦!""老爷好!""老爷路上辛苦了!""老爷……"

刚刚从掀起的轿帘下走出去,钱谦益就听见各种各样的热烈问候从周围哄然响起。他抬头一看,发现眼前人头攒动,聚满了闻声而至的男女家人,从衣着打扮看,多数是些仆人,其中有认识的,也有不认识的,全都睁大了眼睛望着他。那一张张胖瘦不一,美丑各异的脸上,现出或者欣喜或者敬畏的神情。而在他们的前面,最靠近轿门的地方,则站着陈在竹、钱养先和钱曾三位关系深密的亲戚。他们也同样显得十分兴奋,特别是方脸大嘴的陈在竹,更是眯缝着眼睛,一副乐呵呵的样子。看见钱谦益走出来,他们就一齐拱着手,按各自不同的身份称呼着,参差地说:

"……归来大喜!只因刚刚才得知消息,有失远迎,还望见恕!"

"呵呵,不敢劳动!不敢劳动!"钱谦益回着礼说,照例地堆起笑脸。不过,也许是在此之前已经见到了钱孙爱,此刻他心中已经不像当初那样激动;何况周围又挤满了仆人,也不是从容说话的当口。因此,略一寒暄之后,钱谦益就转过身,从迎接者们让出的狭道中通过,向内宅走去。

"唔,这处宅子,自然是我走了之后,才搬进来的。如今看来,倒还不差……这么说,我总算到家了!马上就要见到如是了!大半年不见,不知她是瘦了?胖了?嗯,我没在身边,她该不会受委屈吧?"在穿过一重又一重的厅堂和天井,向里走去的时候,钱谦益一边随口与身旁的近亲至戚们交谈着,一边多少有点神思不属地想,同时,心中再度激动起来。还隔着老远,他就忍不住伸长脖子,朝天井里种着许多花木的后堂张望。

果然,后堂前早就守候着一群女眷。一见老爷出现,她们就发出一阵惊叹,纷纷迈动着小脚,迎了过来。走在前面的是陈夫人,后面还跟着朱姨太、月容和其他一些丫环老妈……

"老爷回来啦!老爷万福!一路上可还顺利?"陈夫人熟悉的嗓音在耳边响起。

正在人丛中寻找柳如是的钱谦益怔了一下,这才发现,妻子已经来到跟前,并且把双袖交叠在腰间,向自己行礼。他连忙"啊"了一声,回了一礼,又朝周围摇手示意,算是回答了其他女眷的拜见,然后才点点头说:

"托祖宗的福,总算回来了!一路上嘛,也还顺利。自然,能这么快就回来,也并非容易!不过一言难尽,待会儿再对你们说——嗯,本来我提早三天就着钱安回来报信的。怎么,他至今还没回到?"

看见陈夫人摇摇头,他就做了个懊丧的手势,说:"那么,八成是半路上出事了!如今到处都在打仗,乱得很!不过,这也罢了——嗯,如是呢?她上哪儿去了?怎么不出来?"

"妾身已经着人过东偏院告知她了。"陈夫人淡淡地回答,"不知为何到这会儿还不出来。"

"那么,派人再去告知她,就说我已经到家了!"这么疑惑地盼咐了之后,有一阵子,钱谦益很想径自前往东偏院,但到底碍着自己刚刚才进门,与妻子和亲戚们还没说上几句话,如果立即抽身就走,未免太不近人情,于是只好勉强忍耐着,暂且同大家一起走进后堂去。

因为预先知道一家之主的老爷要回来,后堂里已经做好了准备——茶沏好了,洗脸水也端了上来,方几上还摆着切开了的红瓤西瓜。于是,钱谦益便由丫环老妈们服侍着,脱去外衣,一边动手洗脸,一边继续交谈。话题自然离不开分别后各自的情形,以及钱谦益这一次得以"蒙恩放还"的经过。不过,由于钱谦益记挂着柳如是,多少有点心不在焉,因此谈话也就变得时断时续,始终热烈不起来。然而,令钱谦益意外的是,直到他洗完了脸,在椅子上坐下来,吃了一片西瓜之后,柳如是仍旧迟迟不见露面。这就使他再也坐不住,放下西瓜,在丫环递上来的巾帕上擦了擦手,站起来说:

"折腾了一天,这会儿我也乏了。今日就谈到此为止。剩下的,明日再谈!"

说完,也不等陈夫人答话,抬腿往外就走。然而,正当他准备跨出门槛时,身后却传来了陈在竹的呼唤:"哎,姐夫留步!"接着,那矮胖子急急地跟上来,问:"姐夫可是要上东偏院?"

看见钱谦益含糊地点点头,他就说声:"且稍待!"然后转过身,做了一个手势,说:"姐姐你留下,其余的人都散了吧!"

听小舅子出声挽留,钱谦益起初还不怎么在意,接下来却发现屋子里的人像是早有默契似的,一下子全都变得脸色凝重,鸦雀无声。而且,在迅速退出去时,一个个还低着头,分明在躲避着他的视线……钱谦益不禁奇怪起来,于是追问:

"嗯,到底是怎么一回事?"

陈在竹仍旧不回答,只是做出相让的手势,把钱谦益和陈夫人引向设在堂屋右侧的一架折叠式屏风。那后面已经安放着两把椅子。他先请二人坐下,然后才说:

"姐夫小坐片刻,静听小弟提审了这一个人之后,再行离去不迟!"

"提审?"钱谦益吃了一惊,"提审什么人?"

"噢,这人自然是姐夫认得的。而且即时便见分晓,决不耽搁姐夫的工夫!"

这么安抚了钱谦益之后,那矮胖子便转过身,一边往外走,一边大声吩咐说:"来人哪!把那贱婢给我带进来!"

一直到这会儿为止,钱谦益都是被身不由己地摆布着,闹不清对方捣什么鬼。不过,刚才自己正打算上东偏院找柳如是,全家人就顿时变了脸色,以及陈在竹那种神情诡秘、言语闪烁的样子,却使他多少猜到事情与柳如是有关。他本想当场问个明白,但出于一种连自己也说不清楚的原因,又有点讷讷地问不出口来。现在忽然听说陈在竹吆喝要带什么"贱婢",钱谦益心中不由得"咯噔"一下:"啊,莫非是如是不成?"他紧张地想,待要问一问对面的陈夫人,却发现那老太太闭着眼睛,神情悲苦地端坐着,正在那里念念有词地数着手中的佛珠,像是在祷告什么。钱谦益迟疑了一下,只好又忍住了。

这当儿,屏风另一边已经起了声响,分明有人走进来。钱谦益连忙躬起身子,把眼睛凑在曲屏的折隙间往外窥看。他发现,陈在竹已经大大咧咧地坐到了正面那张罗汉榻上,摆出一副准备审问的样子;而刚刚被带进来的那个人,虽然果真是个女的,却并不是柳如是,而是她的贴身丫环绿意!钱谦益记得,这女孩儿身材瘦小,又长得高颧骨、厚嘴唇,一点也不好看,而且还有点笨头笨脑;不过有一样好处,就是服帖异常,任凭主人打骂,从无半点怨怼的神色。也许因为这个缘故,柳如是才把她留在身边。现在,钱谦益看见绿意瑟瑟缩缩地站在陈在竹跟前,发髻蓬松,衣衫破旧,那模样比一年前更见猥琐了。"嗯,她从哪儿来?是从东偏院来吗?怎么会变成这样子?不过,听在竹刚才呼唤她的口气,又不像是从如是那里来,那么……"正这么惊疑不定,就听见陈在竹蓦地人声喝叫说:

"贱婢,还不给我跪下!"

绿意"啊"了一声,顺从地跪下了。

"嗯,去年冬天,东偏院出的那档子臭事、丑事,你快快给我从实招来!"

"去……去年冬天的事?婢子不、不是都招了么?"绿意战战兢兢地说。

"再招一次!"

"婢子、婢子知道的,都招了!再没、没、没有别的了。"

"不是让你招别的,把你知道的,再说一遍!"

"哦,是……那、那是去年十月初八,惠姑娘同一个堂客来访柳太太,却是作怪,她们不在门厅下轿,那两乘轿子一直抬进院子东头的绿云轩去。柳太太也即时过去了,却又不让我们下人跟着。后来,后来惠姑娘就先走了,可是柳太太还陪着那个堂客,直陪到天黑,等那堂客乘着轿子走了,她才回到住处来……"

"嗯,那真是个堂客么?"

"后来我们才知道不是,当初都以为是的。"

"你们怎么知道不是?"

"只因后来、后来每隔三五日,他就要来一次。起初还有惠姑娘陪着,后来来惯了,他就自己来了。有几次我们打绿云轩的窗下走过,听见里面有男人的笑声……"

"哼,男人的笑声!而且还自己就来了。那么把门的老妈子难道看也不看,就放他进来?"

"这……婢子就不知道了。不过有一次,也就是过了大半个月,柳太太把红情、婢子,还有几个老妈叫来一处,当场赏了每人五两银子,说:'这些天院子里的事,你们想必也知道了。知道了也好,省得我操心。今日你们既受了我的银子,就都是同谋了!谁也不准往外说,谁说了我就打折她的狗腿!还叫她不得好死!'柳太太还说,她这么做,是早就同老爷说好了的。老爷也答应了。只是正院这边的人不知道罢了。因此叫我们不必害怕,天塌下来都有她扛着……"

绿意这一通招供,大约过去早就不止说过一次,因此这会儿复述起来,并没有什么踌躇和费难。然而,钱谦益听了,却像受到猛然一击,脑子里"嗡"地一震,心中随之紧缩起来。有片刻工夫,他变得目瞪口呆,不知所措,渐渐地,就觉得,上下左右像是全着了火,烤得他头发昏,脑发涨,浑身的血液也开始狂奔乱窜。"啊,胡说!不会的,这不可能!"他在心中大叫。蓦地,他"哗啦"一声,把挡在眼前的屏风推到一边,大踏步奔出去,恶狠狠地指着跪在地上的绿意,厉声呵斥说:

"贱婢!你好大的狗胆,竟敢如此编派你的主母!你、你还想要命不要了?"

绿意正低着头回答问话,压根儿不知道屏风后面还藏着有人,冷不丁听见"砰嘭"一声巨响,已经吓了一跳;忽然又看见从那边奔出来个人,而且还是老主人钱谦益!她那一份惊骇,更是大抵如同面对一只出柙的猛虎差不了多少,以致不等钱谦益奔到跟前,她已经发出一声恐怖的尖叫,当场昏了过去。

可是,气得发狂的钱谦益却根本看不见,他只觉得这瘦骨伶仃的丫环简直就是一个可怕的恶鬼,如果不全力把她禁制住,自己今后的一切希望、一切依靠就会给打个粉碎,连残渣儿也剩不下。因此,尽管绿意已经不省人事地躺在地上,他仍旧抬起脚,拼命地在她身上乱踢,一边踢,一边恶狠狠地骂:

"狗东西,看你敢血口喷人,看你还敢血口喷人!"

"姐夫……"大约看见钱谦益再踢下去,说不定会弄出人命来,陈在竹终于开口劝止说,随即伸出手,半推半拖地把他拦挡到一边。他发现钱谦益尽管还在呼哧呼哧地喘气,但手脚总算停止了动作,便从袖子里掏出一份手折,缓缓地说:"姐夫,这事不是绿意随口胡说,只怕是真的。那姓郑的奸夫,如今已被上元县着人捉了去,下在牢里。经严刑审问,他已是招了。这份东西,便是小弟托人抄录他的口供……"

经过刚才那一阵子狂怒的发泄,钱谦益如今总算稍稍变得清醒了一点。无疑,眼前这消息是如此的残酷、可怕,令他无论如何也难以接受;然而凭着恢复的理智,凭着对柳如是秉性的了解,他内心深处,毋宁说已经开始相信事情是真的。因此,虽然陈在竹把折子递了过来,他也本能地接在手里,但是一时之间,竟没有勇气再看,只觉得两条腿觳觫着,忽然变得力气全无,终于,一屁股坐到罗汉榻上。

八

爱妾的背叛和不贞的消息,无疑使钱谦益受到强烈的冲击;而在一墙之隔的东偏院里,得知丈夫已经回来的柳如是,则横下了一条心,准备承受即将降临的最无情的报复。

不错,她同郑生的那档子事,早在好几个月前就已经完结了。这倒不是她主动决定这么做。虽然去年十一月,她从钱谦益的来信中得知,老头儿打算辞官南归,并且暗示要实践反清复明的诺言时,她也怦然心动过;并且很快就设法与沈士柱秘密接触,转达了丈夫这个意向。不过,同郑生的那一份情爱,又不是轻易能够割舍的,结果,毕竟又断断续续地维持了好些天,直到有一次郑生忽然失约不来,并且接着就变得杳无音讯为止。起初柳如是不知道是怎么一回事,以为对方终于变了心,还着实气恨了一阵子。后来,是惠香派人捎来消息,说郑生已经被上元县的公差抓了去,罪名是

"勾结妖人,暗设奸局,假托神鬼,诱污官眷",如今已经下在狱中。柳如是这才如梦初醒,同时立即就猜到是正院里那帮子家人所为。她不禁又惊又恨,一次又一次把牙齿咬得格格作响。但事情到了这一步,尽管对郑生的命运日夜忧急,她却痛苦地感到无计可施;相反,就连她自己也只能硬着头皮等待着:同样的惩罚说不定什么时候就会落到头上。然而,出乎意料,一个月过去了,两个月过去了,惩罚却迟迟不见降临,郑生也没有判罪或释放的消息。在这期间发生的唯一的一件事,就是正院那边把她手下的丫环老妈轮流着招过去问过一次话。最后还把绿意留下了,说是另有使唤,还说是陈夫人的意思。柳如是本打算不答应,后来觉得自己的把柄已经被对方攥在手里,加上对方人多势众,闹得太僵自己难免会吃亏,因此只好姑且同意。不过,她却猜想到:正院那帮子人之所以不敢对自己断然下手,十有八九是还没有把这事向钱谦益禀告,不知道老头儿的意思,怕闹不好会弄巧反拙,被老头儿怪罪。的确,落到如今这个地步,惟一能保护她的,恐怕就只有钱谦益了。但是,出了这样的事,受伤害最直接、最严重的,恰恰就是身为丈夫、把自己当成宝贝一般的这个老头儿,那么他还会宽恕自己、保护自己吗?柳如是实在不敢指望。相反,一想到他很快就要归来,她还从心里觉得害怕、理亏,有点不敢见他……近两三个月来,柳如是就是怀着这种心情熬过来的。说实在话,这种日子也着实不好过,可以说,比公开申明罪状,一家伙抓进牢里去还更难受。不错,这期间,柳如是也曾想过,要是在这个家里实在混不下去,大不了卷起铺盖,依旧回到盛泽归家院去当婊子,重操旧业。"哼,凭着老娘的手段,混口饭吃还不容易?我又怕谁来!说不定,还能再搭上个比老头儿还好的!"她傲然地想。不过,自夸归自夸,要是让她自动重新走上那条路,她其实还真的下不了决心;结果到头来,仍旧只好姑且过一天算一天地熬着。现在,钱谦益终于回来了。那么他将怎样对待这件事？怎样处置自己？这些,柳如是都实在吃不准。因此,尽管正院那边几次三番地派人过来催促,说老爷已经进门,说老爷已经到了后堂,让她赶快过去拜见。可是她却拿定了主意:就是不动身。"那帮子人自然不会放过我,必定会对老头儿加油添醋地揭发那档子事。既然如此,那就等老头儿听了,想清楚之后,我再同他相见不迟。到其时,该怎么着就怎么着好了!"她自暴自弃地想。

偏西的日影一点一点地移动着,已经落到了窗外那丛肥大的芭蕉树下方。屋子里开始变得昏暗下来。柳如是默默计算着:老头儿是正晌午过了一点的时候进门的。纵使照例要与陈夫人等人相见,听他们告状,洗脸,歇脚,还有,就算他还饿着肚子,要吃饭,到这会儿,无论如何也该告一段落了。在这么长的时间里,他对于她所做的那档子事,也该考虑有个结果,并且拿出决断来了。"哼,这样倒好,一了百了,总比半死不活地拖着强!这事我既然做出来了,我就敢承当,要杀要剐都任由你!就是别这么拖着!没劲儿!横竖老娘这辈子苦也吃过了,甜也吃过了,论风流快活,那些官家太太、公主王妃有谁比得上我?论风光体面,那些同行的手帕姐妹又有几个比得上我?够了!人活到这个份上,也算对得起自己了!那么就来吧,我才不怕呢——哎,可是怎么一点动静也没有?"

这样疑惑着,柳如是就不由得焦躁起来。她站起身,离开了椅子,开始一边在屋子里来回走动着,一边不停地向帘子外眺望。

然而,尽管如此,月洞门那边仍旧静悄悄的,既没有响起钱谦益的脚步声,也没有出现来自正院那边的其他人的身影。只有几只黄色和白色的小蝴蝶,不时从门帘外翩翩飞过,使这个黄昏的庭院,更增添了几许令人难耐的不安……

这种长久的等待,一直持续到天色齐黑,晚饭也吃过了。但是,钱谦益像是已经下决心就此与侍妾一刀两断似的,始终不来露面。有一阵子,感到又羞又恼的柳如是差点儿忍不住,打算派红情过去探听消息;后来,出于一种偏不低头服输的倔强心理,才又咬一咬牙,干脆早早就吩咐丫环放帐驱蚊,吹灯上床。

………………

这一夜,由于天气炎热,加上心里有事,柳如是一直辗转反侧,没睡安稳。不过,到了第二天,她仍旧早早就醒过来,而且再也睡不着,只觉得脑袋昏昏沉沉的,身子也软绵绵的一点劲儿也没有。虽然红情踮着脚儿走进来窥探过好几次,她也打算爬起来,但终于鼓不起勇气,便只好仍旧赖在床上。

现在,柳如是睁大眼睛,望着纱帐的方顶,脑子里变得空空荡荡的,什么事情都没有力气去想。她只觉得这一场戏就要结束了,什么丈夫,什么家庭,什么郑生,什么悲欢离合、妻妾争斗,还有,她费尽心思才挣到的今天这种身份地位,都将随着最后几声锣鼓,如同梦幻泡影一般悄然消失了。剩下的,只是一个空荡荡的戏台,而她自己也依旧是孑然一身。从今以后,她将会怎样呢?柳如是没有劲头去考虑,也不愿意去考虑。事实上,国家亡破到这种地步,到处乱到这种地步,这事也由不得她想怎么着就怎么着,充其量只能看一步行一步罢了。正是这种茫然的、近乎绝望的感觉,使柳如是在这一刻里变得从来没有过的软弱,以至不由自主地潸然流下泪来……

"踢哒——踢哒——"一阵脚步声从屋外的过道里传来,沉稳而又略带几分拖沓。柳如是心中微微一跳,顿时停止了流泪。"啊,这是谁来了?难道、难道是他?"她惊疑地想,却不敢相信,只是紧张地竖起了耳朵。

"踢哒——踢哒——"那熟悉的脚步声已经来到了门边。"啊,是他!好嘛,你到底还是来了!"柳如是一骨碌从床上爬起来。萦绕在她心头的那股子绝望和软弱顿时消失得无影无踪,相反,本能地生出一股决心全力自卫,准备同对方拼着命儿大闹一场的劲头。她咬紧了嘴唇,一动不动地端坐着,斜着眼睛,等待着丈夫那张凶恶的脸孔出现……

终于,门帘被掀开,钱谦益跨进门槛里来了。大约是头一回来到这屋子里,对室内的布局摆设一无所知,只见他转动着脑袋,左右张望了一下。不过,那表情却并不是柳如是所设想的凶恶横暴、气急败坏,相反,还显得有点慌里慌张。当发现柳如是正坐在床上,他那张年老的、黝黑的脸就现出惊喜的神情,并且快步走近前来,像怕吓着了她似的,激动地小声说:

"哎,如是!你原来在这儿!叫我好找!"

柳如是却没有吱声,也没有动弹。"嗯,他怎么会是这个样子?他怎么不生气?他本该恶狠狠、凶巴巴才对的呀!莫非他还不知道那件事?"她疑惑地想。

"为夫是昨儿午后到的家,"钱谦益又说,"本想即时过来看你。谁知一进门,各种劳什子事都堆了上来,一时分身不开;再加上一帮子同僚旧识得了信,早早就来家里等着相见,打探京里的消息,好不容易把他们打发完了,时辰已经很晚,我怕你已经歇下了,便没有过来。哎,你想必等得心焦了吧?啊?"

"哼,不错,"柳如是想,"他进门已经整整半天加一宿。正院那帮子人,哪有还不向他揭发那件事之理!而且,以老头儿以往那种黏糊劲儿,又哪会不急巴巴地往我这儿钻?什么分身不开,时辰已晚,分明是一派鬼话!他必定已经知道那件事,才狠下心不过来的。如今想了一夜,又改了主意。鬼知道他心里打的什么算盘!"于是,她顿时警觉起来,脸孔也愈加变得冷冰冰的了。

钱谦益却已经坐到了床边上。"怎么?你莫非生为夫的气了?好了好了,快别生气了!为夫报到来迟,冷落了我的心肝宝贝,自知实在不该。在此谢过!还不成么?"说着,伸出胳臂,来搂柳如是。

可是柳如是却一闪身,避开了他。

"哎,莫要这样。你可知道,见不到你都快整整一年了!可把为夫想死了!"钱谦益可怜巴巴地说,挨过来,再一次伸出了胳臂。

这一次,柳如是没有动弹。她感到自己已经被丈夫揽进怀中,感到丈夫的手正隔着薄薄的衣衫,在自己的身体上下亲热地移动着。接着,一股气息——老年人特有的气息很近地喷到她的脸上来。这气息使她想到了郑生,想到那完全不同的、年轻的气息……突然,她用了一个连自己也意想不到的、断然的动作,使劲推开了丈夫。

"啊,你、你为何……"钱谦益愕然地问。

柳如是厌恶地皱着眉毛,没有好气地问:"你且说明白,正院那帮子人——向你说过那件事么?"

"那件事?什么事?"

柳如是不吱声,只是咬住了嘴唇。

钱谦益眨眨眼睛,忽然醒悟过来似的哈哈一笑:"哦,你是说那件事呀!不错,他们是说过。可是为夫不信!"

"你不信?为什么?"

"不为什么,就是不信!噢,为这事,我昨儿夜里还特地写了一首诗呢!"

这么说了之后,钱谦益就急忙把手伸进怀里,摸索了一下,随即掏出一张折着的纸来:"你瞧!"

这一下,可就轮到柳如是有点意外。她疑惑地瞅了丈夫一眼,接过纸片,打开一看,发现里面果然写着一首七言律诗:

　　水击风抟山外山,前期语尽一杯间。

　　五更噩梦飞金镜,千叠愁心锁玉关。

　　人以苍蝇污白璧,天教市虎试朱颜。

衣朱曳绮留都女,羞杀当年翟茀班。

柳如是默默地诵读了两遍,发现这诗虽然照例用了好些典故,但其中的意思却是很清楚——头两句是追述去年八月老头儿被召北上前夕,与她那一席信誓旦旦的谈话;三四两句是分写彼此别后的思念之苦;五句和六句笔锋一转,直写眼前这件事,竟痛斥那些告发者是恶意污蔑她清白的"苍蝇",是"三人市虎"式的诬陷!至于最后两句,更是夸奖她当初坚持留在南京,不肯跟随北上,如此气节,足以使其他降官如王铎等人的妻妾们羞杀,愧杀……

柳如是不由得怔住了。说实在话,自从与郑生的那件事败露以来,她就无数次地揣测过一旦被钱谦益得知后,自己将会遭到怎样的报复,落得怎样的下场。而且,随着郑生的被官府拘拿和下狱,随着正院那边公然将自己手下的丫环老妈叫过去问话,她已经越来越感到那种山雨欲来的无情压力,预感到最后,将会是一记泰山压顶般的致命打击。无疑,她还依然怀着一线冀望,就是钱谦益能看在昔日的情分上,网开一面。即便如此,她所期望的最好结果,也只是老头儿把她痛责一顿之后,姑且允许她留下来。但从此以后,她已经无法像过去那样再备受宠爱,更不能在家中颐指气使,为所欲为……然而,使她愕然的是,老头儿竟然压根儿不相信有那回事!不但嘴里说不相信,还专门写出诗来为她洗刷解脱!这到底是因为他过分地相信了自己的忠贞不贰,还是明明戴了绿帽子,还硬装糊涂?如果是前者,那么其实还完不了,因为总有真相大白的时候;如果是后者,那么这老头儿就未免太过脓包,连一点男人大丈夫的气性也没有,愈加令人感到恶心,即便她得以借此逃脱惩罚也罢……

"哎,我来给你说——"大约看见柳如是久久地盯着诗笺一言不发,钱谦益以为她没看明白,便兴冲冲地指点着解释说:"这'山外山',是用的古乐府'藁砧今何在?山外复有山'之典,暗藏一个

'出'字,指我去年离家北上;这'飞金镜',却不只是'何当大刀头,破镜飞上天'之意,还暗含乐昌公主'破镜重圆'一重用意!还有,这'锁玉关',是用的李太白……"

"可是,那件事是真有的!"感到心烦意乱的柳如是终于忍耐不住,高声地叫出来。停了停,看见钱谦益睁大了眼睛,一脸惊愕的样子,她又使劲地点点头:"我不骗你,是真有的!"

"可是……"

"妈的!"柳如是猛然把手一挥,恶狠狠地打断他说,"别再'可是可是'了,好不好?总之,老娘全都承认,我守不住空房,趁你不在,偷了汉子!负了你的情,丢了你的脸!就是这样!你爱怎么办,就怎么办好了!"

这几句话,柳如是是拼着落个鱼死网破,不顾一切地吼出来的。也许由于过于使劲,说完之后,她还久久地心怀激荡,身子止不住微微发抖。不错,话既然说到这种程度,也就再也没有退路了。"可是,我宁可这样子!就算是死,老娘也要死个轰轰烈烈!"这么想着,柳如是反而兴奋起来,感到血液涌上了脸孔,快意在心头跃动。她挑衅地紧盯着丈夫,等待着那山崩地裂的猛烈爆发。

然而,出乎意料的是,钱谦益的脸孔虽然分明抖动了一下,但是并没有任何激烈的反应。他甚至也不说话,只是低下头去,呆呆地坐着,表情却变得越来越暗淡、阴郁。末了,他长长地叹了一口气,哑着嗓子说:

"我又怎么会责怪你?我又凭什么责怪你?说到负情,说到不贞,头一个该责怪的,其实是我啊!当此国破君亡之际,我身为大明重臣,不能力障狂澜,奋身尽节,相反还写降表,献城池,向鞑子卑躬屈膝,极尽献媚卖身之能事!比起这千秋骂名来,你那点子事,又算得了什么!至少,你当初还当真打算投湖自尽,后来又不肯随我觍颜北上,就只这两件,你就比我清白得多啊!我写那首诗,是真心的。过去了的事,就让它……过去了吧,今后……就别再提了……"

这一次,柳如是当真呆住了。不错,刚才她横下一条心,给丈夫来个直认不讳,固然是不愿意继续遮遮掩掩,心怀鬼胎地过日子;但同时,其实也是不想把丈夫当做傻瓜似的耍弄,毕竟这些年来,他对她只有恩义,而没有仇怨!然而万万没想到,到头来却引出对方一番如此深切伤情的忏悔,而且,现在可以看得很清楚:对方其实并不是故意装傻,而只是比她想得更透辟,更彻底,因而对这种事也就变得能够宽大和包容……这一省悟,使她心中的那股子强悍的劲儿,不知怎么一来,就失去了势头,相反,还多少感到有点儿惭愧。她不认识似的打量着丈夫,发现一年不见,老头儿明显地苍老了,头发几乎已经完全变白,脸上的皱纹也更深了。这是因为各种各样的事情把他压得太重?还是因为苦苦思念她的缘故?不过无论如何,正如他反复说过的那样,在往后的岁月里,除了她之外,只怕不能再指望谁能给他带来生趣,带来快活了……这么忧郁地想着,柳如是心中不由得一软,蓦地张开双臂,"嘤"的一声扑进丈夫的怀里,感动地、悔恨地呜呜哭起来。

钱谦益也已经老泪横流。他紧紧抱住她,习惯地轻轻地拍抚着,并且不停地亲着她的鬓发。就这样,不知过了多久,两人才终于互相放开对方。经过这番多少是重新熟悉的温存,柳如是的情绪终于平复下来。由于消除了一块长久的、致命的心病,更由于对丈夫的内心有了更深一重的认识,她变得轻松异常,于是敏捷地站起来,笑盈盈地问:

"相公这次回来,有何打算?"

"河东君夫人要为夫怎么样,为夫就怎么样!"钱谦益一本正经地说。

柳如是撒娇地用食指勾了一下丈夫的高鼻子,随即点着腮帮,思索地走出两步,忽然又旋过身来,挑战地瞅着对方,说:"你起过誓的,回来之后,就要联络同志,为恢复大明奔走!"

钱谦益毫不犹豫地点点头:"行啊!只要夫人有命,为夫就义无反顾奔走便是!"

"那好!"柳如是警觉地左右望了一下,随即迅速坐到丈夫身边,向他咬着耳朵说:"告诉你,去年底,接到你那封信之后,本夫人已经着人把沈昆铜沈相公找来,告知他相公就要辞官南归,还转达了相公有意同南边相结之意。沈相公当时答应代为牵合,只不过,后来就再也没见到他了……"

钱谦益起初还颔首听着。忽然,像被针扎了一下似的,他浑身一抖,转过脸来,吃惊地问:"什么?你、你告知了沈昆铜?"

看见柳如是肯定地点点头,他就猛地站起来,瞪大眼睛,说:"糟糕!这回只怕要糟糕!"

第十一章

一

在黄宗羲的军营里,沈士柱和柳敬亭担心地谈到余怀的姗姗来迟。其实他们却不知道,余怀已经来到钱塘江的对岸。只不过他没有过江,而是又去了海宁,并且几经打听,终于找到了冒襄的住所。直到沈、柳二人见到黄宗羲之后的第四天下午,他还在海宁城中冒家那所被烧掉了半边的宅子里,同冒襄父子饮酒叙谈。

余怀是六天前来到海宁的。由于在宜兴没找到冒襄,陈贞慧又始终避而不见,他只得带着仆人阿为怏怏上路,但毕竟心有不甘,于是在取道苏州南下,到达钱塘江边上时,又临时决定再前往海宁寻访一下。他估计以冒氏父子的身份和名气,起码在那些缙绅之家当中,总会有人知道。结果一打听,还真的打听到了。当他风尘仆仆地出现在冒襄面前时,两个朋友自不免有一番非同寻常的喜悦与唏嘘。曾经富甲一方、生活极尽豪奢的冒家,竟然转眼之间就落到罗掘俱穷、衣食无着的赤贫境地,又令余怀大为惊愕,握腕慨叹。他立即拿出随身携带的银子,给冒襄一家购买粮食、置办衣被,以及支付其他用度,然后就在冒家暂且住了下来。虽然,他也想到这次南来的使命,并且想到沈士柱和柳敬亭会因他迟迟不到而担心;但又觉得那件事沈、柳二人应该已经办妥,自己迟去早去,其实关系都不大;加上好不容易与冒襄见上一面,也实在舍不得匆匆离开。结果这么一犹豫,五六天转眼就过去了。这天午后,他想来想去,觉得无论如何也得打点上路,因此,特地命阿为到街上去弄回一壶酒,几样小菜,在东厢一间被火烧剩下半爿的空屋子里摆开,又把冒氏父子请过来,打算就在席间说明道别之意。谁知三杯酒下肚,主人谈兴越来越高,余怀不忍心打破席上的快活气氛,只好把心思暂时藏在肚子里,等待席散时再说。

现在,主客三人就围坐在八仙桌旁边。冒起宗照例被奉上了主位,余怀和冒襄则分别在两边相陪。虽说时节已是初夏,白天正变得越来越长,但毕竟黄昏将近,朝西的窗棂外,火红的夕阳正在庭院中的绿树丛中弄影,使屋子里闪动着片片明亮的余晖。头发花白的冒起宗因为多喝了两杯,已经颇有酒意,话也分外地多起来。

"哎,贤侄,"他把身体倾向余怀,眯起眼睛,神情亢奋地笑着说,"你是好人,大好人!这话,我可不是随便说的,不信你问问襄儿!嗯,我冒起宗不是爱说奉承话的人!贤侄你真是好人,天大的好人!咦,这话我可不是随便说的呀!不信你问问襄儿嘛!襄儿你说是不是?这就对了——前些天,嘿嘿,也不怕贤侄笑话,我家都快要揭不开锅喽!你想想,十三口人呢,襄儿又大病了数月,就靠冒成一个人张罗,容易么?不容易!你说是不是?所以,也真难为他了!他也是好人,忠仆一个!但独力难支啊!所以,日子过得——嘻嘻,真是很难哪,很难!谁知偏巧,贤侄就来了,千里迢迢的,还慷慨解囊!这就难得了,很难得呀。所以,我说你是好人!"

这么表示了之后,他就举起酒杯,一仰脖子,灌了下去,然后把杯子往桌上一放,睁大发红的眼睛,指着冒襄,问:"你说,他是不是好人?快说!"看见冒襄点点头,他才得胜地仰起脸,哈哈笑起来。

老人的夸奖无疑是出自真心。但坐在旁边的余怀听了,却十分惶恐和尴尬。因为他这次解囊相助,完全是基于朋友之间的情谊,以及对冒襄以往慷慨相待的回报,根本没有要对方感激图报的想法;更何况,同样意思的话,老人刚刚才说过一次,自己已经再三表示不敢当,谁知对方仍旧说了又说,这就使他有点坐不住了。其实不光是他,连坐在对面的冒襄,看来也觉得父亲谦卑得有点过分,因此举起酒杯,似乎想说句什么,谁知冒起宗却摇一摇手,把他挡了回去。

"你别插嘴!我还没说完呢!"老人朝儿子一瞪眼睛,然后把酡红的脸转向余怀,嘻开嘴巴,用近乎谄媚的口吻又说:"贤侄是好人,是大好人!千里迢迢,居……居然找到我们这个破家来了,还解囊相……相助,难得啊难得!我家共有十……十三口人呢!就靠冒成一个,独木难支啊!你是解了我家的大……大难。贤侄真是救命恩人,我是感激……哎,还是请受老夫一礼吧!"说着,摇摇晃晃地真要站起来。

发现冒起宗反来复去地就说一个事儿,余怀明白老人是醉了,但又无法制止,只好苦笑着,向坐在对面的冒襄连连拱手,表示万分愧歉。冷不防看见冒起宗还要起身行礼,他不禁大吃一惊,忙不迭站起来,把老人轻轻按回椅子里,随即一手抓起桌上的酒杯,一手撩起衣服的下摆,抢先跪倒在地上,大声说:

"老伯在上,小侄此次冒昧登门拜谒,承蒙不以鄙吝见外,扫屋拂席,使小侄得以日夕亲近,连日来更殷勤垂问,相待如家人,实在令小侄感激无已,谨此敬老伯一杯!"

说着,也不等对方回答,他就把酒举到唇边,咕嘟嘟地喝了下去,然后站起来,重新坐下,抹一抹髭须,立即指着冒襄又说:"哎,适才听老伯说,辟疆兄去年曾大病一场。不过据小侄如今看他,却与昔日并无大异,精神反觉更清朗些。这也皆因积善之家,所以神明福佑了!"

前几天,他从冒襄口中得知,老朋友那一场病历时数月,异常凶险,把一家人弄得日夜忧急。他故意提起此事,是想转移老人的注意。

果然,本来还在手足浮动,想与余怀争持的冒起宗,听他这么一说,就停止了动作,迟迟疑疑地回顾一下儿子,睁大眼睛说:"你是说他呀!可不是,那一场大……大病,真病得不轻!又是打、打、打摆子,又是下痢,若不然,就一味昏睡不醒。为着给他抓药,家中什么能当的,能卖的,全……全都当了,卖了!可是呀,还不够!没办法,只能,胡乱抓些草药,呃,对付着。记得冬至——呃,是冬至吗?对,那一日最、最吓人,整一夜都……都背过气去了,人事也不知,推也推不醒。我们以为,他——哎,挨不过去了,总算天亮时,又……又醒了过来。这不,也就是过了立春,呃,才算慢慢儿好起来了!"

冒起宗说的这些情形,余怀其实已经听冒襄说过。为着逗引老人更远地离开刚才那个令人尴尬的话题,他仍旧装做很用心听的样子。而且,等老人话音一停,他紧接着又说:"辟疆兄这一场大病,可是让老伯操心不小!"

"嗯……"冒起宗摇摇手,打了个酒嗝,大着舌头说:"说……说操心,最辛苦的不是我,是他房中那……那个小的。哎,小宛——小宛那丫头,真是说不得!日夜陪伴,喂汤喂药……还有那份尽心竭力噢,我们瞧着都心疼!襄儿冷时,她就抱着他;襄儿热时……就替他拭汗打扇;襄儿要起来呢,她搀扶着;要躺下,哎,她就让他枕在身上。因怕襄儿夜里发……发作不知道,她总不敢熟睡。就连襄儿的粪便,她……她都不放过,要亲眼瞧瞧——嗯,看它是好是歹哩!偏……偏偏襄儿病中失性,脾气十分暴躁,动不动就骂人,有时还打,她却全……全都承受着,从……从来没有一声儿不耐烦。哎,襄儿能熬、熬过这一大劫,她的功……功劳,着实不小呢!"

老人这一次所说的,已经是房帏之内的情形,而且有些事,还未必合适让外人知道。大约因为这个缘故,所以余怀倒没有听冒襄提及。他瞥了瞥坐在一旁的朋友,发现冒襄果然低着头,一声不响,也不知高兴还是不高兴。余怀是聪明人,略一迟疑,便识趣地站起来,拱着手说:"老伯、辟疆兄,时辰不早了,今日叙谈,十分尽兴!不如就此散席。小侄还要打点行装,以便明日启程上路呢!"

"怎么,兄明日便要走?"冒襄蓦地抬起头,疑惑地问。

余怀点点头:"皆因小弟此次南来,是要往嘉兴办货。若再不动身,只怕就赶不及了。况且,家中之人见弟迟迟不回,也会焦急悬望!"

关于此行所负的秘密使命,余怀出于小心,并没有向对方透露。因此听他这么说,冒襄虽然一时间没再吭声,但片刻之后,依旧犹豫地挽留说:"难得一聚,兄就多住两日再去,如何?"

余怀苦笑了一下:"便是小弟也恨不得与兄长相厮守,惟是时穷世乱,谋生非易,虽有此心,其可得乎?"

"可是……"

"哎,襄……襄儿!"冒起宗含混的声音从旁边传来。

两个朋友回头望去,发现只这一会儿,老人已经歪靠在椅靠上,闭着眼睛,一副醉态毕露、力倦神疲的样子。

"哦,孩儿在!不知父亲有何吩咐?"冒襄连忙问。

冒起宗用手指着门外:"嗯,你去——叫小宛来!"

"叫小宛来?做什么?"

"让你去叫,你就去叫嘛!"冒起宗不耐烦地说,没有睁开眼睛。

冒襄动了动嘴,似乎还想问个明白,但当目光落到父亲那张衰老颓唐的醉脸上时,他便转过身,走了出去。

"嗯,贤侄,你坐!"似乎已经沉入梦乡的冒起宗,居然又扔出一句。

余怀本来已经准备跟着离开,听他这么吩咐,感到有点莫名其妙,但也只好答应一声,迟迟疑疑地坐回椅子上。

由于停止了谈话,屋子里静了下来。随着窗外的夕阳收敛起最后的余晖,浊雾样的薄黯开始在眼前浮荡。如今冒家能够使唤的,只剩下一个老仆冒成,因此眼看天就要完全黑下来,仍旧没有人进来点灯。倒是余怀的亲随阿为大约想着主人还在屋子里,走进来张望了一下,发现还没有散席,就去找来一盏破油灯放到桌子上点上。他问明主人并无其他吩咐,便又退了出去。

现在,凭借着那一小朵孤单地摇曳着的灯焰,余怀看见冒起宗仰靠在椅靠上,一动也不动。昏黄的光影里,那根耷拉在胸前的花白的发辫显得特别触目。"嗯,老伯让辟疆叫董小宛来,不知有什么事?"他想,"不过这一次逃难,董小宛想必吃了不少的苦,那黑瘦憔悴的样子,与三年前相比,简直像老了十岁。那天乍一见,我还差点没认出她来呢!自然,话又说回来,她归了辟疆,总算得遂所愿,比起十娘和媚姐她们,还是幸运得多!可是,就只怕她命中福分不足,我看她……"

正这么胡思乱想着,耳畔传来了脚步声。他抬头望去,发现黑糊糊的门洞外出现了两个人影。接着,冒襄和董小宛一前一后,跨进灯影里来。

"老爷万福!老爷呼唤媳归,不知有何吩咐?"大约看见有客人在场,董小宛一进门就微微低下头,径直走向冒起宗,把双袖交叠在腰间,行着礼问。

冒起宗却闭着眼睛,没有反应。直到董小宛又问了一句,他才"啊"的一声,抬起眼皮。当看清董小宛已经站在跟前,他就咧开嘴巴一笑,点点头,随即重新把眼睛合上,摆了一下手,说:

"嗯,你来了,很好!余……余先生说,他要走了。他是个好……好人,大好人!救了我们全家!你……你就唱……唱支小曲儿,给他送……送行吧!"

"啊,老伯是说,给我送行?"余怀不由得一怔。

"唔,是给你唱!"冒起宗说得很肯定。

"这个……恐怕……但是……"

"启禀父亲大人,"不等余怀结巴出个所以然来,站在一边的冒襄却出乎意料地上前一步,低着头禀告说,"小宛近日身子不大好,又许久不曾唱了,只怕、只怕唱不好……"

"唱得好!"冒起宗不耐烦地打断他说,"前些日子,我听见她在屋子里唱,给你解闷儿,就唱得挺好的嘛!"

"可是,这几日她确实病了,在发热,没有再唱了。"冒襄坚持说。

当董小宛还是秦淮河的一位名妓时,就以色艺双绝而名声远播。余怀也曾在各种场合里,不止一次听过她演唱,并留下很深印象。后来,她嫁给了冒襄,这种机会便不再有了。现在,能够再度领略董小宛的美妙歌喉,余怀自然十分高兴。刚才他支支吾吾,无非是觉得主人过于情重,自己有点生受不起。不过,现在听冒襄这样一说,他就顿时不安起来,连忙从旁帮腔:"哦,既然病着,就不要勉强了!"

"你别听他的!"冒起宗粗暴地打断说,随即睁开眼睛,气忿地瞪着儿子:"什么病了,不能唱,分明是有意推搪!余先生远道迢迢,又上宜兴,又来这里,就是为的来看望我们,这容易吗?还解囊相助,搭救了我们全家,这容易吗?你不念这份情,我可念这份情!如今他要走了,还不知哪年哪月才能再见。我家败落到这个样子,别的也拿不出来答谢人家,不就是唱支小曲儿吗?可你、你还推三阻四地不买账!"

老人越说嗓门越响。他的一双醉眼发出恼恨的光,疏朗的眉毛竖了起来,胸前一起一伏的,呼哧呼哧地直喘气。看见父亲这样

子,冒襄分明畏缩了一下,但仍旧顽强地争辩说:

"可是小宛她……"

"啊,你们唱不唱?唱不唱?"老人蓦地高叫起来,同时暴怒地用手"哗啦"一拨,桌上的杯碗顿时左摇右晃,倒了一片。

"哦哦,媳妇唱!媳妇唱!媳妇这就唱!"站在一旁的董小宛吓得浑身一抖,连声表示说。她立即走到丈夫身边,急切地低声说了一句什么,然后把他拉到一旁,搬过一张椅子,按着他坐下来。看见冒起宗已经再度露出不耐烦的神色,她又匆匆走到余怀跟前,深深地行了一个礼,说:"余先生请坐,待贱妾献上一曲,代我家老爷、相公为余先生送行。唱得不好之处,还请包涵则个!"

在冒襄父子大起争执的当儿,余怀也感到不知所措。他自然理解冒襄回护爱妾的心情,但是如果全力帮着朋友说话,又怕会挫伤老人的一番好意,因此一时间不知如何劝解才是。眼下,看见董小宛挡不住冒起宗的催逼,终于准备开始给自己演唱,他就顿时再度不安起来,本能地打算推辞。但当接触到对方的视线时,他却意外地发现,在昏黄的灯影下,董小宛那闪动的眼神显得那样焦急、可怜,充满着祈求的意味……于是,他心中不由得一动,只好把到了嘴边的话又收回去,迟迟疑疑地回了一礼,又望了望皱着眉头一声不响的冒襄,心神不定地坐回椅子上。

现在,屋子里再度静了下来。已经走到八仙桌旁的董小宛,紧闭着嘴儿,默默地挽起袖子,拿起一根竹筷,双腿并拢地站着,摆出习惯的姿势。不过,她并没有马上开始演唱,而是微微蹙着眉毛,凝视着桌上那一朵跳动的灯焰,仿佛在收敛心神,又像在暗自选择唱段。末了,只见她手腕一动,用竹筷在桌面上轻轻敲出节拍,先哼出一段音乐的过门,然后轻启朱唇,曼声地唱起来——

〔高阳台〕凛凛严寒,漫漫肃气,依稀晓色将开。宿水餐风,去客尘埃。思今念往心自骇,受这苦谁想谁猜?望家乡,水远山遥,雾锁云埋。

〔山坡羊〕翠巍巍云山一带,碧澄澄寒波几派,深密密烟林数簇,滴溜溜黄叶都飘败。一阵两阵风,三五声过雁哀。伤心对景愁无奈。回首家乡,珠泪满腮。情怀,急煎煎闷似海;形骸,骨岩岩瘦似柴。

〔念佛子〕穷秀才,夫和妇,为士马逃难登途,望壮士略放一路。捉住!枉自说闲言语。买路钱留下金珠,稍迟延,便教你……

这是南戏《拜月亭》中的一节,是主角蒋世隆与王瑞兰夫妻逃难,途中遇盗时所唱。也许去年董小宛跟着冒家逃难时,有过类似的遭遇,这会儿心有所感,便自然而然地想到了这节曲文。不过,在给余怀送行的当口上,却唱什么"遇盗"一类的话头,未免有点不吉利。因此,不等她唱出最后那"身丧须臾"四个字,冒起宗已经摇着头,大声打断说:

"嗯,不好,不好!这曲子不好,另挑一个好的唱!"

董小宛本来正沉浸在曲词所展现的情景里,加上这么接连三支曲子唱下来,早已经止不住情怀惨戚,泪光闪闪。冷不防听见公公一声断喝,她才蓦地惊觉过来,连忙揩着泪眼,抱歉地赔笑说:"哦哦,公公说得是,这曲子是不好,奴家另唱一个别的,另唱一个别的!"

倒是余怀,在董小宛开始演唱时,虽然还有点心神不定,但两三句曲词送入耳中之后,他的情绪就仿佛受到一只无形的手安抚似的,渐渐松弛下来,并且不由自主地被对方那如怨如慕、如泣如诉的曼妙歌声所吸引;而随着曲牌的转换,更被其中所传达的离乱情怀深深地打动。加上屋子里的光景又是一灯如豆,人影幢幢,也为这一段绝唱平添了无限凄惶紧迫的气氛。因此,当听说董小宛要另唱别的,他反而感到有点意外,正打算表示用不着,照这么唱下去就极妙!但是一抬头,却碰上了冒襄冷冷的目光,仿佛在质问:"哼,你还没听够么?你到底还想听多久?"

余怀不禁微微一怔,随即霍然醒悟,马上说:"哦,多谢赐曲!本欲领教,惟是时辰着实不早了,小生还要收拾打点,那就留诸他日吧!"

说着,他就对冒襄告罪地拱一拱手,首先站立起来。

二

"相公,时辰不早了。你喝了半天的酒,想必也倦了。洗过脸,就早些儿歇息吧!"董小宛端来一铜盆热水,赔着笑脸说。这当儿,东厢那所破屋子里的酒席已经结束,夫妇二人也回到他们日常就寝的西厢房里。

冒襄没有吱声。

"哎,今日可把妾身吓坏了。"董小宛一边把脸盆放到矮凳上,一边管自唠唠叨叨地又说,"从来没有见过老爷这样子,喝了那么多酒,还生那么大的气儿。"

冒襄径自在一张椅子上坐下,依旧闷声不响。

董小宛看看他,随即走向用门板搭成的卧榻,拿过一把破扇子,一边开始拂床安枕,一边又说:"余先生明儿就要走了,眼下兵荒马乱的,他打老远来一趟不容易,相公可要送他一送?不过,相公的病刚好,走远了却不相宜,要不就让冒成代相公送一程好了!"

这么说了之后,发现冒襄始终不答腔,她就走过来,忽闪着大眼睛,瞅着丈夫,关切地问:"相公,怎么不说话?莫非身子不清爽?"说着,便伸出手,去探冒襄的前额。

"不是!"冒襄一摇头躲开了她。

"那么……"

冒襄瞥了她一眼,又把目光移回原来的地方,冷冷地说:"你不是没唱够,还想唱么?那么你就唱去呀!要是觉着在这儿不尽兴,你就回秦淮河去好了!在那里,你爱怎么唱就怎么唱!便是唱到天亮也没有人会拦你!"

董小宛眨眨眼睛,似乎没有反应过来:"相公,你、你说什么?"

"我说,你要是觉着在这儿还唱不够,就回你的秦淮河去好了!"冒襄提高了声音。

起初,董小宛还故作惊讶地望着丈夫。但当发现这种办法根本不足以缓解冒襄那凌厉的锋芒时,她的眼神就变得暗淡了,终于,无言地低下头,慢慢地走开去。不过,片刻之后,她又毅然转过身来,重新装出笑脸:"哦,原来相公还为这事生气呀?其实,妾身又何尝想唱。可是老爷……"

"你别往老爷身上推!"冒襄一挺身站起来,爆发地说,"老爷他是喝醉了酒!可是你也喝醉了么?你一没喝,二没醉,可是一听说要唱曲,你就乐颠颠的没把魂儿也丢了!又是唱又是哭,唱了一曲还不够,还想唱第二曲!我问你,你现在是什么人?还是秦淮河上卖唱的婊子吗?啊?说呀!你莫非还是秦淮河的婊子不成?啊!"

冒襄咬牙切齿地质问着,申斥着,显然,要不是多少还顾忌着被上房的父母和下屋的客人听见,他的声音还会更大一点。但无论如何,让侍妾上场,给客人唱曲助兴这件事,深深地伤害了他的自尊心。如果说,刚才迫于老父的严命,他只得屈从的话,那么此刻,他就忍不住把满心的怒火,都倾泻在可恶的、不要脸的侍妾身上。

董小宛的笑容僵住了。一种混杂着绝望、委屈和痛苦的表情,从她那张变得越来越惨白的脸上呈现出来。末了,她呆呆地退到床边,颓然坐了下去。

"哼,你要真是个卖唱的婊子,倒也省心,那你就唱好了,与我冒襄无干!可要是那等,你当初就别嫁进我冒家来呀!既然死乞白赖地嫁进来,那你即使是硬装,也得装出与这个家相配的格分儿来!要知道,纵然你不要脸,可我冒襄还要脸!"

冒襄越骂越上劲。可是董小宛分明已经很有经验,始终不回嘴。只是当丈夫不知不觉地又提高了嗓门时,她才担心地偷偷望着窗外。

这多少提醒了冒襄,虽然心有不甘,却不得不放低了声音。然而,由此却想到了家里的其他人,他又悻悻然说:"你进门都三年多了,家里却有人总拿你当婊子看。你觉着委屈,委屈得要死!可你怎么不想想,要人家不再那等看你,你自己就得做出个样子来呀!像今晚这事,我已经再三替你拦着,可你就是懵懵然一点儿不醒悟,还像得了天大抬举似的唱了还想唱。这叫什么?这叫做生性下贱,烂泥糊不上壁!"

这最后两句话,冒襄是咬着牙说出来的,就像刀子似的又锋利又冰冷,简直可以置人于死地。然而,董小宛却忽然抬了抬头,眼睛里闪出一丝意外的神色。但碰到丈夫那吓人的目光,她又自知有罪地赶紧垂下脖颈。

也就是到了这会儿,冒襄的怒火才算好歹平息了一点。虽然嘴巴还在翕张着,一些凌厉的语句还在喉头翻滚,但当目光落在董小宛那逆来顺受的姿态、那尖削憔悴的脸庞上时,他终于迟疑了一下,把到了嘴边的话又咽了下去。末了,他转过身,一边走向搁在矮凳上的脸盆,一边气哼哼地说:"今晚这事,冲着是父亲的主意,总算还情有可恕。不过,今后你可得给我留神着点!若是再这么自甘下贱,我可不会像今日这等轻饶你了!"

这么最后警告了侍妾之后,他就俯下身去,开始动手盥洗。

谁知,董小宛却忽然抬起头,眼睛闪着泪光,神情激动地微笑说:"相公,你怎么不骂了? 你再骂呀,妾身喜欢听呢!"

冒襄不由得一怔,从脸盆上抬起头来:"你喜欢——我骂你?"

"是的!"

"为什么?"

"因为、因为相公再也不将妾身当婢子看了! 妾身真是好喜欢,好喜欢!"董小宛真诚地说。灯光下,她的脸容显得异样的明朗、舒畅和安详。

本来,看见侍妾挨了训斥之后,居然还笑,冒襄已经恼火地竖起了眉毛。蓦地,听对方说出那么一句,他心头不由得一颤,噎住了。半晌,他慢慢地直起腰,觉得一股热流从胸膈间冒了起来。那是一股遥远的、辛酸的热流。他转过身,默默地、深长地望着侍妾,末了,叹了一口气。

"啊,相公不要这等难过!"董小宛激动地急急说,"我自跟了相公之后,安生的日子虽然不长,但那一份可心,那一份甘甜,妾身一生一世都会记在心里!"

冒襄抬起头,望着桌上的油灯,喃喃地说:"啊,你还记得?"

"记得,记得!"董小宛使劲地点着头,"妾还记得,那年刘渔仲大人受钱大宗伯之托,送我到如皋时,妾身在船中等了许久,却迟迟不见相公来接,心中十分惊疑。后来忽然来了一班丫环老妈,把我簇拥上岸,更觉害怕。后来到了一处单门独院的住所,看见里面帏帐灯火器具饮食,样样齐全,问起因由,原来是奶奶着人安置的,心中一块石头这才登时落了地,知道妾身真真遇着好人家了!"

冒襄点点头:"那天是因为父亲在花厅设宴,招待黄太冲,我当时还没将娶你的事禀明父亲,故此一时抽身不开——不过,你来了之后,记得足有一个月,你一不弹,二不唱,三不施粉描眉,一天到晚只管绣花念佛,活脱就像个小尼姑子!"

"啊,那时妾身的心里,就如一下子脱出万顷火云,落到了清凉界中。一想起向时那五载风尘岁月,就像一场地狱噩梦,心里直哆嗦!"

看见一旦提起过去那种从事卖笑生涯的岁月,侍妾仍旧是一脸惶怖的样子,冒襄就走过去,在她身边坐下来,安慰地握住她的两只小手,说:"后来就好了!记得那天把你正式带进府里叩见父母,两位老人家一见就十分喜欢,都说,没想到襄儿娶回这么个可人儿!不过,也难得你居然就懂得许多,知书识礼,绣花念经,也还罢了,你居然还会品香制香,莳花种草,烹调美食,而且样样都出手不俗,别饶新意。记得你那年弄的秋海棠露,就是一绝!别人都说这秋海棠又名断肠草,不能食用,谁知你做出来让大家一尝,味道竟是比那些梅花、野蔷薇、玫瑰、桂花、菊花制的露都要好出多多!还有那些桃膏瓜膏、火肉风鱼、醉鲟醉蛤、烘兔酥鸡,全都是一时美味!哎,可惜如今又哪儿去寻这些东西呢!"

"啊,会有的,会有的!只要相公喜欢,妾就必定想法替相公弄出几样来!"

冒襄苦笑着摇摇头:"你可千万别去弄,我是说说玩儿罢了!你为了我,已经受了许多的苦,瞧你这双手,都磨出茧来了!还有你这身子,也真是瘦得多了。听说我闹病那阵子,你每日把好吃的都留给我,自己只吃一顿糠菜,还得张罗许多家务事。唉,实在太难为你了!"

董小宛痴痴地望着丈夫,突然张开双臂,使劲把他抱住,哭了起来,一边哭,一边说:"相公,相公!妾身真是太、太疼惜你了!你知道么?为了你,妾身就是即时死了,也是心甘情愿的!"

冒襄也已经动情地把侍妾揽进怀里,听了这话,顿时眉头一皱,不高兴地说:"你胡说什么?什么死不死的!别说那些不吉利的话!"

"可是……可是,"董小宛流着泪说,"妾身十岁时,我娘听说石城门外的江神庙有个瞎先生算命很灵,就带我去让他算。那瞎先生当时就说,我的命煞重身轻,又多刑冲破败,怕年寿不长……"

听侍妾说得认真,冒襄倒呆了一呆,但随即摇摇头,抚摸着她细密柔软的秀发,断然说:"那些走江湖的,十有八九都是靠吓唬糊弄人骗饭吃,你能信他!哎,时辰不早了,赶快洗一洗,上床睡吧!"

由于丈夫这样说了,董小宛也就似乎得着倚仗似的,脸上重新绽开了笑靥。她笑得那样开朗、宁帖和长久,是嫁进家门三年多来,从未有过的。

小半天之后,随着破宅子中这最后一盏油灯的熄灭,整个院子也进入了沉沉的梦乡。只有变得繁密起来的唧唧虫声,像奏响了一支夏夜的乐曲,它们热烈地、不疲倦地演奏着,给人们的梦境,注入几许甜蜜,几许安详……

这乱离时世中的一夜,如果不再发生别的事情,也许好歹就这么过去了。然而,冷不丁的,街上的狗忽然汪汪地吠叫起来,一两只,三四只,越来越多,越吠越凶。接着,是奔跑的脚步声,嘭嘭的打门声,惶急的喊叫声。人们开始从睡梦中惊醒,纷纷披衣起床。于是,刚刚还是鼻息沉沉的残破小城,像是被某种强力猛地撞了一下似的,顿时骚动起来……

冒襄和董小宛因为睡得太沉,直到冒成敲着西厢的门叫唤,才蓦然惊醒。当他们匆忙穿上衣裳,开门走出时,发现冒起宗、马太太、奶奶苏氏、刘姨太,还有余怀主仆,都已经齐集在天井里,像热锅上的蚂蚁似的急成一团。

"什么事?出了什么事?"冒襄一边紧张地问,一边胡乱地系着腰带。

"少爷,鲁王爷的兵过江了!"冒成回答。

冒襄心中一愣,顿时想起去年十月,也曾为这种消息虚惊过一场,于是皱着眉头问:"鲁王爷的兵?会不会像上回那样,又是谣言?"

冒成摇摇头:"这回可是真的了!刚才听外边的人说,是一伙打夜鱼的看见的,江南开来好多的船,火把红彤彤的一大片,把半条江都映亮了!"

"要是这等,今番恐怕是死定了!死定了!"冒起宗喃喃地说。由于酒意已经过去,他也恢复了平日的端庄与沉静。

"哦,那、那可怎么办哪!""老爷,你可得想个办法呀!"女人们一齐惊慌地尖叫说,并且急得哭了起来。

"襄儿,你瞧这事……"老人望着儿子问。

冒襄没有立即回答。因为事出突然,他心中一时也乱得很。加上这当儿,透过倒塌了的大堂和大门,可以看见街上已经乱成一片。那些准备逃难的人已经开始把家当往外搬。这种情形使大家更加焦急,也使冒襄心中七上八下,不知道该怎么办才好。

"老爷,相公,"看见大家一时没有主意,董小宛从旁试探地说,"要不,还是先上大白居去躲一躲?那里毕竟偏僻些,南兵一时到不了那里。"

大白居,是冒襄的朋友张维赤的别业。去年六月,他们全家逃离海宁之前,曾经把女眷们送到那里去住过一阵子。不过,自从上一次传说鲁王的兵打来时,冒襄同张维赤闹翻了之后,彼此就没再来往,现在又逃到那里去,对方到底肯不肯收留,却有点吃不准。因此,冒襄没有吱声。

"老爷、大爷,姨奶奶说得不错,"冒成接了上来,"今日小的在街上遇见张相公,他还叫住小的,打听老爷和少爷如今怎么样了,问了许多,很关切似的,临去时还说有事就找他!"

冒襄瞧了瞧父亲,对这个消息感到有点意外,也有点感动和宽慰。不过,情势却不容他多想,倒是如果张维赤真有这句话,那么上大白居去,当然不失为一个可行的选择。于是他"嗯"了一声,打算把自己的想法说出来。然而站在旁边一直没有开口的余怀忽然问：

"鲁王的兵打过江来，无非是要收复大明故土。我们又不是鞑子，何必如此惊慌走避？"

冒襄微微一怔，随即醒悟过来，于是苦笑说："兄新近到此，故此有所不知——皆因听说鲁王的兵所到之处，凡见有剃了发的，便俱认作是鞑子，不问青红皂白，一律杀却。是故百姓迫于无奈，只得纷纷走避。兄明日上路，也须仔细留神才好！"

听他这么说，余怀分明也大感错愕。不过，略一沉吟之后，他就毅然说道："既然如此，那么弟就暂且留下不走！而且府上各人也不必走，一切有弟担待！"

"啊，怎么？"

余怀没有即时回答。他左右望了望，随即做了个手势，把冒氏父子请到一边，这才压低声音说："实言相告，小侄此次南来，办货是假，受留都义军之托，同浙东联络是真。与小侄一道南来的，其实还有沈昆铜和柳麻子。因小侄要寻访辟疆，他二人便先行过江，这会儿想必已经面谒过鲁监国。这番南兵兴师前来，说不定就是他们促成的！"

这么说了之后，他停顿了一下。看见冒氏父子目瞪口呆，一时惊讶得说不出话来，他又做了个手势，断然说："总而言之，大家都不必走了。有小侄在，决不会让府上各位吃亏就是！"

三

鲁王军队大举渡江的消息，使余怀临时又留了下来。但是他却不知道，他那两位失去联络的朋友——沈士柱和柳敬亭其实也已经到了海宁，同他们在一起的，还有鲁王政权的职方主事查继佐。目前，他们就住在位于城东的查氏家族的大宅里。另外，余怀当然更加不会知道，昨天夜里，使全城居民大为恐慌的所谓鲁王军队已经渡江的消息，其实并无其事，只是他的朋友们为了制造混乱，故意散布的谣言而已。

沈士柱等三人是受黄宗羲的委派，于三天前秘密潜入城中的。在与海宁隔江相望的浙东地区，自从鲁王政权终于决心出师西征以来，不仅地方民军，而且连方国安、王之仁的正规军也都正式投入准备。经过督师张国维的积极推动，各项事宜已经大体就绪。加上鲁王本人终于意识到，地方义军也是一股不可忽视的力量，最近特意把孙嘉绩和熊汝霖这两位最先举义抗清的元老，擢升为兵部尚书兼东阁大学士，这更大大鼓舞了义军将士们的士气。结果，在朝廷正式批准余姚军的用兵方略之后，又有三股义兵自愿加入到黄宗羲的麾下来，他们是太仆寺卿陈潜夫、浙西金都御史朱大定和兵部主事吴乃武。这些人手下的兵虽然都不多，但仍然进一步增强了黄宗羲的实力和声势。面对日益高昂起来的士气，孙嘉绩指示黄宗羲尽快挥兵渡江，争取打响西征的第一仗。按照原定的计划，余姚军将首先抢占钱塘江对岸的小镇谭山，然后迅速攻取海宁和海盐，再转趋太湖，与当地的义军会合，进而向北拓展地盘。黄宗羲分析了所掌握的情报，估计占领谭山不会有困难。但是海宁城中，最近清朝却派了一个名叫张尧扬的来任知县。此人手下有千把乡兵，而且同杭州方面保持着联络，一旦情况紧急，就请清兵前来救援。因此到时恐怕要费一点力气。为着确保能够顺利破城，黄宗羲与副手王正中反复商议，决定秘密派遣出身海宁望族的查继佐先行潜回城中，凭借在当地的关系和影响，设法联络有志之士，充当内应，到时配合义军攻城。另外，黄宗羲又想到沈士柱和柳敬亭一直想到海宁去，寻访余怀和冒襄的下落，而且他们握有在南京弄到的清军号牌,进出海宁应该不成问题,于是便请两人也一道同行,从旁协助查继佐。

现在,他们一行三人,凭借查继佐的哥哥查继坤的接应和帮助,不仅顺利地在查家大宅潜伏下来,而且还大体摸清楚了城中的情形。原来,坐落于钱塘江出海口的这个县城,经历了去年闰六月和八月两度起义,又两度失败之后,固然已是疮痍满目,残破不堪,但是,自从清朝委派的知县张尧扬到任之后,经过一番整顿,一些制度已经恢复起来,无法无天的行为受到遏制,曾经是乘乱而起、自行组合的乡勇,也按分保团练的办法加以整编。此外,张尧扬还得到杭州清军的支援,弄来了一批刀枪火器,把他手下的人马装备起来。各个城门的防务,除了分派专人负责之外,每门最近还配备了弓箭手、长枪手、短枪手、防牌手、铳手,以及一批丁壮民夫,协同据守。至于临战时的方略,张尧扬也作了布置,规定六个城门除了南东二门和大小北门关闭不开之外,西门和小东门只开半扇,以便观察敌情。一旦敌人杀到,如果对方势大,就闭门死守;如果对方来人不多,就大开城门,挥兵主动出击,以期制敌于先机。如此等等。

由于发现海宁这块骨头并不是那么好啃,查继佐这两天在设法摸清城中底细的同时,一直在他哥哥的帮助下,加紧秘密联络有志之士,力图在短期内集结起一支可以充当内应的力量。他了解到:在东面不远的袁花镇,目前活动着一支抗清武装,领头的名叫凌君甫,手下有好几百人马,经常出没在河汊芦荡之中,与张尧扬为敌。只要派人去联络,估计会乐于听命。查继佐把这种情形向沈、柳二人一说,大家都觉得如果得到这伙人相助,事情就会好办得多。但是怎样才能把这支人马弄进城里,又不引起张尧扬的警觉,却是一个难题。后来,是沈士柱提出,不妨在城中散布鲁王军队大举渡江的谣言,造成人心混乱,然后让凌君甫他们的人马装扮成四乡民众,借口要求避难,成批混入城中。他怕大家有疑虑,还特地引用兵书中"托或有之事,为莫稽之词,以恐之使惊,诱之使趋"的话,来加以证明。查氏兄弟觉得这个主意不错,于是便布置手下的心腹,在昨天夜里分别出动,依计而行。果然谣言一旦放出去,很快就一传十、十传百,整座海宁城都惊慌失措地骚动起来……消息传回查家大宅,大家自然十分高兴。其中,又数沈士柱最为兴奋。事实上,尽管多年来他一直着迷地钻研兵法,不少名篇都能背诵如流,但说到真正付诸实行,这还是第一次,而且没想到立即就大见效用。到了第二天下午,他终于憋不住,兴冲冲地拉着柳敬亭来找查氏兄弟,要求出门去瞧一瞧情形。查氏兄弟自然也极其关注情势的进展,特别是城中虽说已经乱起来,但是接下来,凌君甫及其手下的人,能否利用这种混乱状态顺利混入城里来?以及这些桀骜不驯的强梁之辈,尽管已经答应前来相助,会不会又临时变卦?这些还全都拿不准。不过,他们已经不断派出家中的仆人到外面去探视,就连同凌君甫联络的事,也已经作了安排。因此,听说沈士柱打算亲自出门,查继佐反倒捋着胡子,沉吟起来:

"昆铜兄要出去瞧瞧,本来也无妨,惟是敝邑可不比留都,巴掌大的一块地方,区区七八千的居民,那些脸孔,十有七八纵使叫不出也认得出。更兼眼下又是争战非常之时,那等做公的对面生人最是留意。即便是小弟,因久出初归,也不敢轻易抛头露面。何况二位兄台本是外地人,只怕不甚稳便!"

沈士柱摇摇头,傲然地说:"不打紧,小弟已然落发出家,身上牒谱俱全,况且带得有鞓子的号牌,料那些做公的也不敢奈我何!"

"那么柳老爸也一道去么?"

"老爸他也有号牌在身,自然去得!"

"可是柳老爸这尊容,最易记认,万一……"

"那么,"沈士柱立即改口说,"老爸就留在宅中,让小弟独自走一遭便了!"

"噢,"柳敬亭笑嘻嘻地说,"沈相公想卖脱小老,这可使不得!小老与沈相公结伴南来,自问事事向前,不敢躲懒。这番也定不落后!"

看见沈、柳二人全都执意要去,查继佐一时没有了主意。他转向站在一旁的查继坤,征询地问:"大哥,你瞧这事……"

查继坤点点头,说:"这样吧,既然二位要去,那么学生这里派了几个精壮的手下,在左近暗地追随护卫,一旦有事,也有个照应。"

这样安排,自然可以让人放心一点。于是查继佐便支开身边的仆人,对两人详细交待了一番,告诉他们按照约定,凌君甫的那些人马将要从小东门进入,并且以臂上缠有草绳为记;然后,又再三叮嘱他们一定要事事小心,这才请查继坤引路,避开众人耳目,从西侧的一道小门把他们送出去。

位于城中东北部的查家,离小东门并不算太远。当沈、柳二人沿着狭长的街巷向前走去时,发现太阳已经偏向了西边。街巷两边的高低院墙、那大小不一的门扇,以及门扇顶上的黑瓦顶,全都反射着明晃晃的光。一路上,不断有人进进出出地从家里往外搬东西,看那紧张匆忙的神色,不用问,必定是受到夜来那个谣言惊吓,打算出城避难的。这一次,两个朋友虽然照例结伴出来,但就柳敬亭而言,与其说是急于看看外间的情形,不如说主要是不放心沈士柱。说实在话,以他这些年走南闯北,见多识广,对于眼前这种事已经不再会感到特别好奇。如果真要拿主意,他倒是同意在这种时候,尽可能不露面为好。但是,瞧着沈士柱那种兴奋得抓耳挠腮、坐立不安的样子,他又知道,就算硬是拦着不让出来,沈士柱恐怕也会偷偷往外跑。为着免得万一出了事,连个照应报信的人也没有,他才决定干脆陪同出来走一趟。不过眼下,看见沈士柱像丢了魂儿似的两眼闪闪发光,转动着光秃的小脑袋,四下里打量,嘴里还不停地喃喃说:"啊,果然动起来了,都动起来了!这就好,这可好了!"柳敬亭就不禁暗暗摇头,伸手扯了对方一把,悄声警告说:"老兄说话可得留点神,仔细让做公的听了去!"

"啊,对对!"猛然醒悟过来的沈士柱,连忙点着头,乖觉地说:"得留点神!得留点神!"这之后,两人便不再说话,相跟着加快脚步,朝着通往小东门的大路赶去。

小东门的正名叫宣德门。出门不远,就是供军队操演的校场。一条泥沙铺设的大路,从那里一直延伸到城内。由于兵马长年累月地奔驰踩踏,路面已经破烂不堪,而且尽是坑坑洼洼。虽然还在巷子里时,柳敬亭就听见外面老远地传来闹哄哄的声浪,但当走出巷口一瞧,他却仍然不由得为之一怔。只见大路上黑压压的,拥挤着无数逃难的百姓,有挑着担子的,有驾着独轮车的,有赶着驴马的,但更多的则是背着各式各样的包袱,正拖男带女、扶老携幼地从四面八方乱纷纷地拥来,又向着城门的方向赶去。他们脸上的表情是那样惊慌失措,悲苦凄惶,完全是一副被吓破了胆的样子。很显然,如同刚才巷子里的那些居民一样,他们也压根儿不知道夜来那个消息,只是有人故意散布的谣言,而且,都很害怕鲁王的军队一旦打过来,会对他们这些"大清顺民"施以无情的报复;但是,他们似乎又并不相信清朝的官府当真能够保护他们,结果只好像一群没有主宰的惊弓之鸟似的,一有风吹草动,就争相逃命。随着他们蹒跚而行的脚步,大路上扬起了漫天的尘土,灰蒙蒙一片,使太阳都为之暗淡了下来……

"嗯,老兄那条计策果然使得,竟是把全海宁城都闹动了呢!"发现情形果然不出所料,甚至比预想的还更混乱,柳敬亭不由得回过头来,低声称赞说。

"可是、可是怎么会这样子?这么多人,这么乱……"沈士柱瞪大眼睛,不知所措地问。看来,眼前这来势汹汹、惊恐万状的景象,把他好吓了一跳。

柳敬亭斜睨了他一眼:"咦,人越多,越乱,才好呢!不乱,外边的人怎么进得来?"

沈士柱却摇摇头,喃喃地说:"不对,不是这样子,不该这样子……"

"不该这样子?"柳敬亭感到莫名其妙,"那该是什么样子?"沈士柱却没有回答,只是像受到某种无形禁制似的发了呆。这样站立了片刻,待到人数众多的一群百姓乱哄哄地拥了过来,他就魂不守舍地随着人流向前走去。柳敬亭看见了,只好紧赶几步,跟在后面。

两人脚步不停地走了一阵。这当儿,由于蜂拥而来的百姓越来越多,情形也变得更加混乱。有因为抢道而发生争吵的,有因为走丢了亲人而又哭又喊的,有因为突然发病而昏倒在地的,还有财物被窃的、行李散架的、把要紧的东西忘在家中要回去取的……有两个汉子,不知为什么争执起来,其中一个被另一个猛然一推,向后噔噔噔地倒退了六七步,撞歪了一架独轮车,还带翻了一挑担子,把那些坛坛罐罐摔了一地,弄得哭骂声四起,周围的人乱作一团。还有一个瘸腿的老头儿,发辫披散着,气喘吁吁地追赶一只逃脱了捆绑的鸭子,忽然脚下绊着了什么,一跤跌倒,待到挣扎起来,已经是满脸鲜血,但是却顾不得疼痛,仍旧瞪大惶急的眼睛,在人丛中寻找那只不知去向的鸭子。不过,最可怜的还是那些有身份人家的妇女,她们那一双小脚即使在平时也是步履维艰,哪里经得起在这坑坑洼洼的路上奔命?一路上竟是几步一跌,连滚带爬,弄得哭爹喊娘,狼狈万分……这样一些情形,柳敬亭自然都看在眼里,不过,前些年,他跟随左良玉的军队行动,比这混乱十倍,也残酷十倍的场面都见识过许多,因此,虽然心中也自叹息,但是已经没有什么更惊骇的感觉。倒是沈士柱,却像抵受不住,怕冷似的缩着身子,脸色变得越来越苍白,步子也迈得越来越缓慢。柳敬亭不由得奇怪起来,心想:"前一阵子,他不是还生怕城中乱不起来么!怎么事到临头,却变成这副模样?"于是挨近前去,低声问:"嗯,你怎么了?"

沈士柱摇摇头,哭丧着脸说:"没有什么。不过,这种事,我就只做这一回,以后再也不做了!"

柳敬亭微微一怔:"再也不做了?到底是怎么回事?"

"不为什么,总之我下一回绝不再当什么卧底内应就是!"沈士柱坚持说。停了停,大约看见同伴仍旧皱着眉,一脸的疑惑不解,他才又向周围扫了一眼,局促不安地解释说:"连累他们这样子,我可是没有想到……"

柳敬亭眨眨眼睛,这才明白过来。的确,眼前百姓的惊骇慌乱程度,那种惨苦可怜的样子,是他们制造谣言之初,所没有想到的。不过,为着早日收复此城,使他们不再受亡国之辱,这恐怕也是迫不得已的事。他沉吟了一下,慢慢地说:"今日这事,其实……"

"今日这事也得有人做,是不是?"沈士柱蓦地停下来,气急地打断说,"那就让愿意做的人去做好了!反正我是不会再做的!"停了停,又咬着牙添了一句:"这——这不是我沈某平生的素志!"

"平生的素志?"柳敬亭觉得有点听不懂。

"不错!"沈士柱把脖子一挺,吵架似的大声说。然而,就在这时,身旁蜂拥而过的难民们似乎使他意识到什么,于是,目光中那股挑战的锋芒抖动了一下,消失了。有片刻工夫,他咬紧嘴唇,低下头,默默转过身去;末了,终于摆一摆手,用懊丧的、几乎是带哭的声音说:"哎,你是不会懂得的!谁也不会懂得!没有人能懂得!哎,还是走吧!"

柳敬亭满腹狐疑地瞧着。不过,他随即也就醒悟过来,对方所说的"素志",看来没有别的,无非还是那个"虎帐谈兵,跃马杀贼"的奇怪的念头。"可是,就眼下这一点子凄惨景象你都受不了,还说什么与敌人刀对刀、枪对枪地厮拼!"柳敬亭苦笑地想。看见沈士柱已经径自向前走去,他只好摇摇头,依旧跟在后面。

四

小半天之后,他们已经来到射圃亭附近,只要再向前走出不远,过了兵马司,就是小东门。无疑是因为这个缘故,这一带更显得拥挤不堪。那些打算出城避难的老百姓,已经黑压压地把前面全塞满了,后面却仍旧不断有人拥过来。本来就不甚宽阔的路面,简直被塞得水泄不通,因此行进的速度也顿时慢了下来。按照原来的约定,凌君甫的人马是要趁城中的百姓出城逃难时,装扮成四乡的百姓,混进城里来。现在城内挤塞成这个样子,别说进城,就连出城,看来都不容易。因此,柳敬亭首先着急起来。他四下里一望,发现射圃亭的地势较高,估计从那里可以更清楚地观察城门方向的动静。于是,他便把沈士柱一扯,侧着身子,嘴里一个劲儿赔着小心,慢慢地在人丛中穿行着,向射圃亭靠过去。然而,没等他们达到目的,忽然四下里哄的一声,人们仿佛受到极大推力似的,一下子合拢过来,把他们挤在当中,虽然就差那么四五步,可就是再也动弹不了。任凭柳敬亭再三请求,但是大约人人都急于赶到城门去,硬是挤住了,谁也不肯相让。"哎,列位快点走啊!怎么都不动了?"柳敬亭焦急地催促说。

"不是大家不想动,是官府在前头把着门,不准放人出去。"一个清亮的声音从土丘之上传来。听说是这么一回事,柳敬亭起初也只是忙于暗自盘算,并且感到惊疑不定。但随后,他心中蓦然一动,觉得那声音很熟,抬头望去,却意外地发现,那人也在目不转睛地注视着他。

"哎,老爸,昆铜!怎么是你们!"那个人抢先大叫。

这一下,柳敬亭突然认出了,那个人不是别个,竟然是失散多时的余怀!而站在他旁边的,则是他的仆人阿为。

这做梦都没有想到的重逢,使双方都大为激动,顿时惊喜得又叫又喊,手舞足蹈。于是,由余怀主仆相帮着,好歹说动了旁边的人,彼此几经挪移,最后柳敬亭和沈士柱也勉勉强强挤上了亭子。"哎,你们是怎么找到这儿来的?"因为周围实在太拥挤,彼此紧紧握了一下手后,余怀便迫不及待地问。

这倒使柳敬亭有点难于回答。因为一来周围黑压压的全是人,二来这事也不是三言两语所能说清楚的。他只好使了个眼色,说:"老衲与这位师弟是受寺中派遣,到城中来采办米粮的,不承想却得遇二位相公,也可算天缘巧合了!"

余怀是个机灵人,听他这么说,无疑已经会意。只见他点点头,转口又问:"两位师父想是打算出城?"

"皆因事已办妥,寺中又急着等老衲回去,是以不欲在城中久待。惟是看这情形,却是欲出不能,不知何故?"柳敬亭继续在暗示对方。

"哦,师父想亦听说,昨夜城中纷传南兵渡江,所以百姓恐惧,争欲出城躲避。惟是县尊张公适才着人宣谕,说是已经查明并无此事,纯系谣言,并下令关闭城门,不许百姓出入,以免为敌人所乘。师父今日恐怕难以……"他正要说下去,不料就在这时,周围又是哄的一声,随即就惊慌地骚动起来。只见本来拥挤在前面的那些百姓,像受到某种无形的压迫似的,纷纷向后倒退,那些一时倒退不及的,就被挤压得跌倒在地下。于是有的人干脆转过身来就跑。但是后面的人却尚未反应过来,依旧往前拥。两下里这么一冲撞,整个场面可就顿时变得大乱特乱,无数的人被撞倒,被人从头上身上踏过去。那刚刚踩踏了别人的,转眼之间又被别人踩在脚下。一时间惊叫声、哭喊声、呻吟声、垂死的挣扎声,此伏彼起,震耳欲聋。柳敬亭等四人凭着亭子护栏的阻隔,而且又在土丘上,一时间还未受到波及,不过面对到处乱窜的百姓,情形也相当危险。本来,沈、柳二人临出门时,查氏兄弟曾经表示会派人暗中保护,但这会儿竟是一个也没有出现。相反,他们却远远地看见,一伙身穿号衣的兵丁,正骑着马,从城门那边如狼似虎地冲过来,见人就用鞭子抽,用刀背打。不用问,刚才那一场造成许多人死伤的大乱,就是这伙恶棍强行驱赶的结果。尽管如此,却仍旧有不少老百姓,像吓昏了头的牛羊,逃着躲着,糊里糊涂地又继续向城门拥去。

"嗯,如果那张尧扬不准百姓出城,那么自然也就不准外面的百姓进城。这么一来,凌君甫和他的手下也就全被挡在城外,这却怎生是好?"望着由于老百姓被驱散,因而变得空旷起来的街道,以及街上的那死去的、受伤的难民,听着死伤者亲属那些呼天抢地的哭喊,柳敬亭悚然震惊之余,焦急地想。的确,虽然他闯荡江湖大半辈子,可以说见多识广,但急切间也感到束手无策。他只好回过头去,打算同朋友们商量。然而,就在这时,站在旁边的沈士柱忽然说了一声:"你们让开,等我出去!"接着,就看见他朝大家把头点了一点,然后毅然转过身,出了亭子,大步向城门的方向走去。

"哎,昆铜,你去做什么?"不知底细的余怀高声追问。

可是沈士柱不再回答,甚至连头也不回。"喂,可知道他要做什么?"余怀莫名其妙地转向柳敬亭。

但是柳敬亭也无法回答。他只是对余怀做了个手势:"施主且在此稍待,等老衲跟去看一看。"

"那么,不如我们一齐都去!"余怀说。

柳敬亭自然没有异议。于是,主仆三人就迈开脚步,急急忙忙跟了上去。也就是到了这时,柳敬亭才把此次潜入城中的原委,以及今天出来的目的,向余怀简略地说了一下。而余怀也把已经找到冒襄的事说了。不过,也许由于这么一分神,当他们重新伸长脖子向前面寻找时,沈士柱却已经走得没了影。两个朋友连忙加快脚步,越过那些尸体和受伤者,一直赶到小东门,才远远看见那里还滞留着一批逃难的百姓,同时听见沈士柱正在大声叫喊:"你们这班狗才,怎敢不放老爷出去?你们都睁大狗眼瞧清楚了,老爷拿着的可是江宁巡抚衙门发的号牌!"两个朋友不由得一怔。"怎么?昆铜他当真要出城?"余怀疑惑地问。柳敬亭摇摇头。他当然已经醒悟沈士柱嚷着要出城,是想迫守兵打开城门,好让城外的凌君甫及其手下乘机混进来。但是,这做得到么?纵然沈士柱凭借清军的号牌吓唬对方,但那些守兵是否肯就范?从如今城中防范得很紧的情形看,即使当真打开了门,凌君甫那些人能否就混得进来?正是这一连串的疑虑,加上对沈士柱这种冒险行为的担心,弄得柳敬亭紧张异常,不由自主地慢慢走过去,想瞧个究竟。

"你们都不要过来,过来都是死!"沈士柱又蓦地大叫起来。柳敬亭心中一懔。虽然这话很可能是冲着那些守兵说的,但他却分明听出沈士柱其实是在警告自己和余怀。

"喂,你们开不开门?开不开?快开!误了老爷的大事,管教你们一个个都蹲大牢去!"沈士柱又再度催促说。

直到这会儿,也许是因为离得远的缘故,柳敬亭等人都只听见沈士柱在大叫大嚷,而听不见守兵的声音。但其实,守兵们私下里显然也在商量如何打发这位棘手的不速之客。因为,片刻之后,只见那两扇厚重的大城门咣啷砰嘭地响了几下,终于慢慢地被推开了一道缝,露出外面的一线蓝天。

"好!真亏了他的胆量,竟然硬是把门给吓唬开了!"柳敬亭不胜惊喜地想,愈加全神贯注地盯着。现在,他变得那样紧张,一颗心简直提到了喉咙里,连气都有点透不过来。

"吊桥呢?不放下吊桥,老爷怎么过去?"依旧是沈士柱大大咧咧的嗓门。既然决定放他出城,这个要求自然是无法拒绝的。果然,只听一个火爆爆的声音高叫:"外面、里面都把好了!除了这人之外,不得再放一个闲人出入!"随着他的话音,城头上吱吱溜溜地响了一阵,接着便是吊桥"砰"地放下的声响。然而,这之后,有好一阵子,城门里却不再有动静,也不知道沈士柱到底出了城没有。站在远处的三位朋友不由得着急起来。大家你望我我望你,拿不定主意是否该过去看一看。就在这时,忽然听见城门那边一个声音怒叫说:"咦,快出去呀!你怎么还不走?"

"急什么?你这城门开得太小,老爷我走不惯!"沈士柱说。他每次开口总是放大喉咙,分明是想让柳敬亭等人听见。

"怎么走不惯?你知道如今是什么时候!太尊大老爷有令,要严守城门,不得随意放人出入。放你出去,已是天大的情面!你还要在此啰嗦?"

"嘻,你鸡零狗碎一点的人儿,还想走多大的门?"

"混账!你敢取笑老爷?"

"啊,你动手打人?"

"打你又怎么样!老爷还要打!你这混账!混账!"

柳敬亭等人虽然看不清楚城门那边的动静,但估计沈士柱当真动了手。至于他这样做的目的,显然是想造成混乱,好让凌君甫那伙人进来。的确,城门毕竟已经打开,吊桥也放了下来,城外的人要冲进来,这当儿正是机会。然而不知什么缘故,城外始终一片沉寂,没有任何动静;相反,沈士柱却因为这大打出手的一闹,处境变得十分危险。柳敬亭当然意识到这一点,急得差点儿没跳起来。不过,总算他在江湖行走多年,经验老到,百忙中定一定神,发现城门周围,还逗留着好些逃难的百姓,正在疑疑惑惑地观望,于是连忙回头,向正在不知所措的余怀主仆说:"事情要糟!快把他解救下来再说!"

说完,蓦地张开喉咙大叫:"城门开了!南兵要打过来了,要活命的快逃啊!"

"快逃啊!快逃啊!"余怀主仆也一齐高叫。

就在这时,一个奇怪的情形出现了——他们身后,不知什么时候忽然来了七八个仆人模样的汉子。听见他们叫喊,那些人竟然也跟着大喊起来。柳敬亭错愕了一下,随即猛然醒悟,他们就是查氏兄弟派来保护他和沈士柱的!于是,他立即朝他们做了个手势,当先向城门奔去。那些人见了,果然也继续呼喊着,同余怀主仆一起跟了过来。这一喊一奔还真的大有作用,只见周围那些正在观望的百姓,本能地怔了一下,然后仿佛受到一股无形的力量推动似的,纷纷向城门拥来……"不准出城!不准出城!谁敢不遵,这个奸民就是榜样!"一声凶暴的吼叫从城门那边响起。柳敬亭等人定眼看去,发现随着吼声,从那群守兵背后转出一个门官模样的汉子。他手里握着一把钢刀,凶神恶煞地当中一站。直到人们迟迟疑疑又停住了脚步,他才傲然地回头喝叫:"给我拖出来!"于是,只见两个守门兵将一个穿着黑布直裰的人抓住双脚,倒拖出来,随即使劲往众人面前一抛。那个人似乎已经毫无知觉,落在地上之后,借着去势滚了几下,便一动也不动了。

从守门官发出吼叫的一刹那,柳敬亭心中就猛地一凉,意识到沈士柱可能已经遭到毒手。但残存的一丝希冀促使他仍旧往前冲。及至对方抛出一个人来,他不用看也明白就是沈士柱,只是不知道同伴到底仍然活着还是已经死去。现在,他终于看清楚了:他的同伴像一堆破布似的蜷伏着,那瘦小的身子已经变得毫无生气。衣衫下面露出一只爪子似的小手,却依然死死抓着那块只剩下半截的号牌。而那颗刮光了的、额上被烙上六个圆点的脑袋,则不自然地歪扭着,一双大瞪着的眼睛茫然地望着天空,仿佛在问:"我怎这样就死了?我可不想这样子死。我还要跃马疆场,横刀血战,马革裹尸而还,让三军同声一哭呢……"

柳敬亭的心像被刀一寸寸地碎割着。他想放声大哭,却没有眼泪。终于,他双腿无力地弯曲着,在同伴的遗体面前跪了下去……

五

虽然柳敬亭等人到底没能与城外的凌君甫及其手下人联络上,但是由黄宗羲、王正中所率领的三千义军,却比原定计划提前了两天,也就是于五月十八日分乘六十余艘战船出发,顺利渡过钱塘江,抢占了海宁县城以东四十里的一个小市集——谭山铺。

他们之所以要提前行动,一来是各路兵马齐集之后,粮草消耗相应大增,供应十分紧张,提早一天出发,就能够早一天摆脱困境,利用江北的广袤之地去开辟新粮源;二来,是南边一线传来消息,说清朝的征南大将军博洛所率的援军已经抵达杭州,正在向富阳县一带的钱塘江边集结,对驻扎在七条沙的方国安部摆出悍然进逼的态势,看样子,大有把鲁王政权的这支主力正规军一举击垮的企图。因此,张国维和孙嘉绩等人愈加急于从东线先发制人,把战场引到江北去,以打乱敌方的计划。

现在,黄宗羲和他的三千将士已经成功登岸,并且在谭山铺一带驻扎下来。正如事先派人侦察过的那样,这里正当海宁、海盐两县的接合部,位置比较偏僻,清军无力顾及,因此他们并没有遇到任何抵抗。至于谭山铺里的居民,大约看见江对岸突然驶来许多兵船,也早就吓得躲的躲、逃的逃。结果,黄宗羲上岸之后,领着手下的将官们在市集里外转了一圈,最后竟然只找到一个老疯子和一只又瘦又癞的野狗;此外,就是三四十间东倒西歪的草房、两扇搬不动的石磨,以及一些来不及带走,或者不打算带走的坛坛罐罐。这种情形,虽然已在意料之中,但黄宗羲仍然感到颇为失望和不安。因为在他的意识中,自己所统率的可是大明的军队,是为了解救这里的汉家百姓而来的,对方应该欢欣鼓舞,"箪食壶浆以迎王师"才对。不过,他也明白,由于前一阵子明军渡江作战时,凡是遇见剃了发的,都认作是背叛了祖宗,横加杀戮,因此弄得老百姓人心惶惶,走避惟恐不及。于是他立即命人向附近各路口贴出告示,宣谕鲁监国最近的旨意:百姓凡是剃了头的,只要按从前的习惯,重新戴上网巾①,就算表示弃清归明,改恶从善,就能得到"王师"的宽恕。与此同时,他还传令各营:严禁私自四出打粮,一切由中军大帐统一筹措,违者军法从事。下达完这两道命令,他眼见天色已近傍晚,而且经过大半天的行船,风浪颠簸,将士们都显得颇为疲倦,于是又下了第三道命令,吩咐各营就近择地驻扎,埋锅做饭,洗涮休息;但是必须向各处路口派出巡哨,严加警戒,以防不测。

经过一番马嘶人喊的紧张和忙碌,如今,那三千将士已经分别进入自己的营地,陆续安顿下来。随着缕缕炊烟从各处军帐间升起,海宁方向的西边天际,夏日的夕阳也渐渐落入到丛生的树木背后。但是天空却依然明亮,近处的谭山和远处的大尖山、小尖山,沐浴在一片紫黛色的霞影之中,显得圣洁而柔媚。这一带离钱塘江的出海口已经很近,受潮汐的影响,一天之中江水的涨落很大。久而久之,沿着江岸就出现了一大片一大片的浅滩。为了抵御潮汐对堤岸的猛烈冲刷,减少水土的流失,这里的老百姓自古以来都

————————
① 网巾:一种用以固定发髻的、类似头套的网状织物。

不断在浅滩上广种杂草和灌木,并且筑起一道一道阶梯状的防波堤。被称为"草塘"的这些防波堤从东边江口外的乍浦所,经过海盐、海宁,一直延伸到杭州城下,长达八百余里。它与著名的钱塘江潮一道,成为这一带的一大风景。不过,对于黄宗羲来说,这一切都已经并不新鲜。因此,他与王正中等几位主要将领简单地啃了几口干粮之后,就只顾动身到各处阵地去巡视。直到证实各营将士已经遵照命令分为三股,右依谭山,左凭大江,中踞大路,互为犄角地驻扎下来;而那六十余艘大小航船,也已经井然有序地在江边排成一个水寨,并同陆上的军队保持着密切的联络,他才稍稍放下心来,于是向王正中等人嘱咐了一番,责成他们管好各自的队伍,发现异常情况,立即报告。然后,他就带上黄安,径自赶回已经成为临时指挥所的市集中去。

　　黄宗羲之所以匆匆赶回来,是因为记挂着他的弟弟黄宗会。说起来,这事也令他始料不及。今天从龙王堂出发渡江时,黄宗会竟然不顾劝阻,也硬跟着乘船到了江北。本来,这位三弟只是奉族长和母亲姚夫人之命,来给黄宗羲和黄竹浦的子弟们送行。与他一道前来的,还有二弟宗炎、四弟宗辕和别的一些父老乡亲。他们给黄宗羲带来了衣物和一些用品,更带来了姚夫人、叶氏和周细姐的殷殷嘱咐,虽然无非是保重身子、强饭加餐、添衣盖被,以及早日得胜归来等等一类的话,但是黄宗羲仍然掂量得出,这些简短而寻常的嘱咐当中所包含的深切的情怀,想象得出母亲和妻妾们说话时的悲啼和泪眼。以致有一阵子,他心中也变得热烘烘、乱糟糟的。不过,戎马倥偬的昂奋气氛,出发在即的紧张和忙乱,却不容他多想,甚至不容他说上更多的话。结果,当时除了一一应诺,以及几句对前途表示乐观的抚慰外,他竟然再也没有机会与对方从容叙谈。直到正式拔营出发那一天,孙嘉绩、熊汝霖等一班官员齐集码头,替出征的将士隆重地誓师饯行之后,彼此才又得以匆匆话别。谁知,就在船队起锚的一刻,已经跟到船上的黄宗会出乎意料地提出:要独自再送黄宗羲一程,直到抵达江北为止。对于这个要求,黄宗羲当时就表示不同意。但是黄宗会极其固执,劝说也罢,呵斥也罢,就是不肯下船。其余两个弟弟和乡亲们也一齐帮着他说话。最后,黄宗羲没有办法,只好勉强应允,但是当场说定:一旦到了江北,黄宗会就得马上掉头返回,不许再借故逗留。现在,既然军队已经成功登陆,并且顺利驻扎了下来,黄宗羲自然就想到,必须赶快把弟弟送走了……"是的,我本该在龙王堂就把他赶下船才对!竟然让他跟了来,现在又得派船往回送,真是没事找事。何况还是兵刀相拼的当口,简直是胡闹!"一边往回走,黄宗羲一边恼火地想。不过尽管如此,到了这一步,却仍旧只有抽调船只和士兵,去办这件差事,而且还不能有差池。"要不,母亲那里可是交待不了。几个兄弟之中,平日就数宗会最得她宠爱……"念头这么一转,黄宗羲反而有点不安起来,于是暂时忘记了生气,开始暗暗考虑该派哪只船,以及由谁护送才稳妥。

"哎,大哥!"一个声音熟悉的呼唤远远传来。黄宗羲抬头一看,发现那个任性的弟弟已经在住所前守候着。暮色四合的薄黯中,他那身白色的直裰被晚风吹得飘拂不定。

"啊,大哥回来了!"大约没有得到黄宗羲的答应,黄宗会又快步迎上前来,急煎煎地问:"那边的事都安排妥了么?劣弟打算这就回去,只不知有没有过江的船?"

黄宗羲看了弟弟一眼,心想:"早先不让他来,他偏闹着死活要来,如今我还没开口让他走,他就又急着要走了!"由于更多了一分不悦,他便故意不回答对方的问题,只是淡淡地问:

"嗯,你坐了这一天的船,不觉得累乏么?"

"啊,刚才趁大哥不在时,小弟已经歇过了。"

"唔,饭呢?"

"也吃过了。"

"可是,人家水寨那边才刚刚把船泊定,还没吃饭呢,哪里有力气即时又开船送你!算了,迟个把时辰再说。现今你且随我在近处走走,我还有话要吩咐你!"

这么说了之后,黄宗羲也不等弟弟答应,就管自迈开脚步,顺着右首的一条街道,向前走去。看见哥哥这样子,黄宗会分明错愕了一下,却不敢违拗,乖乖地跟在后面。

这当儿,随着最后一抹霞光隐去,天完全黑了下来。不过,月亮已经在东边悄然升起。那是一轮十八之夜的海月,虽然略见瘦减,但是桂树和玉兔的影像依然清晰可辨。它把银色的辉光从茅屋顶上铺泻下来,洒落在兄弟二人的头上、肩上,也照亮了他们身旁的一溜板壁,使狭窄而幽暗的街道浮荡着一片朦胧的光影。在茅屋背后,那看不见的远处,传来了江潮拍岸的低沉声响。

"大哥,"大约发现已经走出了十来步,黄宗羲却一直沉默着不开口,已经同他并排走着的黄宗会忍不住试探地问,"这一遭分手之后,不知何日才能重新相见?"

黄宗羲"哼"了一声,目不转睛地盯着街道的远处,冷冷地回答:"这一遭分手之后,只怕就未必能重新相见了!"

"大哥说什么——不能、不能重新相见了?"黄宗会显然吃了一惊。

"……"

"为什么?为什么不能重新相见了?"黄宗会着急地追问,声音里透着惊骇。黄宗羲看了他一眼:"征战场上,性命相搏,到头来是生是死,谁又能说得准?能活着下来,自是天大之幸;至于殒身丧命,也实在寻常得很!"

"可是,可是在龙王堂誓师那会儿,孙督师不是说,三月间,我师已经大破鞑子于江上,此番乘胜西征,必能追奔逐北,早奏凯旋么?"

　　黄宗羲摇摇头,苦笑说:"必能早奏凯旋?我可不敢作如此之想!实话告知你吧,这次朝廷说是要出师西征,可是方国安、王之仁二人俱徘徊观望,不肯用命。孙、张二公眼见鞑子的援兵已至,不得已,才饬令为兄先行渡江,意在鼓勇一击,以激励其他各军。为兄此行之成败,固然牵扯甚大,惟是孤军犯敌,那凶险又何尝小了!"

　　"啊!"黄宗会顿时惊得站停下来,睁大眼睛,颤抖着嗓门说:"原、原来鞑子的援兵已至!那、那、那岂不是明摆着送死么,大哥为何还应承他?"

　　黄宗羲没有立即答话。不过,对方在这一刻里所表现出来的紧张和关切,却使他心中分明地动了一下,与此同时,一种遥远的、模糊的东西开始在记忆中苏醒。那是一种根植于血缘的、柔软而温馨的感觉,就像一棵树上的两片叶子,出自同一个母体,受着同样的哺育和滋养,许多年来一直相依为命,一起成长,从来没有想过会有永远分离的一天。然而,眼下却正如弟弟所惊骇地道破的那样,这一次分手之后,彼此还能够再见么?还能像过去一样,尽管也常有各自奔忙的时候,但到头来,仍旧又走到一起来么?黄宗羲实在有点拿不准。事实上,这一次出征可以说是成败未卜,每前行一步都充满风险和杀机,随时随地有丢掉性命的可能……

　　"嗯,倒也不能这等说。"为了摆脱这种突如其来的软弱情绪,他开始字斟句酌地分析,"鞑子的援兵眼下齐集富阳。我们这是绕出其侧,避其锋芒,攻其不意。赶明儿一旦拿下海宁,便北上嘉兴,直趋太湖。此数地俱为鞑子力所不逮之处。倘使顺利,便可联络当地义师,闹他个天翻地覆,令洪承畴、张存仁顾此失彼,博洛如芒在背。到那时,孙、张二公再乘机挥师西进。那么,便不止浙东之危可解,就连杭州——哼,说不定也能一举收复呢!"

停了停,看见弟弟只是呆呆地听着,没有回应,他又奋然一挥胳臂,大声说:"嘿,国家亡破到这一步,天下糜烂到这一步,死又算得了什么!终不成为着活命,就连我华夏的诗书礼乐、文明教化都宁可不要了?须知我们可是圣人之徒,不是无知村夫,不能忘却天下之责!只要死得其所,死得壮烈,我看就比觍颜苟活,任凭鞑子凌辱糟践强似万倍!"

这么情怀激荡地说着,他觉得浑身的脉管都在贲然扩张,血液随之沸腾起来,于是,也不等黄宗会回答,就径自扭过头,噔噔噔地向前走去,直到出了市集,来到一块开阔地上,才重新放慢脚步。

谭山铺的规模其实很小,街道纵横相加起来,也不过三四十间铺位。市集之外,是连绵起伏的郊野,外带一片倾斜的防波"草塘"。这当儿,月亮已经升上了半天,并且褪尽了前时那一层薄翳,变得愈加清晰而明朗。它静静地高悬着,把大地山河全都笼罩在溶溶漾漾的银色辉光里。远处的大小尖山固然已经变得模糊而缥缈,就连近处的谭山和山脚下的军营,也只剩下黑乎乎的一片暗影。四下里莽莽苍苍,混混茫茫。只是这儿那儿,间或闪现出一两星火光,传来了几声含混的话语,才使人觉察到,这周遭并不是空明荒寂一片……

"大哥,"从后面跟了上来的黄宗会,心事重重地低声说,"大哥决意舍身报国之志,令劣弟甚为感佩。我圣人之徒生于斯世,自是正该如此。只不过,说到'死得其所',却尚有可斟酌之处。"

"噢?且道其详!"黄宗羲问,没有回头;同时,倾听着江堤外那变得宏大起来的潮水声。

"冲锋陷阵,血战沙场,本是武人之事,实非我辈所长。适才听大哥说,此番出师,方、王二帅俱按兵不动,而让大哥挺身犯险,孤军渡江,这岂非弃长用短,强人所难?更何况大哥博识精思,本非寻常儒士可比,更兼多年求索,于学问已臻大成之境,未来更是无可限量！若因此遭逢不测,固然可当'壮烈'二字,却实在难以称之为'得所'!"

黄宗会说这番话时,显得有点畏缩。不过,同样的问题黄宗羲其实也曾经反复思考过,那就是他曾经对孙嘉绩说过的,鉴于方国安、王之仁等武人嚣张跋扈目光浅狭,他要用实际榜样证明由仁人君子统领的、通晓礼义的军队,更有眼界胆色,也更能打胜仗!但是,话又说回来,正如弟弟所提醒的:在方、王的主力军意存观望的情况下,自己凭着三千孤军,渡江犯险,真有获胜的把握么?万一就此死去,到底是值得还是不值得?正是这种突然冒出的疑虑,扰乱了他的心思,以致过了半晌,他不由自主地低声问:"那么,依你之见?"

也许发现哥哥口气有点松动,黄宗会的胆子变得大起来,结结巴巴地说:"若是、若是并无必胜之把握,那就不如退回江南——或者,或者干脆撒开手,回家!"

起初,黄宗羲还沉浸在自己的思绪里,对弟弟的话没有怎么在意。然而,随后他就吃了一惊:"你说什么?退兵?回家?"他瞪大眼睛问,同时,因为发觉弟弟在那番貌似为自己着想的话里,竟然藏着这么一个龌龊的主意而大为生气,于是使劲一跺脚,怒声呵斥说:"真亏你想得出!告诉你,这是办不到的!既然走到了这一步,为兄已是义无反顾,纵然粉身碎骨,肝脑涂地,也惟有拼死向前而已!"

"大哥,"黄宗会看来也急了,争辩说,"你难道不想想,家中还有母亲,还有大嫂、细姐和百家、正谊、大囧、二囧他们一窝子人!你不顾惜自己,可抛下了他们,今后怎么办?"

"哼,我要是死了,不是还有你们吗!往后,他们就托付给你,还有晦木了!"黄宗羲回答得很干脆。

"可是,我担当不起,担当不了!"黄宗会猛地一挥胳臂,吵架般地大叫起来,"如今家里这等穷,乡下这等穷,还不停地打仗!我本来就没有本事,平日连自己家中那几口子都照应不过来,又怎么有力气再照应大嫂和侄儿们?你、你这不是分明要我的命吗?你倒好,一家伙战死沙场,轰轰烈烈,名垂青史了!可留下我们还得活下去的怎么办?你说怎么办!"

黄宗会怒气冲冲地叫嚷着,激动地做着手势,眼睛在薄黯中闪闪发光。看来,兄长这种断然的、蛮横的托付,不仅使他感到痛苦,也使他感到十分惊恐和紧张。说到后来,他似乎终于支持不住,一屁股跌坐在路旁的一块石头上,用双手掩住面孔,呜呜地哭泣起来……

这一次,黄宗羲默默地望着,没有立即说话。事实上,弟弟的指责虽然尖刻、激烈,而且似乎还十分小气和薄情,不识大体,但是他心中却很明白,正因为对方一旦接受了自己的托付,就一定会拼着命儿也要承担到底,所以才在这一刻里,表现得如此紧张和惊恐。相反,自己不顾对方是否承当得了,就一股脑儿把偌大一个包袱硬推给对方,是不是有点过于自私了?正是这种反躬自问,使他感到有点不安,也有点愧歉。略一迟疑之后,他终于走上前去,伸手拍了拍黄宗会的肩膀,和解地说:"别再哭了!适才是为兄不是,不该那等说话,你且起来,快起来!"这么催促着,他侧起耳朵倾听了一下,又说:"听,今儿是十八大潮,这会儿怕是潮水上来了!"

对于大哥的话,黄宗会一向是顺从惯了的。这一次也不例外,虽然他没有吱声,但是却用鼻子咝咝吸着气,拭擦着眼睛,站了起来。

这当儿,耳畔的潮水声变得更加巨大,它有如沉雷一般轰隆隆地响着,一阵接一阵地从江面上传来。当兄弟俩走上堤岸的高处,放眼望去时,果然发现,早一阵子他们离开时还是夕阳斜照、细浪逶迤的江面,这会儿完全变了样。在反常地提早而至的海潮压迫下,它正在整个儿不安地翻腾着。本来是露出水面的大片"草塘",已经消失不见。江面却变得更加浩瀚和开阔。起伏不已的波涛,有如千百条身披银甲的蛟龙,在江中盘旋出没,咆哮搏斗,激溅起高达数丈的无数水花。而在水天相接的远处,那汹涌的潮头,一道接着一道,在月光的映照下连绵而至,远远看去,仿佛在一匹巨大的墨绿色缎子上,滚动着一串串闪闪发光的珍珠,渐行渐近,那潮头就幻化成了无数奔驰的战马,冲锋的甲士,翻卷的旌旗,月光之下,呈现出一片浩浩荡荡的素白。这情景使人想到圣洁,想到丧礼,想到视死如归的哀兵……也许正因这个缘故,在堤岸上,除了黄氏兄弟之外,这小半天里虽然已经又聚起了许多闻声而至的观潮将士,但是大家似乎全都被眼前这震荡古今、充满悲愤和不平意味的壮伟场景禁制住了,以至于惊愕地伫望着,不动,也不说话。

"这潮上来了,恐怕得有个把两个时辰才平定得了。今儿怕是来不及了,你就明早再回去吧!"在震耳欲聋的潮声稍歇的当间,黄宗羲回头对弟弟大声说,"不过,我却要告诉你,我是不会就此罢休的。须知为兄作此决断,不惜殉之以身者,并非只是为的报大明,更是为的报天下,为士大夫立一榜样……"他本想说下去,但是一阵怒雷般的潮声已经铺天盖地地压了过来。他只好闭上了嘴巴,直到潮声稍弱之后,才又继续说:

"是的,要立一榜样!皆因国家丧亡至此,天下丧亡至此,全由士大夫因循故习,不思变革进取之故,要拯救之,振拔之,就须得打胜这一遭生死存亡之役,成大功,立大名,然后因势利导,雷厉风行,革故鼎新。只要为兄一息尚存,定要坚行到底,绝无……"话没说完,又被轰轰而至的潮声冲断了。黄宗羲皱一皱眉毛,干脆把嘴巴凑在弟弟耳朵边,用尽力气高喊:"哎,立——一——榜——样——!你可明白?"黄宗会回过头来,敏感而苍白的脸上现出憬然觉悟的神情,眼睛闪着泪光。他没有回答,只是伸出手来,同哥哥紧紧相握着。

六

  黄宗羲和他的三千义军在谭山登陆的消息,只过了一天,就在海宁、海盐一带迅速传扬开来,并且使两县的官吏们大为震恐。他们一方面紧闭城门,全力防备;一方面派人火速前往杭州,向清朝的浙江总督张存仁告急。结果,到了第三天,一支为数千人左右的清军援兵,就赶到海宁。他们并没有主动向义军发动进攻,只在迫近谭山十里的大尖山脚扎下营寨,摆出一副可攻可守,后发制人的架势。这么一来,就迫使黄宗羲不得不谨慎从事。因为这一次出师,是西征的第一仗,关系到整个军事计划的开局,他深感责任重大;而以自己麾下这三千新练之众,去攻击敌人一千久经战阵之兵,确实还很难说有必胜的把握。结果,经过与王正中等人反复研究,他最后决定:立即派人返回龙王堂驻地,向孙嘉绩报告;并建议孙嘉绩同驻扎在小尾渡口的绍兴义军联络,请对方的主帅义兴伯郑遵谦发兵,从杭州和海宁之间登陆,以切断清军援兵的退路,配合他们的进攻。谁知,使者派出之后,三天过去了,五天过去了,孙嘉绩那边却一直没有回音,于是,战事就在焦虑不安中拖了下来……

  为了确保首战必胜,黄宗羲这样做,固然有他充分的道理,然而他却不知道,战事这一拖延,可就使目前正潜伏在海宁城内、准备接应攻城的查继佐、柳敬亭等人的处境变得颇为困难。而且,由于无法与城内取得联系,黄宗羲甚至也不知道,在这些潜伏者当中,如今沈士柱已经不幸牺牲,相反,却增加了余怀和张维赤,此外,还有他无论如何也想不到的老朋友冒襄。

的确,说到冒襄终于决定加入到这个圈子里来,恐怕连他自己也有点始料不及。因为且别说作为难民,一家子老的老,小的小,眼下就全指靠他来苦苦支撑。无论父母也好,妻子也好,都绝不会同意他参与这种可能招致杀身之祸的密谋;就是他本人,经历了这一年的颠沛流离,苦头吃尽,也已经锐气全无,一心想着能把家人平安带回如皋,从此隐居乡下,打发余生,也算于愿已足了。只是到了得知不辞数百里冒险奔波,终于重新找到他的余怀,原来是身负秘密使命的义军中人,接着又得知沈士柱、柳敬亭也受浙东义军的派遣,跟着查继佐来到了海宁,他的心思才有了改变。从这些旧友的口中,冒襄了解到许多过去不知道,或者知道得不多的情形,譬如说,鲁王的军队已经扩充到十万之众,不仅有张国维、朱大典、孙嘉绩等正派人士同心秉政,而且有方国安、王之仁这样经验丰富的将领辅佐,一年来曾经屡次大败清兵,成功地巩固了浙东的地盘,目前已经决定出师北伐,很快就要打过江来;又譬如,除了浙东闹得轰轰烈烈之外,唐王也于一年之前在福建登基称帝,改元隆武,颇得各地义军拥戴。还有,江西、湖南,乃至南京外围等地的抗清斗争也如火如荼,方兴未艾等等。如果说,在此之前,冒襄为一家子的活命而苦苦挣扎,就像陷入了一场苦恼已极,但又摆脱不掉的梦魇的话,那么这些最新的消息,这种始料不及的局面,却有如一道耀眼的光华,使他蓦然惊醒,看到一片海阔天空,波翻云涌的景象,以致目夺神迷,情不自禁地激动起来。特别是得知,瘦小文弱的好友沈士柱,竟然为了闯开城门壮烈而死;而另一位好友黄宗羲则成了义军的一员将领,正准备率师渡江,冒襄心中那一份震动和惭愧,更不是言语所能形容的。加上余怀等人再一动员,他就横下一条心,毅然答应下来。不过,为着免得家人得知后惊慌哭闹,他并没有声张,就连父亲也没有禀告。这在他的平生,还是第一次。也许因为这个缘故,他到底又忍不住悄悄向董小宛作了透露。

出乎意料的是,侍妾对他的决定竟然十分理解和支持,而且表示会替他保密。这使冒襄多少感到宽慰,于是便积极投入到查继佐等人的策划圈子中来……

眼下,已经到了五月二十八日。这一天下午,参与密谋的一班朋友,又聚集到查家大宅的一所密室里,商量接应义军攻城的事宜。这间密室,位于后花园的一所佛堂后面,前面一进供着佛像,当中隔着一个用鹅卵石铺砌的天井,被一棵枝叶繁茂的枇杷树密密地遮住了半边。佛堂周围环绕着一片种满荷花的水池,只有一道小桥与外面相通,环境确实颇为隐秘。圈子里的这班朋友,已经不是第一次在这里举行密谈。不过,就在刚才,他们从神情严峻的查继佐口中得知,由于发生了非常的变故,接应义军的计划正面临暴露的危险,弄得大家十分紧张,一时间谁也不说话,屋子里才出现了暂时的寂静。

查继佐说到的这桩变故,确实不由得大家不紧张。本来,由于沈士柱之死,以及凌君甫没有如约入城,使凭借组织暴动,用强力夺取城门的图谋归于失败之后,他们已经转而分头出动,利用各种关系,对守军实行秘密渗透,试图神不知鬼不觉地将城门控制在手中,以便时机一到,就接应义军进城。当然,这也并不容易,特别是出了沈士柱试图诈开城门那样的异常事件,县令张尧扬已经空前地警觉起来。在接下来的一连好几天里,他都派出差役在城中大肆搜查,声言要挖出同党。幸亏柳敬亭和余怀当时走避得快,加上查氏家族在海宁树大根深,广有势力,才好歹把这阵风波抗了过去。不过如此一来,要派人渗透到守城的军士里去,也就困难了许多,而且要冒很大的风险。后来,仍旧是查继佐凭借家族的关系,在守军中加紧物色、策反和收买,才陆续争取到一些人。同时,由于城中兵员不足,张尧扬不得不向各保甲征用民夫,协助防守。这也给查继佐提供了从中安插心腹的机会。到如今,海宁城的六道城门当中,起码在东门和南门,都安插了他们自己的人。特别是南门,由于成功地策反了守军的一位姓周的队长,更有希望成为将来配合义军破城的一个主要的口子。然而没想到,自从黄宗羲率军在谭山登陆的消息传来之后,县令张尧扬十分紧张,为了加强对各门的控制,他最近又派出手下的一些得力的属吏前去监管。负责南门的,是一个姓何的师爷。此人生得又干又瘦,平日总是一副阴不阴、阳不阳的神气,而且颇工心计,诡诈百端。他似乎已经嗅出一点气味,对门上的一动一静盯得更紧,昨天还突然把姓周的队长和一个民夫带回县衙去,盘问了半天,后来放回了姓周的队长,却把那个民夫留下了。而那个民夫恰好就是查继佐安插的一个得力的亲信。那么,是不是姓周的队长把他供出来的?如果是的话,那个亲信一旦受到严刑审讯,会不会把查氏兄弟也供了出来?这些,眼下还一点都摸不准。虽然查氏兄弟已经派人带了银两到衙门去托关系,打探消息,但是也只得知那个亲信目前被拘禁在牢里,并未提审,也未动刑。至于下一步如何处置,却不清楚。这么一来,可就不由得查氏兄弟不大为紧张,因此急忙把大家召来,商议对付的办法……"哎,事到如今,就瞧贵价扛得住扛不住了!"在一片紧张的思虑中,张维赤终于打破了沉默,"若是扛不住大刑威逼,供将出来,大家都是个死!"这无疑也是在座的人所想到的。因此大家交换了一个忧心忡忡的眼色,都没有做声。

"不是并未提审么!也许不至于?"有人不无希冀地说,那是余怀。柳敬亭叹了一口气:"都关进牢里了,还指望能囫囵出来么?这一遭,只怕他不死也得掉一层皮!"

"那——"余怀眨眨眼睛,"能不能想法子把他搭救出来?"

"是呀,拼着花点银子!"张维赤也从旁帮腔。

查继坤瞅了他们一眼,随即摇摇头:"能搭救,学生与舍弟早就搭救了!里面的人说,这个人是何师爷指着严加看管的,除非是县尊大老爷,否则谁也不敢卖放!"

"那到底该怎么办？终不成坐在这儿等死啊!"张维赤不由得发急了。谁也没有回答。密室里再度归于沉寂。从窗外飘进来的荷花清香变得分明起来,在看不见的树丛深处,悠长而聒耳的知了声响得人心烦。

面对这种情形,坐在一旁的冒襄虽然没有吭声,但心中也是七上八下。不错,在决定参加进来的时候,他就知道这件事非同小可,要冒极大的风险,弄不好,还会把性命都搭上去。不过却万万没有想到,事情会来得这样快,这样突然。"啊,怎么会这样子？"他想,"怎么早不出事,迟不出事,我才加进来没几天,就出这样的事？哎,连人都给拿去了,这个娄子只怕捅得不小！一旦露了馅,这牵连可就大了,只怕在座这些人一个也逃不掉！他们倒好,总算起过义,打过仗,起码也痛痛快快地同鞑子较过劲儿！可是我呢,还几乎什么事也不曾做。要是就这样把命赔了去,岂非太不值得？况且,丢下家里一大摊子人,又怎么办……"心中这么忐忑着,就听见余怀把茶杯咣当一放,气急败坏地说:"黄太冲他们也真要命！明明占住谭山都有十日了,却磨磨蹭蹭地老是不进兵！这么拖下去,他赔得起,我们可赔不起！"

"黄太冲也不是不想进兵。"查继坤解释说,"不是鞑子从杭城派了援兵来么？只怕他们正在筹谋破敌之策。嗯,此一战非同小可,着实孟浪不得。"

"可眼下我们该怎么办哪？"张维赤睁大眼睛问,"要是没法子,那就不如暂且分头逃散,也比坐在这儿束手待毙强！"

"逃么,怕是逃不掉的。"有人慢吞吞地说,那是柳敬亭,"若然那个队长真的捅出点什么,这宅子的四下里,只怕早被做公的全把住了！"

查继坤却摇摇头:"这倒不至于。在请列位来时,学生已经着人四面察看过,并无异常。这会儿也一直有人监视着,并不见有报告进来。"

"哦,对了,还可以逃。"冒襄又想,"既然如此,那就还得赶快!不过,就怕这四面城门全都把得严严实实的,出得了这宅子,也逃不脱官府的手心——当然,还可以设法躲起来,凭着他们查家在城中的势力,给我们找个安稳的地方总不难,就不知他们⋯⋯"

"如今事情之难办,"一直静静地听着的查继佐终于开口了,"就在于还闹不清是怎么一回事。就连那个队长是否捅出了什么,眼下也不好说。因此不能轻举妄动,操之过急,以免打草惊蛇,前功尽废!但是不作未雨绸缪也不成。因此,今日急急请列位来,是想让列位周知此事,心中有数。不过——"他停顿了一下,抬起眼睛:"淡心兄说得也对,与其大伙儿都窝在这儿束手就擒,那么列位确实不如即速离去,各自寻个安全之处躲起来,先避过这风头再说!"

"我等走了,那么贤昆仲怎么办?"余怀问。

"黄太冲他们说不定早晚就会攻过来,接应的事总得有人料理,这儿全走空了也不成。何况也未必有事,即使果真有事,那么生死祸福,就由我兄弟当之便了!"

余怀愣了一下神,随即摇摇头:"那么我也不走了!有福同享,有祸同当,我看谁也不能走!"

"是呀,谁也不许走!"张维赤也在一旁帮腔。

冒襄本来已经重新生出希望,听他们这么一说,心中顿时又是一沉:"啊,谁也不许走?"他想,"这可怎么办?莫非当真留下来等死?不错,像眼下这样子,如果当真死了,倒也不失为忠勇和壮烈。以后人们如果修史,就会论定我冒襄是死于王事,而不是白死于沟壑!何况,黄太冲的兵都已经到了谭山,说不定不等张尧扬下杀手,这局面就会翻过来——那么,就留下来不走?只是,只是⋯⋯

哎,算了!其实即使不死,侥幸逃脱,又怎么样呢?我充其量只能回到那个破家里,继续对着那一帮子人,天天愁衣愁食,担惊受怕,苦抵穷熬,没完没了!这种虫豸蝼蚁一般的卑贱生涯,同死到底又差得了多少?只怕连死都不如……"一想到从前那种生活,冒襄心中顿时生出一种强烈的反感、厌恶与恐惧。于是相比之下,他便反而觉得,留下不走,未必就不是一种可以考虑的选择。"说实在的,我被家人们拖累得也太久了,招来的误解和指责也太多了,无论如何,我总算对得起他们了!这一次,就让我由着自己的性子拿一回主意,像个热血男儿那样,轰轰烈烈干一回,死一回吧!不错,我说过的,我总要向世人证明,我冒襄绝不比别人差,绝不是个贪生怕死的懦夫!"念头这么一转,说也奇怪,前一阵子总是缠绕着他的那种难以割舍的情怀,顿时就淡漠了许多,相反,他从心底里激荡起一股慷慨决绝之情,并且开始感到一种前所未有的兴奋……"唔,倒也不必全都不走,"柳敬亭的声音再度传来,"依小老之见,冒相公与张相公不妨先走。老汉与余相公留下,瞧瞧情形再说。"

"啊,何以让弟先走?"张维赤似乎感到不解。

柳敬亭没有回答,只是用隐藏在眼皮下的小眼睛瞅着查氏兄弟。查继佐显然已经明白。他点点头,说:"柳老爸说得不错。二位仁兄本与此事无涉,是被弟等强邀进来的,只得数日相与,正不必无辜受此牵连。何况二位俱有家室在此,辟疆兄更是全家惟一支撑,必须及早脱身才是!"听他这么一说,查继坤和余怀都连连点头。余怀更是走到冒襄跟前,作了一揖,抱歉地说:"因弟之故,累兄受此牵连,实在不该。还望我兄见恕!"冒襄眨眨眼睛,有片刻工夫,觉得闹不明白他们的意思。不过随后,他就感到有点气愤和着急。而这种气愤和着急,又因为意识到对方的这种安排,其实是等于将他从眼前这个决死报国的圈子中排除出去,让他重新回到那种可怜的、虫豸蝼蚁一般的生活之中而迅速变得强烈起来,尖锐起来。

"不！我不走！"他猛地站起身，吵架般地大声说，"我是不会走的！要走，你们走好了！"说完，惟恐对方再来纠缠，他迅速向斜刺里走出几步，远远地躲到一边去。大家交换了一个疑惑的眼色，对这种激烈的反应显然感到意外；不过，随后就围上来，开始七嘴八舌地竭力劝说。可是冒襄却咬定牙关，死活也不答应。这么一来，倒把朋友们弄得唇焦舌燥，以至一筹莫展……

七

正在不可开交的当儿，忽然，门外响起了脚步声，查府的管家匆匆走了进来。他先向室内打量一下，随即径直走向查继坤，附在耳边低声说了几句。只见后者目光一闪，抽身离开了众人，低着头，在室内踱了几步，然后转过身来，干咳了一声，提高了嗓门说："列位，列位！且听小弟一言！"

等大家陆续把目光集中过去，他才脸色凝重地接着说："好教列位得知，刚刚外堂上报，来了个做公的，说是县尊大老爷请弟即时过县衙去，有要事商量。"停了停，又补充说："嗯，他还说，不许稽迟。"

起初，屋子里的人们不知道他要说什么，有的还在低声交谈。但是随后，说话声就猝然中止。人们仿佛受到意外的袭击似的，你望我，我望你，脸色不由得变了。张尧扬迟不传唤，早不传唤，偏偏在这个时候来传唤查继坤到县衙去，而且口气又是如此强硬，不用问，十之八九必定同被拘去的那个心腹亲信有关！那么，到底是否那个亲信已经招供？还是……

"大哥，"在一片噩梦临头的紧张沉默中，查继佐望着兄长，犹豫地说,"怕是来者不善。要不,竟是干脆回他一个不在家中,先拖上一阵再说?"

"是呀,不能去!""只怕是会无好会!"其余的人也齐声劝阻。余怀更是情绪激动,他一挥拳头,大声说:

"妈的,他张尧扬凭什么召兄去?偏不去!他要抓,就让他来抓好了!"

可是查继坤却举起一只手,制止大家喧闹。只见他那两道疏朗的眉毛纠结在一起,紧闭着嘴唇,一动不动地站着。这样令人难熬地过了片刻,他终于摇摇头,苦笑说:"他派人相请,那么起码还留着余地。若然不去,反令他增疑。罢了,拼着身家性命不要,这一次哪怕是刀丛剑林,也只得闯他一闯!"

这样说了之后,也不等大家再有表示,他就转脸望着查继佐,平静而又郑重地说:"如果有事,愚兄俱一人当之!万一问及贤弟,只推概不知情,决不可自承参与。此间之事及家中细务,就烦贤弟相机处置!惟是凡事仍须镇静,不可误了大计!"

说完,他就举手向查继佐及众人一拱,又走到冒襄跟前,恳切地说:"事急矣!听弟之言,快走,快走!"然后,就毅然转过身,义无反顾地向外走去。

大家起初还想阻拦,但看见查继坤意志坚决,只好一齐跟到门边,心情复杂地目送着。直到查继坤的背影过了小桥,消失在假山后面,才各怀心事地转过身来。

这当儿,心情最为复杂的显然要数查继佐。不过他却还能保持着镇定,看见大家沉默不语,就摆一摆手,说:"事到如今,只有等着瞧了。不过,有我一个在这儿已经足够。趁公差还没上门抓人,辟疆,还有你们——哎,快走吧!"

"可是,小弟是不会走的!"冒襄猛地把胳臂一挥,由于意识到结局终于临近,更由于可以痛痛快快地由着自己的性儿做一回主,他浑身的血液急剧地沸腾起来,眼睛也变得闪闪发光,"张尧扬要抓要杀,就让他来好了!我冒襄不怕!"

"我也不怕,我也不走!"张维赤显然不甘落后。

余怀点点头:"对,我们谁都别走!要死就一道死!"

冒襄看了看他们,心中不禁涌起一股热烘烘的感觉。那是一种暌违多时的感觉,依稀像是又回到了当年,他在秦淮河大排筵席,与社友们于酒酣耳热之际,放言高论,褒贬时政,量裁人物。尽管可能招致当朝大老们的愤怒和迫害,但他们却毫不畏惧,只觉得彼此心意相通,热血奔涌,浑身充满了一种惺惺相惜的满足之感……"那么,柳老爸呢?"由于发现柳敬亭没有吭声,查继佐转过脸去问。

柳敬亭笑了一笑,说:"这些天,小老在贵府里好吃好喝,住得舒舒服服的。莫非查二爷嫌麻子肚量太大,把贵府给吃穷了,想往外赶不成?"

"好!"余怀一跃而起,把大拇指一伸,"山崩于前而不改当行本色。柳老爸就是好样儿的!"

看见老朋友又恢复当年狂放不羁的样子,冒襄愈加情怀亢奋。他把手中的折扇一合,站起来,不客气地指着柳敬亭说:"既然如此,那么干脆,你老爸就施展妙技,给大伙儿开讲一场,也省得我们干坐着,等得心焦!如何?"

"啊,不错!""正是!"张维赤和余怀也直着嗓门大叫。

柳敬亭依旧笑得很安静:"开讲不妨。横竖麻子的肚皮里有的是存货。有一日好等,老汉就给列位说上一日;有十日好等,老汉就给列位说上十日!不过,眼下却且不忙开讲,待小老先向列位献上一曲。只不知列位可肯赐教?"

余怀一听,顿时瞪大了眼睛:"噢,学生只听说柳麻子说书,天下无双!却不知道你老原来还会唱曲!"

冒襄却已经有点迫不及待:"好哇,有此新鲜事儿,我等自然是非领教不可的了!"

"可是,你们全无必要跟着我一道在这儿等死!"查继佐突然使劲一跺脚,爆发地吼叫起来,"全无必要! 懂吗?"

柳敬亭的目光朝他一闪,随即,像没有听见似的,依旧向余、冒二人点点头,说:"小老所献此曲,原是古调,非得以琴伴奏才成。小老不恭,已经看见此间便有。"说着,他就站起身,走向摆在屋角的一张琴案,先用手指拨弄了一下,然后回身向主人行了一礼,不慌不忙地坐到那一张幽幽地闪着光的古琴跟前。看见他这样子,屋子里的人都不由得静了下来。因为柳敬亭弹琴唱曲,他们全都没有听到过,都多少有点好奇。就连查继佐,到了这会儿也只能脸色阴沉地望着,没再阻拦。

这当儿,柳敬亭已经老练地调正了弦柱,校准了音色,随即轻轻弹出几个音阶。只这么一出手,在座的行家像余怀和冒襄,就立即发觉老头儿果然身手不凡,不仅辨音准确,而且力道沉雄。不过,更出乎大家意料的是,几乎在那十根手指落下的一刻起,琴弦就在极富变化的勾、挑、按、捺当中,猛烈地跳动起来,紧接着,高亢而急骤的旋律,有如翻卷的波涛,奔腾的战马,倏然而起,汹涌而至,使人们的心头为之一震。

激切的琴声铮铮钣钣地持续着,把听众们的情绪急剧地推向一个又一个波峰,推向一座又一座崖巅,随后,就收敛起它的逼人声势,一转而变得萧萧索索,纷纷扬扬,人们的心也仿佛重回到平地上,眼前展开了一片白茅满目的旷野,天低云暗,四顾无人,只闻虎啸狐鸣之声……大家正感到惊疑不定,忽然,柳敬亭把头一仰,扯开苍凉粗犷的嗓门,亢声唱了起来:

风雨凄凄,鸡鸣喈喈。既见君子,云胡不夷!
风雨潇潇,鸡鸣胶胶。既见君子,云胡不瘳!

风雨如晦,鸡鸣不已。既见君子,云胡不喜!

在座的都是熟读诗书的文士,自然立即听出这几句歌词出自《诗经》中的《郑风》,原题就叫《风雨》。本是抒发一位女子在风雨交加、心情郁闷的日子里,忽然遇见意中人归来的欣喜心情。但是,眼下被柳敬亭配上悲壮的音乐,再用粗犷的歌喉唱出来,那意味就完全变了。的确,眼下正当国破家亡,大难未已,又何尝不是一片风雨交加,天地变色的景象?所幸全国各地尚有一批不甘屈服的仁人志士在坚持反抗,也正如寂寥的旷野中,依旧啼响着声声高亢的鸡鸣。而他们这些君子,为着同一种信念和追求,在经历了种种磨难之后,终于又重新走到一起来了。这难道不是十分值得庆幸吗?且不论将来是成是败,是生是死,光是能得到这一份情谊,就已经是人生最大快慰了!正是受到这种憬悟的感召,在座的朋友们听着听着,都情不自禁地生出了强烈的冲动,心中充满了无可名状的感激与挚爱。到后来,一个个变得神态庄严,热泪盈眶。就连查继佐,似乎也暂时不再去想哥哥的安危,面容明显地变得开朗和果决起来……也许是受到这种情绪的主宰,在接下来的时间里,大家不再像前一阵子那样气急败坏,而是本着求仁得仁的坦荡情怀,把生死安危置之度外,重新变得有说有笑,并且认真地商量起接应义军的事情来。

这样大约过了大半个时辰,忽然,外面传来了"轰"的一响,遥远而隐约。随后,又接连响了两声。这一次,清楚了一点,却依然在远处,像是就在南城那边。在座的朋友们不由得一怔,都专注地侧起了耳朵。

"轰!轰轰!"又是几声闷响传来。这一回可以听得很清楚,方向确实就在南边的城上。

"炮声!是炮声,开炮了!"余怀首先站起来,神情严肃地说。

其他人却依然坐着没动:"是炮声?""没错吧?""莫非、莫非是我兵攻城?"口中这么疑惑地询问着,但是,眼睛却渐渐发亮了,终于,大家"哄"的一声,猛地跳起来。

"不错,是打炮!""是攻城!""哎呀,黄太冲总算打过来了!"五六张嘴一齐大叫,由于意外,更由于惟一可以指望的救星突然降临,大家简直有点惊喜欲狂。其中,又以冒襄最为激动。他冲着查继佐大声问:"那,我们该怎么办?"

后者果断地一挥手:"走,出门看看去!"说完,抬腿往外就走。其余的人连忙一窝蜂地跟着,一起走出密室,离开佛堂,来到后花园里。

这当儿,已经时近傍晚,西坠的夕阳隐没到屋脊背后,在紧贴树梢的天空上,升起了一片巨大的、连绵不断的云朵。那灰黑色的、参差堆积的云朵,在夕阳余晖的映照下,边缘被镶嵌上一道血样的亮红,显得凝重、狰狞,而又瑰丽。不过,这景象并没有引起朋友们的注意。因为此刻占满大家心思的,是院墙外面的声音变得更加清晰。除了不断传来的炮声之外,还有街巷里鼎沸的人声、狗吠声,乱哄哄地响成一片。大家的心情更加兴奋和紧张,几乎是小跑着向大门外奔去。

然而,没等他们走到大门,就看见查家的几个仆人慌里慌张地奔来。"咄!站住!跑什么?"查继佐迎着他们喝问。那几个仆人立即停下了。"到底出了什么事?"查继佐又问。

"回二爷的话,外面乱哄哄的,说是、说是大兵把南兵打败了,正在一路追杀过来哩!"

"什么?"

"哦哦,也有的在说:是南兵打过来了,正在南门外攻、攻城!"

"混账!到底是南兵打败了,还是南兵打过来了?"

"回二爷,这、这小人也说不清。"

在查继佐主仆对答的当儿,其他人也跟着停了下来。听仆人这样说,余怀首先表示不以为然:"什么南兵打败了,我瞧不会!眼下南兵正在谭山,若是打败了,就该退往海盐,要不就退过江去,怎么会反而往这边跑?"

"对,必定是南兵来攻城!"张维赤也附和说。

"哎,还是赶快出去瞧瞧吧!"已经急不可待的冒襄大声催促说。随即,也不等大家答应,他就当先向外奔去。

大门外果然一片喧嚣。暮色苍茫中,只见惊慌失措的居民纷纷从家中走出来。有的人已经开始往外搬东西,更多的人则东一群西一堆地围在一起,一边闹哄哄地议论着,一边伸长脖子,向城南的方向张望。而轰轰的炮声,还轻一下重一下地从远处不断传来……由于心中着急,几位朋友二话没说,就立即分头到人丛中打听消息。然而,正如刚才那个仆人所说的那样,果然人言人殊,莫衷一是。大家眼见情势紧急,不由得焦躁起来,略一商量之后,决定干脆赶到城南去看一看。于是查继佐便吩咐手下的仆人在前头开路,大家一齐动身。谁知,没等他们迈开腿,挤拥在前面的仆人忽然叫起来:"啊呀,大爷!大爷回来了!"大家不由得又是一怔,正要开口询问,就看见仆人们已经自动向两旁分开。接着,查继坤那熟悉的身影就出现在夜色四合的薄黯里。只见他走得颇为匆忙,而且步履还有点踉跄。当发现弟弟和其他同谋者全都站在门外,他没有说话,只是做了个手势,让大家跟着,一直走回大门里。

"大哥,你……"看见查继坤在天井里站定之后,就低下头,老半天不吭声,感到惊疑不定的查继佐忍不住催问。

查继坤这才缓缓抬起头,忽闪的目光在黑暗中颤抖着,声调里带着哭腔,说:"完……完了,我兵已经失败,败得很惨!这回可是全都完了!"

"什么?我兵失败了?""不会吧?""可是——"好几个声音吃惊地插了进来。

查继坤用袖子擦了一把鼻子,仿佛在极力稳定情绪,随后举起一只手:"哎,列位且听弟说——刚才,张尧扬把我召去,原来并非别的事,也并非光是召弟一人。他把城中的缙绅之家都召去了。据他说,适才接到杭州发来知会,只因昨日江潮忽然失期不至,江水浅落倍于平时。北兵探知,遂乘机于七条沙驱马涉水,大举过江。方国安得报惊慌万状,当即拔营先逃。随后,江上列营也闻风溃散,争相向东逃窜。眼下,北兵正沿钱江东下,追剿败兵。因此张尧扬传谕城中缙绅之家不须惊慌,要合力助他安抚百姓,紧守城池,还要帮助北兵截击溃逃的南兵——总之,这下子是完了!全都完了!"查继坤声调低沉地说着,泪水随之从眼眶中汩汩涌出,并且顺着瘦小的脸颊不断地流淌下来。

可是,周围的朋友却被他所说的消息彻底惊呆了。的确,这个天塌一般的噩耗来得太突然,也太可怕。偌大一场起义,在浙东已经坚持了整整一年,直到前几天,还是好端端的,正准备大举出师西征,竟然一夜之间,就全线崩溃,使辛辛苦苦建立起来的基业归于毁灭!这实在令人难以置信。

"啊,不会的,不是的!怎么会这样子?不会!笃定不会!"余怀跳起来高叫。

"不错,"张维赤表示同意,"一定是张尧扬妖言欺人!"

"是的,会不会是鞑子夸大其辞?"冒襄也问,不过,口气已经有点迟疑。查继坤摇摇头,苦笑说:"败兵的船只已经逃至海宁江面。刚才城上发炮,就是为的拦截他们。张尧扬还让我们到城头上瞧一瞧。弟因急着回来,才没有去。"

"那么,我们也瞧瞧去!"余怀激动地一抹眼泪,打算转身就走,但是却被柳敬亭一伸手,拦住了。

"哎,不要去了!"他沉静地说,随即转向查继佐,问:"事到如今,不知贤昆仲打算如何处置?"查继佐也像刚才他哥哥那样,没有立即回答。凭借大堂里透出的灯光,可以看见他一动不动地伫立着,像在强忍着心中的悲痛,又像在紧张地思索。直到大家快要忍耐不住时,他才抬起头,长长地叹了一口气,说:"手下那个人已经放回来了。总算事机尚未败露,我等倒还好办。令人担心的却是黄太冲,他今番孤军深入,又没有人报信,只怕危险得很!"

尾　声

　　夜色笼罩的钱塘江面上,风高浪急,星月无光。共有五六十艘的一支满载着士兵的船队,在极匆忙地砍断最后一根缆绳之后,就扯起鼓涨的船帆,接二连三地离开谭山江岸,奋力向着茫茫暗夜驶去。它们显得那样紧张、慌乱,以致完全失去了正常的队形,只顾争先恐后地逃命。而船上的将士们,则分明受到巨大的震动和惊吓,有好长一阵子,大多数人任凭浪涛的颠簸,竟然始终噤若寒蝉,一片静默。只有那一双双惊魂未定的眼睛,依稀隐约地在黑暗中闪着光。这就是黄宗羲和他部下的三千兵马,他们已经被迫彻底放弃一切行动计划,目前正打算撤退到正对岸的余姚地界去。

　　查继佐的估计不错,由于浙东明军突如其来的全线崩溃,当时还在谭山扎营的黄宗羲和他的将士们,确实一度处于极其危险的境地之中。不过,他们总算及时得到消息。正当江面上忽然出现许多仓皇逃窜的船只,大家都感到惊疑不定的时候,七天前,奉派前往龙王堂求援的陈潜夫也终于丧魂落魄地赶回来了,他除了带回那个晴天霹雳般的噩耗之外,还声泪俱下地告诉大家:这些天来,抱病在身的孙嘉绩一直都在同义兴伯郑遵谦加紧磋商,恳请对方从小尾渡口挥师渡江,以配合黄宗羲向海宁进攻。本来,郑遵谦已经同意,准备一两日内就出兵。谁知做梦也没想到,整个局面一下子就会垮了下来,孙嘉绩气急攻心,背疽当场迸发,全靠手下的亲兵把他背着,才逃离了龙王堂。临分手时他尽管气息微弱,但还忘不了叮嘱:一定要设法尽快通知黄宗羲!陈潜夫是乘着一只小船,夹杂在众多溃逃的兵船当中,拼着命儿赶回来报信的。他还报告说,眼下无论是大江之上,还是浙东各府县,到处都乱成一片,各路军马只顾争相逃命,甚至互相残杀,已经谁也顾不上谁。眼下孙嘉绩去了哪里固然无从打听,就连鲁监国的安危如何,也不得而知,有传说已经被方国安劫持过了江,也有传说正跟着张国维、朱大典、余煌等大臣逃往福建……

在听到这个消息之前,大家尽管已经多少感到情形有点不妙,但是却万万没有想到,局势竟然已经崩溃到这一步,以致"啊"的一声,全都焦雷击顶一般呆住了。其中,又数黄宗羲受到的冲击最强烈。一刹那间,他的脸可怕地扭歪了,嘴唇却颤抖起来,接着,像被某种无形的力量推搡着,噔噔噔一连倒退几步,最后茫然跌坐在一块石头上。直到王正中、章钦臣、朱大定、吴乃武等将领们从震骇中清醒过来,意识到自己这支孤军处境已经极其危迫,因而变得紧张异常,议论纷纷,黄宗羲仍旧呆呆地坐着,大瞪着失神的眼睛,不动,也不说话。

的确,也难怪黄宗羲这样子。因为这场大崩溃来得实在太突然,太令人难以置信,以致恍惚之间,他的整副神魂都脱出了躯壳,浑浑噩噩,像是飘浮在一场荒诞而又可怖的梦境之中。事实上,近七八天来,也许由于长久地等待,心情焦躁的缘故,黄宗羲经常被各种光怪陆离的梦境所缠绕。有时,他梦见自己挥军前进,一路上势如破竹,取海宁、破杭州,长驱北上,直取南京和北京,大旗指处,清军兵败如山倒,转眼之间,神州光复,大明中兴……有时,又梦见自己回到黄竹浦家中,与母亲、妻儿和兄弟们团聚在一起,依旧过着读书耕田、潜心著述的乡居生活,并常常为了某个问题,同来访的友人争得面红耳赤……还有一次,则梦见敌人前来袭击,自己仓猝应战,忽然发现部下已经全部牺牲,自己也身负重伤,陷入了重围,最终被敌人乱刀杀死……那么,这一次是不是同样在做梦?只不过情境来得特别荒诞、特别逼真而已?

不过,他终于还是惊觉了过来。因为部下们开始围着他,焦急地请示应变的办法。同时,从各营也接二连三传来报告,说士卒们已经乱作一团,纷纷酝酿散伙逃命。面对这种急迫的情势,黄宗羲只好强自压下满心的惊疑和惨苦,收敛心神,一面听取部下的建议,一面考虑如何当机立断,应付危局。最后,他同意大多数人的意见:由于大局已经彻底崩溃,士气正面临全面瓦解,如果继续向海宁进攻,只能是白白送死;即使是继续待在谭山,也同样会被敌军轻而易举地合围聚歼。但是在弄清鲁王的去向之前,也不能乱逃一气。比较稳妥的做法是撤往江南,先回到家乡再说。本来,要安全撤退也并不容易,因为清军的一千援兵就在十里外的大尖山,随时都会乘机猛扑过来。不过,幸好他们还带着一个火攻营。黄宗羲于是一方面责成将领们全力稳定军心,一方面命令章钦臣立即带人前往五里之外,沿着敌人进攻的必经之路埋设万弹地雷炮;然后,又把营中最厉害的火器集中起来,组成殿后的防线,掩护各营登船。结果,在接二连三地遭到火器的猛烈阻击之后,清军的追兵还真被吓住了,不敢过分进逼。就这样,黄宗羲才好歹把三千人马尽数撤了下来……

如今,兵算是撤下来了,不过说到黄宗羲的脑子里,那种疑心是在经历一场噩梦的感觉,却始终没有完全消除。相反,由于最紧张混乱的时候已经过去,此时此刻,他独自扶着船桅,默默地望着夜幕笼罩的江面,倾听着浪头击拍船舷的哗哗声响,以及身畔将士们紧张不安的呼吸声,那种荒谬的、不真实的感觉又像混沌的浊雾一般,在他的脑际再度弥漫开来。

的确,他们这一次率先出兵,是经过千方百计的努力,克服了极大的困难,才争取得来的,而且已经成功地在谭山登陆。这些天来,尽管一直在等待龙王堂那边的消息,没有采取进一步的行动,但是,他们也没有就此闲着,而是尽力同四乡联络,争取当地百姓的支持。令人欣慰的是,这两天,挑羊担酒前来慰问的乡绅民众越来越多。因此黄宗羲已经同大家商定:如果陈潜夫还不回来,他们也不等了,尽快挥兵向海宁进攻,先打上一仗再说。谁知,转眼之间,就一切都化为泡影……"啊,这到底是怎么一回事?"黄宗羲茫然地、痛心疾首地想,"怎么一下子就弄成这样子?不错,方国安那伙武人靠不住,那是早就知道了的。但不是还有偌大的一道钱塘江天堑么,怎么会被清军一天之内就大举攻了过来?嗯,从春天起,浙东的雨水就一直偏少,进入五月之后,更是旱得厉害。这些都是事实。可是凭着海潮的顶托,也不至于浅落到策马可渡呀!莫非上游竟是断流了么?哎,怎么这么巧?怎么不迟不早,偏偏要在这个当口上断流?莫非连老天爷也在故意帮着建虏,来灭亡大明么!"这么懊恨地推究着,黄宗羲的脊背忽然泛起了一道寒意。不错,如果冥冥中真是这样注定了的话,那么他们这些仁人君子苦心孤诣地为恢复明朝、再造中兴而竭力奔走,甚至不惜破家灭身;而万千民众为了保存祖辈相传的礼教风俗不致毁于一旦,为了不被虎狼禽兽征服奴役而进行的拼死抗争,到头来岂不都是徒劳白费的吗?既然如此,那么还千辛万苦、死缠烂斗地硬撑着做什么?倒不如即时跳进江中,一死了之,更叫痛快干净!心中这么自暴自弃着,黄宗羲就陷入了一种从未有过的绝望和沮丧之中。他开始厌倦地想到:明朝已经腐朽到这种地步,其实一切都成了定局,已经很难加以改变了。而与运行于冥冥之中的天道相比,人其实是那样卑微,力量是那样有限,想要改变这种大势,确实很难很难,甚至是根本不可能的……

然而,他没有能将这种阴沉的思绪继续下去。因为身后的将士们忽然发出一声呐喊,随即紧张地骚动起来。黄宗羲吃了一惊,连忙转过身去,黑暗中却看不出有什么异样。直到他竭力睁大眼睛,仔细辨认,才隐约地从那闪着白光的朦胧影像中,发现原来是两只挂着巨帆的船,正一先一后从上游直驶过来,而且眼看就要同他们的船队撞上了。本来,夜里行船,照例要挂上灯笼,好让别的船闪避。然而这两只船也如同他们的船队一样,仿佛要隐藏行踪似的,船上黑灯瞎火,而且来势又急又凶。正当其冲的那几只船总算闪避得及时,才好歹险险让过,没有闯出祸来。不过尽管如此,也已经把将士们吓得高叫起来:

"狗贼!想作死不成?""你们长的什么驴屎眼?敢闯老爷的船?""你们不要命就罢了,莫要带累乡邻吃麦粥!"

各种各样的怒骂从周围的船上响起。不过也有人在高叫:

"喂,你们是什么人?可是兴国公的兵?""哎,上游如今怎么样了?""你们要到哪儿去?"

但是那两只船一概不回答,只见在江波微光的映照下,那两张巨大的白帆在众人的眼前一晃而过,转眼就融入浓黑如墨的江天深处,消失不见了。

因为几乎发生了意外,黄宗羲那变得松弛倦怠的神经,一下子又绷紧了。他不由自主地继续大睁着眼睛,前后左右地转动脑袋,监视着船舷外的动静。他发现:航船看来正在行经江心的主要航道,因为从这个水域逃跑的船只显然特别多。这么一来,发生碰撞的危险也就相应地大为增加,实在丝毫大意不得。而且,事实也果然如此,在接下来的小半天里,他们又一连碰上两三起这种仓皇逃窜的兵船。有的,就像刚才那两只船一样,一声不响,只顾逃命;但也有的分明吓破了胆,一发现有船挡在前面,就不管三七二十一,又是放火箭,又是喷毒烟,倒把黄宗羲他们的船队闹了个手忙脚乱,差点没有当场着火烧起来……

不过,随着南岸越来越近,这种情形终于不再出现。相反,拥挤在船舱里、甲板上的士兵们,也许由于即将重新踏上家乡的土地

而感到松了一口气,交谈也开始活跃起来:

"啊,总算又活着回到家了!"

"是的,快到家了。"

"咳,这是怎么弄的?说败——就全败了?真邪门!"

"早知是白折腾一趟,当初还不如不去的好!"

"唉,能回来就好!正赶上稻子熟了。再过几日,就该开镰收割了。"

"是啊,还有十日吧,该收割了!"

"可是鞑子已经打过来了。这稻子只怕收不成呢!"

"那就糟了!若是收不成,全家吃什么?"

"哼,你光想着吃!怎么不想想,鞑子这一回,可是要剃你的头了!"

"啊,要剃头?那——那不是成了畜生禽兽么?还不如死了的好!"

"要死还不容易!可还有家里的一窝子人呢?丢下他们可怎么办?"

"这……唉!"

不知是这个问题过于艰深,还是别的缘故,士兵们的对答终于低沉下去,重新静默了。一直在旁边听着的黄宗羲,却感到心窝像被一只厚硕的、粗糙有力的手无意中揉捏了一下似的,那正在凉冷下去的血,一下子又重新涌动起来,沸腾起来。"啊,我刚才是怎么了?怎么会那样想?竟然打算就此认输——难道认了输就逃得过去吗?他们说得对,其实即使是死了也逃不过去!何况还有家里的人,其他的人呢?是的,绝不能就这样认输,如果连我们这样的人也认输了,那么这天下公理就更加连最后的支撑也没有了。绝不能认输!这是无疑的!"他咬紧牙齿,发誓一般地想。尽管如此,他却感觉得出,内心深处始终有一个地方正在破裂,在往外冒血,使他有一种痛不欲生的感觉。他说不出这种感觉是因为什么——是悲愤？是憎恨？是绝望？是冤苦？似乎都有一点,却又不完全是。不过有一点是清楚的,那就是他知道他的路并没有走完。不管前面等着他的是成是败,是利是害,是生是死,只要有一口气在,他还得走下去……

"太冲,快到岸了！眼下这军心已散,上岸之后怕会有变故,怎么办？"一个熟悉的嗓音在旁边低声说,那是他的副手王正中。

"愿去则去,愿留则留。"

"那么兄台你呢？"

"上四明山！"

"上四明山？难道兄不回家看看？也免得令堂大人担忧挂望！"

黄宗羲咬紧了嘴唇,没有回答。不过,这么强自抑制了片刻之后,他心中终于一酸,涔涔地流下泪来。

这当儿,堤岸上那闪烁于篱落之间的灯火,已经依稀可辨了。

附　记

　　鲁王政权在浙东失败后,福建的隆武政权亦于同年八月失败,唐王朱聿键被执死。其余部并入鲁王属下,在东南沿海及台湾继续坚持抗清,达十七年之久,直到清康熙三年(1664年)七月才最后失败。在此期间,广东、广西、云南、贵州以及全国各地的抗清斗争继续风起云涌,波澜更为壮阔,直到康熙中期才渐告平息。

　　本书主要角色的后话:

　　黄宗羲——浙东失守后,仍旧坚持继续抗清,直到清朝顺治十年(1653年)才基本停止活动,转向著书立说,对封建制度进行系统批判,终于成为我国伟大的启蒙思想家和学问家。

　　冒襄——从海宁返回家乡如皋后,即息影田园,但仍多次被反清活动牵连,均侥幸得到解脱,最后以明朝遗民终其一生。

　　董小宛——随冒襄返回如皋后,继续过着穷困的生活,五年半后因劳累过度,死于痎疾(热病),年仅二十七岁。冒襄著有《影梅庵忆语》,深致伤悼。

　　钱谦益——据陈寅恪先生考证,此老因深悔迎降关节,南归后即转而从事反清复明的秘密活动,奔走颇力,其间被两度牵连入狱,赖柳如是全力护持营救,终于得脱。年八十二始卒。

　　柳如是——积极辅助钱谦益从事反清复明活动,多所谋划。钱谦益死后,因侄孙钱曾唆使族人逼债,谋夺家产,愤不受辱,悬梁自尽。死时四十六岁。

　　马士英——浙东兵败后,逃往福建,旋即遁入寺庙,削发为僧,被清军捕获杀死。

　　阮大铖——浙东兵败后,即投降于博洛麾下,跟随清军进攻福建,半途中风,死于仙霞岭。

　　洪承畴——继续总督江南军务至清顺治五年(1648年),恳求卸任获准,返回北京。五年后,因全国各地抗清形势高涨,再度奉命南下,在平定两湖、两广及云、贵等地中劳绩卓著。顺治十八年(1661年)退职。死于康熙四年(1665年),清朝赐谥"文襄"。但到了乾隆年间,仍与钱谦益一道被列入《贰臣传》。

1991年2月—1997年1月初稿
1997年3月改毕

跋

一

　　校改完最后一个字,对着即将送出的稿子,终于长长地舒出一口气。因为这意味着,长达十六个年头的一段创作旅程,总算有始有终地结束了。这十六年——从三十七岁到五十三岁,应该属于人的一生中精力最旺盛,也许还是创造力最强的一段岁月。在我而言,虽然不能说全部,但起码大部分都交付给这部长篇历史小说——《白门柳》三部曲的创作了。在眼下这一刻,三月的和风不凉不热地吹拂到身上来,蒙上一层薄翳的淡淡阳光,在阳台外的绿树丛中弄影,我在电脑前坐下,准备写这篇《跋》的时候,首先涌上心来的是一种深切的庆幸——庆幸生逢一个太平的时世,使我在如此长跨度的岁月里,得以始终保有着一个虽有间歇,却基本上持续不断的创作环境,一种从容沉着的著述心态。而对于文艺创作,尤其是多卷本长篇创作来说,应当是十分必要的这种环境和心态,远的不说,起码自鸦片战争以来的一百五十多年间,恐怕还没有过。虽然未经一一细考,不过我总想,那样一种动荡时世,必定使得好些具备这种能力、才华和抱负的作者,因此无法施展,终至赍志以殁,抱憾终天。

　　不知道是否由于我的小说竟不自量力地也试图跻身于多卷本之列,而打算再现的那一段历史,恰恰又是一段充满着动荡、战乱、苦难和死亡的可怕历史,因而此刻我的这种感慨就特别强烈一些?

二

我的小说所试图再现的那段历史,确实属于中国封建时代的一个"天崩地解"的乱世。它正值明清两个朝代更迭的当口,阶级矛盾、民族矛盾、统治集团内部的矛盾都空前激化;再加上新旧观念的对立和激荡,不同文化的冲突与融合,交织成一幅色彩斑斓、惊心动魄的图景。其中邪恶与正义,征服与反抗,卑鄙与崇高,腐朽与新生,绝望与追求,野心与情欲,把这一时期形形色色的人性,展现得极其充分,又异常彻底。应当说,这样一个时代,远不能只由一部作品来表现,也绝不是一部作品所能包容得了的。因此,我所选择的,也仅仅是其中一个横切面。即从当时的知识分子,也就是所谓"士"的阶层来楔入,试图通过他们在这一时期所走过的坎坷曲折的道路,从一个侧面记录历史的一些足印,揭示某种发展线索。我是这样考虑的:就十七世纪中叶那一场使中国社会付出了惨重代价的巨变而论,如果说,也曾产生过某种质的意义上的历史进步的话,那么恐怕既不是爱新觉罗氏的入主中国,也不是功败垂成的农民起义,而是在"士"的这一阶层中,催生出了以黄宗羲、顾炎武、王夫之为代表的我国早期的民主思想。这种思想,不仅在当时是一种划时代的飞跃,而且它对封建制度的无情的、系统的批判,在被清朝统治者摧残、禁锢了二百多年之后,仍旧以鸦片战争为契机,最终破关而出,而为康有为、梁启超的变法,乃至孙中山、章太炎等人的革命提供了宝贵的精神支援。一部作品,如果打算去寻找和表现那些代表积极方面的、能够体现人类理想和社会进步的事物的话，那么在我看来，这似乎是一种合适的选择。

三

当然，小说毕竟是小说，光决定了立意还仅仅是有了一个出发点，要形象地加以表现，还必须有情节和人物。《白门柳》三部曲长达一百三十万字，其实只写了三年间的事情——明朝覆亡前夕的崇祯十五年三月到当年的十二月；李自成农民军攻入北京之后，南明弘光政权在南京建立及其崩溃的崇祯十七年四月到次年的五月；以及同年六月到次年的五月，南明鲁王政权在浙东建立到全线溃败。我之所以把时空跨度作如此的紧缩，固然是由于这三年当中，社会的变动极其急剧，对立的各方短兵相接，矛盾冲突异常尖锐激烈，十分符合艺术创作必须高度集中的要求；同时也因为与之相关的主要人物的性格、行为、思想和面目，在此期间也暴露得最为充分而彻底，不但可以追溯其来龙，而且能够预兆其去脉。就完成人物的塑造而言，已经具备了足够的运作空间。

此外，小说写到的有名有姓的人物虽然上百，这些人物在书中所占的位置轻重各不相同，但贯串全书始终的核心人物其实只是五位——钱谦益和柳如是、冒襄和董小宛，以及黄宗羲。五位人物当中，钱、冒、黄分别属于"士"这一阶层里三种不同的类型，各有其普遍的代表性；柳、董则分属"名妓"这一特殊社会群体中的两种性格、追求各异的女性。当然，作为这群人的对立面，小说还以相当篇幅写到权奸马士英、阮大铖，以及降清明臣洪承畴，他们应该也属于第一层次的重要人物。

四

随着近年来历史小说创作的繁荣,什么是历史小说的话题也再度引起人们的兴趣。但是这其实是一个相当复杂难有定论的问题。由于不同的作者对这一概念的内涵和外延理解不同,特别是所持的哲学、历史观念各异,因此甚至连展开对话恐怕也有困难。当然,其实也不必着急,大可以继续各自实践,让读者和时间来进行验证。

不过,就我本人而言,却有自己所遵循的准则。在众多的"主义"和品类中,我更倾心于现实主义的创作样式。也许这是因为我更愿意让自己的作品承当起传播历史的媒介作用,更希望让读者能够通过我的作品去多少了解人类前行的艰苦而壮丽的历程,去多少感受到其中所蕴含的文化之美。而要做到这一点,我的办法就是尽可能忠实地去再现历史,哪怕这是永远也不可能真正实现的主观愿望。为此,我在创作中,始终遵循严格的考证,大至主要的历史事件,小至人物性格言行,都力求书必有据。就连一些具体情节,也是在确实于史无稽,而艺术处理上又十分需要的情况下,才凭借虚构的手段。也许有人会认为这种"戴着镣铐的跳舞"未免过于自讨苦吃。但是我却觉得这正是弥补生活体验欠缺的最好办法。而且,只要善于挖掘和挪展,它较之向壁虚构更能收事半功倍之效。

当然,强调尽可能忠实地去再现历史,如果理解为仅仅是指的忠实地、形象地再现历史的事件和人物,我觉得,那还是远远不够的。事实上,作为社会生活的形象反映的文学作品,与以记录和解释进程为目的的教科书相比,与以普及历史知识为任务的通俗读物相比,应当具备大得多的容量,为读者提供远较事件(或人物)的运动过程丰富得多的东西。据我的理解,这些东西就是当时社会生活各个方面当中,那些貌似琐细,却具有认识价值和审美价值的表现形式。如果把一部成功之作比喻为一架春意盎然的繁花,那么人物塑造的部分自然属于主体——花朵,而基本的历史事件恐怕算是起支撑作用的架子。只有经过作者以独特的审美眼光和敏锐的思想触角加以筛选和探究过的社会生活诸形态,才是扶持着花朵使之仪态万方的绿叶繁枝。这是作者显示其思想素养和艺术创造力的又一重要方面,也是使作品显得内涵丰厚、婀娜多姿的有效手段。因此,我在创作中,不仅十分注意历史事件本身的表现,而且尤其注意事件以外的历史生活的表现;不仅致力研究历史事件档案中记载了的东西,同时也力图旁及历史事件档案中所"没有"记载的东西。尽可能把目光放得广一些,笔势放得开一些,举凡当时社会生活的各个方面——政治、经济、军事、文化,包括哲学、宗教、体育、建筑、习俗、礼仪、烹饪、科技、教育、法制、灾异等等,我都视为使作品的"枝叶"变得丰满繁茂的重要材料,并把它们充分调动起来为创作服务,当然,这绝不等于实行知识展览和材料拼凑。我的追求始终是:设法做到在上述平凡的社会生活诸形态中,发现具有美学价值的那种"不平凡",也就是"道人人眼中所有,写人人笔下所无",并使之有机地糅合在艺术的总体描写之中。不过,追求是一回事,能否做到又是另一回事。这就只能留待读者去评判了。

五

小说创作,基本上是一种个体劳动。短篇如此,长篇也是如此。而长篇创作,特别是多卷本的创作,由于耗费时间的漫长和遭遇险阻的众多,尤其属于一种"孤独"的"长征"。在这个旅程中,来自各方面的支持、爱护和鼓励,对于作者来说,无疑是至为重要和十分宝贵的。时至今日,回过头去,我深深感到在以往十六年的漫长岁月中,如果没有许多前辈、上级和朋友们的支持和帮助——他们或者为我提供了必不可少的创作条件,或者为编审书稿付出了心血,或者通过各种方式使作者那经常陷于艰辛而疲惫的心受到抚慰和温暖,获得克服困难的力量,坚定前行的信心——那么这部小说是肯定无法得以最后完成的。值此机会,我谨向真诚地关怀过这部书的陈越平、林江、黄浩、于幼军;邢富沅、宋文郁、陈浩增、李硕儒、孙雁行、蔚江、骆军;黄秋耘、刘斯翰、饶芃子、蔡葵、黄树森、陈永正、高风、谷守女、陈国凯、徐俊西、李树政、林墉、林雨纯、林建法、陈志红、程文超、王晓吟、陈锦荣、张维、徐南铁以及其他未能一一具列的人士,表示由衷的谢意!

最后,我还要特别深切地感谢我的妻子叶红。是她在漫长的岁月中,做出了忘我的牺牲和奉献,我才得以在这个南国的美好春日里,终于如释重负地写下以上的话。

1997 年 3 月 13 日 于广州梅花村